U0535335

后浪 插图珍藏版

LE
HUSSARD
SUR LE TOIT
屋顶上的轻骑兵

[法] 让·吉奥诺 著
太 贰 绘
潘丽珍 译

江苏凤凰文艺出版社
JIANGSU PHOENIX LITERATURE AND
ART PUBLISHING

图书在版编目（CIP）数据

屋顶上的轻骑兵 : 插图珍藏版 / （法）让·吉奥诺著 ; 太贰绘 ; 潘丽珍译. -- 南京 : 江苏凤凰文艺出版社, 2024.9（2024.12重印）
ISBN 978-7-5594-8510-6

Ⅰ．①屋… Ⅱ．①让… ②太… ③潘… Ⅲ．①长篇小说－法国－现代 Ⅳ．①I565.45

中国国家版本馆CIP数据核字(2024)第053320号

屋顶上的轻骑兵（插图珍藏版）

[法] 让·吉奥诺 著　太贰 绘　潘丽珍 译

编辑统筹	尚　飞
责任编辑	曹　波
特约编辑	沈凌波
装帧设计	墨白空间·瑞文舟
内文排版	严静雅
出版发行	江苏凤凰文艺出版社
	南京市中央路165号，邮编：210009
网　　址	http://www.jswenyi.com
印　　刷	河北中科印刷科技发展有限公司
开　　本	880毫米×1230毫米　1/32
印　　张	13.25
字　　数	332千字
版　　次	2024年9月第1版
印　　次	2024年12月第2次印刷
书　　号	ISBN 978-7-5594-8510-6
定　　价	78.00元

江苏凤凰文艺版图书凡印刷、装订错误，可向出版社调换，联系电话 025－83280257

让·吉奥诺像，1932

儿时的让·吉奥诺

《屋顶上的轻骑兵》手稿

《墨尔波墨涅号舰上的霍乱研究》 霍勒斯·韦尔内

普罗旺斯的孤胆骑士
——《屋顶上的轻骑兵》中文版导言

让·吉奥诺（Jean Giono，1895—1970）是法国当代著名作家、电影编导，被誉为"法国生态文学先驱"，其作品大都以法国普罗旺斯地区为背景，书写自然，直言人生，表现人与自然之间的哲理关系。他一生共创作《山冈》《屋顶上的轻骑兵》《种树的牧羊人》等二十余部小说，并为多部电影担任编剧和监制。凭借一系列笔墨精湛的文学佳作，吉奥诺登上了法国文学的高峰：1953年获摩纳哥文学大奖，1954年当选龚古尔文学院院士，1961年担任戛纳电影节评委会主席，1964年当选摩纳哥大奖评审委员会委员。值得一提的是，吉奥诺的作品还广受电影导演的青睐，其中根据同名作品改编的动画电影《种树的牧羊人》获得第60届奥斯卡最佳动画短片奖，同名电影《屋顶上的轻骑兵》获得第21届法国电影恺撒奖最佳摄影奖和最佳音效奖。这也从一个侧面反映了吉奥诺文学作品广泛而巨大的魅力。

《屋顶上的轻骑兵》是吉奥诺"二战"后的代表作"轻骑兵"系列的第二部，由法国伽利玛出版社于1951年出版。小说的主人公安杰洛是一位意大利轻骑兵上校，因一场政治决斗而逃亡法国，在普罗旺斯地区遭遇史无前例的霍乱灾难，他不顾个人安危治病救人，并且处处与卑劣行径做斗争。后因被人诬陷为投毒者而被迫躲到屋顶上，因而巧遇美丽的年轻妇人波利娜，两人结伴而行。之后波利娜也不幸染上霍乱，安杰洛奇迹般地把她救活，并把她送回城堡，自己则翻山越岭，返回意大利的故乡。这部小说包含十四个章节，分为三个部分：

第一部分是安杰洛沿途流浪至法国南方城市马诺斯克的旅程；第二部分是安杰洛在马诺斯克及其周围山丘地区的遭遇；第三部分是安杰洛与女主人公波利娜为躲避霍乱结伴行进的旅程。

小说出版之后，引发了法国文学评论界的交口称赞：有人认为这部小说超越了同为瘟疫题材的加缪的《鼠疫》，有人被小说中"司汤达的气质所吸引"，有人为作品中"普罗旺斯的人文精神"所倾倒，有人觉得这部小说可以与《追忆似水年华》的最好篇章相媲美，甚至有人认为吉奥诺应该借此获得诺贝尔文学奖。评论界普遍认为，《屋顶上的轻骑兵》继续了法国现实主义文学的传统，将疫病书写发挥得淋漓尽致，展现了具有普罗旺斯气息的人文情怀。

作为吉奥诺"二战"之后的重要代表作，《屋顶上的轻骑兵》一经出版便在法国读者中引起了热烈反响，其主要原因就在于该小说成功塑造了流浪骑士安杰洛的阳光形象。

人物一直是吉奥诺作品描绘的重点，他的早期作品在刻画人物时重在突出纯朴的情感，以《屋顶上的轻骑兵》为代表的后期作品则重在描绘人物高贵的精神。小说主人公安杰洛以骑士为榜样，希冀在冒险中体验幸福的内涵。他真诚待人，率性而为，其人生初衷是选择"孤身一人"走"最难攀登的道路"，即使达不到自己的人生目标，那也能"心安理得"，也能够体会到"风光无限好"。吉奥诺塑造安杰洛这一青年骑士形象，意在刻画他的浩然正气，弘扬法国传统的骑士精神以及大公无私的英雄主义。他坦承自己在创作时受到了司汤达的影响，因而从安杰洛的身上可以看到《红与黑》中的于连和《巴马修道院》中的法布里斯的影子。

在 2020 年初新冠肺炎发生之际，人们开始了一场旷日持久的抗疫之战，与此同时，也把目光频频投向疫病书写的文学作品。法国在历史上也数次遭受瘟疫的侵袭，法国文学作品对此也有着深刻的表现，常以鼠疫、霍乱等疾病展开疫病叙事，反映社会现实，表达人文关怀。比如拉封丹创作了《患瘟疫的野兽》，罗曼·罗兰的小说《哥拉·布勒尼翁》中的主人公历经磨难，在瘟疫中死里逃生。

　　进入20世纪，描写瘟疫的当代法国文学名篇当属加缪的代表作《鼠疫》和吉奥诺的这部《屋顶上的轻骑兵》。在新冠疫情期间，这两部半个多世纪前的作品在许多国家都不约而同地上了严肃文学的畅销榜，其原因就在于作品里对疫病的全景描写与哲理思考，恰好直击正在抗疫的广大民众的心灵，让他们常常与书中人物共情，引发内心强烈的感触。

　　在《屋顶上的轻骑兵》的创作过程中，吉奥诺继承法国文学疫病叙事的传统，查证详细的医学档案，通过挪移、转换、夸张等文学手法，把枯燥的医学说明变成了神奇奢华的文学画卷，谱写了一曲闪耀英雄主义光辉的"霍乱史诗"。霍乱病菌称得上是文学上最著名的微生物，这种在人类历史上臭名昭著的可怕瘟疫致病菌，却被吉奥诺视为创作的最佳题材之一。《屋顶上的轻骑兵》便以对霍乱这一具有强烈致病性质的微生物的描绘而获得嘉誉。作者花费多年时间收集了大量医学档案，这些具有医学知识的历史学家或档案学家们的文献资料在字里行间充满了丰富的信息，对于研究疫病产生的机制具有极强的科学参考价值。这些材料中有关临床症状的记录支撑起了《屋顶上的轻骑兵》的创作，吉奥诺对症状准确到位的细节描写也赋予了这部小说现实主义的基质和维度。

　　小说主人公安杰洛在逃亡时，无意中闯入了霍乱流行的普罗旺斯地区，但他并没有退却，反而不顾一切地努力抢救病人，比如在第二章末尾，他在法国医生的指示下抢救了一个孩子：安杰洛毫不犹豫地献出自己的"大雨衣和内衣"，不在乎"那它们就全完了"，并说出"我宁愿献出我十年寿命"。抢救过程中，他"拼命地不停地擦揉，擦得汗水淋淋"，为了给孩子保温，"一直躺在孩子身上，一动也不敢动"。孩子的病情瞬息万变，随着病程进展，他努力按照医生的指示，根据症状为孩子擦揉、保温、消毒，毫不懈怠，生动表现了他想要拯救孩子性命的迫切与责任感。

纵观吉奥诺一生的创作，他所有的作品几乎都在描绘他的故乡普罗旺斯。在世人眼中，来到普罗旺斯，就意味着拥抱蔚蓝的大海和金色的沙滩，闻着沁人心脾的薰衣草的芬芳。走在街上，到处都飘荡着美妙的三孔笛和长鼓音乐，一到节日便钟声悠扬。接着选几张普罗旺斯风景明信片寄给朋友，然后大叹一声"啊，这才是生活"！这样的普罗旺斯让许多人心驰神往，却不是吉奥诺心目中的模样。他作品中的普罗旺斯具有阳光与灾难两副面容，是注定要承受干旱、风暴、疾病等众多灾难的南方大地，《屋顶上的轻骑兵》亦不例外。

从地理学的角度来看，法国的普罗旺斯地区包括罗讷河、下阿尔卑斯和地中海，拥有独特的历史文化。除了灿烂阳光和饕餮盛宴之外，它那从容优雅的生活方式可以追溯到罗马帝国时代。普罗旺斯身份在它悠久的文学传统中也是清晰可见，这一方天地为一代代普罗旺斯文学家们提供了优雅展现的舞台，并勾勒出一条从中世纪行吟诗人到现代小说家的语言和文化轨迹。无论是米斯特拉尔、都德，还是帕尼奥尔、吉奥诺，这些作家都从这片土地上汲取过灵感，书写了具有两副面容的独特文字。所以，透过吉奥诺在作品中构建的普罗旺斯空间，读者在一张面容上看到的是幽默和亲切，而在另一张面容上看到的是神秘和苍茫。

在吉奥诺的作品中，想象中的普罗旺斯是叠加在享有盛誉的现实版普罗旺斯之上的，因为他曾明确表示自己笔下的普罗旺斯是"虚构的南方，正如福克纳虚构的南方一样"。《屋顶上的轻骑兵》貌似一则19世纪的历史故事，但故事中的普罗旺斯却夹杂着作者自己的回忆，是虚实相融的普罗旺斯文学空间。诚如2008年诺贝尔文学奖得主勒克莱齐奥所言，吉奥诺用文学创作"打开了一个简洁明亮的通道，直达普罗旺斯的某片土地，一处遍布草木、遍布人群、遍布动物的真实高地，一个繁忙大地的真实地域"。

《屋顶上的轻骑兵》的故事情节并不曲折，但阅读起来却不显枯燥，反而让人读得津津有味，其中的奥妙可能就在于作者高超的语言技巧。他时而把大自然描绘得生动活泼、惟妙惟肖，时而把大自然刻画得浩浩荡荡、磅礴大气，体现了他"叙事状物的过人之处"。所以，勒克莱齐奥称赞吉奥诺会用"最亲近的方式"为读者讲述普罗旺斯"如此漂亮的传奇和风景"。

总体来说，吉奥诺的文字质朴大气，源于生活而又高于生活，把普罗旺斯风貌描绘得生动传神、引人入胜，形成了生活与艺术完美结合的语言风格。要将这一风格从法语完美地转换为中文，实非易事。所以在这篇导言的最后，我要郑重推荐本书译者潘丽珍老师。潘老师是我国从军中走出来的资深法国文学翻译家，译文精准，文采出众，早年和许渊冲先生一道担任了《追忆似水年华》（第三卷）的翻译工作，后又相继翻译了《巴黎圣母院》《悲惨世界》以及《蒙田随笔全集》（合译）等多部法国文学名著，耕耘译界数十载，成绩斐然，她参译的《追忆似水年华》和《蒙田随笔全集》相继获得过首届全国优秀外国图书一等奖、国家新闻出版署第三届优秀外国文学图书一等奖、第十一届中国图书奖等殊荣。

我相信，伴随着潘丽珍老师优美的译文走进《屋顶上的轻骑兵》，大家一定会感受到地中海骑士的豪情逸致，领略到普罗旺斯的无限风光！

陆 洵[1]
2024年春写于苏州

---

[1] 陆洵，法国文学翻译家，南京大学文学博士，苏州大学东吴特聘教授，博士生导师，兼任中国外国文学学会法国文学研究会常务理事、法国吉奥诺学会会员。出版译著有让·吉奥诺作品《普罗旺斯》、阿尔贝·加缪作品《第一个人》《局外人》《鼠疫》等。

译者序

《屋顶上的轻骑兵》可以说是让·吉奥诺的代表作，是他最成功的小说之一，正如伽利玛出版社1995年的版本在内容提要中所说："这部小说堪称让·吉奥诺的杰作。在这部令人赞美的小说中，我们只看见一个年轻的轻骑兵在层出不穷的悲剧中长途跋涉，可这年轻人那样具有个性，他的行为那样热情洋溢，小说的叙述那样绘声绘色，我们会认为，司汤达和巴尔扎克找到了他们的接班人。"当我一句句、一页页地译下去时，我越来越被小说所吸引，被作者的叙述所折服：景物描写千变万化、栩栩如生，形象比喻比比皆是、独具匠心，人物对话幽默诙谐，富于生活情趣，主人公勇敢、无私、高尚的品质时时令人感动，别具一格的爱情描绘深深打动人心。

吉奥诺塑造的安杰洛·巴尔迪这个人物，是他好几部小说的主人公，意大利皮埃蒙特人，轻骑兵上校，一位公爵夫人的私生子。在《屋顶上的轻骑兵》中，这个浪漫而富有幻想的人物，既有作者的祖父让－巴蒂斯特·吉奥诺的影子，又有《巴马修道院》的主人公法布里斯的某些特征：骄傲、天真，尤其是非常需要感到自己很幸福。在小说中，我们可以感到安杰洛几乎一直处于孤独寂寞中，一个人行走在深山野岭，一个人面对遍地横尸的村庄，一个人躲在屋顶上……这种孤独恰恰反映了作者在第二次世界大战结束后的痛苦绝望的心境。在他以前的小说中，充满着人与人之间的友爱和大自然的神秘，而《屋顶上的轻骑兵》却向我们展示了一个"被灾难统治的支离破碎的世界","只有某些大公无私和乐观开朗的人才有可能独自在这个世界上冒险"(《法国文学辞典》)。正如小说第九章安杰洛的母亲公爵夫人在写给他的信中所说:"但愿你永远冒失鲁莽,在这制造业发达的时代,这是唯一能带来生活乐趣的方式。"吉奥诺参加过两次世界大战,深深感到战争之残酷。因此,他谴责现代文明,认为社会进步和工业发达必然会导致战争,"建立在金钱之上的社会正在毁灭庄稼,毁灭动物,毁灭人类,毁灭快乐,毁灭真正的世界……"(《真正的财富》,1936年)。

作者真诚地赞美英雄主义,无情地鞭挞个人主义。歌颂英雄主义和大公无私的场面俯拾皆是:年轻的法国医生不怕死人,不怕传染,搜遍一个小村庄的角角落落,为的是寻找和救活最后一个人;安杰洛看见一个年轻女家庭教师和两个孩子处境困难,便主动上前帮忙;安杰洛和老嬷嬷白天尽力帮助垂死的病人,以减少他们死时的痛苦,夜里在马诺斯克市的街上四处巡逻,给被遗弃的死者清洗身体,为他们将来复活做准备;安杰洛不顾传染,多次照顾和治疗垂死的霍乱病人,虽然一个个全都没逃脱死亡的厄运,但他最终救活了一个,那就是他的同伴,他内心爱恋却不愿向其表白的波利娜……与英雄主义相对立的,是自私自利的卑劣行为:因怕传染,人们把亲人的尸体抛弃在大街上;因怕传染,人们拒绝给旅客以帮助;人们到处设置路障,不让行人进入自己的领地,甚至让苦役犯把守;一些别有用心的人乘机制造混乱,挑动民众抓所谓的水中投毒者,并把他们绞死;商人趁火打劫,有些正直的人变成了强盗……

《屋顶上的轻骑兵》其实也是一部爱情小说,但这是没有完成的爱情。男女主人公安杰洛和波利娜穿过霍乱横行的地区,他们结伴而行,渐渐萌生了爱情,但作者描写他们爱情的方式独具匠心,不落窠臼。小说中没有谈情说爱的场面,而是通过幽默含蓄的对话传递爱的信息,读者明明感到他们已经相爱,却找不到一句示爱的话语。安杰洛尽量在他和波利娜之间建立和维持一种"伙伴"关系，但恰恰因为竭力想强加这种关系，而使这种关系显得极不自然，模棱两可。他们一起穿过普罗旺斯，同行了六天，大部分时间都是无话找话，或者说些必须说的话。他们一直不互相介绍，直到小说快结束时，才把自己的姓名和身世告诉对方，而且是波利娜第一个打破沉默。一路上，安杰洛充分显示了骑士风度，对波利娜关怀备至，为她烧茶煮饭；波利娜患上霍乱，他丝毫不怕传染，悉心为她治病……波利娜痊愈后，温柔地用"你"称呼安杰洛，但后者却仍以"您"相称，以图维持这种"伙伴"关系。快到目的地泰于时，波利娜问安杰洛："你陪我去泰于吗？"安杰洛回答："在这之前，我肯定不会离开您半步……我把您一直送到泰于。……我待两天……别忘了穿长裙。"到了泰于，波利娜每晚穿一条长裙，脸上"扑着白粉，搽着胭脂"，并且恳求他的恭维："你觉得我怎么样？"安杰洛回答："很美。"她尽管可以放心地这样问，她对自己的丈夫，那位远离泰于的老侯爵的忠贞不会有任何危险，因为安杰洛的骑士风度能确保她对丈夫的忠诚；安杰洛虽也意识到自己对波利娜萌生了爱情，但他最眷恋的还是拯救意大利的伟大事业，与此相辅相成的是他对武器的爱好和对马的钟爱。他在泰于，在波利娜身边实际上待了三天，他对波利娜每晚用心良苦为他穿长裙大加赞美，但更为自己觅得一匹骏马而兴奋不已，他"着实狂喜了三天"。在这种心情下，他不可能也不愿意为爱情分心。出发那天早晨，安杰洛立即纵马驰骋，他看见"玫瑰色的群山向他走来"。他想，"意大利就在山后面"，他感到"幸福极了"。我们的主人公，为了意大利的自由事业，将未完成的爱留在了法国。

《屋顶上的轻骑兵》叙事风格简明凝练，有人称吉奥诺在这方面可与司汤达相媲美。他对安杰洛的心理分析也借用了司汤达惯用的冷漠、揶揄和无拘无束。例如，在第一章开头，由于天气异常闷热，安杰洛想吃些热乎的东西，当他遇到一位农妇时，便对她说："对不起，太太，能不能给我喝点儿咖啡？我付钱。"见那妇人没回答，便意识到自己刚才的话过于彬彬有礼，并且想道："说'我付钱'也很蠢。"最后，他坚持要付钱，但对方却把他的钱包推开，这时，安杰洛为自己的笨拙和可笑感到不胜尴尬，"他真的很想付钱，这样，他走的时候，就可以摆出一副冷漠的神态，他习惯用冷漠来保护他的腼腆"。像这样充满揶揄的心理分析，小说中随处可见。

《屋顶上的轻骑兵》还向读者展示了一种饶有趣味，但常令人煞费脑筋的语言现象，那就是自由间接引语。在法语中，自由间接引语是间接引语的一种延伸，以间接引语的形式出现，但保留着直接引语的语气。小说作者采用笔下人物的思维方式和语言进行叙述，为读者提供了小说人物的视角和无所不能的作者的视角，使得小说简练紧凑、流畅优雅。十九世纪法国作家福楼拜和左拉常把自由间接引语引入他们的小说中，这种叙事风格于十九世纪下半叶在法语书面语言中得到了广泛的运用。在《屋顶上的轻骑兵》这部小说中，可以说吉奥诺将自由间接引语用到了极致。尤其是在第十三章中，在这全书最难以理解、让读者最难跟上叙述节奏的章节中，作者借一位老医生之口阐述了自己对霍乱疫病现实主义和富有哲理的看法和分析。在二十来页的叙述中，作者竭尽全力，调动一切语言手段，不仅频频使用自由间接引语，中间穿插直接引语和间接引语，而且在引语和引语之间，不忘夹带自己的叙述和议论，以起到穿针引线的作用，致使读者感到仿佛掉进了一个错综复杂、扑朔迷离的语言迷宫中，常会感到晕头转向，如堕云雾。作者甚至在同一段引语中，将"我""您""他"等人称代词"混乱"使用，让人摸不着头脑，理不出头绪。例如在本书第382页，上文提到的那位老医生说："他（老医生）认为，安杰洛是最专注、最可爱的骑士……就从您（安杰洛）与您的裤子闹矛盾这件事上……您就已成功地使我（老医生）对您产生兴趣了……至于小姐，他（安杰洛）向来听凭这些长着长矛般尖脸的女人的摆布。"在这段文字中，"他"前后出现两次，但所代的人不同，第一个"他"指老医生，最后一句中的"他"指安杰洛。文中还出现了第一人称代词"我"，所代也是老医生。"您"出现四次，都指安杰洛。这段貌似简单、实质复杂的文字让我们领略到吉奥诺笔意纵横、无拘无束的语言风格，欣赏到他天马行空的高超叙事风格和挥洒自如的语言技巧。

《屋顶上的轻骑兵》还向我们展示了吉奥诺的另一个语言特点：作者在叙事过程中运用了很多法国普罗旺斯地区的方言，有些表达方式甚至在法语词典上都查不到，这无疑给翻译带来了困难。此外，小说中随处可见的法语方言表达方式在汉语中往往找不到对等的、同样具有方言特色的词语翻译出来，所以只好意译，这样译文难以忠实地表现原文的这个语言特色，这是让译者深感遗憾的地方。

1951 年，法文版《屋顶上的轻骑兵》(Le hussard sur le toit) 在法国出版，引起了法国文学评论界和读者的热烈反响。时隔近五十年，译林出版社的韩沪麟先生约我翻译《屋顶上的轻骑兵》，1998 年，译林将这部法国当代文学扛鼎之作首次介绍给中国读者，继而，2013 年，这部小说又由上海译文出版社再次出版。我对这两家出版社始终怀有感激之情。同时，我也要感谢江苏凤凰文艺出版社与后浪出版公司以插图珍藏版的全新形式将《屋顶上的轻骑兵》郑重推介给中国读者。作为译者，我非常喜欢这部小说，喜欢它独辟蹊径展开的疫病叙事、富有挑战性的语言难度、各不相同的人物刻画，以及苍茫荒漠且带有疫情病态特征的景物描写。为此，我花了几个月时间为后浪的这个版本进行了认真细致的校对和修改，希望它能带给读者更好的阅读体验，能使读者更深刻地感受到吉奥诺动人的文字魅力。

潘丽珍

2024 年春修改于上海

纪念我的朋友夏尔·比斯特齐

并献给苏珊

卡塔利娜·德·阿科斯塔在寻找一尊雕像吗?

卡尔德隆

目 录

第一章　　　　　　　1
第二章　　　　　　　26
第三章　　　　　　　47
第四章　　　　　　　58
第五章　　　　　　　70
第六章　　　　　　　85
第七章　　　　　　　143

第八章　　　　　　　164
第九章　　　　　　　199
第十章　　　　　　　228
第十一章　　　　　　271
第十二章　　　　　　325
第十三章　　　　　　366
第十四章　　　　　　390

第一章

　　黎明降临，安杰洛已醒来，他心情怡悦，默默无声。这地方夏天露水很少，加之有山冈保护，他身上没沾上露水。他抓了把欧石南擦了擦马，将鞍囊卷起来。

　　他走下小山谷。山谷里，鸟儿纷纷醒来。即使在夜色依然深浓的谷底，也并不凉爽。天空被急急冲出的朦胧晨光照亮。最后，一轮红日从森林中升起，但被高草般的乌云挤得扁扁的。

　　尽管安杰洛已感到异常闷热，但他仍想吃些热乎乎的东西。他走到一个大谷地，谷地这一边是他露宿的丘陵，另一边是一个更高更荒凉的山丘，向前伸展二三法里①，朝晖照在这山丘上，照得高大挺拔的橡树金光闪闪。他看见路边有一座小农庄，牧场上，一个穿红衬裙的妇人正在把沾了露水的衣服收起来。

　　他走过去。她胸衣外面穿一件粗布内衣，露着肩膀和胳膊，挺着晒成褐色的硕大乳房。"对不起，太太，"他说，"能不能给我喝点儿咖啡？我付钱。"她没立即回答，他意识到刚才说的话太过彬彬有礼。"说'我付钱'也很蠢。"他心里想。"我能给您咖啡，"她说，"跟我来。"她块头很大，又那样密实，因此，转起身来慢得像条船。"门在那边。"她指着树篱的尽头说。

　　厨房里只有一个老头，还有许多苍蝇。有一个矮墩墩的炉子，炉

---

① 法国古里，一法里约合四公里。（如无特别标注，本书注释均为译者注）

火烧得旺旺的，旁边有一小锅麸皮猪食。但在炉子上，咖啡壶送出浓郁的香味，以至于尽管屋子黑得像炭，安杰洛仍觉得它非常可爱。昨晚，他啃了些干面包，现已饥肠辘辘，即使是麸皮猪食，也令他馋涎欲滴。

他喝了碗咖啡。那女人矗立在他面前，他清楚地看见她那肉乎乎的有着一个个小窝的肩膀，甚至看见了大得出奇的紫黑色的乳头。她问他是不是坐办公室的。"当心，"安杰洛寻思，"她后悔给我咖啡了。""噢，不是！"他说（有意避免叫"太太"），"我是马赛的一个商人。我去德龙，那里有我的客户，乘机散散心。"那女人的脸色变得更加和蔼可亲，尤其当他问及去巴农如何走的时候。"您吃个鸡蛋吧。"她说。她已把猪食锅往一边推了推，将平底锅放到了火上。

他吃了一个鸡蛋和一块肥肉，另加四片雪白的面包，是从一个大面包上切下来的。他感到这些面包片轻如羽毛。此刻，那妇人慈母般地在他身边忙碌起来。她身上散发着汗臭味，她抬起胳膊，将发髻弄牢一些，于是露出了浓密的红棕色腋毛；他闻到了她的汗味，看到了她的腋毛，惊讶自己竟能忍受。她不让他付钱，见他坚持要付，甚至格格地笑出了声，并且毫不客气地把钱包推开。安杰洛为自己的笨拙和可笑而感到十分尴尬：他真的很想付钱，这样，他走的时候，就可摆出一副冷漠的神态，他习惯用冷漠来保护他的腼腆。他赶紧说了几句客气话，便把钱包塞进了口袋。

那妇人给他指了路。那条路穿过山谷，爬上高地，消失在橡树林中。安杰洛穿过绿油油的牧场，在这小平原上默默地走了很久很久。他刚才吃的食物给他留下了深刻的印象，使他感到回味无穷。最后，他叹了口气，便策马飞奔起来。

太阳高挂，天气炎热，但阳光并不强烈。那阳光很白很白，完全碎成了粉末状，仿佛在用稠厚的空气涂抹大地。安杰洛早已上了山坡，走在橡树林中。他沿着一条小路前进，路上覆盖着厚厚的尘土，马儿

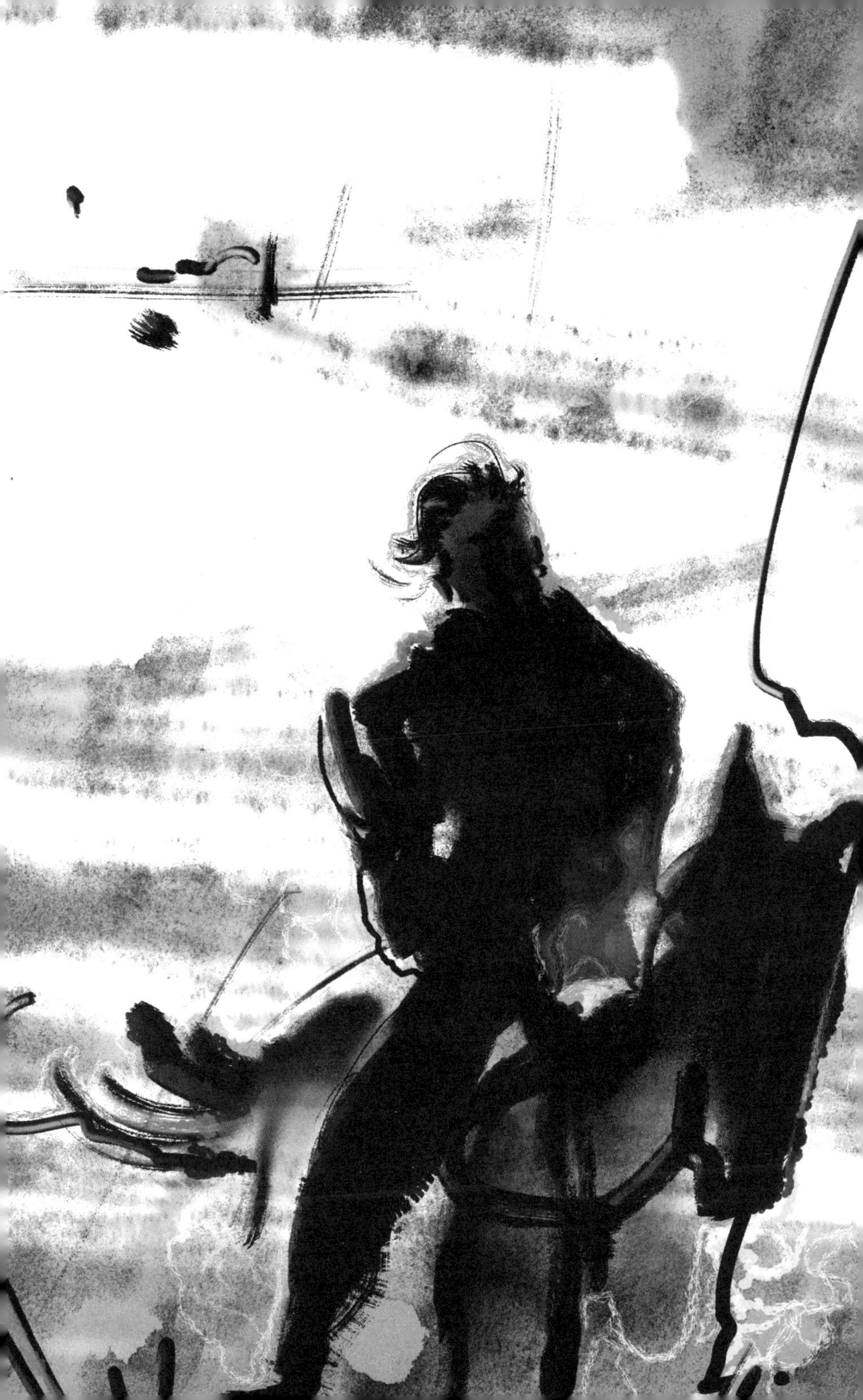

每走一步，都会扬起无数尘埃，有如掀起滚滚浓烟，久久不落。在每一个拐弯处，透过干枯焦黄的林下灌木丛，可见他路过的痕迹依然停留在下面蜿蜒曲折的山路上。树木没有带来丝毫凉意。相反，坚硬细小的橡树叶子反射着热和光。树林的阴影使人眼睛发花，喘不过气来。

在被太阳烧得露出骨头的山坡上，几株白色的矢车菊在他经过时发出咯吱咯吱的声响，仿佛马蹄踩得周围金属般的大地微微颤动。除了这微弱的椎骨颤动声外，再没有别的声音。这马蹄声尽管被厚厚的尘土减轻了，但听上去依然清脆响亮；周围一片寂静，那些默默无声的大树，仿佛成了幻景。马鞍滚烫滚烫。系马鞍的肚带一动一动，溅出汗水。那牲畜嚼着马嚼子，不时晃晃脑袋，轻咳一声。气温越来越高，仿佛是从无情地塞满了煤炭的炉子里升起来似的，发出嗡嗡的声音。橡树树干嘎吱作响。那光秃秃干枯枯的灌木丛，犹如教堂的地板，淹没在白色的阳光中；那阳光虽不强烈，但已变成粉末状，刺得人睁不开眼，马儿走在这灌木丛中，慢慢地转动着长长的黑影。道路蜿蜒曲折，拐弯越来越急，从覆盖着白色地衣的古老岩石中间向上攀登，有时迎着太阳前进。这时，在白垩般的天空中，会出现一条异乎寻常的磷光闪烁的深渊，一股火炉中和发烧时才有的黏黏糊糊的气息从里面冒出来，可以看到那黏糊而浓稠的物质在颤动。一棵棵大树在这炫目的光线下消失，一片片橡树林被阳光淹没，只露出一丛丛土色的树叶，朦朦胧胧，看不清轮廓，几乎是透明的，炎热的气温突然将一个慢慢晃动的黏乎乎亮晶晶的旋流覆盖在它们身上。接着，小路向西拐弯，突然变得更加狭窄，成了羊肠小道，路旁挤满了光灿灿的树木，树干成了金晃晃的柱子，弯弯扭扭的树枝成了金光闪闪噼啪作响的干茎，静止不动的树叶也镀上了一层金色，犹如一面面边缘镶嵌着纤纤金丝的小镜子。

安杰洛一路上只见阳光，不见其他生命，惊讶不已。至少也该有几只蜥蜴抑或乌鸦吧，它们喜欢这种白色的炎热天气，就像在下雪天那样，待在树枝上窥视。安杰洛想起了在加比亚山区的夏季军事演习；他从没见过那种清澈晶莹的风景，那种半球形的玻璃钟罩，那种矿物学的幻景（连树木也像大水晶，有了无数个面，无数个棱柱）。可眼前却似一个个渺无人迹的洞穴，他深以为异。他想："我才离开那位给我喝咖啡的赤露双肩的女人！可现在，整个世界离那赤露的双肩多么遥远，连月亮或中国那些磷光闪闪的洞穴也不像这样遥远，而且，这个世界可以把我杀死。嘿！"他继续想道："可这是我居住的世界呀！在加比亚，有我的小参谋部，还有军事演习，如果不想挨那位有着极其漂亮的胡须、说话极其粗野的圣乔治将军的咒骂，就得专心参加演习，这样，我就可以同这个世界分开，不去注意那些四面体的树林。这也许就是最崇高原则的根本所在：假如因发现自己被关在一个球形玻璃钟罩下，可能被一丁点儿荒唐的阳光杀死而感到恐惧不安的话，只需给自己一个小小的参谋部和一个满口粗话的将军就够了。在阳光下，有阿里奥斯托①的兵士。因此，大凡不是杂货商，都尽量严肃地对待一些崇高的原则。"然而，那些树木，就连最小的一棵，他估摸也有十万公斤，可看上去却轻如鸿毛，它们藏在或溜进阳光中，比鳟鱼钻进水中还要敏捷，这使他忧心忡忡。他快马加鞭，赶快奔向大山顶，指望至少那儿有点儿风。

山顶上也没有风。那里荆棘丛生，阳光和高温更加沉甸甸地压下来，那里可以看到整个天空，白茫茫一片。天际蜿蜒着微微发青的群山。安杰洛所去的方向，被一座灰蒙蒙长绵绵的高山占据，尽管山头是圆的，但很高很高。从他所在的地方到大山之间，高耸着一块块大岩石，宛若一个个三角帆船，稍为带点儿绿色，在锋利的岩脊上，矗立着一些村落，犹如一个个马蜂窝。这些几乎一丝不挂的岩石从山坡

---

① 阿里奥斯托（1474—1553），意大利诗人。

上异军突起，山坡覆盖着褐色的橡树林和栗树林。山脚下有一个个峡谷，海角和海湾看得清清楚楚，山谷一片金黄，抑或比天空还要白。阳光强烈，暑气熏蒸，一切都在颤动，一切都变了形。在炎炎赤日下，大地散发出尘埃或烟雾，开始从这里那里袅袅升起，从禾茬地里，从火焰般颜色的小块牧场里，甚至从树林里。人们感到高温正在将树林里的最后几棵青草烤熟。

那条路不肯下决心往下走，依然在山脊上奔跑。山脊很宽很宽，像是个起伏不平的高原，左右两侧，是更高的山峦，那山脊的两侧牢牢扎根于缓缓倾斜的山坡上。最后，它走进一个白色的矮橡树林，那些树只有两三米高，树下长着密密麻麻的风轮菜和百里香。马蹄翻飞，掀起一股浓烈的臭味，由于空气静止闷热，那臭味渐渐使人感到一阵阵恶心。然而这里有人的迹象。沿途不时岔出一条年代已久的小路，长满了这种白垩色的夏草，那小路很快拐进小树林，将路径掩盖，但肯定通向某个地方。透过那些小树林，安杰洛看见了一个羊圈。墙壁为面包色，屋顶覆盖着又扁又沉的大石块。安杰洛拐到那条路上。他想给马找点儿水喝。就像教堂或小堡垒那样，那羊圈的墙壁用拱扶垛支撑，根本没有窗子，由于背朝大路，所以也看不见门。安杰洛是个职业军人，虽然如他突然变得纯洁时所说的，他的军衔是"花钱买来的"，但作为散开作战的骑兵，他有敏锐的直觉。他注意到，当他走近时，羊圈回响起马蹄声。"里面是空的。"他想，其实这羊圈早就废弃不用了。的确，放在石头上的长长的木水槽是干的，像骨头一样白。但从敞开的门里散发出一股凉气和陈年羊粪的清香。可是，当安杰洛朝门那边走了几步，就听见里面嗡嗡嘤嘤，和狗吠声一样响；他看见昏暗中好像有一个沉甸甸的黄色帷幔在舞动。他还没来得及弄明白是怎么回事，他的坐骑即刻意识到羊圈里住着许多野蜂群。安杰洛掉转马头，一溜烟向树林奔去。他拐了个弯，又远远看见了羊圈的正面，羊圈地处几米高的小丘，故而突出在白色矮橡树林的上面。野蜂从羊圈里飞出来,一群一群,犹如一团一团飘移的饰带。在阳光下它们宛若一粒粒黑黑的烟尘。它们从小门和两个大牛眼窗里冒出来,犹如从抛弃在树林里的一个老骷髅的眼眶和颌部中冒出来一样。

他走了很久很久,越来越需要找些水喝了。道路始终在这绵延不绝的山脊上奔跑。上午他一直很亢奋,忘记给表上弦了。他估计至少已走了四法里了。他试图根据太阳的位置来判断时间,但没有太阳,只有耀眼的阳光,从天空四面八方射来。那条路终于决定下坡了,安杰洛拐了个弯,忽然感到肩头凉飕飕的,便抬起头来:原来,他已来到一棵大山毛榉树的绿荫下,在这棵大树旁,矗立着四棵闪闪烁烁的参天大白杨,他只是在听到了白杨树叶的哗啦声才相信它们是白杨树,尽管没有风,白杨树叶依然哗啦哗啦,发出流水般的声音。在这些树后面,又有一块禾茬地,不仅已收割,而且麦垛已被运走,有几条犁沟,上午刚犁过地。马儿咬紧嚼子,想继续奔跑,安杰洛下意识地勒住缰绳,这时,他发现农田里有几棵柳树,柳树后面还有农田。他看见三只毛驴拉着犁从柳树林中出来。最后,马儿带着他飞快地朝一个埃及无花果树、柳树和杨树混杂的树林奔去,他只来得及瞥见那犁地的人穿一件长袍。

那树林里,道路旁,有一个水池。一股茄色的水柱从管子里静静流出,流进一个因长满苔藓而发红的池子里。一条水沟从那里出发,灌溉着牧场。牧场中央,有一座长长的二层楼房,朴素而干净,刚重新涂过灰泥、漆过百叶窗,比这水池还要宁静。

等眼睛适应树荫后,安杰洛看见几步以外,路的另一边,有个修士坐在一棵树底下。那修士骨瘦如柴,看不出年纪,脸膛和他的道袍一样通红,眼睛炯炯有神。"这地方太美了!"安杰洛故作潇洒地说,并用脚后跟在地上跺了跺:他穿着长统靴。修士未作回答。他用明亮的眼睛看了看马和鞍囊,特别看了看安杰洛的长统靴。安杰洛感到非常尴尬。他发现树荫下太阴凉。他牵着马,并肩走到太阳下。"待在那儿会得肺炎的,"他为自己辩解道,"我们已喝了水,舒服多了,晚饭前肯定还能再走一两法里。"那修士有着野兽般的瘦脑袋,尤其是脖子上的腱子明显突出,犹如一根根绳子,将他的脑袋系在他的修士服上,这给安杰洛留下了深刻的印象。"谁知道是什么蜂群……"他想道,但他看见前面两三百步处有一座房子,显然是个客店(连招牌都看见了),在他的头顶上方,有一大群乌鸦向北飞去。

"您好,下士,"店主对他说,"我能为您的马提供一切,但对您就有点儿难了,除非您对我的晚饭能将就。"说完,他眨巴着眼睛,掀开一只锅的盖子,里面炖着几只塞了猪肥膘的鹌鹑,最下面一层是葱头和西红柿。"树林里打来的。您是不是很爱惜您这身骑兵服呀?"他说道,眼睛盯着安杰洛身上那件漂亮的紧腰夏礼服。"我的椅子让修士们坐坏了,草垫子会像酸醋那样弄坏您的细呢制服的。"

那人没穿衬衣,贴肉穿一件驿站马车夫的红背心。浓密的胸毛给他当领带。但他戴上一顶旧警帽,去把两桶水浇在马腿上。"他当过兵。"安杰洛想道。被炽热的阳光烧烤了一天后,没有比这更使他惬意的了。他继续想道:"这些法国人永远也无法忍受拿破仑,但现在除了同要求每周有权吃一次肉的织布工人作斗争外,再没别的仗可打了,可他们不知怎么的却到奥斯特里茨①的树林里去沉思默想,而不是站在工人的脊背上高唱'路易-菲利普②万岁'。这位不穿衬衣的人只等时来运转,当一当那不勒斯国王。这就是阿尔卑斯山两边③的区别所在。我们没有前例,所以我们畏首畏尾。""您知道我要是您会怎么做吗?"那人说,"我会解下鞍囊,去把它放到屋里的两张椅子上。""没有小偷吗?"安杰洛说。"那我像不像小偷?"那人说,"有机会的话,我会让自己肥一肥的。""那就让我把您的肥膘去掉一

---

① 奥斯特里茨,即今捷克共和国布尔诺附近的斯拉夫科夫,拿破仑曾在这里大败俄奥联军。
② 路易-菲利普(1773—1850),法国国王,1830年七月革命后取得王位,建立七月王朝。
③ 指意大利和法国。本书主人公安杰洛是意大利人。

些。"安杰洛冷冷地说。"开个玩笑嘛,"那人说,"我不讨厌猝死的商人。进来喝杯酸酒吧。"他用结实有力的手拍了拍安杰洛的肩膀。

这闻名遐迩的酸酒,是一种淡红色的葡萄酒,但味道相当不错。

"修道院的修士们穿过树林,跑上四分之一法里的路,就为了来这里喝一小杯酒。"那人说。"我还以为,他们只喝路边梧桐树下那个非常优美的水池里的水呢。再说,允许他们来这里喝酒吗?"安杰洛天真地说。"要说允许,没什么是允许的,"那人说,"能允许轻步兵第二十七团的前士官在只有狐狸出没的路上开客店吗?这在《人权宣言》中写着吗?这些修士都是好小伙子。有时可以听到几下钟声,可以看到他们打着旗,吹着号,祈求丰收,就像在举行军事仪式,但他们真正的工作是种地。请相信我,他们不会放弃喝酒的。您,您见过农民讨厌酸酒吗?况且,他们的先人说:'喝吧,这是我的血。'我就做了一件事,把我的侄女打发走了。她在这里,他们不方便。当然是因为她穿裙子。穿裙子是出于自信,但是,看到有人穿裙子是迫不得已,那是很讨厌的事。现在,这小屋里就我一个人。当他们时不时想往肚子里灌一小杯酒时,我有什么办法呢?大家都有好处嘛。这不是最重要的吗?呵!再说,"他又说,"他们做这事很有绅士风度。他们不走大路,而是绕一大圈,从树林里来。他们很渴,但还这样做,这是难能可贵的,他们在苦行和其他方面都比我强。他们从后门进来,马厩的门总是开着的,这对于自尊心比较强的人,也是一种凌辱。这没什么:以前谁会对我说哪天我会开食堂呢!"

安杰洛沉思片刻。他很理解,一个人住在这不会说话的树林里,是很需要有个伴儿说说话的。"我热爱人民,"他想道,"在这点上,我和这个住在只有狐狸出没的荒路旁的士官是一样的。爱是很可笑的。有人会对我说:'让我们安静些吧!真实存在于给你喝咖啡的那个女人的肩膀上。它们很美,它们的小窝在向你微笑,尽管风吹日晒,皮肤黝黑。你还想要什么?刚才,你对水池,甚至对那棵山毛榉树的凉爽绿荫，对那些同样可爱地闪烁发光的柳树表示蔑视了吗？'可那是因为对山毛榉树、柳树和水池可以表现得自私一些。谁来教我自私自利呢？不容置疑，这人贴肉穿着红背心，显得心境恬然，他可以同任何人谈他想谈的事。"树林的岑寂给安杰洛留下了深刻的印象。

"我没有餐室，"这个心境恬然的人最后对他说，"您看，那里有张大理石桌，平时，我就在那张桌子上享用我的饭菜。我想，如果我们分两张桌子吃饭，未免有点儿愚蠢。尤其是我必须随时起身侍候您。我们的餐具放在一张桌子上，您看有没有不便？如果您同意，我会举止文雅的，不过我孤身一人在这里（这句话促使安杰洛下了决心）……"他终于安排停当，他自己待会儿喝的酒，也会让安杰洛付款。

他果然举止文雅；他在军营中早已养成习惯，吃饭时不把胸毛领带弄脏。

"像您这样的客店，"安杰洛说，"一般都是血淋淋的。总有一个炉子用来煮尸体，一口井用来扔骨头。"

"我有一个炉子，但没有井。"那人说，"不过请注意，"他接着又说，"我完全可以把骨头埋在树林里，有人能发现才怪呢。"

"就我的精神状态而言，"安杰洛说，"有这样一次历险，我会感到比什么都愉快。人生来是很奇怪的，我想，同一个有幸在轻步兵第二十七团服过役的士官谈这个问题是没有用的。但是，在一些特别困难的问题上，我要费极大的劲儿同自己辩论，所以当我遭到几个果断而残忍的人袭击时，看到他们看中我的钱包，以为只有不顾一切威胁我的生命才能避免苦役和断头刑，我会感到莫大的宽慰。我想，我会愉快地接受战斗，哪怕在我从这里看得见的那个小楼梯上，但在那里是很难做假动作的。甚至我喜欢在一个顶楼上，门开着，听得见凶手光着脚上楼来，我对自己说，我先开两枪，然后，就该用我从不离身的那把极其锋利的尖刀解决问题……"他做了一个非常伤感的宣战。他一本正经。"这是谈论爱又不致被人讥笑的唯一办法。"他想道。"话是这么说,"那人说,"可我认为,这样的时刻并不好玩。"然而,因为安杰洛阴沉而狂热地坚持,那人给他倒了一杯酒,旷达而明理地说,人人都从青年时代过来,这充分说明,危险的事并不因年轻而致命。"我将来要做隐士。"安杰洛想道。"嘿!干吗不呢!一小块果园,几株葡萄,也许还有一件修士服,这毕竟是一种舒服的衣服。脖子上还有几根细瘦细瘦的腱子,好把我的脑袋系在修士服上。不管怎样,这会给人很深的印象,尤其是怕受嘲笑的人,穿修士服倒是个很好的保护。这也许是一种不受约束的办法。"

结账时,那人就不再旷达明理了,直截了当地乞讨几个里亚①。他不再谈轻步兵第二十七团,而是反复使用"孤独"一词。他意识到,他只要一说这个词,安杰洛就会同情他。他毫不费力地得到了想要的东西,他戴上他的警察帽,以便在陪安杰洛到上马石那里去的时候,将它摘下来拿在手中。

大约是下午一点,天热得像磷那样苦涩。"不要走在太阳底下。"那人说(这在他看来不无讽刺意味,因为哪里都没有阴凉)。

安杰洛觉得,他随着马,慢步进入了他刚才谈到的火炉里。他沿着一个山谷前进,山谷很窄,长满了<u>一丛丛矮橡树</u>。直冲山谷的岩壁,被太阳烤成了白色。阳光变成了刺眼的粉末,犹如玻璃砂纸,在他和马的身上摩擦,他和马都昏昏欲睡;粉末状的阳光摩擦着小树,小树渐渐消失在污浊的空气中,那空气如粗粗的纬纱般颤动着,将黏稠的金色斑点同暗淡的赭石色和大片的白垩色混在一起,平时的东西已无法辨认了。被雀鹰抛弃的窝窠发出腐臭味,沿着高耸不平的巨岩往下流淌。山坡将四周远处苍白山丘中一切腐败的臭味注入这个山谷。树

---

① 里亚,法国古铜币,相当于四分之一苏。

根和树皮，蚂蚁窝，拳头大小的胸廓，宛若一段段银链的死蛇骨，粘满了死苍蝇犹如一把把科林斯葡萄的豆科植物蝶形花冠的旗瓣，白如栗子浆的死刺猬骨，散布在大块气息奄奄平地上的怒目而视的一堆堆野猪尸骨，从头到脚被虫咬得千疮百孔连枝梢也充满了木屑被稠密的空气扶着站住的树木，倒在被烈日烧烤的橡树枝丛中的鸶鸟骸骨，还有在暑气熏蒸下从野生花楸树树干的缝隙中散发出来的刺鼻的浆液味。

出现所有这些野蛮的景象，并非只是因为安杰洛被太阳烤得昏昏欲睡满眼红光。在这山区，从未有过如此炎热的夏日。而且那一天，热浪势如潮涌，席卷南方各地：在僻静的瓦尔河流域，小橡树热得发出爆裂声，在高原偏僻的农庄里，蓄水池上立即飞来了无数鸽子，在马赛，阴沟洞里冒出了青烟。在埃克斯，中午，全城都在午睡，鸦雀无声，林荫道上，公共取水处响起的钟声像在夜里那样清晰。在里安镇，早晨九点就有两个人病倒：一个是车夫，他进镇子时，突然发病，被抬到一个酒吧里，躺在阴凉处，被放了血，但仍不能说话；另一个是二十岁的姑娘，差不多在同一时间，她刚到公共取水处喝了水，突然站着拉起肚来，她强撑着跑回家，她家离得很近，刚走到门口便栽倒在地。当安杰洛在马背上打瞌睡的时候，那姑娘好像已经死了。在德拉吉尼昂，山峦把酷热反射到城市所在的盆地上，让人无法午睡：平时，屋子的小窗户能给房间带来凉意，可这次天气闷热异常，人们恨不得用铁锹把窗子扩宽，以便能喘过气来。人们都跑到田野里；没有泉水，没有水池；人们吃甜瓜和杏子，可它们烫得像是煮过似的；大家都趴在草地上。

在瓦莱特，人们也吃甜瓜。正当安杰洛经过冒臭鸡蛋味的岩石时，年轻的泰于夫人顶着烈日，奔下城堡的楼梯，跑到村子里去，好像是一个厨娘刚才突然病倒了，那厨娘是一小时前去村子里的（正是那位客店老板，这个老恶棍对安杰洛说"不要走在太阳底下"的时候）。而现在（安杰洛正继续闭着眼，穿过炽热的山丘），那厨娘已死了，人们猜想,她死于中风,因为她的脸是黑的。燥热、死人的气味和黑脸,使那位年轻的夫人感到极其恶心。她只得跑到一个灌木丛后面去呕吐。

在罗讷河谷,大家拼命吃甜瓜。那河谷沿着灰绿色的土地向东延伸,这正是安杰洛现在穿越的地方。因为有罗讷河,那地区高耸着一丛丛树木:埃及无花果、高达三十米的梧桐、长着美丽凉爽的叶丛雍容华贵的山毛榉。今年没有冬天。毛毛虫已把所有的松树吃得片叶不留,甚至将各种柏树的叶子一扫而光,更有甚者,它们改变自己,吃起了无花果树、梧桐树和山毛榉树的叶子。在卡庞特拉高原,方圆数百法里,树木瘦骨嶙峋,树叶被咬出了锯齿,烤成了灰烬,被风吹走;站在高原上,透过那些残败的树木,依稀可见阿维尼翁的城墙,宛若一个爬满白蚁的牛胸廓。同一天,酷热降临阿维尼翁,一上来便让那些病得最重的树木一一崩折。

在奥兰治火车站,有一列从里昂开来的火车,旅客们拼命敲打所在包厢的小门,喊人来给他们开门。他们渴极了,许多人呕吐,肚子疼得缩成一团。司机带着钥匙,来到那些包厢门口,可是,刚开了两个门,就开不动第三个了,赶紧去把脑门靠在一个栏杆上,最后倒在了那里。他被抬走时憋足力气说,得赶快摘钩,机车会起火或爆炸。他说,无论如何得赶快把第二个操纵杆向左转到底。与此同时,第三包厢的旅客一直用拳头猛敲他们紧闭的包厢门。

在罗讷河谷的所有城市和乡村到处是甜瓜。高温有利于甜瓜生长。人们不想吃东西,对面包和肉想起来都觉得恶心。于是便吃甜瓜。吃完甜瓜便想喝水;公共水池的龙头上,生出长长的青苔。人们特别想漱漱口。有些树已崩折,从树枝堆里冒出尘埃。牧场像是覆盖着白雪,牧草被太阳烧焦,被滞重的空气压倒在地上,牧场上也升起了尘埃,这些尘埃和梧桐树的花粉一样,刺激着人的喉咙和鼻孔。犹太教堂周围的小巷子里,到处是瓜皮、瓜子和瓜汁。人们也吃生西红柿。这是第一个大热天，接着，这些垃圾很快腐烂。在这第一天的晚上，它们开始腐烂，夜里比白天更热。眼下，农民们已给卡庞特拉市运来了五十多车大甜瓜。下午一点，三十来辆空车返回瓜田，出了城便是瓜田。那时，安杰洛位于卡庞特拉以东三十法里处，半睡半醒，任马儿驮着他缓步前进。正当他行进在这热得让人想吐、充满了臭鸡蛋味的小山谷的时候，甜瓜皮已开始充斥卡庞特拉市的主要街道，连专区政府、图书馆、宪兵署和客人最多的狮子宾馆周围也到处是瓜皮，还有许多运瓜的车辆正在进入城里；一位医生服了几滴掺了点儿糖的复方樟脑酊；开往布洛瓦克的驿车两点钟要出发，到现在还没把马套在车辕上。

　　如同在原野上一样，无论在城市还是村庄，这炽热的阳光似迷雾般神秘莫测。它使街道两侧看不见房屋的墙壁。阳光照在正面墙上，产生极其强烈的反光，致使对面的阴影刺得人睁不开眼。空气稠得像糖浆，万物都改变了形状。行人走起路来仿佛喝醉了酒。他们醉眼蒙眬，不是因为匆匆吃下去的绿瓜瓤和瓜汁在肚子里咕咕叫，而是物体的形状变得模模糊糊，使得大门、窗子、搭闩、门帘、酒椰叶纤维窗帘都移动了位置，人行道的高度和铺路石的位置都发生了变化，加之人人走路都半闭着眼睛，和安杰洛一样，低垂的眼睑被太阳染成了丽春花的红色，所有的欲望都化成了沸水的形象，人们在沸水中踉跄而行。

　　因此，头几天便有许多人病倒了，但没引起人们注意。只有在那些病人无力走到家里而倒在大街上的时候，才有人照管他们。即使这样，也不是人人都得到照顾。如果他们是脸朝下摔倒的，人们可能以为他们在睡觉。只有当他们在地上滚了一下，最后以仰卧的姿势固定下来，人们才会看见他们发黑的脸孔而感到不安。即使这样，也有病人被忽视，因为这酷热、这喝水的欲望，使个人主义更加膨胀。因此，事实上，在这第一个大热天——恰恰是安杰洛在阳光染红的眼皮下梦见倒在大橡树枝丛中的鸫鸟骸骨的时候——不管怎样，这第一天的病人很少。一个犹太医生接到了一位犹太教士的报告后，考虑到教堂的圣洁，前来检查恰好倒在教堂小门口的三具尸体（人们猜想，他们是想到教堂里去凉快一下）。那天下午，在卡庞特拉只有两次警报，其中包括前往布洛瓦克的驿车车夫，况且，很难弄清楚是什么原因使车夫得病的，究竟是苦艾酒，还是天气热（此人是个大胖子，嘴巴一渴，肚子一饿，就迫不及待地要吃要喝，他在客店里吃了中午饭——那天全城恐怕只有他一个人中午用餐——吞下了一盘猪下水，又接连喝了七杯苦艾酒，用来代替咖啡和餐后烧酒）。

在奥兰治、阿维尼翁、阿普特、马诺斯克、阿尔勒、塔拉斯孔、尼姆、蒙彼利埃、埃克斯、瓦莱特（那里，那位年轻的厨娘率先死去，却丝毫未能引起震惊）、德拉吉尼昂，甚至直到海边，都有一两个人死去，几乎并没引起忧虑（但从下午开始，人们感到有些不安了，而那时安杰洛正在打瞌睡，马儿的脚步颠得他想吐），有些人感到不舒服，有的轻一些，有的重一些，却被归咎于到处毫无节制地吃甜瓜和西红柿。人们给这些病人治疗，让他们服用掺有方糖的复方樟脑酊。

在土伦，才下午两点，海军的一位督察医生就登门求见海军上将兼要塞司令T公爵了。人家请他晚上七点再来。他表现得很不得体，甚至极不礼貌地在接待室里大嚷大叫。他终于被一个值勤的准尉逐出门外，准尉发现医生神色惊慌，好像很难抑制想讲话的欲望，只见他突然用手捂住嘴巴，不让自己讲话。准尉表示歉意。督察医生说了句"算了"便走了。

在马赛，除了阴沟发出恶臭外，还没什么问题。几小时内，这老港的海水变得似柏油般稠稠的，黑黑的，金褐金褐的。马赛人口太稠密，谁也没注意到，大夫们从下午起就坐着双轮马车在城里东奔西跑。有几位大夫神态极其严肃。此外，这粪便的恶臭使得大家神态忧愁和沉思。

安杰洛在骑马而行的小路上，迎头遇上了一块形同三角帆的大岩石，这条路紧贴岩石通往一个村庄，那村庄犹如一个马蜂窝隐蔽在石头中。安杰洛感到马的步幅改变了，他醒过来，发现自己正在穿过一些小梯田往上爬，梯田由白石矮墙支撑，长着愁容满面的柏树，村子冷冷清清，小巷两旁的墙壁令人窒息，太阳的反光使人目眩。安杰洛下了地，把马牵到教堂旁的一个半塌的拱门下躲避太阳。拱门下，可闻到一股浓烈的鸟粪味，顶上燕子窝琳琅满目，鸟窝里渗出暗黄色的水。这阴凉处虽然灰尘扑鼻，但使安杰洛发烫的颈背舒服了些，他的后颈像是受了伤，他不停地用手去抚摸。他在那里站了足足一刻钟，蓦然，他看见小巷的另一边，就在他对面，有扇门敞开着，在黑乎乎的门里头，好像有个女人的裙上衣或衬衣什么的在微微晃动。他穿过小巷，去要水喝。那是个女人，看上去有点儿迟钝，汗流涔涔，喘着大气。她说已经没水了，鸽子已把蓄水池里的水弄脏，那水勉强可以试着用来喂马。可是，马在水桶里直打响鼻，它在里面洗鼻孔，在太阳下喷出水沫。

　　那女人有甜瓜。安杰洛吃了三个。他把瓜皮给马吃。那女人也有西红柿，但她说这蔬菜吃了会发烧，只能煮熟了吃。安杰洛在一只生西红柿上猛咬了一口，汁水溅到了他那件漂亮的紧腰中大衣上。他管不了这些了。口渴平息了一些。他也给马吃了两三个西红柿，那马急忙吞下肚里。她说，她丈夫就是因为这样逞勇，已病倒了，昨天开始发起烧来。安杰洛瞥见屋子的一个角落里有张床，堆着一条花卉图案的大毯子和一条鸭绒压脚被，几乎看不见病人的脑袋。那女人说，她男人再也暖和不起来了。安杰洛心里感到纳闷，认为这肯定是不祥的预兆。况且，那男人脸色发紫。那女人说，她男人现在已不再痛苦了，可他一上午肚子疼得直打滚，肯定是吃了生西红柿的缘故，因为他也不愿听她的话，和安杰洛一样固执。

　　安杰洛在这间屋里歇了差不多一个钟头，人家还把他的马也牵了进来，然后，他就继续赶路了。阳光和酷热一直滞留在门口。很难想象会有夜晚。

就在那个时候，那位海军督察医生说了句"算了"，就回土伦市里去了。也是在那个时候，那位犹太医生匆匆赶回家里，向妻子交待了几句，让她为她自己和他们十二岁的女儿准备一只小手提箱，那位牛眼睛鹰钩鼻的胖女人便乘坐去韦宗的驿车，离开了卡庞特拉，她丈夫让她坐驿车赶快往前走，直到迪厄勒菲，甚至到布尔多才停下来。她别过脑袋，不再看她丈夫留守的城市，她把一只指头放到嘴上，示意女儿不要说话，她女儿坐在她对面，睁圆了眼睛，浑身冒汗。就在那个时候，安杰洛看见，可怕的夏天在那些高高的群山上呈现出荒蛮而光彩夺目的景象：树变成了橙红色，栗树变成了焦黄色，牧场面黄肌瘦，泛着铜锈色，在柏树的叶丛中，仿佛有无数盏油灯在闪烁悲郁的光芒，在他周围，光雾铺开了阳光织成的旧地毯，犹如海市蜃楼，在光毯那透明的纬线上，飘浮和颤动着依然是灰色的图案：森林、村庄、丘陵、高山、天际、田野、树丛、牧场，那些牧场几乎完全消失在麻布色的天空下。就在他第一百次问自己夜晚会不会降临的时候（他第一百次转向东方，那里依然是不变的赭红色），在瓦莱特，时光已然停止转动，那位厨娘腐烂得很快，她前面站着几个村里人和那位年轻的夫人，他们在向死者致哀，眼看她很快就腐烂了，连床也湿透了，她是穿着衣服被人放在床上的。正当那些人看着尸体迅速腐烂而迷惑不解时，安杰洛逐渐看见栗树林区展现在他周围，被一块块岩石和一个个村庄戳成一个个窟窿；早晨，当他登上第一个山丘时，就已看见这片栗树林区了。可那时远远望去，那地方的形状和颜色并不让人觉得难受，而现在，在这前所未有的强烈阳光下，空气黏稠而颤动，那地方正在腐烂变质。树木有如油渍，将其形状和颜色在粗纱织物般的空气中扩展，树林则像一块块肥肉，正在渐渐融化。就在那个时候，那位年轻的夫人想道："就在几小时前，我还让这个姑娘下楼去给我买甜瓜呢。"就在那个时候，安杰洛看看东方，希冀能看见些微预示白天即将结束的迹象；海军督察医生正心烦意乱，他溯拉马格街而上，拐进三棵橄榄树街，穿过爱情大街广场，进入蒙托邦街，拐进城墙街，走过仁慈街，那里横溢漫流的尿水正在白热化的铺路石之间沤熟，然后他顺奥拉托利会街、拉姆迪厄街而下，土伦港就像睡眠者在呼吸，从拉姆迪厄街上吹来一阵阵肠胃不消化的气味，接着他溯桑树街而上，那里有个厕所屎尿横流，他不得不从上面跨过去，然后他走到拉菲特街，最后在奥马尔咖啡馆梧桐树下的露天座上坐下来，要了杯苦艾酒，他刚呷了一口，便对自己说，没有必要比国王还要忠于国王。打个报告不就行了？他只需写份报告，就没他的事了。每年都有人说："从没这么热过。"这也许只是普通的痢疾。生活没有节制，把身体给搞垮了。"什么前驱征兆，前驱征兆！不去看看人们的身体被酒精、烟叶、女人、环球旅行、咸肉糟蹋成什么样子了！你凭什么把这说成是传染病的前驱征兆！刚才我所能报告的，不过是我自认为的前驱征兆罢了。要是我把司令从午睡中拉起来，向他报告纯粹是前驱征兆，他不拉长脸才怪呢！休克。哪怕是休克。身体弄垮了，普通的拉肚也会表现出亚洲霍乱……的特征。离恒河很远。在印度，酷热的天气生出了大象和无数苍蝇。印度河三角洲。污泥，五十度高温，没有树荫。水会腐烂，就像任何有机物一样。其实，这个城市不像人们说的那样臭；没有六个月以前臭。除非是久闻而不知其臭了。不过，我一直闻到苦艾酒的味道。除非这个城市的臭味已超过了限度。这样，痢疾也可能会超过限度。拉斯帕耶[①]！为人类谋利益！这很好，可我是个军医，一个军医是有上级的。打份报告给司令，我也就尽到全部责任了。剩下的事……如果我是地方医生……可我不过是一个齿轮罢了。不过，今晚还是得去求见司令。因为从现在到晚上，一个地方医

[①] 拉斯帕耶（1794—1878），法国生物学家、化学家和政治家。

生很可能……在一个休克病人面前，没有那么多麻烦。在孟加拉湾这个死胡同里，常有鲸蓝色的暴风雨。在墨尔波墨涅号战舰上，弥漫着有害的瘴气。"他又要了第二杯苦艾酒，并问这次能不能给一点儿清凉的水。就在侍者给督察医生端来第二杯苦艾酒的时候，在瓦莱特，那位年轻的夫人想道："我觉得过了一个世纪了！"那位年轻厨娘之死取消了时间；那位年轻的夫人看到厨娘的死亡致使时间停顿，四面八方的逃路全被粉碎，感到迷惑不解；就在同一时刻，往北四十多法里，安杰洛在灰色的天空下，穿过灰色的栗树林，越过长满灰色矢车菊的灰色的荒原，越来越深入高高的山丘。他感到自己像是滚烫的铅。马儿走路的步伐像是睡熟了似的。那时，在卡庞特拉，那位犹太医生果断决定将犹太教堂门口发现的三具尸体立即埋葬，现在正在回家的路上。他的做法让教堂管理员吓坏了。他肯定那教堂管理员是不敢说出去的，至少一两天之内不会说。以后呢？以后，好吧，以后，他活在世上不是为了阻止人说话的；况且，事实将会胜于雄辩。最重要的是，在没有充分的把握之前，不要搞得满城风雨。理由是，绝不应该让群众惊慌失措。还有一千条其他理由。他思量，拉谢尔在韦宗能不能租到一辆双轮马车。他对拉谢尔深信不疑；她肯定能找到一辆双轮马车的。他庆幸自己想到了布尔多，那里地处峡谷，空气流通，经常刮风，空气流过而不滞留。他为自己能急中生智颇感自豪，那几乎是无意识的行为。"人的聪明才智会在一些特殊的情况下，在与情感毫无关系的层面上起作用。我死后，智慧也许仍会在我的尸体内起作用。这是个灵魂不灭的问题，可能存在着一种无意识的智慧，甚至能在人的尸体中起作用。不过，这不是个普遍现象，而是某些人、某些民族的特性，他们具有灵魂不灭的特性。"他配了几小瓶纯阿片酊，那是蒂巴因提取物、吗啡、氨水醋酸盐、乙醚的混合物，每瓶里面都有一根专门的滴管；还准备了一个吗啡盐酸盐注射器、一小瓶松节油。正当他用大拇指有力而准确地压住瓶盖塞紧药瓶时，就在安杰洛吃过甜瓜的小村庄里，那个在鸭绒压脚被下瑟瑟发抖的男人，弹簧似的从床上跳到地上，滚到那呼吸困难的女人脚边。他躺在方砖地上，脸上的皮肤发黑，被一股可怕的腕力使劲儿地往后拉，牙齿和眼睛都突了出来。那女人向他弯下腰。她寻思，这可能是一种会传染的恶病。她赶紧吃了瓣蒜。她跑去找女邻居。阳光仍照得街面上像涂了层纯石灰，没有丝毫阴影。安杰洛不时地向东边张望，那边纹丝不动。他向东方前进，时而爬坡，爬上覆盖着灰色栗树的小山，时而下坡，下到灰色的背斜谷，马蹄扬起滚滚尘土。他沿着一个又一个双壁烫似熟石灰的蜿蜒曲折的小山谷前进，随昏昏欲睡的马儿缓缓爬上山丘，走过一道道白热化的山脊，从呼出火一般热气的栗树林和橡树林边经过。每当爬上一个山顶，他都要向东边望一望，看看有没有黄昏降临的迹象。东边的天空和天顶一样灰乎乎。他可看到整个天空，没被太阳耀得睁不开眼；太阳不是一个刺眼的火球，而是一种散布到各处的刺眼的尘埃；整个天空都耀眼。东边也耀眼。他看看北边，试图望见坐落在大山腰上的小山城巴农的身影，那是他要去的地方。大山一片灰色，差不多和天空的灰色一样耀眼，分不清任何东西。安杰洛具有军人的魂魄。他穿过这黏黏稠稠的夏日，向巴农走去，如同穿过敌人的枪林弹雨，向作战方案中的一个要地前进。他的肚子隐隐作痛。有时是闪痛，这种疼痛将一把把比天空还要白的石膏扔到他眼睛上。他寻思，那位呼吸困难的女人要他当心甜瓜和西红柿，这不是没有道理的。可是，如果他看见路边有甜瓜，他仍会下马去吃的。而且，他想："这是空气的缘故。这空气稠稠的，不正常。空气里面不是太阳，而是别的东西；也许有数不清的小苍蝇，呼吸时吞进肚里，就会得肠绞痛。"他一步一步，爬到了一个山顶上，这座山比他爬过的所有山都要高。它隐没在蒙蒙热浪中，是那座大山的第一批山嘴中的一个。那大山老远便能看得见。从卡庞特拉能看得见。那位犹太医生从他实验室的窗口能看得见。他早已走到窗口，因为他闻到了甜瓜皮的腐臭味，这臭味已开始充斥大街小巷。他在耀眼的阳光下张望,越过城市的屋脊,向东十一二法里的地方,他隐隐望见那座大山的一个个山嘴,以及那座最高的山丘,从这里望去,那山丘有如在长长的灰坡上隆起的一个树丛。他寻思,这恶臭会不会弥散到这些山丘上,让拉谢尔乘驿车去布洛瓦克是不是得不偿失。要不是整个天空仿佛布满了耀眼的生石灰,灰蒙蒙的尘埃使天际有如笼罩着浓雾,他从实验室的窗口,越过弥漫于街道和城市的烂瓜皮的臭味儿,就可看见一座小山,从窗口望去,有如一棵修成球状的树木,位于安杰洛现已爬到顶上的那个山嘴的右边一点儿;还可以看到那个村庄,在这村里,那位在鸭绒压脚被下索索发抖的男人,终于像弹簧似的松开,滚到他女人的脚边,就在此刻,四五个女邻居已跑过来,呆呆地看着他,每个人嘴里嚼着大蒜,离他远远的,反复喊着:"他死了,他死了。"他那白白的颌骨全露在外边,眼球突了出来。那犹太医生心想,也许不该如此相信自己的聪明。他感到,这些山丘比尔多更能保护拉谢尔和小朱迪特。他不再确信他有灵魂不死的特权。他不再为拉谢尔在韦宗能找到一辆双轮马车而感到沾沾自喜了。她肯定想象不到,他把她们打发到布尔多去会是错的。他无法再通知她们了;他不得不留下来履行职责。他诅咒聪明。他意识到,按照逻辑,他应该诅咒的是假聪明。他唾弃假聪明。他为自己没有真正的聪明而感到绝望。他唾弃自己。他唾弃拉谢尔和朱迪特,因为她们不能为他保护他的拉谢尔和朱迪特。他唾弃人类,因为他们受到一个千面上帝的折磨。正当他诅咒的时候,他发现东边变得混浊了,黄昏和黑夜即将降临。他大吃一惊,仿佛黑夜第一次将从东方升起。他想:"我这些推理全都是错的。这么普通的事,我甚至都没有料到。别自寻烦恼了。拉谢尔和朱迪特在布尔多会很好的,无论如何,不会比在别处差,肯定比在这里好。还是考虑考虑那些有效的药吧。不要研究聪明了。"他回到他的药瓶跟前,将一些药瓶放在办公室的桌子上,另一些放进他的药箱里。他用口哨吹起一首小曲。

他还侧耳细听街上和楼梯上有没有声音，时刻期待着听到敲门声。在犹太医生远远可以望见的宛若一棵球形灌木般坐落在远处山嘴坡上的小村里，那几个女人已去找本堂神甫了。本堂神甫以邻居的身份来了，长袍敞开着。"快到晚上了，"他说，"希望会凉快些。可怜的阿西德！""他浑身都发黑了。"一个女人说。"的确是，"本堂神甫说，"我感到这很不寻常。"他看看惨不忍睹的尸体，但他寄希望于正在来临的黄昏。"哪怕休息一会儿也好，"他想，"让大家能透过气来。"一想到可以畅快地呼吸，他就有力量战胜这龇牙咧嘴、露着腐烂的牙齿和残根、甚至露出牙龈的令人毛骨悚然的丑陋嘴脸了。

此刻，夜晚还只是在东边露出的一点儿淡淡的蓝色。但这足以使得拉菲特街梧桐树的叶丛在海军督察医生藤椅旁形成的新月和一串串小月亮斑点变得暗淡无光。他以为是一片乌云所致。他咕哝了一声，引得奥马尔咖啡馆露天座上坐在他身旁的几个顾客抬头看他。"下雨，"他大声说，"好，他妈的！"可他对自己的军服充满了敬意。他数了数酒杯。"这七杯酒，"他想，"尽管是满满的，总不至于会让我看不见黄昏降临吧。"接着，他极其平静地大声说："是黄昏。可我见得多呢。"他想说，他决心迎击海军司令了。"我要做的，"他想，"就是能把墨尔波墨涅号舰上的有毒瘴气字正腔圆地说出来。再就是我要把心里想的全都给他端出来。我才不管它是'先兆'还是'前驱'哩。我心里想什么，就说什么。如果他不高兴，这很好办，我就对他说：'我说是，您说不是，有一个办法可以知道谁对谁错：解剖尸体！'"他叫来侍者，问他几点了。六点半过了。督察医生站起来，将两只脚摆成T形，以对苦艾酒和海军司令，对把他引到奥马尔咖啡馆露天座上来的一切表示对抗。他走小巷前往海军司令府。他现在只指望夜晚——此刻东边已变得更蓝——和尸体解剖了，这个好主意也许得归功于黄昏及其可能带来的一切希望，哪怕只是因为光线变弱。这是一个非同寻常的——他想是无可争辩的——证据，他一直没想到这个证据，因为白天热得人晕头转向，尤其是那强烈的阳光刺得人睁不开眼，让人呼吸困难，太阳穴直跳，让人生的悲惨再次闪现在你眼前，就像当你跳进绿色的水中一样。现在依然炎热难熬，依然要从厨房污水槽和厕所渗出的污水上跳过去，但阳光变弱了，这能使人恢复体力。他想："就像个杂技演员。"他边走边想："司令，这件事肯定无疑；我是内行。我解剖过中国人、印度人、爪哇人和危地马拉人。"（这不是真的，他从没在东方海洋以外的地方服役。他从没去过危地马拉，但他苦艾酒喝得稍为多了些，这个词和一些活动范围极广的词一样，可以抵消多余的苦艾酒。）"讨厌的是，"他想，"我不得不进行争论，解释情况，而在我的墨尔波墨涅号舰上，一切都清清楚楚，肯定无疑，毋庸解释。像今天这样的情况，必须说得他们目瞪口呆，只会说：'啊！噢！好，好，该怎么做就怎么做吧。'所有的东西都放在一个托盘上拿给他们看，事先都解剖好，准备好，以便精确地表明，对军衔和社会来说，在远方大江大河的呼吸和——不妨说——这里几十万人的生死存亡之间，有着不容置疑的对应关系。手持证据，会更容易解释。瞧：胸膜发黏，您看见没？左心室挛缩，右心室充满了黑色凝块，食道发绀，上皮脱落，肠子里充满了一种物质，为方便您懂得科学方面的事，司令先生，我可以打个比方，就像是米汤或牛奶样的东西。让我们钻到，让我们钻到，司令先生，不该来打扰他午休，让我们钻到墨尔波墨涅号舰那位一米七〇高、四十厘米宽的桅楼水手体内看一看；他是中午死的，司令先生，那时您在呷摩卡，有人在准备沙发；他是中午死的，印度河三角洲和恒河上游流域的空气把他刮倒了。肚肠呈粉红色，和绣球花的颜色一样；淋巴孤结像一粒小米或大麻籽那样大；集合淋巴小结呈粒状；滤泡肿大；脾血管充实；回盲瓣呈绿泥状；肝呈大理石花纹：这就是在墨尔波墨涅号那位一米七〇高、四十厘米宽的桅楼水手体内呈现的情况，就像一个火罐，塞得满满的。我不过是二级医生，司令先生，但我能向您保证，这里有枚炸弹，顷刻间可将王国炸得血肉模糊。"

他听见小铃铛的声音：有人在给一个临终者敷圣油。他向十字架敬了个军礼。

在海军司令府上，值班准尉态度比上次和蔼。而且，这个年轻的军官显然惶惑不安。他脸容疲惫不堪，当他把手放到门把上时，督察医生注意到，他的手指头皱皱巴巴，而且微微发紫。他想："啊！啊！又一个！"准尉打开门，报告说："雷诺督察医生。"

就在督察医生进入海军司令办公室时，在瓦莱特的那个村子里，本堂神甫碰了碰那位年轻夫人的胳膊："侯爵夫人，再待下去也于事无补，"他说，"这些女人会照管一切的。我已通知阿布东准备棺材了。"那年轻的夫人给死者洒了圣水，和本堂神甫一起出去了。已是黄昏了。但不十分明显。仍然热得人想吐。"我感到这是我的错，"她说，"最热的时候我让这个姑娘去买甜瓜。她大概在石头大楼梯上中暑。石头楼梯反射的阳光是要命的。我刚才奔下楼的时候感觉到了。神甫先生，我对她的死负有责任。""我不这样认为。"本堂神甫先生说。"在这方面，我可以请侯爵夫人放心，"他说，"不过，在另一个方面可能会吓着她，但我知道，良心的折磨是最痛苦的。我了解侯爵夫人，她是非常坚强的，其他方面的折磨对她会比良心的折磨容易忍受。今天下午，还死了三个人，病状都一样。"他说，"真让人难以忍受！热内斯当的遗孀巴尔布、瓦利·约瑟夫和奥诺拉·布律诺。我差不多同时接到了他们的临终通报，我去看了他们。我不想对您隐瞒，就因为这个，我才斗胆劝侯爵夫人回城堡去。"她浑身发抖。"我们跑步吧，"本堂神甫慌张地说，"这样能使您加速血液循环。"

就在那个时候，安杰洛爬上那座山丘顶上后，终于发现东边出现了黄昏的迹象。他从所在的山顶上极目遥望，从阿尔卑斯山到沿海高原，方圆五百多法里尽收眼底。除了高耸入云的尖峰和南边天尽头黑魆魆的悬崖，所有的地方依然笼罩着黏乎乎雾蒙蒙的热浪。不过，阳光不那么强烈了。尽管肚子一阵阵绞痛，腰部火烧火燎，安杰洛仍在山头上待了一会儿，以便确信黄昏的来临。是黄昏。它就像褥草，暗灰色，微微发黄。

安杰洛策马疾驰。他来到一个小山谷，拐了三道弯，到了一个小平原上，他看见尽头有一个灰乎乎的镇子，贴在山腰上，隐于碎石堆和灰色矮橡树林中。

将近八点，他到了巴农，他要了两升勃艮第酒、半公斤红糖、一把胡椒和一只潘趣酒碗。旅店挺豪华，山色山香，对孤独者的荒唐行为习以为常。人们平静地观看安杰洛只穿着衬衣，把酒糖等混合在一起，又把切成立方体的半个家庭自制面包泡在里面。当安杰洛将酒、红糖、胡椒和面包在潘趣酒碗中搅拌时，他竭力抑制想喝的强烈欲望，馋得直淌口水。他用匙子大口大口地吞下面包和掺了红糖及胡椒的勃艮第酒。他的肠绞痛慢慢平息下来。他同时又吃又喝。这太好了，尽管依然燥热，气温高得连餐厅的天花板都咯吱咯吱响。显然，尽管黑夜已来临，但依然在闪光，不会带来丝毫凉意。但不管怎么说，黑夜使人摆脱了纠缠不放的强烈阳光，可那阳光实在太强烈，安杰洛的眼前依然不时地出现白色闪光。他又要了两瓶勃艮第酒，他把两瓶酒都喝个精光，边喝边抽着一根小雪茄。他感觉好多了。不过，他上楼去房间的时候，不得不抓住楼梯的扶手。但那是四瓶酒下肚的缘故。他横躺到床上，说是为了尽情欣赏充斥窗口的一撮巨大的星星。他这样躺着睡着了，连靴子都没有脱。

第二章

次日上午，安杰洛很晚才醒来。他发现自己横躺在床上，大吃一惊。他双腿发麻，靴子整整一夜压在他的脚上。肩和腰疼痛难忍，稍微动一下，他就感到骨头要断了。

马的情况更糟。他让马厩伙计在马槽里倒了两斗燕麦。他在一旁监督，几句甜言蜜语，说得头脑简单的伙计感动不已，接着便把马托付给他。

"您喜欢马？"马厩伙计对他说，他有一双非常漂亮的眼睛，"我也喜欢。给我两个苏，我往这燕麦里加一升酒。我向您保证，我一杯也不会喝的。我们这里的空气是酸的，因为我们是在山上。人感觉不到，因为山坡平缓。可牲口就会喘不过气来，没有什么比酒更有利于它们呼吸的了。如果我要给您句忠告的话，那就是让这匹黑马休息一整天。"

"我正是这么打算的。"安杰洛道，"再说，我自己也很累，您刚才说到空气是酸的，我相信您是对的。我也知道，燕麦里掺些酒会有意想不到的效果。这是两个苏，我甚至给您四个苏。天气很热，我不想让您给我喂马时渴得伸出舌头。我呢，我还想再去睡觉。"

"您病了吗？"那人问。

"没有呀。"安杰洛说，"怎么啦？"他看到那位伙计甚至没想掩饰恐惧，感到万分惊讶。

"因为，"那人说，"今天早晨，有人同我讲了不大妙的事。夜里死了一个男人和一个女人,大夫已派人去向专区区长报信了。可能有什么凶险。"

"不管怎样,我没有。"安杰洛说,"我可以证明给您看。您去找老板,让他马上给我烤一只鸡来。我想在我的房间里吃,烤好后就给我送上来。再叫人给我拿两瓶我昨天喝过的酒来,您去给我买二十支这样的雪茄,这支我不让您带走,因为这是我最后一支,今天上午我还没抽烟呢。"

安杰洛上楼去了。回到房里,他打开了百叶窗。他把衣服脱光,躺在床上。有人敲门:"是我,"马厩伙计说,"我给您送雪茄来了。""进来吧。"安杰洛说。"哈!好,"那人说,"这说明您不冷。据说,夜里死去的那两个人冷得发抖。只好用松节油给他们擦身子。烟店里有人传说,还有一个人也全身发冷,快要死了。""别听他们的,"安杰洛说,"只有病得最重的人才会死。喏,给您支雪茄抽抽,去把您那升酒喝了吧。别忘了给马喝它那升酒。""别担心,"那人说,"不过,听我一句劝,盖上肚子。绝不要让肚子着凉。"

"他说得有道理,"安杰洛想,"我同山里人很容易相处。他们有漂亮的眼睛,他们会自己吓唬自己。"

他吃了烤鸡,喝了整整一瓶酒,抽了三支雪茄,然后就睡觉了。他四点醒来,望着百叶窗的接缝出神。屋外,仍然是强烈而阴沉的阳光。他下楼去马厩。马喘过气来了。"我刚才同您说的那个人已经死了。"马厩伙计说。"别去管别人死不死。"安杰洛说。"一天死三个,太多了。"那人说。"这没什么,只要死的不是您。"安杰洛说。"照这个速度,很快会轮到的。"那人说,"这里总共才六百人。当然,您,您要走了吧?""今晚不走,"安杰洛说,"明天走。您知道塞尔城堡吗?""知道,"那人说,"在山那边,过了努瓦耶就是。""远不远?""这要看怎么走。好走的路要拐个大弯。另一条路不大好走,但近得多:我向您保证,我要是有您这样的马,我是不会犹豫的。这条近路笔直往前,就在我们对面,您看,到了梅格隆山口,它不是绕过去,而是慢慢向上,穿过山毛榉树林,利用一条隘道,就是一个狭窄的通道,下到奥梅格村。那是个只有二十户人家的小村,在山的另一边,挨着大路。从奥梅格村到塞尔城堡,走右边的大路还有五法里。""一共多少路?"安杰洛说,"我不想重复昨天的一套。天气好像仍然很热!""您还不了解这里的情况。"那人说。"天热得可以煮熟鸡蛋了。听我一句劝,您早晨四点左右动身。这样,您爬山时,可以指望有点儿风。十点就可到达那个隘道,叫勒多蒂埃隘道,我刚才说了,它俯视奥梅格村。从那里起,至少从您到了大路上后,那就是在闲逛了。中午就能到城堡。"

早晨四点,安杰洛出发了。马厩伙计同他谈到的那些山毛榉树林赏心悦目,秀色可餐。它们一丛丛地分布在一个个牧草稀疏、色如狐狸毛皮的牧场上,分布在一块块波浪起伏、一望无垠、长满了薰衣草堆满了小石头的田野上。那条小土路非常平缓,适于马儿行走,它缓缓伸向山腰,蜿蜒在树丛中间,晨曦斜照在一片片小树林中,开辟了一条条金光灿灿、幽幽深深的林荫大道,只见一个个由无数白柱支撑的硕大无朋的拱形绿厅展现在眼前。在这红彤彤的山丘周围,笼罩着黑黑紫紫的轻雾。天际在沉睡。

马儿跑得很欢。快九点时,安杰洛到达了勒多蒂埃隘道。从那里,他可以鸟瞰他即将下去的山谷。山的这一边坡很陡。谷底是一块块贫瘠的田地,一条小溪从上面流过,但白乎乎的,显然没有水,还有一条大路,两旁矗立着杨树。他几乎就在马厩伙计称作奥梅格的村子上方,相距五六百米。奇怪的是,房屋顶上栖满了鸟儿。甚至在地上,屋门口,也有一群群乌鸦。有一会儿,鸟儿全都飞了起来,飞到和安杰洛所在隘道一样高的空中盘旋。不只是乌鸦,还有许多其他羽毛鲜艳的小鸟:红的、黄的,甚至还有许多蓝色的鸟,安杰洛认出是山雀。那一群群的鸟儿在小村上空盘旋,然后轻轻落到屋脊上。

从这隧道起，路变得崎岖不平。它伸向下面的农田。尽管天色尚早，大地已被厚厚一层灼热黏稠的空气笼罩。安杰洛又像昨天那样感到恶心和胸闷了。他寻思，他在此地闻到的微微发甜、令人恶心的气味，是不是源自这些地方所种的某种植物。可是，在布满石子的小田里，只长着矢车菊和大蓟。田野里，除了成千上万只鸟儿的唧唧啾啾哑哑喳喳外，听不到其他任何声音。可是，当安杰洛走近农舍时，开始听见咿昂咿昂的驴叫声，咴儿咴儿的马叫声和咩咩咩咩的羊叫声，组成了浓浓稠稠的大合唱。"这里可能出什么事了。"安杰洛寻思，"这不正常。这些畜生叫得好厉害，就像有人在宰它们似的。"还有那些鸟儿，都歇在地上，他现在从平地上看过去，觉得它们相当可怕。安杰洛走近一座房屋，门口歇满了大乌鸦，黑压压一片，大多只是向他转过头，神色惊讶地望着他走过来。发甜的味道越来越浓。

安杰洛从没有机会到过真正的战场。骑兵师举行军事演习时，只是在队伍中标明阵亡的人，用粉笔在衣服上画个十字。他常想："打起仗来，我会是什么样子？我敢冲锋陷阵，但我有勇气埋葬死人吗？不仅要会杀人，还要敢于冷眼看死人。否则是很可笑的。如果你在自己从事的职业中还贻笑大方，那么又能在哪方面做得漂漂亮亮呢？"

他的坐骑突然往旁边一跳，当然，他仍然稳稳当当地坐在马鞍上；就在同时，一群乌鸦轰的一声飞起，露出了一个横躺在路上的尸体。安杰洛顿时睁大了眼睛。他骤然发现，在可怕的阳光下，眼前是一片荒凉的景象。他看见几所荒寂的房屋，在阳光下半掩着屋门，鸟儿进进出出，自由自在。他的马儿两腿打战。那是一具女尸，从披散在后颈上的长发可以看出来。

"跳下马！"冷汗直冒的安杰洛对自己说，可他却竭尽全力将双腿夹紧马肚。最后，那些鸟又降落到女尸的后背和头发上。安杰洛跳下马，挥舞着胳膊跑去赶它们走。乌鸦神色惊讶地望着他。它们笨重地飞起来，当他离它们很近时，它们用翅膀扑打他的腿、胸和脸。它们身上发出难闻的糖浆味。马儿听到鸟翼的颤动声,惊慌失措,尤其当一只醉醺醺的乌鸦一头撞到它的胁部,犹如用鞭子抽了它一下时,它便离开道路,像要躲避鞭打似的,狂奔着穿过田野,逃之夭夭,跑得马镫也飞了出去。"这下糟了!"安杰洛想道,边想边看他脚下那女人狰狞可怕的嘴脸,她趴在地上,紧挨着他的足尖。

自然,鸟们把她的眼睛啄掉了。"老中士说得对,"安杰洛想道,"这是它们最喜欢吃的肉。"他想吐,于是赶快咬紧牙关。"好吧,大兵先生,"他继续想道,"这下你可完了!"他听见他的马已跑到了路上,疾驰而去;不过,假如他跑去追他的鞍囊,那他会看不起自己的。他回想起那些老中士嘲弄的眨眼,他们和奥热罗交战整整十五天。他向女尸俯下身体。她的头发又黑又长,可以判断这是个年轻女子,她的发髻是被乌鸦啄散的。脸的其余部分惨不忍睹,眼睛被啄得只剩下眶眶,皮肉塌陷,像喝了醋那样做着鬼脸。她发出极其难闻的臭味。她的裙子浸泡在黑色液体中,安杰洛以为是血。

他向房子奔去。可到了门口,一群鸟儿犹如湍流从里面泻出来,翅膀窸窸窣窣,将他团团包围,把他推向后面,羽毛拍打在他的脸上。他不明白是怎么回事,感到恐惧不安,因而心头火起。他抓起一把靠在门上的铁铲,走进了屋子。他刚进去,一条狗扑到他肚子上,差点儿把他推倒,要不是他本能地用膝盖把狗推开,他可就被咬惨了。那畜生准备再次扑上来,当他看见一双既温情又虚伪的奇妙眼睛和一张满是碎布片的肮脏嘴巴向他扑来时,便竭尽全力,给了它一铲子。狗倒在地上,脑袋被劈开。他愤怒得耳朵嗡嗡响,眼睛像是蒙上了几层薄纱,使得他视线模糊,只看得见那条狗,它安静地躺在血泊里。他终于恢复了意识,感到自己握铲柄握得有点儿太紧,他终于看见了周围极其野蛮的景象。

屋里有三具尸体,已被狗和鸟啄咬得面目全非。尤其是桌子上那具只有几个月的婴尸,有如一块白色的大奶酪,被撕扯得支离破碎。

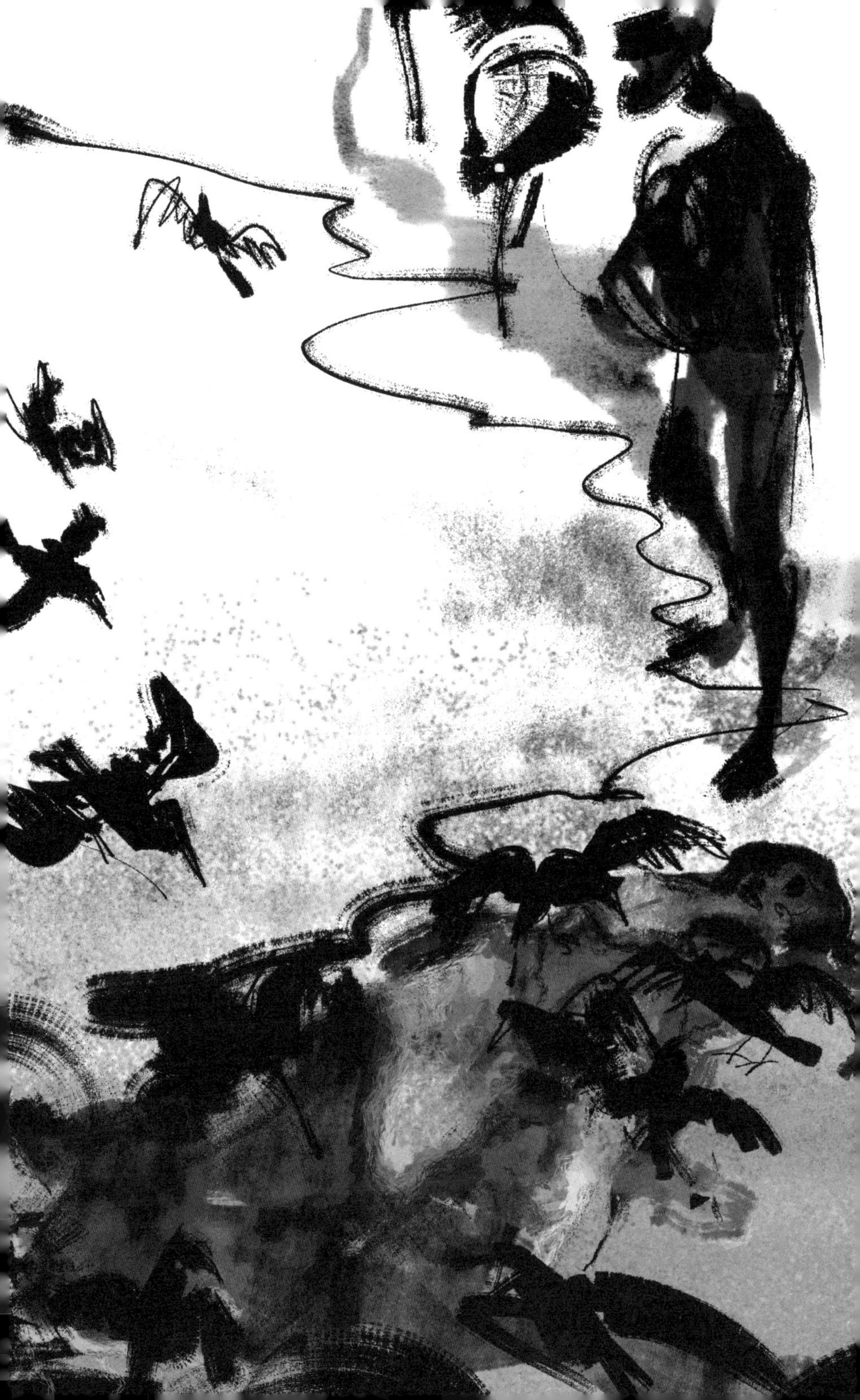

另外两具,一个看来是老妪,另一个是相当年轻的男子,已变得丑陋不堪,脑袋像扑了蓝粉的小丑,四肢脱骱,肚子上翻腾着肠子和衣服碎片。他们扁塌塌地躺在地上,周围一片狼藉,椅子翻倒,锅子滚得满地都是,炉灰散得满屋都是。这两具尸体龇牙咧嘴做着鬼脸,试图用双臂拥抱地面,可臂肘和手腕关节已经腐烂,起着反向的作用,这些都带点儿夸张的意味,实在是惨不忍睹。

安杰洛恶心多于伤心;他的心在铅一般沉重的舌头下搏动。最后,他看见一只大乌鸦,藏在老妪的围裙里,继续它的美餐。安杰洛恶心得吐了,他转身离开屋子。

到了外面,他试图奔跑,但他身子摇晃,脚步趔趄。鸟们又停歇在年轻的女尸身上,盖得严严实实,见安杰洛过来也不飞走。安杰洛朝村里的另一座房子走去。他浑身发冷。他牙齿格格打战。他努力挺直身子。他走路像是踩着棉花。他只听见耳朵嗡嗡响。他感到,在炽热的阳光下,那些房屋变成了镜花水月。

他看见几棵桑树,满树的枝叶依然恬静地给一条小路遮阳蔽日,这使他头脑清醒了一些。他停在绿荫下,靠在一棵桑树上。他用衣袖擦擦胡须。他想道:"我快摔个四脚朝天了。"一阵阵越来越冷的水汽渐渐充满他的脑袋。他试图用小拇指塞住耳朵。当震耳欲聋的嗡嗡声暂停时,他又听见,离他很远的地方,爆发了驴马羊的大合唱,有如油在锅里噼里啪啦响。他就像在前线晕倒了那样,感到汗颜无地。但他习惯于严厉地同自己说话,因此,他并没有失去知觉,而是自动跪下来,然后躺在灰尘里。

血立即回到了他的头上,因此,他的眼睛恢复了视觉,耳朵已经通畅,恢复了听觉。他恢复了意识:"胆小鬼!"他对自己说,"这是你的想象力和爱胡思乱想的坏习惯在作弄你。当你面对残酷的现实,你总要有一刻钟才能恢复平静。这时,你就像一个没有主意的木偶。你会死的,因为他们以互相残杀为乐,杀人如同杀猪!除非这里面有名堂，那你就有话可说了！不过，得尽量从好的方面说！"他的鞍囊已被马带走，他感到很遗憾。他有两支手枪，套着皮套，挂在马鞍两旁，是用来应付战斗的。但他勇敢地回去找那把铁铲，扛着它向村子其他地方前进，一百来步以外聚居着几户人家。

"嘿！"他想，"又是鸟！"果然，当他走近时，鸟们有如阵风，从那些屋子里飞出来。"这该死的村子，究竟出什么事了？我觉得他们全都死了。难道是仇杀什么的？"他用中士的语言说话，以便给自己壮壮胆。

在第二座房子里，他看见几具时间更久的尸体。但没有腐烂，只是干得像木乃伊。狗牙和鸟喙在尸体身上撕咬出一个个花边状的窟窿，就像是一块陈放四年的肥肉被狗和鸟咬过啄过一般。可他们仍像新鲜尸体那样，发出糖浆般的气味。他们浑身发青，眼睛深深陷进眼眶里，脸孔只剩下皮包骨头，挺着如刀刃般细长的大鼻子。有三具女尸和两具男尸，全都倒在地上，周围散乱着灰烬、厨房用具和翻倒的凳子。

安杰洛反复思考着，有乐观的，也有悲观的。他惊恐万状，浑身冰冷；此外，那发甜的气味和死人丑陋的鬼脸使他特别想吐。然而，这样的死亡神秘莫测，而意大利人向来喜欢神秘，因此，尽管安杰洛感到厌恶和害怕，他还是向尸体弯下腰，看见他们的嘴里充满了一种类似牛奶大米粥样的东西。

"难道他们是同时被毒死的？"他心里思量。在这个想法里，也有安杰洛非常熟悉的东西，于是他勇气陡增，大胆地跨过尸体，去看看拉着帷幔的凹室里藏着什么秘密。

那里有第四具尸体，没穿衣服，皮包骨头，浑身发青，蜷缩在床上，周围有许多凝结的奶色粪便。几只老鼠在吃尸体的肩膀和胳膊，看见安杰洛打开帷幔，便往旁边跳了一下。他想用铁铲打死老鼠，但怕打在尸体上，再说，它们瞪着燃烧般的眼睛瞅着他，牙齿咬得格格响，蹲在两只爪子上，像是准备扑上来。安杰洛太想在这场悲剧中做些什么，他对这些同狗和鸟一样坏的动物气愤之至。他无法进行理智的思考。他拉开帷幔，用铁铲打死了跳下床的老鼠。但有两只扑到他的皮靴上，差点儿把他咬了。他一只脚踩住一只老鼠，用足力气把它碾死；另一只老鼠惊慌失措，在房间里逃窜，掀起一股强烈的臭味，安杰洛只得赶紧跑出屋子。

他异常亢奋，不可能不到另外三座房子里去看看。它们在大路边，是村子的中心。他走近时，从那些房屋里飞出密密麻麻的鸟儿，蹦出几只动物，安杰洛以为是狐狸，其实是猫，它们穿过田野逃跑了。在每座房子里，他看到的是同样的惨象：尸体、鬼脸、发青的肉、奶色的粪，以及难闻的气味，那是发甜的腐臭味，与食蝇植物的花萼发出的臭味相似。

这小居民点过去还有五六座房屋，可是，只要向它们走几步，就有一群群鸟儿飞起来，因为在门口，在窗子和打谷场上，鸟儿挤得水泄不通。

可能快到中午了。烈日当空。和昨日一样，热浪依然沉沉的，油油的，天空依然白白的；雾气犹如尘土或烟雾，从白垩色的田野里升起来。没有一丝风，周围静得出奇，尽管牲口棚里传出声音：羊咩声、马叫声、踢门声，仿佛在这大停尸间般的深谷里，有一只油锅在火上噼里啪啦响。

"够我瞧的，"安杰洛想，"得尽快跑到什么地方去报信，叫人来把这些死人埋了，否则，他们很快就会传播魔鬼的瘟疫。尤其是如果这灼热的空气将他们焖熟了的话。可我没有马了，这地方我又不熟悉。"

如果回巴农，又要翻过整座山。步行得整整一天。况且，尽管安杰洛愤愤不平，而且作为意大利人，对探秘有着强烈的兴趣，但恐惧已把他的腿斩断了。他感到每走一步，双腿都打颤。他一面思考，一面走在那条两旁长着杨树的小路上，杨树纹丝不动。

小路笔直笔直。他刚走了百来步，便见一个人骑马飞奔而来。而且，他手里还牵着什么东西，可能就是他那匹脱缰的马。果然，安杰洛认出这是自己的马。那人骑在马上宛若一只汤匙袋。"注意，"安杰洛思忖，"别在一个农民面前丢脸，他听了你给他讲的故事肯定会目瞪口呆，可接下来，见你神色惊慌，又会对你冷嘲热讽。"这样一想，他的双腿便又有了劲儿。他笔直地站着，等那骑马人到来，一面挖空心思，想找出一句非常洒脱的话来。

那骑马人是个骨瘦如柴的年轻人，马在疾驰，颠得他的长胳膊长腿上下跳动。他没戴帽子，也没结领带，尽管穿着有产者穿的紧腰中大衣，而且，衣服上尽是草屑，甚至还有更脏的东西，像是从鸡窝里钻出来的。"我该带着那把铁铲的。"安杰洛心里想。他朝路中间走了一步，以生硬的口吻说："我见您把我的马牵回来了。""我没指望看到它的骑士还站着。"那年轻人说。他把因奔跑而落到额头上的长发朝后捋了捋，露出了一张聪明的面孔。他的胡子又鬈又短，露出非常漂亮的嘴唇，他的双眸根本不像农民："可不是它把我摔下来的，"安杰洛十分高傲却又十分愚蠢地说，"当我看见第一个尸体时，我下了马。"他意识到自己的愚蠢，但指望尸体二字能做些弥补。他被那人的嘴唇和显然惯于嘲讽的眼睛弄得很尴尬："这么说，这里也有尸体？"年轻人异常镇静地说。说完，他准备下马，尽管他的马是一匹拉车的大马，他最终还是笨手笨脚地下来了："您碰他们了吗？"他凝视着安杰洛说，"您现在感到腿发冷吗？在这里很久了吗？您的脸色很不好。"他解下一个像是鞍囊的包，是用绳子拴在一条带子上的，那带子将一条一折为四的普通毯子捆在马背上，就算是马鞍了。"我刚来。"安杰洛说，"我的脸色是不好，不过，我倒要好好瞧瞧，当您看见了我所看见的，会有怎样的脸色。""嘿！"那年轻人说，"也许我也会像您那样呕吐。重要的是您没有碰那些尸体。""我用铁铲打死了一条吃尸体的狗和几只老鼠。"安杰洛说，"这些屋子里尽是尸体。""我相信您是硬着头皮充英雄的。"年轻人说，"您绝对是这种人。您感到腿发冷吗？""我不这样认为。"安杰洛说。他越来越狼狈了，他不感到腿发冷，但却感到它们软得站不住。"谁也不会这样认为的，非得到了确信无疑的时候。您把这喝了，爽快些。"他把从包里拿出来的一个小药瓶递给他。这是很涩口的白酒，加进了味道很不好的草药。安杰洛跑过去欣然接过药，可他刚喝了一口，就火冒三丈，要不是他喘不过气来，就会扑到年轻人身上，用拳头揍他了。但他只是用充满泪水的眼睛粗野地瞪着他。可等他猛地打了几个喷嚏，就感到舒服多了，腿也不软了。"总之，"当他能说话时，对年轻人说，"能给我讲讲出什么事了吗？""怎么！"年轻人说，"您不知道？您是从哪里来的？老兄，是霍乱。史无前例的亚洲霍乱登陆了！再喝一口，"他边说边递过药瓶，"请相信我，我是医生。"他等安杰洛打完喷嚏和掉完眼泪后说："我也要来一点儿，您瞧。"他喝了一口，但看上去对药的怪味很能忍受。"我习惯了，"他说，"三天来，我全靠它才挺下来的。前面那些村里的情况也不大妙。"

这时，安杰洛发现年轻人已精疲力竭，不得已才坚持站着的。他的眼睛天生带有嘲笑的神态。安杰洛觉得这很可爱。他现在已完全忘记那些尸体的阴气了。他心里寻思："这才是男子汉的样子！"

"您说这些房子里尽是尸体？"年轻人问。安杰洛把他怎样进到三四个房子里，在每个房子里看到了什么，一五一十地向他做了叙述。他还说，其他房子里也都是鸟，不可能再有活人了。

"这么说，奥梅格村彻底完了。"年轻人说，"这是一个很好的小村子。半年前，我来这里治过几个肺炎病人。而且我把他们都治好了。您知道，这小地方的人可能喝酒呢！不管怎样，我待会儿要去村里转一转。谁能料得准呢？说不定在某个角落里还有人没有完全死呢。这是我的职责。喂！您站在路当中干什么呀？"他说，"您不认为到树底下去更好一些吗？"

他们躲到了桑树底下。树下并不阴凉，可后颈上感到舒服一些了。他们坐到发出爆裂声的草地上。"您可遇上倒霉事了。"年轻人说,"要正视现实。把您的腿放到太阳底下。您来这里干什么?""我去塞尔城堡。"安杰洛说。"塞尔城堡完了。"年轻人说。"他们都死了?"安杰洛问。"当然。"年轻人说,"其他人也好不到哪里去,他们挤在一辆驿站快车上逃跑了。他们跑不远的。我在想您会怎么做,您?""我?"安杰洛说,"嘿!我不想逃跑。"他在对那双爱嘲笑的眼睛说话。"对付这种肮脏事,老兄,"年轻人说,"只有两个办法:一是用火,二是逃跑。这是非常古老的办法,却很管用。我想您是知道的。""您似乎很知道,可您却在这里。""我是干这一行的嘛。"年轻人说,"要不,我向您保证,我会不辞而别,马上就走。好像德龙那边还没开始,就在山后面,走山路五个小时。我们要现实一点儿。这腿感觉怎么样?""很好。"安杰洛说,"我的腿是不怎么样,但我向您保证,它们只去我想去的地方。""这是您的事。"年轻人说,"现在您的气色好多了。显然,您这个人脸色一好,是很难让您明白什么的。""现在是您的脸色不好了。"安杰洛微笑着说。那嘲笑的眼睛似乎完全明白了他的微笑。"啊!这个,我承认我有点儿变老了。"年轻人说。他靠到桑树上:"请把药递给我。"

　　多亏掺芳香植物的白酒,尤其是因为面前有双爱嘲笑的眼睛,安杰洛脸上恢复了血色。他突然很想抽烟。昨日在巴农让马厩伙计买的雪茄,可能还剩下几支。他打开烟盒一看,正好还剩六支。"您想抽烟,"年轻人说,"啊,这可是好兆头。喂,给我一支,只是看看罢了。可以说,我已三天三夜没想到抽烟了。您知道,我不能向您保证我不会两眼一翻,就这么死了。"可他非常惬意地抽了几口。"人的躯体是很奇怪的。"当他意识到烟使他平静下来时说道,"刚才我遇见您那会儿,我有点儿烦躁。"安杰洛也很欣赏自己的雪茄。"他的眼睛和善多了,"他想,"现在它们和埋在胡子中间的漂亮而纯洁的嘴唇非常相称了。我可熟悉这种嘲讽,不过是最后的弹药!这在他刚才所在的村子里可能挺管用！"

年轻的医生向他叙述了霍乱是怎样在锡斯特龙暴发的。这城市位于这个小山谷的尽头，在这条小溪和迪朗斯河的交汇处。他讲了在人心惶惶中，专区政府和区长如何尽力工作，他们如何被一个骑马跑来的宪兵告知在这雅布隆山谷里发生了可怕的事；他自己是如何被授予全权，又怎样来到了一个难以名状的死人堆里。他派了努瓦耶的一个牧童去送信，让派十个士兵带些生石灰来掩埋尸体。"不过，谁知道这孩子能不能到得了锡斯特龙。他也许兜里揣着我的信，倒在一棵染料树底下了。"不管怎样，这里的情况是明摆着的。在努瓦耶，还剩六个人。他让他们拿着包袱和药品留在山路上了。"凶吉难卜：山上面有羊圈，如果运气好，他们可以逃条命。其他人嘛，咳！只好为他们挖个大坑了。在蒙弗罗克小村，就在这岩石背后一法里处，还有个人，那时正处在生死关头——处在畏寒阶段，今天上午他死了，砸在我手里了。就在我坐到他家门口不久——这哪里是坐着！软得像袋子，我累得都散架了！——我看见您这匹劣马慢慢跑过来，它乖乖地让我拉住它的缰绳。如果它挣扎，它就能跑脱了。那时我连站都站不住。"

他说，事实上，最难的是找到吃的。一切都已污染，肚子再饿，屋里找到的任何食物都不能吃，不管是猪肉，还是面包或点心。宁愿饿得咂嘴。只是不能没完没了地饿下去。

"喂！"他说，"我耳朵里听到有声音，您也听到了吗？"那是牲口棚里的声音。"这又是件麻烦事。"年轻人说，"这些牲口三天没吃东西了。我去把它们放出来。关在屋里活活饿死，这不是件愉快的事。您有枪吗？借给我，因为我得把那些猪打死。这些牲口非常贪吃，它们吃死人。"

安杰洛先猛吸一口雪茄："我不想装得比别人勇敢。"他说，"我只是天生这样的性格。我很容易被意外的事吓坏。可我思考十五分钟后，就对危险无动于衷了。说归说，如果您不觉得有什么不便，我就和您一起留下来，直到您刚才说的十个士兵来到这里。我可以帮您。我不想让您不愉快，不过，您显然精疲力竭了。""第一眼看到您，"年轻人眨着眼说，"我就打赌，您十有八九是个大傻瓜。我这赌看来是打赢了。我要是您，就给我这个在若扎法山谷握有全权的傻瓜两支雪茄，然后朝德龙方向逃跑，如果人们传说的是真的，您有可能逃过这场灾难。无论如何，我会试一试。人只活一次。说归说——用您的话说——我不想瞒您，我实在害怕一个人再在这种鬼地方多待一夜。您显然比我健壮，我不会强行赶您走的。您无法想象，"他说，"同人说说话，听人说说话，是多么惬意，我就可以睡着……"事实上，安杰洛也认为用长长的句子说说话，是件赏心乐事。年轻人的眼睛不再有嘲讽的神态了。

"您休息一下吧。"安杰洛说。"不，"他说，"喝口药我们就走。有些人临终时会躲到匪夷所思的角落里。我很想救活一两个人。这种事，五十年后都会有人愿意想起来的。把雪茄放好。干完这苦差事，我们美美地抽一抽。"

安杰洛检查了他的武器库。他有两支手枪，每支有十发子弹。"五发给大脑袋的猪，"年轻人说，"小脑袋的，用棍子打死。剩下五发留着，说不定以后用得着。说正经的，"他说，"谢谢您留下来跟我在一起。我现在感到精神很好。您是在下大赌注，喂！我警告您！不过，还是要感谢您；我知道，对于霍乱这样的邪病，非得像砍掉壁虱的嘴巴那样砍掉您的嘴筒，您才会松手。我有点儿醉了，您知道，可我的感谢却是由衷的。我们走吧。"

显而易见，牲口大概好几天没有喂了。畜栏门一打开，羊们便奔向田野，奔向山里。至于那些马，必须把缰绳砍断。它们在空无一草的饲草架面前烦躁不安，拼命尥蹶子。绳子一砍断，它们就奔向小溪，不一会儿，只见它们成群结队，朝羊群的方向奔去了。安杰洛用枪打死了三头发疯的大猪，猪圈的门已被它们咬去一半了。年轻人站在一堵小墙上，用砍刀砍一头母猪的脑袋。那母猪十分野蛮，像公牛似的扑向年轻人。它的崽子全被它吃掉了。

"嘿！现在静得像在坟墓里一样。"年轻人说。事实上，除了鸟儿轻轻飞来飞去，不再有旁的声音，也听不到鸟儿喳喳叫。

"我到里面去看看，"年轻人说，"您待在这里。""您把我当成什么了？"安杰洛说，"再说，我都进去过了；我就是在这里打死老鼠的。""请原谅，我的王子。"年轻人说。"你在嘲笑我这件干净的紧腰中大衣。"安杰洛心想，"等着瞧，我也会和你一样把它弄脏的。"

"毫无疑问，他们全完了。"年轻人看着面前惨不忍睹的尸体说，"角角落落您都看过了吗？"他打开所有的壁橱和洗碗间的矮门，点燃打火机，在洗碗间里翻寻。"您在找什么？"安杰洛说，他需要同人说说话。"最后一个，"年轻人说，"这最后一个可能会爬到不知什么暗角里。因为这一个可能被救活，就应该找到这个人。我来这里不是为了扫一眼的，我。他们有力气的话，就会逃到那里去。我向您保证，在染料树下会有人躺着。但如果是暴发性休克，他们就会藏进意想不到的地方。我可有经验啦，您知道。让我说说话吧，不必担心。这样我就有事做了。昨天，我自言自语了一整天。在耗子洞里发现浑身发青的人可不是件乐事。刚才在蒙弗罗克村，我在鸽棚里找到了一个。就差一刻钟，否则我可以为他做些什么。他藏得太好了。我也许救不活他，但可以为他做些什么。他死的样子也许会好看一些。咳！这里什么也没有，除了一样非常宝贵的东西，老兄，对您和对我，如果我们发现需要擦身的病人的话。"

他拿着一瓶水一样的白色液体从洗碗间里出来。"烧酒，"他说，"名牌。我们可以偷走它。这个，可以用来做药。我已好久没有一滴阿片酊和乙醚了。只剩下一丁点儿吗啡，我都舍不得用。我什么也不对您隐瞒，我有点儿凑合着给他们治疗。不管怎样，有了这个，就可以好好给他们擦擦身子了。我倒是很想找到些填肚子的东西，当然，这是禁忌的。说说话吧，"他说，"不停地说话，您就不紧张了。"

他们把屋里上上下下搜了个遍。年轻人连旮旯也都搜索了。

有几所房子不和村里的其他房子在一起，安杰洛刚才没进去，他们在其中一个房子里发现了一个人，一息尚存。他躲在贮藏室的谷袋后面。他缩成一团，气息奄奄。他不停地呕吐，膝盖上吐满了白乎乎的牛奶大米粥样的东西，安杰洛曾在尸体的嘴巴里看到过。"算我们倒霉！"年轻人说，"我们在这里不是来玩的。抓住他的肩膀。"他们把他放到贮藏室的地上。他的腿抽搐着，必须使劲儿把它们按住。"在这欧石南扫把上，给我砍下一小块木头来。"年轻人说。他从他的鞍囊上拉出些麻絮，用来擦那人的嘴巴。安杰洛一直还没碰过病人，除了这次把他从躲藏的地方拉出来。安杰洛做这件事时，心里十分厌恶。"把他的裤子解开，"年轻人说，"脱下来。用烧酒擦他的小腿和大腿，"他说，"使劲儿擦。"他在病人的嘴里已倒了些烧酒，病人发出极其刺耳的喘息声和极其干涩的打嗝声。安杰洛赶紧照办。从他的胃里嗳出大口大口的气体，他的脸颊随之一鼓一鼓。他竭尽全力，用烧酒擦揉病人皮包骨头的小腿和大腿，但它们依然发青和冰冷，最后，他听见年轻人叫他停下来，说是无济于事了。

"没有一个能让我救活。"年轻人说，"喂！咳，您呀！做您应该做的就行了。"安杰洛没发觉自己跪在尸体旁，双手平放在瘦骨嶙峋、布满牛奶大米粥样脏东西的大腿上。"许多人不想得病都得了。"年轻人说，"您以为我的顾客还不够多吗？倒点儿烧酒在手上。过来。"他打着打火机，将安杰洛满手的烧酒点着："请相信我，在这样的天气，宁愿烧出水疱来，也不要拉肚子。况且，只是烧着汗毛罢了。不要擦，让它去，到外面美丽的大自然中来抽根雪茄吧。这是我们赚来的。"

他们躺到一棵桑树下的枯草上，他们的马就系在这棵桑树上。"见鬼！我累得连抽您这一分钱买三根的蹩脚雪茄的劲儿都快没了。"他躺下后说道。"睡吧。"安杰洛说。"您以为这么容易睡着吗？"年轻人说,"除非有位奶妈握住我的手,否则,我这辈子恐怕不可能再睡着了。"安杰洛看见年轻人泪水盈眶,不禁目瞪口呆。当然,他既不敢把手给他,甚至也不敢继续看他。下午即将过去。一片片灰雾笼罩着大山,堵住了道路通往的远方。四周一片岑寂。

"是我一时沮丧,"年轻人说,"我肚子饿了,别当回事。"

夜幕降临,安杰洛点着一小堆火,好让那些兵来时看得见。

快到午夜了,年轻人一直没再说话,尽管眼睛睁得很大。安杰洛不时地往火里添柴火,竖起耳朵听听路那边有没有动静。有一会儿,响起了一种奇怪的声音,好像有头牲口陷进了离他们五六步的灌木丛中。安杰洛寻思可能是一只逃跑的猪,便将手枪上了膛。可那东西发出一声轻微的呻吟,不像是猪的声音。安杰洛打了个颤,想到周围黑暗中充满死人的房屋,心里一阵厌恶。他非常愚蠢地握紧手枪,这时,在火光中,他看见一个小男孩走过来。

那男孩大概十一二岁,他好像对一切都很漠然。他甚至公然把手插进口袋里。年轻人给他喝了药,那孩子开始说话了,但一口土话。他站着,双脚叉开,站得很稳,他好几次从口袋里拿出手来,提提短裤,而后又揣回口袋里。他神态沉着自信,甚至当他注视火堆以外的沉沉黑夜时也这样。

"您听得懂他说的话吗?"年轻人问。"不全懂,"安杰洛说,"我想他在谈他的父亲和母亲。""他说他们昨晚上死了。不过,他离开时,他的姐姐好像还有口气。他们是伐木工,住在离此地一小时路的木屋里。我认为应该上去看看。孩子说可以骑马去那里。您得留在这里照看火堆,等那些士兵过来。"安杰洛咕哝说,那些士兵如果配得上这个称号的话,自己会设法应付的。安杰洛上了马。"您这人真他妈的骄傲。"年轻人说。

"喂!到这里来,"年轻人对孩子说,"爬到这匹马上,给我们带路。喂!您,"他突然向在前面准备出发的安杰洛喊道,"下马,到这里来，这小傻瓜病得很厉害。"

那孩子刚刚走到马跟前，浑身就发起抖来。"往火里添些木柴，"年轻人说，"找一些扁平的大石头来，把它们烧热。"他脱下紧腰中大衣，平摊在地上。"请您把它留在身上，您这个白痴。"安杰洛说。他打开行囊，将他的大雨衣和内衣扔在地上。"那它们就全完了。"年轻人说。"我真应该把您狠狠揍一顿。"安杰洛说，"用我的，有意见就留给您自己吧。"

孩子侧身倒在地上，手仍插在兜里。他身子抽搐，牙齿打颤格格响。他们把安杰洛的衣服铺成床，将孩子放在上面。"可恶的孩子，手插在兜里不拿出来。"年轻人说，"啊！你这家伙！你想证明自己比别人强，是不是？他们到哪里去找这个？啊！挺鬼的。您好像没说他是什么时候到的？……是什么支撑他站住的？自尊心，嗯！你不想死，嗯！笨蛋。"他给孩子脱衣服："把烧热的石头给我。拿着烧酒瓶，给他擦身子。使劲儿擦。别怕擦破皮。会重新长出来的。"

安杰洛手下是冰冷和僵硬的躯体，布满了紫色的大理石斑纹。孩子开始呕吐，并拉出泡沫状的东西，溅得身下到处都是，安杰洛就像在挤一只羊皮袋似的。"别擦了，"年轻人说，"现在他肚子里有五十毫克的氯化亚汞。不信待会儿瞧。"

他们用安杰洛的衬衣包住发烫的大石头，在孩子的两侧各放十来块，又将剩下的衣服塞进那件大雨衣里，盖在孩子身上，盖得严严实实。

孩子打了一会儿嗝，接着吐出一大口牛奶大米粥样的东西。"我估计他肚里还有二十五毫克的氯化亚汞，糟透了！"年轻人说，"您是不是继续给他擦擦？不过，不要让他露出来，您把手从下面伸过去。"

"我不知道这是什么，"擦了一会儿，安杰洛说，"湿乎乎的。""拉肚子。"年轻人说，"我用白酒烧烧您的手，来。现在可以了。""我不是这个意思，"安杰洛说，"我宁愿献出我十年寿命……""别多愁善感了。"年轻人说。

孩子的脸孔变得蜡黄，缩成了一点点，消失在粗布雨衣的褶子里。他们掀开雨衣，更换热石头。衣服脏透了，必须换掉。安杰洛惊讶地发现，孩子突然瘦了许多。胸口的肋骨似乎和表皮粘在一起了。股骨、胫骨、膝盖骨从发青的肉上突出来。"把您手枪的火药取出来，"年轻人说，"掺些白酒，用手绢或把这件衬衣撕开给我把它包起来，做成糊剂，我想在他的后颈和胸口放些发疱药。他热不起来。他呼吸急促。我觉得他恶化得很快。"

安杰洛拼命地不停地擦揉，擦得汗水涔涔，可那躯体眼看着消瘦下去，越来越发青。发疱药毫无效果。紫斑越来越发黑。"我有什么办法，"年轻人说，"人家派我来打虎，却只给我捕蝴蝶的网。手枪火药不是一种疗法！他们不给我药。他们怕得要命。好像大地正在他们脚下消失。本来有许多事好做的。可以救活他的。假如我有癫痫……我对他们说过：'你们给我乙醚有什么用？又不是消毒，我才不要呢。这不是关系到我，而是关系到救人。'他们意识不到我想救人。啊！请相信，他们怕得要死！他们太害怕了，所以不能不无视我，可那时候我要是戳穿他们的诡计，他们就会上来咬我了。可现在，我们在白费力气，试图用大拇指让这血液循环起来。"他也在不停地擦揉，后背、胳膊、肩膀、髋部、胸口。他不停地更换病人身旁的烫石头，用安杰洛放在火上烤热的一件法兰绒背心，换下包在病人肚子上的衣服。呕吐和拉肚子停止了，但他呼吸越来越急促，越来越喘不过气来。孩子的脸本来一直毫无表情，现在抽搐得怪模怪样。

"等一等，朋友，等一等，朋友，"年轻人说，"马上就给，乖，马上就给你吗啡。等一等。"他在他的包里搜寻。他慌里慌张，手在打颤，安杰洛过来把包的两头撑开，然后再合上。但年轻人非常利落地把针头插进针筒，小心翼翼地将一个小药瓶里的吗啡吸得一滴不剩，然后，一针插进了孩子的屁股上。"别擦了，"他说，"给他盖好。"他将胳膊放到孩子的头下面支撑着。孩子的脸上渐渐恢复了冷漠的表情。安杰洛一直躺在孩子身上，一动也不敢动。他本能地感到，像这样捂着他，也许能给孩子带来这不可或缺的热气。

"啊！"年轻人站起身来说道，"我一个也救不活。""这不是您的错。"安杰洛说。

"呵！那些花朵呀！"年轻人说……

太阳升起了。白雾又在幽寂的田野里垂下沉沉的帷幔。

"消消毒。"年轻人说。他走到一个太阳即将晒到的地方，躺到枯黄的草地上。安杰洛来到他身旁躺下。

太阳在对面山上露出了脸。和前两天一样，白白的，沉沉的。安杰洛一动不动地躺着，任太阳把自己烤暖，直到把汗湿的衬衫烤干。

他以为他的同伴睡着了。可当他站起来时，发现年轻的医生仍睁着眼睛。

"感觉怎样？"安杰洛问他。"您快走吧。"年轻人说，他声音嘶哑，安杰洛都认不出来了。他的脖子和喉部鼓了起来，吐出许多白白稠稠的大米粥样的东西，盖住了他的下半部脸。

安杰洛给他脱下靴子和袜子，并把短裤也脱了。他看见那短裤硬邦邦的，腹泻的污物因时间已久而干巴了。他把这条短裤放在年轻人的光腿下。他的腿冰冰冷，已出现了紫斑。安杰洛倒了些白酒在他腿上，开始用力擦起来。

那两条腿似乎有点儿热了。安杰洛脱下紧腰中大衣，将它们紧紧包住。他给年轻人清除粘在嘴巴上的污物。他在包里搜寻，想找出那个药瓶。包里只有五六个空瓶和一把刀。他试图让年轻人喝些白酒，年轻人扭过脑袋，说："不用了，不用了，快走吧，快走吧。"他终于把瓶口塞进了年轻人的嘴里。

他把盖在年轻人腿上的衣服掀开。年轻人的腿又变得冰冷了。浓密的紫斑已延伸到膝盖以上，大腿也微微发紫了。然而，由于安杰洛越擦越快，他感到年轻人腿上的肌肉渐渐松软、变暖，也恢复了一点儿肉色。他加快速度。他感到自己力大无比。可膝盖以下依然像冰一样冷，已变成酒渣色了。他把年轻人拖到火堆旁。他把石头烧热。他一停止擦揉，紫斑就呈乔木状从膝盖处往上升，一直升到大腿上，犹如蕨类植物深暗的叶子。当他用手和大拇指使劲儿搓揉时，那紫斑就后退。年轻人双目紧闭。这样，他的神态就像在嘲讽人似的，因为他的脸容已经变样，眼角的皱纹十分明显。他似乎对一切都漠不关心。可是，当安杰洛下意识地舒了口气，显得有点儿高兴的样子（他刚才又一次把大腿上的青紫赶走了），年轻人脸上仍然毫无表情，但他用手指头在衬衣周围摸索，掀开衬衣，露出他的肚子。他的肚子青得吓人。

他痛苦得浑身抽搐，直做鬼脸。安杰洛不知所措。他继续擦揉年轻人的小腿和大腿，它们冷得像冰，腿部和肚子的青紫已汇合到一起。安杰洛每次听到那痉挛的身子里骨头格格响，自己也不由自主地颤抖起来。他看见年轻人嘴唇动了动。还有一丝喘息声。安杰洛将耳朵贴在他的嘴上："消毒。"年轻人说。

傍晚时分，他死了。

"可怜的小法国人。"安杰洛说。

安杰洛在两具尸体旁度过了可怕的一夜。他不怕传染。他想都没有想。但他不敢看他们的面孔；火光照在他们脸上，嘴唇向上翘着，露出了颌骨和尖牙，像是要咬人。他不知道霍乱病人死后身体会颤抖，神经松开时甚至会挥动胳膊，当他看见年轻人颤抖时，他吓得头发都竖了起来，但他赶紧扑上去给他按摩双腿。他按摩了很久很久。

第三章

上午,士兵们到了。共十二人。他们在一片小草地上把枪架起来。他们的上尉是一个红脸膛的胖子,贝壳状的红胡子又浓又密,连下巴也遮住了。

安杰洛恐惧了整整一宿,再者,他习惯于对上尉们发号施令,因此,当他看见那些士兵还没做事,就先到一边去煮咖啡,并且有说有笑,便不客气地向上尉提了意见。

上尉顿时像公鸡似的面红耳赤,皱起塌鼻狗般的矮鼻子。"如今不再有老爷了。"他说,"你唱的调子有点儿太高了吧。如果你母亲生了只猴子,那不是我的错。我要训练训练你的脚。要是你不想让我踢你屁股的话,就拿着这把十字镐去刨坑。手白白净净的,我就是看不惯。我要你看看我是谁。""一看就知道,"安杰洛反唇相讥,"您这个人很粗鲁。您看不起我的手我很高兴,因为我要用它们来扇您的耳光。"

上尉往旁边闪了一步,拔出马刀。安杰洛跑到枪束跟前,拿起一把士兵用的短剑。这把剑比对方的马刀短一半,但安杰洛不费吹灰之力,便解除了上尉的武装。他尽管又累又饿,却立即感到精神抖擞,像猫一样跳跃自如。马刀飞到离士兵们二十来步远的地方,士兵们继续往行军锅下塞柴火,一面回头对他们二人冷嘲热讽。

安杰洛一句话也没说,回到他露宿的地方,把年轻医生的马放走,给自己的马装上鞍,跨上马,看了一眼越来越像要咬人的两具尸体,便策马离开了。他碎步斜穿田野。刚跑了数百步,便听见附近像有大苍蝇在嗡嗡叫，接着，便听见非常微弱的齐射声。他回过头，只见在士兵架枪的柳树旁，有十来个小白团。上尉下令向他开枪了。安杰洛用脚后跟踢了一下马肚，便飞驰而去。

不久，他回到大路上，继续向前奔跑。他已没有紧腰中大衣和帽子了，出了一夜汗，衬衣仍然湿漉漉的，胸口也是潮乎乎的。他觉得天气没有前两天热了，可依然白乎乎，雾蒙蒙。他的鞍囊和衣服全没了，他的两支枪里，各剩下一发子弹。"再说，"他想起了同那位骑兵上尉的争吵，心里想道，"我宁愿让人砍死，也不愿用手枪杀死一个人，即使他侮辱我的母亲。我宁愿用可以羞辱他的武器同他算账。死亡是不复仇的。死亡是奇怪的。"他想道，他想起了那个"可怜的小法国人"。"这似乎很简单，也很实际。"

他穿过一个村庄。那里，许多人都使用了这个简单而实际的方法。死人堆在街道两旁的房屋前，穿着衣服的，穿着衬衣的，赤身裸体的，或衣服被老鼠的嘴巴撩起的。老鼠成群结队，到处乱窜。这些死人一个个都有疯狗般的嘴唇。这里已飞着一群群苍蝇。这里臭气冲天，他的马恐惧万状，也可能因为有几具尸体直立着，像十字架那样伸着双臂，吓得它咬紧嚼子狂奔起来。安杰洛任由它带着自己狂奔。

将近中午时，他已穿过了一个荒凉的地方，那里，除了田里成熟的黑麦没有收割，开始倒伏外，看不出一点儿瘟疫的迹象。马儿仍然跑得很快，但他在马鞍上打了会儿瞌睡；他感到很热；他并不惋惜失去了紧腰中大衣；他在头上扎了一块手绢，除了饥肠辘辘，他感觉很好。

他看见了塞尔城堡，在一个小丘顶上，树木环抱。他一直爬到了城堡前面的空地上。这是贵族的乡间别墅，粗粗糙糙，破破烂烂，人们会以为只有某个单身汉住在里面。城堡荒无人迹。他敲敲门，屋里发出空洞的声音，说明没有人。此外，在一棵大橡树底下，他看见一个相当大的长方形土堆，是新堆起来的。他绕房子转了两三圈，朝二楼敞开着的窗子（显然因为风吹雨打，百叶窗已腐烂散架，关不上了）喊了几声，这才返回路上。他再喊也是徒劳，毫无疑问，房子里空无一人。然而，他注意到，在这里，不管是死人，还是逃跑，似乎都显示出军人的秩序。一切都整整齐齐，坟坑填上了土，除了他头顶上方的窗子没有关上，这里的人在离开前严格遵守了撤营的一切规矩。甚至，连马厩四周的干草也用叉翻过了。

他缓步回到路上。白昼即将结束。他现在真是饿极了，他想起了当自己愚蠢地和那位胖子上尉争吵时士兵们正在煮的咖啡。

山谷的弧形口越来越宽。他看见这山谷在他前面大约一法里处汇入另一个与它垂直的山谷。那山谷更大，夕阳下，展现出一个个树丛和一条条长长的两旁矗立着杨树的小径。

他快马加鞭，向那山谷奔去，希冀能找到一个没有遭霍乱踩蹦那么厉害的地方。他想，吃一只烤鸡也许不会冒太大的风险。他嘴里顿时冒出口水，只好吐了一口。他想起了雪茄。还有四支。他点燃了一支。

他走近大山谷，蓦然，他看见前方路上堵着一些酒桶，似乎有人用它们做成了路障。果然，有人喊他停下。因为那人光喊"站住"而不露面，再说，安杰洛已经站在大路中央了，就索性朝酒桶再走几步。他看见一支枪正瞄准自己，最后，一个穿劳动服的人露出了上半身。"站住！听见没！"那哨兵对他喊道，"你要再动一下，我就让你胸口吃子弹。"

那人有一张极其粗野的面孔，仿佛有人恣意在上面烙下了最卑劣最丑恶的印记。他抽着一段纸卷的小雪茄头，尼古丁弄脏了他的下巴。他的髯、髭和头发刮得一根不剩，而且，他剃光头由来已久，他的头顶和脸颊一样晒得黑黝黝。"来呀，向前呀。"那人说。

安杰洛一直走到酒桶跟前。枪筒仍然瞄着他。那人长着一双猪眼睛，小小的，呆呆的。"你有路条吗？"那人说。他见安杰洛没听懂，便解释说，这是一种由村长发给的通行证，没有它，就不放行。"为什么？"安杰洛对他说。"为了证明你没有病，你的口袋里不带霍乱。""妈的，"安杰洛想，"现在可不是说真话的时候。""我带得很少很少，我很想不带，所以当我知道流行霍乱时，我就逃跑了。再说，我是在山里的，我连村都没回，因此，我没有路条，连外套都没穿。"那人看了看马头和鞍辔，鞍辔非常漂亮：额带、颊带和鼻羁都镶嵌着银，甚至，马嚼子上的饰结、衔索和衔环都是实心银做成的。他偷偷环视四周。"你有铜钿吗？"他悄悄问。安杰洛目瞪口呆。"对，"那人说，"你有钞票吗？什么都要同你解释，真是十足的山里人。"说着，他将大拇指在食指上滑动，做出数钱的样子。

这个幼稚的要求使安杰洛免除了更大的危险，尽管这样一来，他的晚饭受到了影响。他经历了英勇壮烈的几日，现在遇到了一个狡黠的人，那人的自私自利使他感到了安宁，他高兴不已，甚至完全被他迷住了。他也很饿，可是，尽管他很高傲，他也开始掂出霍乱的分量了。"我当然有钱。"他愚蠢地说。"你总该有一百法郎吧？"那人问。"有啊。"安杰洛说。"我要二百法郎。"那人说，"不过，你离开这条路，到那条小溪边上去。从树林里好好看一看，看看到圣樊尚公路路障那边去巡逻的哨兵在不在，然后回来。可不要不辞而别，我的步枪瞄着你呢，瞧瞧这个，小伙子，我可不是不敢向人开枪的人。"他卷起劳动服的袖管，露出了毛茸茸的粗胳膊，上面有官方给有期苦役犯刺的花纹。他还吓唬似的翻动他猪一样的小眼睛。可安杰洛反倒觉得那人的伎俩使他增加了勇气，甚至，尽管那刮光的脸上露出种种恶习的瘢痕，他也不感到害怕。

然而，当他过小溪的时候，在确证目光所及的灌木丛中没有人后，便乘从一个半腰高的桤树丛旁经过的机会，将手插进兜里，在手绢里数出十来个金路易①。

"剩下的，"他想，"你就别指望了。你很厚道，可我也需要钱。我要让你看看山里人也会使手枪。"眼下，所要对付的只是两腿动物的卑鄙伎俩，他感到乐在其中。

"你怎么这么磨蹭。"那人对他喊道，"现在可不是呆望的时候。你这匹马大概是偷来的吧？小伙子，不会骑马，就用脚走路嘛。我是主张财产分配的，我，一会儿你瞧吧。过来。快，把你的钱亮一亮。"当安杰洛走近时，那人说。"笨蛋，"安杰洛想，"你不看见，我只要勒紧缰绳，在马身上踢一脚，它就会将两个前蹄踢到你的胸口上。好吧，再见，金币。"他从手绢里拿出六个二十法郎的金路易："我只有这些，"他说，"要的话就拿去。""你挺会说话，"那人说，"但这一套我懂。剩下的也都拿来。谁能阻止我给你一颗子弹呢，就说你违抗命令了。""正在下山的那些人肯定会阻止你。"安杰洛冷冷地说，并把一只脚从马镫中抽出来。那人扭头看看山那边，下巴上顿时挨了一脚。他仰天摔了一跤，步枪从手中掉了下来。安杰洛一个箭步跃到他跟前，手枪顶在他的腰上。"哎呀！哎呀！老板，别开玩笑了。"那人说，"您在哪里学的马上杂技？您得承认，我刚才是很好说话的。别用枪开玩笑。您在那边的时候，我本可以朝您开枪的。我是说，如果您没有装得那样傻，我肯定会想到开枪。您知道，您伪装得很好。""比你认为的还要好，"安杰洛说，"我还没让你领教我的全部本领呢。但我是很宽宏大量的，如果你能给我找些吃的，刚才给你的钱我就让你留下。"

安杰洛把那支步枪扔到离酒桶二十来步远的地方，在那人的腰里搜了一遍，看看腰上有没有别着刀；况且，他穿着劳动服，没有口袋。

---

① 金路易，法国旧金币，一个金路易等于二十法郎。

"官家的客栈全完了。"那人边站起来边说道,"要是五年前,年轻人,您那一套就不会得逞了。""重要的是,它用得正是时候。"安杰洛笑嘻嘻地说。他对这个丑得像虱子的胖子颇有些好感。"既然您很明事理,"那人说,"那太好了。我有香肠和面包,要不要?自从他们把我们招来吓唬人,我们就很受优待。喂,您对我的步枪本可以更尊重些的!看我以后还想帮别人的忙!"

尽管馋得口水直流,安杰洛等上了马才开始啃他的大块面包。当那人绕过路障,去捡他的步枪时,安杰洛策马奔向稠密的柳树林。他穿过树林,又奔跑了半个多小时。

夜幕渐渐降临,但他小跑了足足一个小时,天才全黑。他自己见来到几个山谷的交会处,他的路接到一条与之成直角的大路上。"在这里做事要像在敌对国家里一样。"他想,"我学得很快。还可能会遇到路障,从田里走吧。"他右边是那条小溪的下游;多亏那小溪,他才得以绕过苦役犯把守的路障。他听见那条小溪在前面不远处汇入一条更大的湍流,那湍流卷裹着砾石,哗啦哗啦,打破了黑夜的宁静。"过溪去,"他对自己说,"与那条大路和这条小溪保持等距离,大路旁有杨树,总能分辨出来,流水的声音也很响,让人忘不了。"他为自己用到了他的军事意识而喜不自胜。他一直很怕黑夜再来,很怕想起"可怜的小法国人"。那小法国人大概正在那里徒然翻起嘴唇,同狐狸或骑兵上尉的生石灰进行搏斗哩。

他首先落入了黑莓荆棘丛中,费了很大的劲儿才从里面走出来,衬衣都撕破了。接着,他遇到了一块禾茬田,走起来就不费力了。夜色深沉,看不见一颗星星。他好几次听见他曾在夕阳下瞥见的树丛在他身边发出轻轻的叹息。

禾茬田向前延伸,无边无际。马儿不时撞到沟渠的小斜坡上,差点儿绊倒,但随即敏捷地用腰力矫正了。走了一会儿,安杰洛思忖:"这些耕田应该属于某个村庄,至少也该属于三四个农庄,可奇怪的是，怎么看不到一所房屋？现在不算晚，窗上也该有灯光呀。"他仔细看了看，发现黑暗深处有几个白乎乎的门面。有的似乎门窗洞开。

"这附近大概还有一些巨大的茉莉花架或茉莉花丛，"他想道，"花儿被哪次暴风雨打了下来，正在腐烂。"因为他闻到了浓烈的发甜的堆肥臭味。最后，他明白这是无人管的尸体发出的臭味。尽管不大谨慎，他还是用脚后跟在马身上踢了一脚，马颤抖了一下，不过仍小心翼翼地继续前进。

在这些山区，夜莺很晚才归巢。安杰洛听见无数夜莺在树丛之间互相呼唤。在这空洞洞的黑夜里，它们的歌声清亮悦耳，非同寻常。他突然想起这些鸟是食肉动物。他对它们，对它们可能吃的腐烂的尸体，对在黑暗的岩壁上回响着的金光灿灿的啼鸣，进行着奇怪的思考。

腐烂的茉莉花味很快让位于更臭的臭味，那样强烈，那样浓厚，若不是在夜间，也许能看见那臭味会像烟那样滚动。安杰洛尽管吃了苦役犯给他的香肠和面包，肚子仍没填饱，那臭味尽管令他十分厌恶，但他仍感到垂涎欲滴，好像有人正在火炭上煮一只肥肥的斑鸫，一只半生不熟的山鹬，一只老美食家的野鸡。"我不喜欢野味，"他想，"可是，对于只剩下桌子的人来说，这似乎是很大的资源，能使人忘却做爱。不管怎样，在这个时候，如果我面前有几片烤面包，再把煮烂的野鸡肉弄碎了抹在上面，我是绝不会退缩的。"可那味道实在太臭，很快变得难以忍受，安杰洛最后恶心得想吐了。他不得不弯下腰，吐出了许多极咸极咸的唾液。

有一会儿，他被一堆黑魆魆的东西挡住了去路。他认出那是一个树丛，比其他的更大更密。他不想摸黑走进灌木丛；他一点儿也不想下地；他绕树丛而行，于是看见前面有血红血红的微光。他明白，他可能走近了一个洼地，里面可能有一堆炽热的炭火，臭味就是从那里发出来的，现已变得极其难闻，甚至相当令人不安。可以闻到，那臭

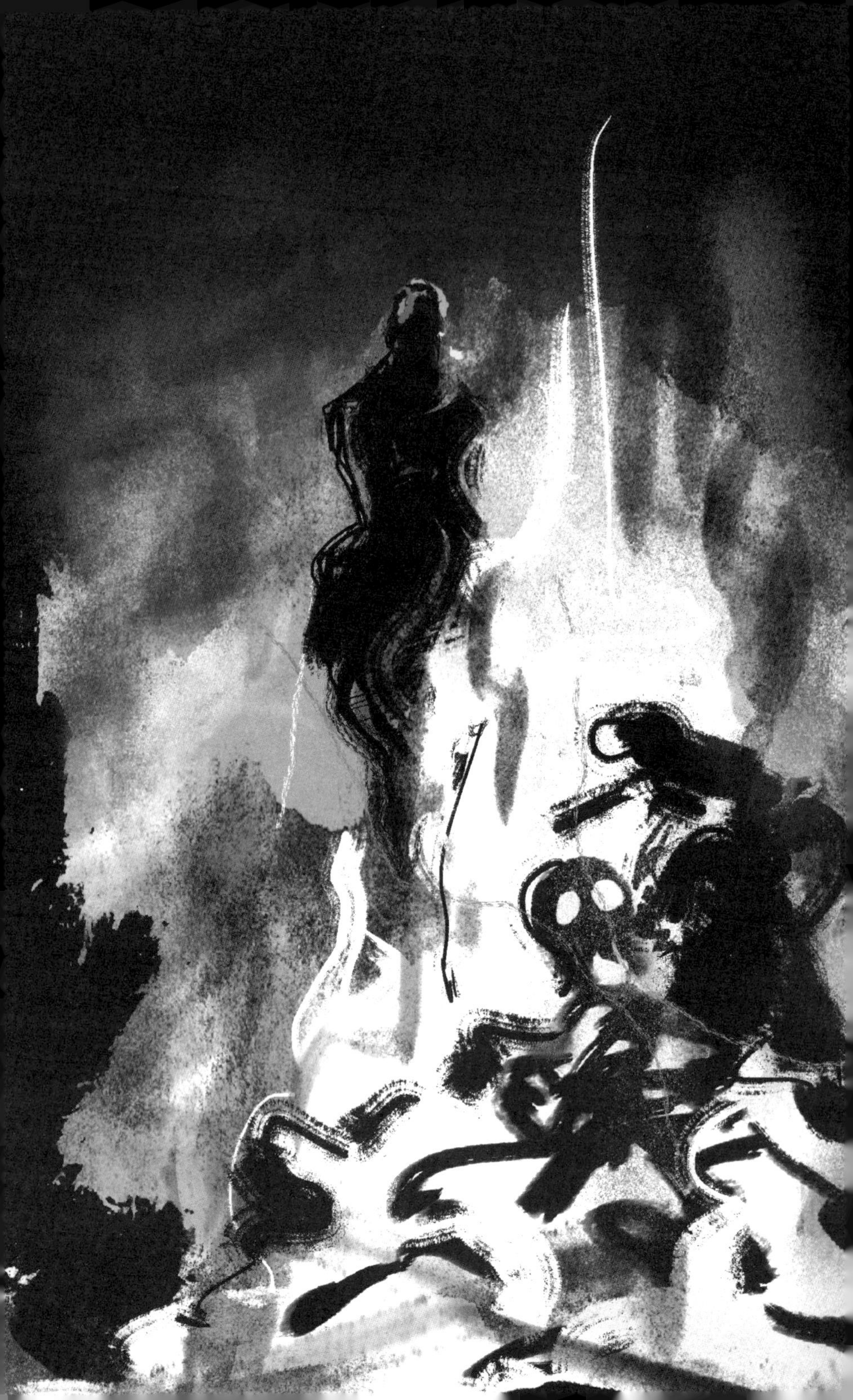

味中夹杂着树脂的芳香，以及山毛榉树枝烧着后的特殊香味，但这一切太过分，太异常。尽管这味道过分得令人厌恶，但继续直接刺激着他的食欲。

安杰洛越走越近，那些微光也变得越来越亮，尽管仍保持着血的暗红色。他注意到，那些亮光散发出比黑夜还要黑的浓烟，那黑烟沉沉的，回落到地面上，一团一团，浓浓稠稠，在地上滚动。不一会儿，他就看得见白色的火堆中心了。

他听见有人吆喝他。那人想必在那里放哨，对着他喊："里戈阿先生。""我不是里戈阿先生。"安杰洛说。"马祖耶先生？""也不是。"安杰洛说。"那您是谁？"那人说道，并从黑暗中走了出来，向他靠近。"我是一个感到非常吃惊的人，"安杰洛说，"这里出什么事了？""您是从哪里来的？"那人说。他的面孔几乎看不清楚，不过似乎很平常，声音比较亲切，像是在欢迎一个来帮他摆脱困境的人。"我想到马赛那边去。"安杰洛说，避开了那个棘手的问题。"那您方向错了，"那人说，"您走反了。""那我得往回走吗？""当然，这对您更好，"那人说，"因为这里禁止通行。""为什么？"安杰洛说。"因为有霍乱，"那人说，"不让任何人进锡斯特龙。要知道，您在城门口了。"他指了指红色火光上方的夜空。果然，在火光照耀下，在高高的空中，可以看到依岩石而立的一座惨白的城市和一座城堡。"我在这里没什么事要办。"安杰洛像是自言自语道，"不过，那边的大火是怎么回事？"他说。"我们在烧死人，"那人说，"生石灰全用完了。"突然，安杰洛寻思，是不是在某个地方，有人给世界开了个大玩笑。

"您没看见里戈阿先生吗？"那人天真地问。"我不认识他，"安杰洛说，"再说，两步路以外什么也看不见。""不知道他们在干什么，"那人说，"一个小时前他们就该来了。我都开始烦了，我。"他想说说话儿。安杰洛对这悲凉凄然的火化堆，对这慢慢悠悠的红火和浓烟的仪式心醉神迷，正如他对那苦役犯脸上极其令人放心的卑陋着迷一样。

那人说，一些有诚意的人组织了一个保安委员会，但他始终怀疑里戈阿先生的诚意。"有钱人遇到要把自己的名字刻在什么地方，总是走在前头；这之后，当要动手干时，就把一切推到可怜的人身上。我早就知道，我，他会让我守一整夜。我早就确信，我，第一次深更半夜拉运尸车来这里，就会有我，会有几个可怜的人。其实，只有我一个人。其他的都是苦役犯。然而，这个主意恰恰是里戈阿先生、马祖耶先生、泰拉松先生、巴泰勒米先生这些大胡子富人们想出来的。在这里搞一个火化堆，让苦役犯把死人运来。而且要在深更半夜，以免'民众惊慌'。去他的民众！运尸车在街上发出的声音，比一个团的鼓声还要响。现在，又有这大火，一法里外都看得见，火光射到他们的窗口上。还不说臭味。这下可好了。"事实上，城市在红色火光上空，静静的，带着暗绿色。

"死的人很多吗？"安杰洛问。"今晚死了八十三个。"那人说。

安杰洛猛然掉转马头，可那人一个箭步上前拉住了缰绳。"等等我，先生。"他说，"您以为我在这里，我，能对这火起什么作用吗？不用人管它，它就能焚烧二三百个死人。请相信我，我已尽到责任了。我承认，我不是心甘情愿待在这里的。""好，好，来吧。"安杰洛尽可能温和地说。

那人认识一条土路，通到大路上。这也是他带着运尸车来这里时所走的路。某一刻，马突然闪到一旁，原来路当中躺着什么东西，它差点儿踩上去。那人边打着打火机，边说他们没丢尸体。他手指尖拿着打火机，弯下腰。"是一个苦役犯，"他说，"刚才还和我在一起，现在却死了。快走，先生，求您了。"他吹灭打火机，牵着缰绳走了。

"请把我一直送到哨所，先生。走两步就到了。"当他们到了大路上时，他说道。他们又在黑暗中走了几分钟，接着，他们看见了路障上的提灯发出的火光。"要雪茄吗？"安杰洛说。"当然不会拒绝。"那人说。他们俩各点燃了一支雪茄。"现在我平静下来了。"那人说，"那是您要去的方向。就走这条路，不要再走田里了，坑坑洼洼的，您会摔伤脸的。""可在这条路上，"安杰洛说，"您不认为也有这样的小提灯，会砸伤我的鼻子吗？""两法里以内没有，"那人说，"要到阿尔努城堡入口处才有。""那怎么办？"安杰洛说。"不知道，"那人说，"不过，我要是您，我宁愿杀死他们四五个，哪怕咬他们几口，也不愿待在这里。别的地方也许更糟，但也难说。"

"可他留下来了。"安杰洛望着那人向路障跑去，想道，"得去看看倒在路上的那个苦役犯。我觉得他只看了一眼。也许还没死呢。难道有权抛弃一个活人吗？即使死了，难道不应该尽最大努力让他死得不要太难看吗？想一想那'可怜的小法国人'，他是怎样搜遍角角落落，寻找'最后一个人'，如他所说，'还有一线希望的人'的。"

他寻找他们来时走的那条土路。他想大概走过头了，便又往回走。但是，那条路可能埋在草丛中，他拿着打火机，在大路边搜索，力图找到运尸车的车辙，但没找到。他只好上马，向南走去。他对自己很不满意。他眼前又浮现出"可怜的小法国人"的嘲讽眼神，甚至还有他临终时印在他脸上的令人毛骨悚然的嘲讽神态。

第四章

很难知道黑夜是不是在运行。周围伸手不见五指。道路穿行在树林中。

安杰洛缓步而行,他好几次感到经由之地附近藏着人。他烦躁不安,对自己越来越不满意。他后悔自己没有留下来,和那位上尉一起挖坑掩埋尸体。如能找到一条路返回去,他肯定会做这件傻事。他甚至想,不仅他很庸俗卑劣,而且,他的脸也变得庸俗和卑劣了;他的一切姿态,他上马的姿势,甚至他的洒脱,也无不庸俗和卑劣。

"没有人在场,你便变得一钱不值了。"他想,"既然找不到那条土路,你就该穿过田野,直到找着那个可能奄奄一息的苦役犯,把他带到哨所,那里,也许会有人照料他。至少也该弄清楚他确实死了。在这之后,你才有权继续赶路,而不是在这之前。不然,你就是孬种。"他甚至还想:"你说很难;其实根本不难。你只要朝火光的方向走去,回到你遇见那个人的地方,那人心里害怕极了,却仍在尽其责任,再说,你没有权利评判他,因为你从没有深夜在焚烧八十具尸体的火堆旁待过,你不知道你要是他会不会做得更差。"

他绝对是真诚的,他丝毫没想起他曾一天一夜辛苦照料过那个孩子和那个"可怜的小法国人",也没想起他曾非常了不起地守护在两具尸体旁。

他又听到树丛中响起了窸窸窣窣的声音,便立即停下来,大声问:"这里有人吗?"没有回答,但富有弹性的松叶地毯上响起了沙沙的脚步声。"这里有人要帮忙吗？"安杰洛又说，声音极其平静，这在陷入困境的人听来，一定非常悦耳。脚步声停止了，过了一会儿，一个女人的声音说："是的，先生。"安杰洛马上打着打火机，一个女人从树林里走出来。她牵着两个孩子。安杰洛不假思索便将火光放到自己的脸旁；那女人眨眨眼，想看看火光下的人是谁，然后走了过来。她很年轻，衣着非常优雅，在这样一个地方，周围的松树被安杰洛的打火机照亮，乍一看，真会以为是仙女下凡了。孩子们也像是仙境中的人物：一个十一二岁的小男孩，穿着伊顿公学的校服，戴着饰有流苏的鸭舌帽，还有一个差不多大的小女孩，上等细白布长裤从裙子下端露出来，厚厚的蜂窝状褶子饰边遮住了一双漆皮鞋。

那年轻女人说，她是两个孩子的家庭教师，大约六天前，他们三人从巴黎来到奥比尼奥城堡，比德·尚邦夫人和先生早来一星期，德·尚邦夫人和先生可能乘火车来，在阿维尼翁停一停，现在可能已在他们的姑妈蒙塔纳里－雷韦斯特男爵夫人家里，来不了奥比尼奥城堡了，因为道路全已被封锁。她还知道，在孔塔，霍乱十分嚣张，那里禁止任何人通行。起初她想将孩子藏在奥比尼奥，那是一个小村庄，可是，突然间，它被来势凶猛的瘟疫毁灭了，两天工夫，就只剩下不到十个人。于是，她就带着两个孩子离开了奥比尼奥，希望能经由埃克斯去阿维尼翁，据说埃克斯情况还可以。因为没有交通工具——"我们是乘出租马车来的，现在不再有了"——她原想先去阿尔努城堡，从树林里走只有一法里路程，到了那里再租辆有篷双轮轻便马车，从迪朗斯河谷下去。可是前一天——昨晚上，将近六点——他们到达阿尔努城堡时遇到了路障，被赶到了树林里，同时还有二十来个来自不同地方的人，他们也试图去埃克斯。他们中有一位里昂人，是从锡斯特龙来的，他在那里走访了五金店，想推销熟铁锅。那人给了她两块巧克力和一小瓶薄荷烧酒，她对他感激不尽。那人个子很矮，非常风趣，挺爱吹嘘自己，也很有见解。他们和这位先生以及另外两位女士

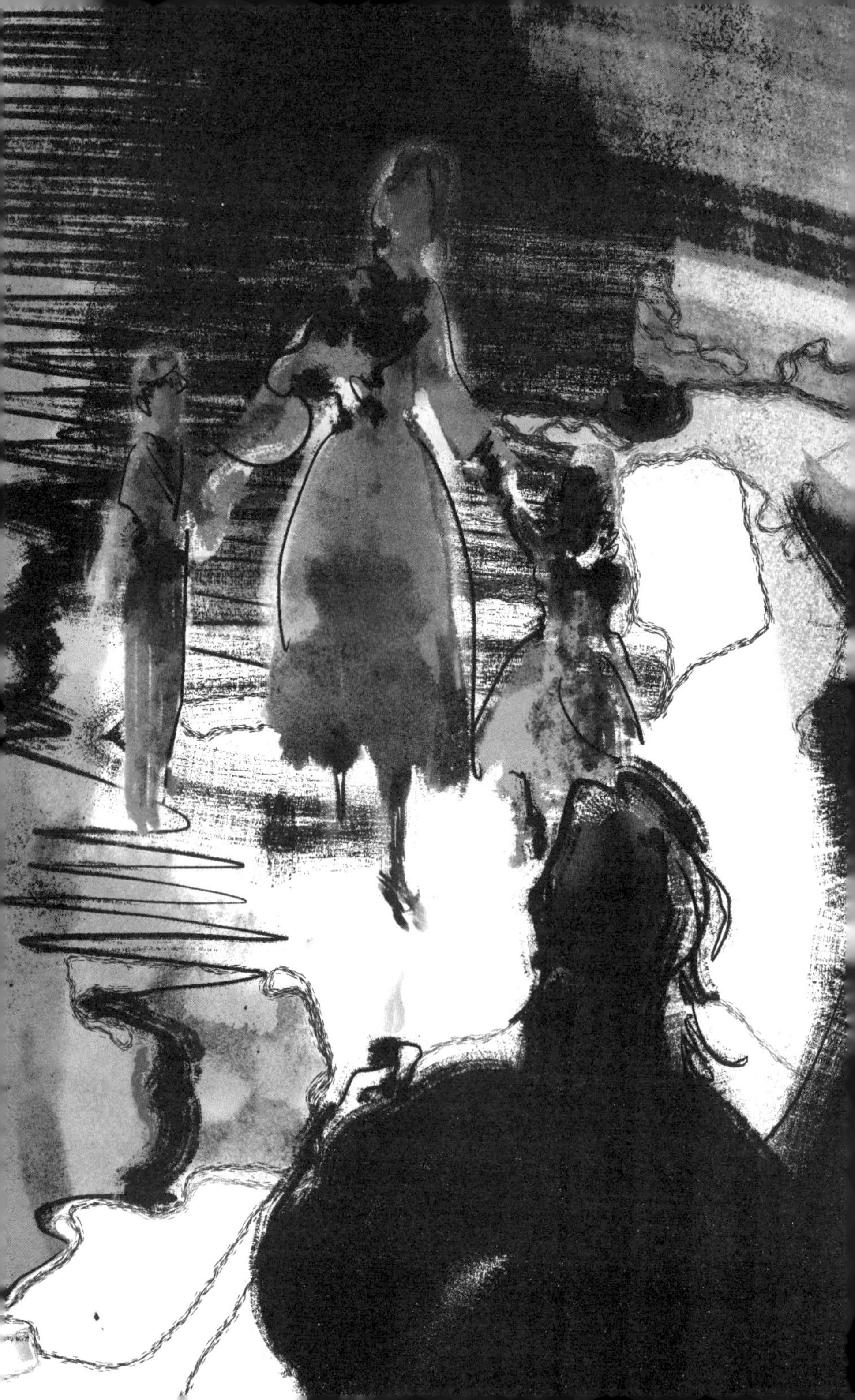

一起，试图绕过阿尔努城堡，可在山里那锅商病倒了，那两位女士发疯般地逃跑了，她则多亏了小男孩熟悉树林，终于找到了大路。三个人坐在路边等待天亮。他们听到了马蹄声，以为是阿尔努城堡那些人的巡逻队，那些人曾威胁说要把他们关进隔离所；当安杰洛来到附近时，他们正要到后面的树林里去躲起来。

安杰洛问了许多问题，想知道那些路障设在哪里，挡的是谁。当听说那些人把妇女和儿童赶到树林里时，他对这非人道的行为愤愤不平。当她说到隔离所时，他也感到很气愤。"没想到竟会有这种事，我不喜欢。"他想，"我可不想被关在什么臭气熏天的牲口棚里。人一害怕，什么事都干得出来，会无情地杀人，可得当心！在这里，事情的结局可不会像在酒桶路障那里遇到苦役犯时的情况一样了。真遗憾，我只有两颗子弹，更确切地说，我没有马刀，否则，我要叫他们看看，勇敢比霍乱更可怕。"他的打火机照着三张惊慌失措的孩子脸，这给他留下了深刻的印象。

他询问小男孩如何绕过路障，那男孩似乎很自信。"那好，"安杰洛说，"我们穿过树林，按您说的，树林不大。过了树林，我们让两位小姐骑我的马，它很温顺。我牵缰绳。我们按您指的路线走。我也去埃克斯那边，我会帮助你们的，直到你们摆脱困境。请放心，"他继续说，"我是轻骑兵上校，我们不会轻易被战胜的。"他觉得应该让他们建立自信心，同时也要获得他们的信任，尽管自己看上去（他以为是这样）平庸和卑劣，为此，他恰如其分地认为，提及自己的军衔可能会有所帮助。他忘记天黑看不见，只能听见他和蔼可亲的声音。

他们离开大路，穿过树林。出了树林，他把年轻女人和小姑娘安顿在马上，便开始穿越石头山。山上比谷底要亮一些。

小男孩极其勇敢地与安杰洛并肩而行，对要走的方向从不犹豫。那年轻女人有块表。已是凌晨三点了。

将近四点，旭日开始东升，隐隐照亮起伏寂静的广袤山林。"太好了,"安杰洛说,"我们走这里会很安静。再说,大路可能就在我们左边,那里有一条迷雾茫茫的犁沟,可能就是大路。不用担忧,尽管往前走。现在最重要的是找到一个农庄,能让我们四个人吃点儿东西。"他郑重其事地对小男孩赞扬了一番。他知道,当男孩子们受到重视时,比大男人更勇敢,更无畏。他希望他能继续勇往直前。而且,安杰洛觉得他非常可爱,他有的是理由称赞他:他带了整整一夜路,没有出过差错。

可是,安杰洛已三天没刮胡子,脸上汗渍斑斑,衬衣被荆棘撕烂,似乎很难赢得他的同伴们的信任。当他接触到年轻女人双眸的绿光时,便意识到了。幸而他穿着一双漂亮的长统夏靴,苏波出品,虽是漆皮,但颇为柔软,非常合脚,不可能被认为是他偷来的。"这正是我花一百法郎买下它们的原因,"安杰洛想道,"我得好好利用我这张'护照'。可我总不能在她面前炫耀我的靴子吧。"他试着谈论他的靴子,可这样做却弄巧成拙,反让年轻女人认为他因怕山上锋利的石头弄坏他如此漂亮的靴子而十分恼火,她直截了当提出把马还给他。"我真笨,"他说,"您放心坐吧。我是想给您摆些事实,让您相信我和您的锅商一样,都是优秀的男人。我总是弄巧成拙。没有我的靴子,您也很快会知道,我只想为你们效劳。刚才,当您看见我穷酸的装束时,我见您眼睛里显出了不安,您可能是第一个笑话我的人。我的笨拙,在于我总想让人对我完全满意。可我十有八九适得其反。我真的是上校,这不是开玩笑。只是,我和您一样,三天来,我试图摆脱这个阴森可怕的地方,这里既充满了胆小鬼,也不乏勇敢者,一个比一个可怕。我度过了许多不愉快的时光。"

那年轻女人有一双极其漂亮的绿眼睛,她笑了笑,说她不害怕。可她显然不相信上校。她的微笑楚楚动人,但从中可以看出,她宁愿顺从,而不想提出异议。她怀里紧搂着熟睡小女孩的身体,看上去就像一张圣母像。

当他们看见一个农庄的时候，太阳已完全升起。农庄栖身于一个小山谷的褶皱中间，附近有三层橄榄树梯田，还有很大一片苜蓿地。

安杰洛一行停在一棵圣栎树下。小女孩睡得很香，把她抱下马放到地上时，她几乎没有睁眼。

"第一次看见房子的烟囱冒烟，"安杰洛说，"我们运气好。你们待着，我下去多花些钱弄点儿吃的来。别担心，我有钱。"

屋门关着，甚至好像上了锁，若不是烟囱冒烟，真会以为无人居住。安杰洛呼喊。一扇窗子打开，一个男人出现在窗口，用一支猎枪瞄准来人。"滚开。"他说。"我肯定没得病。"安杰洛说，"在那棵树下，我还有一个女人和两个孩子，您从这里看得见。他们两天没吃东西了。卖给我一点儿面包和奶酪吧，要多少钱我给多少。""我没什么好卖的。"那人说，"有女人和孩子的不只是您一个。快滚……""他不会开枪的。"安杰洛想道，他沉着地往前走。那人瞄准他。他继续往前。他乐不可支。最后，他纵身一跳，跳到屋檐下躲了起来。"理智些，"他说，"您看，我决心已定。我一枪就可以把您的锁炸开。然后，我们到屋里算账，您赢的可能性跟我一样多，但不会更多。您从上面给我扔一个面包和四块羊奶酪来。我付给您一个二十法郎的金币，我从门下递进去。金子绝对不会生病的，如果您害怕，就用镊子夹钱，然后扔进一杯醋里面。您不会有任何危险。不过快点儿。我什么事都干得出来。""离开这里。"那人说。安杰洛把手枪的击铁弄得咔啦响。"等一等。"那人说。过了一会儿，他把一个面包和四块奶酪扔到了草地上。"锁旁边有条缝，"那人说，"把硬币从缝里塞进来，让它落到地上时发出声音。"安杰洛照办了，硬币叮当一声落到石板地上。"我什么也没听见。"那人说。"我不跟您斤斤计较，"安杰洛说，"我再扔一个，好好听着。"他塞进去第二枚金币。"我什么也没听见。"那人说。"那好，听听这个。"安杰洛说。他紧贴着窗，朝天打了一枪。那人赶紧关上百叶窗。安杰洛拾起面包和奶酪，向高处的圣栎树走去，他竭力不让自己奔跑。

吃罢饭,他们便遇到了一条土路,从这土路,他们很快走到了大路上。"我很明白,"年轻女人说,"最明智的做法是继续穿过山冈,可我们大概至少已走了五法里了,孩子们都累坏了。如果相信这样能走到阿维尼翁,这同样是缺乏理智的。我们离佩吕伊想必不远。那里有一个宪兵哨所。我将向他们说明我的情况;德·尚邦先生遐迩闻名;我们没有生病,他们可能会给我们开张路条,帮我找辆马车。我对这两个孩子负有责任,我不能继续冒险了。"安杰洛认为她的决定不无道理。"不过,"年轻女人继续说,"这不妨碍您干您自己的事。对于一个骑着骏马做事果断的孤身男人,情况就完全不同了。把我们摆在这里吧,我们自己设法去佩吕伊,不到半法里路程。"显然,她对上了大路非常高兴,她还极其笨拙地补充说:"您帮我们摆脱了困境,做得比我们希望的还要好。德·尚邦先生如能知道您的尊姓大名,一定会由衷感谢您的。""不把你们交到可靠人的手中,我是绝不会离开你们的。"安杰洛生硬地说,"我自己也有话要同宪兵说。"他心里想道:"你是不是以为我怕他们!真是个巴黎佬!"

不久,他们便来到了路障跟前,果然由几个宪兵把守,他们和蔼可亲,身上散发着酒味。德·尚邦先生的名字果然效果非凡。他们甚至答应征调一辆马车。安杰洛声称自己来自巴农。那几位宪兵在江湖上混惯了,很有眼力,对他的靴子欣赏不已。他们同他耍外交手腕。他编了一个挨强盗袭击的故事,解释如何丢了鞍囊、紧腰中上衣和帽子。"可不能到处乱跑。"那几个治安的宪兵说,可他们自己却敞胸露怀,"您还算运气,有的人被抢得更多。锡斯特龙释放了苦役犯,让他们掩埋死人,有几个苦役犯逃跑了,当然不是去做弥撒的。关于路条,这没任何问题,会给你们的。你们看上去很健康。不过,你们得在这里隔离三天,准时放行。你们将被带到一个谷仓,就在旁边,专门用来隔离的，你们在里面会很舒服，而且不光有你们。已经有三十来个人在等着呢。三天一晃就过去了。"

他们被带到谷仓，里面挤满了各种年龄、各种身份的人，个个愁容满面，有的坐在箱子上，有的坐在篮子、旅行袋和包袱旁。宪兵牵走了马。他们客客气气，但小心翼翼。"我不大喜欢我们这样。"安杰洛说。"那有什么办法呢？"年轻女人说，"他们答应给我一辆马车，我等着。不过，我为您感到遗憾，您不来的话，现在可能已走远了。""也许我留在你们身边更好。"安杰洛说，"不管怎样，来吧，我们到一边待着。"

哨兵回来了，带来了一个穿蓝围裙的胖子。他神气活现地站着，伸着脖子看着大家。"想吃的人请预订。"那人说。"有什么吃的？"安杰洛走过去问道。"您要什么有什么，男爵。"那胖子说。"来两只烤鸡，行吗？"安杰洛说。"怎么不行？"那人说。"好，"安杰洛说，"两只烤鸡、面包、两瓶酒，再给我买二十支这样的雪茄。""给钱。"那人说。"多少？"安杰洛说。"给您就算三十法郎，"那人说，"因为您的眼睛很漂亮。""您倒没有丢了生意经。"安杰洛说。"不是人人都会丢的，"那人说，"我宁愿留着。雪茄再加三法郎。您有东西包吗？""没有，"安杰洛说，"用餐巾包吧，再给一把刀。""餐巾加一个金币，刀再加一个。"

只有安杰洛一人订吃的。大家既好奇又恐惧地看着他。一位蓄着非常漂亮的小山羊胡、神态粗鲁的老先生对他说："年轻人，您这样做太不谨慎，会给大家带来极大的危险。您让人拿餐巾，那餐巾可能来自有病人的村子。在这种时候，只能吃些煮鸡蛋。""我对开水不放心。"安杰洛说，"您和那些瞪眼瞧我的人一样，你们犯的最大错误，就是不像平时那样生活。我都饿了三天了。假如我饿得昏倒了，你们就会以为我得了霍乱，不说别的，就是吓也会把你们一个个吓死的。""我可不害怕，先生，"蓄山羊胡的人说，"我经受了考验。""继续呀,"安杰洛说,"没有够的时候。"

他吃着烤鸡,他高兴地看到,那年轻女人和孩子毫不惧怕地在吃另一只。他们喝了酒。为使大家放心,安杰洛把餐巾从天窗里扔掉了。他走过去给哨兵一支雪茄,自己待在门口也抽了起来。

他在门口待了一刻钟,白炽的阳光照得他有点儿眼花,突然,他听见谷仓里响起了嘈杂声。只见一个女人躺在麦秸上,有些人赶快躲得远远的。他走到那可怜的女人身旁,她牙齿咬得格格响,脸颊上有一大块紫斑。"谁有烧酒?"安杰洛说,"烧酒!"他看着大家,重复了一遍。最后,一个农妇从篮子里拿出一瓶酒。但她不是让人传过来,而是放在地上就走开,她说:"拿去吧。"

病人很年轻,有一头漂亮的头发和白净的后颈。"哪位女士胆子大,"安杰洛说,"请来把她的衬衣和胸衣解开,我对这一窍不通。""把束带割断。"有人对他说。有个女人神经质地哈哈大笑。安杰洛回到哨兵那里。"请离开门口,"他对哨兵说,"有个女人病了。我得把她弄出去,放到太阳下,让她暖暖身子,也免得把那群胆小鬼吓死。我一个人来照料她。总之,这是我们能够做的,除非村里有医生。""村里哪有医生!"哨兵说。"那好!我尽力而为吧。"安杰洛说,"如果您害怕他们逃跑,就在对面站着。不过,即使逃跑了,你们也会把他们全逮回来的。"

"喂,"他回到谷仓时说,"我需要人帮我把这个女人抬到外面去,一个男人或一个女人。孩子也行,如果其他人认为自己太大的话。"他干笑一声,加了一句。"不要把孩子牵扯到这种惨事中来。"那位小山羊胡说,"一群敏感的诗人……[①] 我来帮您!"

他们把女人抬到外面,放到一张草垫上。那位老先生非常熟练地给她脱掉衣服,甚至没怎么碰她的身体,就把她的胸衣脱了下来,那

[①] 原文为拉丁文。

是很不容易的，因为她的脑袋和胳膊在不停地颤动。给她脱衣服时，她吐了一点儿那臭名昭著的"牛奶大米粥"，但安杰洛替她擦干净嘴巴，强迫她喝酒。那女人的大腿像冰一样冷，上面有一条条厚厚的紫色斑纹，但仍然肉乎乎的，光滑如缎。她下身不停地流出污物。哨兵已转过脸去，注视炎热的山冈。山坡上，高温化为水汽，笼罩着草地，仿如笼罩在斜棱玻璃上一样。谷仓里，人们大声说话，不时发出神经质的狂笑。两小时后，那女人死了。安杰洛在她身旁坐下。老先生也坐了下来。村子里传来零零星星的叫喊声和长长的几乎是平静的呻吟声，炽热的阳光使它们听上去悲怆凄恻。"假如帕里斯[①]看到了海伦真实的皮肤，"老先生说，"他就会看见一个灰黄色的网，疙里疙瘩，粗里粗糙，布满了杂乱无章的网眼，每个网眼里藏着一根和兔毛相仿的汗毛，那他就绝对不会迷上海伦了。大自然是一场庞大的歌剧，它的布景产生视觉效果。"安杰洛递给他一支雪茄。"我一生中从没抽过烟，"老先生说，"但我现在很想抽一抽。"

傍晚前，谷仓里死了一个男人。死得很快。刚抢救他就死了，一秒钟的希望都没给留。接着是一个女人。接着又是一个男人，他不停地走来走去，突然停了下来，倒在草垫上，用手慢慢遮住脸。孩子们开始大喊大叫。"叫孩子们别嚷嚷了。听我说，"安杰洛说，"你们都过来。不要怕。你们也都看见了，我照料病人，我接触他们，可偏偏我没得病。我吃了一整只鸡，我却没病，而你们胆战心惊，什么都怀疑，你们却会死去。靠近些。我要对你们说的话，是不能大声说的。只有一个农民看守我们。天一黑，我就解除他的武装，我们逃走。宁愿没有通行证，冒着生命危险逃跑，也不要坐等路条。人死了，路条还有什么用！"

[①] 帕里斯，希腊神话中的特洛伊王子，诱走了斯巴达王墨涅拉俄斯的妻子海伦，引起了历时十年的特洛伊战争。

那老先生坚决站在安杰洛一边。接受这建议的，还有两个步态稳健的农民和十来个拖儿带女的妇女。其他人说，他们不能扔下行李不管，也不能扛着大箱小箱穿山越岭。

安杰洛说："问题在于，你们是宁愿关在这里，等那些吓得亡魂丧胆的村民和宪兵给你们一次生的机会，还是由自己来掌握生死。再说，在这一切中，一只旅行箱算得了什么？"

不，这些旅行箱很重要，他们说他说话太轻巧。

"那好，你们留下吧，"安杰洛说，"各有各的自由。"但他再三要求年轻的女教师同他一起走。

"不，"她说，"我也留下来。"

她对德·尚邦先生名字的威力坚信不疑。她相信会有一辆马车，尤其肯定能拿到一张路条，有了路条，她就可以一路畅通无阻。

"我不允许自己去冒风险。"她说。

"留在这里风险更大。"安杰洛说。

因此，她更坚定地说，她决计以合法的方式旅行。她没有理由像流浪汉那样漫无目的地乱跑。那些宪兵都知道德·尚邦先生是谁，答应给她一辆马车和一张路条。她要光明正大地坐着马车拿着路条离开这里。她没有理由不这样做。昨天是在树林里，在路边，又是在夜里，那是特殊情况。安杰洛帮了她大忙。她感激不尽。可现在情况不同了。人家满口答应了。"您和我一样，也听到了。他们甚至说，如果没有人自愿出车将德·尚邦先生的孩子送到阿维尼翁，他们将征用一辆。我没敢对您说德·尚邦先生是谁，他是上诉法院的首席院长。现在您明白了吧？"

说话之际，黄昏降临。安杰洛反驳说：

"我让您看看这些宪兵是谁，是真的，还是假的。"

他走近哨兵，不费吹灰之力就缴了他的步枪。对方却不明白安杰洛为什么抢他的枪，以为他是想看看。

"站到一边去,让我们过去,"安杰洛说,"我们这几个人想溜走。"

"那也用不着我的枪呀。"哨兵说,"把它还给我。你们又不是第一批想溜的人,别人也没这么多事。我甚至还可以告诉你们,离这里一百步,在这里能看得见的那个柏树林的左边有一条路,拐到路上差不多再走一法里,就到大路了。"

有几个妇女本已决定离开,见哨兵如此镇静,不胜困惑,便决定留下不走了。

因此,安杰洛及几个随他一起走的人走时相当尴尬,因为哨兵仍不停地向他们唠叨如何绕过村庄,这使他们不堪忍受。但安杰洛坚持认为走比留好。"既然一切正常,为何抱怨呢?"他思忖。"不要老想最坏的事,不要做得太过分。那位女家庭教师该笑话你了。"

因为哨兵提供了太多的情况,大家的理解又各不相同,所以他们走错了路。夜漆黑一团,又是在荒山野岭,加之要反复决定,一旦决定了,大家都接受了,又担心这决定可能不够理智,这一切,使得拖儿带女的妇女们怨气冲天,孩子们无精打采。走了一小时,他们终于走到了大路上,便各奔东西:两个农民朝山里走去,那几个妇女干脆又一次坐到路边上。安杰洛和留山羊胡的先生结伴而行。

他们走了两个多小时,看见前面路旁有一座长长矮矮的房屋,从几个通马车的大门中,送出明亮的灯光和隐隐约约的喧哗声。

"又是陷阱吗?"安杰洛问。

"不是,"老先生说,"这次是一个骡马店。我对骡马店很熟悉。"

第五章

当他们走近骡马店时,听出那喧哗声是由夸张的歌声和女人们猫捉老鼠般刺耳的尖叫声组成的。那受挑逗女人发出的叫声那样直截了当,毫不含糊,安杰洛不禁热血沸腾。他想做爱。平时,这种感觉是慢慢产生的,要经历多少迂回和愁闷,现在他突然想做爱,这使他狼狈不堪。另一方面,尽管他轻而易举便缴了那位装扮成宪兵看守佩吕伊隔离所的纯朴农民的枪,但他仍处在英雄主义的激情中……

客店的大厅又长又宽,有二十来个男男女女,喝得醉醺醺的,毫无顾忌。他们围坐在一张大桌子旁,桌上有一些盘、碗和酒瓶,已被他们洗劫一空,有几个酒瓶翻倒在桌上。这一场面被火光和灯光照得通亮:两只马厩水桶里熊熊燃烧着潘趣酒,几盏煤油灯和几支蜡烛分散在四方,使得宽敞的拱形大厅没有一处阴影。

一个马夫抱着好几瓶酒走过来了,安杰洛拦住他,以极其生硬的口吻问他那些人是谁。他气愤之至,因为他见有人在大庭广众之下在几个女人身上乱摸乱抓,而那几个女人搔首弄姿,格格浪笑。

"和您我一样的人。"马夫回答。此人已有相当的年纪,声音里飘溢着朗姆酒的芳香。

他过去把酒分发给顾客。他拖着脚步回来了。他在皮围裙上擦了擦手。他目光茫然,和蔼可亲。

"不然,"那人说,"我给您什么来消磨时光呢?"

那人可能就是客店老板,他见安杰洛没作回答,而且依然怒形于

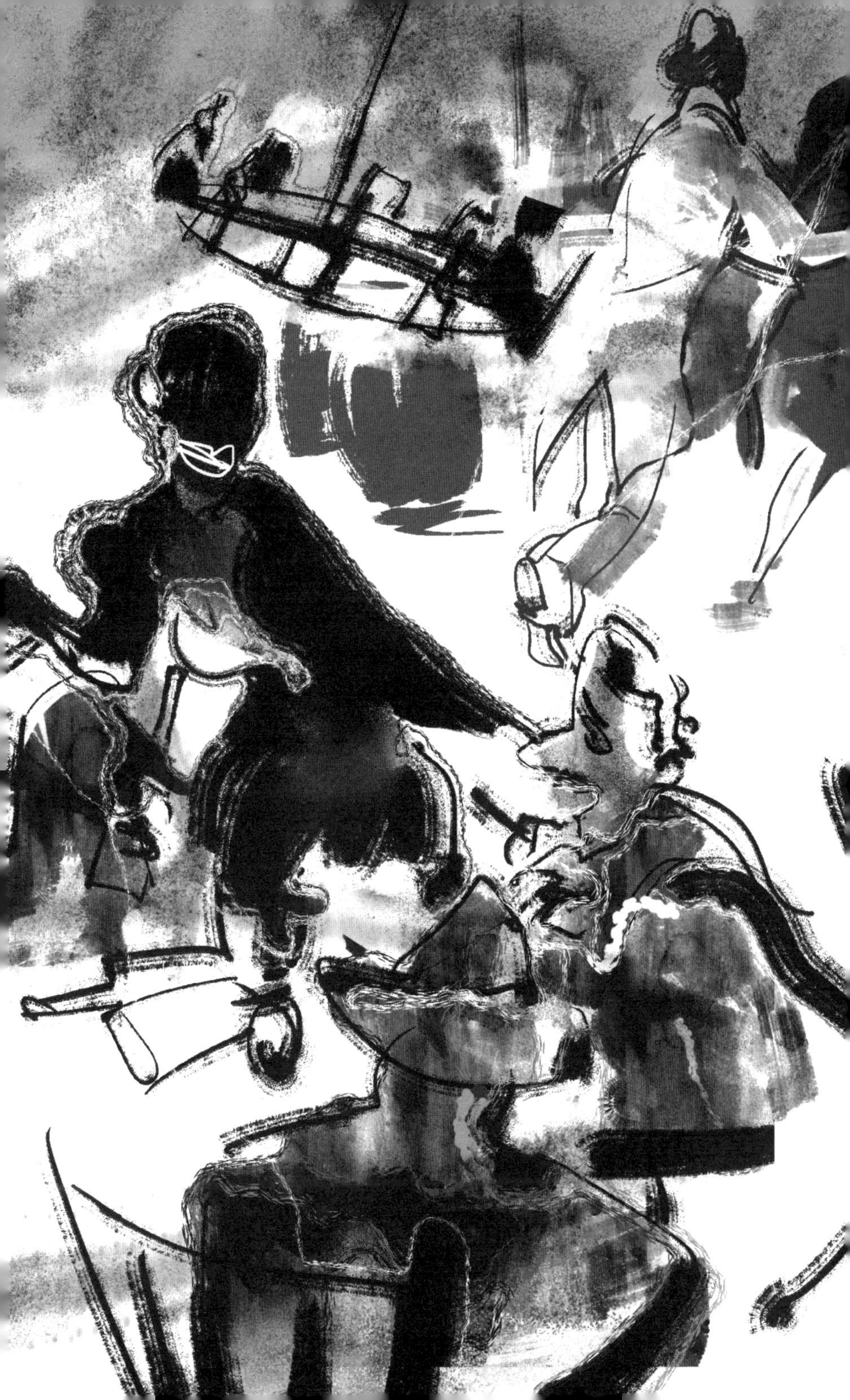

色,便误会了安杰洛生气的原因,说道:

"没必要生气。再说,这有什么用呢?您也看见了,又不是您一个人。耐心等一等。明早天一亮,我们就设法绕过隔离的路障。我和我儿子对那些山了如指掌。如果您想喝些什么,得赶快。酒价看涨。现在已涨到三个苏了。"

"喝葡萄酒没什么不好吧?"安杰洛严肃地问。

"不管怎样,我的酒从没有伤害过人!"那人回答,安杰洛的严肃使他惊愕不已。

于是,安杰洛要了一瓶,不过他说:

"我不愿和这帮人一起喝。您没有房间吗?"

"不是没有房间,而是您得在黑暗中喝。他们把我屋里所有的灯和蜡烛都抢走了。他们绝不能忍受背后有一丝一毫的阴影。应该承认,我们处在非常时期。我劝您不要一个人喝闷酒。现在最好是过得愉快些。谁知道什么时候会发生什么事?他们先后来到这里。今天上午他们还互不认识。您瞧瞧他们。一小时后,您也会加入进去的。"

安杰洛惊慌得无言以对。他对这些女人害怕极了,她们的脚踩在椅子的横档上,她们的腿一直露到膝盖,甚至露出了相当一部分精美的衬裙。他看见她们上衣敞开,露出短袖衬衫和胸衣的饰带,感到无法忍受。他想起了那位小法国人葬身的山谷,在他看来,那山谷就是块福地。他认为,葬在那里一点儿也不可笑。

他拿着他的酒瓶和酒杯走到大厅里首,坐到一张没有人的桌子上。

那位蓄着漂亮白山羊胡子的老先生早已加入那群人中去了。尽管他目前还很老实,但他已戴上夹鼻眼镜,傻乎乎笑嘻嘻地望着一位头发棕色、皮肤白净、袒胸露肩的年轻女子。她受到两个小胡子上打了蜡、一副推销员派头的男人的夹攻;她卖弄风情,半推半就。

为了使骚动不安的手平静下来,安杰洛在一扇小门的门闩上乱摸乱捏，他的板凳就靠在这扇门上。最后，门被他弄开了。门后是马厩。喂草架上至少有三四匹马，还有好几辆流动推销员使用的载重车。

"活该这些恶棍倒霉！"安杰洛想。他叫那位更换酒瓶的人过来。

"你想挣三个金路易吗？"他对他说。

"从现在起算账以五为单位了。"那人回答；他对江湖上的一套习以为常，要使他晕头转向，光以"你"相称是不够的。安杰洛正想夸夸其谈一番，那人却说：

"我的王子，你别想欺骗纪尧姆老爹了。我走过的桥比你走过的路还要多，我知道，对于像初领圣体那样的事，你不会只给我五个金路易，甚至不是六个。我所以出这个价，那是因为你能接受。什么事？直截了当地说吧。"

尽管那人说话十分傲慢，安杰洛还是不厌其烦地对他说，他的年轻的妻子和两个孩子困在村里用作隔离的谷仓里了。"能不能把这些男人或女人中谁的马和车借用一下？"他恶狠狠地说。

"这不过是钱的问题。"那人说。

他搔了搔头，摸摸下巴，把对方从头到脚打量了一番，又说：

"只是……这之后您去哪里？"

"阿维尼翁。"

"那就请进这里来吧。"

他把安杰洛拉进马厩，随手把门关上。马身上的气味差点儿没把安杰洛熏倒。

"我谈谈我的看法。"那人说，"太太和孩子遇到麻烦，我们不能置之不理。现在死的人很多，这您知道。给十路易现金，我就谈谈我的做法。您刚才看见那位金发姑娘了吧？有人正在扒她的袜子哩。嘿！她可是赫赫有名。我给您说她很有名，是因为她确实很有名。她肯定和那个穿苏瓦罗夫长统靴的胖子有关系。那胖子是这一带的牲畜商，他的马和车跟别人身上的虱子一样多。他们只要一起商量一下就行了。

我本人很爱家。我把那女人跑推销的载重车卖给您。瞧，就是这辆，还有这匹漂亮的小红马。如果您一时兴起想去阿维尼翁，就可以去了。这是我最好的建议了。十个金路易，这就归您了。正如我们说好的，我会去同那姑娘的父母商谈的。"

安杰洛激烈地讨价还价，试图让他降到七个金路易，与其说为了节约，毋宁说为了获胜。他从来只想获胜。可那人温和而慈祥地对他说：

"妻子和孩子的性命是不应该讨价还价的。"

"那位金发美人活该倒霉！"那人套车时，安杰洛想道，"不过，那骄傲的、盲目相信宪兵的小姐终将明白，不能光凭衣服取人。"他也想念那位漂亮的小男孩。他记得他的衣领很好看，英国式的，上了浆。他还想起了那位小女孩，前一天，他好几次发现她在偷看自己。

出发时，安杰洛已在甩动缰绳，那人又对他说：

"我喜欢您，您长得太漂亮了。走近道您肯定会迷路。我让我儿子给您带路。到时只管把他撂在路上就是了。"

他带来了一个十五岁左右的男孩子，低声向他面授机宜。

"对先生要有礼貌。"他神色古怪地补充说。

他们在土路上逛荡，从毛茸茸的树木中间穿行，可能是柳树，树枝擦着皮车篷。如此走了一个多小时，最后来到了那臭名昭著的用作隔离的谷仓。走在坚硬的车辙中，马车的弹簧咯吱咯吱响，惊醒了林中所有的猫头鹰，它们声嘶力竭，互相呼唤，在阒寂的原野上，四处响起了回声。

安杰洛把车停在一个树丛中。他让男孩牵着缰绳。

"在这里等我，"他说，"设法让这牲口不要出声。"

天气仍然很热，的确有一股臭味，尽管微弱，可那马却不停地摇晃脑袋，弄得马嚼子叮叮当当响。

猫头鹰凄凉地呻吟着，除此之外，四周寂然无声。

"他们都睡了,"安杰洛想,"我自己得悄没声儿,只能唤醒那位小女教师和两个孩子,千万不要发出声音。现在的哨兵可能不会有下午的好说话。我把打火机的火吹旺,希望他们头脑比较清醒,能立即认出我来,不要因为在黑暗中突然看到我被火光照亮的脸孔而发出惊叫。我先唤醒小男孩,他看上去很勇敢。"

夜漆黑一团,他竭力辨认哨兵可能在的位置。他在离墙十步远的地方停下来,那墙一团黑影,比黑夜还要黑;他侧耳细听有没有声音,站岗的人总会发出些微声音的。他听了一会儿,除了猫头鹰的互唤声外,什么也没听到,他想:"哨兵大概也睡觉了。"他小心翼翼地从草地上过去,以减轻脚步的声音。

不一会儿,他就到了谷仓的大门口,门敞开着,他是从迎面听到的某种回声判断出来的。毫无哨兵的迹象。令人吃惊的是,谷仓里也是寂寂无声。他期待听到呼吸声和人们辗转反侧而使身下草垫发出的窸窣声,可是由于墙壁挡住了猫头鹰的叫声,屋里甚至比黑夜更沉寂。

"是不是搞错地方了?"他心想。

他摸索着前进。他脚下碰到了什么东西。他弯下腰,手摸到了裙子。他跪下来,打着打火机。他把火绒芯的火吹旺,在红红的火光下,他看见了一张怪模怪样狰狞可怕的面孔,是那位不愿抛弃箱子而留下来的农妇。她死了。他拼命吹打火机的火绒芯,他环视四周,可是红兮兮的火光只让他看见周围很少的地方。他从农妇身上跨过去,向前走了几步,以便看到更远的地方。他又发现一具男尸,以及无主的行李。最后,他似乎认出了在上等细布裤下端带扣漂亮小皮鞋上面的爱尔兰针钩边饰。是那个小女孩。她眼睛睁得很大,露出极其惊讶的神色。她想必死得很快,没有治疗,因为她的衣服依然整整齐齐。再过去不远是小男孩,他紧抱着那位年轻的女教师,后者抽搐成一团,嘴唇翻起,露出瘆人的牙齿,像条想咬人的疯狗。

安杰洛不停地吹打火机的芯子，什么也不想。接着，他在黑暗中乱走，又撞到了两三具尸体。也许仍是那几具，因为不知不觉，他已到了外面，又和猫头鹰在一起了。

他喊了一声。他寻找停车子的树林。他跌进一条注满水的灌溉渠里。他又喊了一声。他感到脚下踩着了路上坚硬的车辙。他找到了树林，边走边大声呼喊，双臂伸向前方。那辆载重车已不在了。他听到远处有一匹马在奔跑，还有一辆车在大路上滚动。

他怒不可遏，像火炭那样咻咻喘息，想咒骂却出不了声。他开始向前奔跑，只是在灌溉渠里滚了两三次后，才想到在芦苇中坐下来。

他被那男孩的狡诈吓呆了，他把他撂在这里，想必有人给他面授机宜了。这件事似乎比死亡更令他沮丧。

由于狂躁的微风从村里阵阵吹来，那曾使马摇晃脑袋的轻微臭味，现在变得更加明显了。此外，离这五十步还有谷仓，里面躺着尸体。安杰洛想象，几小时后，苍白沉闷的太阳就要升起来了。

他迫切需要显示一下勇敢，尤其在此时此刻，他似乎陷入了一场残酷的误会中，感到不知所措；这种需要促使他严肃认真地考虑要不要在原地等待天明，然后到村里自荐帮他们埋葬死人。可转念他又想到那位哨兵的胆怯，于是思忖：

"这些农民会因为你对勇敢的不同看法而讨厌你；或者仅仅因为你比他们知道得多，尤其是如果你向他们建议用生石灰的话。他们会用铁锹敲碎你的脑袋，不消一会儿，你就被扔进坑里了。这不合算。"这最后的想法使他下了决心。

他回到那条土路上。不管怎样，他决定去拽店主的耳朵。他想，这位矮矮壮壮的店主，他儿子可能会为他助战的，因为他儿子想必拉着载重车已回到家里了；想到这里，他顿觉心里轻松多了。"这将是一场真正的格斗，他们会永远记住我的。"他不喜欢被人愚弄！

天快亮时，他到了客店。黑夜即将过去，屋里仍有灯光。可这里事情也发展得很快。大厅里冷冷清清，空无一人。一个男人趴在屋子中央。那是胡子上打蜡的两个人中的一个。一个女人倒在桌子上，好像睡着了。安杰洛轻轻唤她。他把手放在那女人的额头上。额头滚烫。他又一次呼唤，轻轻喊她"太太"。他把她的脸抬起来。她显然已经死了。两只睁大的眼睛白如大理石。突然，她的机体使她的下颌塌落，嘴巴张开，从里面缓缓流出一股白白稠稠的物质，像是牛奶大米粥，但很臭很臭。

安杰洛绕大厅转了一圈。还有一个死人蜷缩在一个角落的椅子后面。他没管就走了，可马上又回来了。他想起了那个小法国人。他把椅子挪开，当他把手放到那遮住脸的胳膊上时，他感到那只胳膊已经僵硬，他明白那人也没救了。

他去了厨房和马厩；厨房的火炉里仍燃烧着火，锅里的炖牛肉香气扑鼻，马厩里既没有马也没有车；他爬上楼梯，到各个房间里转了转。在一条中心走廊两旁，各有十来个房间。他一一打开，有几个房间很黑，他看得特别仔细，甚至把护窗板也打开了。所有的房间都空空的，床没有动过，除了最后一个房间。他在里面发现了一只大仓鼠，肥肥的，闪着光，大概刚从洞里钻出来，瞪着血红的眼睛瞅着他，一只爪子悬空着。安杰洛把门合上。

他下了楼，穿过大厅，《睡美人》中的三个人物仍待在原地。他走出客店。他出去时才想起来，那女尸的头发是褐色的，可能就是几小时前纵声大笑的那位女郎。

他踏上南去的路。天渐渐亮了。太阳还在山冈下面，尚未露脸；天空半明半暗；一条铅色滚边般的亮光刚刚出现在黑暗的东方，可天已热得让人透不过气来了。

安杰洛走了一个多小时，才发现周围静得出奇。他从小松树和小橡树林中穿过去。树木纹丝不动，听不见树叶瑟瑟摇摆。没有鸟。道路俯瞰迪朗斯河，这里，河床几乎宽达半法里。布满了盐一般的白卵石。没有水。有时，在路边，数百亩的树林已被伐去，中间只剩下四五株橄榄树，它们一动不动。天越来越亮，但一片白色。天空和迪朗斯的河床一样，铺满了白卵石。树林上空，山冈顶上，有一个白骨色的村庄。没有炊烟。

"她这样做很好嘛。"他想。

那位褐发女人又浮现在他眼前，正在纵声大笑，脚踩在椅子的一个横档上，露出了埋在波浪起伏白衬裙中的双腿。

渐渐地，太阳在东方上空出现了。它既没形状，也没颜色。一片耀眼的白垩色。突然，响起了轻微的窸窣声，转瞬即逝，仿佛有看不见的生灵在飞快逃遁，更深地藏进静止不动的树叶和草丛中。

最后，安杰洛听见一匹马飞奔而来。他把手放进口袋，抽出一支手枪。

不久，他便看得见骑马人过来了。那是一个又肥又胖的男子，他像捣胡椒面似的随马步上下抖动。当那人离他三步远时，安杰洛纵身一跳，抓住缰绳，勒住马，举枪瞄准那人。

"下来。"他说。

那胖子惊恐万状，丑态百出。他的嘴唇颤抖；他发出咕噜咕噜的声音，就像没教养的人在喝汤。他下马后，立即跪到地上。

安杰洛解下鞍囊。

"我只要马。"他说。

然后，他用了很长时间来拉紧马肚带和缩短马镫。他的手枪早已放回口袋里了。他对那胖子深感同情，那人拍去膝盖上的尘土，神态阴郁而恐惧地看着他。

"到树荫下去吧。"安杰洛跳上马时和蔼地说。

他掉转马头，奔驰了一段时间。马立即感觉到新来的骑士非同凡响，便严守游戏规则，跑得很欢。尽管没有阳光，但酷热烧烤着皮肤，烧热着空气，安杰洛却感到心旷神怡。他发觉好久没抽烟了，便点燃了他的一支小雪茄。

道路两旁，耕田和果园满目凄凉。有几块麦田没有收割，沉甸甸的麦穗压得它们不堪重负。纹丝不动的橄榄树林闪着马口铁的反光。远处什么也看不见；群山隐没在巴旦杏仁糖水中。巨大的杏树给行人送来烂果子的气味。

最后，安杰洛看见前方有一条梧桐树林荫道，表明那里有个村庄。他慢步走上林荫道。他估计会碰到惯常的路障。他已看好一条小路，如有人准备拦他，他就策马跳到那条小路上。可那里没有路障。尽管时候不早，门窗却都关着，村里似乎非常荒凉。他继续慢步前进。

到了街上，安杰洛感到很不舒服，因为左右都有房屋。一路的孤独早已使他心神恬然了。他没必要做任何努力，来对付难以忍受的石膏般的阳光，可现在这些房屋使他心绪不宁，他想象门后有黑魆魆的房间，谁知道这是不是可以用来解释这荒凉和寂静呢。

在教堂所在的一个小广场的十字路口，他看见一个身穿黑白服饰的小小身影，躺在一座房屋角上的一个三角形阴影中。这是一个侍童，身穿黑教袍，外罩一件白色宽袖法衣。在他身旁，放着一个葬礼用的长十字架和一个圣水桶，桶里放着洒圣水器。

安杰洛下马走过去。孩子在睡觉。他身体无病无恙，睡得很香，就像睡在自己的床上一样。

安杰洛把手伸到他的胳膊下面，稍稍托起，想把他唤醒。孩子先是左右晃了晃脑袋，然后打了个喷嚏，睁开了眼睛。可是，当他看见安杰洛俯下的面孔时，他就像受惊的猫猛地一弓腰，抓起十字架和圣水桶，撒腿就跑，那双赤裸的小脚在他的教袍下面飞舞。他拐到一条横道上便消失了。他逃跑时把手中的一个苏扔到人行道上。

安杰洛走出村子，没再碰见一个活人。

道路几乎沿着迪朗斯河干涸的河床向前延伸，蜿蜒在层层叠叠的群山峻岭中。它时而钻进山谷，时而钻出来，穿过一片片橄榄树园、

柳树林，顺着两旁耸立着意大利杨树的小径延伸，跨过一条条溪水。在沸腾的石膏中，一切都静止不动。马儿向前疾驰，使得道路两旁一排排有着纸板状叶丛的僵直树木，像一个车轮硬直的辐条那样缓缓转动。有时，在两棵桑树中间，会出现一个苍白的小农庄园，闭着眼儿，鼻子淹没在尘土中，流淌着一点儿麦秸。

在无际的静止中，安杰洛远远望见山腰上有一个小红点在移动。那是一个穿衬裙的农妇奔下山来。只见她拼命跳过当地人种菜蓟的干旱的石头梯田。她径直穿过树篱和灌木丛，朝着有成片大松林但没有房屋的地方奔去。

过了许久，路拐了几道弯，安杰洛在远处的山冈上又看见了那个小红点。它始终在很快地移动。

马开始显出疲乏的样子。安杰洛下了马，牵着缰绳，走近一片柳树林。他正欲走入灰色的树荫下，却停住了脚步，因为一条大狗直立着，瞪着火炭般的眼睛看着他。它默默地张着血淋淋的大嘴，两颗大獠牙上满是黑布片。

安杰洛一步步往后退。马在他后面乱蹦乱跳。灌木丛中飘来一股腐尸的臭味。那条狗矗立在它的领地上，岿然不动。安杰洛又跨上马，小跑离去。

他走出去很远了，才想起他的两支枪。"我比起小法国人来差远了。"他想。接着，他就睡着了。

他的马偏闪了一下，把他惊醒。马儿想必走了一段路后，在一棵桦树底下也睡着了。一道炽热的阳光穿过叶丛，停歇在它的吻上，把它烫醒了。

大概快到中午了。安杰洛感到饥肠辘辘，尤其口干舌燥。他真不该抽那三支小雪茄。他的嘴巴里堆了厚厚一层苦涩的唾液。在农舍或客店里吃水果或任何东西都是危险的。再说，眼前也看不见一所农舍和客店。也不要指望喝水池或水泉里的水。安杰洛再次跨下马，将马系在一块浓密的黑莓灌木丛的阴影下，自己靠在那棵桦树上。他点燃了第四支雪茄。

酷热有如倾盆大雨，沉沉的，长长的，令人窒息。安杰洛举手将额头上的头发往后捋一捋，此时他发现自己冷汗淋漓。他耳畔响起极其细微但又连续不断的爆裂声，他感到天旋地转，晕头晕脑。突然，安杰洛感到一阵恶心，便吐了。他仔细看看吐的是什么。原来是黏液。他继续抽烟。

他猛地直立，但事先并没想到要这样。奇怪的是，他分成了两个人：一个睡眼惺忪地窥视着，另一个不由自主地行动着，犹如一条被牵着的狗。他解开马，牵到路上，跨上马，双膝猛地一夹，马快步向前冲去。

他从一所门户紧闭的小屋前经过，突然门打开，他听到有人喊他："先生，先生，快来呀！"这是个长着男人脸的女人，但恐惧使她变得漂亮了。她向他伸出双臂。他跳下马，跟她进了屋。

突然进到黑暗中，他只能分辨出一个白乎乎的身影，在挑衅般地猛烈摆动。他还没弄清楚是什么，就和那女人同时扑了过去：原来是个男人，正在床上挣扎，床单和毯子抛得满屋子都是。他试图按住那人的身体，但仿佛被一个钢弹簧不可抗拒地弹了出来。同时，他的脚在床前黏乎乎的液体中滑了一下。他移到比较干的地板上站稳脚，便开始一场严肃的战斗，那女人在一旁帮忙，她已走到床与壁之间的通道上，一面喊着"约瑟夫"，一面竭尽全力按住病人的肩膀。在他们共同努力下，那人砰的一声倒在床上。安杰洛双手抓住不幸人的双臂，手心里感到那人的肌肉乃至骨头都在猛烈地杂乱无章地颤动。可是，他的脸原本形销骨立，头顶上只剩下一层皮，现在开始变成灰色，长满硬毛的两片厚嘴唇渐渐向后退缩，露出发黑的坏牙，但因为有发青的脸色衬托，倒近乎白色了。眼睛深深陷进眼眶里，有如小乌龟头上的鳞片，闪闪发光，眼睛周围皱纹密布。安杰洛机械地擦揉他的大腿和髋部，感到他身上的皮肤十分粗糙。一阵比任何一次都猛烈的抽搐，将病人从那女人手里拉出来，扔到安杰洛的身上。安杰洛感到自己的脸颊被牙齿磕了一下。他刚刚发现，他搓擦的皮肤上，已积了厚厚一层污物。那人死了，也就是说，他的眼睛停止闪光了。可他四肢的肌肉和骨头继续向四方乱动，好像在造反似的，想冲出皮肤，犹如老鼠想钻出口袋。安杰洛用一块做床帏的印花布擦了擦自己的脸颊。

这个出门便是农田的房间同时兼做厨房，里面放着一张大桌子，桌上堆满了带泥的土豆，还有一张小一些的圆桌，可能是餐桌。在门边的角落里，安杰洛看见一个老头，刚刮过脸，样子像个老演员。他坐在一张扶手椅上，双腿可能有点瘫痪，因为两根有皮把手的拐杖横在他的大腿上。他微笑着。两片薄如线的嘴唇流着口水，微微发亮。他的目光从安杰洛身上移到放在前面圆桌边上的四五个烟斗上，烟斗旁有一个猪膀胱做的装满烟叶的囊袋。

"自从约瑟夫得病后，他就拿了约瑟夫的烟斗，他很高兴。"那女人说。她在围裙上擦了擦手。

"是这个。"老头说。

他抚摸烟斗，显出莫大的快乐。这是一个泥烟斗，形似土耳其人的头像，装在一根相当长的芦苇管上，饰有红羊毛绒球。

"不想抽支雪茄吗？"安杰洛说。

"不，"老头说，"我抽这个。"

说完他便开始装烟斗，大拇指一下一下，其他手指像是在舞蹈。他张开无牙的嘴巴，爽朗地笑了。他抽了几口，一丝口水落到他的马甲上。

安杰洛坐到老头身边。他什么也不想，甚至连抽烟也忘了。泥烟斗的气味很难闻。蓦然，他想起了马。

"它想必逃走了。"他想。

他走出屋子。马异常安静。它站着睡着了，一面睡觉，一面不时地伸出舌头,舔一下白得仿佛铺了层面粉的野草。

安杰洛坐在地上,背靠一棵丁香的树干,像这样待了两个多小时。他非常安详,甚至感到有点幸福。他看见那女人在屋前的小菜园里走来走去。她大概本能地感到需要立即重操日常家务。安杰洛在场,也许对她是个很大的帮助,因为她不急不忙地拔了些胡萝卜、大萝卜和几根芹菜。她甚至还拔了几株香芹,并用围裙的一角擦了擦叶子,因为上面布满了灰尘。最后,她去拿了个桶,从井里汲了一桶水。那水显然很不卫生。

这些日常琐事,那女人的一举一动,对安杰洛的确具有一种魔力。他觉得他的四肢似有羽毛轻轻掠过,他的大脑由清新的羽绒做成。最后,他意识到自己在傻笑,嘴唇已咧开好久了。他停止傻笑,趁那女人回去拨火的工夫,便上了马,走到大路上。

将近傍晚,他经过一个村庄,村里传来喊叫声。农舍集聚在下面离大路四五百米的地方。安杰洛从马背上望去,觉得它们宛若一只狐狸蜷缩在迪朗斯河的砾石河床上。从村里传来一种呻吟,一种哀号,可能由许多人的声音组成,持续的时间很长,最后升到了尖厉的高音。

夜幕降临时,安杰洛到达了马诺斯克市。

第六章

这里路障森严。

人们用一辆双轮载重马车、一些酒桶、一辆四脚朝天的载人马车把路堵了起来。

一个胖胖的家伙从工事里出来,他穿着紧腰中大衣,肩上斜挎着一支猎枪。

"站住!"他说,"这里不让过。我们不愿让任何人来我们这里,听见没,谁都不让!任何反抗都没用。"

这最后一句话使安杰洛乐开了怀。他继续往前走。天尚未全黑,他还能看见那张毛茸茸骨嶙嶙的苍白脸上,渐渐被一种难以名状的恐惧占领。那人赶紧退到他的工事里。

酒桶上方立即探出四五张目瞪口呆的脸来。

"您去哪里?别过来,"几个缺乏自信的声音喊道,"您来这里干什么?"

"有人夸你们这里很美,"安杰洛煞有介事地说,一面竭力抑制住想笑的强烈欲望,"我来现场看看是不是这样。"

这一回答,似乎比骑马人的存在更使他们害怕。

"都是些小市民,穿紧腰中大衣的那位是旅馆的侍者。"安杰洛心想。

"喂,您肯定是个好小伙子。"一张灰白的胖脸颤动着下垂的脸颊说道。

"我是天底下最坏的小伙子。"安杰洛说,"所有和我来往的人,他们很快就发现了。让这些酒桶滚到一边去,您从那里走开,让我过去。否则我跳过去。当心!"

他边说边让马转圈,可他的马已很疲劳,热情不高。然而,马的转圈和一声痛苦的轻微嘶叫(为了开心,安杰洛狠狠拉了几下缰绳),使得工事里的人惊慌失措了。

那几个脑袋一下不见了。一支步枪瞄准了安杰洛。

"他们吓得屁滚尿流了。"安杰洛想,"让我们帮他们一把。"

他朝天开了一枪,声音震天响,接着,他斜向拐到一个小山坡上,从杏树林中穿过去。

十分钟后,他到了马诺斯克城墙下的果园里。

"老朋友,你现在自由了。"安杰洛对马说。

他把马鞍和马笼头卸下来,在马屁股上亲热地拍了一下,把这匹卸掉装备的马赶跑了。他把马具藏在灌木丛中。他越过芦苇篱笆,穿过一块块四四方方的白菜地。他跨过一条臭烘烘的小溪,沿着一个大鞣皮厂的围墙上行,便到了一条椴树成荫的大马路上。路灯已点亮。

由于出汗和太阳烧灼,他的皮肤像是盖了层纸板。他想找一个公共水池洗一洗。他刚把手放进水池中,就觉得有人抓住了自己的肩膀往后拉,同时,一双有力的胳膊粗暴地把他拦腰抱住。

"又是一个。"一个声音在他耳旁喊道,他则挣扎着,试着用靴子踢了几下,脸上和身上挨了好几拳头。人们抓住他的腿,把他死死按在地上,不让他动弹。他听见有人说:

"他是从鞣皮厂后面来的。""搜他的身。""他有手枪。""缴他的毒药包。""他可能把它们投进水池里了。""把水池放干。""他的一支枪放过,闻得见火药味。"

最后,有个人说:"把头敲开。"于是,他看见一只只脚抬起来,却是咚咚地敲在水池的塞子上,要把它敲开。人们七嘴八舌,在安杰洛周围挤来挤去。

最近的路灯也离得很远，因此，他无法知道他在与谁打交道。他觉得他们似乎是工人。他看见一些皮围裙。

"行了，你起来吧。"有人对他说，并在他的腰上踢了几脚。同时，他被抬起来，使劲儿往地上一蹾，震得他脑袋都撞到了肩膀上。

这时，他才终于能看得见那些人的脸，他们围在他身旁，甚至挨得很近，对他横加辱骂。他们的脸并不很可怕，只是显得很恐惧。一个三十来岁、身材挺拔、头发卷曲、鼻子很大的人，恐惧得歇斯底里大发作。他在抓住安杰洛的那群人周围顿足跺脚，拳头在空中乱舞乱动，他大喊大叫，声音突然尖得像女人在喊叫。

"就是他。抓住他！就是他。抓住他！处死他！处死他！"

他怒目圆睁。他终于愤怒得噎住了，呛得直咳嗽。最后，他朝安杰洛脸上吐唾沫。

人们众说纷纭，莫衷一是。后来，一个阴郁的粗嗓门极其平静地谈了看法，算是做了决定，而那位大鼻子又一次挤挤撞撞，想挤过去用拳头打安杰洛，最后，大家押着安杰洛上路了。他们沿着那条大马路而下，深入城里，拐进小街，安杰洛看见一扇扇巨大的非常漂亮的屋门急忙打开，一些百叶窗也赶紧打开。现在，安杰洛后面已跟着一百多号人了。幸亏街道很窄，使得人群同受害者始终保持相当的距离，只听见那歇斯底里的假嗓门继续在人群中叫嚷。

"您绝不是胆小鬼，先生，"那个阴郁的粗嗓门在安杰洛的耳边说道，"不过，咱们得走快点儿，如果您不想遭受另一个人遭受的命运的话。"

安杰洛自从可以自由自在地观看大门的美景以来，就镇定多了。

"我不着急。"他回答。

可是，他觉得有人在拖他，他拼力抵抗，但白费力气，他几乎是被推着跑到警察局的一个警所的。两名宪兵急忙站起来，弄倒了他们的凳子,他们堵在门口。

前面同他耳语的那个人和他一起进了屋子。

"乖乖!这家伙逃了条命。"他用阴郁的嗓门说,"要不是我在场,他就像另一个那样没命了。"

他瘦瘦的,一头褐发;他站得笔直,一副军人的姿态,看上去非常镇静。

在一张桌子的另一端,两个三支蜡烛的枝形大烛台照亮着另一个人物,尽管戴着一条漂亮的罗缎领带,但极有军人特点,因为在领带上方,脸上有一条长长的疤痕,从一个脸颊,经过鼻子,延伸到另一个脸颊上。

"是马刀砍的老伤。"安杰洛寻思。

他从没见过比这更漂亮的伤疤了。他用靴头扶起被那两个宪兵弄倒的板凳。

"给我去把那些无赖的鼻子敲扁!"罗缎领带说。

外面仍然沸反盈天。人们大吵大嚷:"处死投毒者!"那假嗓子离门口越来越近。大概人们正在把这位歇斯底里的青年推到前面,抑或他自己正在挤到前面。他用演讲的语气说:"他在方济各会修士的水池里投了毒。这是一个要毒死人民的阴谋。这是个外国人。他穿着英国绅士的长统靴。"

戴罗缎领带的人看了看安杰洛的靴子。

"他是政府出钱雇来的。"戴罗缎领带的人站起来,走向门口。他推开那两位宪兵,站在大门口。

"那么你呢?"他说,"是谁出钱雇你来做蠢事的?上次邮班,你收到三百法郎的金币,还有一封从巴黎寄来的信,我桌上有抄件。米许,告诉我们,是谁出钱雇你的?"

"霍乱是毒死穷人的借口。"那歇斯底里的人说。

"这人疯了,"安杰洛想,"不过,我会找他算账的,我要杀死他。"

"不需要借口，"罗缎领带说，"很久以来，你们自以为是大孩子，可以在你们的井里拉屎拉尿。把门关上，"他对那两个宪兵说，"这群无赖胆敢冲进来，就朝他们肚子上开枪……"

"我们会再来找你的，老前辈。"有人喊道。

"随时恭候。"罗缎领带说。

他又回来坐到桌子旁。安杰洛对他不胜钦佩。他宁愿扮演这个角色。他不习惯受保护。假如此人当时立即同他说话，他可能会愉快地承认自己是谁，甚至交代自己的打算。他会用社交的口吻告诉他一切。

不料，却是一位宪兵用手掌拍拍凳子，请他坐下。

"他们是在哪里抓到他的？"罗缎领带说。

"在方济各会修士水池。"那阴郁的声音说，"他正把手放进水里。"

"最可笑的是，"罗缎领带说，"警局似乎想让人相信他们对此深信无疑，或者说，他们是不是装傻骗人，以获取想知道的情报。"

"如果真是这样混乱的话，"那阴郁的声音说，"我似乎觉得事情会发展得更快。"

"依我看，已经够快的了。"罗缎领带说。"宪兵们，"他又说，"拿着你们的板凳，坐到外面去。把你们的马枪放在两腿中间，夹紧屁股。"

宪兵出去后，他对安杰洛说："过来。有证件吗？"

"没有。"安杰洛说。

"您不是法国人？"

"不是。"

"皮埃蒙特[①]人？"

"是的。"

"政治难民？"

[①] 皮埃蒙特，意大利北部地区。

安杰洛没作回答。

"他不害怕,"有着阴郁声音的人说,"他用靴子自卫,一句话也没说。"

"哦!那他是个教士啰。"罗缎领带说。

"是的,"阴郁的声音说,"但我不相信圣体盒里有毒鼠药。"

"那你争辩了?"罗缎领带问。

"当然。"

戴罗缎领带的人又把安杰洛从头到脚打量了一番。

"的确,"他说,"如果你把这家伙放到滑铁卢的最后一个方阵里,我敢打赌,他会干得很漂亮。"

"你把我要说的话说出来了。"阴郁的声音说。

"是的,那治安呢?"罗缎领带说,"你做得怎样了?因为到处都在拉稀,和莱比锡一样!"

"公正的奥古斯丁。拉肚子是王后。"阴郁的声音说。

"反省一下吧。"罗缎领带说。

"用望远镜看一看?如果我看的话,就能看到讨厌的东西。"阴郁的声音说。

"切王牌吧。"罗缎领带说。

"蜜蜂。"阴郁的声音说。

"不傻。你知道有个署名日斯盖的通报吗?"

"说些什么?"

"一派胡言。"

"哪方面的?"

"关于外面那些人的。"

"这不能让我改变看法,恰恰相反,王牌是蜜蜂。"

"我承认这可以解释日斯盖的通报。"

"还有米许的金币。"阴郁的声音说,"金路易都是新的,新的金路易出自制造商。这是我的看法。"

"你很深刻。"

"和真理女神沐浴的井一样深。"

"这个人怎么办?"罗缎领带说。

"让他从后门溜走算了。"阴郁的声音说。

那两个人谈话的时候,安杰洛却在想自己挨打的事。他一想到有人打他,在地上拖他,就怒不可遏。他不停地重复:"他们竟往我脸上吐唾沫。"他设想着可怕的复仇。他想得那样出神,以至于显得心不在焉,对一切都漠不关心,却不失庄重。

"跟这个人走。"戴罗缎领带的人说。

他见安杰洛没有动弹,又说了一遍。

"请跟这个人走,先生。"

安杰洛点了下头以示再见。前面的命令他没听见。

当他们走在一条长走廊上时,那位有着阴郁声音的人对他说:"您表现得很不错。"

那人爬到一张板凳上,把放在一个壁龛里的油灯吹灭。他打开门。外面是菜地。但他出门时小心翼翼,竖起耳朵左右细听。只听见无数雨蛙让人心境平静的歌声。

"谁知道那些胆小鬼会干出什么事?"他说,"他们鬼得很!……不过,路上没有人。跟我来。只要不碰菜豆架就行了。"

"这一切是怎么回事?"安杰洛说,"我不明白我为什么要躲起来。我没有伤害过任何人。"

"别这么说!"那人说,"千万别谈无辜。如果你需要杀手,就去找一些胆小鬼。他们很乐意干,因为这使他们得到安慰。他们杀人时,就不再想着害怕了。当心,白菜,跨过去。"

他们穿过一块菜地。

"我肯定永远不需要杀人。"安杰洛说,"我曾有过一次,不过,我自己解决了。"

"嘿！"那人平静地说，"别在吊死鬼家里谈这个。不过，眼下你得跟紧我：我们走在我家菜豆的田埂上。"

他们到了一个树栅旁。透过树栅栏，便见一条荒凉的街道，一盏路灯泛着红光。

"我给您开门。"那人说。但他碰了碰安杰洛的胳膊，以士兵的纯朴继续说："您无法想象，我是多么崇拜帽徽。我向您保证，像我这般年纪，还可以戴上绒球军帽，干一场革命。到时，您看吧！如果我说：'低音弦，轻点儿！'低音弦就会轻下来。霍乱是很卑鄙，可其他人更卑鄙。不要装出好战的样子。"

"其他人指谁？"安杰洛说。

"有人雇了些人，说政府在公共水池里投了毒。您还不明白吗？"

"是很卑鄙。"安杰洛说。

"可是，被雇的人都是卑鄙之徒，他们也就白费心机了。"那人说。

他打开了大门。

"右边进城里，左边到乡下。"他指着那条街说，"晚安，先生。"

安杰洛向右拐。过了路灯，街拐了个弯，两旁都是马厩，散发出马粪的清香。安杰洛利用一个黑暗的墙角，清点口袋里的东西。他在马裤的三个口袋里搜了个遍。一个口袋里有一支手枪，就是在路障前朝天开了一枪的那支，另一个里面有一块手绢和三支小雪茄。在后面的口袋里，放着另一支上了子弹的枪和三十枚金路易。他把钱数了数。"刚才，如果我不和躲在酒桶后的那几个市民耍小孩子脾气的话，我还有两发子弹好打呢，现在只剩一发了。"他想，"那位现在当警察的老兵说得对。不要好战。刚才就为了图一时痛快，盛怒之下，打了一枪，落得现在只能杀死他们一条恶狗了。要是杀死的不是朝我脸上吐唾沫的那个，我的仇就报不成了。"他仍有报仇的可怕念头。

走出这条街,就到了一条林荫大道上,两旁种有高大的幼榆树,夜莺在树上互相呼唤,歌声震耳欲聋。它们也互相追逐,飞来飞去,就像雹子落下来一般,弄得树叶瑟瑟响。在稠密的幼榆树下排着路灯,安杰洛一共数到七个。马路上阒无一人。然而时间并不晚。一个钟楼敲响九点。

"我得赶快去日于塞普家。"安杰洛想,"好像我应该往上走,一直走到一个形似钟楼、顶上有铁球饰、下面是座门的建筑物那里。"

他贴着榆树小径走,以便躲在黑暗中。蓦然,他听见从一条横路上传来轧轧车行声。那是一辆沉甸甸的双轮载重马车。他躲到一棵树后,看见走来了两个人,每人手擎一把火炬。在他们后面,两匹壮马拉着一辆板车。还有四五个人走在车轮旁,穿着白工作服,扛着镐和锹,也都拿着火炬。车上装的是棺材,或者干脆是裹着床单的尸体。胳膊、腿、脑袋从侧栏上伸出来,那些脑袋连在瘦嶙嶙、软塌塌的长脖子上,一颠一簸,晃来晃去。送殡行列从安杰洛藏身的树前经过,于是,安杰洛能够看到,那些掘墓人神态安详,有几个边走还抽着烟斗。马路旁一幢房子的百叶窗打开,一个女人又喊又叫,有如猫在呼唤。一位穿白工作服的男人回答说:

"叫另一辆吧,这辆装满了。"

夜莺不停地歌唱,不停地弄得叶丛瑟瑟响。

安杰洛和灵车走的是同一条路。他让灵车超前一些。灵车身后留下一股麝香的气味。

他终于到了他刚才回想起来的那座顶上有铁球饰的大门口。那大门面向一条黑幽幽的小街。所有的房屋都门户紧闭,唯有五十步外的一家店铺的玻璃门还透出一点儿亮光。他想起了一家小酒店,日于塞普曾带他去喝过一次酒,想必就在这一带。"如果就是这家酒店,"他想,"我就去要瓶酒喝喝。"他打在佩吕伊吃过一只烧鸡后,一直没吃任何东西,可是,他尤其口渴难熬,以至于连烟都不想抽了。"我还要打听一下日于塞普的住处，我想离此地不远。"

果然是一家小酒店，里面点着一盏灯。透过门玻璃，可见四五个人站着，正在喝酒。安杰洛推开门。酒家给了他酒，不过费了不少口舌。酒家瞪着眼看他，就像在炭火中撒尿的猫，眼睛瞪得圆圆的。那几个酒客可能是烤面包的，因为他们的方顶帽上沾满了麸皮。当安杰洛就着瓶子大口喝起来时，他们也瞪圆了眼睛。

安杰洛并不知道，这些人和老板——当他进来时，他们正在一起默默地喝酒——正竭力做着一些日常小事，以平息他们的恐惧，像瘟疫前那样几个人聚一聚，品尝一下葡萄酒，通常这能使人忘却烦恼。这个人的突然出现，使气氛又变得紧张了。此外，必须承认，他喝酒的方式确实可疑。

他们上下审视他，其中一个面包师比较镇静，注意到了安杰洛那双漂亮的长统靴。他立即放下酒杯出去了。只听见他在大街上奔跑。

那时，安杰洛终于平息了长久的口渴，对他来说，歇口气，舔舔嘴唇，比东张西望更重要。他没有看见那人出去。不过，他发现人们的目光充满了动人的伪善，他们在微笑，不过那是藏在八字胡下面的微笑。安杰洛皱了皱眉，冷冰冰地问要多少钱，他付了半个埃居，并且熟练地让那枚钱在桌上转动。当那些人本能地审视那枚钱币的时候，他两步跨出了屋子。

那伪善的目光和微笑太引起安杰洛的警觉了，于是他立即跳到一条黑暗的小街上。可他经过时，一只手抓住了他，顺着他的胳膊，撕破了他的衬衣，一个充满仇恨的低沉的声音说："你是那个投毒者。"

安杰洛撒腿就跑。"可不能叫那位费神让我穿过他家菜园的正直善良的警察把我看扁了，"他想道，"如果我又被抓住，他就有这个权利。假如我可以开两枪，而不是一枪，我就奢侈一次，让这些下流坯中的一个去给锦葵根做肥料。"

他们跟踪而至。他们穿着便鞋，再者，尽管街上黑洞洞的，但他们熟门熟路,比他方便,所以跑得比他快。他被抓住好几次,衬衣撕得更破更烂。黑暗中他踢出一脚,脚尖踢到了一个肚子的正中央。

那人发出马一般的嘶叫声,倒在地上。安杰洛于是稍稍领先,他跳入右边的一条街,又立即拐进另一条街,这条街穿过一个拱门,向下延伸。

"但愿不是死胡同。"他一面拼命奔跑一面想道,"现在可是生死关头。嘿!好,我来杀死他们几个。"这个念头使他镇静下来,甚至感到些许欣慰。他停下来,用右手握住那支没有子弹的手枪。"用钢枪管从上敲下去,拼足全部力气,如果我运气好,敲在一个家伙的脑袋上,我就能杀死他一个。嘿!"他继续想道,"这样,我就不用像兔子那样奔跑,相反,我甚至可以成为猎人。一切取决于我的决心。我只需埋伏在一个门角里。如果我敲碎一两个家伙的脑壳——这是他们欠我的——其他人就会另作考虑了。假如他们不这样,最后我就开枪。然后听天由命……那他们也付出了很大的代价。"他高兴得像国王。

他一声不响地站着。不久,他便听到便鞋的声音,一步一步,小心翼翼,顺着街下来。追捕者从他身边经过,伸手便能抓到。共有十来个。有人低声说:"是不是政府出钱给他买的长统靴?""嗨!还会是谁?"另一个回答。

"可他们是人民。"安杰洛想。这个想法让他放下了举着枪的胳膊。"这个声音多么丑恶!"他想道,"尽管声量很低,但掩饰不了对我这双靴子的忌妒。瞧!许多人为了长统靴,什么都干得出来。那他们可能真诚吗?"停了一会儿,他又想道。①

他不再去想自己所面临的危险了。那些穿便鞋的人已走到了街尽头,因听不见动静,便相互商量片刻,而后大声呼唤,旁边几条街上

---

① 讲话者尽管是烧炭党人,却是个贵族,而且很年轻。——原注

有人应答。他们说话的声音渐渐大起来,安杰洛发现,他们已分散开来,守住了各条街口。"他肯定在这条街上。"一个声音发号施令说,"政府要把工人毒死,你们可不要像狗一样让他们毒死。再上去好好找一找:我们必须这样。"

"嘿!活该,得开杀戒了。"安杰洛想道,"在某个地方,肯定有人该笑话了。"

他右手拿起有子弹的枪,左手握住没有子弹的枪。

他紧靠门角。于是,他感到他的后背靠在了木板上,木板在往后退。是一扇门,门闩在晃动。

安杰洛侧耳谛听正在返回来的便鞋声,同时,他把手枪夹在腋下,试图转动木门把。门开了。他进到屋里,把门关上,在黑暗中屏息敛气,一动不动。

他久久细听街上的动静,他听见那些人在到处搜索,甚至听见几只手在他藏身的门扉上摸来摸去,想证实角落里有没有人,然后,他们在街上的拱门下放哨,大声说着话。

安杰洛听听屋里有没有动静。他听出屋子是空的。他点燃打火机的火绒芯,在上面吹气,以便有点儿光亮。就着打火机的微光,他发现自己在一条走廊上,房子相当豪华,最后,他看见离门不远,有一张蜗形脚小桌子靠在墙上,桌上放着一个蜡烛盘和几根磷火柴,烛盘上插着蜡烛。他点着蜡烛。

他刚才以为是走廊的地方,其实是门厅。一道宽阔的楼梯通向各个楼层。门厅里没有家具,没有画,但楼梯有栏杆。尤其是,栏杆尽头饰有灯芯草条饰,真是漂亮极了。

安杰洛故意弄出点儿声音,甚至故意咳了几声。他站在门厅中央,手拿烛盘,看着楼梯上面,优美的栏杆犹如一条长廊伸向二楼。

"我穿着衬衣,且已经很破了,想来一副寒碜的样子。"他思忖,"不过,尽管我这般模样,可我拿着烛盘,丝毫不想躲躲藏藏,人家不大会把我当强盗的。"他甚至试探性地大声说（但没有大叫大喊，而是以最亲切的语气）："有人吗？"

四处好像有老鼠在奔跑，还有墙壁在叹息，护壁板在折裂，护壁板过着自己护壁板的生活。

"嗯！我该上楼去。"他想道。

他的左边，就在他发现烛盘的蜗形脚桌子的旁边，有一扇门，他不敢打开。他害怕开门时被人撞见，他想："因为我会被当成小偷的。"

他开始上楼，高举着烛盘，审视高耸于那漂亮栏杆长廊之上的几扇高大的门扉。其中一扇门微微开着。他说："先生，或太太，不要害怕，我是一位绅士。"可是，他一直走到楼梯平台上，也没听到任何动静和应答。那微开的门其开度没变大也没变小。只是，他现在看见了门的下端，他发现，那门之所以半开半合，是因为有一个长毛绒球卡在里面，烛光闪烁，那些长毛绒发出金色反光。

当他明白那是一团女人的头发时，他害怕得打起寒战，但那仅是一瞬间。他听见那位可怜的小法国人的声音在他耳畔响起："亚洲霍乱以史无前例的凶猛登陆了。"

"啊！对，当然，"安杰洛说，"是这么回事。"他又说。但他不走过去。那头发实在太漂亮，却见它们散乱在地上，这使他惊慌不安；那散开的头发又浓又密，现在见它们发出妙不可言的金色反光；透过这金发，依稀可见一个淡青色的侧脸。

这是个非常年轻的女人，或是一个年轻的姑娘。她依然非常美丽，尽管张着大嘴在空咬，露出了一口洁白的牙齿。她的脸瘦骨嶙峋，青紫青紫，仿佛用缟玛瑙刻成。她身下垫着她吐出的污物。她的身体没有腐烂。她得的大概是干霍乱，死得很快。她穿着长睡衣，不过是布的，睡衣下面，可见她发黑的肚子、发青的大腿和小腿。她的腿像蚂蚱腿那样弯曲着，仿佛要往前蹦跳。

安杰洛将尸体卡住的门推开。里面是房间。他跨过尸体，走进房间。只见死亡留下的混乱,但那是仓猝留下的狼藉。那女人只来得及跳下床,然后喷出污物,弄脏了床单和从床到房门那条直线上的地板,到了门口,她就跌倒了。其他地方平静如常:一张华丽的五斗橱,大理石橱面上,摆着一个罩有半球形玻璃罩的座钟、两个铜烛台、一只镶嵌贝壳的盒子、几张威严的达格雷照片。尤其是一位老人的照片,身穿肋形盘花纽军服,胸戴肋形胸饰,手握拳头放在臀部,八字胡就像是公牛的两只角。还有一张是一个正在弹钢琴的女人,修长的手指犹如长矛有力地插进钢琴里:这是位褐发女人。照片旁边,有一个玻璃杯,内有一些发卡、一朵贝壳花、几根胸衣的带子。在座钟玻璃罩后面,有一小瓶科隆香水、一小瓶蜜里萨药酒、一盒盐。五斗橱两旁,各有一扇高高的小方格玻璃窗,挂着旧棱纹平布窗帘。窗外是花园:一大片黑乎乎的叶丛在星星上摇曳。三张软座圈椅,在其中一张的靠背上,有一双黑长袜和一条松紧吊袜带。一张独脚小圆桌、一个插着纸花的花瓶,还有凹室的帷幔、床和一个大立柜;大立柜旁,有一扇小门,张着挂毯。小门旁,有张椅子;椅子上,有一些内衣、长裤和绣花衬裙。

安杰洛打开小门。又是房间。不过,这里的狼藉说明有过一场更激烈的搏斗。没有气味:站在门口,勉强能闻见堆在椅子上的内衣发出的淡淡的紫罗兰香味。一进去,就闻到了另一种味道:那是脏羊毛洒了水或酒精后发出的气味。床被撕碎、咬碎、踩碎,床单撕得破烂不堪,沾满了粪便和凝成块的白乎乎的东西。地上有几只盛满水的面盆、一些湿漉漉的布团。床垫曾经湿得很厉害,后来干了,布上留下了大块大块铁锈般的污渍,还有一个个很大很大的淡绿色圆污渍。没有尸体。"得寻找最后一个,"可怜的小法国人说过,"他们会躲到谁也想不到的地方。"可是什么也没有,床后也没有。安杰洛推开另一扇微微开着的小门:又是个房间,充满着浓烈的松节油味,也有过激烈的搏斗,内衣非常肮脏,床单撕得破烂不堪,但房内没有人。他转了一圈。他踮着足尖走路。他把烛盘举得高高的。他什么也不碰。他伸长脖子。他感到自己像一根铁丝那样拉长了，变硬了。

他回到第一个房间，跨过尸体，来到楼梯平台上。他下了楼梯，吹灭蜡烛。他正要开门，听见街上有人说话。他又扶着楼梯栏杆摸黑拾级而上，到了二楼才又把蜡烛点亮。

除了那扇躺着金发女人的门以外，还有两扇门。安杰洛打开其中一扇。里面是客厅。那里放着钢琴。一张有两个靠枕的大安乐椅，上面放着一根拐杖。一张长沙发，一个屏风，一张中间有四叶饰的桌子。两张画像，装在镜框里，看不清楚。不，可以看出，一个是法官或像是法官，另一个双腿间夹着一把马刀。这里什么也没有。不！安杰洛看见有样东西从安乐椅上跳下来，吓得他顿时脊梁骨冰凉；是一个垫子！它向他滚过来。不，不是垫子，而是一只猫！一只大灰猫，弓着腰，翘着长尾巴，那尾巴颤颤悠悠，宛若主教的权杖。它跑到安杰洛身边，在他的靴统上磨蹭。它肥滚滚的，既不胆怯，也不粗野。它吃了什么了？……不，窗子半开着。它可能想出去，到地里偷些东西吃。

三楼什么也没有，一会儿就看完了。三间屋子空荡荡的，或者说，只有一些坛子、一些量麦子的斗、一个柳条假人、一些筐子、一些篮子、一些袋子、一只打开的散了架的旧小提琴盒、一个采橄榄的三脚架、几只葫芦、一些床绷弹簧、一个乐谱架、一个捕鼠器、一只醋坛子、几只桶箍、一顶旧草帽、一支旧枪。但楼梯通往更高的地方。这时，它变得更有乡村味道了：它散发着谷子和鸟儿的气味；甚至还堆着麦秸。楼梯顶端，是一个真正的谷仓门。安杰洛推门，门吱呀一声打开，外面繁星闪烁。

安杰洛登上了一个被当地人称作"步廊"的屋顶，即一种有盖的屋顶平台。

起风了。那是非常柔顺的热风，它吹亮了星星，吹得树叶婆婆起舞，簌簌作响。风儿还敲得钟当当响。安杰洛抬起头，在黑夜里，他辨出不远处有一个钟楼的铁笼,接着,他看见一个个交错搭接、有棱有角的瓦屋顶,有些瓦的翻口非常光滑,星星眨一下眼,它们就闪一下光。

安杰洛惬意地吸了口气,风儿带着热瓦和燕巢的气味。他吹灭蜡烛,坐到平台边上。夜空布满星斗,星光灿烂,他能清楚地看见周围的屋顶如同甲胄上的铁片鳞次栉比。夜色呈黑钢色,但是,在某个屋脊上,在某个鸽舍涂着清漆的边缘上,在某个风标上,在某个铁笼上,时不时闪出一道光。整座城市仿佛覆盖着静止而僵直的短浪,那是多角的上了光的激浪。珠灰色的三角楣,同黑糊糊的或似金字塔般矗立、或如田地般卧倒的三角形纠缠在一起,磷光般微弱的光线射到三角楣上便消失不见了;檐口泄水坡向四面八方打开一行行瓦片,犹如打开一把扇子,浅绿色的微光在泄水坡上翩翩起舞;像是缠绕着银丝的圆顶,充满了黑暗,浮现在某个大教堂上面;塔楼高耸,凸角堡和平台重叠,交接处黑黝黝、灰乎乎,星星插在其间,构成了一张有刺的铁丝网。广场和林荫道上,路灯远远相望,散发着黄红色的烟雾,周围由圆瓦叠成的檐壁呈锯齿状,仿佛在为路灯做花饰;墨黑的街道四分五裂,勾画出各街区的轮廓。

听不见风儿的气息,但它整个儿落下,抑或似棉球般缓缓滚动,拍得整个屋顶格格响,吹得铜钟发出沉睡的轰隆,它轻抚修道院的顶楼和阁楼,犹如在抚摸大鼓,发出沉闷的声音。榆树和埃及无花果树的叶丛像航行中的船桅,低声呻吟。可以听到,在远方的深山里,广袤的森林在振翅飞翔。悬挂的路灯摇摇晃晃,散发着红色光芒。沉浊的空气,犹如一只猫儿,在发出沉浊气味的瓦屋顶上跳动,揉捏着夜色,如同揉捏金褐色的柏油。

"人是很不幸的。"安杰洛想,"一切美之产生,均与他们无关。霍乱和口号却由他们制造。他们要么嫉妒得发疯,要么无聊得要死,这都是一回事,假如不让他们参与的话。可如果他们参与了,那就助长了虚伪和狂热。只要到这里来一次,或和我那天一样骑着马寂寥而行,就会知道真正的战斗在哪里,就会对要取得的胜利有所选择。简而言之,就不再会容易满足。孤身一人时,事物自己给你引路,总是强迫你走最难攀登的道路。那样,即使达不到,也是风光无限好,你会心安理得。"

安杰洛正值年轻,惯于为所欲为,他没意识到这些想法缺乏新意,甚至有失真实。当然,他才二十五岁,可在这个年纪,多少人已心有盘算!他属于这样一种人:二十五岁可以持续五十年。他的内心并不了解社会的严肃性,不懂得地位之重要,至少,应该成为分配职位的人。他总像信徒看待圣母那样看待自由。他所信赖的人中,最真诚者把自由视作一种形态,认为应该由哲学家来研究,以免陷入困境。他不知道,在自由不离口的人中,有些人已开始佩戴十字勋章。

他母亲为他买了上校的证书。他从没搞明白,为什么他是埃齐娅·巴尔迪公爵夫人的私生子就该受人歧视,就像所有不得不是私生子的人该受歧视一样。当他度过了百般宠爱的童年后,他是不是也想到了"私生子"这个词所包含的需要攀登的各个阶梯呢?因此,当他从戎并按时参加新兵训练时,他那个阶层的人见后颇为惊异。人们忍不住笑出了声,尽管是在他背后嗤笑,可是,第一次大阅兵时,他骑着黑骏马,犹如一颗金穗,出现在队伍中。在他的肋状盘花纽军衣上面,爬着一条条曲线和梅花形金银丝边饰,饰有锦鸡羽毛的钢盔闪闪发光,露出一张异常纯洁异常严肃的面孔,人们见了不禁为之着迷。应当承认,从那时起,他才有权得到他的同类的尊敬和中士们的爱戴。

"我觉得我一个人待着时更像个大人,"他继续想道,"我这样想是不是错了?"

就在那个时刻,他就成了无数有将领魂魄的人中间的一个,这种人,不像有些人认为的那样凤毛麟角,恰恰相反,而是相当普遍。

"可是，有人会对我重复他们说过的话：你的主动性就像是胳膊上的圆肌（他们不敢说腿上的圆肌），确实引人注目。但我们不需要引人注目，我们需要成功，这完全是另一回事。不过，对于自由的看法，他们是对的。"

只要一想到自由，他的批评精神便丧失殆尽；在他看来，自由是一个在百合花园中漫游的年轻、美貌、纯洁的女人。大凡在一个被奴役，甚至被暴虐的祖国出生的漂亮孩子，都喜欢侈谈自由。

"当我用决斗的方式杀死斯瓦茨男爵的时候（给我下达的命令只是暗杀，如果我对暗杀感到厌恶的话，可以让别人替我去做——正如他们后来说的那样），有人便谴责我做事随心所欲，那么，对于这些人来说，我和小法国人一起度过的时光，是不是在白白浪费时间呢？小法国人死后，我守在他身边，要不是因为那位骑兵上尉太粗鲁无礼，我甚至会参加他的葬礼，我这样多愁善感，他们会不会嗤笑我呢？他们认为值得骄傲的理由，肯定和我认为的不一样。他们对我昨天下午给那个男人治疗，会不会赞成呢？他们会说眼睛只应该看到一个目标。他们会强迫我目光短浅吗？"

"目光短浅"这个词使他乐不可支。他重复了好几遍。他从中找到了一条为自己辩护的理由。他心虚，想找条理由为自己辩护。

"难道我应该像顺从的石头或尸体那样无动于衷吗？"他又想，"那么自由有什么用？自由获得后，我可能就无法享受了。目标一旦达到，而那目标正是自由，那么，无论如何，服从就应该停止；假如获得自由者不过是一些唯命是从的尸体，那服从如何停止得了？假如自由最后不再有对象，那我们不就只是换了个专制者吗？"

但是，对于那些与他共同谋反的人，他相信他们是真诚的，他们中有些人藏在阿布鲁佐山里，还有些已被枪毙（甚至他们的手指头全被砸烂，他天真地认为这是真诚之绝对可靠的表现）。他多次为一些大宗买卖到绿帐下去同他们碰头，总是大胆地，有时甚至漫不经心地穿着军服去那里。他们常常责备他胆子太大，说他不该穿军服，不该如此漫不经心，可这正是他所钟爱的。这种出于本能却又是刻意的（假如可以这样说的话）漫不经心，常对警察产生作用，甚至由于它表现出一种难以解释的失当，密探们认为这是一种深思熟虑的狡诈，好几次本来决定要逮捕他，且是手到擒来，可临时都取消了。甚至那些夸夸其谈、显然想装腔作势的人，也都用最狡狯的外交辞令同他说话。他眼看着他们面色骤然变黄，仿佛突然得了肝病似的。

"难道他们不是受了真诚的蒙蔽吗？"他继续天真地想道。此时此刻，静谧的环境、茫茫的黑夜，尤其是柔如丝绒的微风，都令他思绪滔滔不绝。

不过，他曾有过几次切身经历，他的自尊心不允许他将之忘怀。他上当受骗总是在这种漫不经心的时候。现在，当他发现了自己的精神状态，便对自己说："你又在胡思乱想了！"于是，为使自己重新振奋，他便使用士兵的行话，尽量多说"干"和"家伙"。他承认，在这样一种情况下，这些简单的词语具有极大的治疗作用。

"刚才我在街上仓皇逃跑时，"他想道，"那些家伙好像想让我养成逃跑的习惯。他们会对我说：'您的行为像个新兵蛋子。'我本该对着他们的嘴巴开一枪的，当然不像查理大帝的重臣或在龙塞斯瓦列斯的罗兰①那样，而是作为主人，作为对他们握有生杀大权，且把他们视作粪土的人。重要的是，要让他们加入队伍。当然是我们的队伍。革命的首要德行，是让别人毕恭毕敬的本领。他们一旦被一两具尸体吓昏了头，便任你支配，对你唯命是从了。你就可以对他们说，我们都是同胞兄弟。我们的教堂需要许多差役来念阿门，甚至在法国也一样。

"他们很棒！可以说，他们最优秀了！这像书里说的那样无懈可

---

① 罗兰，阿里奥斯托的长诗《罗兰之歌》中的主人公。罗兰在龙塞斯瓦斯山隘被一支占绝对优势的敌军包围，誓死不屈，成为虽败犹荣、英勇作战的典范。

击。可是，我们很少见他们亲自将理论付诸实践。有多少像这样又小又黑且有一张神甫面孔的丑鬼，能成为他们麾下的士兵呢？

"可他们夸口说，不是人人都当得了指挥的。如果说他们目光短浅，只看到自己的鼻尖，那这个鼻尖，他们却看得清清楚楚。我敢肯定，他们觉得这毒药的说法很受用。霍乱是无偿的。最简单的办法，就是让极易恐惧的人恐惧起来，让人们喝得酩酊大醉，上帝是酒馆老板。总而言之，他们难道没有理由认为，要给人民自由，先得成为人民的主人吗？任何食物都养人。"

随着午夜的到来，风变得无精打采了。它懒洋洋地扬起极其可疑的气味，尽管如此，或者说，恰恰因为这气味，风变得轻软柔和了。夜阑人静，万籁俱寂，安杰洛听得见钟嗒嗒嗒的走动声，钟楼离他二十五到三十米。夜莺已停止歌唱，大榆树们疲倦的枝叶，相隔很久才发出一点儿声音。在波浪起伏的屋顶上空，新出现的星星展示出不同的磷光。有几个路灯已经熄灭。

"要给他们自由，难道只有先成为他们的主人吗？"安杰洛想道，"难道只有王国才是人类的最终目的？热情一旦自由放任，人人都想成为国王。"

他脚上碰到了什么软绵绵的东西，他用靴尖玩味了一会儿。他擦亮打火机，看见一堆空袋子，足够用来做张床。

"这些袋子想必在太阳下晒了很长时间，"他想，"如果会传染霍乱的话，那真是咄咄怪事了。再说，只有病得最重的人才会死。"

他想起了那位年轻的女人，现在，她正在他下面十来米，夹在一扇门的缝隙中慢慢干瘪。遗憾的是，她恰恰属于病得最重的人。死神在一位年轻貌美的女人身上雕琢了一尊蓝石女神，从她非同寻常的头发判断，显然她从前肤色白净，体态丰满。当蜡烛的反光在她的金发上喘息时，他需要调动自己所有的浪漫气质，才不至于大声惊叫；他问自己，那些高喊自由的最诡诈的伪君子处在他这种情况下会怎样做。

"这难道真的与自由有关吗？"他想。

一阵灼热的恶心将安杰洛从睡梦中惊醒。白色的太阳刚刚照到他的脸上，但正好照在嘴巴上。他坐起来吐了。吐的不过是胆汁。"至少我认为是胆汁，因为是绿的。"他很饿，也很渴。

这是令人窒息的早晨：如白垩，如沸滚的白油。

城市瓦屋顶的表层开始使空气中的糖浆味变得更加浓郁。黏乎乎的热气挂在所有屋顶的尖脊上，将物体淹没在彩虹色的羊毛般的蛛丝中。成千上万只燕子不停地叽叽喳喳，像在用阵雨般的胡椒粉鞭打着炎热而静止的空气。一群群苍蝇，犹如一股股煤烟，从一条条裂缝般的街道上冒出来。它们嗡嗡嘤嘤，连绵不断，仿佛形成了一种声音的荒漠。

然而，白天使物体的位置比黑夜更确切。种种细节看得一清二楚，构成了另一番现实。教堂的圆顶成了八边形，宛若搭在红沙地上的一顶大帐篷。圆顶周围有许多拱扶垛，长年累月，雨水在上面画出了无数长长的绿条条。在千篇一律的白光下，波浪起伏的屋顶已被压扁了；一丝螺纹般的黑影勉强显示出两个屋顶之间的高低差距。深夜看见的那些塔楼，不过比其他房屋高一些罢了，它们既没小窗也没大窗的墙壁比其他屋顶高出五六米。靠左一些，耸立着那座铁笼钟楼，共有四层，方方正正，开着一个个拱门；除这个钟楼外，在那边的空旷处，还有一座钟楼，比较小，屋顶是平的，上面好像矗立着一根长矛；在城市的另一端，高耸着一座建筑物，顶上有一个巨型铁球饰。尽管屋顶在阳光下变得扁平了，但它们仍围绕着屋脊、小橡树、檐壁，围绕着街道、内院、花园的边缘嬉戏，或展现在某些耸起三角形的山墙的周围，那些街道、内院和花园因树叶上覆盖着尘土而泛着灰色泡沫，阶梯、平台、凸角堡从那里异军突出，一堵堵矮石墙散发着耀眼白光。但在这个脱胶的镶嵌物上，所有高低不平并非由阴影清楚地表明，而是由千变万化、令人目眩的白色和灰色显示出来。

安杰洛所在的屋顶平台朝北。展现在他面前的，首先是成千上万呈扇形伸向四面八方的一排排鳞次栉比的圆瓦片；接着是无边无际的屋顶，在炎热的阳光下，轮廓变得模糊不清；最后是一圈被阳光磨旧的山丘，仿佛把城市装进了一只灰泥碗中。

他闻到非同寻常的鸟粪味，有时突然闻到发甜的臭味。安杰洛依然似醒非醒，本能地咽着黏稠的口水，以解饥饿。突然，他被一声尖叫完全惊醒，那声音如此尖细，仿佛在他眼前留下了金色的痕迹。尖叫声重复着。显然是从右边某个地方传来的，离安杰洛大约有十米远，屋顶在那里打住了，其凸边可能是一个广场的边缘。

安杰洛从屋顶平台边上跳出去，在屋顶上往前走。穿着靴子在屋顶上行走既艰难又危险，可是，安杰洛抱住一根烟囱，便能低头向下看了。

他首先看到一堆人。他们像母鸡争食般地在争抢着什么东西。他们践踏着，蹦跳着，这时，从他们脚下冒出了更尖锐更闪着金光的叫声。那是一个男人，人群正在用脚后跟踩扁他的脑袋，把他活活踩死。在踩踏的人中间，有许多女人。她们吼叫着，那低沉的吼声发自喉咙，和得到快感时的喊声非常相似。她们衬裙飞舞，头发披散在脸上，却全然不顾。

最后，那人似乎完蛋了，大家便离开了受害者。他躺在地上，双臂交叉，不再动弹，但从大腿和胳膊与身体形成的角上，可看出四肢已经折断。一个少妇，衣冠楚楚，而且似乎刚刚做完弥撒出来，因为她手里拿着一本圣经，不过头发已散乱，她又回到尸体身边，一脚下去，将尖尖的鞋跟插进了可怜人的脑袋里。鞋跟卡在头骨里，她一下子失去平衡，摔倒在地，连呼救命。有人把她扶起来。她放声大哭。

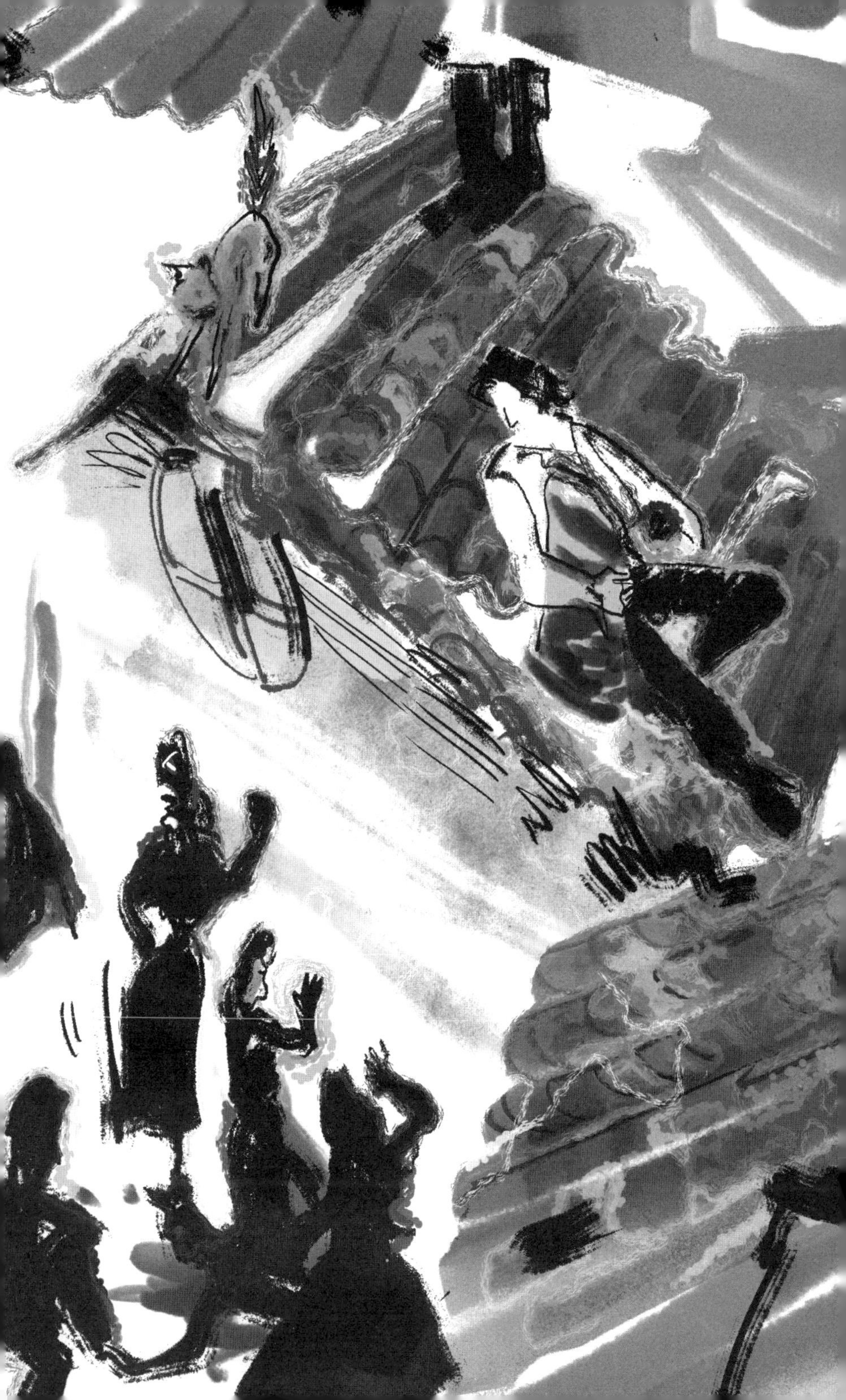

人们用种种荒谬可笑的方式侮辱尸体。

二十来个男男女女离开广场，向大街走去。突然，这群人四散开来，犹如一群鸟儿挨了一块石头的袭击。只有一个人留下来，大家弃他而去。起初，那人神态呆滞，接着双手紧紧捂住肚子，然后倒下，弓起腰，脑袋在地上乱撞，双脚在地上乱踢。其他人拼命奔跑，正要冲进街道，一个女人停下来，靠着墙，开始呕吐，吐了许多许多。最后，她瘫倒下来，一面倒下，一面用脸刮擦墙壁的石头。

"死你的吧。"安杰洛咬牙切齿地说。他浑身战栗，双腿发软，但他仍看着那个男人和那个女人，他们在离那断肢的尸体两步路的地方抽搐着。他要细细品味他们被人遗弃的临终丑相，他感到一种苦涩的快乐。

可他突然不得不管自己了。他的双腿已支撑不住，他的双臂尽管还抱着烟囱，但已开始松开。他感到后颈冰冷，屋顶边缘离他只有三步远。他终于能在两行瓦片之间躺了下来。血很快回到头上，四肢也恢复了正常活动力。

他返回原先的屋顶平台上。

"我被囚在这些屋顶上了。"他想，"如果我下到街上去，等待我的是同样的命运。"

他好长时间处于一种催眠的梦幻中。他不再能思想。钟楼敲响了。他数着钟声。十一点。

"是不是该吃饭了？"他想。他顿觉饥肠辘辘。"该喝点儿什么了？他们的做法是不是和皮埃蒙特人一样？总会有个贮藏室吧，一般都在屋顶下面。这正是我要找的。是得喝点儿什么了。尤其在这屋顶上，都快把人热死了！当然，我可以一直下到这座房子的地窖里，可他们全都是死于霍乱的。这样不谨慎的事，我是绝不做的。我得找到一幢有活人的房子，可是同那些人打交道不那么容易。不过，我必须这样做。"

昨夜在客厅里被他打搅过的那只灰猫,将头伸进通风口,身子钻进去,爪子一个接一个地从洞里伸出来,前来靠在他的身边,发出心满意足的喵呜声。

"你浑身横肉。"他对猫说,一面亲切地搔它的眉心。"你吃什么呀,你?鸟?鸽子?老鼠?"

现在,阳光和炎热令人不堪忍受。白色的天空将屋顶压成了灰尘。燕子已销声匿迹。只能看见苍蝇,黑压压一片。甜甜的臭味变得非常明显了。从这幢房子的深处,升起一股刺鼻的气味。

离此一百米处,在教堂的圆屋顶那边,透过雾状的阳光,安杰洛依稀可见另一个屋顶平台,比这个高一些,铁丝上晾着衣服。

"活人才会想到洗衣服和晾衣服。"安杰洛想,"那是我该去的地方。不过,当心,家伙,不要把下巴摔断了。"

他脱掉高统靴。是把靴子留在这里,将这里当作大本营(这里有一些袋子可供睡觉用),还是听天由命,穿过屋顶,到那边的平台上去呢?如果去那里,就得把靴子带上。他找到了一段绳子,这使他下了决心。他把绳子穿进提靴环里,将两只靴子结起来,一前一后挂在脖子上。这样,他的手就空出来了。

可是,陶土烧成的瓦片,沐浴在阳光中,烫得就像炉板。光着脚在上面走是不行的,哪怕穿着袜子也不行。安杰洛走了几步,就赶快回到屋顶平台上了。最后,他用一些厚厚的小袋子,成功地做成便鞋,他把脚放进去,把它们绑在腿上。他开始在屋顶上航行。那猫像狗似的乖乖地跟在他后头。

这相对来说并不难,只是有些斜坡向内院倾斜,内院就像井口,黑森森的,像要把你拉下去,使你感到恶心。这些深渊总是突然出现,让你防不胜防。它们在斜屋顶的漏斗中,隐蔽在屋脊后,走到屋脊跟前方能看得见。可是,到了屋脊,即使没有遮掩了,却伪善地笼罩着太阳的光雾。

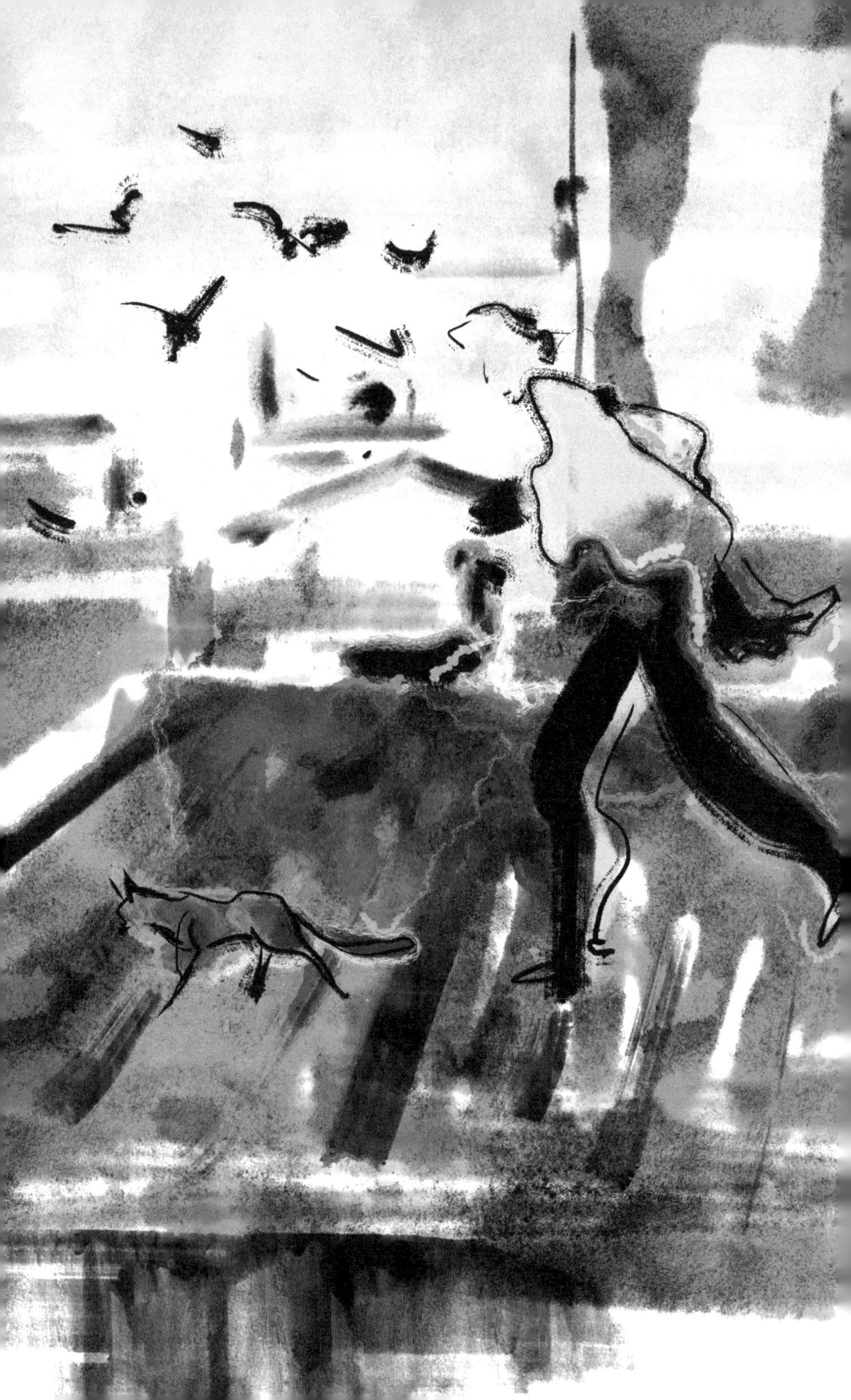

这是非常讨厌的。好几次,安杰洛到了一个山墙(他在夜里看见的那些黑三角形中的一个)顶上,突然身后出现了阴险的深渊,他身子摇晃了,甚至不得不用手抓住瓦片,斜向匍匐前进。这些深渊会把人吸进去。

可是,眩晕接踵而来。但是,哪怕在屋脊的另一端,在屋顶斜坡的下端,仍然只是一个向上伸展的屋顶斜坡,安杰洛也会像夜游人那样,下意识地溜进这波浪起伏屋顶的浪谷里。不过,他的头脑还是清醒的,他感到自己精疲力竭。他害怕得肚子发痛,每次肚子疼,他都吐出一些胆汁。

安杰洛走近一个小塔楼,忽然,他被一块厚厚的黑布围住,那黑布叽叽喳喳,围着他飞舞。那是一大群刚刚起飞的小乌鸦。那些乌鸦毫不害怕。它们并不飞走,而是笨拙地围着他转圈,用翅膀拍打他。他感到千万只金灿灿的小眼睛在凝视他,即使不居心叵测,也是冷若冰霜。他挥动胳膊自卫,但是,他的两只手,甚至脑袋,被几只乌鸦狠狠啄了几口。他拼命挣扎才得以摆脱。他甚至挥动拳头打死了一两只。它们坠落时,发出一声惨叫,使得鸟群转而飞到一个屋顶的山墙后面,它们的爪子像冰雹似的落在屋顶上。

那时,又有几群小乌鸦和大乌鸦从它们闲待的地方乱哄哄地飞起来,飞向安杰洛。可它们看见安杰洛神色不动地站着,便用僵直的翅膀侧滑,又落到屋顶上。

乌鸦数不胜数,它们土灰色的羽毛同深灰色的瓦片,甚至同被阳光烧烤成玫瑰色的陶土混为一体。它们飞起来时才看得见,可是,从安杰洛来到屋顶上以来,它们第一次飞起来。在这之前,它们有如烟囱罩,一直待在某些房屋上,可能藏身于这些房屋的老虎窗、大窗子和裂缝中,想拉便拉,想吃便吃。

安杰洛朝先前所在的那个"步廊"张望。很难分辨得清哪儿跟哪儿。太阳直射,屋顶反光,白垩色的天空闪闪烁烁,使得安杰洛满目红色的新月。这一望无垠的屋顶并不像阳光下所看到的那样平坦。他终于认出了他曾睡过觉的地方。那是一个屋顶平台。他肯定无疑。那是可能藏身的地方。他脚上穿着布袋子做的鞋,非常管用。有了它们,他就不会打滑,同时也不太感到瓦片发烫。他坐到一个烟囱的阴影下,喘喘气。但他不得不闭上眼睛:他就像一根没有销紧的轴,四周的屋顶围绕着他旋转和晃动。猫紧挨着他的胳膊,它直起身子,将脑袋靠在他的脸颊上。他感到硬撅撅的小胡须轻轻抚摸他的嘴角。

"老伙计,我对檐槽并不习惯。"他对它说。

他饿得无法忍受了,特别是渴得要命。口渴一刻也不缓解。他无休无止地思念着清凉的水。对于其他东西,他做了很大努力才想起来,而且是多余的。

他终于走到了想去的地方,他看见晾在铁丝上的衣服后面有一些笼子,里面有一些黄色的球状物。是母鸡。

他发现一只鸡蛋,在手中捏碎后舔了舔。过了许久,他才明白刚才找到了一只鸡蛋。他满嘴蛋壳,他把蛋壳吐出来。生蛋清使他纸板样的喉咙变软了些。他在鸡窝的麦秸里找了找,热情不如前次高了。母鸡在午睡,睡在一个角落里,不吱也不喳。他又找到两只鸡蛋,他以较为得体的方式把它们吮吞了。

从这个屋顶平台通往房子其余部分的门关闭着,但只是用门闩闩着,一拨就开。门里边是一个小平台,从下面通过一个梯子上来。底下是空空的楼梯井;寂寂无声。

"我是不是又碰上死人家了?"安杰洛想,"不管怎样,吃几个鸡蛋不会有什么危险。"就在此刻,他注意到了鸡笼里新撒的玉米粒。"这里有人活着。"可是屋子里死一般沉寂。

他冒险跨上楼梯。刚到下面,他听见战战兢兢的喵呜声,他抬起头:是那只猫下不来,在呼唤他。他又爬上去接它。

布袋鞋走路不出声,可不太方便。他把它们解下来,藏在梯子下面，穿着袜子走路。

"这里也许会有人用鞋后跟踩烂你的脑壳。"他想,"动作要敏捷。"他并不害怕。他甚至想:"这是骑兵散开作战的理论。你不是向库内奥①人反复灌输过这个理论吗？可我从没想过有一天我会和猫并肩作战！"

他拾级而下，一面观察岑寂中有无动静。骤然，他全身僵住了。底下二楼的一扇门刚刚打开了。脚步声穿过楼梯平台，开始上来。猫跑下去迎接。

突然有人惊叫：

"那是什么？"一个男人的声音从下面问道。

"一只猫。"一个男孩的声音说。

"怎么，一只猫？"

"一只猫。"

"什么样的？"

"灰的。"

"把它赶走。"

"别碰它。"一个女人的声音说，"下来。来。来。下来。别碰它。来。"

所有这些声音都是沙哑的、胆怯的。脚步声下了楼，匆匆穿过楼梯平台。门关上。

猫又上来了。

"好！"安杰洛说。

他喘了口气。他又回到梯子脚下，坐到下面几个横档上。

"胆怯的人是我所知道的最可怕的对手，"他想，"即使他们不敢碰我——他们不会敢的，可他们会跑到外面，把全区的人纠集起来。"于是，他看见自己在屋顶上被人追逐，这是令人不快的前景。

---

① 库内奥，意大利西北部城市。

他等了好长一会儿。听不见声音了。

最后他想:"不能总像这样待着。他们害怕自己的影子,而我口渴。还是下去吧。假如这会带来麻烦的话,那就带来好了。如果只是为了不在那位神圣不可侵犯的不让我踩坏他菜园子的警察面前丢脸,那就没什么了,我是大小伙子,不怕同全城的人打架。"

不过,他下楼时小心翼翼。下到三楼时,他甚至稍停片刻,才走到三扇门前听听。什么也没听见。他从一个锁孔往里面瞧瞧。什么也没瞧见:漆黑一片。另一个锁孔,亮亮的,那是什么?一堵白墙?没错:他看见钉在墙上的一颗钉子了。这个房间里会有什么?是贮藏室吗?他走过去,从楼梯井上侧耳细听。底下,二楼,寂寂无声。太好了。他毫不犹豫地转动门把手。门打开了。

那是个堆放杂物的房间。和前面那幢房子里一样,都是破烂。第三个房间也放着破烂:桶箍、扫帚柄、篮筐,还有一幅老妇肖像,扔在地上,被鞋钉踩得千疮百孔。自私自利的人呀!

应该回到那间黑屋子去看看。可能有酒。没有。空空的。

自私自利的人!他们大概把周围的东西搜索一空,全都堆放到他们生活的房间里了。有几个搁板,上面空空如也,借着打火机的微光,安杰洛看见搁板上有一些坛子的痕迹,那里曾放过坛子,现在坛子不在了。

于是,他只好下楼去了。

下楼前,他拿了一只草篮子。假如能找到什么,就放到里面。

二楼有两扇很大的门。和那幢房子里的门完全不一样:没有它们豪华。没有钢琴,没有留着公牛角小胡子的肖像;可以感到这是一个富裕农民的家。但这里没戏:所有的门都关着。这家人不可能死在门洞里;他们将堆在一起死,就像狗一起死在有毒的汤上一样。如果他们会死的话。

安杰洛站在楼梯的最后一级上,一只脚跷着,举目张望,侧耳谛听。屋里的人想必待在最远的那扇门背后。这从门上的手指印和磨损的门槛上可以看出来。根据他们怕猫以及踩在老妇肖像上的鞋钉推理,可以打赌那是厨房。那些人只有待在厨房里才感到安全。

得去看看。安杰洛将眼睛放在锁孔上:里面黑黑的,黑暗上面有一条白布带,白布带上方有几只坛子。那是壁炉台的上部。黑暗是壁炉的底部。

安杰洛突然后退一步:一张面孔出现了。不对。那不过是一个坐着的人向前俯身而露出了脸,那人现在弯着腰,双臂放在大腿上,双手合掌。他在搓手。是个男人。有胡子。他低着脑袋。

"那云是怎么回事?"一个女人声音说。
"什么云?"那男人说。他没抬头,但不再搓手了。
"形状像马的。"
"不知道。"男人说。他又搓起手来。
"它来到了夏根迪埃街上空,昨天运尸车整整干了一个下午。"
男人搓着手。
"我看见了。"女的声音说。
"什么?"男人说。
他停止搓手。
"……彗星呗。"
"什么时候?"男人说。他抬起头。
"昨天夜里。"
"哪里?"
"那里。"
那男人把头抬得更高些,朝射进光线的那边张望。
什么东西从一张桌子上掉下来。
"当心!"女人说。她发出一种低低的叫声。

从锁眼里传来一股葱、蒜、茶的味道。

"到下面去看看,"安杰洛想,"假如有贮藏室,他们肯定会放在最底层。甚至可能在地下。"

贮藏室果然在下面,但不在地下,而在地上,在一个工具房里,里面也堆着柴捆和劈好的柴火。从临街的门上方射进一点儿光线。有一些瓶子,安杰洛扑上去。是番茄酱瓶。他拿了三瓶。还有一些瓶子。黄色的液体。瓶上有标签,他看不清楚。他拿了一瓶放进篮子里。"上去后再看。现在是酒,瓶塞用红蜡封口。"他拿了一罐猪油,还拿了两罐——也许是果酱。火腿?不,是两根红肠,外加十来块山羊奶酪,干干的,硬硬的,不比金币大。没有面包。

他赶紧回屋顶平台上去。当他跨上梯子,便听到压低的喵呜声。他把当作鞋的袋子塞进篮里,把猫夹在腋下。

屋顶上暑气犹如一堵墙,人到了上面,立即和生石灰一起被砌进这堵墙里。得尽快离开。他们有时会上来喂鸡和拾鸡蛋的。问题是,得在上面找到一个住宿的地方。回先前的屋顶平台是不可能了。那里显然被污染了。如果不得不冒险用手取火炭,那也没辙,可要玩火……

最简单的办法,是躲到教堂的圆顶下。那里没有危险。拱扶垛有阴影,它们就像一个半圆形拱顶,遮住一小块平地。

果然,那是一个真正的半圆形拱顶和一块铺着锌板的平地。安杰洛尽管口渴难忍,但还是等到了那里才喝。他怕有陷阱,怕头晕。他又是靴子,又是布袋鞋子,一只手里还拿着篮子,既不方便,也不灵活。他冷汗淋漓。他只好打开一瓶酒,瓶塞封着,他用手枪枪管敲碎瓶颈。不过,那酒很好喝,葡萄味很浓。安杰洛又吃了两块奶酪、一大把猪油,等那瓶酒喝到肚里,他看东西清楚了一些。时值下午,赤日炎炎。猫在梳妆打扮自己,将爪子在耳朵上方久久梳理。在拱扶垛靠墙的地方,有燕子窝,里面有人们熟悉的黑鸟,不停优雅地转动那长着黄眼睛的脑袋。安杰洛坐在那堆布袋子上面,身旁一个白色彩绘玻璃从铅的接缝处飘出烧香的味道。

安杰洛观看城市的这一边,他在先前的屋顶平台上没能看见。城市这边延伸的地方不如那边远。鳞次栉比的屋顶最后与一个城门上的雉堞和一丛丛橙黄色的高大榆树相接。相反,安杰洛向下望去,教堂广场尽收眼底,两条贯通的马路通向广场。广场上渺无人迹,只有四五团黑黢黢的东西,他起初以为是几只看门的大狗在睡觉,因为他是透过小梧桐树稀疏的枝叶看见的。其中一只狗像要伸展四肢,安杰洛发现原来是一个临终的男人在抽搐。况且,那垂死者马上伸直身子,脸朝地,不再动弹了。安杰洛观察其他几团黑影有没有生命迹象,却是徒劳。他的眼睛渐渐适应了小梧桐树下绚丽多彩的光亮,于是看清楚其他几个也是尸体。有的平躺在人行道上,有的蜷缩在门隅里,还有的倒在水池边,像要把手浸入水中,将黑乎乎的脸孔靠在井沿石栏上,嘴咬着石头。足足有二十来个。广场周围的房屋个个门户紧闭,从底层的大门和外板窗到屋顶。四周寂寂无声,可以清楚地听到苍蝇在嗡嗡乱叫,水龙头在与水池嬉戏。

在通往广场的一条街上,响起了凄凉的鼓声,慢慢悠悠,但很响亮。那是运尸车行进在铺石路上。一个穿白长褂的男人牵着马。还有两个白衣男人走在车轮旁。他们在一幢房前停下来。两个白衣男人进去后便出来了,抬着一具尸体,从侧栏上扔进车里。他们在这屋子里进出了三次,第三次抬出一个胖女人的尸体,他们抬得很吃力,好不容易才把她从侧板上扔进去,白白肥肥的大腿还露在外面。

在广场上,他们把那些尸体抬进车里,然后,那载重车滚动着它的"鼓",走走停停,停停走走,在大街小巷里走了很久很久。蓦然,安杰洛发现听不见鼓声了。只有苍蝇有增无已的嗡嗡声和水龙头的流水声。

苍蝇的嗡嗡声晃动了很久很久,忽然,下面传来了沉重的脚步

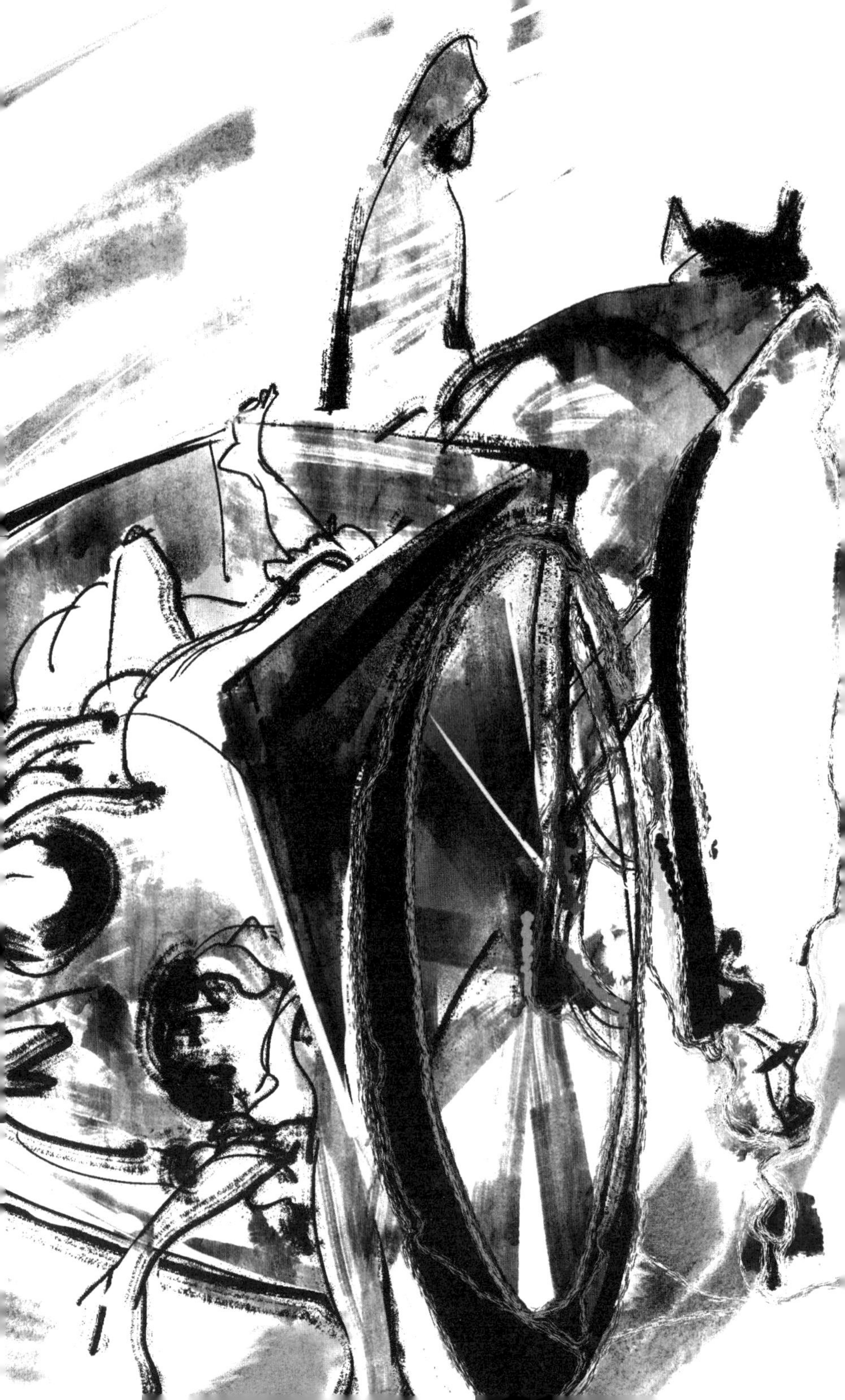

声。一群人从一条街上走过来，就是安杰洛看见的两条贯通的街道中的一条。那里聚集着十来个女人，前面走着一个男人，是穿白长褂的男人中的一个。女人们各提一个桶，但她们互相挨得很紧，一面走，马口铁桶就像骑士的甲胄，瑟瑟作响。安杰洛以为是一个街区的妇女，有人带她们到某个没有污染的水池去汲水。不管怎样，她们对广场上的水池不屑一顾，可是当她们快要进入刚才运尸车出来的那条街上时，她们开始大呼大叫，激奋地拥挤在一起，犹如一堆老鼠。她们伸出双臂，食指指向天空，吼叫着，安杰洛听见她们中有人喊"云！云！"另一些人喊"彗星！彗星！"或"马！马！"安杰洛顺着她们手指的方向看去。除了白色的天空，一无所有，太阳无尽无止地散落着可怕的白垩般光线。最后她们继续高喊着散向四面八方，那带路的男人在她们后面奔跑，边跑边喊："露丝！露丝！露丝！"

下面，又响起了水池声和苍蝇声，继而一扇百叶窗咿呀打开。在广场一幢房子的正面，一扇百叶窗微微开启，一个脑袋出现在窗口，朝天上四处看看。接着，那脑袋像乌龟头那样迅速缩回去，百叶窗合上。

水池声。苍蝇声。一条猎狗的铃铛声。那狗绕广场转了一圈，蹦蹦跳跳，在周围的小巷里滞留很久很久。

安杰洛侧耳谛听有没有声音，他听见了极其细微的脚步声。是一个小女孩。她从一条街上走出来。她走得很慢很慢，十分平静，甩动着两只胳膊，像一个大人在闲逛。她既不打扰水池，也不惊扰苍蝇。她穿着有细布绉领的短裙，一摇一摆地过去了。

几条狗过来了。它们仰着头，朝房子那边闻闻嗅嗅。忽然，它们好像受到了威胁，互相挤挤撞撞，长吠着狂奔起来。一只狗在广场的角落上坐下来，伸了四五下脖子，好像在嗅闻天空中的气味，接着，发出猫头鹰般的尖叫声。

瓦片热得噼噼啪啪响。太阳不再有躯体；它像涂了层白垩，整个天空耀得人睁不开眼；群山一片白色，无边无际。

广场上，直至安杰洛所在地方的下面，同时响起了敲门声。连他身旁的彩绘玻璃也发出了回声。有人在敲教堂的大门，经久不息。最后，敲门声停止了，一个声音喊了三次："圣母！圣母！圣母！"难以听出是男的还是女的。

安杰洛又打开了一瓶酒。他心想，比较明智的做法，是吃这罐生番茄酱，这更清凉解渴，可他转念又想，明智在这里不大起作用了。没有必要为明不明智心里烦恼。不管别人如何说，在危急关头，最好还是让心里有一丝淡淡的伤感。理智和逻辑在平时是有用的。毫无疑问，这在平时会产生奇迹。当马发怒时，就完全是另一回事了。最令安杰洛厌恶的，是那个穿着有细布绉领短裙和绣花长裤的小女孩。她像一个女人那样闲逛着，走起路来一摇一摆。这叫人恶心。如果她奔跑、吼叫，或哭喊，握紧拳头拭眼泪，那人们还忍受得了，可是，一个普普通通的胃，怎消受得了这细碎而安详的步子，这有点儿冷漠的闲逛！她的脚趾尖大概勉强接触路面。如果一定要说理智的话（能在生满老茧的手中运用自如的，是一些旧工具，因为平常用惯了），对心灵莫名的伤感抱有信心，这难道不恰恰是理智的表现吗？心灵哀伤时，一切都很宁静；尤其要相信不可能的事，因为在真正的危急时刻，人们需要的恰恰是不可能的事。当然，我不把我和斯瓦茨男爵格斗的时刻，叫作真正的危急时刻。那时，当然用得着理智、逻辑以及颤抖、冷静。可是，说实话，我现在浑身冰冷，不需要喝清凉的东西。如果有人不相信，那就太可笑了。我也不把小法国人的死称作危急时刻。我把这些时刻叫作困难时刻。困难时刻：犹如喝太烫的汤。只是烫着喉咙，就用不着求助于莫名的伤感。可是，当你听见有人拳打脚踢教堂紧闭的大门，高喊："圣母！圣母！圣母！"当第一声"圣母！"已使你的肚子满得不能再满，第二声使你肚子翻江倒海，有如一只手把一只口袋翻了个底朝天，第三声带来了芦荟，带来了难以忍受的苦味,带来了把一切都推翻的理由,那么这时候,理智和逻辑还有什么用?我被分类分到了屋顶上,就像巴蒂斯特·卡内斯基(尽管他在被人拖着满街跑之前,躲在一个放麦子的坑里),就像在佛罗伦萨屋顶上的尼科拉·皮奇尼诺,就像西莫内特·马拉泰斯蒂、内里·德·吉诺·卡波尼。在南方城市的屋顶上,有过许许多多惊险的故事。还不算罗梅奥、弗朗塞斯卡·德·里米尼;不谈他们全副盔甲从天窗里滑下去,穿着铁鞋掉进顶楼里,有如全套金属厨具从钉子上掉下来一般。心上人的卧室在哪里?这不是云雀!当他们用粗大的盔甲磨锉狭窄的走廊的时候;当他们正在城里或女人身上酝酿革命的时候。而我,我只是偷偷酒和山羊奶酪。而且自觉很幸福。因为我不是处于困难时刻,呵!根本不是。根本没有任何困难。我是处在一种危急的时刻;这不是一回事。这之间毫无关系。在一个城市的屋顶上一切可能做的事,不过是规则问题,就像吉诺·卡波尼们、马拉泰斯蒂们、本蒂沃廖们那样,将戟或马刀、罩着钢的腿、罩着钢的胸、罩着钢的臂从天窗里伸进去;抑或是穿着天鹅绒和喷着香水,要看是在城里还是在床上掀起风暴。可是,一个小女孩在城里闲逛,就像一个有理智的大人,或是在下午四点敲一座教堂的大门,高喊:"圣母!圣母!圣母!"(似乎想让圣母从窗口探出脑袋,回答:"什么事?我在呢。")这时候,你有什么办法?这不能当作一件事来解决,这没有规则,而是随心所欲。在这种情况下,莫名的伤感要比理智有办法得多。至于明智,这时候它有什么用?恰恰在这种情况下,明智会不会让我们少得可怜的生活乐趣丧失殆尽?尸体如果事先有过精彩的说理,这不啻给他们装上了一条漂亮的腿,一无用处。这是眼下可往他们肚子上贴的一张美丽的证书。他们说过理了。"这对我大有好处。"尸体如是说,他们在街上腐烂,直到有人把他们晃动着从侧栏上扔进运尸车里。当他们躺在运尸车里被拖走时,他们真的好像在说:"我们这样说理是做了件好事,是不是?"在这种时候,有多少人不得已处于生死之间呢？我是指那些自己所热爱和钟爱的一切全都到了那边的人。那些形单影只、茕茕孑立的人，他们所爱的一切，他们所恨的一切，全都被大河卷走了。在这边，只剩下他们自己了；如果他们有爱、有恨的话，那也是死人（目前是这样，不过，这目前才是最重要的）。如果这时候他们有爱有恨的话，就只得去爱或恨已死的人。在这边，他们不再有什么可爱可恨的了。他们只得看看这边，看看那边。尤其是看看那边，还努力想看见自己曾爱过或恨过的人。这也许就是他们所谓的彗星。他们也许看见自己爱过或恨过的人蜷成一个球，飞快地滚走了，身后拖着爱或恨的烁烁光迹，而那光迹在飞跑中想把他们吸走。抑或是他们所谓的马：爱情在喉咙里奔跑。我说爱情时，也要且尤其要说仇恨，因为仇恨绝对是由衷的，所以这是更强烈的情感。故而人人都有仇恨。无论是谁，都可能在暴风雨的呼啸中被吸走或被飞速地带走。于是，他们紧紧抓住一些东西；闲荡一会儿，摇晃着身子，以便摆动那条有绉领的短裙（那是礼拜天穿的短裙，因为谁还可能有礼拜天，哪怕是一个？所以得赶快装作大人，因为谁知道明天怎么样）。由于这非同寻常的苦味儿，安杰洛特别想吐。在平常时候，一个六岁的小女孩通常还正在学习拼读 b-a ba 哩。她年纪太小，还不可能像敲磨坊的门那样敲教堂的门。应该指出，他想吐，也是因为那炽热的糖浆似的空气，散发着陶土味、酸味和甜味。安杰洛用那些袋子做成褥子；他躺在发烫的锌板上，合上眼睛。

　　他闭着眼不知过了多少时间，蓦然，他感到什么茸茸的东西在掴自己的耳光，拳头打在太阳穴周围，非常疼痛，他觉得有人在他的头发里乱挠，像是在他头上耕地似的。

　　他满身都是燕子，它们在啄他。

　　他猛地站起来，因用力太猛，差点儿滚到拱扶垛以外的屋顶上，而那屋顶的坡很陡。他神经质地打自己，抓自己的头发。"它们把我当死人了。"他想，"这些不拘礼节的小动物，瞪着漂亮的黄眼睛瞅着我,想把我吃掉。"

他恢复了镇静,可他突然想抽烟了。他在衣袋里搜索,发现一支雪茄也没有了,感到不知所措。"自从上次在路障前荒唐地朝天开了一枪以来,我一直没再抽过烟。我现在准是处在危急关头了。我敢肯定,冲锋时会想到抽烟,尽管证实这一类镇静的机会尚未出现。不过,当我光明正大地——我因此而受到了别人的指责——向斯瓦茨男爵开枪时,不也抽了一根雪茄吗?因此,我想抽烟,这是个好兆头。我愿用我的王国换一根雪茄。"

他继续和自己开玩笑,可燕子极其残酷的攻击也继续使他心烦意乱。

他夜里睡得很不好。只有一阵阵微风,又热又臭。他梦见和一个中士睡在一起,那中士朝他脸上呼气,那是葱消化时发出的恶臭味。他试图推开中士,可那人自然变得很大很大,呼出的气竟将皮埃蒙特的几棵硕大无朋的栗树吹弯了。

他还做了另一个梦,梦中出现了一只公鸡:当然,是只非同寻常的公鸡。它的羽毛为白垩色;尽管就近看去,它的羽冠和嗉囊处仍有硫黄的反光。总之,它大得不得了,勉强可以看见它身后有一片小如指甲的天空。这个动物在空气中滚动,发出一股臭味。它散开尾部的羽毛,显然是想遮住安杰洛的面孔。幸好金丝雀的大食槽——安杰洛就躺在食槽的锌板上——打翻了,公鸡那巨大的尾部及呈太阳状散开的白羽毛不可能垂直坐在他的脸上。不幸的是,安杰洛鼻孔里尽是绒毛,堵得他透不过气来。幸好他的脸颊紧贴地面,还可以从地上吸入一些空气,糟糕的是,那空气发出厩肥的味道。于是,安杰洛开始扒地,想挖一个小坑把鼻子埋进去。可他的手指头陷进了捏成小女孩面孔的粪便里。

他醒了。

夜色深沉,玫瑰色的微光飞来飞去,安杰洛闻到一股极其浓烈的饭菜味。他绕教堂的圆屋顶走了一圈。北边的山冈上有三个焚尸的柴堆在燃烧，阵风把滚滚浓烟压到城市的房屋上……

安杰洛用拳头揉眼睛，揉了很久很久。他回到原地坐下。他在睡觉时大概艰苦地搏斗过；筐子打翻在地，他的靴子也找不到了。他又一次搜了搜衣兜，想找出一支雪茄来。浓烟的气味使他的嘴里黏得想吐。

尽管他因为一直想吐而处于半醒半睡的状态中，但他仍然不断地做梦。尤其是，他梦见了一颗彗星，那彗星就像烟火做成的太阳，喷出一束束光柱，散出一股股毒药。他听见它投下致命的细雨，发出柔和的轰隆声，雨水从屋顶，从天窗流下去，淹没了顶楼，在走廊里流淌，从门底下钻进屋里，漫溢各个房间，坐在黏似胶水的椅子上的人开始大吼大叫，然后开始腐烂。

天空出现了曙光，安杰洛大大松了口气。又是一个白色的黎明，而且已经郁热难忍，可是，尽管那白色令人丧气，万物却已恢复了原来的位置，使人备感亲切。

太阳升起之前很久，山里的一个小钟就敲响了。那边，在一个覆盖着松树的山丘上，有一个形如羊距骨的隐修院。晨光相对而言还比较透明，看得见有条小路蜿蜒而上，穿过灰蒙蒙的杏树林，通往隐修院。

那装在圆铅框里的小彩绘玻璃窗已开始震动，传导着教堂深处的焦虑。昨日有人徒劳敲过的大门打开了。安杰洛看见广场上有一群孩子正在排队，他们穿着白衣，扛着旗帜。几个黑蚂蚁般的女人开始从周围的房屋里走出来。还有些妇女从安杰洛看得见的那两条贯通的街上走来。不久，大概总共来了五十来个人，其中三个是神甫，裹着金色甲壳，等待人们到来。队伍开始默默行进。钟声响了很久，但间隔很长。最后，白旗出现在灰杏树下，接着是甲壳虫，尽管距离很远，仍看得出是金色的，最后是黑蚂蚁。可是，当所有这些昆虫缓缓攀登小山丘时，太阳突然一跃而起。它抓住天空，将石膏、白垩、面粉一股脑儿崩落下来，然后，用长长的不带虹色的光线把它们揉捏。一切都消失在这炫目的白色风暴中。唯有钟还在继续撞击，像是在打响嗝；后来，它也偃息了。

这一天，死亡的人数猛增。

上午即将结束时，在安杰洛俯视的城市的这一部分，不少地方，接着是四面八方，突然响起了喧哗声，然后是撕心裂肺的吼叫声。广场上一座房子的百叶窗哗啦打开，一个男人的上半身出现在窗口，挥动着胳膊。此人不喊不叫，似乎只是竭力用两只拳头交替塞进嘴里，仿佛喉咙里卡着鱼刺。同时，他在敞开的窗口快速旋转，犹如舞台上的木偶。最后，他一头栽倒在房间里。百叶窗依然敞开着。不计其数的燕子竞相飞来，它们早就开始唧唧啾啾，飞旋不止。那些喊声首先是女人发出的，后来有几声男人的喊叫。女人的喊声尤其凄惨，像是从原牛角中发出来的。与人们可能认为的相反，这些从四面八方发出的叫喊声，不是临终者，而是活着的人所为。好几个这样丧魂落魄的人穿过广场。他们好像在寻找救援，因为他们中有些人奔向另一些人，甚至互相拥抱，而后互相推开，又继续奔跑。其中一个倒在地上，很快便死了。四面八方开始响起运尸车的滚动声。一直没有停止；时钟敲响中午十二点，接着一点、两点、三点；运尸车一刻也不停，在各条街的铺石路面上滚动着响鼓。从北边的群山里升起一股红黄色的浓烟，弄脏了天空。

在安杰洛的眼前，发生了一件怪事。几辆运尸车经过广场。它们从沿教堂的一条街上出来，某一时刻到达的恰好位于安杰洛所在地方下面的拐弯处，那地方一览无余，车上的尸体暴露无遗。到了这里，一辆车停下来了，因为那个牵马的白衣男人突然倒下了。他裹着那件白褂子样的衣服，在地上扭动着身子，他的两个同伴看着他，没有走近。忽然，那两个人中，有一个也倒下了，倒下时只叫了一声，但尖得刺耳。第三个正准备逃跑,他已在撩起裙子,突然,他似乎在什么东西上绊了一下,腿好像割断了似的,脸冲地面倒了下来,躺在那两个人的身边。马在用尾巴赶苍蝇。

死神的行动那样果断,其胜利似闪电般迅速,仿佛在安杰洛眼前展开了一个战场,这使他震惊不已。他无法让目光离开那三个白衣人。他希望他们憩息片刻后能够站起来,继续他们的工作。但他们老老实实地躺着,不再动弹,只有一个人的腿还在抽搐,仿佛在奔跑。

其他几辆车继续在周围的大街小巷里运尸体。四处不断响起女人尖利的或呻吟的喊叫声、男人撕心裂肺的呼救声。作为回应,只有运尸车在铺石路上的滚动声。

这些在附近街道上颠簸的车子,有一辆最后颠到了广场上。穿白衣服的人走到他们卧地不起的同伴身边,拎着他们的脚给他们翻过身,把他们装进车里,而后,他们牵着马,带着车走了。

烈日当空,密密麻麻的苍蝇在运尸车停留的地方飞来飞去,嗡嗡嘤嘤。地上有尸体留下的污物,苍蝇们不愿放过。

安杰洛思忖:"这地方是霍乱病的中心,不应该待在这里。臭气越来越浓。这广场是街道的会合处。再说,这里不已经是尸横遍地了吗?得离开这里。在这个城市里,肯定有些街区情况会好一些,或者,三四天工夫,会死得一个人也不剩。除了我还站在这屋顶上。恐怕我也不可能活着吧!"

他开始在屋顶上逛游。他丝毫也不再理会面前可能会突然出现深渊似的内院。他被另一种眩晕揪住。他甚至极其镇静地走到一个屋顶的陡坡上去捡他的靴子,昨天夜里,他在睡梦中挣扎时弄翻了篮子,靴子滚到那里去了。

他很快在可行走的屋顶上转上一圈。西边是广场,他不能走得更远。东边,一条相当宽的街道挡住他的去路。南边又是一条街,不仅很宽,而且四周的屋顶很陡。北边是一条狭窄的小街。他寻思,是不是干脆从一个屋子的楼梯下到街上去。"那以后呢？"他又想，"即便曾追着我不放的那些疯子现在有别的事要做——况且这还不一定呢——我的处境仍会举步维艰。"他感到，他下面的城市到处腐烂发臭。"只要能走出这个街区就好了。"

他在屋顶上闲逛，如履平地一般。如果有人对他说，他的步态和那位穿带绉领短裙的小女孩无意识的看破红尘似的样子毫无二致，他会大感惊讶的。那个钟楼、那个圆顶、那些小墙、那些波浪起伏的屋顶，在他周围，不过就像一块新地的树木、树丛、篱墙和山丘；深陷幽黑的内院不过是一个个普通的水坑，应该绕道而过；街道宛若溪水，应该在溪边停留。

这不是离奇的梦，而是一个难以摆脱的苦涩的谜。用不着与其斗智，只需逆来顺受，哪怕以后等这新的世界确立了新的本性后再来比试高明。当真实与非真实间的界限消失，可以在真实和非真实之间自由出入，这时，与大家认为的恰恰相反，首先感到的是监狱变小了。

他瞧着一群鳞次栉比的屋顶和墙壁，它们密密匝匝，像是倒塌的脚手架，蓦然，他看见一个老虎窗框里有一张人脸，嘴巴张得很大，就像是一个宽宽大大的黑斑。他还没弄明白是怎么回事，就听见一声尖叫。他赶快闪到一个大烟囱后面。

他离那老虎窗两三米，藏得很好。他听见几个声音忧心忡忡地说："她看见灾星了！她看见灾星了！"发出惨叫的声音继续呻吟："他在那里，他来了，他在我们上头。"地板上响起了噔噔的脚步声，接着，一个比较坚定的男声问："哪里？他在哪里？你看见他在哪里？"

安杰洛从两块砖的接缝处窥视老虎窗。窗里伸出一只胳膊，食指指着天空："在那里。在上面！上帝！一个大胡子男人。"接着又响起了喊叫声，安杰洛听见有人在楼梯上奔跑。

他等了很久，才从烟囱后面出来。他隐蔽在高大的屋脊后面，走到了他的藏身之地——拱扶垛旁。

黄昏降临。他下定决心离开这里，到另一个街区的屋顶上去。

北边那条小街确实很窄：顶多三米宽。而且，有一处檐壁突出，空当更小。用一块木板，最好用一个梯子架在上面，不难过去。他想起了在他偷食物的屋子里，屋顶走廊和顶层之间有一个梯子。他趁天色尚未全黑，走去看看能不能不发出响声便把它拿上来。梯子不是固定的，他试着拉了拉，看看是不是太重，他发现不太重，他把梯子拉到了屋顶平台的地板上，没发出一点儿响声。剩下的就是看够不够长了。看样子长度还够。他把梯子扛到了圆屋顶上。

他吃了点儿番茄酱和猪油后便睡觉了，他睡得很香，没有做梦。他一觉醒来，只见东方依然黑沉沉的夜空正在缓缓撕裂。他精神抖擞，把要带走的东西收拢起来。

他选的地方比较窄，加之梯子不重，因此，在空中架桥比想象的要容易。他也知道，黎明刚至，是行动的理想时刻。底下的小街依然黑咕隆咚，看不见空间。唯一的困难是，必须带上篮子过去，篮里还有两瓶番茄酱、一罐猪油、两罐果酱、一瓶读不出标签的黄色液体、香肠和两瓶葡萄酒。至于靴子，他又把它们挂在脖子上，这不会有问题，可其他东西就难办了，他必须让两只手空着。最终他也没想出办法。时间过得很快。他想："篮子留在这边。如果那边找不到吃的（我看这是不可思议的），大不了再回这里来吃饭。不过，我不相信。最要紧的是不要摔断脊梁骨。"

他趴在梯子上，坚定不移地爬过去了。他抽回梯子，把它藏在屋脊后。他平躺在梯子旁，等待天明。他惊奇地发现，热烘烘的瓦片使他的背上暖暖的，他感到很舒服。他决心做的事，刚才全做完了。但他从脚到头冷得像冰。

"猫呢？"他想。他发觉从昨天早晨起就一直没再看见它。他还想，刚才过来之前，在兜里放根香肠就好了。不过，吃不是最主要的。相反，他非常想念猫，直到太阳升起。

他躺在暖烘烘的瓦片上，心境恬静，这时，他忽然想起从昨天起运尸车一直没停止工作。他太专心于自己的思想了，所以没听见。此刻，他又听见它们在敲鼓了。

他现在所在的屋顶，比先前的屋顶宽阔许多。作为边界的街道相互离得很远。房屋密密匝匝，为了通风，不得不在中间开些天井，甚至庭园。有些庭园里甚至还种着树。天井和庭园四面封闭，因此，安杰洛可以环绕它们走一圈。它们属于有产者的房屋。高大的窗户俯视庭园，安杰洛开始从窗户里窥视这些屋内的生活，可是，尽管窗玻璃非常明亮，看得见屋里的椅子和地毯，却不见里面有任何动静。甚至有一会儿，他走到了一个厨房的窗子旁，清楚地看见壁炉上空空如也，没有一个瓶瓶罐罐。屋里的人没有死，而是离家出走了。

"这可以作为一切革命的借口，"他想道，"即使那天他们极其粗暴地对待我。你是十足的傻瓜，"他继续想道，"这些人没有死在这里，谁说他们没有死在别处呢？这便是区别所在。这是领袖的思索。"他对这番思考不胜自豪。"如果我愿意，我就去舒舒服服地坐到他们的安乐椅上，不过，让别人去坐吧！我不相信灾星是一个长胡子的男人，但我肯定是一种小动物，比苍蝇还要小得多，可以藏在一块棱纹平布或地毯上。到目前为止，我在屋顶上还算是成功的，继续待着吧。不过，这里似乎难以找到吃的东西。"

这里的房屋没有屋顶走廊，也没有可供睡觉的平坦之地，安杰洛四处寻找了半天也没找到。甚至也没有可供他纳凉的地方，比如圆顶建筑物的拱扶垛。阳光比前几天更白，光滑的瓦片发出反光，同直射的阳光一样灼人。

不过，他看见那只猫来了，真是喜出望外。他无法知道这畜生是如何来到他这里的。兴许是跳过来的。不管怎样，从此刻起，它像狗那样寸步不离安杰洛，一歇下来，它就乘机在他的腿上乱蹭。它和安杰洛一起在这片屋顶上转了一大圈。安杰洛在一堵稍有阴凉的矮墙脚下坐下来，猫跳到他膝盖上，用它独特的方式向他表示亲热。

教堂广场那边，运尸车继续运送尸体。街道深处，不时升起叫嚷声、呼唤声、呻吟声。那呼唤声经久不息，却枉费力气。

在安杰洛背靠的那堵矮墙上，有一个长方形的老虎窗，猫终于跳了进去。因为它不回来，安杰洛便喊它，接着把头和肩伸进了老虎窗里。他看见一个宽敞的顶楼，堆满了形形色色的杂物，看见这些东西，会感到心境安宁。安杰洛立即试着进去，但洞口太小。安杰洛又看了看屋顶的强烈光线，看了看白乎乎的山冈，那里，焚尸的柴堆刚添了柴火，粗大的烟柱正在袅袅上升，于是，安杰洛抑制不住地想再看一眼这金色的半透明的漂亮顶楼，里面保留着旧织物、光滑的木球棒、百合花形的铁饰品、小阳伞、穿在柳条模特身上的短裙、波纹绸风帽、精装书、挺胸凸肚的家具、珠光闪闪的花冠、橙花束，种种沉睡在蜜糖中的代表着风雅安逸生活的物品。四壁的钉子上，琳琅满目地挂着女式短上衣、连衣裙、女式无袖胸衣、软帽、手套、男式紧腰中大衣、多层领男用外套、大礼帽、三代人的领带。矮柜上放着小巧玲珑的高跟鞋，有缎子的、皮的、天鹅绒的，还有饰着丝球的女用高跟拖鞋和猎靴，不是煞有介事地排得整整齐齐，而是自自然然，仿佛脚刚刚离开它们；更确切地说，仿佛看不见的脚仍穿着它们；仿佛看不见的身子仍压在上面，尽管压力微不足道。最后是一把装在鞘中的马刀，平放在五斗橱的大理石面上。这是一把骑士马刀，柄上有金闪闪的穗子。所有这一切都带给他甜甜的温情，堪与猫给他的温情相比拟。况且，猫就在里面，躺在一条压脚被上，用鸽子般的咕咕声呼唤他，那声音甜美而伤感，和死亡世界的声音何其相似。

安杰洛趴在这顶楼的小窗上，有如囚犯趴在牢房的小窗上。

这美丽的顶楼散发着长眠的味道、肉体平静地衰老的味道、温情的味道、永不腐烂的青春的味道、疯狂爱情的味道，以及紫罗兰冲剂的味道。

焚尸柴堆将浓烟压到了城市上空，弥漫着羊毛脂和猪油的气味，同劣等蜡烛的味道相仿，但却激起人的食欲。安杰洛想起了那个草编篮子，被他留在街对面了。有了如人们所说的生活所需的食物，他若能从这狭窄的小窗里钻进去的话，那就可以在里面无限期地生活下去了。

他在屋顶上一直逛到中午，始终想着他需要温情。

他想："这是一种极其奇怪的需要，可来得不是时候。事情是很清楚的，没有必要自寻烦恼。你根本不信危险来自一个有胡子的男人，或那些形状像马的云彩，或彗星，尽管你也曾梦到过彗星。你知道，霍乱病不过是一些比苍蝇还要小得多的动物导致的。还不说那些疯子，谁碰他们的水池，他们就踩扁谁的脑袋。干你自己的事吧。我看不出那些旧女上衣和缎子鞋能派什么用场。只有那把马刀，它若能冷静地说理的话，可能对你有点儿用处。不过，如能为你的两支枪提供些弹药，也许更有用。而且，你想到马刀，不过是你喜欢炫耀和虚荣，因为你使用马刀技艺高超，你从前的职业使你的手腕发痒，一句话，因为你永远也治愈不了你好战的毛病，这个毛病已多次使你贻笑大方。还不算那次臭名远扬的格斗，你本可以用一个金路易雇一位职业杀手解决问题的。你喜欢逞勇，竟至于讲究礼节，是非不清，再没有比这种勇敢更愚蠢的了。幸亏你不喜欢爱情，正如可怜的安娜·克莱夫所说的，否则，当心出事吧！可是，如果你不机灵的话，革命和霍乱也会和女人一样欺骗你！一切属于机灵的男人！他们是世界的主人。对了，你会不会胆怯呢？必须承认，我非常喜欢挂在那边墙上的衣服。它们的做工都十分精致。它们曾属于易动感情的人。是的，我可以在这个顶楼上无限期地生活下去。"

可是，焚尸柴堆的浓烟用其油脂味将他团团包围，他心里念着"生活"一词，一面想着那草编的篮子。

他走到一个长长的酷似兵营的屋顶上。安杰洛看见一个方方正正整齐有致的花园，周围矗立着建筑物。花园的另一边，他看见一幢建筑物的部分正面，整整齐齐地排列着几扇装栅栏的大窗子，月桂树和无花果树向它们伸出枝叶。底下，黄杨花坛上热闹非凡，好像有一群耗子在搬东西。安杰洛滑到一个复折屋顶的突角上，终于看清楚原来是一些嬷嬷围着大箱小箱大包小包，慢腾腾地用绳子把它们捆起来，发出窸窸窣窣的声音，就像在下跳棋，黑袍和白帽好比黑棋和白棋。一个穿白衣的人在监工，看上去有如大理石塑像，比一般人的身材小一些，一动不动地站在月桂树和玫瑰花组成的凉棚下。这监工的静止和沉着给安杰洛以强烈的印象，使他一时害怕被看见。但他发现那是一座圣人的雕像。

只需爬上屋顶的高处，便可听见运尸车来来往往忙碌不停，听见充满了呻吟的喧哗声，还有焚尸柴堆的浓烟摩擦瓦片发出的像是淅淅沥沥的雨滴声。

安杰洛回到那顶楼的老虎窗旁坐下来。连续几小时，他不时地像闻一朵鲜花那样，闻着顶楼的气息。他从窗口伸进脑袋，凝望那些女上衣、连衣裙、小鞋、靴子、马刀；他嗅闻着他想象中的崇高心灵者的气味。

"我在别人眼里不是轻浮之徒。"他心里思忖，"多少次人们责备我对男女情爱不感兴趣！由于我的冷漠，我不容争辩地给可怜的安娜·克莱夫造成了不幸，其实她很少向我索取，这一点，只需看一看在埃克斯同我一起出没习剑堂的年轻军官对待贵妇们的态度便一目了然了。她绝不愿意相信我能想象出一个女人，穿着这些鞋子和连衣裙，撑着这把小阳伞，戴着这顶淡紫色罗缎风帽，在这个顶楼上走来走去（这顶楼还是一个公园，一座城堡，一块领地，一个国家及其议会），此时此刻，只要看见她走路，我就会感到最大的（也是唯一的）快乐。"

他回到那小墙旁坐下。他又看见黑烟在白垩色的天空中骑马而行。他听见运尸车在大街上滚动，停停走走，走走停停，不知疲倦地在街上转来转去。他谛听这团团包围着车轮声、呻吟声和呼唤声的死一般的寂静。

最后，他试着从那老虎窗里钻进去。但他的肩膀卡住了，上胳膊蹭破了皮。蓦然，他想起了击剑冲刺时人体的姿势，右臂伸直，头缩进右肩，左臂紧贴大腿，左肩收缩。

"这里正需要这种冲刺的姿势。"他思忖，"如果我能做出这个姿势，我肯定能过去。"

他试了试，要不是手枪鼓起了口袋，他就成功了。他把手枪塞进长统靴里，然后先把靴子放进顶楼里。老虎窗离屋内的地板大约一米五。他尽量伸长胳膊，但够不着地面，只好让靴子落下去，如果他进不去，靴子就收不回来了。

"退路已断，"他想，"现在只得往前走。不然，没有长统靴，没有手枪，你就一钱不值了。"

尽管他很瘦，姿势也无可挑剔，可他仍然被卡住了，幸好卡在胯部，他像蚯蚓似的扭动，右手拼命用力，最终挣脱窗子，滚到里面，落到木地板上时，发出了相当大的声音。

"圣母马利亚，"他爬起来时说，"但愿这里的人都死了！"

他观望了很长时间，但什么动静也没有。

那顶楼比看上去的还要漂亮。从老虎窗里看不到的底部，被散布在屋顶上的玻璃瓦照亮，此刻落日余晖打在上面，使之沐浴在糖浆般昏暗的光线中。物体只露出支离破碎的一小部分，与其真正的意义毫无关系。一张凸肚形五斗橱，只剩下穿深紫色丝背心的腹部；一件原本可能是音乐天使的萨克森小瓷器却断了脑袋，由于阴暗部分扩大，加之光线照在断裂处显得格外明亮，它便变成了一种海岛的鸟儿，即一个克里奥尔妇女的或一个海盗的白鹦。那些连衣裙和男式紧腰中大衣仿佛聚在一起开会。在一缕缕光线照耀下，那些鞋子仿佛从一个帷幕下端露出来，而穿这些鞋的影子人物，不是站在地板上，而是好像栖息在金丝雀笼的楼梯形架子上。一道道阳光，犹如一个个充满尘埃的闪闪烁烁的直线星座，使这些奇妙的东西生活在三角形世界里，夕阳明显下落，徐缓移动光圈，以无限拉长的运动使之栩栩如生，仿佛生活在水族馆的温水里。那只猫前来向安杰洛致意，它也伸长身体，张大嘴巴，发出几乎听不见的喵呜声。

"好一个宿营地。"安杰洛思忖，"只剩下食物还没有着落，不过，等天黑以后，我到下面去勘察一番。不管怎样，我在这里会过得很舒服。"

他躺到一张旧长沙发上。

他醒了。天黑了。

"该上路了。"他想，"现在真的要往牙齿下塞点儿东西了。"

站在顶楼门口的小平台上往下看，深处漆黑一团。安杰洛点着打火机的火绒芯。他吹旺火绒芯，借着红红的微光，能看见楼梯扶手的上端，他开始拾级而下，脚步渐渐适应了梯级的间距。

他来到另一个平台上。从楼梯井的回声判断，这好像是四楼的平台，每下一步都有影子。他吹旺打火机的火绒芯。正如他猜想的那样，他周围的空间很大。这里有三扇门，但都关着。时间太晚，不好撬锁。明天再看吧。还得往下走。他的脚感觉到已踩在大理石梯级上了。

三楼：三扇门也都关着，但可以肯定全是卧室，因为门心板雕刻着圆浮雕以及箭筒式和带式装饰。屋主一定都走了。有箭筒式和带式装饰的人，绝不可能让尸体堆在载重运尸车上的。他们甚至很可能亲自或差人将厨房乃至壁橱的角角落落搜个底朝天了。还得往下走。也许得下到地窖去。

从这里开始，楼梯上有地毯了。什么东西从安杰洛的两腿之间穿过。可能是猫。顶楼和四楼之间，有二十三个梯级；四楼和三楼之间也有二十三级。安杰洛刚走到三楼和二楼之间的第二十一个梯级上，突然，他见前面的一扇门上出现了一道金光，接着门咿呀打开。从里

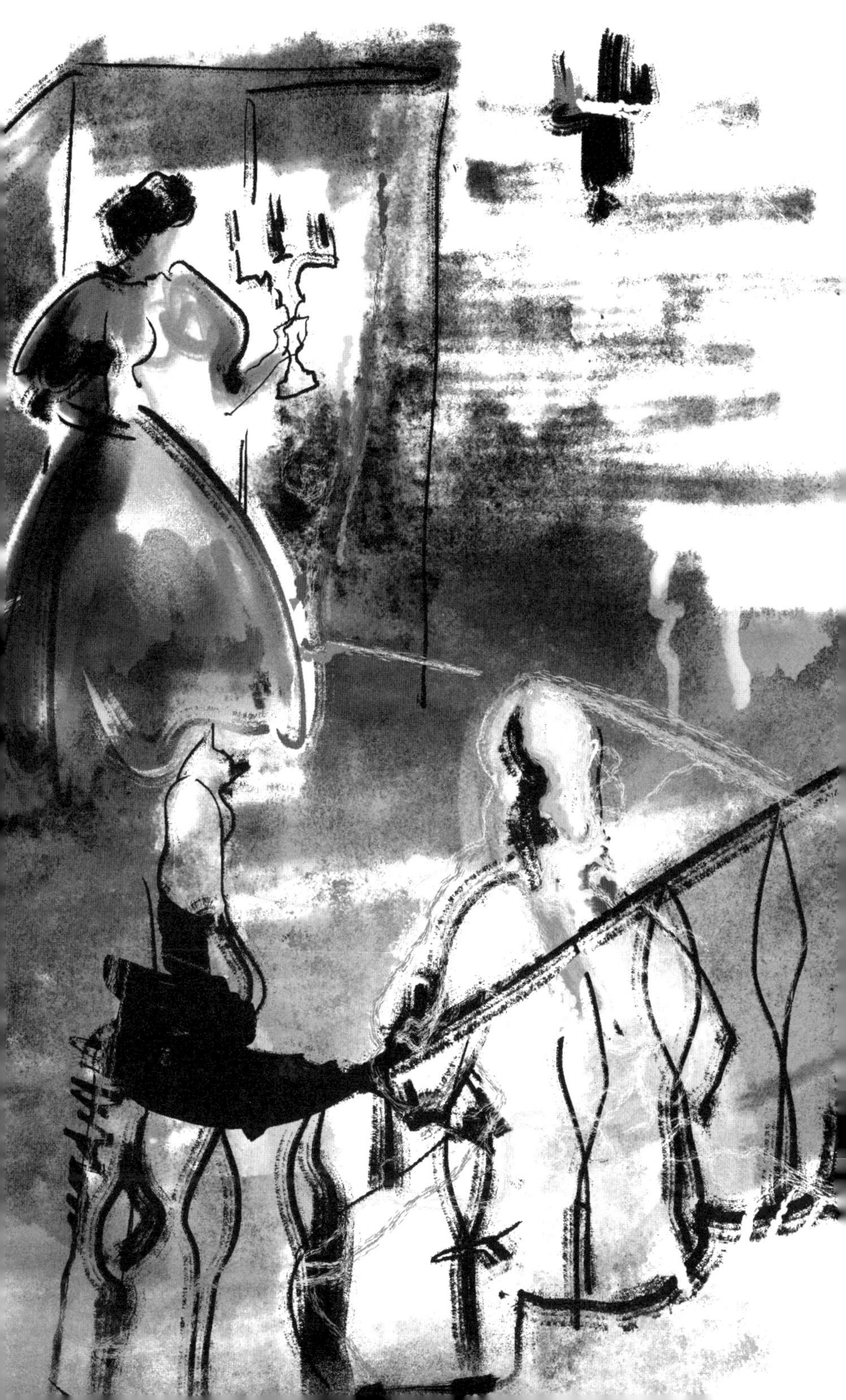

面走出一个非常年轻的女子。她将一个三枝烛台举在一张矛尖般瘦削的小脸旁，头上环绕着浓密的褐发。

"我是绅士。"安杰洛愚蠢地说。

一阵沉默后，她说：

"我想这正是该说的话。"

她几乎没有哆嗦，烛台上的三簇火苗直直的，有如铁叉的三根齿。

"这是真的。"安杰洛说。

"最奇怪的是，这看上去的确是真的。"她说。

"强盗没有猫。"安杰洛见猫溜到他身前，说道。

"那谁有猫？"她说。

"这猫不是我的，"安杰洛说，"可它到处跟着我，因为它看出我是个温和的人。"

"一个温和的人此时此刻在这个地方有何贵干？"

"三四天前我来到了这个城市，"安杰洛说，"差点被当作水中投毒者砍死。那些人锲而不舍，在街上追赶我。我藏在一个墙角里，一扇门自己开了，我就躲到屋里去了。可屋里有尸体，更确切地说，有一具尸体。于是我爬上了屋顶。从此我一直生活在屋顶上。"

她一动不动地听他说这番话。这次静默的时间稍为长了些。然后，她说：

"那您大概饿了吧？"

"因此我就下来找吃的了，"安杰洛说，"我以为屋里没有人。"

"幸亏屋里有人。"年轻女人微笑着说，"我叔母们走后什么也没留下。"

她闪过身子，继续用烛光照亮楼梯平台。

"进来吧。"她说。

"我强行闯入，于心不忍，"安杰洛说，"我会打搅你们聚会的。"

"您不是强行闯入，"她说，"我请您进来。您也打搅不了任何聚会：只有我一个人。那些夫人离开五天了。她们走后，我也是勉强糊口。不过我比您富有。"

"您不害怕？"安杰洛走过去说道。

"一点也不。"

"除了怕我。我对您不胜感谢。"安杰洛说，"那您不怕传染吗？"

"不必感谢，先生。"她说，"进来吧。为这些小事斗嘴太可笑了。"

安杰洛进入一间漂亮的客厅。他立刻在一面大镜子里看到了自己的尊容。胡子长了一个星期，脸上挂满一道道黑乎乎的汗渍。他衣衫褴褛，双臂裸露，胸口长满黑毛，裤子上留下了从老虎窗下来时的石灰痕迹，袜子撕烂，露出了很不雅观的脚丫子，这一切使他成了一个形迹可疑的人。唯有他的双眸依然热情洋溢。

"我很抱歉。"他说。

"抱歉什么？"那年轻女人说，一面将一个小酒精炉点着。

"我承认，您有各种理由怀疑我。"安杰洛说。

"您从哪里看出我怀疑您了？我在给您沏茶。"

她在地毯上走来走去，没有一点儿声音。

"我猜想，您有很长时间没有吃热乎的东西了吧？"

"不知道有多少时间了！"

"可惜我没有咖啡。再说我也找不到咖啡壶。不在自己的家里，什么也找不到。我是一个星期前来到这里的。叔母们走时什么也没留下。她们不这样做反倒使我感到意外。这是茶叶，幸亏我为防万一带来了。"

"请原谅。"安杰洛声音哽咽地说。

"现在不是道歉的时候。"她说，"还站着干什么？如果您真想让我放心，您的行为举止就该让人放心才是。坐下吧。"

安杰洛乖乖地将屁股尖放到一张美妙的安乐椅边上。

"一点点奶酪，有公山羊的膻味（所以她们没带走），罐底下还剩下一点点蜂蜜，当然还有面包。这样行吗？"

"我都想不起面包的滋味了。"

"这面包很硬。得有好牙齿。您多大了？"

"二十五岁。"安杰洛说。

"这么小？"她说。

她把一张独脚小圆桌的一角腾空，将一个大汤碗放到一个盘子上。

"您太好了。"安杰洛说，"我衷心感谢您给了我这一切，因为我都快饿死了。可我要拿走，我不能在您面前吃。"

"为什么？"她说，"难道我令人讨厌吗？再说您用什么带走您的茶呢？我不能借给您碗或锅；您别指望了。多加些糖，把面包弄碎，就像要把肉汤倒上去那样。我煮的茶很浓，滚烫滚烫的。再没有比这更有利于您的健康了。如果您感到不便，我可以走开。"

"是我身上很脏，我感到很不安。"安杰洛说。他说得很生硬，不过，他又补充了一句："我很害羞。"说完粲然一笑。

她有一双碧绿的眼睛，她的眼睛睁大时，可以遮住整张脸。

"我不敢给您水洗漱，"她温和地说，"全城的水都不卫生。现在宁可脏一些，反倒有益于健康。安静地吃吧。我唯一能劝您的，"她也莞尔而笑，补充说，"那就是可能的话，今后穿上鞋子。"

"呵！"安杰洛说，"我上面有长统靴，而且很漂亮。不过，我只好脱掉，以便在滑溜的瓦上行走，也为了潜进屋里时不发出声音。"

他心里想："我愚蠢极了！"可是，某种批评精神又使他想道："至少你蠢得很自然吧。"

茶好极了。当他吃到第三匙茶泡面包时，他别的什么也不再想了，只想狼吞虎咽吃那面包，喝那滚烫的茶水。长久以来，他第一次喝得这样痛快。对那位年轻女人，他真的不去想她了。她在地毯上来回走动。事实上，她在准备第二锅茶。当他喝完时，她给他的碗里重新注满。

他本想说说话的，可他已开始狼吞虎咽了。他再也停不下来了。他感到自己发出了很大的声音。年轻女人瞪着两只巨大的眼睛看着他，但她并没露出惊讶的神态。

"我不会再向您让步了。"他喝完第二碗茶时语气坚定地说。

"我终于能坚定而和蔼地说话了。"他心里想道。

"您并没有向我让步，"她说，"您是向比我想象的还要凶猛的饥饿让步，尤其是向口渴让步。这茶实在是一种祝福。"

"我把您那份剥夺了吧？"

"放心吧，"她说，"谁也剥夺不了我。"

"如果您愿意，我会接受您的一块奶酪和一块面包，我把它们带走，我要向您告别了。"

"去哪儿？"她说。

"刚才我在您的顶楼上，"安杰洛说，"当然，我会很快离开的。"

"为什么说当然？"

"我自己似乎也不知道。"

"假如您不知道，今天夜里最好还是留在那里。明天白天再做考虑。"

安杰洛鞠了一躬。

"可以向您提个建议吗？"他说。

"提吧。"

"我有两支手枪，有一支没有子弹。您愿意接受有子弹的那支吗？这年月很特别，异常的冲动屡见不鲜。"

"我装备得挺好的，"她说，"您自己瞧吧。"

她把一直放在酒精炉旁的披巾掀开。下面有两支骑兵大手枪。

"您的装备比我好，"安杰洛生硬地说，"可这武器很重。"

"我习惯了。"她说。

"我很想谢谢您。"

"您谢过了。"

"晚安,夫人。明天一早我就离开顶楼。"

"那应该我谢您。"她说。

他走到门口。她把他喊住。

"一支蜡烛是不是对您有用?"

"太有用了,夫人,我的打火机中只有火绒,发不出火。"

"要不要几根火柴?"

回顶楼时,安杰洛看见那只猫紧跟在他后头,大吃一惊。那畜生一直陪伴着他,给了他多少快乐,他却把它忘得一干二净。

"我又得从这么窄的窗洞里钻过去了。"他想道,"不过,按情理说,一个正派的男人是不能和这样一个既年轻又漂亮的女士单独待在同一个屋里的。即使有霍乱,也不能以此作为借口。她克制得很好,可是,如果我待在顶楼里,多少会使她感到不便。嗨!我还是再一次从这个窄窄的窗洞里钻出去吧。"

喝了茶,他有了力气,尤其是感到很惬意。那年轻女人刚才在下面所做的一切,他都不胜佩服。他思忖:"换了我,面对危险,我会像她那样神态轻蔑而冷漠吗?我能像她那样玩一场让我一败涂地的游戏吗?应该承认,我的模样十分吓人,更严重的是令人讨厌。"他忘记了自己有一双热情的眼睛。

"她一刻也不曾放弃自己的王牌,可她刚刚二十岁,最多二十一或二十二岁。我向来认为女人都很老,可我承认,这一个很年轻。"

她关于那两支骑兵大手枪的回答,也使他惊讶不已。安杰洛在武器方面尤其才智过人。可即使在那种场合,他也只会事后聪明。孤独之人最终会养成自顾自遐想的习惯,当外界有人突然提出建议,便不再能马上做出反应,就像一个修士边念日课经边观看一场球赛那样,或像一个滑冰者,因为滑得过于专注,只能用长长的曲线来回应人们的呼唤。

"我刚才太粗暴,太生硬。"安杰洛想道,"我本应该表现得友好一些的。明智的做法是打我自己的牌。骑兵大手枪是一个好的突破口。我本该对她说,小武器运用得当,比大武器更有杀伤力,更有威慑力,大武器使用不方便,尤其是她的手与大手枪厚厚的枪托、粗粗的枪管、沉沉的包铁之间很不协调。确实,她可能还有其他危险,对于传染霍乱的小苍蝇,手枪是没有用武之地的。"

这时,他突然产生了一个极其可怕的想法,便忽地从他躺着的沙发上坐了起来。

"要是我自己把病传给她呢!"我自己这个词使他吓得浑身冰冷。他一贯以无度的慷慨来回报最微小的慷慨。想到他可能给这个极其勇敢漂亮并给他沏茶端水的姑娘带来死亡,心里有说不出的难过。"我多次出入病人家里,不惟如此,我还接触过霍乱病人,治疗过霍乱病人。我全身沾满疫气,它们不攻击我,或者还没有攻击我,但可能攻击那个女人,给她带来死亡。她小心翼翼躲在屋里,闭门不出,我却强行闯入,她心地高尚地接待了我,却可能死于这使我受益的高尚而忠诚的举动。"

他吓得魂不附体。

"我曾彻底搜索过那位被干霍乱夺走了生命,躺在两扇门之间的金发美人的屋子。这一位的头发比黑夜还要深褐,可干霍乱会引起猝死,病人甚至来不及呼叫。怎么啦,我是不是疯了?头发的颜色在一个干霍乱病例中能起什么作用?"

他侧耳细听。整座房子岑寂无声。

"不管怎样,"他自我安慰地说,"这臭名昭著的干霍乱至今没来打扰我。自己得病方会传给别人。不对,只要带菌就能传染,你的经历足以使你带的菌比平常的要多。可你在屋里什么也没碰呀。你勉强尽了尽义务,不像那位小法国人,他比我做得好得多,他一丝不苟,连床底下也没漏掉。行了,别胡思乱想了,疫气不像牛蒡的种子那样长着钩形触手,不会因为你跨过了那具尸体,疫气就一定沾在你的身上。"

他似睡非睡。他又看见自己跨过那位金发姑娘的尸体,他在半睡半醒中,满目都是彗星和形状像马的云彩。他在沙发上辗转反侧,弄得躺在他身旁的猫也睡不安稳。

骤然,他吓得浑身冰冷。"猫在那座房子里待了很长时间,不仅那金发姑娘死在那里,而且至少还有另外两个人也死了。它的皮毛可能传染霍乱。"

他记不清楚那猫是不是去过下面的客厅,还是一直待在楼梯平台上了。那天夜里,这个念头折磨他很久很久。

第七章

安杰洛钻出老虎窗时，天还没亮。然而，因为窗洞朝东，它在星星消逝的那一边，勾勒出一个小小的淡灰色的长方形。安杰洛蜷缩在矮墙边，等待天明。

又是一个白色的晨曦。

越过修道院那一道道长屋顶，可见矗立着一个方形钟楼，竖着一根标枪形状的东西，可能是避雷针，也可能是旧旗杆。那里安杰洛尚未涉足。天色破晓时，他就过去了。

那是个小钟楼。窗上的反音板由于风吹雨淋，成了朽木，从那里不难进入钟楼。一道梯子直通螺旋形楼梯，楼梯下端是一道门。门开了。门朝向一个教堂的侧道。

初升的太阳照在拱门上方的彩绘玻璃上，照亮了匆匆搬家的种种迹象。主祭坛上的枝形大烛台和台布都已撤空；连圣体柜的门也敞开着。在中殿，板凳都堆在一根柱子旁。地板上一片狼藉：麦秸、可能是用来打包的破布、竖着铁钉的木板，甚至还有一把榔头和一捆铁丝。

圣器室里空空如也。那里有道小门通向内院。内院中间有个花园，长着黄杨和月桂，头天白天，安杰洛曾见几个嬷嬷在那里忙碌。现在一切都很宁静。墙头上清新凉爽，适宜绿叶散发芬芳。

走廊环绕花园，安杰洛来到走廊的角上，看见另一头有具尸体躺在石板地上。他对尸体已习以为常，便漫不经心地走过去，那尸体霍地坐起,然后站了起来。是个老嬷嬷。她身体圆得像个桶。她长着黑胡子,两撮髭须钩住嘴的两个角。

"你要什么?"她说。

"不要什么。"安杰洛说。

"你在干什么?"

"不干什么。"

"你害怕吗?"

"要看是什么。"

"呵!你是那种根据情况决定自己怕不怕的人!那地狱呢,你怕吗?"

"怕,嬷嬷。"

"嘿!好,这还不够吗?你愿意帮我吗,我的孩子?"

"愿意,嬷嬷。"

"赞美上帝!他不可能抛弃我。你劲儿大不大?"

"不如平时,因为我好几天没吃饱了,可我有诚意。"

"别自吹自擂了。为什么你没吃饱?"

"我在这个城市里迷路了。"

"在这个城市里大家都迷路了。到处都迷路了。那么你认为吃点东西就有劲儿了吗?"

"我认为是。"

"我认为是。有道理。嘿!好,过来吃吧。"

她给了他一点儿山羊奶酪。"这里的人只靠山羊奶酪过日子。"安杰洛想道。

她看上去疲惫不堪。沉重的思考使她愁眉不展。

"你是上帝派来的吗?"她说。

"不是。"

"你怎么知道?"

"我什么也不是，嬷嬷。别猜了。"

"什么也不是？多么骄傲！"她说。

她坐在一张椅子上，那间白色的单人禅房，由于木架上堆满了山羊奶酪而显得格外苍白，一缕阳光落在木架上；尽管她坐着，却依然气喘吁吁，仿佛正在爬山，嘴唇呼哧呼哧，吹出一个个小水泡，就像有些老年人睡觉时那样。

"我会让你听话的。"她说，"拿着，穿上。"

那是件白大褂，和运尸车夫穿的一样。

"等我把靴子穿上。"安杰洛说。

"快点儿，拿着这个铃。"

她已站起来。她等着。她支撑在一根粗橡木棍上。

"好，跟我来！"

她领着他穿过内院。她打开一扇门。

"过来。"她说。

他们来到了大街上。

"摇铃，往前走。"她说。

她又近乎温柔地补充了一句："我的孩子。"

"我在街上了，"安杰洛想道，"我离开屋顶了。不错！"

铃儿摇起来，无数苍蝇飞起来。热浪中带有浓郁的甜味。空气稠得像油，弄得嘴唇和鼻孔黏糊糊。

他们走街串巷。一切都很荒凉。在有些地方，墙壁、几个张着大嘴的走廊发出回声；另一些地方，铃声闷闷的，就像在水底下一样。

"摇呀，"嬷嬷说，"使劲儿摇呀！摇呀！摇呀！"

她走得相当快，身子挺得笔直，犹如一块岩石。下垂的脸颊在她的头巾里颤动。

一扇窗户打开。一个女人的声音喊道："太太！"

"现在跟在我后面，"嬷嬷对安杰洛说，"不要摇铃了。"到了门口,她问道:"你有手绢吗?"

"有。"安杰洛说。

"把它塞进铃里头。不让它再晃动,否则我敲掉你的牙。"继而又温柔地补充说:"我的孩子!"

她鸟儿般地跳到楼梯上,安杰洛看见一只大得出奇的脚放到了第一个梯级上。

上面是一间厨房和一个放床的凹室。那传出呼喊声的窗户敞开着,旁边站着一个妇女和两个孩子。凹室里发出像是磨咖啡的声音。那女人指指凹室。嬷嬷拉开床帏。一个男人躺在床上,不停地捣着牙齿,捣得他的嘴唇翘了起来。他的身体也在发抖,抖得玉米褥子咔嚓咔嚓响。

"别急,别急!"嬷嬷说。她抱起那男人。"别急,别急!"她说,"耐心点儿。人人都能到的,快了。行了,行了。不要勉强,顺其自然。冷静点儿,冷静点儿。每件事都有一定的时间。"

她把手放在他的头发上。

"你太心急了,你太心急了。"她说道,一面把她的大手放到他的膝盖上,不让他在床上乱蹬乱踢,"你们看,他多么心急!会轮到你的。不必担心。安静些。人人都会轮到的。快了。瞧,瞧,来了。轮到你了。去吧,去吧,去吧。"

那男人身子一挺,不再动弹了。

"应该给他擦擦身子呀。"安杰洛说,他都听不出是自己的声音了。

嬷嬷直起身,同他面对面。

"这家伙想擦什么吗?"她说,"这么说,你很了不起喽,嗯?你想忘记耶稣的教诲喽,嗯?去问那位太太要块肥皂来,还要一个脸盆,几块毛巾。"

她挽起袖子,露出粉红色的粗胳膊。

"去要呀,"她说,"同她说呀,让她动呀,叫她不要再待在窗边上了。叫她生火,烧水。好了,动手干吧,劳驾了。"

她又胖又重,生来爱做家务。她走近壁炉,在膝盖上折断木柴。她让凹室敞开着。那男人直挺挺地躺在床上。

那女人一动不动。

"来呀。"嬷嬷说。

那女人朝嬷嬷跪着的壁炉迈了一步。她慢慢地把两个孩子从围裙上扳开。她偷偷抚摸他们的脸蛋,仿佛这样做在当时是多余的。她过来跪到壁炉旁。嬷嬷把纸团和打火机递给她。

"点火。"她说,一面站了起来。

令人惊讶的是,这个嬷嬷有着非凡的影响力。她到哪里,哪里便井然有序。她进到屋里,屋里便不再有悲剧。尸体变得自然服帖,一切,乃至最小的东西,都立即各就其位。她无须说话,只要在就足够了。

多少次,安杰洛感到震撼,仿佛遭到了雷击似的。他总也适应不了。他跟在她后面(她总要求走在前面),进入死人的屋里,一个相当可笑的用人料理着面目狰狞的史前厄运。临终者戴着棉布睡帽,穿着用带子扣住脚的衬裤,脸上做着最后的怪样,使得嘴唇咧得更开,更加暴露了先知的牙齿和嘴巴;男男女女的恸哭声恢复了摩西的喘息。尸体在裹尸布里越来越舒展;现在,什么都可用来裹尸:旧窗帘、沙发套、桌毯,有钱人家甚至还用浴缸罩子。餐室的饭桌上放着满到边沿的便壶,人们继续用锅子、脸盆来盛装污物,连花盆也赶紧把凤尾草或矮棕榈等植物出空,用来盛这冒着泡沫、红红绿绿、让人感到了上帝愤怒的排泄物。幸存者的举止像婴儿,紧紧抓住自己的生命。有些人将目光离开他们至亲至爱的人,转向窗外自由的天空(可那天空却一片白色,烈日炎炎,让人想吐),忍不住发出内心的嘶叫,这叫声雄伟而高尚,终于在这些卧室里升起,在这些充满私密生活的房间中,人们至今都是好父亲、好夫妻、贞洁妇、乖乖儿和圣母马利亚的孩子。在一个服饰用品商那平静的脸上，有着该隐[①]的眼睛，下垂的脸颊将美髯带到上衣的领子上；一个年轻漂亮的女子有着发青的乳房，死后一小时，尸体依然温热，踢蹬着，颤抖着，裹包起来必须格外小心；肌肉断裂，使得大腿像小提琴的共鸣箱，嘎嘎作响；痢疾样的污物喷到花墙纸上，或炉膛的灰烬里，或炊具上、棉被上、地板上，甚至喷得亲爱的人满头满脸；赤身裸体，毫无遮掩，颤抖着，战栗着，哆嗦着，痉挛着，呻吟着，喊叫着，手在被单里抽搐，赤条条的身体展露在有产者和更为正经的农民面前，展露在孩子们眼前（所有这些临床表现，使孩子们备感兴趣，到哪里他们都是默默无声，瞪着惊讶的眼睛，挺着僵直的身子）；突然，一种新的秩序（此时此刻叫作混乱）正在组织新的生活。极少有人还相信古老的基本道德。人们不再拥抱孩子。不是怕他们染上疾病，而是怕自己传染上。此外，他们都把身子挺得直直僵僵的，眼睛睁得圆圆大大的，当他们快死时，不说话，也不呻吟，总是远离自己的家，钻进狗窝或兔窟或兔箱里，要不就滚到孵火鸡的大篮子里。

嬷嬷经常四处搜索。她打开鸡棚，在里面寻找。她用脚踢狗窝的板壁。狗伸出恼怒的脑袋。她沉着地抓住狗的颈圈。孩子一般都缩在狗窝的最里头。她不太客气地把他拉出来，但像一个母亲该做的那样一定把他带走。小孩子的尸体和大人的尸体一个模样，也就是说，滑稽可笑，不堪入眼，龇牙咧嘴，呼唤真实，用指甲撕抓他们的污物之都——肚子。在嬷嬷的怀里，他们又变成了死于肠绞剧痛的可怜孩子。

人们正在思考是不是还有什么东西可以相信，如果此刻嬷嬷来了，墙壁又变成了墙壁，卧室又变成了卧室，记忆的钟乳石依然完好无缺，庇护所的威力依旧完好无恙。死亡，咳！这是事实，可它顿然失却了恶魔般可怕的一面。它不再使人不顾一切；它只让人跨过理性

[①] 该隐，《圣经》人物。据《圣经》记载，该隐是亚当和夏娃的长子。

的界限；人们不能再自私自利地痉挛抽搐，而这种活人的痉挛，大多是因为他们可怕而笨拙地模仿他们亲眼所见的临终痉挛景象所致。

她只需做几个简单的动作。如果有人对她说，她的威力三分之二来自她的外形，她那巨大的喉咙结，她那噘着的厚嘴唇，她那巨大的脑袋、巨大的手，她那胖女人的沉着安详，她那踩得地板有点儿颤悠的大脚——如果有人对她这样说，她会感到惊讶不已。就是这粗重的身躯创造了奇迹。假如她比较敏捷的话，她就可能做二十个动作，那么，她的优势就可能显示不出来了；她因为又肥又粗又重，只能做一个动作。这便是她的优势。这优势就像鼻子在脸中间那样不容置疑。人们不得不相信它的效能，因为这是一个古老而平常的动作，已做了成千上万次，其效果是肯定无疑的。

她来了。常有一两具尸体处于这种丑恶而可笑的姿势，大腿叉开，双手捏着肚子，脑袋后仰，脸色发白发紫，咧着嘴像是在大笑，这是霍乱病人特有的笑。有时候，这些尸体似乎从房间的这头蹦到了那一头，横倒在不管哪个家具上。常有一个男的或一个女的躲在角落里，更多的是藏在窗角上（渴望逃离），他们变成了狗，正在呻吟、咳嗽、狂吠，准备向第一个来到的人谄媚奉承；或有一两个孩子，身子挺得笔直，眼睛瞪得像鸡蛋；她走了进来。当遇到这种令人恐惧得起鸡皮疙瘩的景象时，她便坐下来，将咖啡磨夹在双腿间，开始磨咖啡。于是，那个男的或女的顿然停止像狗那样狂吠。而对于孩子，则更为微妙，更容易对付：他们立即被嬷嬷的大胸脯所吸引；她便做一个很简单的动作，把挂在胸口的十字架往旁边推一推。

还有些时候，就不是用咖啡磨磨咖啡了（但她总是准确无误，从来不会搞错）。她走进一个有产者的家里，那里厨房是隐蔽的，所有家具都套着罩子。那里的尸体总是格外触目惊心。通常，人们对病人没有悉心照顾。一般说来，人们没有勇气把他们按在床上；任他们离开床和乱走；宁可躲得远远的。就像是打过架似的，椅子翻倒在地，桌子失去了平衡，谱架四分五裂，好像把华尔兹舞的乐谱互相往对方的头上掷过似的；死者四处逃窜，留下条条污渍，最后摔倒在钢琴上。

安杰洛进门时思忖："在这一家将干些什么呢？"越过嬷嬷的肩头，他看见了这有钱人家的室内和幸存者；室内乱七八糟，仿佛为播种可怕的种子而耕犁过，而那些幸存者堆在客厅的一个角落里，犹如冷得瑟瑟发抖的小猴子。

嬷嬷一进屋，便把桌子扶直，椅子扶起，让安乐椅就位，将乐谱捡起。她打开通往房间的一扇门。她问道："新床单在哪里？"这句话具有神奇的魔力，使她瞬即获得胜利。她话音刚落，在那堆冷得发抖的猴子中间，就传出了一串钥匙的声音。这声音本身具有强大无比的效力，只见人堆里走出一个女人，那女人即刻变成了女人，即刻变成了女主人。有的女人披头散发，悲悲戚戚，她们中有几个走起路来还跟跟跄跄，迷迷糊糊中竟把钥匙串递给嬷嬷。但嬷嬷从不接受。"您自己把柜子打开。"她说。然后把方方正正的床铺好。等床铺好后，才顾及尸体，这时，她便全力以赴。不过，家里的齿轮又运转起来了，死神又可以给这个家庭以狠毒的打击，但不会摧毁其本质。

她没什么文化。她很早就结婚了。年纪轻轻便成了寡妇，就到这个圣母献堂瞻礼会女修道院里来干粗活了。她刮胡萝卜，削土豆皮，读起书来用手指着一行行字。她不是修会的中流砥柱。她成为其中一员纯属例外，多亏了一位女恩人的保护。当女修道院为避瘟疫而搬家时，人们给她的任务不过是看守暂时不能带走的食品。

她对安杰洛说，在她看来，空落落的修道院多么赏心悦目。夜幕降临，她和他才回来。凌晨两三点，他们还要在全城再巡视一遍。那是不祥的时辰。在下次出发前，他们有很长一段时间可以休息。他们吃山羊奶酪、醋栗果酱、蜂蜜。他们喝白葡萄酒。他们坐在女修道院的石头凳上。他们睡在上面，有时刚坐下，还没来得及躺下，便呼呼睡着了。尤其是嬷嬷，她睡觉的本事很大。她笑着笑着，便进入了梦乡。她经常微笑：首先向天使，继而向修道院冷清的走廊，最后向安杰洛。如果来得及，她会说："主啊，祝福我吧。"可这句话常常似被镰刀突然斩断一般，尚未说完，她便打起了呼噜。后来，她索性一坐到石凳上，便请求主的祝福，而这时安杰洛去拿面包、奶酪和酒。"现在，主啊，祝福我吧。"她说。

安杰洛便抽起一支小雪茄。他像这样摇着铃，走在嬷嬷前头。在全城巡视时，曾从那难忘的警所门口经过，他来到这个城市的第一天，就被拉到了这里。现在这里冷冷清清，门全都敞开着。他看得见屋子靠里头的那张办公桌，戴罗缎领带的人曾站在桌子后面。现在，那里不再有人了。"这个路灯，我差点儿被吊死在上面。"他想道。在另一条街上，他看见一个烟店。他太想抽烟了，便壮胆停下摇铃，对嬷嬷说："我去去就来。"他给了一个金币，说要买他习惯抽的小雪茄。老板递给他一盒雪茄。老板对他说："抽吧。"老板没要他的钱。他明白，这是因为他穿着运尸人的长白褂。他好久没抽烟了，非常想抽，于是顾不得体面，抽了起来，并把烟塞满了口袋。"这行当有它的好处。"他想道。嬷嬷安静地在街上等他，这也使他不胜惊讶。她向来要他疾走如飞拼命摇铃。她只是简单地问了句："买什么了？"他让她看了看雪茄。他们继续巡视。

当他确信嬷嬷也会微笑时，感到非常奇妙。这同一个人看见第一个黑夜过后第一个白天接踵而至时的感觉颇有点儿相似。当他发现她常常先独自微笑，而后对着他微笑时，他便沉浸在这童真般微笑的温馨中。

嬷嬷从不给人治病。她说："我给他们清洗身体。他们是我的顾客，我对他们负有责任。他们复活的那一天将会干干净净。"

"主会对您说：'好极了，中士。'"安杰洛说。

她反驳说："假如上帝说'好极了'，可怜的傻瓜，你，一个凡人，你还有什么好说的呢？"

"可以救人呀,"安杰洛说,"至少,这是我的看法。"

"那我在做什么呀?"她说,"不就是在救人嘛。"

"可得把他们救活呀。"他说。

"他们死了很久了,"她说,"这一切不过是个形式而已。"

"可是,嬷嬷,"安杰洛说,"我也罪孽深重呀。"

"遮住脸,遮住脸。"她说。

她用那双大手遮住了自己的脸。然后,她从手指缝里瞅他,最后放下手,说道:"给我支雪茄。"

她很快对抽烟产生了兴趣。她似乎生来就喜欢抽烟。她第一次拿烟,就没有女人的笨拙和害怕,而是像一个男的,知道等待她的是什么,感到有这个需要。甚至抽第一口,她就感到妙不可言。安杰洛欣然地给了一支,但他知道这雪茄劲儿很大,他偷偷观察她恶不恶心。她连眼皮都不眨一下。她的厚嘴唇慢慢张开,吐出一口烟雾,那吐烟的姿态就已很地道了。当修女帽的帽檐挡住烟雾,使之滞留在她的面孔前面时,她眯缝起眼睛。她有一个狮子鼻、一张贪食的嘴,透过蒙蒙青烟,她看上去活像一种古老智慧的化身。

她知道的比她说的多。她的词汇并不丰富。她的词汇,仅仅是她用手指着字一行行读过的那本书上的词汇。再说,她讲话不多。她每天累得精疲力竭,连洗手的勇气都没有了。"给死人清洗身体就够了。"她如是说。的确,她那双又大又肥的手,和洗衣妇的手一样,洗得褪了色,微微发白。在指甲周围,在指节中间的凹处,残留着一个个小小圆圆的白色污物。安杰洛也很疲劳,但他越累就越烦躁,越想说话。他总在刮裤子上的什么污垢。有一次,他甚至在汲井水的桶里洗白大褂。嬷嬷的教袍脏得硬邦邦的,但她毫不理会。她那宽大无比的袖子无数次在病人的腹泻物中拖来拖去,现在硬得像皮革。她把手平放在膝盖上。于是,她坐着活像一块短短粗粗的长方形大岩石,像一块被建筑师用作基础的大石头。她抽烟时,不用手拿烟,而是自始至终让它待在嘴里。她平静地对自己说:"哈利路亚,光荣属于你,上帝!赞美天使军团!圣三位一体!创造万物的上帝,帮帮我吧!永恒的真正的上帝!"紧接着是长长的停顿,这期间,她常常是呼呼睡着了。安杰洛一直注视着她,见她已睡着,便来把剩下的雪茄从她嘴里抽出来。

有一次,她也说:"玉洁冰清的圣母!"接着,马上又说:"我们走吧!"

她每次走得总是突如其来。安杰洛必须立即服从。她从不等待。她会突然发怒,就像一只孔雀,醉心于发怒。她发怒时,说的话之间毫无联系,乱说一气,一句接一句,没有停顿,几乎是吼出来的;她以野蛮的呼唤告终,既是呻吟,也是咆哮。安杰洛完全被她迷住了。他心里想的尽是她。

安杰洛走下屋顶后,几天过去了,初期的勇猛劲儿过后,他曾问嬷嬷认不认识一个叫日于塞普的人。她说不定认识。在她巡视时。她说她不出去巡视。她的修会不巡视。这是一个有钱小姐的修道院。她呢,她管做饭。她不认识日于塞普,正如她不认识皮埃尔或保尔一样。这个日于塞普是谁?一个意大利难民。更确切地说,一个皮埃蒙特人。他在城里是干什么的?呵!什么也不干,相反,他可能不见经传。他是鞋匠。他一个人生活,简简单单,同任何人都不搭话。他有的是自己同自己说话的东西。安杰洛最后一次见他,是一年多以前,在一个夜里。安杰洛只知道他住在一幢房子的一个房间里,房子很大,就像兵营,住着制革匠和他们的一家老小。他说是鞋匠?嬷嬷能告诉他的,就是修会到一个叫让的人那里去换鞋底,那人也是意大利人。不,不是这个人。他找这个日于塞普干什么?说来话长,有一点要说的是,这个日于塞普同安杰洛的亲生母亲有关系。什么关系?呵!她是皮埃蒙特人,同一个鞋匠无任何关系。我母亲年轻,长得很美。是一位公爵夫人吗?啊!好。她和这个日于塞普有书信来往,因为我向来浪迹江湖，漂泊不定。她和日于塞普通信，把给我的钱寄给他，从某种意义上说，他是我的司库。啊！是这样。不，她不知道谁是日于塞普。她第一次听人谈起这样的事情。

安杰洛心想，他走街串巷，也许能遇见日于塞普。可如今街上没有行人。当他摇着铃，走在嬷嬷前面时，难得能遇到一个穿粗布工作服的人。

从此，他很少再想起日于塞普。他不太需要日于塞普给他钱了。他想："一切都很好。"当他在街上，在卧室里，在有死人的地方，他常想："一切都很好。"他无法思考大事，也不能想很多事。他帮嬷嬷给死人清洗身子；他把狗牙根做的刷子放进热水桶里。狗牙根刷在干皮肤上发出的声音早已不再使他惊讶了；他甚至不再操心救人了；他知道，不管怎样，尸体总能洗得干干净净。他对自己感到满足，这是他一直寻找的感觉，但从没找到过。就连那位男爵也没能使他获得心灵的满足。当他一刀刺下去，感到命中了目标，刹那间，他觉得非常快乐，但远远谈不上幸福。

他对霍乱有了好的看法。"多么自豪！"一天晚上，他突然说。"啊！教皇的子孙！"嬷嬷轻声说，"你找到这种感觉了！"她用两只大手捂住脸，然后，她问他要了支雪茄。

凌晨三点穿过瘟疫蹂躏的城市进行夜间巡视，这是最凄凉不过的事了。大部分路灯已经熄灭，继续给加油的路灯寥寥无几。安杰洛手拿提灯。他过一会儿才摇一次铃，不摇铃的时候一片沉寂，夜莺的啼鸣声和嬷嬷笨重的鞋子摩擦路面发出的沉重脚步声使得这静谧有增无已。黑夜为大家的利己主义提供了方便。人们把尸体弄到街上，扔在人行道上。他们急于把尸体甩掉。有人甚至把他们扔到别人家的门口。只要能摆脱他们，怎么干都行。对大家而言，最要紧的是尽快和尽量彻底地把他们从家里赶走，然后赶快回来躲在家里。有时，在提灯的光圈以外，在半明半暗中，安杰洛看见一些白乎乎的人影倏地逃跑了，有如奔进密林中的野兽，动作极其敏捷。大门吱呀地缓缓合上。人们插上门闩。人们不呼唤帮助。安杰洛隔一会儿摇一次铃，铃声在空际回响。人们不需要帮助。黑夜里，人人都可以独自对付。对付的办法都一样。谁都想不出更好的办法。

"他们相爱吗？"安杰洛说。

"上帝，不。"嬷嬷说。

"不过，在这样一个城市里，许多人是相爱的吧？"

"不，不。"嬷嬷说。

常常遇到这样的事：某些百叶窗本来亮着灯光，当安杰洛摇铃经过时，灯光突然熄灭了。呻吟声、叫痛声戛然而止。他想象中看见人们连忙用手捂住嘴巴。

他们给扔在街上的尸体清洗身体。他们不可能给夜里发现的尸体一一清洗，因为没有一个角落没有尸体。有的坐着，人们故意把他们摆成休息的样子；还有的随便乱扔，藏在垃圾堆下面，甚至肥料堆下面。有的蜷缩在门角处，还有的双臂伸开，趴在或仰躺在街中央。没有必要去敲门口有尸体那家的大门。没有人认识这些尸体。各个街区偷偷交换着尸体。安杰洛和嬷嬷巡视时，听得见这种轻轻的偷运尸体的声音。有一具尸体两个人抬着，一个抱住头，另一个抓住两条腿，就像是独轮车的两个辕；一个女的在街上拖着丈夫；一个男的扛着妻子，就像扛一袋麦子。他们全都走黑暗的地方。他们派孩子去用石子打碎路灯。

安杰洛摇着铃。"好吧，"他想，"你们跳吧，跳吧，你们逃吧，干你们的事吧。"他慢悠悠地走在嬷嬷前面，不慌不忙，不紧不张，嬷嬷沉甸甸地跟在后头，就像站在教堂的两根柱子上。他有权鄙视那些人。

他们只把最脏的尸体洗一洗。他们把尸体先后背到水池边。给他们脱去衣服。用大量的水擦洗一下。然后把他们排起来，等天亮后，好让人把他们捡走。

这完全是多余的。给临终者搓揉身子也是多余的。那位可怜的小法国人没有救活一个人。毫无办法。瘟疫初始,大家都围着病人,尽心尽力,看着病人一个个像苍蝇般死去;另一些人则躲起来,以便抑制自己的肠绞痛,有的出来时却精神饱满。选择是在别处做的。

"为了死而死,"安杰洛想,"我会有时间害怕的,正如死时应该的那样。可现在害怕却于事无补。"

现在,他在一个荒无人迹的广场上,深更半夜,在这个彻底陷入惊慌、最卑鄙的行径也被视作正常的城市里,单独和嬷嬷在一起,在手提灯光所及的范围内,躺着四五个一丝不挂的尸体,他们去公共水池提水为这些尸体清洗,此时此刻,他心里思忖:"人们不能指控我装模作样。没有人看见我,我做的事毫无用处。尸体干净也罢,肮脏也罢,都是一样腐烂。人们不能指控我想得十字勋章。可我做的事自可为我做出评定。我知道,我比那些有着体面的社会地位,被人称作'先生',却把自己的亲人扔到肥料堆里的人更有价值。重要的不是别人知道甚至承认我比他们有价值,而是我自己知道。可我比他们更苛刻。我苛求自己要确凿无疑地证明自己有价值。至少,我眼下做的就是一个证据。"

他喜欢超凡脱俗,讨厌矫揉造作。他感到很幸福。

说实话,那些尸体因为生的是霍乱,身上的肉已像烧焦一般,皮肤变得又紧又硬,能发出声音,麻绳刷子摩擦皮肤唰唰有声,这对一个善于想象的人来说,是难以忍受的。还要承认的是,手提灯不停地用晃动的火焰蒙住黑暗。一个浪漫的人在同这些其实极为寻常的事物作斗争时,可能会兴奋激昂起来。

在他的骄傲中,极少丑恶的东西。至多也就是作为人必定有的一丁点儿不好的品质。他对自己说:"我让那位粗俗无比的骑兵上尉照料可怜的小法国人的尸体。他肯定像扔狗那样把他扔进生石灰中。那

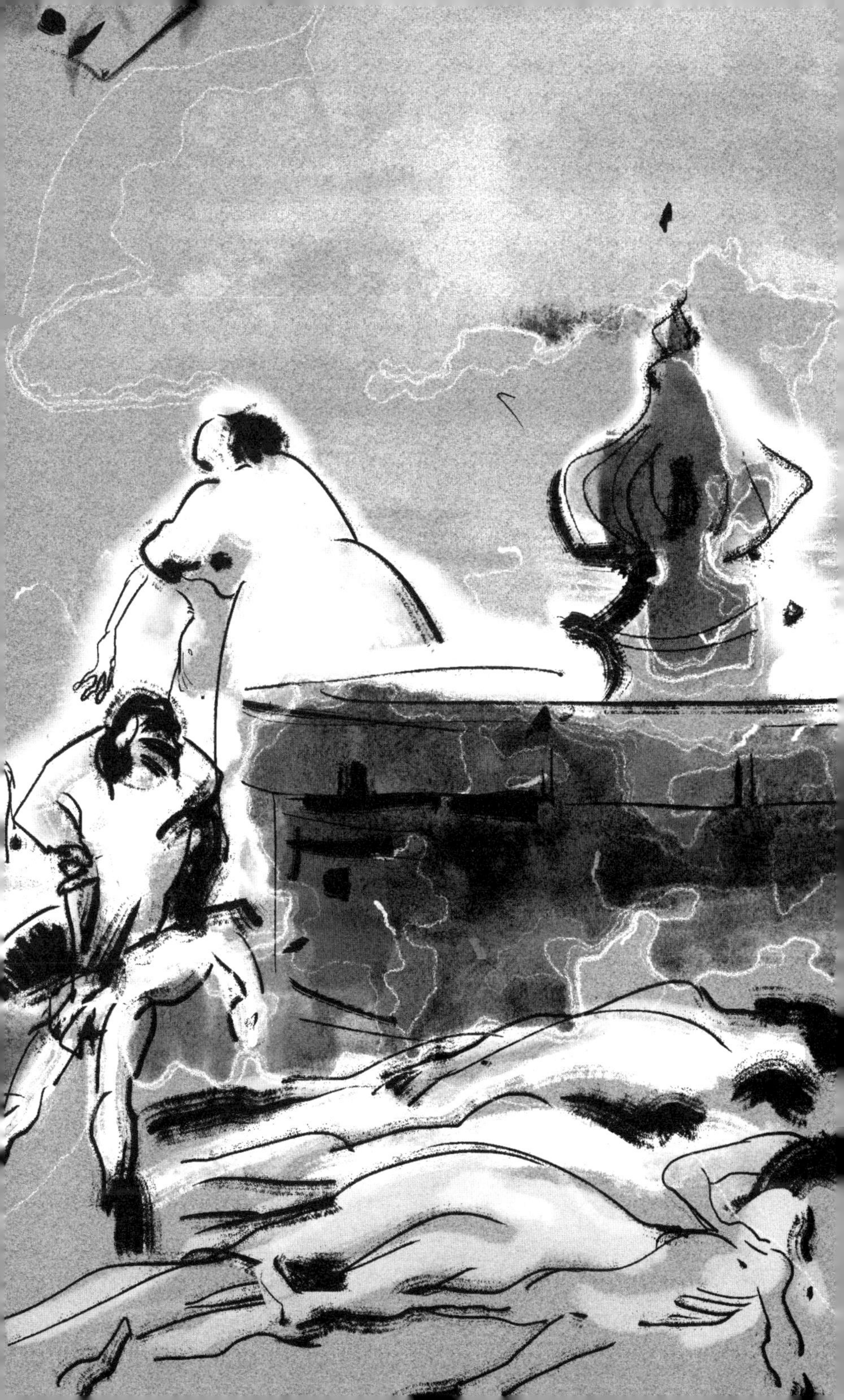

些士兵一定毫不客气地拉着腿把他拖走。我历历在目，仿佛我当时在场似的。可我对这个小法国人不只是热爱，更是敬佩。事实上，当时我是全心全意准备亲手将他体面地埋葬的。甚至我想拥抱他。不，这不会让我感到不舒服，恰恰相反，我非常乐意这样做。他们却开枪把我赶跑了。"

可他又想："嗨！你本该顶住枪弹射击的。"他甚至说："你应该谦恭一些，他们就不会向你开枪了。可你偏偏要对那上尉摆出傲慢的态度。不去理睬他的蛮横无理，不正是心灵高尚的真正表现吗？不让步呢？你是从不向人让步的。可这样够吗？应该不向你自己让步。你却向一时的痛快让步了，以无理回答了蛮横。这不是强大的表现。这是虚弱的表现，因为你现在非常内疚，后悔自己没有履行你所钟爱的义务，或者坦率地说，没有完成能使你敬佩自己的行动。其实，小法国人对你，对是不是由你亲手埋葬，根本无所谓。反正都用生石灰，士兵的手干这事干得很好。小法国人在乎的，是至少要救活一个人。他是多么自觉地寻找最后一个啊！'自觉'二字这里用得是不是恰当呢？对已经死去的他来说，对仍然活着的我来说，难道是觉悟问题吗？当他骑着母驴行走在若扎法山谷时，难道是因为有觉悟吗？诚然，他一个人活在尸体堆里，想方设法救死扶伤，这的确是觉悟高的光辉形象。可他在那里是为了履行义务，还是为了得到满足？是不得已而为之，还是以此为乐？他到处寻找他所谓的最后一个，连床底下也不漏掉，这难道不像猎狗在打猎吗？假如他真的救活了一个，他的满足难道仅仅是因为救活了一个，还是感到自己能够救活一个？他难道不正在将他的品格高尚证件登记入册吗？所有的私生子都这样。不正是因为这个我才欣赏他，换句话说，羡慕他的吗？不正是为了在我的身份证上盖有和他一样的印章，我才留下来和他一起的吗？大凡有才华的人，总是或多或少地屁股坐在两张椅子上。难道真有光知道对别人忠诚，而不想从中获得快乐的人吗？想使自己快乐，是不可抗拒的吗？这是圣人。一个卑怯的英雄是天使。可是，一个勇敢的英雄，有什么可赞赏的呢？他使自己得到快乐。他使自己得到满足。这是神甫们谈及的人，不管是男的还是女的；他们擅长此道：使自己得到满足。难道真有毫不利己的忠诚吗？而且，"他又想，"如果真有，那么，这种毫不考虑个人的私利，不正是十足骄傲的表现形式吗？"

"干脆坦率到底吧，"他想，"我曾为自由，甚至为人民的自由奋斗过。为了自由，我杀过人（当然以我习惯的优雅风度），我牺牲了一个受人尊敬的职位（当然是我母亲花大价钱买来的），我这样做，是不是真的认为这种斗争是正义的呢？既是也不是。说是，因为人对自己极难做到坦率。说不是，因为必须努力使自己坦率一些，没有必要对自己说谎（虽说没有必要，但却很方便很习惯）。好吧。就算我认为这斗争是正义的，但千万别去想它每天给我带来多少快乐，使我多么自豪，怎样提高了我的地位，这种想法要彻底赶跑。这个斗争是正义的，正因为它是正义的，我才这样做。正义……纯粹是因为斗争的正义，还是因为从我为正义而战的一刻起就对自己充满了敬意？毫无疑问，一个正义的事业，如果我为之献身的话，肯定会为之感到自豪。可我是在为其他人服务。而且只是为其他人服务。你看，'人民'这个词可以毫无妨碍地从这场争论中去掉。我甚至可以把随便什么词放到'自由'一词的位置上，只要我能用一个相等的词来代替它。我是说一个同样概括、同样高尚、同样笼统的词。那么斗争呢？是的，这个词可以留下。斗争。即力量的较量。我希望在这场斗争中我是最强者。说到底，一切归结为'我万岁'！"

他一边擦洗尸体，一边想："我和嬷嬷，我们在完成这件毫无用处，但需要高度勇气的工作时，不就具备最坦率的品质了吗？毫无用处，应该理解为对大家都毫无用处，但对我们的自尊心却大有用处。深更半夜，就我们两人在干这件令人厌恶，但使我们尊敬自己的工作。我们不欺骗任何人。我们需要做一件证明我们价值的事。没有比这件事更能证明我们的价值了。既然你是为了瞧得起自己而干的，那么没有一点儿装模作样是不可能的。"

他们在水池旁的确非常孤独。城市像垂死者那样在挣扎。它在临终时的自私自利中挣扎。墙下有低沉的声音，像是肌肉在放松，肺部在吐气，肚子在排泄，颌骨在格格响。不能再向这个社会躯体要求什么了。它正在死亡。因为要死了，它有足够的事要做，足够的事要思考。

手提灯只能照亮一点点地方，正好照亮四五个赤身裸体躺着的尸体，安杰洛和嬷嬷为了自己的利益围着它们不停忙碌。灯光以外的地方，风儿和鸟儿摇曳着榆树和埃及无花果树，发出低沉的沙沙声。

嬷嬷忙着为尸体复活做准备。她要他们复活时干干净净、体体面面。她说："当他们站起来时，大腿上尽是大便，我有何脸面去见上帝？他会对我说：'你在场，你知道会有这一天，为什么没给他们洗一洗？'我是个干粗活的女用人。我干我的老本行。"

一天夜里，她尴尬极了：她往一个尸体上泼了几桶水后，那尸体睁开眼睛，接着坐了起来，问她为什么这样对待他。

那是个正值壮年的男人。他得霍乱昏了过去，家里人以为他死了。他的家人把他扔到大街上。冷水一激，他便清醒了。他问为什么自己赤身裸体，为什么他会在这里。嬷嬷不知所措；假如安杰洛不立即极其亲切地同他说话，甚至给他擦干身体，并用被单把他包起来，他看见胖嬷嬷时可能会被吓死。

"您家住在哪里？"安杰洛问他。

"不知道。"他说，"我这是在哪里？你们，你们是谁？"

"我在这里是为了帮助您。您在方济各会修士广场上。您是不是住在附近？"

"不是。我纳闷我为什么会在这里。谁把我带来的。我住在奥贝特街。"

"得把他送回去。"安杰洛说。

"他把我们骗了。"嬷嬷说。

"这不能怪他,说话小点儿声。人家以为他死了,就把他扔了。可他还活着,甚至我认为他得救了。"

"他是个混蛋。"她说,"他活着,我却给他洗了屁股。"

"不对,"安杰洛说,"他活着,这是好事。您挽着他的一只胳膊,我挽另一只。他肯定能走。我们送他回家。"

他住在奥贝特街末端,把他架到那里可是费了番劲儿。他开始明白自己已被当死人扔在死人堆里了。尽管天气热得人喘不过气,他却仍像树叶似的瑟瑟发抖,牙齿咬得格格响。他裹着被单,步履艰难。他走路一跳一跳,像头山羊,安杰洛和嬷嬷只得使劲儿按住他的胳膊。他所有的神经都在抗争,试图摆脱害怕。他仰起脑袋,像马一样嘶叫。

"喂,你,你确实把我们骗了。"嬷嬷说,一面像宪兵那样拼命摇他的胳膊。

他终于认出了自己的家,想奔过去,却被安杰洛拦住了。

"等一等,"他说,"待着别动,我上去通报一下。您不能这样突然出现,您知道激动会造成怎样的恶果。谁在上面?您妻子?"

"我妻子死了。是我的女儿。"

安杰洛上了楼,敲敲门,门下有灯光。没有反应。他打开门,走进屋里。是厨房。尽管天气炎热,炉子里仍生着火。一个三十来岁的女人,裹着几层披肩,蜷缩在炉子旁。她冷得索索发抖,唯有那双大眼睛一动不动。

"您的父亲。"安杰洛说。

"不。"她说。

"您把他背到街上去了?"

"不。"她说。

"我们找到他了。"

"不。"她说。

"他在下面。我们送他回来了。他还活着。"

"不。"她说。

"啰唆了半天,白费口舌。"嬷嬷在门口说,"小事一件!瞧我的!"

她放开那人的胳膊,那人跟她进了屋,扔掉裹在身上的被单,一丝不挂地坐在一张椅子上。他女儿拉紧披肩,一直拉到脸上,差点儿把眼睛也遮住了。嬷嬷把扣住帽子的发卡一一拿掉。她摘帽时,将那些发卡抿在嘴里。她的脑袋圆圆的,头发剃得光光的。然后她关上门,卷起袖管,向咖啡磨走去。

从这家出来后,他们又回去干活了。水池旁还有三具尸体。这些尸体无懈可击。他们温和而亲切地给尸体擦洗,为他们复活做准备。

一天早晨,与往常一样,安杰洛和嬷嬷在女修院的一条走廊上,躺在石板地上,与其说昏昏欲睡,不如说累得不想动弹,突然,拱顶下响起了不柔和的碎脚步声,是脚后跟踩地发出的声音。那是另一个嬷嬷,这一个瘦瘦的,年纪很轻。她穿得干干净净,漂漂亮亮。她的修女帽浆得使人目眩,胸前挂着巨大的金十字架。她的脸上只露出细细的鼻子和尖尖的下巴。

那胖嬷嬷立刻变得非常顺从。她双手合十,低着脑袋,聆听瘦嬷嬷低声而冗长的训诫。那瘦嬷嬷说完,小巧的脚后跟一转便走了,胖嬷嬷跟着她,向门口走去。

安杰洛累得迷离恍惚,半眇着眼目送她们离开。不一会儿,他便睡着了。当白色的太阳火辣辣地照在他脸上把他弄醒时,时间已经晚了。他以为做了个梦,可胖嬷嬷就是不在。他到处找她。最后他不想再找了,便离开了女修道院。

他没有了铃,不知道干什么。他脑袋空空,内心空空。渐渐地,他看到街上寂寂无声,惊讶不已。所有的店铺闭门不开,所有的房屋门户紧闭。有些大门,有些外窗板甚至用木头钉成十字。他跑遍了大半个城市,没遇见一只猫,没听到其他任何声音,只有微风在同走廊里的回声嬉戏。

然而,在市中心的一条小街上,安杰洛发现一家呢绒店开着门。透过玻璃窗,他甚至看见一个衣冠楚楚的先生坐在一张量呢绒的柜台上。他走进去。店里充满了好闻的呢绒味和其他令人舒心的气味。

"您要点儿什么?"那先生问。

他身材矮小。他玩弄着表链上的小饰物。

"出什么事了?"安杰洛问。

那矮个子先生听到这个问题不胜惊讶,但他保持冷静,对安杰洛说:

"您是从月球上掉下来的吧?"

他边说,边从头到脚打量安杰洛。

第八章

安杰洛含糊其词地编了个小故事。他知道正在流行霍乱,见鬼!

"假如我想得到他一点儿尊敬,"他思忖,"见鬼!这恰恰是我想要的!就千万不能对这个衣冠楚楚的人讲我给死人洗过身子。"

他还发现,这个小个子先生每当听到"霍乱"二字,便露出不悦的神情;他态度生硬,胸脯微微挺起,好使自己的身材不失分毫。

"干吗张口便是霍乱。"小个子先生最后憋不住了,说道,"不过是普通的传染病罢了。是什么叫什么,不必自寻烦恼。这地方本来是卫生的,可我们这里的人,都或多或少地不得不寄希望于土地。一车肥料卖八个苏。毫无办法。这八个苏,没有人想给。夜里,有人在小河里横筑水坝,堆起麦秸,把各种各样的垃圾拦下来,如此弄些廉价的肥料。甚至还有人付两个苏,以便有权在厕所出口处放条板箱积肥。"

"这个城市空气流通。有八十个公用水池。吹西北风。可肥料卖得太贵了,没有肥料,一切都会落空。请说传染病,往下说吧,先生。"小个子先生继续说道,一面斜眼看看安杰洛那双依然很漂亮的长统靴子,"如果说霍乱病,这就要好好想想了。甚至,"他踮起足尖,然后又将足跟轻轻落下,继续说,"甚至,我要说:千万得谨慎!因为人们永远需要肥料。记住这点。传染病会过去的。说霍乱病,这是言过其实,是用大话来吓唬人。如果听凭恐惧降临,那就寸步难行了。"

安杰洛期期艾艾地说了些关于死人的事。

"一千七,"那人说,"可有七千人口哪。喂!您自己看上去倒像个遇到麻烦的骑士。需要我帮什么忙吗?"

安杰洛完全被这个小个子先生迷住了。"他坐立不安,弄得半统靴笃笃响,但他不惊慌失措。"他想道,"他的领子仍洗得干干净净,背心刷得挺括有致,店里弄得井井有条,甚至让他的货架上保持黑暗。他是对的:说谎是一种美德。人也是一种顽固的细菌。他的虚伪比我的放荡有用得多。要造就一个像他所说的需要肥料的世界,更需要像他而不是像我这样的人。这句话证明了他的纯朴爽直和坚不可摧,什么东西都不能将他摧垮,无论是霍乱还是战争,甚至是我们的革命。他可能会死,但不会绝望。更不会事先绝望。总而言之,他的表现像个有身份的人。知道得一清二楚,或什么都不知道,这归根结底是一回事。"

其间,那人还给安杰洛讲了许多事情,比如,他说,人们最终采取了一些根本的措施。

"您想必已看到,城里不再有人了。只剩下我一个。其他人全到了野外,到附近的山冈上去过露天的生活。只剩下我一个了。得有个人看守货物。在我的屋顶下(这个词在他嘴里显得气度非凡),有我的几个呢料仓库。里面早就塞满樟脑了。是防虫蛀的。对传染疾病的苍蝇也很管用。是一种甚至不是绿色的小苍蝇。"

"请您摸摸我的手。"安杰洛说。

"好呀,"小个子男人笑吟吟地说,"不过,您先把手伸进这醋罐子里浸一浸。"

安杰洛感到自己很可笑。他是闲庭信步似的晃动着胳膊走出这个城市的。嬷嬷已被忘到九霄云外。他还在嘴里嚼着一片薄荷叶。

周围群山环抱,像个竞技场。层层叠叠的山坡上,聚集着全城百姓,仿佛在观看一场大型比赛。他们露宿在橄榄园里、橡树林下、漆树丛中。四面八方冒出火光。

安杰洛当然习惯士兵的露营方式。他们把树枝扎成捆,把锅架起来,然后美美地生活。他们唱着歌,做着晚饭;露天便是他们的客厅。这是些可怜的人,但他们知道,什么也不想,便是在给自己创造一个美好的藏身之地。

安杰洛在路旁看到的第一样东西,是一个屏风,竖在一片果园的橄榄树林下。那屏风的色彩极其鲜艳,可能是漆在丝绸上的。它从前想必是用来放在火炉旁,给昏暗的光线增加些欢乐的。这里,它放在大太阳下(橄榄树枯焦的叶子几乎没投下影子),在极其强烈的阳光下。屏风溅射出金黄、鲜红和靛青的光辉。上面画着一些插了羽饰的士兵,以及护胸甲突出的胸脯,安杰洛立即想起这是阿里奥斯托的一首诗歌中所描绘的情景。它放在露天,旁边有一张宽大的绒绣安乐椅,也装饰着人像,上面堆满了东西:一只镶嵌贝壳的盒子、一把阳伞、一根银头拐杖、几条披肩。那些披肩被风吹得乱七八糟,散乱在草丛中。在最近一棵橄榄树脚下,放了一张擦得锃亮的叠橱式小写字台(脚下垫了些树枝,因此站得稳稳当当),上面雅致地放着一个用罩子罩着的座钟、几个蜡烛盘、一个华丽的咖啡壶,咖啡壶罩着装有饰带的锦缎保护套。方圆七八米内,和谐有致地摆着各种物件:一个伞架、一盏高脚灯、一个裙衬、一个皮里暖脚套,以及一株种在坛子里的绿色植物,是一棵橡胶树,用金色梭子支撑着。不远处,有一辆二轮运货车,后部松开,两个辕指向天空,铁链从辕上垂下来,车上装着所有衣物用品,车旁有头骡子,有一些麦秸,还有骡粪。

这景象不伦不类,安杰洛驻足观望。有人用拐杖敲敲脚炉。一个大概是坐在草地上的胖姑娘站起来,走到屏风旁。

"是谁?"一位老妇的声音问道。

"一个男的,太太。"

"他在干什么?"

"在瞧呢。"

"瞧什么？"

"瞧我们。"

"您好，太太，"安杰洛说，"一切都好吗？"

"很好，先生。"那声音说，"这与您有关吗？"转而又对姑娘说："去坐着吧。"

接着便听见拐杖开始敲击地面，就像烦躁不安的狮子在用尾巴拍打地面一样。

常有一些手艺人合家坐在一堵墙或一个斜坡或一丛灌木的阴凉下，或是一棵小橡树下，带着孩子、衣箱和工具箱。女人们稍稍露出惊慌的神色，但已把几样器皿安顿完毕，树枝间拉起了几根绳子，一只三脚架上支起了一只锅子，有时，甚至还可见自大至小依次排列着一排盒子：面粉、食盐、胡椒、香料。男人们更是手足无措。他们的手仍然抱着双膝。他们常常向过往行人问安。

孩子们不玩不耍。除了微风摇曳被太阳烤焦的树叶发出的沙沙声，以及太阳本身时不时发出似火焰般稍纵即逝的噼啪声外，很少能听到声音。唯有马儿骡儿摇晃着笼头，用脚在苍蝇群中乱踢蹬，时而叫几声，但不是为了互相呼唤，而是为了呻吟，且是偷偷地呻吟。驴儿们试图齐声歌唱，可是，只听见棍子啪啪啪地敲在它们的肚子上，它们只好在心里玩味鸣叫。一群群大乌鸦小乌鸦静静地在树林上空盘旋。阳光异常强烈，把它们的羽毛染成了白色。

农民们安顿得比较好一些。他们似乎很快就恢复了活跃。此外，他们都选择了非常有利的地点：橡树林、长着枯草但却是高草的洼地、松树林。大部分人都已把周围的石头清除干净。此刻，他们甚至集中起来，不过是自顾自地割染料木的树枝，然后捆成束运到自己的阴凉处。女人们将粗枝剥掉皮，编成筐。孩子们皱着眉头，神态严肃地将木桩削尖。

几位老太太不编箩筐，似乎担负着外交使命，脸上挂着微笑，借口挖野菜,到周围的营地逛游。他们安排得井井有条。他们甚至已开始积肥,非常仔细地将他们牲畜的粪便做成一堆堆肥料。

只有一点不大合拍:他们的母鸡仍装在箱子里,尚未获得自由;猪仍用绳子拴着脚系在树桩上,它们拼命拉绳子,但不大声叫唤,只是咕哝几声,更是用它们异常灵活的嘴筒朝着被这些奇特的骚动掀起的种种气味嗅嗅闻闻。他们已练就了本领,听见大群乌鸦从头上沙沙飞来,便躲到灌木丛下。

锁匠山雀的歌声犹如铁片在刮擦,它们不停地呼唤着,其叫声在一定的空间回荡,从最远的树上传来同伴的呼应。还可以听见几个孩子得意地叫唤,女人呼唤着名字,男人同牲口说话,猎狗开始追赶猎物,铃铛叮叮当当响。

人们运来了碗柜、沙发、炉子及烟囱管,正在设法把烟囱装在炉子上,再用绳子拴在树枝上。还有塞满锅子的箱子、放满餐具和衣服的篮筐、壁炉上的各种配件、柴架、三脚架等等,五花八门,不一而足。家具放在果园里,树底下,甚至在露天。可以清楚地看到,在这里,它们所朝的方向同它们在原来屋子里的朝向完全一样。有时,它们甚至围着一张依然盖着漆布或桌布的桌子,桌子周围放着五六张椅子,或几张罩着套子的扶手椅。于是,有个无所事事的女人坐在其中一张椅子上,她的丈夫就在她的身边或附近,不是双手抱膝坐在草地上,而是站着,心不在焉,就像是突然无事可做的英雄。他们一动不动,犹如栩栩如生的画中人,双眸凝望各自的远方,看上去既非常博学又极其脆弱。

另一些人把货物摞在一起,只见一堆堆呢绒、鼓鼓的麻袋、箱子,男女老少,有的靠着,甚至有人躺在上面,窥视着四周。

"在那些人里面,我能找到我的日于塞普吗?或者,他是不是死了呢?"安杰洛思忖。

他承认,假如日于塞普死了,咳!情况就严重了。

"我是进退维谷。"

他不该和嬷嬷在一起,而应该去找他的。可到城里的什么地方去找呢?向谁打听呢?(他眼前又浮现出布满尸体的广场、满地奄奄一息的病人,他看见惊恐万状的人像狗一样在大街上奔跑;他听见运尸车咕隆咕隆敲着鼓,回声响彻各个街区。)在这里,在这些果园里,在这露天,尽管乌鸦在空中盘旋,太阳像发了疯似的,可人们考虑问题的方式就不一样了。不管怎样,他在嬷嬷身边的确是浪费了时间。他心里这样想着。可人做事不总是听从理智的。

在路边,他发现了一个带角质碗的小秤,那是用来称烟叶的。小秤翻倒在草丛中。他将目光越过斜堤。一个老婆婆正在把一些盒子放在一个橄榄树墩上。

"太太,"安杰洛问,"您卖烟叶吗?"

"从前卖。"她说。

"您一点儿烟屑都没有了吗?"

"你用烟屑能干啥?"她说,"我有新鲜的。"

安杰洛跳过斜堤。

这是个机敏的老婆婆,长着喜鹊般的小眼睛,她咀嚼着齿龈,就像在咀嚼嘲弄人的烟叶。

"那您有雪茄吗?"安杰洛说。

"哈!你是抽雪茄的!我有适合各种年龄的雪茄,我的宝贝。只要付钱!"

"钱的问题待会儿可以商量。"

"那您抽什么?"她看着他,"蜀葵?"

"给我恶棍牌的。"安杰洛生硬地说。

"不过如此啊!"她说,"宝贝,半匣够不够?"

"少说废话,婆婆,"安杰洛说,"给我一匣。"

其实,一匣也许夸张了些。他只剩四个金路易了。日于塞普可不能死，否则以后的日子就难打发了。不过，有必要让这个女人和她的嚼烟放规矩些。

她在开包的麻袋里寻找，找到一匣雪茄，安杰洛满不在乎地付了钱。

"您大概谁都认识吧，您？"他说。

"当然，大部分人我都认识。"

"您认识一个叫日于塞普的吗？"

"哈！我的宝贝，我不是以这样的方式认识他们的。他长的什么样子，你的日于塞普？随便交谈时，人们叫他什么？他有外号吗？"

"不知道。他会有什么外号呢？会不会是'皮埃蒙特人'？他又高又瘦，头发又黑又鬈。"

"皮埃蒙特人？不，我不认识什么皮埃蒙特人。你是说一头黑鬈发？不认识。你不知道他死没死？"

"我恰恰希望他还活着。"

"说到希望，不是你一个人抱有希望。你的日于塞普很可能给锦葵做肥料了。这些日子死的人很多，你看见了吧？"

"不是所有的人都会死，"安杰洛说，"还有几个人活得好好的。"

"哈！是呀，我们多么干净！"她说。

他们正说着，一个女人来买鼻烟了。她是给人家干家务的。看上去，她在这个果园里完全不知所措。

"喂，"老婆婆说，"这个人也许能向你提供一些关于你的日于塞普的情况。"

"玛丽太太，"那女人说，"请给我来点儿上等的。可能的话不要太干。"

"总是可能的，我的美人，把那个袋子递给我，那边，左边，在你脚下。这些日子你干啥呢？"

"试着对付，不容易。"

"你现在住在哪里？"

"我和马尼昂家在一起，就在那边的橡树林下。"

"和他们搭伙吗？"

"不完全是搭伙。"那女人说，一面用傲慢的目光看着安杰洛，"不过，在野外待着我感到害怕。我得找个伴儿。不是这个，便是那个，不是吗？"

"瞧，你们俩也许可以谈笔生意。这位小伙子在找人。他想找一个叫日于塞普的人。"

那女人把两只手放到屁股上，让紧身胸衣显出她的胸脯。

"这个日于塞普是什么人？"她说。

"一个男人，我的美人。"老婆婆说。

"我在找的一个朋友。"安杰洛说。

"人人都在找一个朋友。"那女人说。

她拿不定主意是将披到额上的头发捋上去，还是闻一闻鼻烟。她把安杰洛从脚到头打量了一番，最后决定闻鼻烟。

接着来了个男人。他把低矮的橄榄树枝撩高一点儿。

"喂，你在干什么？"那女人问。

"你看见了嘛！"

"玛丽太太，"他说，"您现在能给我找到我抽的烟吗？您整理出个头绪来了吗？"

"是克雷里斯坦吗？"老婆婆说，"喂，克雷里斯坦，你给你的骡子找到地方了吗？我手头还没有你抽的烟。你把我的东西乱放一气，把什么都弄乱了。你的烟在那下面的箱子里。你是愿意在那些箱子里翻寻，还是试着抽另一种？现在是换口味的时候了，可爱的宝贝。"

他毫无可爱之处。他身材粗胖，两条腿有如两只上衣袖管，长着猴子般的手臂。可他的眼睛却炯炯有神……

"这个人在找一个叫日于塞普的人。"老婆婆说。

"日于塞普什么？"他问。

"就是日于塞普，没别的。"安杰洛说。

"他是干什么的？"

"鞋匠。"

"不认识，"那人说，"去找找费罗就行了。"

"对呀，一点儿不错。"那女人说。

"他是鞋匠，鞋匠之间互相认识。"

"他在哪儿，这个费罗？"

"往上走到松树林。再往上一些，他在刺柏林里。"

有条路爬行在梯田之间。在这些由矮石墙支撑的层层梯田上，是一片片橄榄林，弯弯曲曲的树干静静地发出巨大的黑色闪光。它们披着一层比水花还要轻的浓密的叶子，叶子背面残留着一点儿乳白色，在阳光的烤灼下正在消失。在这透明如丝巾的阴凉下，临时居住着一群群人。这时他们正在吃午饭。差不多是中午了。

那位可爱的矮胖子所指的松树林，位于山丘的很高处，离橄榄林很远。安杰洛问哪里能买到面包。人们叫他到左边的柏树林去看看。据说，那里有个面包店老板，试着做了个乡村烤炉。

还没到柏树林，老远便闻到了烤面包的香味。一股懒洋洋的青烟也指明了方向。耀眼的白色阳光在蓝莹莹的烟雾中振动着光闪闪的翅膀。

面包店老板光着脊背，坐在柏树林脚下树荫的轴线上，沾满面粉的双手垂在膝盖前。这人五十来岁，瘦骨嶙峋。在他的胸脯上，凸出的肋骨耕犁着灰色的汗毛。

"您来得正是时候，"他说，"就要起炉了。至于说会是什么，我就不知道了：可能是面包，可能是烘饼，也可能什么也不是。我生平第一次这样烤面包。"

他做了个草垛样的东西，同露天烧炭用的木柴堆很相似。炉外面围了几捆草，冒出一股青烟，纯纯的，浓浓的，袅袅升腾，在橄榄树上空几米处聚成烟柱，继续徐徐上升，犹如一根反射阳光的石柱，升到很高很高的空中，发出诱鸟镜般的绚丽光彩，而后消融在颤动着的白色酷热中。

"是什么就什么。"安杰洛说。

"这样说就对了。"那人说。

安杰洛凝视一群小乌鸦，它们飞得比山顶还要高，在同微风玩耍嬉戏。鸟儿的翅膀一动不动，它们翩翩起舞，斜向滑行，时而下滑，时而上升，时而彼此靠近重叠，时而分散开来，犹如麦粒漂浮在小河波纹中。

"它们最幸福了。"面包店老板说。

"说的是。"安杰洛说，"不过，大家也许会重新振作起来的。"

"还看不出有什么变化。"

"会变成什么呢？"

"不会变。"

"总有变好的吧？"

"如果相信事物的规律的话。没有理由让人不相信。"

"大家看上去是有点儿浑浑噩噩，但他们活着。"

"城里人也是浑浑噩噩，他们活着，却看不见他们。只看见死人。我承认，这里的情况似乎有点儿不一样，这就够不错的了。不过，您看看那边底下的山谷里。那条伸入群山的小山谷，那些梧桐树和那个小牧场。您没看见那些黄帐篷吗？那是一个医疗站。在圣彼得区那边的樱桃树林中，还有一些帐篷。又是一个医疗站。在北边的山坡上还有一些帐篷：又一个医疗站。假如您像我这样，炉子点着后坐在柏树林边休息，您就会看见一车一车运去多少人。从早晨起我没数到五十辆才怪呢！嗨！您说说看，五十辆，这还不算个数字吗？"

"不可能说停就停嘛。"

"我不知道不可能怎么样,但我知道可能怎么样。您没看见天上吗?(他指了指那些黑压压的大乌鸦和小乌鸦,它们都在山顶上空,在旋转的风中盘旋。从那里传来响亮的摇动扇子的声音。)这些飞禽比我们想象的还要聪明。它们可知道自己的利益呢。它们在那里可不是为了别人,请相信我。您可以朝它们中间开枪。它们照旧吃它们的,待在原地不动。"

安杰洛想:"他说的不无道理。"但他饥肠辘辘,面包炉的香味令他垂涎欲滴。

"我是在猪食槽里揉的面。"面包店老板说,"当然是干干净净的。我是在那边的小屋里找到它的。我对我老婆说:'那是安托南的小屋。我同你打赌,想赌什么,就赌什么:那里有一个猪食槽。'老天!我正无聊着呢。我说:'我要做面包。'再说,这已经看出是件好事了,会有人来这里买面包的。我说:'首先,去用水给我把它洗干净。'一点儿不错,用水洗!您到水那边去过了吗?"

"没有。"

"这的确是个问题。"安杰洛心想,"在这山里,哪里会有水呢?"

"假如您还没去过,我指给您看。您就会知道多么费劲儿了。您看见那边的橡树吗?好。嗯!一直往上瞧,瞄着那片矮杨树林。就在那里。那里有个黏土矿场。水卫不卫生,这不好说,很清,但不新鲜。水挺多的。可是要走到那边哪。从这里去,提着水桶,来回要半个多小时。我和我老婆、女儿去过不下二十次了。不只是我们。您瞧。"

果然,在杨树林的树荫下,可以看到红、蓝、绿、白各种颜色,那是短上衣、短裙、围裙的颜色,当人们走出树荫,走到大太阳底下,那些五颜六色便消失不见,只剩下水桶的闪光,旁边是被太阳烧焦的细小身影。

面包店老板终于从烤炉里取出了面包,它们扁扁的像烘饼,烤得很不均匀。

"用这种烤炉烤面包,结果是很难保证的。"他说,"前面一炉还凑合;这一炉狗屁不是。要有一个砖砌的炉子就好了。准是各家各户都得头癣了。瞧我们多漂亮!您想让我问您要多少钱?随您给吧。两个苏,拿它三四个,怎么样?"可是,他仍不停地把滚烫的圆面包小心翼翼地放到百里香草做的床上,热得草床发出妙不可言的馨香,同时,他注视周围,看看露宿野外的人是不是闻到香味了。

安杰洛拿了一个烘饼,他走了一段路,等凉凉再吃。

爬了一会儿坡,他在松树林边看见一个非常正派的三口之家,正在静静地吃午饭,一面细细咀嚼,一面观看辽阔的景色。一个是满身横肉的棕发男子,另一个是身强力壮的女人,但她从头到脚是个慈母,正如腰圆肩宽的女性通常是慈母一样。女人腿上坐着一个小女孩,瘦弱而苍白,有一双沉思的眼睛。小女孩的鼻子周围散布着雀斑,使她的脸颊变得像威尼斯化装舞会上女孩子戴的半截面罩那样宽宽的,具有波提切利画笔下春神的那种娇柔美。

"当心,"安杰洛思忖,"她是他们的掌上明珠。如果他们知道我将坐在他们的领地内,以便一面啃我的干面包,一面好欣赏这张美丽非凡的小脸,他们不知会怎么想呢,可能会认为我要吸他们的骨髓哩。"

他漫不经心地去坐到一棵松树底下。他靠在树干上,边欣赏辽阔的景致,边细细咀嚼他的面包。他非常谨慎,只是隔一段时间,才斜眼看一看小女孩的脸。他尽管小心翼翼,仍多次遇到母亲的目光,甚至是父亲的目光。他们本能地猜到了他的小小诡计,虽说不清楚是什么,却认为不会是善意的:他们对人不信任。那女的像抱着一根蜡烛似的抱着小女孩,根据投来的目光,常常把她从一条腿换到另一条腿上。

山底下便是城市,犹如一个龟甲趴在草地上;此刻太阳有点儿西斜,在屋顶组成的鳞片上投下一条条阴影,打上一个个方格;风儿从这条街进，由另一条街出，后面拖着一缕缕草屑。百叶窗的铰链嘎吱嘎吱响，房子里响起闷闷不乐的回声。

越过城市，可见长着枯草、散布着一片片铁锈的原野。那是尚未收割的麦田，恐怕不会再被收割了，因为地主已死。再过去，蜿蜒着堆满石头和白骨，干涸得没有一滴水的迪朗斯河。天际拥挤着鳞次栉比的山峦。大路上荒无人迹。

希望之路也是苍凉凄迷。天空白如石膏，高温黏如胶水。干燥的风吹来毫无凉意，却似在对你拳打脚踢，散发着公山羊的气味和其他恶臭。

安杰洛穿过松树林。他看见有几家人安营扎寨在树荫下。他们集中在一个地方，但互离一段距离，静静地待着。这里，他也看到了几双漂亮的眼睛，几张漂亮的面孔，不知为什么，这些人的脸部构造让人感到放心。家里人对他们珍爱之至，饿狗似的紧紧围着他们。他们难得向邻居和行人微笑，微笑时尤其露出他们的牙齿。

人们聚集在一起，但谁也不说话，有时紧挨着一个男人，那男人其貌不扬，但站在那里，可以感到他结实可靠，是永久的保障；抑或围着一个女人。有些女人已上了年岁，神态安详，让人百看不厌的是她们的嘴巴和眼睛，什么也不会使它们失去平静，松枝灰绿色的阴影在上面晃来晃去。还有些是少妇，她们的头发、眼睛、肤色、动作质地珍贵，因而不会腐烂；或者围着一些孩子，孩子们不再嬉笑，因此他们立即有了沉思默想的神态。

走过松树林，到了更高处，安杰洛听到了呻吟和哭泣声。周围一片沉寂，那些声音听上去就像是一眼孤泉发出来的。是两个男人在照看另一个躺在圣栎树下的男人。三个人哭得都很伤心。

安杰洛上前帮忙，但被拒绝了。毫无疑问，这是霍乱病的初次袭击，那两个男人应付得不错。安杰洛明白，他们担心的是被告发，病人被送去医疗站。

"学得自私一点儿吧,"他思忖,"这很有用,你就不会像个傻瓜了。这两个人把你拒之门外,他们是对的。他们管的事只同他们自己有关,想怎么干就怎么干。他们根本不要你来把事情弄复杂。病人好转也罢,恶化也罢,一刻钟后,他们就不再会哭了,只想着如何摆脱了。你以为慷慨无私总是得当的吗?这样做十有八九是不恰当的。而且从没有阳刚之气。"

这样一想,他心情平静下来了。他继续往上爬,朝另一个松树林走去,那里,他也许能找到可能知道日于塞普所在地方的那个人。

这时响起了叫嚷声。这次不是呻吟,而是打猎的叫喊声。有两三个人已站了起来,向一个小山谷张望。安杰洛走过去。透过灌木丛,依稀可见几个人在奔跑。

"我打赌,是在追野兔。"安杰洛说。

"您输定了。"有人回答说,"何况,天气这么热,野兔不会这么傻。它们待在窝里不出来。"

那几个人带点儿轻蔑地瞅着安杰洛。尽管是目光中流露出的一丝轻蔑,安杰洛却感到深受其辱。他坚持说,他老家的野兔大热天也出来奔跑。

"你们运气好,野兔与众不同。"有人揶揄地对他说,"我们这里只有普通的野兔。那下面,不过是一个老笨蛋,从他女儿手中溜走了。最荒唐的是,他是个瘫子,他是坐在椅子上被抬到这里的。现在,他弄得人家东奔西跑。"

果然,下面可见一个老头一瘸一拐地在草丛中奔跑。追赶者追上了他。接着是一场混战,同时升起了女人的尖叫声。他们指手画脚,在同老头谈判。最后,两个男人用胳膊做成椅子,让老头坐在上面,重新把他抬上山。

他从安杰洛身边经过。这是一个长着一颗鹰脑袋的老农。他那炯炯有神的眼睛总是转向城市那边。为使他平静下来,有人给他卷了支烟。此刻他正在抽烟。

他的女儿跑上去相迎。她谢谢大家。她不停地感谢,不停地说:"为什么要这样,父亲?您怎么啦?"她发现父亲在抽烟。

"父亲,您说谢谢了吗?"她对他说。

"我说了'谢个屁'。"他说。

他抽得津津有味,口水直流,并且使劲儿嚼起烟来,有如在嚼干草。

那个叫费罗的人安营扎寨的树丛,位置很好,靠近山顶,风折回山脊时恰好经过那里。此外,树丛下,有全区独一无二的名副其实的野营地。树与树之间的灌木丛已清除干净,树干之间架起了用树枝编织的几张厚厚的吊床。在这样做成的吊床上,已堆了厚厚一层松树针叶,安杰洛来到时,看见三个女人正在这松叶床垫上铺一条漂亮的白被单。还有两条被单尚未打开,这表明她们想在这里安顿一张像模像样的床。这三个女人中,有两个刚满二十岁,无疑是女儿,另一个是母亲,三个人都干得很起劲儿。

至于那个叫费罗的人,他已在树林边上安置好了自己的工作台,一半在树荫下,另一半在太阳下。他正在用皮刀切一只鞋底。他边干边哼着歌。

此人长着白胡须,但目光显得很年轻。

他知道日于塞普在哪里。

"您看见有杏树的那座山吗?"

"是不是那边的一座?"

"是的,他在那里。很可能还要高一些,靠近圣栎树林。"

"您肯定无疑?"

"绝对肯定。您去吧,一定能找到他的。到了杏树坡后,您可向任何一个人打听。他们会把您直接带到他那里。"

"您同他很熟吗?"

"很熟。"

"怎么去那里？"

"很容易。从这里一直下到柏树林。"

"面包店老板在的地方？"

"对。向右走一百米，您会遇到一条岔路。拐到这条路上，沿着它走。您怕不怕医疗站？"

"不怕。"

"您从医疗站旁边过去。一直往前走。瞧，这里都看得见那条路。您沿着它往上爬。一直走到杏树林。向随便哪个人打听日于塞普，都能找到他。"

说完，他把手中的鞋子放在草上，说：

"您找日于塞普干什么？"

"我是他的亲戚。"安杰洛说。

"什么亲戚？和意大利没有关系吗？"

"有，"安杰洛说，"和意大利有点儿关系。"

费罗喊他的妻子。

"这就是日于塞普盼望已久的先生。"他说。

"您喝酒了吗？"那女人赶紧问安杰洛，她很喜欢把两只手放在屁股上。

"两天来滴酒未沾，"安杰洛回答，"我的嘴巴都像马口铁做的了。"

"好极了。"那女人说，"现在，马口铁嘴巴，就是马口铁肚子。这是日于塞普所忧虑的。他整天叨叨说：'你们会看到他喝酒的。他忍不住。喝酒会把他杀死的。'"

"喝酒没有把我杀死。"安杰洛说，"有可能我就喝，没有可能就不喝。"

"我不给您酒喝，因为我们没有酒，不过，我给您喝煮了又煮的开水。只喝半杯。您知道该做什么吗？应该养成制造唾液的习惯，并且只喝唾液，我不停地对他们这样说（她指了指她的丈夫和女儿们），可他们却笑话我。如今，喝自己唾液的人就不会死。"

"不会死，但会渴得翻白眼。"费罗说。

"我给你说，我要给他喝半杯水。现在日于塞普找到他的先生了，这时候可不能把他杀死，不是吗！"

这家人非常融洽。不久，两个女孩子在松叶上铺完床后，便过来抚摸她们父亲的胡子。她们一边一个，吊在他的肩膀上，而他则乐得呼噜呼噜。母亲看上去做事爽快利落，其实对爱抚极其敏感，显然她从中得到极大的快乐。

她到底还是恪守诺言，让安杰洛喝了半杯开水。

最后，他们留他下来共进晚餐。没什么东西，但不管怎么说，有一个羊排炖土豆。据说，在左边几百米处的橡树林下，有个屠夫在宰牲口。安杰洛还知道了其他许多事。

他们对日于塞普似乎尊敬有加。甚至用尊敬二字形容还不够。然而，日于塞普和安杰洛年龄相仿，只差几个月。他是安杰洛的奶兄弟。而费罗举止重，长着白胡子，有一双沉思的眼睛，确实如此。安杰洛反复思忖，这是不是他要找的日于塞普。

"一个瘦瘦的小伙子，像干木柴，一折就断。"

"一点儿不错。"

"薄薄的一片嘴唇。"

"上嘴唇。薄如剃刀。"

"另一片厚厚的。"

"下嘴唇像姑娘的嘴唇。"

"反正是厚的。"

安杰洛难以想象竟有人说日于塞普长着姑娘的嘴唇。日于塞普曾是他的勤务兵。虽说撒丁国王的军队不过是撒丁国王的军队，但不管怎么说，也有几千人生活在一起。只需半个月，就不能再从外表来判断一片嘴唇了。

两个女孩子则强调日于塞普长着又黑又鬈的头发。

"就像是香芹。"她们说。

一天,旅长让人把日于塞普那头酷似香芹的引人注目的头发剃短了,晚上,日于塞普挺着苦役犯般的脑袋,给大家端汤端饭。

"他用一根矛,给你做了个鸡蛋。"安杰洛对他说。

"你母亲太高贵了,"日于塞普反唇相讥,"不过,由我偿还,因为你是上校。"

安杰洛一靴子踢过去,把他手中的大汤碗踢落在地。他们俩扭打起来,马刀将饭堂划得伤痕累累。可当他们看见双方都已流血时,便互相扑倒在对方的怀里。翌日阅兵时,日于塞普煞有介事地在众人面前炫耀他的脑袋:他已用糨糊把他上校的头发全部粘到了自己的脑袋上。安杰洛不戴钢盔,头发剃得像苦役犯那样短,兴高采烈、笑容满面地走在队伍的最前面。

这是一道好菜。日于塞普有各种各样的拿手好菜,甚至能用牛血,或其他任何血做成美味佳肴。费罗及其白胡子(及其沉思的眼睛,确实如此)对他表示的尊敬——甚至比尊敬更有过之——是不是源自随便哪道美味佳肴?甚至根本不是随便哪一道,因为刚才,费罗清清楚楚地问他是不是和意大利有关。

安杰洛受到百般照顾。姑娘们甚至因不能给他亲热的抚爱而感到局促不安。她们乘传递羊排土豆锅的机会,两三次把手放到他的肩上。

"天快黑了,"费罗说,"今晚您一定要去找日于塞普吗?"

"尽快吧。"安杰洛说。

"我理解您。这样的话,就不要走我刚才给您指的路了,还有条路,稍为远一些,但更安全。我知道您不怕从医疗站附近经过,可天黑了,要当心,我宁愿您绕道走。当然不是有鬼怪。而是有人会偷偷地将病人扔在周围,因为照顾过病人的家属要被隔离。假如您经过那里时恰好遇到巡逻队,他们突然亮出手提灯(因为抓住一个人,就能得一笔奖金),您就要被隔离四十天。现在这种时候,四十天会发生许多事。

"您知道我要给您什么建议吗?离这里十米处有棵橡树,您就去那下面过夜。不必拘束。我借给您一条毯子,您把它铺在枯叶上。等等再说吧。"

"这样做也许是对的,"安杰洛答道,"但我不这样做。我马上就走。我能应付。他们尽管亮出手提灯,但他们抓不到我。"

"不管怎样,"安杰洛接着又说,以便弄清楚日于塞普到底给他们做了哪种美味佳肴(如果他给他们做过的话),"我非常想念我的家乡。"接下来,他大讲特讲意大利,足足讲了十分钟。

可是,费罗依然保持着梦幻般的眼神。他的白胡子似乎给他披了件无辜的外衣。

尽管天色已黑,安杰洛没费劲儿便找到了柏树林。在树脚下选定住所的那位面包店老板,正在烤另一炉面包。根据费罗新的指示,必须从那里穿过岔路——安杰洛已经穿过——然后从山坡沿着梯田往上爬,那些梯田犹如一条条异军突起的林荫大道。费罗的指示很清楚:不要下坡,爬完山坡,会遇到一个深谷,走下深谷,从另一边上山,然后继续绕着那些医疗站所在的谷地兜圈子。这样(在夕晖消失之前,安杰洛一直是按费罗指示的路线走的),就可从一个悬崖峭壁到达杏树坡,沿峭壁而行,一直走到一条与峭壁交叉、宽得几乎可行马车的路上,从这条路,就可走到日于塞普所在的高地。

到处点起了篝火。起初是附近点起了一堆堆火,只见火苗忽闪,发出噼噼啪啪的声音,像是农家女穿着冰鞋在木地板上跳舞。在更远处,从橄榄树、松树、橡树的枝叶中,透出微弱的红光,犹如鸟儿在猛烈地振动双翼。低低的说话声和呼唤声与火苗的噼啪声同时在旷野中响起。在最远的山脊上,白天似乎渺无人迹,现在也亮起了火光,映照出一棵树、一块岩石的影子。在医疗站所在的果园里，人们正在将一个个提灯挂在树枝上，以方便巡逻队巡逻。在所有的树丛中，在所有的灌木丛下，在所有的叶丛后面，烤肉架红光闪闪，铁板白光粼粼，大似紫红色母鸡、朱红色公鸡的鸟儿磷光烁烁。所有这些火光忽忽悠悠，振动着双翼，猛烈扇动着翅膀，所有这些金色的公羊跳动着，所有这些锋利的火花犹如长矛在舞动，使得黑夜土崩瓦解。无数紫红色，或绛红色，或光闪闪的东西，静静地在空中翻腾，有如燃烧的煤炭，将玫瑰色的尘粒布满天空，把天空撕成一条条靛蓝的裂缝。火光反射到山底下空荡荡的城市，映照出一个钟楼的尖顶、一条微微张开的街道、一个街区大门的门廊和雉堞、一个屋顶的方格、一堵绸缎般光洁的墙壁、一扇窗户的框架、一座修道院的正面、皱领状的檐壁，以及屋顶上一个个高高耸起，宛若树墩矗立在农田里的烟囱。那边离城市两法里的地方，沿着迪朗斯河，在密密的森林里，在树干之间的地上，一个个隐蔽的火光闪闪烁烁，就像炉条上的火炭冒出火星。在漆黑的山谷里，在公路、小路和山径上，一个个闪光点在移动：那是巡逻队的玻璃灯、抬担架者的手提灯、运尸者的火把。荒野里的百里香草、风轮菜、鼠尾草、海索草，甚至是大地本身，乃至燃烧着篝火的碎石堆、被火烤得流出浆汁的树木、被烟熏得冒出浆液的叶子，无一不散发出浓郁的树脂芳香。整个大地仿佛成了一个烤面包的炉子。

费罗指给的山谷陡峭险峻，高深莫测。安杰洛正在谷边踌躇不定，蓦然，一个黑乎乎的小身影从他身边擦过，一个老妪的声音对他说：

"走这边。路在那里。跟着我。"

"嘿！"安杰洛想道，"难道他们连幽灵也招募来了？"

他听见有人在石子上碎步疾走；他跟踵而去。

那声音说：

"当心。"

一只瘦骨嶙峋的手抓住了他的手。

"谢谢,太太。"他说。

但他吓得浑身冰凉。

那只手引导他走上了一步一滑的山坡,他跟着这只手碎步下坡,他回忆起烧炭党的事,心里就踏实了。那时候,也是踩着崎岖不平的山路,走到亚平宁山里的秘密集会地的。

"到谷底了。"那声音说。

那只手把他松开了。他果然到了平地上,但周围黑咕隆咚。他不敢挪动脚步。他听见有人在走动,灌木丛擦得衣服窸窣地响,他还听见叽叽咕咕的说话声。他无法理智地思考。他抽出手枪,紧张地问:"谁在那里?你们是谁?(他差点儿没大声喊叫。)乖乖地过来。"

他严阵以待。他用手在身后摸索,想找一个可以依靠的东西,以便体面地抵抗。

"我们是那边山上的女人,去为我们祷告[①]。"有人回答。

"我在这些火光和烟雾中看到什么了?"他想道,"阿里奥斯托的一首诗歌描绘的情景。这些人不过是去祈祷上帝不要让他们死去。"

他没费劲儿就在脚下找到了一条路,他跟在那些幽灵后面,现在增加了几个男人,他们将烟斗、嘴巴和红胡子凑近他们打火机的火光。

"我是在用放大镜看东西。"安杰洛思忖,"我看见的一切,至少扩大了十倍,当然,一切也就多出了十倍。地狱之色充斥着黑夜,嗨!没有必要胡思乱想,我不会看见雪豹、母狼、维吉尔[②]和抛却一切希望[③]。那不过是火把的反光,这些人因为害怕黑夜,点燃了火把。越是

[①] 原文为拉丁文。
[②] 维吉尔(前70—前19),罗马最伟大的诗人之一。
[③] 原文为意大利文。意大利诗人但丁(1265—1321)在《神曲·地狱》中写道,地狱门上有一条铭文:"入内者请把希望留在门外。"

头脑简单，就越看得清楚。可惜我头脑不简单：我看东西总是放大两倍、三倍，甚至百倍。

"我想用大炮来杀苍蝇不是第一次了。已是第十万次了。我天天如此，整天如此。我总是预见最坏的，我总是坐立不安，仿佛发生了最坏的。咳！也会发生一般的事，你要习惯于这样思考。不要整天风声鹤唳、草木皆兵。你只要一接触某样东西、某个人，你就会过甚其词，动辄说成是布里亚柔斯①。不管哪个丑陋的人，你一见，便以为是阿特拉斯②。这是骄傲的表现。那些责备你和男爵格斗的人言之有理。本来只需小小一刀就可解决问题的，而且得承认会解决得更好。那不过是个小小的密探罢了。把他干掉就行了。那是一次清洁道路的行动。是为世界除害。有必要那样彬彬有礼吗？

"你真是不可救药：眼睛贴在放大镜上，嘴巴挨在喇叭筒上。现在为什么要说为世界除害？世界！多么夸大的字眼！是要为都灵除害。都灵不等于世界。男爵与中国人无关痛痒。甚至与都灵也无关痛痒。他只与我们这个爱国小团体有关。

"你永远也不可能和大家一样说话，且不说做事。"他真诚而伤感地继续说，"瞧，又是夸大的字眼，夸大的想法，夸大的行为。你就不能用用牛奶咖啡和拖鞋之类的词吗？你现在又用爱国者的词汇了！好吧，我们是爱国者！你在这里，在这个小山谷，难道比在都灵或热那亚的一个郊区拌砂浆的泥瓦工更爱国，哪怕他只建造猎人的小屋或剃头匠的小店？也不会比一面在荒山上牧羊，一面用棍子种橡栗的悠然自得的伦巴第牧羊人更爱国。《珀耳修斯之路》中的马具皮件匠缝制的皮革为祖国带来的荣耀，也许比你的骚乱更可靠，更持久……如果你不知道任何一个种地人，任何一个凡夫俗子一畦一畦、一个面包

---

① 布里亚柔斯，希腊神话中乌拉诺斯和该亚所生的三个儿子中的一个，长有一百只手、五十个脑袋。
② 阿特拉斯，希腊神话中的巨神。

一个面包地建造起来的祖国，比所有烧炭党人用克里斯托夫·哥伦布发现的躁动不安的灌木丛和森林建造的祖国更坚固，那么你有什么权利奢谈祖国呢！

"你绝不会安于己位。你总是把自己放在你设想的位置上。上帝知道你是不是为自己设想了最高的位置！人是微不足道的。你同意吧？而你是人。这你肯定同意吧？这就是问题的全部。

"当然，你不是胆小鬼。甚至相反。要说清楚你是什么样的人，需要发明一个词，用来形容有胆量的人，正如用胆小鬼来形容没有胆量的人一样。刚才你掏出枪来，并非因为害怕黑夜，或害怕那只引你上坡的瘦骨嶙峋的手（你身上起了鸡皮疙瘩，其实，那不过是一位老奶奶的手），而是你无法容忍在一个普通的黑夜里，只同一个普通的山谷及一些普通的人打交道，这些人对你毫不在意，一心去求上帝免他们一死。"

如此这番自言自语后，安杰洛感到头脑清楚，心里亮堂，准备做一切傻事。他听到了呼噜呼噜的声音，且有一阵子了，像是从某个猪圈或由一大群乌鸦发出的。可他立即明白，这次他赌注下得太少，原来是风琴的声音。音乐甚至优美动听，具有非同一般的骑士风格。接着，他又听见许多人异口同声地有节奏地低诵同样的话。

现在，路上有了亮光，几个火堆，仍隐蔽在某个悬崖后面，散发着颤颤巍巍的红光。有时，火光宛若紫色的蚂蚱，从岩顶上冒出来。

安杰洛拐了个弯，来到一个大橡树环抱的地方，仿佛来到了一个竞技场，那里，正在举行宗教集会。百来个善男信女，跪在草地上，应答着祷文。唱祷文的神甫站在靠里的大树前面，离那些大树几步路，两旁各有一堆大火，旺旺地燃烧着，火焰有如红色柱子，直上天空。

一个女人在弹手提式管风琴，尽管身穿白衣，但猛一看，像个老妇人。她不是在弹一段辉煌的曲子，而只是为神甫的祈祷和善男信女的应答伴奏，那应答宛若连绵不断的小溪，更确切地说，犹如水车的

磨斗在天地之间不停转动发出的乐声。

安杰洛马上联想到在雅各[①]的梯子上不停上下的天使。

淡淡的火光照亮了橡树枝构成的穹隆、扶壁、肋拱以及橡树叶组成的绿色壁画,在善男信女上方架起了一个天然神殿。

"这就是普通人做的事。"安杰洛思忖,"我和嬷嬷,我们可能亲手为他(或她)们中哪个人的父亲、母亲、兄弟、姐妹、丈夫或妻子洗过身子,为他们亲人的复活做过准备,可他们此时此刻仅仅请求所有的圣人为他们祈祷。他们是对的。这个方法简单得多。这该成为秘诀。政治上也得找到一个类似的方法。倘若尚未存在,那就得创造出一个来。"

但是,神甫祝了福,画了个十字后,便从两个火堆之间退出,走到暗处的边缘上,坐到一棵橡树下,而那些善男信女也在草地上就座。弹管风琴的女人举起双臂,把发髻整理了一下。她继续踩响管风琴的踏脚键盘。

那是个年轻女子。好像是近视眼。她看着人群,却明显视而不见。除了火堆的噼啪声外,周围一片沉寂,只有这死一般的寂静打动着她的心。她用手捋一下额头,又继续弹琴了。

现在,乐声已摆脱了宗教的束缚,深深打动安杰洛的心。就连那边坐在黑暗和火光交界处的神甫,也成了金光灿灿的昆虫。所有的脸孔都朝向弹琴的人。安杰洛依稀看见一些优美的侧影。那是几个庄重的男子和几个女人的身影,火光照得那些男人黝黑的皮肤变得更红更黑,而那些女人活像朱诺和密涅瓦[②]。音乐同这些面孔、大火堆及幽深的树林一起,创造了一个没有政治的世界,霍乱不过是这个世界的一种风格练习曲。最后,在没有任何东西能预示这个世界即将结束的情

[①] 雅各,《圣经》人物,古代以色列人的先祖之一。雅各梦见一个梯子,通到天上,天使沿着梯子上上下下。
[②] 朱诺,罗马神话中主神朱庇特的妻子。密涅瓦,智慧女神。

况下,那年轻女子抬起手,让管风琴继续哀鸣一阵后,合上了琴盖。

安杰洛发现自己没按费罗指示的路线走。他走下小山谷后,本该上对面的山坡的。他却跟着那些幽灵,沿着山谷下去了。摸黑回原来那个地方连想都不要想。现在,最简便的办法,就是干脆继续沿着这条路走下去。也许会遭遇巡逻队、手提灯和隔离所。但是,这些臭名昭著的巡逻队不一定会进行梳篦式搜索。说不定还有办法逃出虎口。

他走了不到半小时,便来到一个果园前,每棵树上都至少挂着一个手提灯。有时,尤其在路边,一棵树上挂两三个。在这个果园里设立了一个医务站。此外,在深处的树底下,可见白乎乎的一片,那是一群帐篷,有几个里面亮着灯,宛若磷光闪烁的巨型毛毛虫。他听见有规律的呻吟声、说话声和突然的尖叫声,而发出叫声的帐篷开始摇晃提灯,就像受到夜风袭击的小船。

他发现柳树之间延伸着一条极不匀称、极其浓密的篱笆。他躲开这一边。幸好他走在一块牧场上,脚步不出声,走近篱笆前,他谨慎地躲到一棵柳树后面。他听见有人在篱笆脚下低声喊一个人的名字,他没听懂喊的是什么。在篱笆中的一棵柳树上,一个声音做了应答。

"还没有呢,"那声音说,"太早了点儿,不过,我看见那上面有人,他们肯定在做准备。"

安杰洛朝山冈那边瞧了瞧。火堆已不再冒火焰了,但一堆堆炭火依然在燃烧,在有些地方,炭火淡红色的反光映照出一些人的身影,正在忙活着什么,时而朝地上弯下身子。

"我们待在这里行不行?"篱笆下的人问。

"今晚上他们肯定会来这里扔尸体的。"柳树上的人回答。

说话人是有产者。但是,顺着篱笆,却见两三个枪管在闪光。

接着,很长一段时间没有一点儿声音。

"有产者这样做倒是异乎寻常。"安杰洛思忖,"他们真能认真地站岗吗?到时候,他们终究会把我们狠揍一顿。"

他侧耳细听也是徒劳。不再有人说一句话,连喉咙也不清一下。他们甚至把枪也藏起来了。

"要是我不知道他们在这里,我就会自投罗网了。"他想。

他对精心耍弄的诡计敬佩不已。

"这件事,可得对日于塞普说一说。"

忽听得左边的树叶沙沙响,仿佛有头野兽在冲篱笆。几个黑影在灯光照不到的地方摇晃。

安杰洛不得不承认,有产者和任何人一样,也会匍匐和跳跃。他只听见步枪咔嚓一声,接着看见几个黑影从提灯前面一晃而过。巡逻队刚刚抓住了两个人,他们正在把一具尸体从篱笆上扔过去。

巡逻队并没因此而获得胜利。当场抓获的两个人似乎非常激动,拼命做着手势。

"安静点儿,否则我们开枪了。"有人喊道,"我们认识你们,假如你们逃跑,我们就到上面你们的树林里去找你们。法律面前人人平等。"

"先生,放开他们吧。"一个姑娘的声音苦苦哀求,"他们是我的兄弟。我们抬来的是我们的父亲。我们不能把他葬在山上。"

他们继续挣扎和争吵。

"就差这个了!把大家都毒死!你们应该申报死亡,隔离起来。我们可不想像苍蝇那样死去!"

"在你们的隔离室里才会像苍蝇那样死去哩。"

"别动。过来。知道吗,我会像向男人开枪那样向您开枪的!"

姑娘低声叫了几下。

"她不知道有产者常常会心血来潮吗?"安杰洛想道,"假如她能猛地往后一闪,就能逃脱了。要不,我从这里朝他们大喊一声:'够了!'"

"喂!"他继续想道,"你是想让有产者们把你打倒在地吗?别管闲事啦！"

他想起了柳树上的哨兵。他还待在他的哨位上吗？还是和别人一起跑去了？

"谁说小店主们耍耍行业的小聪明就可以把我难倒？"

他冷静地蜷缩在那里，没有出声。

巡逻队的两个人带走了俘虏，后者现在傻眼了。

其他人回到了哨位上。

"他们是谁？"柳树上的人问。

"我又不是三岁的孩子。"安杰洛笑着心里想。

"托梅的两个儿子和女儿。"

"他们扔掉的是托梅老爹吗？"

"是的。他看上去都干瘪了。他们至少留了他两天了。他们固执得像骡子。真是没办法。"

"得给他们点儿颜色看看。"

"马格丽特姑娘试图说服我，不过，你也听见了，我对她说，我会像向男人开枪那样朝她开枪的。而且，我是用'您'称呼她的。"

"右边山下抓到人了吗？"另一个声音问。

"他们没有挪动。"

"谢谢提供情况。"安杰洛想道，"右边山下有哨位，可能对面山下和左边山下也有。这可不是落到一个聋子的耳朵里。哈！你们想玩打仗吗？嘿！可爱的孩子们，打仗可不是打猎。每走一步，都得思前想后。他们永远是外行。即使不能摆开阵线同他们作战，那也可以成散兵线地和他们开战。"

他乘他们继续谈话之机，悄悄地向后溜走了。不久，他脚尖遇到了一条小溪，那是把牧场一分为二的小溪中的一条。那小溪干如火绒，其深度足以隐蔽一个匍匐而行的人。它位于一道小斜坡的下面，灯光照不到那里。

安杰洛从另一个巡逻队身边经过,他们躲在一棵大柳树后面,难分彼此。接着,他又遇到了第三个巡逻队,他们背着枪在巡逻。要躲过这第三个巡逻队,他只需趴在小溪里就不会被发现。巡逻队的一个人从他身上跨过去,却毫无察觉。即使用一枚炮弹换安杰洛的这个位置,他也不会换的。

他玩得如此高明,不禁心花怒放。巡逻队一走开,他便倏地站了起来。凑巧几米路外有一个暗处,他便一跃跳了过去。那里有个人跪着,他绊了一下,整个身子压在这个男人身上。那人对他说:

"别告发我,放我走。我给您一块甜面包。"

"你怎么会有甜面包的,你?"安杰洛说。

"哇!您不是那些先生中间的人?"

"你指的是哪些先生?"

"别说话。他们来了。"

安杰洛听见巡逻队回来了。他躺在那男人身上,一动不动……其实那是个男孩子。

巡逻人员用枪托在黑暗的灌木丛边上戳了几下,但没有往前。

"假如您能挪一挪,我就能起来了。"巡逻队走远后,那男孩说。

"你先给我讲一讲你的甜面包是什么,我就让你起来。"安杰洛说。此刻,他心里依然乐滋滋的。他甚至抬高嗓门,说话非常亲切。

"我帮了一个同伴的忙,"那男孩说,"今天下午他的姐姐死了,我们来把她扔到这个角落里,因为医院的这些先生发现尸体后会埋葬的。不过,他们抓住你,就会把你送去隔离所。因此,刚才他们经过时,我就躲起来了,接着,您跌到了我的身上。"

"在这个故事里,你的甜面包起什么作用?"

"有时,给他们点儿好处,他们会放你过去。"

"一块甜面包算不了什么。十二个苏便可买一个。"

"您这样认为,您?自从疾病流行,没多少人喝得上甜咖啡了。

我们家开了爿食品杂货店。有些人带着金路易来，空着手回去了。如果您让我起来，我就给您甜面包。您不相信我？"

"相信，"安杰洛说，"不过，我不要你的甜面包。"

他们两人都站了起来，但出于本能，他们往黑暗中退了几步。

"您吓得我腿都软了。"那男孩说。

"你那位朋友呢，他现在怎样了？"

"呵！他，别为他担心，他跑得快，您知道！"

"他把你甩下了？"

"当然。两个人一起被抓住，有什么好处？"

"可以说，你是个好孩子，你。"

"那您呢，您是谁？您也送死人来了吗？"

"不是。我在乱跑。我在找我的路。"

"在这里找路太危险了，您知道！"

"我鬼着呢，"安杰洛说，"再说，我有什么危险？"

"他们比您更鬼。别在这里乱跑了。他们抓住您，就会送您去隔离所。"

"那又怎样？总有一天，他们不得不把我放出来。"

"他们绝不会放您出来的。在隔离所里，人人都会死的。进去的人没有一个出来过。"

"因为他们的隔离期还没结束。"

"有样东西想必结束了。人人都长着眼睛，您知道。有人看见他们在挖一个大坑。尽管是在谷底挖坑，但仍可以看见铁锹的闪光。"

"那是为了埋葬其他死人。"

"那他们为什么恰恰挖在他们称之为隔离所的门口？为什么要等到凌晨三点，趁大家睡熟了才往里面埋尸体？为什么从隔离所到大坑总有灯火来来往往？您别以为大家真的睡着了！……人们想看个究竟。唉！人们确实看见了。为什么前天起隔离所不再有哨兵了？"

"也许因为你说得对。"安杰洛说。

"您上哪儿？"那男孩问。

"我想去种着杏树的山冈，可能在这一边，我想。在哪边我搞不清了。"

"差不多就在您说的地方，但从您这里很难走到那山上。您得穿过整个医疗所区。逃过了这个，逃不过那个。"

"我有手枪。"安杰洛说。

"他们有步枪，不会放过射击的机会。因为他们射的是铅弹或粗盐弹。正好能把您抓住。"

"这是地地道道有产者的花招。"安杰洛想。他无论如何也不愿贻笑大方，让人用打斑鸠的铅弹或粗盐弹打伤。

"您愿意的话，"男孩说，"我可以给您带路。"

"你认识路？"

"我认识一条路，没有人知道。一直通到那里。"

"好！那我们走吧。"安杰洛说，"不管怎样，假如我们被抓住，我就大吵大闹，你就乘机溜走。"

"那当然，"男孩说，"放心好了。"

他们在弯弯曲曲高低起伏伸手不见五指的路上行走了一个多小时。安杰洛渐渐确信没有任何危险了，便打破了让他乐在其中的游戏规则，开始同男孩说话了。那男孩叙述说，这里应该算是幸运的了。在马赛，有些街上尸体堆得比店铺的橱窗还要高。埃克斯也惨遭蹂躏。那里猖獗着一种极其可怕的瘟疫。病人发病时极其狂躁，跌跌撞撞地到处奔跑，嘴里狂喊乱叫。他们眼睛发光，嗓门沙哑，像是得了狂犬病。朋友们互相躲避。有人看见一位母亲被儿子追逐，一位女儿被母亲追逐，年轻夫妇互相追逐，埃克斯城变成了猎犬追逐猎物的场所。据说，那里刚刚做出决定，把病人全部打死，护士变成了某种猎人，拿着粗短棍和套马索在城里逛游。在阿维尼翁，也到处是谵妄病人：他们跳进罗讷河，或上吊自尽，用剃刀割喉咙，用牙齿咬断腕静脉。在有些地方，病人烧得浑身冒火，死后即刻变成了火绒，只要有风从他们上面吹过，或者仅仅因为他们干得太厉害，他们自身会突然燃烧，迪城因此而火光冲天。护士们不得不像铁匠那样，戴着防护皮手套。在德龙省，有些地方的鸟都发了疯。不管怎样，在这些山的另一边，离这里不远，马拒绝一切。它们拒绝燕麦，拒绝水，拒绝马厩，拒绝平时照料它们的人照料它们，即使这个人健健康康，无病无恙。此外，人们注意到，哪个人或哪家的马拒绝一切，这对这个人或这个家庭总是不好的预兆。尽管疾病尚未表露，但它旋踵即来。还有狗：当然，有些狗家里的人都死了，它们到处游荡，吃食尸体，却不会死去，相反，它们长得肥肥胖胖，它们趾高气扬，它们不再想当狗了；应该看到，它们正在改变模样：有些狗长出了胡子，这看起来实在荒唐。可是，你从大街上经过，它们守在街上不让你过；你威胁它们，它们赫然而怒；它们要人尊敬；它们的脑袋变得圆圆的。这绝不是胡说八道！不管怎样，有件事肯定无疑：它们不会死，恰恰相反。有一个小地方，离这里不远，在山里，那里的人开始渗血，接着什么都渗出来了：绿色的黏液、黄色的水、蓝色的奶油状东西。当然，他们已死了。人死后，他们的尸体似乎在哭泣。这里有个妇女上她的姑娘家去过。她说许多东西都搅和在一起。她清清楚楚地看见，大白天，太阳周围出现了星星，不像夜里那样静止不动，而是忽左忽右，缓缓移动，就像有人在提着灯笼寻找东西。令人难以想象的事，就发生在山后面的山谷里。而且突如其来。有个农庄共有七口人，正在吃饭。吃着吃着，七个人突然全都倒下，脸趴在汤盆上。说死就死。或者，一个男人同妻子正说着话儿，一句话还没说完便死了。一切都难以预料。你现在坐着，还能站起来吗？人们甚至懒得说："我要做这，我要做那。"你难道知道你要做什么吗？人们不再对仆人发号施令了。施什么令呢？为了什么？向谁呢？仆人们还能当多少时间仆人？人们坐着，面面相觑。他们在等待。可这些与格勒诺布尔发生的事相比，却是小巫见大巫。人们站着站着就腐烂了。有时是从肚子开始；骤然间，肚子烂得支撑不住，断成两半。但不是一下子死去：这才叫痛苦呢。或者腿开始腐烂：人们走着走着，腿刚迈出便倒下了，或者腿还没迈出便趴下了。人们不再可能同任何人握手了。把匙子送到嘴里，得费很大的劲儿。人们得确信自己是不是还有手指头和一条胳膊。当然，人们可从气味上事先有所感觉。可是，死了那么多人，天气那么热，早已经有腐臭味了。因此，人们根本不知道闻到的臭味是自己的，还是别人的。您要是去格勒诺布尔，也许听不到一点儿声音。毫无办法，是不是？您没听说过一个牧羊人吗？他用山里的草做成了药。不是随便什么草。据说去山里采那些草药难如登天。它们长在难于攀登的地方。可他，他去了。那些草药能彻底治病。有人发现他时，就他一个人还活着。人们对他说："您可是死里逃生了。"他说："我认得草药。"人们让一些人服了他的药，他们都治好了。据说，有个胖先生想出十万法郎买他的药，但他对那人说："既然您很有钱，可叫您的仆人去给您采呀。"他回答得很好。看样子那药对他很有效。那位胖先生说："您说得对。我派我的仆人们去，但采回来送给大家。您给指指地方，我付钱。"这也很不错。牧羊人现在有一辆两匹马拉的车。他有了一整套装置。我相信，这里很快也会有这种药的。有人已经在操办了。请注意，任你怎么想，还发生了其他事。这事发生在佩蒂伊。是个本堂神甫，他做弥撒，但不是普通的弥撒。据说，他找到了一个办法，把弥撒弄得稍为复杂些，但更为有效。他治好了许多人，尤其理想的是，起到了预防作用。人们不再有危险了。人们不必再担惊受怕了。人们把自己的名字告诉他，不过，我不知道付不付钱，我认为不会付的。那是个长着胡子的老神甫。就这么简单。也可能要重复什么话。不管怎样，这办法管用。在佩蒂伊，死者总共不到一百个。我觉得这是个证据。据说，本堂神甫家周围挤满了人，他们在那里露宿，在那里睡觉，随便做些什么吃吃，他们等着他。他一出门，您瞧吧！你爬到我身上，我爬到你身上，争着说：我，我，我！他们喊着自己的名字。最后，他把他们的名字登记在纸头上，并对他们说："不要担心，会有效的。我正要去教堂。"于是大家都跟着去了。看来很不错。从开始到现在，总共死了一百个人，这不算什么。那神甫干得很出色，现在他画了一些符，可放在信中寄给你，使你不得病，甚至还可把你治好。

说着说着，他们来到了一个悬崖脚下。杏树冈就在上面。仰天而望，可见黑黑的叶丛挂在星星上。有条小径从岩石间伸向山上。

"现在您从这里上去便是。"那男孩说，"您用不着我了。我回去了。您看，我很熟悉路吧。"

设在大橡树下的岗哨让安杰洛爬上山坡，然后对他说："喂，手艺人，你去哪里？"

安杰洛又一次说他想找一个叫日于塞普的人，这次，人们回答他说：

"如果只是这个，那很容易。过来吧。我带你去。"

经过一个火堆时，安杰洛看清了给他带路的人。那是个年轻的工人，工作服外束一根腰带。枪扳机的护圈闪闪发光。

"武器保养得很好。"安杰洛想道。

日于塞普住在一所漂亮的芦苇小屋里，门口燃烧着一堆火。他可能还没睡觉，因为安杰洛刚刚出现在火光中，便听见他在里面喊道：

"哈！狗娘养的终于来了！"

他们就像小狗那样互相亲了亲嘴。日于塞普已从一张矮床上探出一半身子，床上还躺着一位年轻女子，丰满的胸脯袒露着。日于塞普摸摸她宽大而柔软的肚子，一面喊她说："拉维尼娅！这是老爷！"他突然纵声大笑，因为她在睁开眼睛前迅速画了个十字，并且继续用她长着棕色汗毛的嘴唇十分可爱地噘了噘。

"你瞧,"日于塞普说,"他没死,他找到我了。"

那女子脑袋圆圆的,眼睛由于惊讶睁得大大的,不过,当她完全清醒时,非常巧妙地把眼睛变小了。

"别忙,"日于塞普对安杰洛说,"你先得睡一觉。今天夜里我什么也不说。只说一句:你运气好。我没有死,那是因为我和猫一样,有七个头脑,是明智使我没有倒下。我的生活很有规律,我要让你也过有规律的生活。过来。这床上可以睡三个人。挤是挤了点儿,但是人们相爱时,应该这样。"

安杰洛脱掉靴子,特别是裤子,他已穿了一个多月了。

"你做事是不是理智?"最后日于塞普极其严肃地问道。

"你的理智是指什么?"安杰洛说。

"你采没采取过必要的防病措施?"

"当然,"安杰洛说,"不管怎样,我不是随便什么都喝。"

"这就不错了,"日于塞普说,"不过,"他说,"假如我愿意,我就让你随便什么都喝。"

"怎么喝?"

"你好像害怕了;你一定得喝!"

"当然。"安杰洛说。

第九章

杏树冈上一切正常。这里似乎人人都有烘烤的面包。

没有必要在周围寻找像春神那样娇柔的面孔来使自己振作起来。再说也没有这样的面孔。女人们身强力壮，男人们朝气蓬勃，坚定果断。女人们一个个体貌丰腴，生就干活的身材：胳膊粗粗的，胸部鼓鼓的，有时非常笨重，皮肤晒成褐色，近乎鞣料的颜色；臀部圆圆滚滚，两腿结结实实，走起路来慢慢悠悠，两只手各牵一群孩子。

"说真的，"安杰洛寻思，"刚才接待我的那位哨兵在这里干吗呢？他在守卫什么？"

他到处寻找，但白费力气，在这个悬崖上没有医疗所。这里也没有管风琴。却颇有骑士气氛。许多工人穿着工作服，束着腰带，背着步枪，到处巡逻。既有年纪大的，也有年纪轻的；年轻的戴着鸭舌帽，露出女孩般尖削的面孔；年老的炫示他们又长又浓又鬈的胡子，棕色的，黑色的，甚至像雪一样白的，戴着毡帽或颇似军帽的无檐大软帽。他们像猎场看守员那样在一个封闭的领地上巡逻，或像地主，心平气和地向左右发号施令，这里，叫人把垃圾收拢起来送到一个坑里，那里，组织人干杂务，去为大家汲水或拾柴。

他们甚至有一支警卫队，有一个集会地，设在一丛橡树中，在那里，他们中的一个人向他们发号施令，那人不背枪，却在腰间挂着一把不带鞘的马刀。安杰洛被那马刀深深打动，那是非常漂亮非常高贵的武器。

一天，这个类似民兵的警卫队让有些宿营地换个地方。那些宿营地隐藏在一个岩石遍布、荆棘丛生的深沟里，那是一条干涸的河床。暴风雨就要来临。深山里已响起了雷声。天空颜色如旧，依然是白垩色，被乌云挤扁的太阳带给它的缎子般的光亮几乎没有消失。雷声隆隆的那边天空，尽管乌云压境，却没有变黑，而是到处变得昏暗，若不是时间还早，闪电似小山鹑般飞过，人们会以为黑夜即将来临。穿工作服的卫兵把河床里的人撤走了。他们非常热心；他们乐于助人；他们背着烤锅、烧锅、幼儿，但仍没有放下步枪。

日于塞普拘礼地将一封来自意大利的信交给安杰洛。"它在我上衣口袋里待了至少有两个月了。"他对他说，"是你母亲的。好好看看信封，你得用生命来证明我保管得非常细心。我不是怕你的母亲，而是怕我的母亲。我敢肯定，她会瞪着冒火的眼睛问我是不是将信放在我吐嚼烟的手帕里了。你发誓会把这事告诉她。我很怕我母亲用指甲掐我的胳膊。大凡关系到公爵夫人和你的事，她总会把指甲掐进我的胳膊里。"

信是六月写的，信上说："我漂亮的孩子，你找到怪物了吗？你给我派来的水手对我说，你做事非常冒失。这我就放心了。孩子，但愿你永远冒失鲁莽，在这制造业发达的时代，这是唯一能带来生活乐趣的方式。我和你的水手就冒失问题讨论了很长时间。他很讨我喜欢。他遵照你的嘱咐，在小门口守候泰雷莎，但是，自从你去法国后，每天上午七点到晚上八点，总有一个十五岁的男孩子在那里玩造房子，你的水手对他不信任，就用肥皂泡泡涂抹在一条可怜狗的嘴巴上，那玩造房子的男孩狂怒得大叫大嚷，拔腿就跑。当晚，傻乎乎的波内托将军同我说起用我的长鬈毛猎狗打了一次猎。现在我可知道那个玩造房子的男孩是从哪里来的了。我没有给将军好脸色看，好让他知道我已经知道那男孩的事了。没有比看到敌人改变策略更令人愉快的了。都灵到处是疯狂。所有面目可憎、身材不足四尺半的年轻人都发了疯。

那些嫉妒心理重的人和对裁缝斤斤计较的人也都染上了这种流行病。其他人都很健康，做着各种打算。有些人甚至疯疯癫癫地想学英国人的样，有损风化地穿着蝉翼纱和紧身裤去乡下吃饭。他们甚至说：要这样穿戴着一直走到罗马陵墓附近。我认为这有些夸张，就跟希望一样。不过，路总归是路。让他们去吧。善于走路的人总是走曲折的道路，以便观看弯道后面的美景，就这样，他们有时把普通的散步当成部队的行军。假如不是心肠好的人越来越少，这一切应该说是不错的。现在人们不再锻炼心肠这块肌肉了，你的水手是例外，我感到他在这方面是一个相当好学的体操运动员。我不过是为他母亲做了件不足挂齿的事，他便欣喜若狂，跑到那两个迫使你仓促旅行的衣着庸俗的人那里，在他们的耳边挥动胳膊。那两个人当天就因此而不幸病倒了。这很遗憾。我想，你的水手突然放松下来，有点儿不大适应。我拐弯抹角地劝他再去海上旅行。我故意说得非常玄妙，他听了乐不可支。我喜欢把目光放得长远一些。

"现在，我们来谈些严肃的问题。我担心你不做疯狂的事。做疯狂的事并不影响到你的严肃、忧郁和孤独：这是你喜爱的三种性格特点。你可以既严肃，又疯狂，谁能阻止你呢？你想怎样，便可怎样，同时也可以疯狂。但是，我的孩子，你必须疯狂。好好看看你周围的世界，自视严肃的人越来越多。他们不仅在我这样的人面前无可救药地使自己成为笑柄，而且，他们过着一种刻板的危险生活。他们就好像吃了过多的牛羊下水而拉稀、过多的枇杷而便秘。他们不停地膨胀，膨胀，最后胀得爆裂，以致人人都闻到他们的臭味。我找不到比这更形象的比喻了。再说，我很喜欢这个比喻。甚至应该用三四个土话，使之比用皮埃蒙特方言表达时更下流。你知道我天生不喜欢粗话，现在却在寻觅秽语来形容那些自视严肃的人，这是为了向你表明，那些人在有独特见解的人面前要冒多大的风险。孩子，千万不要成为让人人厌恶的臭味。但愿你是茉莉花，在众人中间漫游。

"谈到这个,我要问,上帝是你的朋友吗?你做爱吗?我每晚祈祷时总要这样问。不管怎样,在这里,除了我,还有一个女人爱你爱得发狂。她是泰雷莎。引诱自己的奶妈,不像人们认为的那样平淡无奇。再说,我也以其人之道还治其人之身。我确实对她的儿子非常迷恋。他把这封信交给你时,你把这句话告诉他。我喜欢他陶醉其中的那种放牧狮群的诗情画意。我从来也没搞清楚,他究竟是一个在羊圈中耀武扬威的驯兽人,还是一个在旷野里放牧狮群的牧羊人。不管怎样,无论哪种情况,他都具有克里斯托夫·哥伦布的眼睛。我看见你们成双成对感到兴奋不已。从前,我一见你们俩在泰雷莎的怀抱里,就心花怒放。那时候,你们俩还没有小狗大。大家都对我说,她乳房干瘪,养不活你们两个人。你们俩都很贪吃,脑袋在她怀里拱来拱去,就像山羊羔在山羊怀里乱拱一样。谁都不知道泰雷莎是一只母狼。可我知道。当她让你们吊在怀里,看见我走近时,她就像狼那样嗥叫。我信任她。我相信,她如果没有奶,会给你们喂血,而不是让你们松口。啊!你们俩真是罗慕路斯与雷穆斯[①]。

"泰雷莎对拉维尼娅同她儿子睡觉的想法开始有点儿适应了。我对她说就像丈夫和妻子之间那样,她差点儿用指甲抠我的眼睛。她想包揽一切。同她谈这些事,只能含糊其词。我认为,在这方面,日于塞普很像他的母亲,正因为如此,他才有克里斯托夫·哥伦布的眼睛。你和他还老是像狗那样打架吗?如果是用马刀打架,你得对他手下留情。你知道,你比他机灵。警察局长同我谈起斯瓦茨时这样说过,他看见你就像用剑那样将马刀干脆利落地(我感到非常自豪)刺进了这头蠢猪的胸膛。讨厌的是,警察局长说,你们要为你们的刺杀签字画押,他们有十年的实践,三百年世袭的无拘无束。一个人能像这样为自己的刺杀签字画押,当他杀死他的奶兄弟时,就无可辩解了。如

---

① 罗慕路斯、雷穆斯,传说中罗马城的建造者。他们是孪生兄弟,曾被一只母狼喂养。

果你还保留着8字形的护手（我称它为葫芦），你最多只会被他刺伤右肩，这是你给日于塞普的全部机会了。无论如何，这是你该他的，不要忘了，他是母狼的儿子，他也需要发发飙，正如你需要吃早饭一样。而且，一想到日于塞普刺伤你的肩膀时会是怎样的情景，我一个人会忍俊不禁笑出声来。我在这里已听见他的哀号。他会比你更痛苦。

"我就要去拉布朗塔城堡了。告诉拉维尼娅我很想念她。就她一个人能钻进我的马裙下面把我的衬衣整得服服帖帖。现在那些使女在我的两侧折腾半小时，折腾完了，她们也累得喘不过气来，而我坐在马鞍上，就像坐在一把钉子上。如果你们三人仍在这里，我就不会像这样屁股坐在醋里了。正如你看到的，政治谋杀和爱情都有难以预料的反响。你想啊，革命也一样。一切事物，其结果和衬衣是一个道理：屁股底下总是皱皱巴巴。

"此外，假如你没有杀死斯瓦茨男爵，我也就没必要去拉布朗塔了。我之所以去那里，是因为狗从来都是窝里横。我把小神甫带去。他越来越像一个劈柴的楔子。他现在对香水着了迷。这对我极其有用。人们不怀疑他。他们都认为他是我的侍从骑士，你想象一下，我是多么注意让这样认为的人享有这份荣誉。因此，我从头到脚都武装得很好。波内托将在星期天来，他受到了完全合乎礼仪的邀请。他以为你会躲在壁炉板后面。一根葡萄蔓藤发出噼啪的声音，他都会吓得一跳，赶紧把手放到腰带上。真是好笑死了。我可得好好开开心了。格罗洛主教大人星期一来。头发脏兮兮的那位大臣星期二来。我要把卡洛塔创造的一个词告诉你：她叫他'土大臣'。当大家知道他在被称呼为阁下之前，一直以汤泡面包片为食时，会感到很开心的。比翁多和弗拉卡斯蒂星期三来。我感到我即使睡着了，也完全能够在同一天里用花言巧语把他们俩迷惑住。星期四，我们都要到台阶上去迎接日奥旺-马利亚·斯特拉蒂戈波洛老爷；希腊骑士[1]！正如你看到的，这是个阴谋。他们要你宝贵的脑袋。赞美我的策略吧。我从最胆小的人身上开刀。你知道，这些漫长的星期日，在栗林中待着无所事事，该是多么凄凉。波内托将在小神甫和我的陪同下，在这嘎吱作响、凄凉阴森的旧城堡里共度其中一个星期日。下午两点我会偏头痛。他就和小神甫单独在一起。他们在北塔楼那间闻名遐迩的圆书房里喝咖啡。但愿能刮些北风。在这一点上，我们的祖宗恰如其分地安排了嘎吱作响的百叶窗和锈迹斑斑的风标（谁会相信耳朵不适能在撒丁岛的政治中起到作用呢？），我对我的小神甫很信任。只要有背景相助，没有人能像他那样将地狱一滴一滴地干馏。天黑时我去同他们会合。我以圣母像的名义发誓，要是波内托将军去睡觉时不害怕得发抖，我情愿把我的姓氏输掉。第二天是格罗洛来，但是，波内托仍心有余悸，会退避三舍。格罗洛一个人，我就有办法对付了。他将束手待毙。'土大臣'来的时候，前两个人已被包围，甚至缺口已经打开。想到他不得不独自承受我猛烈的炮火轰击，你一定会笑的，我已看见你在笑了。的确，他不是我的对手。正如第二天要来的那两位也不是我的对手一样；就像他们说的，是在处理日常事务。希腊骑士孤身一人！不过，他来到的地方，已是一个遭破坏的战场，上帝会给我灵感。再说，我差点儿忘了，还有卡洛塔哩。她将比他早来两个小时。

"你有时候也想念卡洛塔吗？她常常激动地扑进我的怀里。她的身材很好，你知道吗？我是一个女人，是你的母亲，可是，当我搂着如此坚实的胸脯，如此丰满和柔软的躯体，我也不禁怦然心动。我太轻率了，竟然如此喜爱她的身材。我不得不用十字架和旌旗迫使她同意我的战斗方式。她坚持要让他们喝劣质咖啡。我对她说：'那我们就只剩下浪迹法国这条路了。'她回答说：'为什么不呢？'假如我们

---

[1] 原文为意大利文。

打不赢拉布朗塔这一仗，这也许是个解决问题的办法。说个笑话而已。

"你的水手今晚动身去热那亚。后天他和这封信就到那里了。十二天后，他们俩将到达马赛。不如说他们仨，因为他还带着一个小包。起初我想给你带两张一千法郎的汇票，那不勒斯的雷加奇兄弟银行开具，马赛的夏博内尔银行兑付，夏博内尔银行比罗得岛巨像①还要坚固。但我考虑再三，宁愿带给你现金。为让你手指头得到快感，我还带给你一百枚罗马埃居。罗马的埃居比法国的埃居轧得漂亮多了。你慢慢兑换着花吧。它们会带给你许多快乐。你还会发现五十个小铜币，包在做过滤嘴的纸里。这是你的泰雷莎带给你的。这是她不知从哪里一个一个积攒起来的。如果我拒绝，我从她的眼睛里可以看出，她会在夜里用刀把我捅死的。再说，她是对的。应该给所爱的人付钱。爱得愈深，付的钱应该愈多。可是，有些人想献出戈尔孔达②的宝藏，却只有五十个小铜币可支配。你是我的儿子，我知道你绝不会嘲笑它们的。

"你的水手不在马赛停留，他接着去威尼斯，原因你知道。他把信和小包交给那位兔皮商。也就是说，最多过二十天，所有这些东西将会交到日于塞普手中。现在，我在这个十字架上亲吻一下，如果你在那里，你就立即可以收到这个亲吻。那是给你上嘴唇左边的酒窝的。每当我吻你那儿时，你没睁眼便张口笑了。"

安杰洛把那个纸十字架放到嘴的左边，但没有笑。

安杰洛叙述了他和那位小法国人的惊险经历。

"你真配我捆你一记耳光。"日于塞普对他说，"如果我让你死去，尤其是以这种可笑的方式死去，公爵夫人和我母亲会怎么说？她们会

---

① 罗得岛巨像，世界七大奇观之一，位于地中海罗得岛上。为青铜制，高30余米，表现太阳神赫利俄斯的形象。公元前225年因地震倒塌，直到公元653年阿拉伯人劫掠罗得岛时被击碎当作废铜出卖。
② 戈尔孔达，印度安得拉邦海得拉巴市附近的一个古城堡和废墟。历史上附近丘陵曾以产钻石著称。

归罪于我的。那小法国人有他迷恋的东西，他为之献出了生命。你没有必要掺和进去，现在也没必要目瞪口呆。在霍乱病人的身体里，有许多尘埃，它们飞向四面八方。吸进一粒尘埃就会致死，这是司空见惯的事。你太愚蠢了。你母亲干了一件大好事，给你买了个上校的职位。她是一位有眼光的母亲。在正常时期，你也许早已飞黄腾达了。如果你想在六十岁变得像波内托那样什么都怕，那你开始时的确得天不怕地不怕。因为傻瓜们有一个上帝，他们最终会相信这个上帝，但得当心最后的时刻，绝不会有足够大的圣衣。人们因此而提前二十年胆战心惊。在我们已开始的工作中，你有无数机会显示你的勇敢。但做无谓的牺牲，那是心血来潮。如果你在都灵这样做，而且仍是当着法院执行员的面，我也许能理解。那样做也许会有用。人们可以将此做成十四行诗，或者作为教堂里一次说教的内容，只要组织一下便可。这样，你就有利可图，更确切地说，我们所做的，会有利可图。请相信我：为信仰而战，做什么都是对的，而做好事，却一无用处。"

安杰洛对他说，他来到马诺斯克市时，差点儿被吊死。日于塞普哈哈大笑。

"哈！他们太肆无忌惮了！"

安杰洛气得脸红脖子粗。他想起了米许刺耳的声音，他眼睛里燃烧着仇恨的怒火，他狂热地把这仇恨传导给了在场所有有点儿卑劣并且极其胆小的人，他们虽然胆小，但最终可能会把他杀死，就像杀死那位他在屋顶上看见的惨遭折磨的可怜人一样。

"是的，"日于塞普说，"米许是个好人，他这样干是堂堂正正的。当然，假如他把你吊死，那他就超越命令了，但谁会想到你就要进城，而他恰好碰上你了呢？如果做什么事都要把所有的利弊权衡一遍，那就没有完了。总是要冒一些风险的。我承认这个风险使我背脊骨发冷。但我不能责备米许。我也许会在随便哪个灌木丛后面在他的肚子上捅一刀，但我不会损害原则。再说，不管我做什么，都不能使你起死回生，我捅他的那一刀绝不是无可争议的。但我承认，我又不可能不给他一刀。甚至我会怒不可遏。那是因为我爱你，而不是革命。罢了！你值得我稍为违背一下原则，米许不过是一个可以取代的士兵罢了。"

日于塞普讲这件事时语气非常冷静，这无疑在火上浇油。安杰洛火冒三丈，他甚至任自己有点儿情绪激昂。他眼前又浮现出一双双钉着钉子的鞋子，正在肆意践踏他的脸孔。尤其是当他想到他差点儿成为那些胆小卑怯之徒的猎物，就气得浑身发抖；假如他们单独与他面对面，他们个个会像野兔似的吓得拔腿就跑。

"什么也不能强迫我们单独面对别人，恰恰相反。"日于塞普说，"这就是你错的地方。你没有用应该的方式杀死斯瓦茨男爵，因为你允许他自卫了。格斗不是我们干的事。我们不应该随心所欲地相信运气，让自己陷入丧失自由的生活。我们的任务是获胜，应该保住一切机会，哪怕打的牌是错的。"

"我不擅长暗杀。"安杰洛说。

"你会怀念暗杀的。"日于塞普说，"更严重的是，我们会怀念它的。"

"我有把握取胜，"安杰洛说，"这我已证明了。他必须死，而他最终死了。我给了他一把刀，他自卫了；我需要他自卫。"

"重要的不是你需要什么，而是自由的事业需要什么。"日于塞普说，"暗杀更具革命性。应该剥夺他们的一切，甚至权利。"

他躺到草地上，两只手放到颈背下。

"别谈胆怯，"他说，"要谈也得承认它对我们是有用的。依我看，胆怯比勇敢更有用。它所到之处，留下更多的行动自由。你认为在公众面前散布人民的敌人在公共水池里投毒的人，是一个懦夫在对另一些懦夫说话，是不是？这是警察的看法。你想知道内情吗？是我散布这个谣言的。而且，请你相信，我还添油加醋了。假如我十次中有一次没有谈到尸体堆,就让我立即死去。好吧,就算我在同一些懦夫说话。我有利可图的地方,是我看见自己在利用他们。至于我是不是一个懦夫,这正是我准备马上让你收回的话,只要你决定坚持这个看法。如果你愿意,你可以操起你心爱的马刀,我们有马刀。我不怕。我甚至可以用拳头同你算账,如果这个武器与你高贵的性格相符的话。你差点儿被吊死。如果你真被吊死了,我就会割断米许的喉咙,而且,我也许会割断自己的喉咙。可是,在我同懦夫们一次小小的谈话之后被绞死的人,那是我们自由思想最凶恶的敌人。我管了这件事,在一张名单上,整整齐齐地写着一些名字,米许还给我时,在每个名字上打了个叉。我相信有备无患。米许想多吊死一个人,我觉得他这个想法不坏。尤其是吊死一个外国人!这很公正。他很有头脑。"

安杰洛想:"我得修理修理他,就用我的拳头,既然他以为这是他最拿手的。他很骄傲自己有双毛茸茸的眼睛。我得给它们一拳,让他狼狈不堪。"

他被这理性的语气激怒,他觉得日于塞普在给自己上一堂处世之道课。

"一个流亡者,到哪里也没有地位。"日于塞普继续说,"再说,我是鞋匠。这不是一个浮华的职业。别忘了我来这里才半年。我凭着能说会道的本领,在合适的时机,讲了些能给懦夫们留下深刻印象的事,我就让六七个有钱有势、可以左右省长的人吊死在路灯杆上了。你用格斗的形式也才能杀死一个人。何况还不一定!他可能会把警察叫到现场。那样就可能完了,我的上校可能铐着脚镣被带到阿尔卑斯山。我们所在的这个国家,有产者即使被人踩着脚指头了,也要从人群中挤过去。现在已少了六七个了。我们毫无危险就把他们消灭了,因为我知道,他们现在有其他事要做,无暇顾及二十来个流氓神经是不是紧张。最大的好处是,那些有钱有势的先生不是光荣战死在疆场上。他们不可能受到赞扬。甚至他们的家属也竭力不让人再谈起这事。

说到底，这个毒药是不是真有其事，大家知道吗？"

安杰洛把交叉的双腿分开。

"我缝在你长统靴上的针脚已没了。"日于塞普说，他把手从脑后抽出来，甚至站了起来，"脱下来给我。我给蜡线上过光，这样漆起来方便，想必是热蜡把线熔化掉了。我不愿见你穿脱线的靴子。再说，这是我做的，我很自豪。你的腿很漂亮，但是谁也不如我给你做的长统靴合脚。"

他大谈而特谈长统靴。他不厌其详地大谈皮革、鞋线、线蜡、清漆。他谈个没完。他早已站了起来。他谈到鞋油时，甚至挤眉弄眼，笑容满面。

此外，安杰洛的穿戴对日于塞普来说是极其重要的。在这个问题上，他似乎有他自己的看法。

"我要你穿得漂漂亮亮的。"头几天他就对安杰洛说，"你知道，这是我的癖好，我最爱惜的是你那身光彩夺目的轻骑兵制服，你穿着漂亮极了，尤其是公爵夫人在米兰为你定制的那套。你的脸只有在戴着头盔、托着颈甲时才最有魅力。饰带也对你很合适。你一戴上金线饰带，会让人的血液顿时凝结。就应该这样。大家觉得你是一头雄狮。"

接着，他说了几句充满感情的话。

"你真应该挨打，"他继而又说，"竟把你那件漂亮的紧腰中大衣用来包那个年轻的山里人。我和你母亲想那块呢料想了一个多星期呢。当我们在以色彩著称的贡扎盖斯奇店里选那块呢料时，我母亲多少次用指甲掐我的手臂。花那么多工夫为你精选一块和黑夜一样蓝黑的呢料是完全有必要的，它质地精良，就像帷幔，该有褶子的地方便有褶子。你以为你那位小霍乱病人穿着他自己的旧衣服就死得不好吗？先生你总爱过于热心。尤其是毫无用处的热心。你来我这里的样子可笑极了！胡子不知多少时间没刮了，让你老了十岁。尤其是，这使你看上去叫人难以信任。"

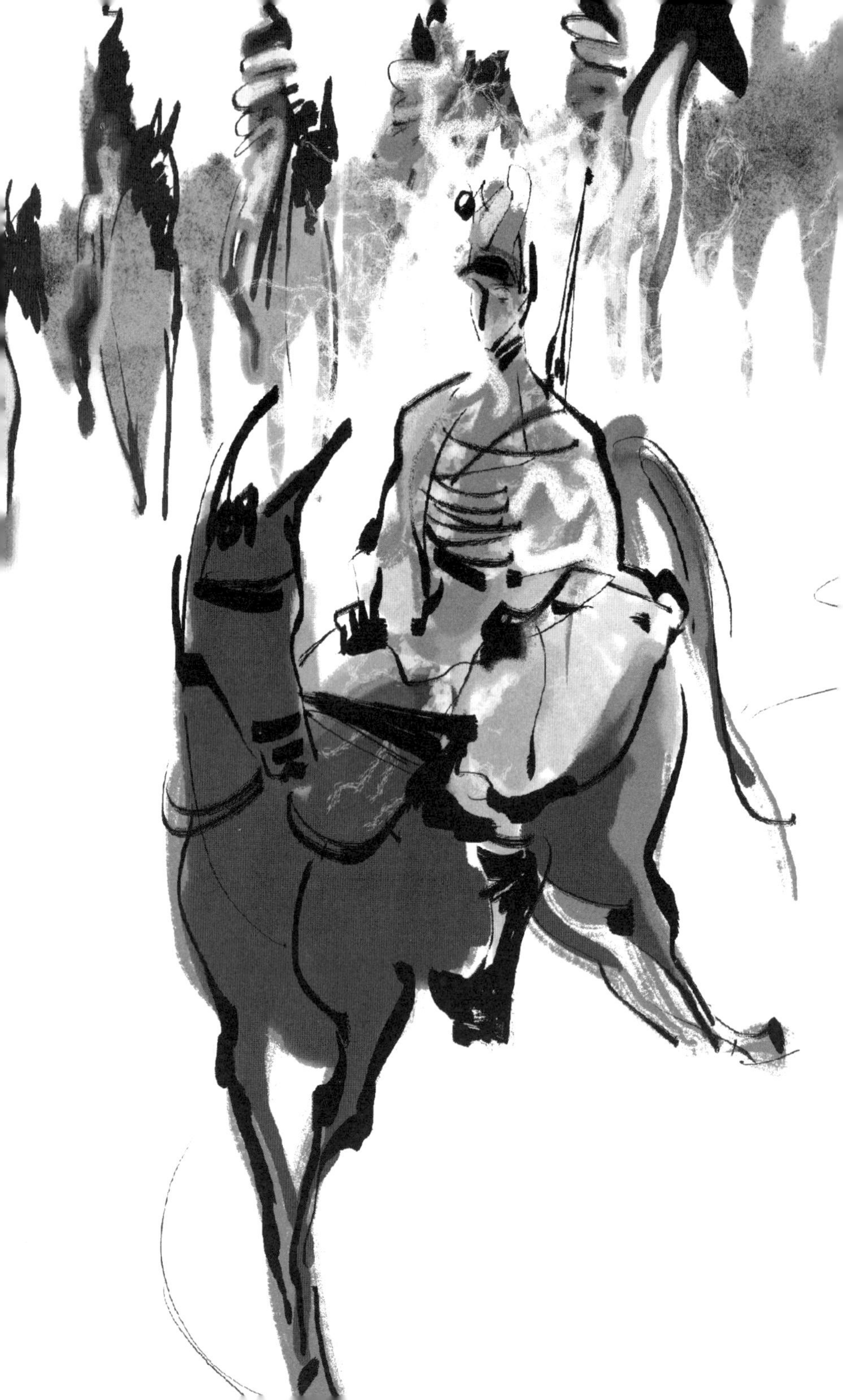

穿工作服的卫兵个个严肃认真，乐于助人，日于塞普委托其中一位帮他去选呢料。过了几天，他把安杰洛带到杏树冈另一侧山坡上，那山坡与一个金色的村庄遥遥相望，那村庄宛若一叶小船坐在波浪似的岩石上。

在山冈的那一边，拦腰生出了许多泉水，久而久之，土地湿润而下陷，成为青草繁茂的牧场，炽烈的阳光未能把它们烤黄。那里还有浓密而高大的桦树林。

正如安杰洛看到的那样，穿工作服的卫兵的营房或者说大本营就设在这个桦树林里。随处能遇见哨兵，甚至还有不带武器、腰带松开的卫兵。他们安详地抽着烟。他们对日于塞普似乎都十分尊敬，都向他致敬，有位守帐篷的年轻工人甚至极其笨拙但非常严肃地向他举刀致敬。

日于塞普把安杰洛带到一个冬青栎丛中。那里，防雨布下，存放着许多货包。

"许多商人死了，"他说，"他们没有继承人，或者继承人也翘辫子了。不少家庭被霍乱病连根拔掉了。所有这些商品可能会丢失。我们把它们收拢起来。你看，多好的人民啊！他们在这些商品周围放哨，却不动它们一根毫毛。在人民中是找不到挥霍浪费者的。"

在一位规规矩矩地束着腰带、背着步枪、斜挂着龙骑兵皮背带的工人帮助下，他们找到了好几块呢料，尤其是一卷棕色粗呢和一卷丝绒。

"我有个主意，"日于塞普说，"我相信是个好主意，你肯定想不到。我手下恰好有个人。他在巴黎做过裁缝，让他给你做一件椭圆形的衣服，肯定比贡扎盖斯奇做得好，不管怎样，贡扎盖斯奇只能在都灵称王称霸。你现在有点儿知道等待你的是什么了吧？我们不知道霍乱将会做什么。也许一个月后，我们大家都呜呼哀哉了。不过，现在不应该做最坏的打算。如果你还活着，我也活着，或者只有你一个人活着,你就得赶快去阿尔卑斯山,去你知道该做什么的地方。尤其是如果你母亲在拉布朗塔获胜了。正如她信中写的那样,这几乎是可以肯定的。我跟你说了,我认识的这个工人手艺比贡扎盖斯奇高明,这是真的。他也可以给你做一件有大理石般下摆的紧腰中大衣,比谁都做得好。但这里只有有产者用的布。要做燕尾服或紧腰中大衣,得有极其豪华的布。这就是我的主意。"

日于塞普的眼睛里闪烁着炽热的火光。那是双非常漂亮的眼睛,黑黑的长睫毛使它们看上去毛茸茸的。

"这里的农民常常穿很漂亮的丝绒上衣。"他接着又说,"那些衣服上饰有大铜纽扣,纽扣上有打猎的场面、鹿头、野猪头,甚至还有描绘爱情的场面。如果用油鞣皮将这些铜纽扣仔细擦拭,它们会发出金光。你需要这样的上衣。还有,我想现在就对你说清楚,穿这种上衣的人,被认为他们家里存了很多钱,恰恰是这些家底使他们变得英俊漂亮。只有我们国家的农民有一副聪明的面孔。这里的农民,他们的面孔和金币上的面孔一样平淡庸俗。你穿着这样的衣服,将会有雄狮的威风。被他们竭尽狡狯创造出来装饰他们财富的东西,将用来装饰美德;你想象一下效果吧。可悲的是,共和主义者喜欢君王。不要以为他们会为了别的目的而杀死君王。他们需要君王,到处寻觅君王。如果找到一个适合他们的君王,为他献身也心甘情愿。"

"别忘了我会静止不动,"安杰洛回答道,"我绝不会摆出姿势让人画像。再说,我,我相信原则。"

"你对我的话似懂非懂。"日于塞普说,"正因为如此,我才爱你。你那句关于原则的话,说得多好呀!保持这样的语气。那是不可模仿的。刚才你让我激动得颤抖了。况且,你不应该在散发着铜臭气的人中间作为美德的化身,而是在一群老百姓中,他们中最卑微的擦靴匠也有恺撒的相貌。如果你用刚才的语气同他们谈原则,那么,干什么事都会稳操胜券。但必须要有这样的语气和你刚才的信念。在我们的事业中，天真有时可以代替才华，可你会永远天真吗？因此，你还需要棕色粗呢裤子，有点儿紧身，因为你的身材很好。还需要一件大衣，因为谁知道你会不会在阿尔卑斯山里过冬呢？"

这件骑马穿的大衣真是棒极了，但天气如此炎热，看一眼都会让人觉得难以忍受，拉维尼娅把它精心叠好，放了些百里香和薰衣草，香喷喷的。她还用她的一件衬衣把大衣包好，放进茅屋北角太阳晒不到的一个箱子里。丝绒上衣和马裤也放了进去。

尽管已是深夏，但贴肉穿内衣仍然不大好受。拉维尼娅只穿一件背心和一条衬裙，里面什么也没穿。这是个国色天香的美女，在都灵时就以其美貌闻名遐迩了。每每有宗教仪式，人们总来请求公爵夫人让拉维尼娅扮演狄安娜，或智慧女神，甚至天使长米迦勒。她已习惯了这些寓意角色，并且念念不忘，连蹲下去给汤锅吹火时也难以忘怀。

住在山上的其他妇女，很长时间一直穿着棉袜，但天气热得难以忍受，最后她们一穿袜子便龇牙咧嘴，做着鬼脸。但她们怎么也不敢只穿一件背心和一条衬裙。有的甚至坚持用有钢丝撑条的领子。她们是工人的妻子。她们的穿戴却像端庄朴实的老板娘。她们的头发往后盘成紧紧的发髻，样子委实可怕。有时，在灌木丛后，可见一些人正在梳理长发，把它们编成辫子盘起来，然后把发卡放满嘴里，再把它们一一插进发髻里。然后，她们站起来，拍掉身上的头发，将梳子清理干净，用纸包起来，塞进上衣里；她们拍拍屁股，拉拉巴斯克裙，像雌雉那样尾部动几下，将撑裙架放进裙子里，然后就去干活；她们的活儿从来不是简单容易的，但在这里仅是一手提一只水桶，到很远的地方去汲水，抑或劈劈柴，甚至给发病的丈夫或兄弟、儿子或女儿擦擦身子。在这些日常事务中，她们也会突然中招，有时，人们还没来得及扯断她们胸衣的带子，她们就一命呜呼了，即使在最痛苦的时候，她们仍用双手护着胸衣，不让人解开。

拉维尼娅常常低声哼唱些轻快的小曲,唱时脑袋微微晃动,脸上微带笑容,眼皮一眨一眨。歌声低得像是含在嘴里,但那摹拟的动作,那位于鼻梁上端、耸动起来给她以爱说大话或调皮淘气之神态的形似三脚支架的粗皱纹,那接踵而来睁得滚圆摄人心魄的大眼睛,那撇嘴的动作,还有那时而狡猾,时而甚至邪恶的滑稽可笑的怪模样,所有这一切,仿佛让人看到了一个小意大利。

"让我们来拯救这群百姓吧。"安杰洛凝视着她,心里想道,并且走过去听她唱歌,"他们有种种美德。这姑娘出生在伐木工家庭,父母亲在我家的树林里伐木,很小的时候,就被送到我母亲身边给她做玩偶。她当了十多年的贴身女仆,因为,在她刚刚八岁时,我母亲骑马,就让小女孩钻进她笨重的侧骑长裙下面,把她的衬衫抚平。为了我,她赴汤蹈火也在所不惜。她对我比对日于塞普更在乎,但是,日于塞普走时,把她拐走了。他教会她做爱,并已和她——希望是这样——结了婚。她多么忠贞不渝!多么美丽!她的心灵多么纯洁!(安杰洛看不到她嘴唇的某些神态极其淫荡,甚至有点儿下流。)她配得上共和国。给她共和国丝毫也不为过。这是我此生的责任。这将是我的幸福。这对我具有多大的魅力啊!"

每当这种时候,就在这个小意大利身上,日于塞普获得了极大的快乐。他忙于把自己的嘴唇贴到拉维尼娅的嘴唇旁,用三度音或低音为她伴唱(当然是低声哼哼,因为离此不远,有人奄奄一息,至少,人们忧心忡忡。这是个人的事)。此时此刻,他脸部表情舒展而恬静,与他平时的表情大相径庭。安杰洛在他脸上甚至发现一种极其高贵的神态,尽管他和他的母亲惊人地相像。

天气变了。白色的天空低得与树顶相接,甚至吞没了柏树的树梢,使之看上去像是用剪刀剪过。不管怎样,在夏天,天空的白色像是高挂着的帷幔。还可看到灰色的阵风从石膏穹顶下吹过。现在天空下沉,在离地面四五米处仿佛铺开了一个平展展的天花板。大部分时间鸟儿销声匿迹，乌鸦也不例外，从此，它们在天花板上空过着一种神秘的生活，有时，大滴黑乎乎的东西从上面掉下来。

旋即，气温急剧上升，就像在关上炉门的烤炉里一般。太阳不再行走，影子不再旋转。日光不过是反光，越来越强烈，直至亮得像中午那样令人目眩，然后慢慢变暗，直至原地消失在黑夜里。

有一个现象使大家发愁，那就是听不见别人的说话声。你试图同一个人说话，但白费力气，你是在同自己密谈。对方默默看着你，如果他也开口说话，你只见他的嘴唇在翕动，却不闻其声。那是一种有点儿隆隆作响的沉默。如果你大声喊叫，那叫声在你耳边轰隆，却只有你自己一个人听得见。这现象持续了好几天。

自然，天空好像布满了石膏，视野受到限制。假如你想看远处，就得弯下腰，就像从一扇门的底下往里瞧一样。

尽管没有一点儿风，却有两三种极其特别的气味扑鼻而来。首先是浓烈的鱼腥味，仿佛有人把一张刚卸下货物的渔网摊到草地上，而你就站在渔网旁。然后，鱼腥味变成了泥塘里腐烂的灯芯草味和热乎乎的烂泥味。这一气味和其他气味一样，使人幻觉丛生。天空中的石膏似乎渐渐变绿。接着（也可能是同时），又有了一种气味，像是（但更浓烈）从没有关严的鸽棚里发出来的，一种鸽子屎的气味，一种呛鼻的酸味。这一气味（鉴于周围只能看见耀眼的白色）也使人产生极不愉快的幻觉，尤其是，你会幻想出一些巨大的鸽子，正在用浓密而令人窒息的绒羽孵卵，把大地弄得脏兮兮。最后，还得指出一种汗的气味，非常非常咸，非常非常浓，就像封闭着的羊圈里的羊尿味，刺得你睁不开眼来。

这些气味尽管能使人幻觉丛生，但并不令人害怕，或者，至少人们怕的不是它们。石膏天花板开始迅速衰老，石膏残片脱落下来，露出了黑洞洞的顶楼。天色越来越阴暗。最后，电光开始在空中飞舞，但流产了。那不是不折不扣的雷电，而是蜡烛的闪光：一种胆汁色的黄色火光，在销声匿迹之前，没完没了地弹跳，伴随着微微刺耳的声音。电光散发出强烈的磷气味。

相反，有一天，没有看见丝毫闪光，就突然听见一声响雷，干脆利落，犹如铁锤敲了一下。从此刻起，这铁锤声不再停止，仿佛要把某个东西的底敲掉似的。雨落下了，开始几天不过是蒙蒙细雨。后来能看到雨条了。在以后两三天内，雨落个不停，雨条越来越密集，以致树木的颜色全都隐没了。最后下起了滂沱大雨，从此不再停止，那样密集，那样沉重，大地发出了哗哗的回声。

露营地天翻地覆，湍流滚滚。小茅屋纷纷倒塌。随时都要去帮助踩着泥浆竭力抢救衣物的家庭。四处没有藏身之地。山顶上高耸的岩石流淌着黑水。穿工作服束皮腰带的工人民兵负责全面的救助工作。他们无处不在。他们东奔西跑，忙忙碌碌，无私无畏，但劳而无功。这些人扛着枪，抱着淋成落汤鸡的孩子，时刻为种种沉重的道德所拖累，安杰洛见此情状，心里好不气恼。

"可你要责备他们什么呢？"他想道，"在那边，在另一个山头上，没有民兵组织，谁负责救助大家呢？一个人待在荒山野岭，如何救得了他的家人呢？"

雨倾盆而下，越下越沉，下了四十来个小时；没有狂风怒号；近乎平静安详。终于响起了一声壮丽的霹雷，也就是说，伴有红光闪烁的撕裂，美丽非凡，震耳欲聋，人们赶紧捂住耳朵。天空裂开一条口子。裂口两边，密布着一座座云彩构筑的城堡，令人头晕目眩，天空如愿以偿地变成了蔚蓝。随着云彩城堡彼此远离，天空越来越明朗，天蓝转成了龙胆草蓝。金光灿灿的太阳，犹如祭坛上放圣体的金器，在云端翻着筋斗。

妇女们把撑裙架取下来。她们的撑裙架是棉的，不像贵妇那样是马鬃的，故而涨满了水。她们也不得不脱掉过于宽大沉重满是污泥的裙子。她们只穿衬裙，看上去很像共和派人，唯有面孔依然非常淑女，头发梳得整整齐齐，没有一绺头发披散开来。她们不敢自由地迈开双腿。

很快死了四五个老人，雨水一直渗透到他们的骨头里。尽管生起了大火堆，但浓烟多于火焰，无法把他们烤暖。

山下的谷地已然面目全非。牧场消失得无影无踪，只见几米深的水流，泡沫翻滚。从前矗立着医疗站帐篷的地方，如今一无所有。在另一座山的侧面，就在淹没山谷的那条大湍流的边上，几个黑黝黝的人影，有如一小群蚂蚁，围着微白色的残片忙个不停。在他们头顶上，橄榄树林里渺无人迹。在更高的地方，松树林边，还有几个黑乎乎的小人影在蠕动。

山谷里的水全都汇聚在城市周围，把它的一个城门吞没了。天上的云彩好几天一直是灰蒙蒙的，然后渐渐转成蓝色。

两个孩子死了。死于一种喉咙疾病。妇女们开始窃窃私议，说是将会暴发一场白喉瘟疫。她们局促不安。她们目光凶狠，这反倒使她们变得更漂亮了。她们把自己的孩子紧紧搂在怀里。其实，那不过是几例并不严重的喉咙病。民兵终于把木柴弄干了。他们没有休息，仍穿着湿漉漉的工作服和长裤，背着他们的全副武装。终于能生着一点儿火了，人们把索索发抖的人带到火边。

穿工作服的人也蹲在火边。他们把枪拆开，将零件烤干，上好油，再装起来，用刀尖把螺丝拧紧。那场面就像在检查武器。

"你在这一切中做点儿什么没有？"安杰洛问日于塞普。

"什么都有我的份。"日于塞普不无骄傲地回答。

云彩变成了靛青色。它们堆积在天际。后来，它们涂上了一层紫色，接着变成了酒渣色，吸引了所有人的注意力。同时它们缓缓移动，使得山那边的云堆渐渐土崩瓦解，天空越来越晴朗，一种纯洁得令人难以置信的碧蓝渐渐布满天空。最后，大中午竟出现了红色云彩，红得像丽春花，恰似晚霞。

阳光灿烂夺目。连最小的脏水也开始冒烟。白天炎热，夜里很冷。

出现了一例令人震悚的霍乱病。不到两个小时病人便一命呜呼。是一个民兵。他正在站岗。起初，他似乎突然对他的枪失去了信任。他把枪放下来靠在一棵树上。不久，一个个病状接踵而至，势不可当。先是发绀，令人恐惧地全身发冷，接着是痉挛，垂危，吓得他周围的人全都溜走了，连救他的人也逃之夭夭。

他的面容显示出霍乱病的典型症状。这是一幅展现死亡及其曲折过程的活生生的图画。疾病来势迅猛，一时间还能看到极其孩童般的惊愕惶恐的痕迹，但紧接着死亡便开始了骇人听闻的游戏，病人的双颊眼看着瘦下去，嘴唇翘起来，露出了牙齿，像是要永远大笑下去；最后，他惨叫一声，吓跑了他身边所有的人。

这以前的霍乱病人是从不喊叫的。他们死之前，已然精疲力竭，有如衣服磨得露出了织纹；死亡来临时，他们的躯体准备听凭摆布。而从现在起，死亡犹如一颗子弹击中了躯体。他们的血在血管里迅速腐败，正如太阳落山时，阳光在天空中迅速分解一样。因此，他们看见黑夜来临，于是开始大喊大叫。

从此，喊叫声响彻白天和黑夜。一切活动均已停止。除了等待，没有人再干任何事。因为子弹左撞右击，仿佛有个射手在暗中射击，枪就放在瞄准架上。时而是个男的，好端端走在山路上，突然像野兔似的在地上打滚；时而是一个女的，正吹着火，就脸冲炭火倒下了。一家四五口人，坐在一棵树底下；父亲叫喊起来；其他人必须站起来，逃之夭夭。人们弃他而去，因为他正在死亡，人们对他已无回天之力。妻子、孩子，就像一群小鹧鸪，撒腿就跑，气喘吁吁地停在一丛灌木后面。有时候，射手对这伙人紧追不放。他们刚刚喘过气来，母亲或其中一个孩子惨叫起来，于是，又听见衣裙在逃跑中窸窸窣窣，将新的死者遗弃在地上，他还在垂死挣扎，神经尚未松弛。

可以看到，越来越多的民兵没有了枪，枪被遗弃在草丛中，抑或靠在一棵树上。

在这些死人的脸上,眼睛半睁半合,眼皮重重的,沉沉的;些许颜色在睫毛之间闪烁,但犹如宝石,一动不动。疾病闪电般吞噬着肉体,却让眼睛的颜色完整无损,从半睁半合中可以看得见。有些年轻女子死了,只剩下一张灰白的皮,皮下有一块块青斑,那是腐烂的血液,唯有弯弯的长睫毛依然存在,弯向一泓碧蓝碧蓝的秋水,一块祖母绿宝石,一枚纯纯的黄玉。脸颊发紫,嘴唇发黑,闭得紧紧的,但总是露出红若丽春花的舌尖,出人意外,淫邪得令人恶心,与半睁半闭的蓝眼睛很不协调;当你不得不凝视其中一张脸时,尽管感到厌恶,但总要回到那双眼睛上,那呆滞的目光像是在凝望远方,显得自豪和骄傲,尽管身体躺在泥水中,而且有的已经腐烂,爬满了蛆。因为白天依然十分炎热。

安杰洛试图给几个突然倒下的病人治疗。工人们提到拉斯帕耶疗法,对樟脑坚信无疑。但他们更把樟脑视作一种预防药,用细绳将樟脑香囊挂在胸口,就像挂着圣牌。四五名勇敢坚定的人来同他并肩战斗。从疾病发作到死亡的时间很短,他们尽量让病人服用鼠尾草浸剂。可是,病人一旦被霍乱的子弹射中,就会神志昏迷,浑身抽搐,弯曲得像根柳条。必须做一些类似紧身衣的东西,将他们捆在里面。但每次都是安杰洛抱住霍乱病人的头把它抬起来,而其他人则把装鼠尾草浸剂的瓶子塞进病人紧闭的嘴里。也有人说给病人放血。但是,用小刀笨手笨脚地给焦躁不安的身体放血,那是在进行可怕的屠杀。再说,鼠尾草、放血、樟脑都于事无补。

然而,安杰洛依然一听到惨叫,便一跃而起(竟至于有一天,他循声跑去,发现原来是四五个孩子在试着放风筝)。他也养成了观察人的习惯,看看有没有人突然把手放到眼睛上,因为发病时,常常先眼睛发花;或者看有没有人走路时摔一跤,因为有时则是一种预示死亡的眩晕,像是喝醉了酒似的。

"他们这样我一点儿也不喜欢。"日于塞普说,"他们有个怪毛病,不愿待在原地,他们会跑到我们这里,死在我们身边。他们实在恬不知耻。既然这病说来就来,就该待在自己的领地上。他们可能会倒在拉维尼娅,或你,或我的身上。不管怎样,会把我们所在的草地弄脏。这种病是开不得玩笑的。"

日于塞普双臂交叉在胸前。他不时地将左手的食指和中指交错在一起,用这两个交错的指头摸摸自己的太阳穴,摸摸拉维尼娅和安杰洛的太阳穴。

"你的做法我也不喜欢。"他继而又说,"让他们安安静静地死吧,不要多管闲事。他们是你的谁呀?而我是你的好兄弟,拉维尼娅是我的妻子,还不算小时候她和我们一起玩过。你照管与你无关的人,就有可能给我们带来霍乱,害得我们大家都会死。"

最后,他无法控制内心的恐惧了。而且,他也不做任何努力掩饰自己的恐惧,他说这是很自然的。

他甚至以威胁的口吻,凑到安杰洛身边同他说话,安杰洛感到他的气呼到自己的脸上,心里很厌恶,相当粗暴地把他推开了。

他们打了起来。拉维尼娅兴致勃勃地看他们打架。日于塞普大打出手,有几拳若不是对方躲避及时,可能会是致命的。而安杰洛打得他鼻子流血,日于塞普躺下来,手抓青草和泥土,口吐白沫,孩子般地呜咽哭泣。拉维尼娅乐不可支,但仍给他以爱抚;他亲吻她的手。她扶他坐起来。安杰洛恐惧地看着自己沾满鲜血的拳头。他们三人顿时拥抱在一起。

死的人那么多,有人心里嘀咕,是不是回城里去更好一些。有几位鞣革厂的工人甚至声称,浸泡在鞣革桶里的橡树皮,比乡下的空气更能防病,于是带着全家老少动身回去了。可是,他们走后第二天,一个小男孩回来了,他说,其他人刚回到城里就全死了。有个妇女也幸免于死,下午回到了山上。她叙述说,由于最近下了大雨,湍流冲进城里，大街小巷覆盖着厚厚一层沙砾和污泥，男人们就在铲除这些软泥的时候，一个个苍蝇似的倒下了，妻儿也相继死去，这一切仅发生在几小时之内，连进家门的时间也没留给他们。她失去她的两个儿子、丈夫和一个姐妹，先她而来的那个小男孩从此也孤苦伶仃、无依无靠。

对面山上的情况也不比这里好。现在只看见几小群人，彼此相距很远，待着不动。两座山之间隔着那个谷地，激流已把医疗站的帐篷卷走，给牧场剥去了一层皮，使之露出了骨头。山谷里积满了臭名昭著的软泥，根据冒出来的轻雾判断，那些软泥是有毒的。那里还发生了一件非常可怕的事。瘟疫开始以来，那里的几个大坑里，埋着城里的大部分尸体。人们用生石灰盖住了尸体，堵住了大坑。平时，这些大坑里显然在慢火煮着尸体的肉汁，现在，它们被雨水浇灌和浸泡，就像在煮着污秽的浓汤，沸滚得冒出了巨大的水泡。人们听见它们咕噜咕噜，看见它们冒出烟雾，闻见它们发出恶臭。

"我们走吧，"日于塞普说，"得离开这里。到更远一些的树林里去。"

但是，几个民兵来找他，同他谈了很久。是几个六七十岁的老人；他们还保存着枪。他们几乎都已家破人亡，最近养成了一个习惯，眼睛一眨不眨地盯着别人看。一个二十来岁的小伙子陪他们一起来了，他也已家破人亡，年轻的妻子死了，结婚才三个月。

日于塞普尽其所能、竭其想象地做着各种驱邪的手势，说话时，大部分时间都把左手捂着嘴巴。他尤其抨击那个年轻人，因为后者似乎对其他几个人影响很大。年轻人看着拉维尼娅，说话尖酸刻薄。他多次提到"责任"二字。每次都得到那几个孤寡老人的赞同。

"他们都疯了，"日于塞普说，"他们强迫我留下来。不过，等着吧，我给他们讲了两三件事，他们会记住的。"

事实上，只过了一夜。翌日，他们又来了。年轻人避而不看拉维尼娅。他说,他们明白过来了,也许的确应该到更远一些的树林里去。他还说,他和五六个同他一起的人自愿留在这里,做些力所能及的事,维持维持秩序,照顾一下病人。日于塞普对他们大加赞扬,他谈到了人民、他们的优秀品质、他们做出的榜样、他们为"实践自己的想法"而无与伦比的忠诚。除了驱邪的手势外,他还做了其他一些手势。

一起走的差不多有两百人。日于塞普走在前面,包揽一切,十分活跃,给些慈父般的忠告,催促大家快点离开。拉维尼娅跟随其后。她曾问安杰洛有什么打算。

"你跟他去吧,"安杰洛说,"我随后也去。"

他治疗了数百个病人后,只得承认自己无能为力。四五个起初和他一起干的人,早已放弃了。他不仅没有救活一条生命,而且,现在当他走近时,垂死者们把他的出现与必死联系在一起,因此一看见他,便进入最后的抽搐。人们叫他乌鸦,这是对那些脏兮兮醉醺醺、粗暴而可憎地给死者掘坟之人的称呼。他不得不承认自己不受欢迎。

他找到了日于塞普及其队伍,他们扎营在一处优美的地方。那是一个很深很深的背斜谷,参天橡树下长着茂密的牧草。一眼清泉流进一个深埋地里的旧揉面缸里。尽管簇叶遮得严严密密,但北风仍然吹得进来,空气十分新鲜。从前,这里曾有一个羊舍,现在还剩下断垣残壁。树叶飒飒地响,给人以莫大的抚慰。参天橡树的形状结构及其树枝的纠缠交错,给人以健壮和蓬勃的印象。

安杰洛来到时,日于塞普刚在泉边安置了一个武装哨兵。同时,他给每个人安排了宿营地点,好几家聚居在一个地方。人们大讲特讲法令。且非常自豪。民兵都有武器。安杰洛思忖,这些满面红光、健康结实的人是从哪里来的。在下面时他从没见过他们。这些强壮的人中,有一个猝然死去,临终的挣扎和别人毫无二致。他正在一束枪前吃着一块大面包,突然就倒下了。

"在下面时,"日于塞普说,"他们负责供应食物。因此你没见过他们。你是不是一直以为,拉维尼娅煮的土豆、大米、玉米粉是上帝恩赐的?你没想过为什么人人都有吃的?我们有仓库;人人都照章行事。让这些健康的人看守食物,不是很明智吗?你老实告诉我,你想要什么?你知道什么叫丢车保帅吗?"

那垂死者在草上没有多待一分钟,便立即被人抬走了。四个男人抬着担架来了,他们的衬衣放在长裤外面,这是乌鸦们习惯的装束。安杰洛注意到,担架是用新剥去皮的树枝做成的。此外,那四个乌鸦单独住在一个地方,离集体的营地一百多步。日于塞普吹口哨把他们召来。

开始两三天,大家都忙于事先商定的明确的工作。有些苦活是将下面仓库里的粮食运上山,由身强力壮的年轻人承担,武装民兵负责护送。另一些苦活是整治垃圾坑。组织这项苦活不是自上而下的。任何一个民兵背着枪跑来说:"得整一整。我需要多少人干这事。"日于塞普提建议时才亲自说话:把垃圾坑挖在下风口,离这里远一些。他非常风趣地谈论臭味,说得女人们,甚至男人们都开怀大笑。几乎每天晚上,总有十来个红红胖胖的民兵聚集在背斜谷的东边缘,黑夜来临的那个方向。当他们聚会了相当长的时间,大家正凝望着夕晖久久滞留的西边,日于塞普便来同他们会合。

又有三四个人死了,但尚未断气就被抬走了。人们一本正经地开始用乌鸦来称呼那四位将衬衣放在裤子外面的人。安杰洛注意他们的脸:他吓得目瞪口呆。

又有十来个人相继死去,其中六人在同一天。有个妇女同时失去了丈夫和儿子。她号叫着,拼命同乌鸦搏斗。她不停地号叫,她拳打脚踢,就像在游泳一样,最后她也被拖走了。人们把她带到离树林很远的地方,让她站在一个俯临一些幽谷的荒坡上。人们看见民兵做手势叫她离开,一直往前走。她走了。风儿吹拂着她散乱的头发。

这一幕引起了极大的骚动。大家议论纷纷，说话的声音几乎和树叶的飒飒声一样响。日于塞普爬到羊舍的一个断墙上。他亲切地同大家谈这个向荒谷走去的女人；他说了许多感人肺腑的事。不幸应该受到尊重，而且要予以减轻。大家知道，在树林另一边有一个村庄，她一定会走到那里。村里人的好客是远近闻名的，甚至传为美谈。毫无疑问，这个女人穿过树林后，村里人会接待她，给她饭吃，给以照顾。他想让大家注意一件极为重要的事。他又说了一遍不幸是应该受到尊重的。这个问题，毋庸再多说。有一件事是肯定的：死人给活人带来极大的危险。因此，尽快把他们弄走，这是个十分简单的道理。多留两三分钟于感情无所帮助，相反，却会带来传染。一个亲人去世了，人们会扑向他，拥抱他，紧紧搂在怀里，千方百计把他留住。有一点是绝对可以肯定的，当死神决定把他们召唤到那边去时，唉！所有这些办法都无济于事，都无法把他们留在这一边。相反，这些拥抱却非常有助于疾病传染。依他所见，一家人之所以常常加倍受到疾病的袭击，得归罪于这些拥抱。这又是个十分简单的道理。就这些：这就是他必须同他们讲的一切。

拉维尼娅偷偷看安杰洛。

夜里，又有不少人死了，四个，五个，六个，七个，八个，九个。乌鸦们和民兵提着灯来往如梭。日于塞普躺在床上唉声叹气，用皮埃蒙特方言同拉维尼娅交谈。他叫唤躺在两米以外的安杰洛。他对他说："同我说说话。"

早晨，背斜谷就被出清了：既无死亡的痕迹，也无死亡的不安。只有几处践踏过的圆形草地，表明曾是一家人住过的地方，如今已空无一人。

上午又死了一个。他还没发出临终的喊叫，就被抬走了。他的妻儿打了个包，一声不吭地跟在民兵后面，被带出了背斜谷。

那天白天只死了一个。傍晚，安杰洛抽着一支小雪茄，忽然听见像是微风吹拂树叶的声音。那是说话的声音，人群间又开始议论纷纷了。

夜里平安无事。然而，日于塞普多次用皮埃蒙特方言同拉维尼娅说话。她不作回答。他喊安杰洛，对他说："同我说说话。"安杰洛同他谈了很长时间的皮埃蒙特和栗树园，最后，他开始想象出可让日奥旺-马利亚·斯特拉蒂戈波洛老爷当众出丑的种种恶作剧。每当他停下来歇口气时，日于塞普便对他说："快说，还有什么可让他出丑的？"

第二天没死一个人。那天微微刮着轻盈活泼的北风。听着粗壮的树枝被风刮得发出轻微的嘎吱声，真叫人心醉神迷。大家对维持水池周围秩序的民兵服服帖帖，唯命是从。在他们极其粗俗的红脸膛上，出现了一种严肃而自信的近乎智慧的神态。这现象使安杰洛惊讶不已。日于塞普在营地上走了走。大家极其尊敬地向他致敬。大家甚至向拉维尼娅致敬，她则越来越像寓意画中的人物了。

"我向你致敬，理智女神。"安杰洛对她说。

她露出了预言家的笑容。

安杰洛把日于塞普拉到树林的西边，对他说：

"得清楚地看到，你在保护我。"

安杰洛胡子下露出牙齿，笑了。

"不要笑，"日于塞普说，"我心里明白，你昨夜讲斯特拉蒂戈波洛，纯粹是为了分散我的注意力。我并不隐瞒，这种病让我感到厌恶。你想要我对你说我害怕吗？好吧！我对你说我害怕。我身上的皮翻转过来，就像正在活活剥皮的兔子。你甚至想知道我内心深处的想法，是吧？在现在这种情况下，并非一定要表现出勇敢。这样太冒险。装装样子就够了；结果都一样，至少可以活着达到；这是最最重要的，尽管你在偷笑，我不喜欢你这样笑。你想笑就笑好了：死亡意味着彻底的失败。应该善于利用别人。这不言而喻的道理，谁都明白，就连你用来作为羊毛床垫堵你窗口的人也懂得这个道理。人比羊毛更适于挡子弹。任何人生来都有这个常识。正因为如此,我比你更接近人民。你看上去缺少理智。你让他们感到不安全。他们不可能相信他们无法想象的美德。不信你试试。你告诉他们,说你得彻夜抓住我的手,就像抓住孩子的手一样,或者,你向他们表示你瞧不起我,你看吧,他们不砸烂你的脑袋才怪呢。"

他们下面是荒谷,两天前,第一个被驱逐的女人被赶到了那里。山谷里长满了蓝湛湛的大山毛榉树。那里看不见有村庄,到处是蓝蓝的树林。

安杰洛没有吭声。

"我们回意大利吧,"最后安杰洛说,"让他们把我们杀死。"

"好,"日于塞普说,"怎么个回法?"

"我穿上我的上校制服,你穿上你的轻骑兵制服,我们手挽着手地回兵营去。"

"要是人家不杀我们呢?所有的骑兵中士都是烧炭党人。有二十个士官是烧炭党的头头。半小时后,军官们死了,一千名新兵必须在都灵街头开始工作,他们高喊:'巴尔迪上校万岁!'可是,第二天,当他们只剩下五百人时,呼喊声就少多了。怎样把工场里的工人编入队伍呢?没有他们,一切皆不可能,他们对肩章,对拉布朗塔城堡,会表露出不满。还不算要向在纸上或在头脑中已制定出自由意大利法律的所有人做解释。别忘了有律师和教授。"

"我不穿军服让他们抓住我。"

"可是,那位想当陆军部长,甚至可能想当司法部长的波内托会大肆宣扬你被捕的消息。我承认,这会使我那些把你视作雄鹰的骑兵中士和士官灰心丧气,在他们的想象中,你被人骗了,甚至叛变了,认为这是显而易见的事。但这不妨碍你成为先驱者。没有比煽动肇事的破坏分子更好的先驱者了。即使我们所有的人都相信你叛变了,负责公众舆论的人会把你的监禁写成一部小说。如果用一个星期来审判你，那至少会有两百次殴斗。每次殴斗死两个人，你算一算，你的良心上将压着四百个死人，也许还有持续十年过着没有自由的生活。再说如果人家枪毙你，会有一次小小的漂亮的焰火。还不算你母亲的密谋，还有我母亲，她会到大街上去用匕首乱杀人，还有卡洛塔，她会将左右的爪子磨锋利的。这样，又会有两三百人死亡，这还是少说了呢。假如人家让你在监牢里度过余生，那么，我们就要受到诽谤，因为这涉及让你死在监牢里，甚至（什么甚至！是尤其！）在意大利获得自由后。你丧失信心了吗？我承认我们现在的处境不适合大谈勇气。"

"霍乱并不使我感到不安，"安杰洛说，"这甚至是一种一了百了的死法。不尽责任，我是不可能幸福的。"

"我不许你死，"日于塞普说，"尤其是这种死法。至于责任，为什么你要为大家的责任操心呢？我还以为你挺骄傲的呢。还是对你自己负责吧。"

第十章

现在,霍乱像头狮子,在城市和树林里漫步。憩息几天后,背斜谷上的人再次遭遇霍乱的袭击。人们无情地把死人抬走,甚至没等完全死去。每个遭袭击家庭的幸存者,照顾过病人的人,统统被赶走。

"你把他们赶到哪里去?"安杰洛问。

"下面我们来的地方:杏树林。"

安杰洛回到杏树林。他垂头丧气地回来了。他说,那里成了陈尸所,还剩几个活人,瘦得皮包骨头,在未埋葬的尸体上和成群结队的秃鹰堆里蹒跚而行。他很不自然地叙述了经过。

日于塞普首先辩解说,这里不是下风口,那些尸体对这里不构成危险。但他立刻又说:

"你得离开这里。"

"你也是。"安杰洛说。

出乎意料的是,日于塞普没怎么反对。

"你在争取自由的战斗中举足轻重。"安杰洛对他说,"你应该逃命。你的死毫无用处。我已为我个人确立了责任,这也是你所劝我的。在战斗前,首先得保持部队完整无缺。"

他甚至列举了许多更加似是而非的理由,而且说得头头是道。

"在这里,你感到害怕,"他对日于塞普说,"可是,我了解你的勇气。有几次我甚至感觉到了。因此,你感到害怕一定有不容置辩的理由,而这不容置辩的理由就是,你只不过害怕白白地死去。"

这个问题他谈了很久。

"这完全是事实，"末了，日于塞普说，"这正是我的本性。可是，我武装起来的那些工人已习惯听我的指挥，他们现在可以强迫我指挥他们。"

"不管怎样，"安杰洛说，"我在他们眼里一钱不值；甚至他们没有向我掩饰自己的想法：他们把我看作掘墓的乌鸦。要不是为了保护我，你可能早已把我赶到下面去了。如果我不见了，他们不会注意到的，或者他们会以为我到某个角落里去等死了。我先走一步，我去买几匹马。这山谷的那一边果真有你说的村庄吗？"

"我想有，不过我再打听一下。"

"还是我先走一步吧。"安杰洛说，"我给你留下二十个金路易，你可以给拉维尼娅和你自己各买一匹马。不应该引起别人的注意，如果我买三匹马，那些可恶的人会传播我的名字和相貌的。"

"甚至得多买一匹，"日于塞普说，"这样我们就可以带些干粮走。"

"我到稍为远一点儿的地方等你们。"

"你走后三四天我们动身，"日于塞普说，"假如有人向我问起你来，我好做些解释，另外，也好有时间把大米、菜豆、面粉和猪油装进袋里。我们去哪里呢？"

"向意大利靠拢。"安杰洛说，"那边是不是也有霍乱，我们一无所知。不管怎样，我们从山里走。"

"听我说，"这时日于塞普说，"这些我早就在脑袋里反复思量过了。我要给你谈谈我的想法，你就会明白我不是昨天才考虑这个问题。最近的路是沿着迪朗斯河的河谷往上走，可那条路一定有人警戒，设立路障，隔断所有的村庄，要出示路条方能过去。你给我讲过你来这里的种种惊险的经历，这充分证明了这一点。当然，我会给你和给我自己准备足够的路条。我带来了市政府的公章，不过，我们要把事情安排得最好：我们至少要被扔进监狱五十次，如果我们能从前四十九次死里逃生的话。我说的监狱是指隔离所。你给我讲过隔离所,我听了不寒而栗。不过,还有另一条路,条件更有利。到沃克吕兹省的山里去,也就是从这里向西走。从那里去德龙。德龙这地方极其荒凉。那里有一个更为荒凉的山谷,沿山谷上去,就可到达山里。你来看。"

他在一张纸上画了个地图。他对那些主要道路,甚至小路都了如指掌。

"把这放在兜里,"他说,"你在打叉的地方等我们。我知道你是骑马高手,你,嘿!即使卖给你一匹劣马,三天也走到了。那里既不是城市,也不是村庄,甚至不是一个交叉路口,而是路边的一个小教堂。那是个很吓人的地方。叫下圣科隆布。上圣科隆布是座巉岩林立的高山,陡得令人心惊胆战。"

安杰洛在一法里外的一个农庄里买到了一匹马。那里的人没有生意头脑。只剩下一个老婆婆和一个五十来岁的妇女,大概是她的媳妇。安杰洛出示锃光发亮的金币,她们见了欣喜不已。

"你也不数数。"当安杰洛给日于塞普钱时,后者说道,"你至少知道你母亲带给你的钱袋里有多少钱吧?"

"不知道。"

"不要太无所谓。里面的钱足够一个家庭生活三年。其中还有十枚极其漂亮的金币。这十枚金币是我为了正义的事业窃取来的,三个月前邮局公开把这钱交给了米许,这个臭名昭著的米许,在你来到这里时,可是好好优待你了。你为被吊死付出了代价。"

"我现在明白为什么警察看见金路易了。"

"等你知道下面的事后,你才会完全明白:警察局非常及时地发觉了从邮局寄的这笔钱。那是一张匿名票据,书法无懈可击,没有一个拼写错误,有两三个副词,这些副词,是一个老省议员的笔下常常使用的,即使他的老板让他秘密干这事,他也会不由自主地写出来。"

"你学会背叛了?"

"这是资产阶级的说法。"日于塞普说,"我爱自由。我爱这个观念。我愿为它赴汤蹈火,甚至献出自己的生命。一旦爱上了什么,谁会顾及一个朋友?再说,他们是法国人。"

安杰洛为了和他的马待在一起,便去那个农庄过夜了。他怀疑那位女农庄主对漂亮金币的鉴赏力。日于塞普带着马鞍的后桥,里面卷着丝绒上衣和冬大衣。

"现在是九月下旬,"他说,"这些你很快就会需要的。我走时将带些呢料,拉维尼娅闲时可给我缝些什么。我不像你,需要裁剪得体的上衣。但你看看我在包里放什么了。"

里面有一把国民自卫军的漂亮小马刀,放得非常经心,手一伸进大衣的领饰里,就能摸到刀柄;一抽出来,手里便有了一把出鞘的武器。

"当然,我给你的枪也都装上了子弹,不过,我知道你更喜欢冷武器,尤其是可以抡得飞转的刀剑。我全给你武装好了。谁知道路上会遇到什么,特别在这种时候。"

安杰洛特别感激他为自己准备了马刀。这比他跪在自己身边,点着打火机检查他的长统靴足足检查了半小时更令他感激。

"它们无懈可击,经得起国王的检查。不过,看两眼总比看一眼强。总之,顶多过十天,我们又会见面,又可以在一起了。"

他们又拿出画着路线和会合地点的地图。日于塞普又讲解了一遍,还补充了一些细节,要安杰洛答应这答应那,末了还哭了起来。

"千万别靠近上面标着的那两个小城,要走荒山野岭。如果我现在失去你,我会开枪自杀的。"

"我现在什么也不能答应,"安杰洛说,"我甚至认为我会直奔第一个小城。只要那里有人,我就进去。我非常想抽这小雪茄,我现在只剩三支了。不过,我只要买到百来支,我发誓,我就走荒山野岭。"

他们紧紧拥抱,激动得身子微微颤动。安杰洛紧紧搂住他的朋友和兄弟，高兴得发颤，他感到自己也要哭了。

"好了，走吧，"安杰洛说，"你还要在你的王国里待几天。正如你说的，他们是法国人，告诉他们要彼此热爱，这对你有什么不好呢？"

安杰洛用半个金路易买了一副足足值三法郎的农家马鞍，他用带子将行李绑在上面。两支手枪放在兜里。马刀在大衣里适得其所。

这是个美丽的早晨，吹着北风。他进入蓝蓝的树林。他悠闲自得、心醉神迷地闲荡了半法里，谛听微风轻拂山毛榉树，凝视道道阳光似金色长矛穿透树林，真是一场无与伦比的混战。他的马并不太土气，对气味和阳光也乐而忘返。

他们来到一条长满矢车菊和巨型牛蒡的古道上。下面是山谷，覆盖着黑黢黢的树林。他们在古道上走了半小时，树荫和寂静使他们的身体都有点儿变僵了。忽然，安杰洛看见一条红色条纹的衬裙横在路上，他一眼便认出那是第一个被逐出背斜谷的妇女穿的衬裙。她果然在这里，已被野兽吞噬，爬满了巨大的鼻涕虫，它们正在把残骸消灭。

出了树林，大地在一条溪流两旁展开了雀鹰的双翅，前几天的大雨使得溪水漫溢到牧场上。这里和别处一样，牧草和麦子都没收割。庄稼待在原地，被暴风雨压倒，与矢车菊、大蓟、黑莓粘在一起，被无数飞旋的鸟群抢劫一空。天际群山环抱，山丘上空耸立着紫莹莹红兮兮的山鼻子，无疑，上面覆盖着黄杨树。

尽管烈日当空，风还是凉飕飕的。安杰洛决定穿上那件不寻常的丝绒上衣，并且打扮一下自己：比方说，把胡子刮一刮。溪水漫到茂盛的牧草上，清澈的水银光闪闪；尽管风很凉，他很想在小河里洗个澡。但得谨慎。谁知道上游有没有受到污染；沿岸的村庄经常把敷料、粪便、腐烂的动物尸体，甚至死人扔进河里。离小河较远的地方，他发现有一个大雨水坑，看上去倒挺卫生。

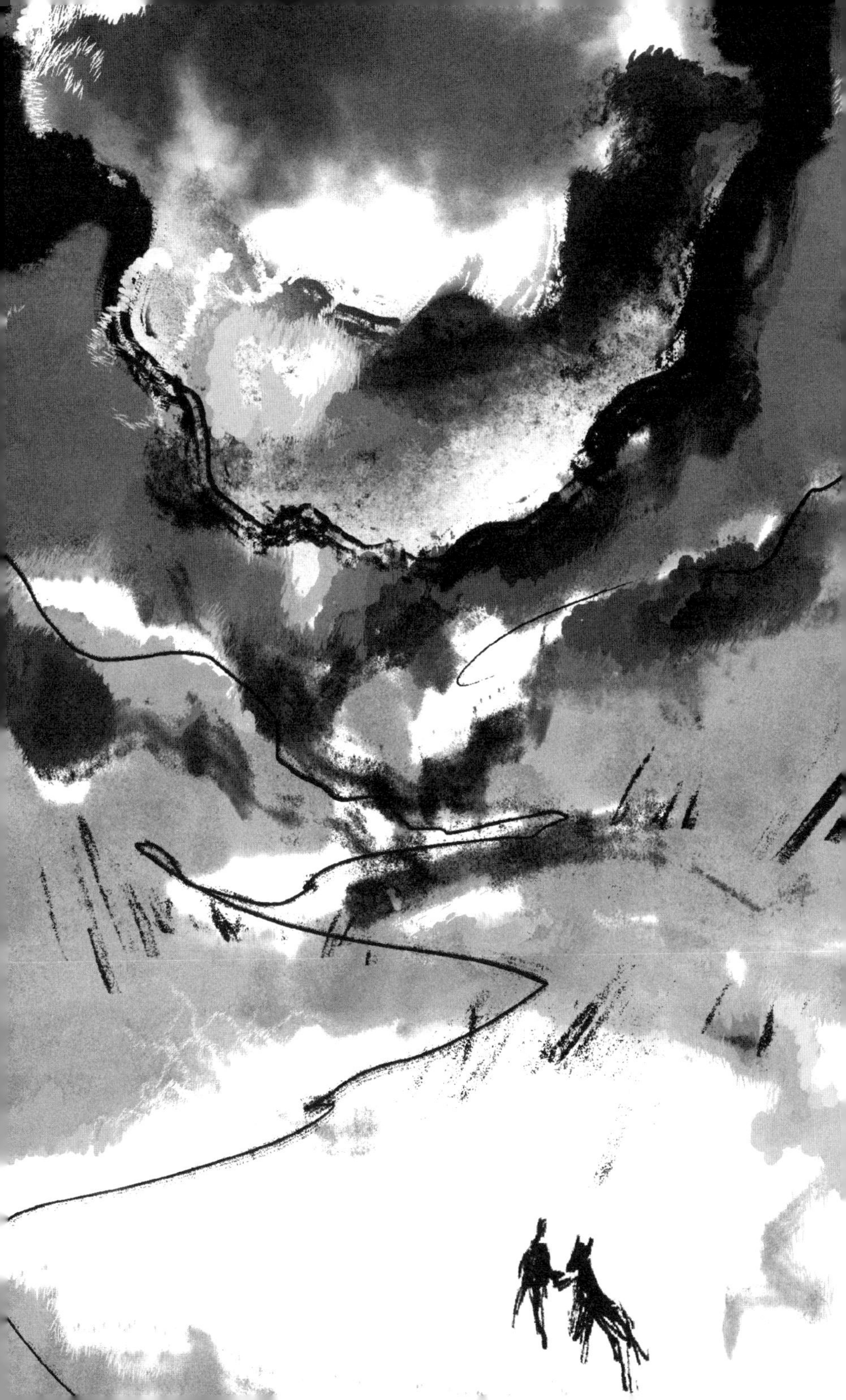

拉维尼娅想得很周到，还准备了一盒紫罗兰润发油，安杰洛用它来梳理胡子。包里还有一件换洗的衬衫和三块缝补得很整洁的手帕。日于塞普则给手枪准备了三十发子弹，而那把马刀虽说不够气派，鼻翼短了些，但很匀称，重量也恰如其分。这是家庭中父亲们用的刀，但在发怒时，还是挺危险的。

上衣做得非常合身。多亏丝绒，安杰洛感到袖窝处愈来愈温暖，他也愈加以一种更精练正确的语言同自己说话。他仿佛又看见了给他量尺寸的束着腰带的工人。那人蓄着镰刀形的胡子，目光注视着四步远的地方，绝对是守卫路障的典型代表；他枪靠着脚，守卫着山冈上不知什么神圣的东西。日于塞普请他做衣服，他赶紧把枪靠在一棵杏树上，撩起工作服，从怀里掏出一个卷尺："非常乐意！请先生自己用铅笔记下尺寸。先生的肩很漂亮。四十八。请先生屈起胳膊。谢谢。愿为您效劳。"完后，他又拿起枪，调整一下姿势，又把视线落到四步远的地方。

"人民，我爱你！"安杰洛大声说。但他马上又迟疑起来，他扪心自问，他爱人民是不是就像人们爱小鸡一样。

太阳喜眉笑颜。风儿追逐彩云。安杰洛宛如天空：通过太阳追逐影子，通过影子追逐太阳。

村庄离他还很远；他在这个村里不费周折便买到了雪茄。那里死的人不多。

"我看是这样。"烟店女掌柜说。她年岁很大，她把卧具堆在烟店里，用一个木炭炉做饭，炉子放在柜台的大理石面上。

但街上却很荒凉。听不见母鸡的咕哒声和牲口的吃食声，相反，可以清楚地听到钟楼风标的嘎吱声，以及风儿在瓦上的踏步声。

安杰洛买了五盒雪茄、三米火绒、一纸筒的打火石。那老妇恨不得把整个店都卖给他。

"现在这里的人不大抽烟了。"她说。

的确只有风的声音。一扇门微微开着，露出了一只鞋和男人的半条腿，这似乎是一个睡眠人的鞋和腿。

安杰洛把一支雪茄插在嘴角上，策马飞奔了一会儿。

他飞奔了两法里，心里只想着雪茄，想着温馨的凉风，想着他现在多么自由。

一个小山谷用芬芳的薄荷给他以爱抚；他出了这个小山谷，看见前方有一条大路，停满了各种车辆。路周围的田野里，也停着一些车，一些二轮运货马车，装了鞍的马系在树上。再过去，一大群步行者拥挤在一个路障和一些军帽旁，军帽上的红绒球看得清清楚楚。

"开个玩笑吧！"他想道。

他穿过一个松林，然后向左拐。他来到一个小丘上，极目远眺，大片地方尽收眼底。人们好像在那里确立了边界。在所有的公路上，甚至在便道上，军帽和路障有如止血带，阻止像是一块黑色血栓的货运马车、汽车和人通过。

"下去逛一逛玩玩，"他想道，"不用正里八经的。只要有一米五的空隙我就可以过去。找不到这一米五的空隙才怪呢。"

可是，当他慢步走近一条他以为无人把守的通道时，防线上的一个士兵从坐着的高草丛中站起来，吆喝道：

"老乡，下马！早就对你说过，并且不止一次重复过，不要骑马过来。如果你想理论，就到大路上去，那里有一个军官。而我是铅做的。"

他拉了拉枪栓。十米外，另一个士兵站起来，也拉了拉枪栓。

安杰洛举手向他们致敬，平静地掉转马头。

"如果胆小鬼坚决拿起武器，"他思忖，"音乐就会变调了。这不再是我在佩吕伊遇见的小哨兵了。他叫我老乡。我要同他开个玩笑，让他相信我真是个农民。农民处在我的位置上会做什么呢？他会去找别人理论。咱就去。"

于是，他向有如血块堵在大路上的人群走去。

那里有二十来个人，甚至还有几个狼狈不堪的上流社会的先生夫人们。他们都手持路条。

"我才不管你们的路条呢。"那军官说，"我知道这些路条是怎么来的。用不着教老猴子扮鬼脸。我的命令是：'停止前进！'我要叫你们永远站着别动。管你们是不是男爵：我就像霍乱病，我，我不加选择。所有的人都一视同仁。如果真是那么好，那就请哪里来回哪里去。除非有麻烦。嗨！我们恰恰不想有这个麻烦。回吧。"

这是一个大胆而狡猾的人，像根防风草，枯瘦而苍白，但双眸像是打了蜡。他用相当犀利的目光注视安杰洛。

男女农民骂骂咧咧。他们互相在使会意的眼色。但是男爵先生和男爵夫人们异常恼火。他们不知如何才好，只是把路条捏在手中。

"他们来的地方想必问题很严重！"安杰洛想，"他们现在忍气吞声，老老实实地待在外面，丝毫不再把这看作耻辱。总而言之：'霍乱万岁！'"

那些有钱的妇女前一天起就没再涂脂抹粉，她们垂下头看自己的足尖。在她们中间，安杰洛注意到一条短短圆圆的绿裙子，裙下面是长统靴，一条马鞭在抽靴子。拿马鞭的手肯定没有被制服。所有这一切，属于一个戴硫黄色路易十一小毡帽、有白皙颈背的女人。那是个年轻女子，她坚定地转身离开那群讨价还价的人们，向系在一棵树上的一匹马走去。安杰洛瞥见一张似长矛般尖削的小脸，头上浓密的黑发环绕。

"这人很面熟。"安杰洛即刻想道，"在哪里见过？"

他肯定从没遇见过这样一个女子，遇见了是不会忘记的。她正在系一个马镫很短的男用马鞍的肚带，她掀起一道缝，使得马鞍架上的大手枪珠光闪闪。

"真该砍脑袋！"他想，"这是在那幢有妙不可言顶楼的房子里极其勇敢地为我煮茶的女人。"

他走过去，说：

"要我帮忙吗，夫人？"

她冷冷地看着他。

"受恩当报答。"他淡然地补充说。

"什么恩？"

"两碗茶。"

"碗？"她说。

"是的，"他说，"很大很大的碗，盛牛奶咖啡的碗。我想，如果您手里有大汤碗，也会用一只大汤碗来给我盛茶的。"

这时，安杰洛开始诅咒自己身上那件农民上衣，不过，他对自己的冷漠神态相当满意，他认为完全是英国式的。不知为什么，安杰洛对英国式的神态非常信任。那年轻女人似乎尤其被某种喜剧性的东西所打动。

"啊！"她说，"我想起来了！是那个绅士！"

这个词使安杰洛惊讶不已。他想不起那天夜里他在那些楼梯上的精神状态了，也忘了当时他特别害怕吓着人家。

尽管那顶路易十一式小毡帽大胆地一直戴到耳朵上，那年轻女人不可否认地需要说说话儿。她祝贺他在霍乱最流行的时候没有染病，城里居民撤离前一两天，霍乱就已登峰造极了。他则平铺直叙不带任何形容词地向她叙述了自己和嬷嬷在一起的惊险经历，以及他怎样到达了杏树冈，那里发生了什么事。他没有提日塞普，只讲了那种暴发性霍乱的事实，地上到处是被遗弃的尸体。

"在我所在的山上，我们住得也好不到哪里去。"她说。

她也讲述了种种耸人听闻的事。

"这里是怎么回事？"安杰洛问道。

"三天来，人们一直阻挠我们到邻省去。至于我，我对一个瘦高个儿对我的凌辱已忍无可忍,他自以为死神给了他权利,可以对我作威作福。他错了。我宁愿得你的霍乱,我回去。"

"封住这个小山谷是很容易的事,"安杰洛说,"不过,我们得设法到那边的山里去。他们以为我们骑马的技术不高明,绝不敢走山路。"

"我试过,"她说,"可他们预料到了。他们怕得要命,所以宁可高估大家的能力。"

"也许是大家吧,"安杰洛说,"不过有些人是例外。刚才,那里有个戴大黑帽的农民。他现在在哪儿?他不见了,拉那辆车的马也不见了,现在那辆敞篷双轮马车被遗弃在柳树林里,您瞧。不看见有人回来。刚才,就在那位瘦高个儿装模作样做演说的时候,我看见那些乡下人正在互使眼色。他们可能知道有一处地方很难设置岗哨;他们一个个先后都去那里了。那边有个长金胡子的大个子,正和两个穿红衬裙的妇女偷偷溜到一旁去,依我看,他就是这些溜走的人中的一个。您瞧。那两个妇女看上去若无其事。装得有点儿过分了。您瞧那一位不是要摘薄荷叶了吗?我从没见过一个农妇摘所谓的薄荷叶消磨时间。请相信我,这种若无其事是出于需要装出来的。这里面大有文章。"

"您的眼睛好厉害。"年轻女人说,"这里面确实有文章。"

"您一定要过那边去吗?"安杰洛说,"我谈谈该怎么办。噢!不,不是跟在他们后面。肯定得做个游戏。让他们先去冒险。看他们走哪条路。我们不是小孩子,完全可以自己去,只要待会儿他们不被人拳打脚踢送回来。这游戏不难做。我们溜到一旁去,牢牢盯住他们。那两个妇女衬裙的颜色那样鲜红,相距两法里我都看得见。即使在那边山脊的树林里。"

安杰洛和年轻女人一起走到那辆被遗弃的马车旁,坐在草丛中。

"没有充分的理由,人们绝不会把一辆几乎簇新的敞篷马车扔在路旁的。"他说,"他们能带的都带走了,连马车侧栏的绳子也没留下。"

"刚才，我们的那几个人消失了，"她说，"我看不见红衬裙了。"

"那里可能有条凹路。"他说。

果然，十分钟后，他们看见在覆盖群山下侧的栗树林下有一个红点。

太阳西下。斜斜的阳光深射到小平原周围那些圆形剧场般的森林。他们不费劲儿便能看清那三个逃跑者的行进路线，那三个人从路障那个点出发，绕了个大圆弧，现在正向似乎难以攀越的悬崖走去。

"我看那条小路连步行都很勉强。"那年轻女人说，"我热爱生命，但我绝不舍弃我的马来拯救生命。"

安杰洛从没这样高兴过。他熟谙这种感觉，可现在被一个如此抑扬顿挫的声音和一双似乎极为真挚的眼睛表达出来，他感到，这成了世界上最美好的感觉。他不能再用英国式的冷漠了。他富有激情地说：

"我死也要带着我的马。昨晚起它才属于我。不过，"他继而又说，"我注意到您的马镫缩短了，这说明您骑马的功夫很好。此外，您好好看看那一小片地方，就在森林上方，悬崖底下，可能是一个牧场。我看见有一个暗暗的蓝蓝的点在移动。我想是那匹枣红马和那位穿劳动服的大个子农民，半小时前，他还在这里的那棵桦树脚下。这位瘦高个军官话很多，他的黑眼睛会使人产生错觉，他连里的士兵可能怕他，可他连给我看厨房都不配；我们周围已有五辆车卸了套没了主，他竟没看见。"

为了不引起士兵们注意，他不做手势，而只用军事汇报的语言，让年轻女人注意有四五个褐点在小牧场上缓缓移动，朝悬崖的左脊走去，绕过左脊后，消失在后面了。

"走前若能同这个说话粗鲁的军官好好打个招呼，我会感到莫大的快乐。"年轻女人说。

"那我们快走吧。"安杰洛说，"我们不会比乡下人笨。"

他来了劲儿。他扶她上马坐好,他甚至没有发现她穿着裙子,跨坐在马上。

他们穿越牧场,绕了个大弯,隐蔽在一个橡树林中,这才向正确的方向走去。

当他们到达栗树林时,安杰洛说:"您的马很聪明,我这匹马笨头笨脑的,但有理性。让我走在前面,它会选择最正确的道路。最要紧的是朝岩石反光的方向前进,我会透过树叶,牢牢盯着这个反光的。"

况且,他们每走一步,都能发现刚刚留下的足迹。当他们追上那棕须男人和两个穿红衬裙的女人时,已爬上山坡的高处了。那几个人正在一片朱红色的林间空地上歇脚。

"您玩得不错嘛。"等他们超过那几个人时,年轻女人说道。

安杰洛正陶醉于秋天森林的芳香中。他天真地表示他不知道自己有这个本事。

她说:"逃避您刚才同我谈起的、我也正在逃避的死人堆,有两个办法。其中一个就是向所有的人问路。这我不喜欢。"

"没什么好问的。"安杰洛更天真地回答,"我和那位棕胡子男人一样,也有两只眼睛。因此,我不需要他的眼睛来帮我走到那个峭壁上,它现在就在我们前面,和海上的天空一样一目了然。"

"我刚才这样说,"年轻女人生硬地说,"只是为了在我自己面前为我自己辩护。"

岩石脚下,果然有一条很窄的路,安杰洛却发现路上有新鲜的马粪。他喜不自胜,谈起这马粪来就像在谈天然金块。他非常严肃,他的兴奋出自肺腑,但是,在这栗树林上空的高山上游乐,别有一番情趣,可喜的是,显而易见,他开始像疯子那样自娱自乐起来了。当他谈及在这地方发现的迷人风景时,他甚至用了几个非常意大利式的词语和手势。天际的太阳越来越低垂,绚丽多彩的阳光掠过所有的山脊,黑色的森林射出一道道燃烧的火光,底下的小平原已是暮色苍茫,所有的牧草有如一把斜刃车刀闪闪发光。

有两三处地方崎岖不堪,一不小心,就会从活动的崩石堆上滚下去,年轻女人行在其中毫不畏惧。他们终于绕过了峭壁角,目光越过一个个似波涛汹涌、覆盖着浓密森林的山鼻子,远远望见一个大山谷,没有河川,但苍翠如濯,一个小小圆圆的城市坐落在牧场中央。

"希望之乡①。"安杰洛说。

但是,从他们所处的高度到那里,路还很长。他们牵着马,极其艰难地在一条小径上行了一法里多。小径蜿蜒陡峻,两旁长着巍峨的山毛榉树。现在,光线暗得很快。他们行至一个暮色苍茫的小山谷。

"我被士兵的路障挡了两天,"年轻女人说,"两天中我听说了许多事,特别听到,瓦朗斯的龙骑兵在这个地区到处巡逻,凡不在本省定居者,一律无情地扣押起来。"

"对我到处都一样。"安杰洛说,"哪里也没我的住所。"

"我们小心为是。"

"您也不住在这里吗?"

"不。"

"我熟悉在这种情况下他们把你们关押的地方。"安杰洛说,"他们称之为隔离所。我曾接受过一次。我对人类幸福和公众利益非常尊重,但丝毫也不再想落入这愚弄人的圈套。"

他们走下小山谷。山谷缓缓展开,最后出现了一个宽达半法里的平展展的草地,草地中央,在高大的埃及无花果树底下,可见白墙和钟楼,好像是一座修道院。暮霭沉沉,两三个大山泉流水淙淙,像在敲闷鼓。周围异常宁静,于是,他们从树林掩蔽所里出来,踏上了草地。他们距离树林很远了,忽听得有几个声音使劲儿喊他们,接着,

---

① 一译"应许之地"。《圣经》中上帝赐给亚伯拉罕的迦南地方,引申为福地、乐土。

三个红衣骑兵从一个柳树林里冲出来,直奔他们而来,以优美的阵势将他们包围。

"我来对付。"安杰洛说。

"又是两个该死的蠢猪。"佩戴下士肩章的骑兵说。

安杰洛以辱骂来回击,他骂的话太长,还没骂完,另一个便轻蔑地喊道:

"照这家伙的鼻子上来一刀。"

安杰洛将手伸进鞍囊,马上就找到了小马刀的把柄。他抽出马刀。

"把那玩意儿扔掉吧,可怜虫,刺人挺疼的。"一个士兵打趣说。

安杰洛照顾着马,暗自思量:"最难办的是让这匹劣马变得聪明一些。"

说实话,他拿那把刀就像拿扫帚柄。骑兵们已将狭长的腰刀拔出鞘,正要用刀面向他砍来,这时,安杰洛感到他的马比想象的要聪明,它甚至主动准备做一些相当勇敢的动作。他策马奔向下士的牡马,势不可当,那下士大吃一惊,从马上摔了下来,像一袋匙子落在地上,躺着爬不起来了。另外两个士兵用刀砍杀,边砍边像老鼠似的尖声叫喊。安杰洛激烈应战,他灵活地闪避了几下,便将二人置于手下。他一面令人眼花缭乱地挥舞马刀,一面快乐地用沙龙里常见的语调说:

"夫人,请您奔到前面去。我要给这几个混蛋上一堂小小的礼貌课。"

他见他的对手们就像被沸水烫红了皮的猪,满面通红。

"孬种,"他想道,"他们气得发疯了。"

他一秒钟内组织了一次反手进攻,迅如闪电,使得其中一个的武器从手中飞了出去;那骑兵只听见自己的长刀在耳畔呼啸,大吃一惊,在马上摇晃起来。安杰洛踩着马镫,身子挺得笔直,竭尽全力,用刀面在另一个的钢盔上砍了一刀。那两个骑兵掉转马头。失去武器

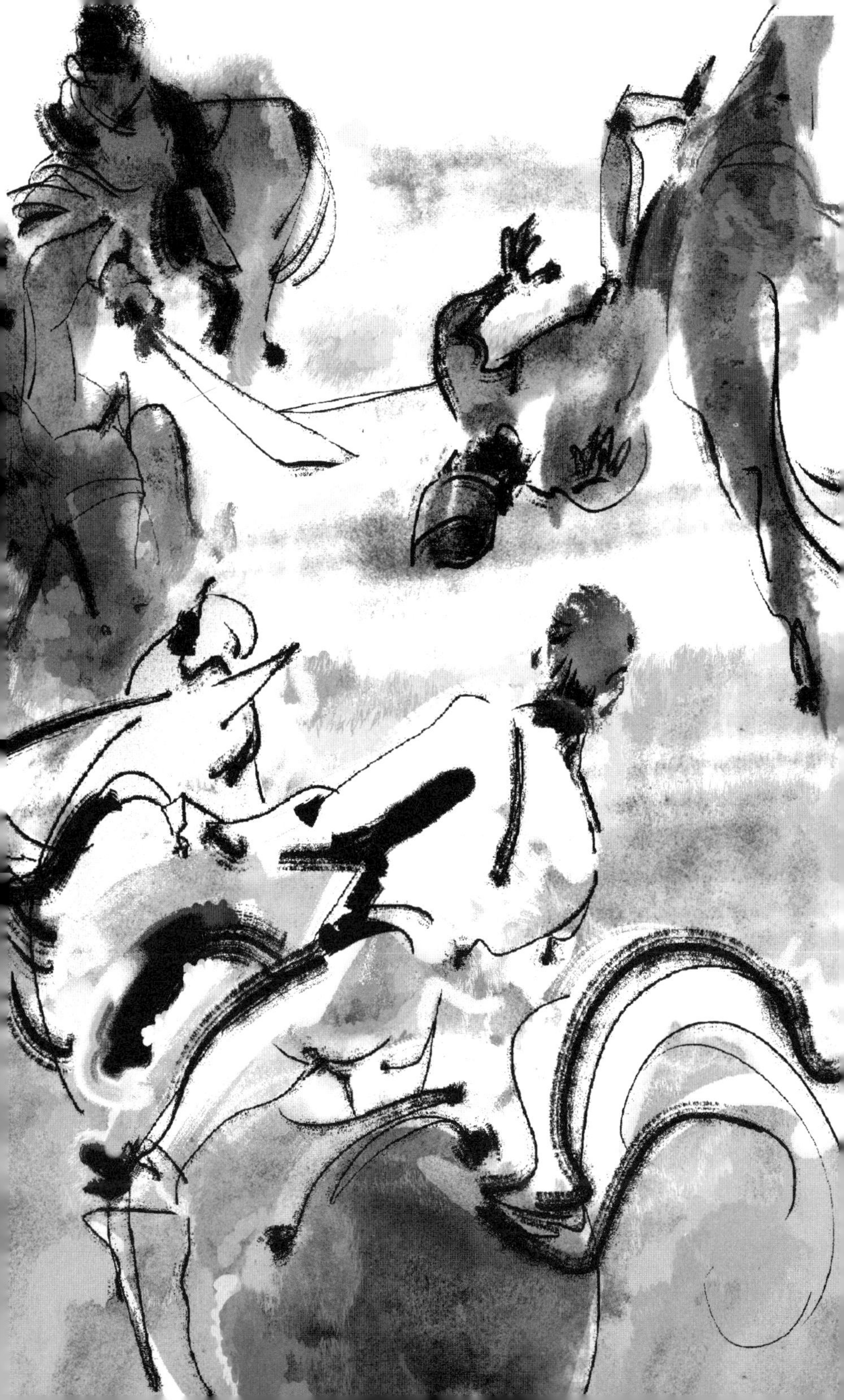

的那位刺马逃之夭夭;另一个迷迷糊糊,但仍骑在马上,就像个厌倦了一切的人,摇晃着护胫逃跑了。那下士则始终躺在地上。

"好样的,日于塞普。"安杰洛想道。

当他再见到那年轻女人时,不禁大吃一惊。她没有离开。她矫健地拿着一支放在马鞍架上的大手枪,瞄准躺在地上的人。

"他死了吗?"她问。

"我想不大可能。"安杰洛说。

他跨下马,走过去看看。

"就这么一下,不会死的。"他说,"这是个新兵蛋子,第一次遇到这样紧张的事。不过,请相信,等他醒来后,一定会向人叙述他遇到了多么可怕的事。我们快溜进树林,设法逃出去。"

到了树林里,他们快马加鞭赶了一长段路,抄了好几条近道,甚至在一条小溪里行走了半法里多。

"我怎么觉得我们在往回走。"年轻女人说。

"肯定不会。"安杰洛说,"首先,我一直当心让落日留在我们的背后,每一次拐弯,我都是朝那颗巨星奔去。它是在我教训他们的时候升起来的。我注意到,我们要安全可靠地远离在树林里看见的那几座房子,它是必不可少的。那里肯定有一个预备队。一直往前走,我们应该从与进来时相反的一边出树林。"

半小时后,他们来到了田野上。夜幕已经降临。这里的麦子也没有收割。庄稼倒伏在地里,地上覆盖了一层磷光。

他们走过几个静悄悄的农庄。

"我不大喜欢这些没有灯光的房屋,"安杰洛说,"更不喜欢从里面飘来的气味。您说我们现在干什么呢?"

"您使用您那把小马刀的技巧非常娴熟。"

"要使我们能进入刚才远远看见的那个小镇,我这把刀就显得太小了。那小镇就在前面某处的黑暗中。巡逻和守路障的士兵肯定驻扎在那里。想必他们已在谈论一个拿着大手枪的女人了。"

"我们沿着树林边上走,"年轻女人说,"至少天亮前这样。尽量往前多走些;如果您对那颗星星指明的方向深信无疑的话。"

"我们已不在树林里了,不过我有了一颗更好的星星。"安杰洛说,"就是小熊星座。在遇见您之前,我从山顶上看见了设在各条公路上的整个步兵防线。从东到西。我们朝正北方向的小熊星座前进,这样,我们肯定离那些兵越来越远。除非整个地区都布了兵,不过我不信。您带吃的了吗?"

"当然。我命中注定要当您的干粮袋吗?"

"当然不是。如果可能,我自己不带饼干是不会上路的。此外,最困难的是找到喝的。"

"您忘了我的一大特长是煮茶吗?"

"可是,黎明前我们不能生火。这地方黑得像锅,半夜前,会有五十来个分散巡逻的骑兵,他们睁大眼睛,监视着四面八方,就等着在茶壶旁逮住我们呢。我给了他们永世难忘的教训,不过,他们也绝不会原谅您的,因为您不仅没被吓倒,还用一支比您脑袋还要大的手枪同他们对抗。骑兵们喜欢女人大声叫喊。如果骑在马上都吓不倒一个女人,那么在地上又能怎样呢?请相信我,他们正在绞尽脑汁,反复思考,甚至会想到,在这遍布尸体的地方,我们不得不喝烧开的水。他们正等着给我们厉害看呢!"

"您对古怪的骑兵很熟悉。"年轻女人说。

"骑兵通常骑在马上,"安杰洛说,"他们绝不愿意一无所获。"
接着他讲了一个兵营式的粗俗的故事。

他们已来到一个小丘上。

"您能做到一整夜不吃不喝吗?"安杰洛问。

"当然能,如果需要的话。"

"这样,我们就能摆脱困境,而又不给人留下逃跑的印象,好像我们是侥幸成功、逃之夭夭的可怜虫。"

"您想象会给谁留下印象呢？夜黑得像墨水。一切离我们都很远呢。"

"不是离得很远，而是我们什么都不知道。我有个建议。这儿的气味很好闻。想必我们是在松树林里。我们就待在这里，直到天亮。我倒想看看那些兵想玩什么花招。"

"您以为他们有玩花招的时间和愿望吗？他们有更重要的事要做，特别是站岗放哨。"

"我知道他们是怎样站岗的。"安杰洛说，"我还知道，一个骑兵下士被一个有产者打落下马后，他的小脑瓜里会转些什么。我可以一字不差地告诉您他此刻在向人说什么。那两个轻骑兵对我的剑术看得清清楚楚；不是天天会有人用一把菜刀将他们的长刀打落在地的。他们太想重新找到我们，以便大着舌头笑几声。他们对我们肯定比对霍乱更感兴趣。"

"这么说，我们刚才那样做太愚蠢了。"她说。

"有人侮辱我时，我从来也不会聪明的。总之，我们在这里比在隔离所里强。他们把我们嘲笑够后，一定会把我们扔进隔离所的。"

松树的气味妙不可言。想必一夏天它们渗出了丰富的液汁，现在，在这凉爽的秋夜中，它们的液汁发出沁人心脾的芳香。连马儿也喜不自胜，它们本能地走在一条柔软的林间小道上，不时发出快乐的呻吟。

"我和您一样，"她说，"也不大喜欢大着舌头的笑声。"

"他们原本都是农民，人们把马刀给了他们，整天用粗鲁的辱骂把他们变得呆头呆脑。等哪天他们掌握了大权，他们绝不会心软的。"

"那就停在这里吧。"

他们下了马。根据夜风吹拂硬叶发出的声音，安杰洛辨出了一棵圣栎树。他们走到那棵树底下。那里暖暖的。地上又干又软，踩在上面嘎吱作响。

"不要把马鞍卸下来。"他说,"您对您的马有把握吗?"

"它在路障前休息三天了。我也许没什么新招,但我让它吃得饱饱的。我知道我一冲动就会做傻事。"

"我可不把我们做的事称作傻事。"

"明天我们做的事也许可以这样称呼。"

"我们将做该做的事。"

"宁愿随便做些什么,也不要傻乎乎地等待这肮脏的死亡。您想象不出那些兵来得多么是时候。看见马刀我兴奋极了。明晃晃的钢刀使人振奋。我不害怕。"

"这我看到了。"

"但我害怕呕吐。"

"在这里不必害怕。"安杰洛说,"别多想。对我来说,那些兵来得也恰是时候,而我们对他们也一样。我们大家的情况都一样。人人都有害怕的东西。"

几乎没有星星,没有风,周围一片沉寂。安杰洛难得一次与真正为敌的骑兵打仗,他得全身心地加以利用。他想到那年轻女人时,就像在想落后于时代的四轮运货马车,必须不惜一切代价加以保护。

"您还不十分放心,是吗?"她说。

"我害怕有枪的杂货店老板。"他说,"害怕一些平时习惯在火炉旁睡大觉的人会对冒险产生兴趣。他们好比猫:突然被踩了尾巴,就会乱抓一通。"

"他们不会到这里来的。"

"假如我知道山下有什么,我就更放心了。如果是一个镇子或一个大村庄,当地思想正统的人肯定会巡逻的。"

"您不认为恰恰相反,他们头上蒙着被单闭门不出吗?"

"三个月来,死亡已把他们惹恼了,他们已精疲力竭。现在,他们必须亲自做一件事，不管什么事都行。"

"我理解他们。不瞒您说，我自己就是带着我的枪当作圣牌上路的。"

"您是到哪个地方去吗？"

"原则上是。我去我嫂嫂家，她住在加普过去的山里。不过这只是个想法罢了。"

"我们同路。"安杰洛说，"我回意大利。"

"您是意大利人？"

"看不出来吗？"

"您法语讲得很好，没有口音。"她说，"不过，我承认，我在我那幢房子里意外地发现您，而您也意外地发现我时，您说的是一种相当奇怪的语言。"

"我不认为。甚至在意大利时，我都用法语和我母亲说话。我用法语思维，我想，当我看见您和您的蜡烛台时，我说的就是这个语言。"

"您大概一下子愣住了吧？"

"我是为您担忧。"

"这就是我说的一种奇怪的语言。您很有本事，马上就让我感到放心了。"

"谁会不想这样呢？"

"不用列单子了吧，行不行？在您之前，我已同两三个胡子拉碴、目光疯狂、讲着所谓法语的瘦男人打过交道。"

"我熟悉他们：这些臭名昭著的巡逻任务，就是由他们中最优秀的人干的。他们不喜欢把死亡看作独立的东西。他们绝对需要找到一个罪魁祸首，以相应的方式对待它。"

"因此得承认，您的忧虑和娴熟的剑术源自一个我称之为奇怪的、您称之为意大利的国家。"

安杰洛从没像现在这样是意大利人。他任自己心爱的思想热情飞扬。他清点着黑夜里的种种声音、回声乃至最无辜的叹息声。对他来说，最有趣味最有意义的，莫过于像这样在浓浓的夜幕下发现周围的地形。他遐想中看见一个山谷，杨树萧瑟。他辨出了一个小山溪的位置，沿岸芦苇林沙沙响；他确定左侧一百米处有一个小山谷，窄窄的，长满高大的树木，兴许还有几座房屋；他听出在相当高的天空中，有一种低沉的咕哝声，仿佛几里路外有座巍峨屹立的高山在叹息。他设想到处是哨兵。他四处警戒着。

他听到一种奇怪的声音。好像是晒衣场上晾的床单发出的声音。这声音在空中移动，忽下忽上；它从山谷升起，渐渐靠近他们，从他们头顶上方不太高的地方经过，接着又离开，然后又回来，最后滑了下来。那声音经过时，有东西掉落在那棵圣栎树的枝丫中，不一会儿，圣栎树中传来咕咕的叫声，一种亲切的呼唤，恰似鸽子的呼叫，凄凉哀伤，但相当迫切。

"是鸟，"安杰洛说，"至少，这是一只鸟。"

"它的声音好怪：好似一只猫在叫春。"

"一大群鸟从我们头上掠过，这一只歇到我们这棵树上。还会有别的鸟飞来。"

果然，沉重而安详的拍翼声离他们越来越近了。

安杰洛回想起他与鸟儿的多次纠葛，特别是在他首次看到霍乱的那个村子里，后来又在马诺斯克城的屋顶上。

"自从它们想吃就能吃到以来，就不再怕人了。"他说。

于是，他叙述了他是怎样和燕子、雨燕以及大群大群的夜莺进行搏斗的。

"这些鸟似乎更过分。"年轻女人说，"您听：它们像不像在向我们献殷勤？"

从那棵圣栎树及其他松树上传来的鸟鸣声中，伴有一种劝服的温柔，一种爱的力量，亲切而又坚定地迫使对方服从。

"这甚至是一种迫切的讨好，"她说，"它们似乎满怀着希望。"

安杰洛向它们扔了些石子，但没能使它们停止叫唤或飞走。它们极其耐心。它们执着而充满感情地诉说着衷肠。这对它们似乎有一种无可置疑的逻辑意义。它们像这样坦率而又相当专横地诉说之后，就闭口不语，等待有人来满足它们的欲望。然后，它们重新开始同样的要求，陈述各种理由，犹犹豫豫地进行甜美的练声，极其温柔，极其动人，极其忧伤。像这样练声大概练了一个小时，最后它们的声音开始变得有些激烈了。他们的马害怕了，开始喘粗气，摇晃笼头。

安杰洛过去安慰它们。

"它们抖得像树叶似的。"

"我也是。"年轻女人说，"您知道它们想要什么吗？"

"当然。我不明白，士兵为什么要设置这么多的路障？这地方不比我们离开的那个地方好嘛。又有别的声音了。"

山下面的小丛林里，响起了瑟瑟飒飒的声音，接着像是车轮摩擦石头的声音及压低的说话声。

"有人。"安杰洛说。

"我什么也没听见。"

"不是士兵。有女人和孩子，他们在用车搬家。和我们一样在逃跑。他们是被树脂的香味吸引过来的。"

"我只听见松林里的风声。"

"没有风。是车轴的嘎吱声和一个人的说话声，可能在和一匹马说话。"

"如果有马，我们的马早就感觉到了。我听见有东西在嘎吱响，但那是一根树枝。"

"别以为那些鸟把我给吓坏了。"安杰洛说，"我向您保证，的确有人刚才躲到山脚下来了。"

"而我，那些鸟确实让我感受强烈。"年轻女人说。

"您愿意我们换个地儿吗？"

"这无济于事。这是我们自己的一种想法。不，我虽然起鸡皮疙瘩了，但这是我自己的事。"

他们度过了极不愉快的一夜。清晨，安杰洛想去看看有没有逃亡者露宿在山下。他到处寻找，却没有找到他们的踪迹。

现在天色已相当亮了，生火不会再有什么大的危险。首先得找到泉水，给煮茶的锅里装满水。这地方同安杰洛夜里想象的地方毫无关联。这是一个朴素无华的小山谷，被秋天装点得美丽了。在橡树林和灰石丛生的荒原之间，有一块小小的梯田，梯田顶上坐落着两三个贫困的农舍。

起风了。那是个红色的黎明，预示着要下雨。

"我去找水，"安杰洛说，"等着我。"

"我陪您去。"

"不要，您休息吧，现在有点儿看得见了。看好马。我到那些农舍去一下。肯定会有一口井的，可这些小树林可能会有眼睛，我不知道这些橡树下面藏着什么。最好还是谨慎一些。我溜过去，没有人会看见我的。"

"我真是没有能耐。"安杰洛思量，"啊！日于塞普，你对我太信任了。我认为你失算了。至于为了自由的战斗，我甚至不配给你脱靴子。如果我禁不住步人后尘，那么最小的革命会变成什么呢？老中士知道的都比我多。面对敌人的齐射，应该像大麦面包那样粗糙，否则谁也坚持不住。我没有这个本事。假如我恰如其分地说两句粗话，这个女人恐怕就不会害怕了。我也不会害怕了。"

他责备自己昨天夜里不该那样注意和重视那些声音。

"如果您想成为人物，"他思忖，"就得努力装出什么也不懂，这样，勇气就容易产生，而且会给人留下印象。你呢，你心里想什么，总会大声说出来，别人对你的想法如果了如指掌，他们就不可能信任你。迟钝从来会产生惊人的效果。不管怎样，在这里，没有什么比迟钝更适合的了。农民处在我们的位置上会睡得踏踏实实。"

此外，当他挨着树篱走的时候，他对他这种事后聪明很不满意。

当他走近房屋时，发现它们像蜂窝那样嗡嗡嘤嘤。门和窗开着，他看见无数苍蝇从里面飞出来。他知道是怎么回事了。

可是没有臭味。他去看了一眼：情景跟他预料的一样，但人已死了一个月了。一具女尸只剩下巨大的腿骨，从一条被践踏过的衬裙里伸出来，上面有撕烂的短上衣，还有头发，但没有脑袋。颅骨已经分离，滚到桌子下面了。一具男尸堆在一个角落里。他们可能是被母鸡吃掉的，安杰洛来到时，那些母鸡挤在一起，一声不响，跷起爪子，但盛气凌人。一群群蜜蜂和大马蜂离开了它们的窝巢，已在炉子的烟囱和壁炉之间建起了一个个巢和窝。

安杰洛听到一声枪响。砰的一声，非常响亮，但距离不远。他先看了看路上，于是他明白那声音来自他们的小山丘。他赶紧奔回去。

年轻女人站着，脸色白如死人，手里拿着一支枪。

"您朝什么开枪了？"

她笑了笑，笑得非常难看，泪水涌到了脸颊上。她牙齿格格作响，浑身索索发抖，只能看着安杰洛。他见过吓成这样的马。他用手非常熟练地抚摸她。最后，年轻女人将那双饱含泪水现已充满温情的眼睛转向一边，叹了口气。

"我太可笑了，"她说，一面相当紧张地从安杰洛手中挣脱出来，"不过，我以后再也不会这样了。我受了惊，被一件谁也不习惯的事。我向那只鸟开枪了。您走后，它叫唤得异常迫切，应该说异常温情。它不停地向我发出诱惑的呼唤，我从没听到过比这更可怕的歌声。我感到自己浑身上下都酥软了，直想闭眼睛。我这样大概被诱惑了两秒钟，它落到了我的身上。它发出难闻的气味。它用嘴在我这里啄了一下。"

靠近她眼睛的地方，有一点点皮破了。

安杰洛思忖："这秃鹫肯定满嘴是霍乱。这个病会以这种方式传染吗？"他吓得呆若木鸡。

他让年轻女人喝了些烧酒。他自己也喝了一大口。他仔细地给她那个小红点消了毒，其实并不严重，只是破了点皮。

"我们快溜吧。"他说，"对不起，这话很粗鲁，但管它呢。在那些农舍里只有死人。那地方很不卫生。看到这种情况，我连水都没去找。我们走吧。"

他们穿过松树林，向山顶上走去。

"您知道那到底是只什么鸟吗？"年轻女人说。

"不知道。"

"一只乌鸦。夜里是乌鸦在向我们献殷勤。今天早晨，一只乌鸦付诸行动了，我向它开了一枪，我真蠢。"

"不蠢。"安杰洛说，"等我们心定一些后，别忘了给您的枪重新装上子弹。不过，我从没听到过乌鸦发出这种声音。"

"我也是。刚才您离开我后，我因为彻夜未眠累极了，可能睁着眼做梦了，但我从没听到过一只动物以这种方式同我说话。这使我感到厌恶，但对我的诱惑大到您难以想象。这太可怕了。我明白是怎么回事，我感到我接受了，我同意了。等我被它咬了一口，我才大吼一声，扑到我的手枪上。说真的，甚至它的臭味也不令我恶心。"

"别再想了。"安杰洛相当粗暴地说。

尽管天色阴沉，看样子肯定要下雨了，但森林里暖洋洋的，也很明亮。几阵风吹来，已有潮湿之感。松树又高又稀，林间留下宽阔的空地。

他们来到俯视一个小山谷的悬崖边上，山谷里都是红土，有一块相当大的葡萄园，种着一行行葡萄。在几个大池塘之间，在已变成赤褐色的高大挺拔的梧桐树下面，悠然自得地坐落着一个相当大的农庄，一幢绿百叶窗的豪华住宅，还有一些库房、羊舍及附属建筑。两股炊烟分别从豪华住宅和附属建筑的烟囱里袅袅升起。那里的人还活着。

他们从一条崎岖的小道下去，但年轻女人是个出色的骑手，尤其是，她想让安杰洛原谅她开了一枪。到了下面，他们找到了一条小路，那小路穿过葡萄园，直奔挺拔高大的梧桐树下。一切都整齐有致，说明经常有人干活和照料。

他们小步向水池跑去，突然，在他们前面五十米处，一个男人从他坐着的水池边上站起来，吆喝他们站住。同时他把枪抵在肩上准备射击。

早晨发生的那些事，已把安杰洛带回到了他的意大利，尽管枪口瞄准着他，他让马慢下步子，但继续前进。

"不要动，否则我让你吃铅弹。"那人喊道。

他很年轻，尽管几个星期未刮胡子，手上黑乎乎的积满了污垢，但他悠然自得地穿着裁剪得体的猎装和非常漂亮的长统靴。

安杰洛没作回答，相反咬紧牙齿，向他走去。他眼睛紧盯着向他瞄准的枪管的黑圆点，以及按在扳机上的极其肮脏的手指头。

他来到那年轻人跟前，后者连忙后退，一面继续高喊站住。

"不要发怒，"安杰洛说，"我们不是来干坏事的。我们只是讨点水喝。"

"我们不愿别人靠近我们的水池。"年轻人说，"我们什么也不求人，别人也不要来求我们什么。"

"我觉得这对您来说太复杂了。"安杰洛说，"不过，我不想增加您和您家里人的害怕。这一带还有其他取水的地方能让我们把锅子盛满水吗？"

"去村里吧。"

"那好，对不起，"安杰洛冷静地说，"越赶我走，我越不走。"

他看也没看那人的步枪便下了马。他来到年轻女人的马镫前。

"请把系在您行李上的锅子递给我。"

她解带子时悄声对他说：

"我还有一支上了子弹的手枪。"

他低声回答：

"用不着。"

"这是我的锅。"他说，并把它放在离那人六步远的地方，"我毫无兴趣靠近您的水池，但是夫人要喝水，我也是。如果您有点儿理性，就按我的吩咐去做。到您的水龙头那里去把一只水罐灌满水，请您按要求办，不要池子里的水，然后您自己把罐子里的水倒进我们的锅里。"

从年轻人的猎装和靴子来看，安杰洛估计他可能是庄园主；此外，还有胡子、污垢和步枪。他寻思："我在马诺斯克市的屋顶上时，比他还要脏，不过，我一无所有。再说，他刚才只管开枪就是了。我会毫不吝啬地给他当靶子的。"

他极其傲慢地大声补充说：

"既然您甘愿做我的用人。"

"您知道，我们讨厌盛气凌人。"年轻人说。

"我们，谁？"安杰洛更为傲慢地回答。

另一位咕咕哝哝，但他还是按要求做了。

"现在把枪放在地上，"安杰洛说，"我们转身的时候，您往后退十步。"

"我不开枪，"另一个说，"你们走吧。"

安杰洛装出最地道的英国神态，和解地撇了撇嘴，表示同意了。他将锅里的水倒到他的山羊皮水壶里，而后骑上马，让年轻女人走在前面，他在后面护卫，离开了此地。

他们在葡萄园中找到了一条岔道，通往一些树木茂盛的小山谷。他们朝那边走去，直到认为已走出那村庄的领地才停下。他们来到一个小山谷的入口处，道路下坡通往谷底。他们在一个斜坡上生起了火。他们终于能喝茶和吃饭了。

他们在那里已待了一个小时，茶足饭饱，昏昏欲睡，突然，传来了一匹马的奔跑声。一个骑兵来了，毫无疑问是龙骑兵。他穿着盘花纽扣的红上衣。

"别动，"安杰洛说，"他只有一个人，我能对付。"

那人甚至是个骑兵上尉。他骑马奔驰在原野上，就像在检阅似的，趾高气扬，装腔作势。他特别注意让那件节日穿的小大衣得体地一摆一动。他没有打招呼便过去了。

天空始终乌云密布，天色阴沉。正如大雨前常有的那样，大自然死一般寂静。一切乃至一棵草都静止不动。树梢的叶子一动不动。

安杰洛请求允许他抽一支小雪茄。

"它们很可爱。"年轻女人说。

"它们很好抽。"他说，"不过，我喜欢它们，也是因为它们又细又长的缘故。您困了可以睡觉，我放哨，不然，也许得开一次小型军事会议哩。我们方向对吗？"

"首先得知道我们在哪儿？"

"我不知道。到下一个村子再看吧。您有计划吗？"

"首先得离开，这已经做了。然后，我同您说过了，我想去我的大嫂家，在加普附近的泰于。我知道到处有检查，不应该走大路。有一次，我曾和我丈夫从这边山里走过。我不知不觉又来了。"

"如果您熟悉地方，事情就好办了。"

"我一点儿也不熟悉。我们部分是在夜里旅行，坐的是出租马车。我只看了风景，但没注意路线。我知道先要经过鲁西厄，然后是肖瓦克，因为我们在这两个村子里住宿过，但这对我们没多大帮助。我知道这里又贫穷又荒凉（正因为如此，我才决定走这里的）。还有一个相当大的镇子，我想它叫萨勒朗，或与这差不多的名字。我就知道这些。"

"总比什么也不知道强。"安杰洛说，"这就有了些基准点了。我可以一直陪您到泰于，因为我也要经过那里。我认为这样好一些。不过，我们得找到一个叫圣科隆布的地方。"

他从兜里掏出那张画了地图的纸头，那是日于塞普的杰作。

"有了地名和这张小地图，"他继续说，"我相信向农民打听就能走到那里。据说，那是个僻静的地方，位于一个狭小的山谷，正是您所讲的荒谷中的一个。我要在那里同我的奶兄弟及其妻子碰头，他们留在马诺斯克，处理完几件小事后，将来同我会合。我们一起四个人，从那时起，就不会再有麻烦了。"

"我开了一枪，您就小看我了。"年轻女人说，"可我不认为至今我们遇到了许多麻烦。且不说我有先见之明预见了乌鸦，我是准备遇上许多麻烦的，而且，只想靠我自己来解决。我们去圣科隆布好了，因为您有事要办，我很乐意。"

"我丝毫没有小看您，"安杰洛说，"我恰恰想问您要手枪，给它重新装上弹药。"

"我自己来，"她说，"我要对我射出去的子弹有把握。"

她从包里拿出用具，非常灵巧地做她这件小事。她把弹药装得满满的，加倍装进了铅沙子。

"千万别激起她的英雄主义。"安杰洛思忖，别人身上的毛病他总看得很清楚，"都能炸掉三个脑袋了。"

她还像士兵那样，用牙齿来撕装弹塞，但不像士兵那样爱吹牛，这也使安杰洛不胜惊讶。

"弹药装得这么满，会产生可怕的后坐力的。"安杰洛说。

"也肯定会打得脑浆飞溅。"她说，"当我手腕感到疼痛时，子弹已经飞向目标了。"

他们离开斜坡,进入山谷。路缓缓下伸,蜿蜒于树木森森的山坡之间。他们走出隧道,来到一个长满白乎乎刺柏的荒原上。

他们在这渺无人迹、空中布满乌云的宽广荒原上行了半法里,突然,看见一匹无人骑的马朝他们奔来。他们摆开阵势,企图将它拦住,但那畜生就要到达他们跟前时,却突然闪开,风驰电掣般地穿过荒原。别想能追上它。

"这是刚才从我们身边超过去的那个龙骑兵的马。"安杰洛说,"马镫在敲打它的肚子。它要发怒了。让马不辞而别,这对一个军官来说是很不光彩的。"

他对那位傲慢无礼、有幸穿制服的人冷嘲热讽。可是,一刻钟后,他们发现那骑兵上尉躺在路当中,脸色已发黑,脸颊浸在他吐出的污物中。显然救不活了。

他们碎步奔向前方,这样快步小跑了相当长的时间。

按他们穿过的路线看,荒原方圆大概有三四法里。他们坐在马背上,比矮树林高出一截,故而能看到很远的地方。只见灰蒙蒙一片荒芜,在他们前面,有一团黑沉沉的乌云,透过乌云,有时能分辨出一座黑黝黝的山影。他们经过一所长期无人居住的破屋。屋顶和木板已倒塌。但在一个小地窖的残留物中有火的痕迹,不久前,有人在两块石头中间生过火。他们听见一只狐狸在嗥叫。最后,他们远远看见贫瘠的农田、细心割过的麦茬田、几片杏树林和一个十字路口,在十字路口有一个牲畜饮水槽和三座房屋。房屋里都没有人。

"我真不明白。"安杰洛说,"他们这里应该是很安全的呀。"

他又想起了那个骑兵上尉。

他们的马头天走了很多路,夜里又没卸下马鞍,现在开始喷鼻息了。安杰洛乐在其中地让它们喝水,给它们洗洗擦擦,细心照料。在这渺无人烟的荒原,在这阴沉惨淡的白天,马鞍和鞍囊的皮革,以及因出汗变得咸津津的马毛,都散发着兵营和骑兵队特有的令人兴奋的气味。他对他的"粗壮的农民"非常满意。他想起了在牧场上和轻骑兵的那次小小的冲突,那时,他忽然觉得他的马很有灵性。年轻女人的马比他的马更聪明,但也很健壮,也更能领会事物的实质。它在刷子下显得有点儿骄矜,对服侍它的手故作姿态。它似乎对远处的东西感兴趣。当安杰洛把它拴在一个小牧场的木桩上,和那"粗壮的农民"并肩而立,它便竖起耳朵,眼睛暗送秋波。

"它叫什么?"

"不知道。"年轻女人说,"是我偷来的。开始我想买,但他们把刀架到我脖子上。"

"您是像我今年夏天在大路上一样,真正明火执仗偷来的吗?"

"不是,我砸开了一把锁。我是夜里到人家让我看那匹马的马厩里把它弄来的。"

"您选对了。这可能是匹半纯种马。一看便知它腿力好。假如训练它跳越障碍,它会是一匹很好的猎马。"

"我自己也是一眼就看出来了。接着,我再也无法抑制想占为己有的欲望。我没有把我的手枪举到任何人的鼻子上,因为没有任何人看守;但我会这样做的。我迫切需要离开。不是像人们所谓的摆脱困境,而是跳越,跳越路障,跳越令人厌恶的尸体,跳跃着逃到阿尔卑斯山。霍乱使我害怕。我不愿意这样死去。"

"我也是:这样太傻。"

"当了骑兵上尉,却口吐大米粥般的东西死去,那有什么用?"他想道。他认为这种死同冲锋陷阵时倒下的尸体判若霄壤。

"假如我有理由,倒也罢了,"他说,"但在这方面,我跟您一样。一种你甚至一无了解的东西抓住你的耳朵,就像抓住兔棚里兔子的耳朵一样,在你的后颈上猛敲一下,你就完蛋了。你没法用甜言蜜语欺骗自己。"

"再说，这是共同的命运，"她说，"我们已做好应付许多事情的准备了。"

尽管灰蒙蒙的阳光使万物的颜色和形状变得平淡无奇，但他们在这些骷髅般的房屋附近，仍然享受着一种饶有趣味的不安全感。

安杰洛思量："唯有横在两法里以外路上的那具尸体使人感到不爽。"

他们听见钉鞋的走路声，接着，一个男人从十字路口出现，背上背着个相当大的包裹。陌生人显然友好地朝他们挥手示意，向他们走过来。此人满脸颊满嘴唇都是胡子，不再有人的面孔。他离得老远就向他们脱帽致敬。但他注意保持距离，离他们四五米远时，便停住脚步，把包裹放在地上，再次同他们打招呼。在他胡子丛生的脸上，只露出一双微笑的眼睛。

"先生太太，你们好，"他说，"请允许我在两个活着的基督教徒身旁歇口气。"

这是个老实巴交的胖农民，他的手大得出奇。

"这里好像也闹得挺厉害的。"安杰洛说。

"应该待在树枝上，先生，"对方说，"这是唯一的办法。"

"这地方叫什么？"

"这里是维耶特，太太。"

"他们都走了，怎么回事？"

"他们是到两个不同的地方去的，先生。那边，绿百叶窗是朱勒家的。一个多月前他挺腿死了。其他人不愿意待在这里。这是可以理解的。如果他们听我的话，我就教给他们办法了。"

"什么办法？"

"当然是不死的办法！"

"如果您有这个办法，您就发财了。"

"我不是为了发财，而是谋生。"

"您那玩意儿卖吗?"

"当然!您不会要我白给吧?我卖得不贵,这是事实。当您火烧屁股时,一个三法郎的小埃居,这算不了什么吧?有时我也奉送。有这样的情况。但是,有一点要注意,我承认在这种情况下,一般没有效果。必须付钱。这样才有效。而且要当场付款。我已救了成千上万人了。"

"用什么?"

"用我这个袋子里的东西,太太。是草药。我跑到很远的地方采集,很费鞋子。不是到处都有,得有好眼力。如果你们想采,可以跑去采。不过,我认得很多草药,我。我让我的同胞们服用。你们的马真漂亮。愿不愿意卖给我一匹?我有钱。"

"不卖,老兄,"安杰洛说,"这是我们的汤药。"

"我承认它很宝贵。"那人说,"你们去哪儿?"

"您是本地人吗?这地方您很熟吗?"

"了如指掌,太太。没有一个灌木丛我没转过三次。我住在上面,可能这是我第二十次兜圈了。"

"这条路通往哪里?"

"这边通到圣西里斯,先生。可不好走。"

"那边呢?"

"那边麻烦可能少一些。有索比埃、弗拉谢尔,然后是蒙费朗,再过去便是大路了。"

"通哪里的大路?"

"四通八达。想到哪儿就可到哪儿。"

"能到肖瓦克,或鲁西厄吗?您知道一个叫萨勒朗的地方吗?"

"萨勒朗不知道,但知道肖瓦克,可远呢。天气好,就可以看见那边有一座山。叫夏鲁伊山。肖瓦克在山后面。"

"圣科隆布呢,您知道吗?"

"知道，先生，在肖瓦克那边。但那不是很有名的地方。没有让人惊叹的东西。"

"我们得坦率地同您谈谈。"安杰洛说。

"要看谈什么，"那人说，"一般难不倒我。"

"我买五包汤药，"安杰洛说，"我再多给一个圆埃居，这样就是一个金路易，我把它扔到您脚边，如果您不怕传染的话……"

"我有药。"那人说，"再说，一个路易从没把霍乱传给过任何人。您就说吧，但不要问我哪里有宝藏。"

"这里的兵都干些啥？"

"您问着了：他们在和可怜人作对。"

"好像到处都有。"

"您给了钱，我给您详细说一说。在您要去的肖瓦克那边，到处是龙骑兵，甚至还摆开了阵线，因为那是大路，有许多老百姓。他们对老百姓进行严格审查。大概需要在改成医院的教友学校隔离十五天。现在，如果您身上有现金，就有两个危险：第一，他们把您痛打一顿，证据是您试图贿赂他们；第二，他们把您的钱骗个精光，叫作充公。因为您出去时，要把所有的钱还给您，他们便设法让您出去时脚在前。这不是没有发生过。"

"那只有避开城市了。"

"正如您说的，只有避开城市；那您得再加一个五法郎的埃居。"

"如果物有所值的话……"

"我想是值得的。听我道来。如果您指望到了肖瓦克的山上才逃跑，那就太晚了。他们非常狡猾，他们的马有六条腿，就像是苍蝇，哪里都上得去。别妄想在悬崖峭壁上击败他们，您很快就会被他们抓住。他们把所有的路都堵死了，连最小的路也不放过。必须知道在这种情况下该怎么办。为了您的埃居，我来告诉您怎么办。"

"正中下怀，"安杰洛说，"讲吧。不过，如果你要我，我得警告你，我是意大利人，我会施魔法。"

"不必到这一步，"那人说，"我没兴趣耍您。您什么风险也没有。至于魔法，一些时间来，没有意大利人，我也见过各种各样的魔法。这跟浸礼会信徒一样简单：只要是本地人就够了。他们不抓我们的人。

"我来告诉你们办法。你们走的时候，得取道圣西里斯。首先这条大路相当长的一段是平路，然后是下坡路。只要看不见钟楼，你们就往下走。看见风灯就停下来。前面危险。去那个角落就等于去送死。许多人都死了。昨晚还死了六个人。但在你们右边，有一条土路，通往巴伊翁。拐到这条路上。在巴伊翁，可得当心：要从洗衣作坊到那里。不要进村；往左拐，朝前走。到蒙热一无阻挡。请记住，太太，您是对的。恕我冒昧，安托万老伯不像人们认为的那样愚蠢。如果说我能在这里和你们聊天，那是因为我是漏网之鱼。

"今天晚上你们可以到达蒙热。等到早晨你们再来看是不是在夏鲁伊山脚下。不要直接走蜿蜒向上的省道，而是从小路沿着激流往上走，一直走到山顶上。到了那里，四岁的孩童都会知道如何避开已远远甩在他左边的城市。这就是你们要做的。"

他们严格照那人说的做。那人祝他们一路顺风后，便抄近道走了。他指给的路线很顺畅。当他们看见圣西里斯的钟楼后，不费周折便找到了一条土路。这条土路埋在枯草中，从一个五针松林穿过。多亏这条小路，他们远远绕过了圣西里斯，村里笼罩着意味深长的寂静。

"没有这位芥末商的指引，我们肯定会在这个优美而宁静的地方迷失方向的。"

果然，他们从下坡路离开高原后，景色截然不同了。这是个丘陵起伏的地方。美丽悦目的树木，特别是金煌煌的椴树和红艳艳的槭树，或呈树篱，或沿着路边，或呈圆圆的树丛，延伸在田野里、小葡萄园里、牧场上和灰蒙蒙的休耕田中。丘陵上覆盖着赤松林。

他们从小村子底下经过,小村子挂在山腰上,别具一格地装饰着栏杆、檐壁、红瓦管状褶子、葡萄架、围墙、墙角塔、晶莹洁白的楼梯,秋天将其小广场上的小榆树染成了青铜色。漂亮的锻铁钟楼一直升到一座乡间小城堡的有中梃的窗户前面,城堡耸立在山丘顶上,筑有质朴的雉堞,地坛上矗立着一棵棵细细瘦瘦的柏树。

"我对鸟已不信任了。"年轻女人说,"它们把这里都占领了。我看见屋顶上歇着成千上万只鸟。您看那些阳台,上面都是鸟。晾在绳子上的不是黑衣服,而是乌鸦,毫无疑问,它们和那只以为我同意死亡而扑到我身上的乌鸦是一样的。"

值得庆幸的是,一直到巴伊翁,他们所走之地都荒无人迹。他们绕过一个个小山冈,一个比一个更美丽。每一次拐弯都把他们带入迷人的风景,在姹紫嫣红的小树林周围,稀疏地散布着松树,真是仪态万方,谁见了都觉得颇有王家气派。一草一木都让人心旷神怡。为马着想,他们在一块燕麦田旁休息了一会儿。他们没有把茶叶包打开,只是啃了干面包,同时吃了一两把糖,尽管害怕掉牙齿。

到达蒙热时天快黑了。几滴大雨点飒飒落下。他们疲惫不堪。

蒙热村建在一个相当重要的由许多小路汇集的交叉口上,看起来似乎平安无恙。客栈就在村口,留宿过客,安顿车马。

客店主似乎并不认为安杰洛非常与众不同。他说,流行霍乱是无稽之谈。这里没有人死,除了一些老人,就和平时一样。当然,总有人害怕,这使生意受了些影响,但是,在山这边,丝毫没什么好害怕的。他还说,他有几间很干净的房间。

"这我相信,"安杰洛说,"不过,这事待会儿再谈。让我看看马厩。"

雨已下开了。马被牵进一个安顿运货车辆的大屋子里。眼下空空荡荡,回声很响,漆黑一片,灯光只照亮其中一部分。

"这正是我要的。"安杰洛走到放食槽的角落里,说道,"在这里面放两斗干燕麦,再拿八捆麦秸来:五捆给马,三捆给我。"

"您这样就不好了。"店主和颜悦色地说,"您好像认为有人会对你们的马感兴趣。甚至您可能怀疑我,是不是?直接说出来不更好吗?"

他走过来。这是个矮矮壮壮的山里人。

"我有怀疑的话,是不会隐瞒的,我刚才已同你讲得很清楚了。"安杰洛说,"照我说的去做,对你所做的,我会付给你钱的。我相信这是我想做的。我做我想做的事。当我想改变主意时,不用征得你的同意。现在你可以走了,如果你想和大家一样挣钱糊口,就照我吩咐的去做。"

"您大概是专区区长吧,先生。"那人说。

"那也说不定,"安杰洛说,"另外,放两只鸡在铁扦上。暂且先给我十二个带壳煮的溏心蛋。"

"您这也太难令人相信了吧。"那人说,"这一切很贵哪。"

"我想也是。"安杰洛说,"一个专区区长的薪金能承受一切。你有侍者的话,叫他来给我解鞍囊。"

前来照料马的是一个年轻的姑娘,但长得腰圆膀粗,完全能胜任一个男人的活儿。

"那位年轻的夫人在上面干什么?"安杰洛问,"有人照顾她吗?"

"是您的妻子?"

"对。"

"她的大戒指是您给她买的?"

"对,是我。"

"您真好。"

"我是非常好,"安杰洛说,"尤其当人们为我效劳时。这一带有霍乱吗?"

他给她一枚四十苏的硬币。

"不太多。"她说。

"不太多是多少?"

"两个。"

"什么时候?"

"一星期前。"

"替我做件事。"安杰洛说,"这是六法郎。您去杂货店,给我买五公斤玉米粉、两苏盐、一法郎粗红糖。您把这些放到那边我的马鞍下,麦秸里。我来解行李。"

当他回客店的楼上前,查明马厩只有一个通马车的门,那门关着,上了铁门闩,若要打开,不可能不发出声音。

年轻女人坐在壁炉旁,正在亲自烧水沏茶。

"您冷不冷?"安杰洛问。

他看着那双脱掉了靴子、穿着阿拉伯式花纹线袜的玉腿。

"一点儿也不。"

"这是行李,"他说,"您允许的话,我可要管您的闲事了。您的包里有毛袜吗?"

"我可以坦率地回答没有。我生平从没穿过毛袜。"

"现在开始为时不晚。村里的杂货店里可能有,毫无疑问,这里冬天很冷。我们去买吧。暂且先穿我这双,对您来说肯定大十倍,但重要的是要让脚暖和。"

"像这样善意的殷勤是难以抗拒的。"她说,"给我拿着这吊袜带,我来穿您的袜子。您说得对。如果该做的不做,就没有必要奔跑了。那您自己呢,您采取措施了吗?"

"我在这污秽中游荡快五个月了,"他说,"我获得了各种'晋级'。霍乱怕我就像怕瘟疫,但我对以后几天已采取了措施。"

他讲了他让人到杂货店里买了不少食物。他说,从今以后,不再傻乎乎地买面包了,而是像在皮埃蒙特那样,用玉米粉在锅里烧"玉米糊糊"。

应该吃耐饿的东西；在山里的日子可能会很艰难；今天的日子已经不是人人都能有的了。说到这里，他的脸唰地红了。

"请原谅，"他面红耳赤地说，但仍睁大眼睛看着对面的年轻女人，"但我不得不像对一个二级骑士那样同您讲话。您是跨骑在马上的。有没有碰破皮或受伤？"

"您对大家，包括对我的温情是多么自信，这使我颇感惊讶。"她说，"放心吧，我仍可以像今天这样跟在您后头，一站一站走下去，只是有点儿累罢了：是怎样就怎样，我不会否认。从孩提时代起，我就经常骑马。我一个人和我父亲待在一起，他是乡村医生，不管什么天气，我骑着我的母马，陪他去巡诊。由于种种原因——说来话长——我结婚后骑得更多。而且，我的装备很好。"

她大大方方地说她裙子下面还穿着皮马裤。

"我很高兴。"安杰洛说，"我看不出为什么就因为您是女的，我是男的，就不能结伴而行。我向您承认，今天好几次我都感到拘束。听着，今天早晨，当我发现您时，见您手里拿着枪，我真想拍您的肩膀，就像我对日于塞普，必要时，甚至对拉维尼娅所做的那样。我克制住了，这很遗憾，因为，在紧急情况下，这比千言万语还要管用。"

他正要热情洋溢地同她讲为争取自由的战斗，她却说："谁是拉维尼娅？"

"我奶兄弟的妻子；日于塞普的。在意大利时，她侍候我母亲。当日于塞普被迫逃亡法国时，她也跟来了。他比我被迫流亡稍稍晚一些。后来，他们结婚了。不过，她十一二岁时，用滑石粉把我母亲的皮马裤揉柔软的情景，我至今仍历历在目。跟您一样，我母亲去我们的格朗塔领地时，裙子下面也穿马裤。"

接着，他讲了格朗塔森林。

年轻女人觉得给她的整只烤鸡非常好吃。和安杰洛一样，她把一整只都干掉了。他们还吃了鸡蛋，最后又吃了满满一盘浓汤，晚餐便告结束。

"您上床休息吧。"安杰洛说,"我去守着马和行李。片刻工夫我们的东西就会被偷掉。您也看见了,那位芥末商是怎样瞟我们这边的。其实,我是为了开心才让他骗的。一到利害攸关的时候,我就和大家一样精明了。"

他叮嘱她千万不要用温水清洗身体,要把水烧得开了又开。

他还说:"您得穿得非常暖和,睡觉时不要脱掉我的毛袜。人累了就会哆嗦,而暖和能驱除疲劳。上好门闩,把您的手枪放在枕头底下。有什么事,哪怕是一声抖动,因为没有铃,您干脆开一枪。我们在敌人家里,没必要节约子弹。总之,"他说,"重要的是,您无论如何都不能冒任何危险,不管发生什么,都要保住性命。把整个客店搞得鸡犬不宁也没关系,而且是完全合法的。我就是要教所有的人明白这点。"

然后,他走到门口去抽一支小雪茄。

小雨淅淅沥沥下个不停。大山在村子上空唉声叹气。

安杰洛在马身边的麦秸上铺床。他正要入睡,忽听见咕隆隆马车响,过了一会儿,通往客店的小门开了,店主穿过宽敞的回声很大的马厩,来到大门口,拉开门闩。

是为了让一辆篷式双轮马车进来。一个男士从车上下来,店主把"先生"喊得震天响。

这一切过后不久,那人带着马厩侍女和几捆麦秸又回来了。他也准备睡在他的马身旁。

此人五十来岁,端正地穿着上等呢衣;他的围巾是山羊绒的,趣味高雅。他把一件苏格兰方格花呢长巾铺在麦秸上。

"对不起,打搅了。"那人看见安杰洛睁着眼,说道,"如果我早一点儿像您这样做,我就可以少受些挫折了。"

他叙述说,三天前,有人把他华丽的装备偷走了。那是他花了金价买来的。他从肖瓦克来。他想一直走到罗讷河谷，到了那里，看运气，想乘船过河，前往阿尔代什，据说那里空气好，霍乱未能得逞。他从萨瓦来，那里霍乱猖獗得令人难以置信。

安杰洛问他，在肖瓦克，士兵们是不是给旅客制造很多麻烦。

"说实话，"那人回答，"现在我倒觉得士兵们做得还不够。不然，他们肯定能找到偷我马的贼，让我失而复得我那匹漂亮的马了，那些农民会把它弄得脏兮兮的，谁也得不到好处。我得承认，如果我们动辄发火的话，每天可能要对那些盛气凌人的军官发一百次火，他们似乎认为，霍乱必须通过战斗来解决，其实，事情还没到这个地步，他们就怕得——请原谅用词粗野——尿在靴子里了。因为迫于命令他们不得不待在那里，可他们又非常害怕，于是他们捏造命令，让尽可能多的人陪着他们，特别是像您我这样的人。先生，如果您去阿尔卑斯山，等待您的不会太妙。"

他解释说，霍乱在那里的城市里为所欲为，作威作福。

"您知道那些大城市目前的状况吗？您知道，在那些拥有一万五到两万居民的城市里，我们可以假设它们已不剩几个人了。那里一片混乱，先生（这并不是自寻烦恼）。人们戴着假面具参加彩车行列。为了逃避死亡，人们化装成麻雀、小丑、家禽，抑或装扮成滑稽人物。人们戴上假面具、硬纸板假鼻子、假髭、假髯，人们戴上快活的假脸，让人演出《身后之事与我何干》。我们回到中世纪了，先生。人们在所有的十字路口焚烧稻草人，称之为'霍乱老爹'；人们侮辱它，讥笑它。人们围着它跳舞，回到家里，害怕得要死，或恐惧得要命。"

"先生，"安杰洛说，"我瞧不起没有荣誉感的人。"

"那是个很好的办法。"那人说，"如果在您这个年纪死去，这办法便无懈可击。如果到了我这把年纪，就把这个做法改一改。这办法不碍任何事。人们以各种声调反复说，对付霍乱最好的药方，就是乘驿站的马溜之大吉。这千真万确。结果是：我们俩都躺在麦秸上，待在我们的马身旁，怕别人把它们偷走；您可能出于谨慎，我祝贺您；我则是吃一堑，长一智。人们不可能认定我们对周围的人很热爱。您会回答我说：'我不害人。'注意：仇恨不是爱的对立面；与爱对立的是自私自利，更确切地说，先生，是保全自己的想法，这个想法，您今后会常常听到，仁者见仁，智者见智。

"我影响您休息了，您想必还有很长的路要走，会遇到很多困难。我也是。不过，关于这个问题，我应该对您说，在这个地区，据说有人已开始明火执仗拦路抢劫了，甚至抢劫死人。前天，我看见大肆张扬地枪毙了三个老实说非常猥陋的小偷。集市上的小偷。

"要求不要太高，先生，让我们满足于我们今晚所有的（我们千寻万觅的）东西：大海上的一块木板，恰够我们在上面睡觉。

"晚安，先生。"

第十一章

年轻女人一大早便起床了，看上去状态不错。安杰洛十分经心地把泡茶的水煮开。想到自己事先准备了玉米粉、粗红糖和十二个煮鸡蛋，不禁沾沾自喜。

"我有肖瓦克的消息，那里情况不妙。"他说。

他谈起和他一起睡在马厩里的那个人，那人天蒙蒙亮就走了。

"我想，我们可能会有争执。不管怎样，我说说我的想法。您同不同意，请告诉我。我们走最偏僻、最荒野的地方。避开大路和城市，避开一切有人的地方。据说，他们不仅有霍乱，而且全都疯了。在山里，我们只怕一件事，那就是强盗。据说有强盗。走着看吧。

"再说，根据日于塞普告诉我的，另外从这张地图上也可以看出来，圣科隆布非常偏僻荒凉。等我们同我的奶兄弟及其妻子会合后，我们就能踏平世上所有的强盗。日于塞普是头雄狮，拉维尼娅为了她丈夫和我会万死不辞。"

"我完全同意。"年轻女人说，"只有一件事要补充。"

接着，她凑到安杰洛的耳边同他说话。

"把我的费用结清吧，这样似乎更自然。等我们单独在一起时，我把钱还给您。不，别走。听我说，我知道这没有意义，但我的话还没说完：我要叮嘱您一件事，这关系到我们的安全，否则，我就不会要求您做我马上要求您做的、会使您十分为难的事了。我的要求是：钱要付，但要装得吝啬一些。要您付多少就只付多少，一分也不要多。

甚至竭力少付一分钱。人家就会像尊敬圣体那样尊敬我们。至于其他，我和您一样信任您，甚至比您更信任您。我知道，即使没有您的日于塞普和拉维尼娅的帮助，我们也能踏平世上所有的强盗。"

"您说话就像都灵那位没敢逮捕我的警察。他说：'啊！先生，为什么要用马刀格斗呢？用一把小刀暗杀易如反掌，那样，我们就有权装聋作哑了。'"

"您看，"她说，"您把好人置于尴尬的境地。您要人立即回答，不让人有思考的时间，您要求他们勇敢、慷慨、热情，或者诸如此类要在他们经过深思熟虑并且激发出无比热情之后才能做的事。大多数时候，他们是一家之长。您可以慷慨，但钱要少给些。他们跟着您会倾家荡产的。这里比较简单。人前露富是很危险的。人家可能从窗口向您开一枪，或在您的汤里放毒鼠药。"

"言之有理，"安杰洛说，"这会把一切都搞糟的。"

他像有产者那样付了钱，但没有要求减价。他把找的钱数了又数，又把两苏的硬币正反面看了又看，然后把这个硬币给了那位侍女。

"昨天我们说话有点儿过火，"他对店主说，"不过，您近来大概已习惯神经质的人了。您知道一个叫圣科隆布的地方吗？我们想不经过肖瓦克去那里。"

"你们都一样。"那人说，"肖瓦克有什么可怕的？病得最厉害的人才会死。"

"我也这样认为，"安杰洛说，"可有士兵呀。我可不想招惹他们。"

"我也不想。"那人说，"自从他们切断交通以来，他们把我的生路都断了。我正准备积一些钱哩。我给您个建议。不要从山溪那边走。前天起，夏鲁伊山顶上已有岗哨了。从左边的树林里穿过去。出了树林，沿着山谷走。到了山谷另一边，往维勒布瓦的风车那个方向走，它就像脸中间的鼻子，非常醒目。您将遇到一条小溪。沿着小溪往上。它流进一个狭窄的山谷。您的圣科隆布就在这狭谷里。"

他们上了悬崖陡壁，然后穿过一个树木萧疏的森林。天色暗蓝。刚下过雨，树木莹光闪闪。树枝叹息着卸去身上的雨水。无数细流在草丛中发出猫的呼噜声。

穿过稀疏的冷杉林，只见山上展现出已变枯黄的牧场；还看见山脊线和伸展在山脊上的参天大树，可能是山毛榉树。

店主指的路不难走，谷底和山坡上覆盖着树木，旅客走在其间丝毫不会被发现。顺这条路而行，他们最后竟爬上了山脊，进入魁伟的山毛榉树林里，有如走进一个天然的壕沟。这里，较为清朗的空气带着叽叽喳喳的声音，使人以为某些鸟儿在啼鸣。但是，当安杰洛从马镫上直起身子，便见在他们左边数百米处，有几个红点在树枝下晃动。他把这告诉了年轻女人。

毫无疑问，那是士兵。果然，过不多久，一小队人从树林里出来，开始下坡。显然，有人刚才被哨兵抓住了，正要带回城里。安杰洛数了数，有五六个穿黑衣的，还有两个穿盘花纽红上衣的在后面压队。

与人们可能认为的相反，在夏鲁伊山那一边没有深谷，而只有一个很大的土盆地，庄严而凄凉。肖瓦克看得清清楚楚，就在左边两法里处。

为谨慎起见，安杰洛和年轻女人认为应该背朝肖瓦克，走得更远些。他们拐向右边，隐没在山毛榉树林下，至少又走了两法里。路不难走，沿途风景旖旎。大理石般的树枝支撑着纷纷落下的浓密的金羊毛。叶丛金光闪烁，仿佛在灰色的天空下构成了自己的太阳。一条条土质松软的林荫大道安静地伸向四面八方，穿过一排排柱子，顶着一个个雪白的桥拱。

出了树林，他们发现了一个阴沉凄凉的地方。瘦瘠的土地露出了骨头。哪里也看不见风车。他们攀登一个黑板岩山丘，上面有一条条细谷。从山顶上，只见一个半法里宽的盆地，有几块遍布卵石的老田，还有三棵树，由于风吹雨淋冰冻，只剩下残干了。再往前走，他们发现一所小屋隐藏在凹地里。但里面是空的。既没有任何生命的迹象，也没有最近死亡的痕迹。

有一会儿，他们想在这里露营。这里非常偏僻，绝对安全，但他们只吃了两个鸡蛋，没有下马，只是偷偷四下张望。连草也毫无吸引力：它们硬邦邦，干枯枯，灰乎乎，连牲畜见了也望而生厌。花木凋败的荒原将忧郁的尘埃撒布在盆地贫瘠的山坡上。

他们爬上盆地另一侧的山坡，发现一连串大同小异的洼地和破败不堪的沙丘。石缝中东一簇西一簇地长着几株黄澄澄的野燕麦，使这地方变得更加凄凉萧瑟，那金黄的颜色烘托得岩石格外苍白。

他们顺着山脊走了几个钟头，东张西望，寻找着风磨。

"我们迷路了。"安杰洛说，"得找个老乡问问路，否则逛荡到天黑也找不到路。我们下山谷去吧。"

他们走进一个狭窄而阴森的回荡着瀑布声的小山谷。马在黑乎乎的黏土里行走。一条肮脏而没有生气的激流阻塞着通路，跳动于碎岩石、软泥、树根、一半被淹没的灌木丛之间。渺无人迹的山坡从四面八方包围他们。溪水闪烁着凄然的银光，使他们周围的泥灰岩山丘的煤黑色格外突出。山谷蜿蜒曲折，逐渐变宽了一些，但依然只有充满污泥的水流，那泥水一直陪伴着他们，拥抱着马腿。最后，他们来到一个类似海湾的地方，那里有一个圆圆的黄澄澄的小牧场，长着几棵叶子凋零的核桃树和几丛黄杨树。布满碎石的山坡上似乎有一条小路。他们沿着这条羊肠小道走了一阵，然后看见一个萧索的老柳树林，林中隐蔽着一间由圆木搭成的小屋，门已倒塌。但那里有新鲜的骡粪，在插入墙上的铁环下面有垫草。搁在石头上的两块木板穿过小溪。小溪另一边，延伸出一片黄杨乔木林，一条黑影蜿蜒其间，可能是一条路。那是一条林间小径，有木拖车滑过的痕迹。再过去一点儿，他们又发现了骡粪，比在小屋发现的更新鲜，还有一头骡子的脚印，骡子钉着宽宽的铁蹄，大概在拉相当沉重的东西，因为它在用蹄尖刨土。

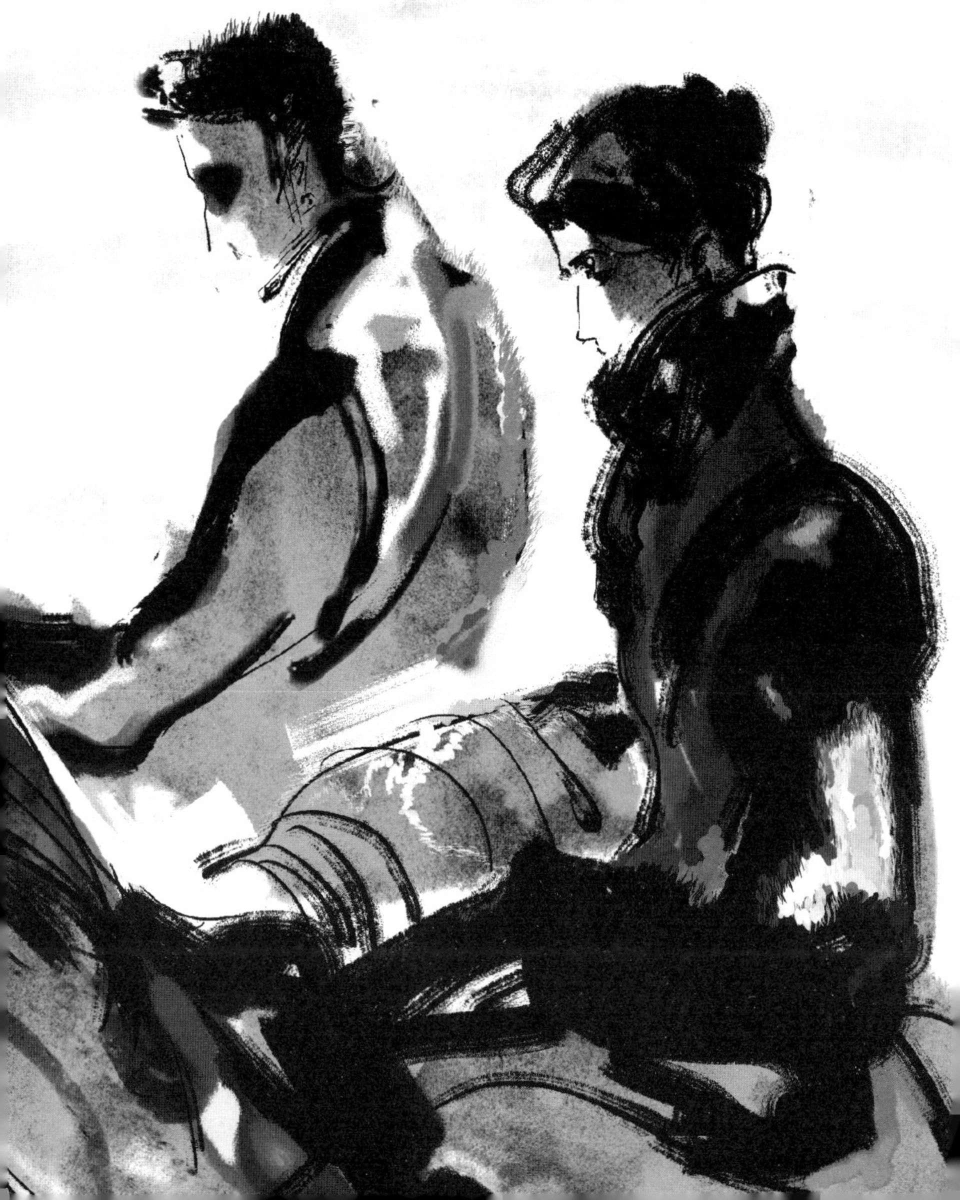

然而，他们从马背上四下张望，没能发现活着的生命。在这千篇一律的阴沉和荒凉中，有一种令人厌烦和恶心的东西。黄杨树的苦味飘溢在空中。黑莓的利刺、刺柏的针叶、有如蜘蛛网匍匐在一块块形如痂皮的粉状绿土上的木质草，都让人视觉很不舒服。在这个地方，凄凉犹如阳光。没有凄凉，就只有寂寞和恐怖了。它使心灵的某些（也许是可怕的）可能性变得敏感起来。

"人们也许能适应这种地方，"安杰洛想道，"甚至再也不想出去。有士兵的幸福（我看得重于一切）和不幸人的幸福。当我和嬷嬷在一起，甚至当我们细心摆弄尸体时，我不是常常感到很幸福吗？幸福是没有等级的。假如我能彻底改变习惯，甚至接受相反的道德观，在这饱受折磨的植物中，在这几乎是绝世的干旱中，我可能会感到非常幸福。因此，我在卑怯、耻辱、甚至在残酷中，可以感到无比的幸福。人生来就能适应这些在我看来属于另一个世界的感觉，正如能适应这个在我看来是另一个世界的地方。然而，这分明是木拖车的痕迹和骡子的足迹。日于塞普是不会做这样的思考的。如果他在这里，他会用双手围成喇叭，向四面八方呼唤，抑或无可奈何，唱起一首进行曲，以便加快步伐。可在这里，人们也许会看到绝不要进行任何革命的理由。人民不说话、不吼叫、不唱歌时，他们是闭着眼睛的。他们不该闭眼睛。我们两个小时没和这个年轻女人讲过一句话了，但我们没有睡着。"

他们继续跟着木拖车的痕迹前进，爬上了一个飘溢着苦味的山坡。那是一座苍白的没有形状的山丘，就像是一只巨大的口袋。拐了一道又一道弯，他们爬上去了一些，遇到了更加干燥的土地。从这里开始有路了，他们沿着这条路继续往上爬，进入一个小山口，从山的另一边下去，那边的山坡长着更多的树木，但仍然笼罩着凄凉。

"对不起，"安杰洛愚蠢地对他的同伴说，"我想同您说说话，却不知说什么。"

"不要说对不起,我也是脑袋空空,除了两分钟前,我试图鼓励自己说,现在我们离肖瓦克和士兵远了。"

道路穿过污秽的冷杉林,那冷杉林已被毛毛虫侵害得片叶不剩,毛毛虫有如灰色的破衣服挂在所有的树枝上。到处不见房屋的痕迹。甚至弄不清楚木拖车有没有从这里经过。地上布满坚硬的灰石子,不见木拖车的痕迹。

他们来到一个细谷底,那不过是穿过另一条小溪,登上另一个山坡。他们进入一个小橡树林,比冷杉树林要稠密和健壮一些,他们经过时,干燥的橡树叶发出轻微的爆裂声。这地方虽然荒凉,但好像在被什么东西,可能被什么人派什么用场。透过细枝杈和光秃秃的树枝网,他们总能看到这座疲惫阴森的高山,在白色的天空下展现出一块块毫无生气的空地和一个个软弱无力的轮廓,但在路边,他们发现了四根剪枝呈长方形插在一块地上,可能有人在里面堆过修剪下来的树枝。这地方也有被压坏的灌木丛,路边也有深深的车辙。有人在这里掉转车头,装过木柴。

他们沿着这条蜿蜒曲折的小路,一层一层缓缓攀高,一直爬到光秃秃的山脊上,从那里,他们可见荆棘丛生的细谷纵横交错,遍布铁锈色树木的山坡鳞次栉比,青灰色的山脊波涛汹涌。那条小路到处转悠,似乎没有明确的去向。它在这里消失了,却又在那里复现,钻入一个树林,进入一个空地,穿过一片荒原,在一个山脊上蜿蜒,在另一个山脊上出现,迂回,下山,上山,转弯,出发,待着不动。

"我们倒霉透了。"安杰洛说。

"我不抱怨。"年轻女人说,"不管怎样,这里不再有任何危险了。几乎可以肯定,士兵绝不会到这里来的。至于传染病,没有人群,它独自在这里能干什么呢?看看我们吧,我们站在我们的弯道上:我们从没像现在这样安全过。什么也危害不到我们。您买了玉米粉,如您所说,用它做成吃的,比面包都好。这里的木柴足够用来烧毁罗马城。

这里的溪水显然非常纯净。"

他们来到山坡上，进入一个朝北的树林。有一半且都很矮小的树木长满了地衣。到处都有倒在地上的死冷杉。由于受潮，渐渐碎成淡红色的细屑和残干。安杰洛指出，它们没有一个堵在小路上。想必有时候，有人要从这里运什么东西。那木拖车和骡子准是从什么地方来到第一个隘谷的小木屋，又回什么地方去了。尽管没有留下痕迹，但只能从这里经过。如果继续朝这个方向走下去，可望遇见用拖车的人，抑或到达有人住的地方。他最多先于他们两三个小时。

他们必须下到一个隘谷的底部，才能登上另一个山坡。那隘谷夹在两座峭壁中间。现在，他们每拐一道弯，便进入更浓更湿的阴暗中。厚厚的苔藓和地衣展示着一根根长胡须，从所有的细枝上垂下来。谷底堵塞着死树，整个儿成了死树的坟墓。一些成了骷髅的大冷杉，甚至还有几棵曾是肌肉发达的山毛榉，互相紧紧搂抱着，堵塞了一条山溪的河床，那条小路涉水而过。一些掉了叶子的硕大的铁线莲，用白藤将这些堆叠着的枯枝和枯干串起来。长着青叶和刀尖般长刺的健旺茁壮的黑莓安静地吞噬着这些死树。受这个水坝阻隔，一股黑水滞留于木贼和灯芯草之间。

跨过溪水，他们攀登一个光秃秃的星罗棋布着大矢车菊的荒坡。那条小路至此一直非常明显，有些地方甚至可行车辆，现在只剩下两条深深的车辙。只见那两条车辙颤颤悠悠，蜿蜒于这光秃秃的大山坡上，一望无垠，最后通到一个有许多尖棱的奇特的岩石跟前。走了半小时，他们认出，那块岩石原来是几堵墙。他们直奔那里，发现了一个废弃的一半已倒塌的羊圈。然而，这里却有一股羊毛和羊粪的气味。在破羊圈前面的空地上，有几块扁平的石头，上面还撒着淡红色的粗盐。

"可今天夜里下雨了呀。"安杰洛思忖，"这盐早该化掉了。今天早晨这里还有羊群。"

给羊饮水的小槽保养得很好。它的木头嘴管深入一个斜坡，不久前才加上铁环，还闪着光呢。

若从最近的那个山脊环视四周，也许还会有新的发现。他们爬上这山脊。

他们俯视树木繁茂的迷宫般的隘谷、一望无垠的屋顶般起伏的峰峦。这地区似乎比他们刚走过的地方树木多一些，但到处都没有生命的迹象。想必长着野薰衣草的灰乎乎光秃秃的荒原，与大片红棕色的山毛榉林互相交替，无穷无尽，直至天边，那里，最后一片厚度还不如一根线条的蓝莹莹的山毛榉林，直接与白色的天空相接。那条小路继续波动着它的两条车辙，穿过这个地区。

"我好像听见狗叫声。"年轻女人说。

安杰洛侧耳细听。

"是狐狸，"他说，"离这里很远。"

从那山脊下到北山坡，一条斜向的下坡道把他们带到了第一个山毛榉林。红棕色的叶丛在静止的空气中飒飒作响。林下光秃秃的，满目荒芜，散布着大岩石。细树枝密密匝匝，使一切声音变得低沉闷浊。马仿佛在幽暗的深水里移动。

他们来到一个贫瘠的牧场上。紧接着便是一块稀疏的黑麦茬地。有人用镰刀齐着石子仔细割过。那条小路在长着黄杨和薰衣草的荒地里继续前进。

"我们会给来这块地里播种和收割的人带来什么呢？"安杰洛思量。

他不再想霍乱了。

"如果我们不得不在街上战斗，"他思忖，"杀死一些士兵（他们可能是这个贫苦农民的儿子，但是有人给他们下了命令），那我们至少必须以改变世界面貌做借口。可现在我们不用了。这是一个空王国。这里有好亦有坏，我们无法改变，而且不去改变更好。"

他突然感到需要同他的同伴说说话。他们俩一致认为，这块地使他们可望马上遇到一个农庄。可是，他们又走了一个多小时，却没见任何相似的东西，甚至从一个新的山脊上，也只再次看到一望无际的荒地。

"我想应该坚持到底，"年轻女人说，"顶多再在树林里过一夜。"

"这些山丘可没有我们前天过夜的松树林舒适。"安杰洛说，"这上面可能很冷。我希望能遇到一个村庄，那里有一条真正的道路，把我们快点儿带到某个角落。"

"您需要与人交往，哪怕他们染上了霍乱？"

"我不是特别需要，但事实上，我和霍乱的交情不算太坏。"

他向她叙述了他从城里的屋顶上下来后与嬷嬷的惊险经历。

他说："我承认，在这里我活得很自在，没有必要战斗。但是，与一棵山毛榉树为伴五分钟后，我还能同它做什么？我对自己说它很美，我重复两三次，我为它的美丽所倾倒，接下来，我得干其他事情，而那里面有人的存在。我可以无限期地待在这荒山野岭，您看到了，我并没有被吓倒，但是，当我发现一块像刚才所见的那样割到只剩下骨头的地，我就觉得我必须给予关注。哪怕向来这里开荒的那个人问个好也行。"

"可是，"她说，"我们还能梦想更好的吗？从荒僻的小路一直走到我们想去的地方，对您而言，是到意大利，因为您要去那里；在我看来这真是再好不过的事。这里没有坏邻居：既没有大钟楼，大河川，也没有大老爷。"

他们沿着那条小路，穿过黑乎乎的树林和白乎乎的荒坡，渐渐走近那些孤单冷清的大山毛榉树，他们有时间尽情观赏，看见它们不规则的结构渐渐升高和开放，白如盐的主枝将棕红色，有时是血红色的沉甸甸的浓叶高举入云。

安杰洛注意到，所有这些树林都呈几何形状，像是几个部署在战场上的后备营，持枪立正，每行四人或十六人。有时，一棵孤零零的冷杉，穿着沉重的骑兵大衣，矗立在一个山丘上，使你的幻觉臻于完美；抑或，当他们沿着一个小树林边缘行走，从里面传来悄悄的说话声，仿佛有支部队因等待命令等得太久而在窃窃私议。

多少世纪以来，这些树木聚集在这里，孤独寂寞，冷冷清清，安杰洛不由自主地被深深打动。

他思忖："祖国的自由是不是轻于荣誉，或轻于我为使自己合乎逻辑而所做的一切？"

在这里，他看到了一个没有霍乱、没有革命的地方，却觉得这里很凄凉。

他们默默沉思着走了一个小时，周围的景色苍茫荒漠，死气沉沉。在一块光秃秃的荒地中央，他们看见孤零零竖立着一根颇似柱子的东西。

这是一个用来祈祷的东西，朴素无华，上面有一个铁制小十字架。

"哈！"安杰洛想道，"我刚才做梦了。这里有人。你得巧妙地摆脱困境。这东西给指明了。"

"您得承认，"他说，"假如这些山冈上有人，老远就会感觉到了。我们发现小木屋时刚十二点，现在快到傍晚了。"

他们加快步伐，但他们又穿过了一个长长的荒坡，走过了两个树木茂盛的隘谷，才发现一所趴在地上的灰屋顶矮房子。而且，还是从烟囱里冒出的一股细烟，以及窗玻璃上射出的黄灯光才知道这房子的存在。

再说，只有这一所房子。没有村庄。

他们碎步直奔过去，到达屋前空地时，门打开了。一个男人走出来，手里提着一只桶。

"别动。"那人喊道。

他把桶放在地上,向一只大狗扑去;那只狗刚从一堆麦秸上立起来,正要悄悄地扑到两匹马的腿上。

"真险,我们差点儿被狗咬了!"安杰洛嬉笑着对他说。

"比您认为的还要险。"那人说。"这是头狮子。它这次听我的话了,该用胳膊肘画个十字,可在这种情况下,它不总是听话的。您想象不到它多么喜欢咬人。等它咬人时,先生,那就太晚了。"

那人矮矮的个子,圆得像个皮球,非常健壮。那狗张开大嘴,露出白白的獠牙;那人竭尽全力,拉着颈圈,不让狗扑上来。

"这是什么地方?"安杰洛说,一面拉扯着不听话的马,站到年轻女人和狗中间。

"等一等,"那人说,"我先把这东西关起来。"

他把狗拉到一个小畜棚里。

"瞧。"年轻女人低声说。

那只桶里装满了血,上面漂着一层粉红的泡沫。

那人关好狗,又细心地用一段树干顶住棚门,而后回到他们身旁;那畜生怒吼着,扑到门上。

"这地方叫什么?"安杰洛问。

"不叫什么,"那人说,"至少,我不知道。这里是我的家。"

他指了指辽阔的旷野。

"这是夏鲁伊山。"

他的胳膊又小又短。

"这附近有村子吗?"

"这里?绝对没有。下面的山谷里有,但要知道离得很远。你们从哪里来?"

"蒙热。"

"这不是个方向。"那人说,"绝不会有人从蒙热来。"

他两只手红红的,上面都是血,指头间还有残肉。

"我宰了头猪。"他说,"这小女子的马不喜欢我的血桶,是不是?等一等,我去把它藏起来。不过,关于这个,你们也许有什么想法,是不是?天快黑了。"

"十分钟前,我们什么也不想。"安杰洛说,"现在,我们可能想在这里等待天明,如果您允许的话。"

"没什么允许不允许的。"那人说,"进来吧。我承认,要去山谷,有很长一段路程,而且都是树林。总之,从蒙热来这里,这是个荒唐的主意。"

这房子从外面看似乎很大,里面其实只有一大间,带有放床的凹室;剩下的作为羊舍和马棚。听得见羊羔咩咩叫,猪猡呼噜呼噜,马嚼子叮叮当当。

那头猪就像西瓜那样劈成了两半,放在腌肉缸的盖子上。它的脑袋在旁边一只筐里咧着嘴大笑。炉膛里生着旺火,正在与一只小锅格斗,旁边有一个妇人,一边用长刀切肥肉,一边在熬猪油。她又肥又胖,脸色比她手中的肥肉还要白。桌子上堆满了做香肠的肉块和血红的破衣服。猪血和碎块猪肉熏闻的气味、旺火的灼热、滚开的猪油锅,这一切在整整一天生活在高山上的人看来,充满了油腻混浊的景象。

"我要吐了。"年轻女人说。

安杰洛扶她出去,给她喝了些烧酒,见她脸色苍白,浑身哆嗦,很有点儿担心。他把自己的大衣给她穿上。他本想照顾他们的坐骑,现在决定放弃这个想法。

他从柴垛上抽了些麦秸,将马鞍、行李包、鞍囊摆成一张避风的软床。

"睡到那里面去,好好休息。"他说。

他把她盖得严严实实,差点儿让她透不过气来。他用一个麦秸枕头把她的脑袋垫高。他不得不碰她的头发和那又硬又顺滑的发髻,把她的颈背托住。

"她的耳朵多小呀!"他想。

他点火,煮茶,并给她端来。

最后,她坐了起来,脸色已恢复正常。

"我差点儿昏过去。"她说,"那么多血淋淋的肉,还有那个脸无血色的女人,她把自己切成碎块,在'铁锅'里熬自己的肥肉,您看了怎么受得了?"

他很理智,没有承认那时他在想他们的马,想用麦秸给它们擦一擦。

"您把我吓坏了。"他说,"当我看见您脸无血色,我马上想到了霍乱,整整一天我没想起它了。"

他谈他刚才如何恐惧,说她应该照顾好自己,足足谈了五分钟,而且十分自然。再说,他是真诚的。

天完全黑了。房屋开着门,睁着血红的大眼睛瞅着他们。屋子里面,那男的用长尖刀围着那头猪转来转去,正在肢解猪腿。

他们把露营地安置在屋前空地上,对面可能是深邃的山谷。由于受到羊圈角和屋角的保护,他们感觉不到有风。其实,整座大山已像大海那样风声呜呜。他们看见天空撕裂,露出几颗星星;接着乌云上空有如点着了一盏灯,将一缕缕泡沫状的碎云照亮。月亮已然升起。

他们在两块石头之间生火煮茶,让火一直燃烧着,水锅在火上咕噜咕噜响。

年轻女人又喝了一大口烧酒,终于决定吃两个煮鸡蛋了,但没有面包。安杰洛把玉米糊糊煮了又煮。

他说:"这将是稠稠的意大利红糖玉米甜羹,夜里它会冷却,明早我们可以用它来填饱肚子。"

他又煮了些茶,并且点燃一支小雪茄。

远处,山下,在那个可能是山谷的地方,他们看见几团火光在闪烁,接着,一堆火生起来,想必是一堆大火,从这里看去,似乎有一颗豌豆大，但火光闪烁。

那人前来坐到他们身旁。他的烟斗里装满了烟叶。

"你们不用害怕那婆娘。"他说，"她有十年没说过一句话了。不知道为什么。但她从没伤害过任何人。这对她是容易做到的：我们睡在一旁；我睡得很放心。她从没离开过这里。你们在喝什么？"

"茶。"

"茶是什么？"

"一种咖啡。"

"下面山谷里情况好像不妙。"

"因为什么？"

"你们应该比我更清楚。"

"如果您说的是霍乱，那倒是的，损失很大。"

"我看到了一些，"那人说，"一个月前我下去过。那里的人被弄得乱七八糟。他们制造了许多麻烦！我曾卖过绵羊给山谷里的一个人，他死了。寻找他的子女难如登天。他们已被带到沃梅尔去用樟脑消毒了。"

"谁带他们去的？"

"当然是士兵啰！"

"下面有士兵？"

"没有，但需要时就会来。他们已放倒四个士兵了，一个一个地。他们都变坏了，自从……"

"山谷是怎么回事？"

"就是那个地方。如果您去那里，您会看到，那里是休闲的好地方。"

"他们放倒了四个士兵？您是说他们把他们杀死了？"

"当然！谁让他们到处管闲事的。因为他们在说谎。他们和大家一样，也拉肚子，那么为什么要大家跟他们去沃梅尔呢？我同意这个看法,我。我不是山谷里的人,我,我是这里的人。沃梅尔的人比山谷里的人多些什么?他们有樟脑,照样会死,他们的士兵也一样。我同意,这是命令。可是你倒是证明一下霍乱已声明同你的账算清了呀。"

安杰洛向他提了许多关于士兵的问题。那人讲起士兵来,仿佛在谈论一种比霍乱更可怕的疾病。很清楚,他们是不公正的,这次,人们可有了对付他们的武器了。肖瓦克的名字在谈话中没有提及。他们是沃梅尔的士兵。安杰洛得出结论,到处都有士兵。

安杰洛试图打听这些部队是做什么的,具体是怎么做的。他提这些问题时,用的是军事术语。

"您不会也是吧,先生?"那人警觉起来,突然问道。

"我才不是呢。"安杰洛说,"我和夫人同他们不辞而别,甚至我们把他们中的三个狠狠揍了一顿。现在,我们尽可能走荒山野岭。这就是为什么我们在山里绕来绕去,走了整整一天,为什么现在我们在这里。如果我是士兵,我可能和这个年轻的夫人在一起吗?"

"谁能阻止呢?"那人说,"您是不了解情况。部队里有食堂女主管。女人碰到什么就做什么。"

年轻女人笑着抗议了。她也保证说,他们不过是旅客,着急着做一件事,那就是尽快穿过这地方回家去。

"您,我倒是相信。"那人说,"听您的声音不像那些喝酒的女人,嘿!和士兵在一起,不是答应喝酒的问题,而是必须喝。听您说话,就像是个想回家的人。那一位使我产生了怀疑,他有些话像是军官说的。"

"确实如此,"安杰洛说,"我是皮埃蒙特人,我在我老家是军官。我正在回那里去,不过,是为了自由的事业。"

他不想否认自己的身份。他心里想:"如果他蠢得像头猪,不明白在这些严格执行无可指摘的命令的龙骑兵和充满爱心的我之间存在着差别,那我就装上马鞍,立马离开这里。管它是不是夜里。"

他非常满意自己用爱心来形容他对人类的不幸和自由的感受。他充满激情地谈到了那块贫瘠的黑麦田。

"这一切非常美好。"那人说,"这么说,您经过那里了。那地确实是我的。我在那里播种,是因为有人认为我没有权利这样做。您说得对;如果没有法律,一切会运转得更好。"

安杰洛热烈而滔滔不绝的小小演说给他留下了深刻的印象。他觉得安杰洛对生意挺内行。

"您对买了我三十头羊不付给我钱的人怎么看?"他说,"他们把霍乱也考虑进去了。"

安杰洛叙述了他和年轻女人看到的一切。他说街上到处是死人,城里空无一人,人们露宿野外,为了逃避隔离,夜里将亲人的尸体从篱笆上扔过去。

"我也和大家一样,得过轻度霍乱。"那人说,"一天不是拉一次,而是两三次,如此而已。得了霍乱,好像会死一些人。只不过死得快一些罢了。没什么好大惊小怪的。"

不过,他不得不承认,有些事的确看上去很奇怪,但没必要认为这是因为呼吸时吞进了小苍蝇的缘故。他的朋友对他说,在离此地只有五法里的莫特,有只狗开口说话了,它甚至背诵了教理问答手册上关于临终涂油礼的回答。不止他一人知道,在冈蒂埃尔,今年七月二十二日,下了一场癞蛤蟆雨。这都是事实。我认识一个女人,她一向是可以相信的,是家庭主妇,她可以用她孩子们的脑袋发誓,她亲手从她名叫朱丽的小女儿的耳朵里,取出了一条像手指头那样粗、穿针线那样长的小蛇。一个黄色的小动物,犟得像头驴,被她用剔肉刀砍死了,临死前,它清楚地说了"您好,圣母马利亚"。他自己在五天前,一个人在你们刚刚穿过的荒山上,那是他放羊的一个早晨,他看见沃梅尔那边上空升起一团乌云,他起先以为是烟雾,后又以为是煤烟,其实,先生,太太,那是五十多万只乌鸦。它们来到这里的上空。"它们就像在阅兵时那样演习着,既然您是军官,我就说它们排成了与骑兵作战的队形。从地里冒出一个声音,发出命令。还不止这些。我赶着羊群翻过山坡,我躲在山脊后面。那声音说:'站住!报告!'它们下来了。它们停在地上。那声音说:'谁吃过基督教徒?'它们回答:'我!我!我!'那声音说:'成四列向右转,来领勋章。'它们排成四列,走到那棵孤零零的大山毛榉树跟前,在树荫下,有个人在说话,但只闻其声,却不见其人。他说:'我对你们很满意。我要叫人看看我不是好惹的。'先生,所有这些国王干了许多不公道的事,它们在玩跳山羊游戏,从别人的头上跳过去。总之,他把部队派到它们各自的岗位上。你去沃梅尔。于是,受命者便带领队伍,吹着号角,振翅出发了。你去蒙托邦,你去博蒙,于是,这些队伍鼓声咚咚地开拔了。传令兵曾来到我藏身的山坡上认出了我。但他根本不把我放在眼里。他照样确定他的作战计划。当我半途折回来,不再看见乌鸦时,当我望着那棵大山毛榉树下,先是从远处,然后一步一步走到摸得着树干的地方时,哈!先生,一个人也没有,正如显然易见的那样。苍蝇!他们说是苍蝇!他们拿他们的苍蝇来跟我开玩笑!"

安杰洛以一种意大利式的严肃回答说,他们的确也遇到了奇怪的乌鸦。

"先生,"那人说,"我老婆已有十一二年没说过一句话了。我不怨天尤人;事情已经这样,但是,这件事和其他所有事都表明霍乱不是新鲜事。自古以来打破了罐子必须赔偿损失。现在怎么就能利用霍乱不付给我应付的钱呢!要不,就只剩下您的自由了。"

清晨,天空晴朗。这预示着白天将是阳光明媚。所有的山上都已出现了杏黄色。

"我感到您的脸色还有点儿苍白。"安杰洛说,"昨天走了一天路,您已精疲力竭。您想休息一天吗?这个人显然没得霍乱。"

"我感到自己精力充沛得像个土耳其人。"她说,"夜里有段时间没有合眼罢了。如果拿破仑一世的乌鸦没有偷走我们的玉米糊糊,我们就喝点儿茶把糊糊吃了。我准备好了。"

他们在反复得到山谷里没有士兵的保证后,就踏上了去那村庄的路程。沿途的景致与前一天相仿,他们跋涉了两小时左右,便见一个柳树成荫的背斜谷,二十来座房屋一个挨一个地矗立在牧场中央,展露着它们的屋顶。

离村庄百来步时,山路通入一条保养得很好的小路。因为是早晨,安杰洛和年轻女人精神轻松愉快,他们飞速地驰入小路。

他们一前一后,疾驰在两个谷仓间的窄道上。突然,他们听见前面传来令人讨厌的声音,可他们正在奔驰中,无法掉头。他们驰入一个小广场,只见到处是士兵,一辆辆双轮载重车瞄准各个出口,将广场变成了一个捕鼠器。

年轻女人已被五六个龙骑兵包围,他们把她抓住,围得严严实实。

安杰洛只想靠近他的同伴,但除了她的小帽子,什么也看不见。

"老板,您得承认我们组织得挺不错。"骑兵下士拉着安杰洛的马镫说道,"逆来顺受吧。这又不是什么难事。我们对您并无恶意。"

"让他们离这个年轻女人远一点儿。"安杰洛以他最够味儿的上校口吻回答,"我们没有逃跑的打算。"

"这很难,我的老爷。"下士说,"我们不会把您的宝贝吃了。我们不饿。"

一个高个子中尉正在下达命令,他身材瘦溜,脸色苍白,穿着一件肥肥的大衣,好像在打哆嗦。士兵退开了,于是安杰洛来到他朋友身旁,与她肩并肩。她没有惊慌失措,她用手腕轻拍坐骑,让它后退,直到屁股靠到墙上。安杰洛模仿她的做法也往后退。于是,他们可以抵抗了。

一共有二十来个龙骑兵,其中六个已上了马,持剑以待。其他人也已把枪束解散,手持自己的短统火枪。

"现在不要碰手枪。"安杰洛悄声说。

"伺机而动。"她说。

那中尉显然是病了。在他长着黑胡子的嘴巴周围,苍白已转成了绿色。他双颊凹陷,双眸闪光,睁得滚圆,目光惊呆,安杰洛对这种目光非常熟悉。军官走过来,靴子和大衣的下摆使他走路很不方便。

"不要反抗。"他说。

"怎么回事?先生,我们一点儿也不明白。"安杰洛彬彬有礼地说。

"你们从哪里来,到哪里去?"

"我们是加普人,"年轻女人说,"我们回家去。"

中尉久久地看着她,好像在从头到脚地打量她,其实,可以感到,他在窥伺自己身上发生的事。他就像一匹马走在脏水里,喘着粗气。

"不要一小时他就完了。"安杰洛想道。

"你们回不了家了,夫人。"中尉说,"现在已禁止旅行。旅途中的人都得去隔离所。"

"最好还是让我们回家。"年轻女人慢悠悠,但却和颜悦色地说。

"我不必知道什么是最好,"中尉说,"我只知道执行命令。"

他想做一个漂亮的转身动作,却突然把手放到腰上。

"八个人,"他头也不回地对下士说,"迪皮伊指挥。四人一组:一组监视女的,一组监视男的,相距五步。把他们带到沃梅尔。我不必知道什么是最好。"他看着安杰洛重复道。

他回到士兵给他准备的麦秸床上,在一个谷仓的门廊下。

"镇静,先生,太太。"迪皮伊说。这是个骑兵中士,块头很大,脸色比他的红制服还要红,"不要给我把生活搞复杂了。我对你们刚才的伎俩不胜钦佩。祝贺您,亲爱的太太,您很善于把一匹劣马放到可以冲锋的位置上。你们不是新兵,我也不是。这样,我们更有理由好好相处了。再过一小时,中尉就要上路了,这里会到处是苍蝇。同迪皮伊老伯一起走吧。我把你们带到英王旅馆去。"

他开始让士兵列队。

"没有把握不要行动。"安杰洛低声说，"如果您有机会一个人逃跑，就不要放过。我来牵制他们。把您的手枪藏好。"

"我只藏好了一支，它们太大了。好，现在行了。"

有人把一辆车转过去给他们让道，他们和护送人员走出了这个乡里乡气的棱堡。

安杰洛在四名龙骑兵簇拥下走在前面。当这支小部队开始奔跑时，他看到龙骑兵的制服在他身边飞舞，感到十分怡悦。他们奔驰在贫瘠的田野上，田里的庄稼全都发黑了，但上午金色的太阳光芒四射，使人心旷神怡，尽管马蹄踩在路上嘚嘚响，但仍能听到成群结队的云雀嘤嘤歌唱。这平静的鸟鸣声，这些士兵，这些阳光射来又折回的辽阔田野，这嘚嘚的马蹄声——从前，他在发出命令前，总要先听听马蹄的节奏声，所有这一切，都使安杰洛情绪激奋。

迪皮伊叫嚷前面跑得太快。

"该怎样就怎样，"他在两片白胡须中低声说道，"不过，我亲爱的先生，对您的仆人不要太过分。喂，你们四位，"他接着又对士兵说，"你们没看见吗？这家伙只要想，会把你们远远甩在后头。你们没看见他是怎样坐在他的矮马上的吗？如果他继续这样奔跑，五分钟后，你们就得向前冲了。谁把这些蠢货给我的？"

他们沿着山路，来到了一个小山丘脚下。他们放慢速度。他们从黄乎乎的荒坡往上爬。荒坡光秃秃的，相隔很远才有一棵高高的掉光了叶子的杨树；杨树白白的，阳光将它们隐没了，代之以闪烁的光束。天空柔和悦目，四周的天际高山矗立，粉红色的山脊在天空中奔跑。

安杰洛看见无数蝴蝶在空中飞舞，感到惊讶不已。路两旁铺满了矢车菊以及那发出蜂蜜香味、可使乳汁凝结的黄花。一群群蓝蓝的小蝴蝶，平时只围绕水洼飞舞，现在和黄蝴蝶、红黑相间的蝴蝶、布满红色斑点的白蝴蝶一起在花上飞来飞去，这些蝴蝶大得像麻雀，翅膀很像白蜡树的叶子。他看见，在这个荒岭上，密密麻麻的蝴蝶紧贴着地面来回飞舞，可他却一直以为是上午的空气在颤动。

他借此机会把这个情况指给年轻女人看，其实是想看看她在他身后四五步路表现如何。他想，在这样的开阔地中，她是不会企图逃跑的，因为任何人都可以追踪她，像打一只兔子那样开枪打她。

她表现很好，她同她的护卫聊天，他们则微微向她献殷勤。

"这使您感到惊讶，这些肮脏的东西。"迪皮伊说，"有您看的呢。这些混蛋和苍蝇一样多。别看它们神气活现，它们吃人。我劝您可能的话不要躺在草地上。您一躺下就会满脸都是，甚至嘴巴里都有。这些该死的家伙，和大家一样，它们最喜欢眼睛。人的眼睛里到底有什么，害得动物们都喜欢吃它！"

最后，在一个拐弯处，他们看见再拐五六个弯，便可到达沃梅尔，而且，也看得见这个镇子了。它占据着这座黄色高丘的整个山头。在这一边是一些没有窗户的石头城墙。这个镇子，同把它托起来的山丘一样，很少有叶丛和树木。一个巨大的方形塔楼居高临下，两翼各有一个更为单薄、更长一些的塔楼，这三个塔楼都筑有雉堞。

离镇子越来越近，蝴蝶也越来越多。它们侵入到路上，铺满了道路；它们在马的大腿间飞来飞去。它们绚丽的颜色因不停地晃动而使人眼花缭乱、晕晕乎乎。它们很快就和一群群蓝苍蝇和马蜂混在一起，马蜂和苍蝇嗡嗡嘤嘤，吵得人直想睡觉，尽管是早晨。

沃梅尔的城墙扎入一些大壕沟里，这支小部队从一个土堤上穿过这些壕沟。两边的凹地被太阳晒得暖融融的，里面有无数苍蝇和蝴蝶，它们飞来飞去，忽高忽低，有如从大火盆里蹿出的火苗。安杰洛注意到，城墙脚下，扔着成堆成堆的上衣、裙子、床单、鸭绒压脚被、毯子、棉被、枕头、草垫和床垫，那一团团旋转的东西正是从这里面升起来的。

他们从一个冒着臭气的城门进入镇子。马队即刻在铺石路上发出震天的声音,但是街上渺无人迹。所有的房屋大门紧闭,有的百叶窗上钉了木板。

他们走过一条狭窄的街道,穿过一个周围可见有一道道大楼梯通达的广场,经过一条条臭气熏天的小巷,绕过一个位于十字路口、周围有许多非常雅致老房子的孤零零的公共汲水处,最后进入一个通达几个拱门的坡道。

这是个室内坡道,为了采光,隔一段距离开有一个窗户,从这些窗子里,安杰洛看见他们来到了这个镇子的屋顶之上,镇上没有树木,一切都由石头构成(连屋顶也都是扁扁的石头);没有炊烟,没有声音,只有马蹄声。

他们来到一个白得晃眼的大广场,停在一个城堡的大门前。这就是他们从路上瞧见的方塔楼。从这里可以望见所有的高山,波浪起伏,环抱四周。

"你们将呼吸到清新的空气。"迪皮伊说。

在一个光秃秃的内院里,大家下了马。

安杰洛终于能靠近年轻女人了。他对她说:

"耐心点,我不会睡觉的。我们在这里不会待很久。"

大门在他们身后合上了。四堵墙高达三十多米,在檐壁下才有窗子。

"你们表现挺好,"迪皮伊说,"可我见过,有的人装腔作势,有的人哭哭啼啼,有的人给酒钱(我就拿着)。顺便说一句,如果你们付给这些正直的干着不是人干的职业的士兵几升酒钱,你们就会给人留下好印象。"

"我不想给人留下好印象。"安杰洛说,"我们跟着你们,没有大吵大闹。现在你们得为你们的做法做些解释。我等着。"

"嘿！我亲爱的先生，有得您等呢。整整四十天，如果一切顺利的话。这是通常的标准。这里是出口。"

他让他们从一扇矮门里进去。他们走过一条幽暗的长走廊。骑兵中士在一个边门上敲了敲。

"两个，上尉。"他说。

"把他们交给嬷嬷，让他们和其他人在一起。"一个声音说。

"向右拐，一个跟一个。"

他们拐入另一条走廊，和前面的一样长，但被几扇装有铁栅栏的窗子照亮，窗子俯临一个院子，其实是平屋顶，因为在这差不多一米高的墙的外边和上方，又可以看见这个荒凉小城的石头屋顶。

"我猜想我们的行李还没被人抢劫过。"安杰洛漫不经心地说。

"这有可能。"

"有谁如能将夫人和我的鞍囊还给我，我准备给他一个埃居的现金。"

"包括行李包吗？"

"咱们说定，如包括行李包，我就给八法郎，尽管里面只有炊具。"

"我早就知道您是个好人。"迪皮伊说，"我有个毛病：我下不了偷的决心。真没办法。我承认我捡些死人的遗产，但要我偷，我可做不到。但这不妨碍我成为您的遗赠财产承受人，如果事情照平常那样发生的话。给我十法郎，等我两分钟，我认为要干就得快。"

"我只有八法郎，"安杰洛说，"其余的到我的遗产里去取吧。不过快点儿。"

"我数过，"等他们单独在一起时，安杰洛对年轻女人说，"他们一共二十四个人。山下的中尉得了干霍乱，过不了白天；希望他能带走两三个士兵；这种疾病在肮脏的身体里传播得很快。这支骑兵队是我见到过的最肮脏的。他们只会践踏老百姓，他们就像在打仗时一样，身上发出烂羊皮的臭味。如果把恐惧不安——不是怕我，而是怕突然死亡——的人算在里面,今晚上我最多只要对付七八个人。然而,您看看这些走廊!我可以小施计谋,便可使我只要面对两个人。"

"我禁止您以这种方式战斗。"年轻女人严肃地说。

在她似矛尖般瘦削的面孔上,双颊变得绯红,说明她有些不安。她的嘴唇颤抖着。她正要说话,突然有个温和的声音在他们身边说:

"他干吗想战斗?"

原来是一位修女悄悄来到了他们身边。她又矮又胖,很像个好家庭主妇,黑长袖管挽起来,露出胖嘟嘟红扑扑的胳膊。

"嬷嬷,他是个孩子。"年轻女人匆匆行了个屈膝礼,说道。

安杰洛还在想着那张骤然惊慌的面孔和颤抖的嘴唇。

"她很美。"他想道。

在那张面孔上曾出现绯红的地方,成为一块白点留在了他的记忆中。

迪皮伊拿着行李来了。看样子未曾动过。

安杰洛把骑兵中士拉到一个窗洞里。

"这是十法郎,"他对骑兵中士说,"不过,我要给你比钱更宝贵的东西。在下面山谷里抓住我们的那个军官现在已死了。我知道死于什么。你是个聪明人,当然懂得老百姓有时候也有点儿常识。他死于一种极其危险的霍乱,叫作干霍乱,就像是九柱戏中的滚球。不过,我有一种药。我不想让你认为我是信口开河。等着巡逻队回来。假如我没看错,断气的人将不止他一个。到那时,你来找我,我给你能救你一命的药。"

他心里想道:"一个被授予了初步权力,刚才在路上,在大太阳底下如此乐于发号施令的骑士,现在在四堵墙内,尤其在如此高的墙内,不可能不害怕死亡。而且,我刚才用'你'称呼他了。这是让他认真思考的好办法。"

他开心地看到,他已使这个矫揉造作的中风者,这个骑兵士官产生了好奇，甚至他成功地使他想笑了。

安杰洛正感到这个监牢的色彩非常可爱，可以让人生活在富丽堂皇之中，突然，他发现那位修女正以一种最卑劣的满足表情，抚摸年轻女人围在脖子上的一条开司米小围巾的边角。看到这种放肆的行为和毫不掩饰的贪婪，他异常气愤，他并不粗暴但又十分坚决地把这只洗碗妇的手拉下来。

"您看上去很果断，"这个献身于上帝的农妇对他说，"但我们见得多了，我们还是马上把话说清楚。我看见您从口袋里掏钱了，应该再掏一次。我们是一个接受了殉教的小教会。但这不是无偿的。这里，住宿和膳食都付现款，并要预付。上帝的门是难以进入的。人人都会死，而这个季节里死的人很多。我们负担不起饭食。我们有自己的穷人要负担。你们的饭钱暂时一顿六法郎，最好还是马上付给我，如果你们中午想吃饭的话。另外，你们两人都得给我签一份文件，这样，你们死了，我们就可支配你们的衣物，一切风险由我们自己承担。你们的私生子女可能会找麻烦，我们也许不得不把属于你们的东西烧掉。"

安杰洛感到这番话饶有趣味。他来了情绪，装出非常惭愧，甚至有点儿胆怯的样子。他以一种矫饰的大方付了钱。

修女把他们带到走廊尽头，打开一扇铁栅门，领着他们穿过一个发出回声的昏暗的大厅，又经过几间被气窗照亮的屋子。这些屋子好像是用来苦修和祈祷的。在空无一物的墙壁上，木头基督的圣体钉在十字架上。在一些幽暗的角落里，还有几张笔直的高靠背椅和祷告席。此外，到处充斥着山间修道院特有的那种刺骨的寒冷和蛀木的气味。

只要隔离所是市镇的公事，由本地一些需要献身才不至于惊慌失措的人领导，谷仓或草料棚便成了隔离的地方。有时甚至安置在树林里、牧场上。人人都逃跑：或用暴力，或贿赂。看守带着旧猎枪来回溜达，却大发其财。

人们认为必须堵住霍乱。有产者、手工业者和农民的巡逻队不足以维持公路的治安。旅客越来越有持枪捍卫自己看法的趋势。政府管这事时，便吁请省长和驻军帮忙。士兵穿着制服，在一片慌乱中，显然需要开枪或挥舞军刀。人们对他们说应该赤胆忠心，这不足以使他们真正感兴趣，但在路上奔跑总比待在军营里有意思，再说，现在军营里确实而且经常有人死亡。室外从来被视作灵丹妙药；运动能使人改变心境。再说，二十个人抓一个人，看到自己害怕时，能让别人也害怕，这是件极其令人快慰的事。

有医院和检疫站的小城市，则把过路的人堆在这些医院和检疫站里。在其他地方，则动用基督教学校的修士住所、修道院的附属建筑、神学院的风雨操场，有时甚至是教堂。沃梅尔的隔离所安置在城堡里，那里曾是圣殿骑士团的封地，本世纪初，夏尔－阿尔贝·邦·德·沃梅尔将之遗赠给一个圣母献堂小修会。共有十一个嬷嬷，都是平凡的女子，来自周围的村庄，她们放弃了锅灶和每年的生儿育女，臣服于一个不穿丝绒裤、七天中天天都不打扰她们的主子。

安杰洛和年轻女人走过二十多道穿过厚墙的小圆门，经过一个个隐蔽在黑暗中的高大拱门，拱门旁边竖着没有扶手、呈锯齿状开在已破损的石头中的陡峭楼梯，楼梯通向巡查道、走廊、有如鸟窝悬在天花板上的小室和栏杆，栏杆后面闪烁着一道道黄光，灰尘在光线中飞舞；最后，他们被带到了一个铁栅栏门前，修女让他们进去，随后把门关上了。

他们在一个楼梯间里，那里放得下一只张开全帆的双桅纵帆帆船。

"这就是你们的领地。"那位又矮又胖的嬷嬷离开前在栅栏门的另一边说道。

安杰洛说："只要扯掉她的帽子，扯下她几根头发，在她两边的脸蛋上狠狠打几个耳光，尤其是把她的钥匙串夺过来，就能立即把她

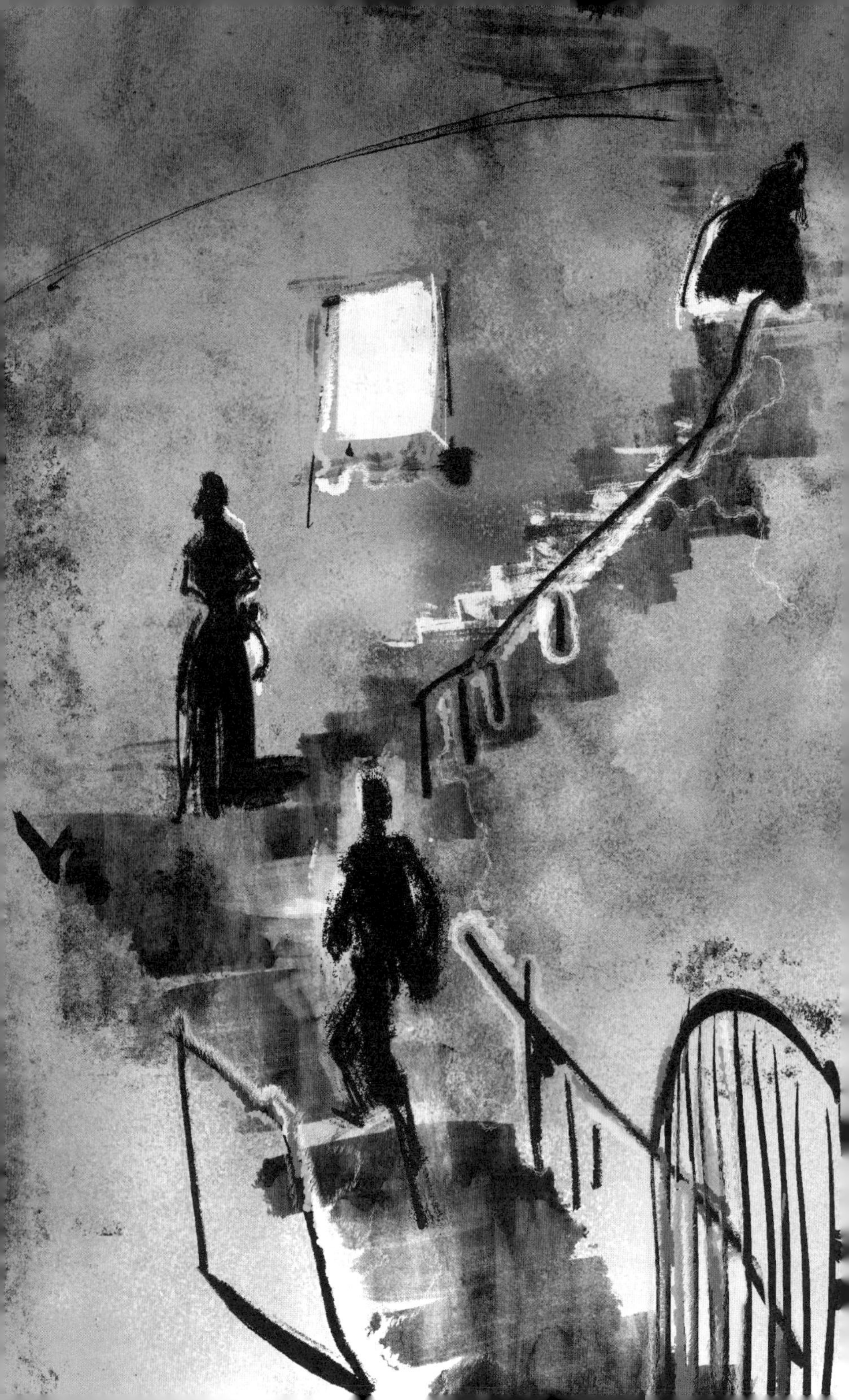

变成百依百顺的乡下女仆，我们说什么，她都会回答'是，夫人，是，先生'，而且会对我们忠心耿耿。那时候，她会害怕一切，而现在只害怕霍乱。她会把牙齿咬得格格响。我也不愿意您把这些士兵看得像座山一样了不起。他们在善拿棍子的人面前分文不值。"

"放心吧，"她说，"我见您打量了门的宽度，数了步子，记下了标记。不可能为您选择比这更刺激的隔离所了。您只好逃走。"

"当然。"安杰洛说，"从此，我们无拘无束，自由自在。我不想浪费时间。我知道我们在这里会看到什么，地狱是不讲斯文的。我不必再顾及彼得或保罗了。"

当他将他们的行李藏在一个黑暗的角落里的时候，他对那位"小法国人"及其为拯救垂死病人所做的绝望的努力，说了几句令人心酸的话。

"唯一重要的，是让您摆脱困境。您有办法带着您的枪吗？"

"最好的办法是拿在手里。"

"拿在手里您会累的，而且还得重新给它们装弹药。我的枪在我的口袋里，不过，我们需要一只袋子，用来装火药盒、子弹、雷管、您的茶和一只锅子、一点儿糖。我们的马不知道还能不能收回来。不管怎样，如果逃跑成功，我就把我们的行李从一个窗口扔出去，时间来得及的话，再去把它们找回来。但是，这里面看来很大，我们不能同武器分开。这是我们成功的根本。"

他把行李包做成一个背囊，没费多大劲儿，就把它固定在背上了。他拿起那把小马刀，他们开始爬楼梯；那楼梯似乎通向非常明亮的地方。

从他们所在建筑物的大小和形状判断，这可能是他们在路上看到的那座大方塔楼的主体。

楼梯低低的梯级徐徐上升，长长的楼梯段都是直角拐弯。是不是二楼说不准，在某个地方，像是有个楼梯平台，两边各有个矮门。这两个门都上了闩。再往上，阳光从枪眼里射进来，互相交织，打在墙上，使楼梯保持着强烈的光线。方塔楼顶上，栖息着野鸽子，它们腾地同时起飞，发出湍流般的声音。

接着，他们头上的一扇门打开，从栏杆上探出三个脑袋。其中一个很快缩了回去。那是个男人的脑袋，脸膛看上去很黑，想必长着胡子。

沃梅尔圣母献堂会的修女，过去都是农家女。她们善于管理鸡棚里的母鸡、兔棚里的兔子，知道如何关好大门。她们把隔离所安置在骑士团封地的这个部分，这地方原是最后一个防御据点。

在大方塔楼的顶部，有一个很大很大的房间，占据方塔楼的整个一层。天花板正是由大梁支撑着的、用作防御的石板平屋顶。光线从四面八方射进来，四壁分布着五十多个窗户，从前是意大利式的隐蔽的枪眼，后来临时装上玻璃，凑凑合合改成窗子。

总之，这里空气清新，阳光充足，是关押霍乱嫌疑分子的理想之地。此外，从这里可以看到优美的风景。环顾四周，朴素的群山一览无余，山上覆盖着绿树，遍布着高低起伏的山路。这地方的风，哪怕在晴天，也相当猛烈，毫不柔和，把一切，甚至把春天，都作为一种枯燥乏味的责任；现在，风不停地刮着，打得玻璃啪嗒啪嗒响，吹起了铺在地板上的麦秸，撞在墙上发出海浪拍岸的声音。

四只木吊桶里存放着饮用水，必须用大衣盖上，免得落进灰尘。人们设法用同样的方式，将坐骑的毯子，特别是把围巾、旧衬裙、女人的衣服挂起来作帷幔，挡住放着水桶作为厕所的角落。在一个敞开的突廊窗洞里，人们在石板地上生起火，个人煮些东西吃；尚剩一些食品的人，便煮些茶、咖啡、巧克力。当然，如果做完后不想着在灰烬上洒些水（通常用尿，因为每天只取一次饮用水），过堂风就会把它们卷起来，吹得到处都是。

经常有人生病。

"瞧见了吧,不让你们到处乱跑是完全正确的。"修女们说,"周围有些村子里还没死过一个人。你们会把病传给他们的。"

这是善意的谎言,因为周围的村庄和其他村庄一样,也都惨遭霍乱的蹂躏。而且那里的人毕竟比隔离所的人死得稍为舒服一些,有时候,有个医生给他们治一治,抑或有药,不管怎样,他们死在床上,常常在黑暗的凹室里,这使他们不必像隔离所里的人那样,受强烈光线之苦,这强烈的光线对霍乱病人的视网膜是不堪忍受的。

已有二十余人病死了。人们只好对幸存者,尤其对死者的家属粗暴地大发其火。和在外面发生的事相反,在这里,死者给人带来的忧虑无疑是真实的,但总是伴随着大叫大嚷。死亡不是降临在亲密的家庭里;在家里,人们可能也被允许做自己;在家里,人既然死了,人们得设法保存自己。但在隔离所,不幸降临时,光线很亮,众目睽睽,大家都向后退缩,挤到屋子的另一头,有如羊群看见狼进来了。由于四壁固若金汤,下面的铁栅栏门关得严之又严(还有身穿耀眼红制服的骑士在巡逻),因此,在这死亡总在同一个地方打持久战的日子里,不能像在别处,像在外面,像在任何地方那样,可以耍些计谋逃之夭夭。人们不再是失去亲人的人了。人们读着马内、泰塞尔、法雷斯的作品。人们不可能逃跑,人们大叫大嚷。而且,这已成了某种礼节;假象可以安慰死亡:总而言之,人们不停地为自己伤心。五分钟后,无关的人也和有关的人一样大喊大叫;五分钟后,就不再有无关的人了。

"上面在干什么?"士兵们喊道。

"乱得都成一锅粥了。"修女说,为自己没有死而额手称庆。

那群修女至今安全无恙。然而,她们从容不迫、漫不经心地料理死人。士兵们抬着担架上来。他们很有同情心,说几句宽慰的话,亲切地拍拍女人们的肩膀,讲几句笑话。他们胡子下的嘴唇极其苍白。他们笨手笨脚地料理尸体。他们显得有点儿不自然,宁愿抱死者的腿,也不愿抱死者的头,当(差不多次次如此)尸体因痛苦和临终而变得紧张的肌肉松弛下来,在他们手中一跳一跳,最后一次从上面和下面抛出白如大米粥、形似凝固牛奶的臭气熏天的污物,他们就会骂骂咧咧。

开始时,每当死了人,便设法把弄脏的麦秸烧掉。可是,麦秸上有粪便,湿漉漉的,在突廊的窗洞里焚烧,产生浓烟,气味极其难闻,尽管隔离所很大,也很通风,但仍使整个屋子不堪忍受,浓烟污染整个塔楼和楼梯,甚至从走廊蔓延到修女和士兵们居住的地方。后来,只好把这些麦秸堆放到一个角落里,把它们晾干。此外,出于共同监禁生活的需要,人们创造了得以生存,并使之变得可以忍受的传说,因为必须这样。这些传说不比其他传说更愚蠢。比如,在这里,霍乱显然是不传染的。如果传染,有人说,我们大家可能都死光了。可是,我们没有都死光(有些人甚至还补充说:"差得远呢!")。因此,霍乱并不传染。因此没有必要烧掉麦秸,以免产生令人恶心、令人窒息的浓烟。尤其没有必要在隔离所里,将照顾过死者或同死者有关系的人隔离起来。有人得了霍乱,在他极度痛苦和垂死挣扎时,人们就远远躲到屋子的另一头:临终的景象从来不是很有趣的,不过,人们这样避之唯恐不及,可以不再是因为胆怯和卑劣(共同生活时,这些理由是很难承认的),相反,是出于谨慎,出于好的教养(对于平庸的人来说,好的教养是多么重要,多么珍贵)——所有这些看法,是资产阶级职责的基础。

尽管被迫隔离(人们从来只谴责自己,责怪自己愚蠢或欠谨慎,从不指责政府动用士兵),被迫睡在麦秸上,但这并不妨碍各自保持各自的身份。人们依然有山墙临街的房屋,在年金登记簿上仍然有自己的名字;人们依然拥有,依然是公证人、执行员、呢布商、一家之长、待嫁闺女,甚至依然爱撒谎、爱虚伪或爱嫉妒,抑或在自己的住地依然遐迩闻名,抑或仍是被愚弄的对象。如果不在隔离所,人们可以躲到树林里，猎人的小屋里，农庄里，乡间别墅里（被士兵逮捕之时，正在这样做）。这样就可以保全面子。在这里，必须继续保全面子。必须考虑自己的地位。人们自编了新的传说，首先是不传染的信条，这对保全面子大有用处；这个信条一旦被接受，就会使人们的处境大大改善。这一信条甚至给人以勇气，至少，能使人摆出极有勇气的姿态。直到人们脸上突然出现安杰洛在那位巡逻军官脸上看到的惊讶眼神，全神贯注地窥视着自己身上正在爆发的事。可那时，人们很快就失去知觉，几乎来不及听见这个群体中的其他人彬彬有礼地躲避时发出的声音。

新来塔楼顶上隔离的人，整整一天，有时两天都待在门口不动。他们从不立即加入已来了十至十五天的老囚徒中间。人们都很理解（人们明白，生活中的这一改变是很难接受的：人们也曾厌恶过、后退过。重新生活得有个过程）。人们并不介意。人们让他们自己摆脱窘境。人们在他们面前充好汉，以便给他们前进一步的动力，让他们更情愿自在地加入进来，帮他消除"不逃跑不得救"的想法。人们非常乐意像这样为自己增添两个、四个或十个成员；人们赞扬士兵。人们说："人越多越热闹。"人们喜欢证明，自己的命运是大家共同的命运（这能使人聊以自慰）；不只是自己不谨慎，不聪明，别人也一样；士兵太聪明，谁也逃不出他们的手掌；大家最终都进了隔离所，自己并非例外。最重要的是自己并非例外。人们力图使待在门口的新来者相信的正是这一点；而这些新来者却不肯逆来顺受，坚持认为被关在沃梅尔塔楼顶上这间充满着风声、光线和恐惧的大屋子里，完全是个例外。

安杰洛和年轻女人也瞠目结舌地待在大厅门口。风的声音实在有一种悲怆动人的力量。令人目眩的光线穿透隔离所，不留任何阴影，甚至使麦秸的土黄色也光芒四射，使细呢紧腰中大衣、波纹绸或缎子连衣裙（有位苍白的金发姑娘竟穿了一条蝉翼纱短裙），乃至衣服上肮脏的粪便都同时闪闪发光起来。所有这些皱皱巴巴的衣服,人们穿着睡觉,穿着绝望地躺在麦秸上午休,穿着提水和倒便桶、干苦力活,它们为一个团体的成员遮蔽躯体,这些人仍保留着高顶黑礼帽、扎头发的缎带、鬓角发卷、旅行鸭舌帽以及表面协调的动作。

在门口附近,还有五六个人,也是一副惊愕的神态:一个五十来岁的胖女人,头发花白,身穿散步时穿的紫罗缎半短裙;一个矮矮胖胖的农民,头缩在肩膀里,就像一只圆皮球,蹲在簇新的橙红丝绒衣服里(可能是为这次旅行首次而穿,没想到来了这里);一个城里的小伙子,紧身上衣,克龙斯泰特式礼帽,带球饰的手杖;三个有产者,可能都是单身汉,很有钱,穿着黑色镶边的芥末色紧腰中大衣,举止轻浮,但胳膊垂着,嘴巴张着("你们来啦?"他们傻乎乎地对安杰洛说。"正如你们看到的。"安杰洛回答);还有一个十至十二岁的小女孩,衣着讲究,似乎不属于任何人,但那胖女人在偷偷看她。

他们是一辆非法通行的皮篷式双轮小车上的旅客,昨晚上被抓住的:一定都很富有,因为要出很多钱,才能雇得起车夫。车夫不在这里,可能逃跑了,或者给士兵塞了钱,或者只是违背惯例,不想进行这次旅行,拿了钱,却什么也不干,也可能两者兼而有之。

"喜剧继续进行,"安杰洛想道,"谁也不想从人群中挤出去,或不告而别。如果我慢慢来,有热闹可看呢。"

"不必担心,"他低声对年轻女人说,"千万别像他们,一副心事重重的样子,这是他们的本性所使然。正如您看到的,这样子很傻,他们都完了。您的智慧和勇气比他们所有人的加起来还要多,可您的心肠也比他们好,您会过分谦卑。"

"您说的正是我所想的。"年轻女人答道,"不过,这都是空话:如果将世上所有的空话说给人听,天冷时,人们禁不住会哆嗦。"

"我们一定要出去,哪怕得像苍蝇那样从墙上爬下去。我只允许您这样想。"安杰洛生硬地说。

"对不起，先生（说话者是穿紧身上衣的青年），这里怎样才能拿到自己的行李？"

"像其他地方一样，先生。"

"我们昨晚就来了，没有人管我们。"

"那你们设法让他们来管你们呀。"

其中一个有产者问他手里拿的是什么武器？

"是我的伞。"安杰洛说。果然，他像放一把伞那样，将那把小马刀放到胳膊下，然后拉着年轻女人穿过隔离室，向一个大窗子走去。风无拘无束地从那窗子里吹进来，大家都不敢靠近。

安杰洛说："行李包里有茶、糖、玉米粉、巧克力、您的两支手枪、您的火药、我的火药、您的子弹和我的子弹；我两支上了膛的手枪在我的口袋里。我们的大衣和您的小手提箱藏在下面的楼梯下。我们决心已定，我们夜里逃出去。您眼前的人一个个肮脏不堪，怕得要死，却都装腔作势，因为他们认为反抗是没有情趣的。我却不这么认为。"

他谈社会革命和自由谈了五分多钟，但他很理智，语句简短，毫不夸张，其实包含着深刻的道理，离霍乱十万八千里。此外，他胡子拉碴，因为翻山越岭，三天没刮胡子了。窗口满目山景，从高处望去，比大海更令人兴奋。窗里吹来的风平静而和煦，因为快到中午了。

一位样子像投机商的相貌俊美的男子走到安杰洛身边，并继续用一把小梳子梳理颊髯。

"我看见你们聊得很热烈。"那人开门见山地说，他的眼睛周围长着非常漂亮透着精明的皱纹，"你们新来乍到，在商量如何生活。这很容易。所有新来的人都喜欢在那个角落里生上火，自己做饭吃。我在一块木板上劈了一小捆柴火，如果你们需要，我可以以六个苏卖给你们。如果你们抽烟，我有军用烟出售。我还有一小瓶烧酒可供你们支配，夫人不舒服时能派用场。总之，说吧，如果你们付得起，我就给你们。另外，出三个苏，我还可以负责给你们找个人，轮到您值勤打水或倒便桶时，他可以代劳。夫人也是三个苏，根据我们的规定，夫人也得和大家一样值勤。"

"您正是我想要找的人。"安杰洛说，"如果您没有主动来找我们，我就束手无策了。我和您的朋友迪皮伊已做过几笔生意了……"

"您认识迪皮伊？他是个老混蛋。他把我的利润全都据为己有，不过，我是慈善家，我……"

"钱的问题，"安杰洛压低嗓门说，"我们可以商量。把手伸到我和夫人之间，别让人看见我在您手里放什么。先给您二十苏，付柴火和值勤的钱，剩下的为了我认识您。"

"您看，先生，"那人说，"有教养的人到哪里都是主人。现在您把手伸出来，我不愿欠您的情。我给您一点儿烟丝。很抱歉，不是很好，我不得不把它藏在我身上裤兜里，因为这里的人什么都偷，此外，大腿热乎乎的，对烟不利。它的味道是不好，不过，您在这里待上一段时间，便会发现不应该嫌弃它。"

此人给他们介绍了这个特殊地方的情况，也就是世界的情况：沃梅尔已元气大伤。两千口人，死了六百多，卧室和公墓一片狼藉，前所未有。这些山里人严肃刻苦，漫不经心，清新的空气是他们生存的最大理由，他们离群索居于这个一直被认为有益于健康的地方；面对着死亡，他们不得不心悦诚服地把这叫作死亡了。而且，这得追溯到霍乱蔓延之初。理智占了上风。在建立隔离所之前，几乎所有的幸存者都到树林里去露宿，就在一座黑乎乎的山坡上，从这里都看得见，他们在那里建立了一种印第安村。现在他们还在那里。他们只相信冬天；在这个地区，冬天一切都结冰。如果像人们断言的那样有苍蝇的话，它们一定扛不住严寒。镇上现在只剩下百来个男女了，他们决计不离开，同隔离所做生意，互相竞争，乐此不疲，今晚上你们可以一睹风采，可以听见他们大叫大嚷。

在这地地道道的塔楼里，目前死的人不太多，但人们度过了一个艰难阶段。那人在这里已十五天了。

"我是缝纫机推销员，"他说，"我正尽我所能，偷偷回瓦朗斯去，正当我在路边的一棵树下睡觉时，不料，我莫名其妙地被抓住了。"他和另外六人一起关进这里，不出三天，那几个人先后都蹬腿去啃锦葵了。"我被任命为舍长，因为我时间最长，我坚持下来了，这里需要秩序。我有名单。士兵带来了一百一十二个人。算上昨天来的和你们两人，现在有三十四人。总之，有了你们这样的人，目前我们的人数不仅没有减少，反而增加了，你们这样的人多一些才好。"

他觉得这一天非常美好。

六个值勤的人已到下面的铁栅栏门那里取三锅白菜面包浓汤了，修女准备好后端到那里的。

"等一等，"安杰洛说，"我得和您这样有头脑的人说一件重要的事。您从窗子里往外看。那边路上是不是巡逻队回来了？请注意那几匹没有人骑的马，被牵回来了，一共四匹。如果我没搞错，现在队伍是由迪皮伊指挥。今天早晨他们抓住我们时，中尉刚得了干霍乱，正遭受初期折磨。我觉得他带了个头。等着吧，还要减少呢。祝您胃口好。我们俩今天就只喝点儿茶了，尽管我们已付了饭钱。"

"听着，"那人说，"我不会再打扰你们了。我知道，丈夫和妻子有悄悄话要说，尤其在这种处境下。给我一碗你们的茶和一点儿糖，我到我的角落里去喝，不再打扰你们。我也不吃面包浓汤。在这里，千万别说干霍乱，要不，您就拿起您的马刀。我见过多次不愉快的场面。不要相信他们的高顶礼帽，您知道的，先生。帽子下面的东西，在夫人面前，我就不具体说了，但它散发着臭气。"

缝纫机推销员拿着他的茶回他的角落去了。他还得到了一块巧克力、一小团红糖和一把玉米粉。安杰洛向他示范如何将红糖和玉米粉搅和，这种粉状的东西嚼起来不大舒服，但很有营养，不管怎样，总比面包浓汤强，那浓汤太不令人放心了。然而，那面包浓汤却很受欢迎。甚至需要一个人值勤，以保护汤锅免遭体面的先生太太们你争我夺。连那位穿蝉翼纱连衣裙的姑娘（她是参加完化装舞会——这种舞会眼下到处都有，跳得很疯狂——后被抓住的吗？跳完舞后，她是不是又害怕了，在乡下乱逛？她是不是信步逃走，最后遇到了士兵？），连那位穿蝉翼纱连衣裙的姑娘也少要一些菜汤，多要一些面包浓汤。不过，她长得相当漂亮，可以说挺高贵，鼻子有点儿大，在鼻根处，带一点儿针织品商的血统。锅子周围挤满了结实的男人和充分享有权利的母亲，那姑娘试图把他们推开，给自己挤一个位置。她胳膊不大有劲儿，便用身体往前挤，就像在跳舞时那样，但她尖声地嚷着要面包浓汤。最后，一个男人后退，突然直起身子，致使她的碗从她手里掉了下来。

这时候风该停了。外面是杏黄色的阳光，这是秋天最后几个暖日的阳光。群山隐没在阳光中，代替它们的是无数淡紫色的丝绸，晶莹透明，闪闪烁烁，没有重量，几乎没有形状；它们消失在阳光中，连波浪起伏的脊线也只是隐约浮现在天空中。承载着镇子和城堡、随山冈高低起伏的暗黄色荒野，消失在蝴蝶飞舞般的彩虹色的颤动中，这和过热空气下层产生的颤动很相像，但在这里，是由真正的蝴蝶贴地飞舞而形成的。安杰洛必须展开想象力，才能想象得出这多得出奇的蝴蝶。他思量："整个地方没有一朵花，没有一棵有甜液的树，它们到哪里去寻觅所需的糖分呢？"他感到喉咙口有点儿抽紧，赶紧咽下唾沫。一群乌鸦掠过天空，接着是几只鸽子，飞得慢一些，但为了不落伍，拼命振动双翼。鸟群飞过彩虹色的荒坡时，一群昆虫腾地飞起，于是阳光下仿佛有一个奇妙的火盆在熊熊燃烧，火焰拉长了，变黑了，似乎变成了一块黑如烟灰的乌云悬在空中，沿着鸟儿的航迹向上飞腾，开始在天空中展开一条狭长的黑色小旗，闪烁着罗缎或假宝石般的光辉，飘浮在鸟群的航迹中，跟着鸟群向前飞行。乌鸦飞向一些蓝色的小烟柱，这些蓝烟柱是从一个看不见的山坡上冒出来的。

巡逻队回到了院子里。从马上摔下来的不是四个骑士，而是五个。他们牵回了五匹马，带回了五把军刀，五支短统火枪，军刀插在鞘中，火枪挂在空马鞍架上。一个士兵下马时，突然倒下了。他独自又站了起来。

"我不再怕死了。"年轻女人说。

"那您现在怕什么呢？"安杰洛沉默片刻，说道。

"汤锅。"

他莞尔而笑。

"我们有枪。"他说。

"我不会有勇气开枪的。"

"如果说勇气，我承认我也没有。不过，我们总可以不当傻瓜，而是躲到某个地方去。如果您能够用您的手将这些贪吃的脏鬼打死一个，他暴死时，倒在血泊中，而不是粪便中，在您面前恢复了人形，这就会使您身心恢复健康。毕竟不是该向我们开枪，而是向他们。缝纫机推销员带着他的工具逃跑了。至今，他一直拿着佣金。我们也得带着我们的工具逃跑。"

"您会这样做吗？"

"我不知道我将做什么，我们有茶，有糖，有玉米粉，够用五天。五天后，我们已离开这里很远了，不过，如果离开不远，我们就可能变得和他们一样，或者仍是我们现在的样子。这些理由对您够了吗？"

"您没有必要给我理由。刚才我想，如果这个窗台不这样高，只要不谨慎地把身子伸出窗外就行了，这是轻而易举的事。你自身的重量把你往下拉。一到底下，也就万事大吉了。令我吃惊的是，他们没有想到这样做。"

"也许他们想到了，但更喜欢汤锅。也许有人跳下去过，但他们没对我们说，因为在他们看来，这是疯子的行为，他们不想模仿，因此也就不想着这件事了。唯有死去的人使他们惶恐不安,他们只谈论已死的人,这是自然而然的(他们心里这样想),也就是懒洋洋地躺在肮脏的麦秸上。他们身体好的时候就是这样做的,毫无顾忌。"

"我知道五天后,我不会把身子伸出窗外。我知道今晚我躺在麦秸上,不会想窗子,也不会想手枪,我的手枪已是无用的工具,不会比圣牌更能拯救我。我知道夜晚就要降临,这是自然而然的;我将躺在这堆弄脏或没有弄脏的麦秸上,这是自然而然的;明天我将和他们一样,在这里面过日子,靠人家给我的东西度日,这是自然而然的,也是非常容易做到的。直到我得霍乱死去。您瞧,我已不怕这使人恶心的死亡了。"

"假如您不死呢?……因为您躲得过去的。您肯定能忘记前一段时间您的表现吗?那时,您还对自己充满了信心。他们没这个必要。他们以前是什么样的?我仿佛还看见您拿着火把,在那荒凉的房子里,在那腐烂的城市里,面对一个突然从黑暗中冒出来的样子想必挺吓人的男人。我还想念我在屋顶上的生活。那时我的目光大概不很温柔吧?我记得,您烛台的火光像叉子的齿,笔直笔直的,一动不动。那天晚上,给我煮茶的那双手竟能毫不颤抖地帮助我。您的大手枪就藏在炉子旁的一条披巾下,而您却在给我准备我所需要的饮料。只有自信的人才能做得到。手不发颤的人绝不会是孬种,否则,她当场就会显露出卑怯(这也是机不可失的时刻),烛火就会颤抖。有一个人是绝对骗不了的,那就是自己,因为人总是和自己的行动一致的。吃汤锅里的东西或只是躺在这麦秸上,这绝不是小事。您以后绝不可能欺骗自己,给自己编造故事,说自己迫不得已才这样的。不管怎样,您这样的人是绝不可能这样做的。否则,以后您老会想起您是因为接受面包浓汤才让步的。

"我不知道您是谁。我只知道您一件事:在特殊的情况下,您能挺得住。这就是为什么在路障前我主动同您说话了。和别人在一起,我是一个人对付士兵；和您在一起，我不再是孤军奋战。当我们第一次遭受袭击时，我很可能背后挨打；龙骑兵不是等闲之辈。如果我害怕背后挨打，我就不得不让马兜圈以闪避，这样就会有失风度。但我不用担心，我知道您在我后面（尽管我大声叫您逃跑，叫您摆脱困境）；我就可以生龙活虎地对付龙骑兵，这是多么愉快的事。当然，您就在那里，您的小手紧握大手枪，瞄准着可怜的下士。"

"可第二天，因为一只乌鸦像鸽子那样咕咕叫唤，我向它开枪了。"

"呀！一只乌鸦像鸽子那样叫唤还是小事吗？碰到这些东西就得开枪。我也会这样做的，我的眼睛也会睁得和您一样大。死本身微不足道。您知道是什么让您惊慌失措的吗？是屎和尿的臭味，是所有那些散发着咸鳕鱼桶般臭味的衬裙。不是将因犯困在监牢里的脚镣和墙壁，而是他们茅坑的臭味，他们得闻几个月，然后几年。他们的感觉器官被毁坏了，您要他们有怎样的内心世界？最有抵抗力，最留恋外部世界的人，最后也会做我刚才对您说的事：将他们的一个囚友开肠剖肚，以便闻血的味道，重新看到红的颜色，正如在木筏上人们会吃青苔，以便让自己的牙齿下有点儿肉咀嚼。过来，把我们的身子探出这个窗口，不是为了失去平衡，而是为了恢复平衡。"

太阳已将光线斜向西边。山峦重新显出原形。安杰洛和年轻女人俯视小镇的一部分屋顶和城堡的整整一个侧面。他们这样待了两个多小时，凝望天空卸下酒渣色，渐渐变成美丽的珠灰色。在现在这个季节，太阳落得很快；那些边缘发黑的扁石屋顶上所有的鳞片已从灰色转成了淡绿色。某些比其他低一些的屋顶上，仿佛长出了大片大片的金色地衣。风又吹起来了，使整个地方似乎变成了海洋，散发出大海滩的气味。蝴蝶像沙粒那样闪闪发光。一阵海风刮来，混在一起的乌鸦和鸽子就像浪花，从高大的房屋里、塔楼里和钟楼里飞出来。

安杰洛在绝对的平静中度过了这两个小时。他没想抽一根小雪茄，因为他不想引得隔离所里没有烟的人烟瘾发作。在做决定前，他从自

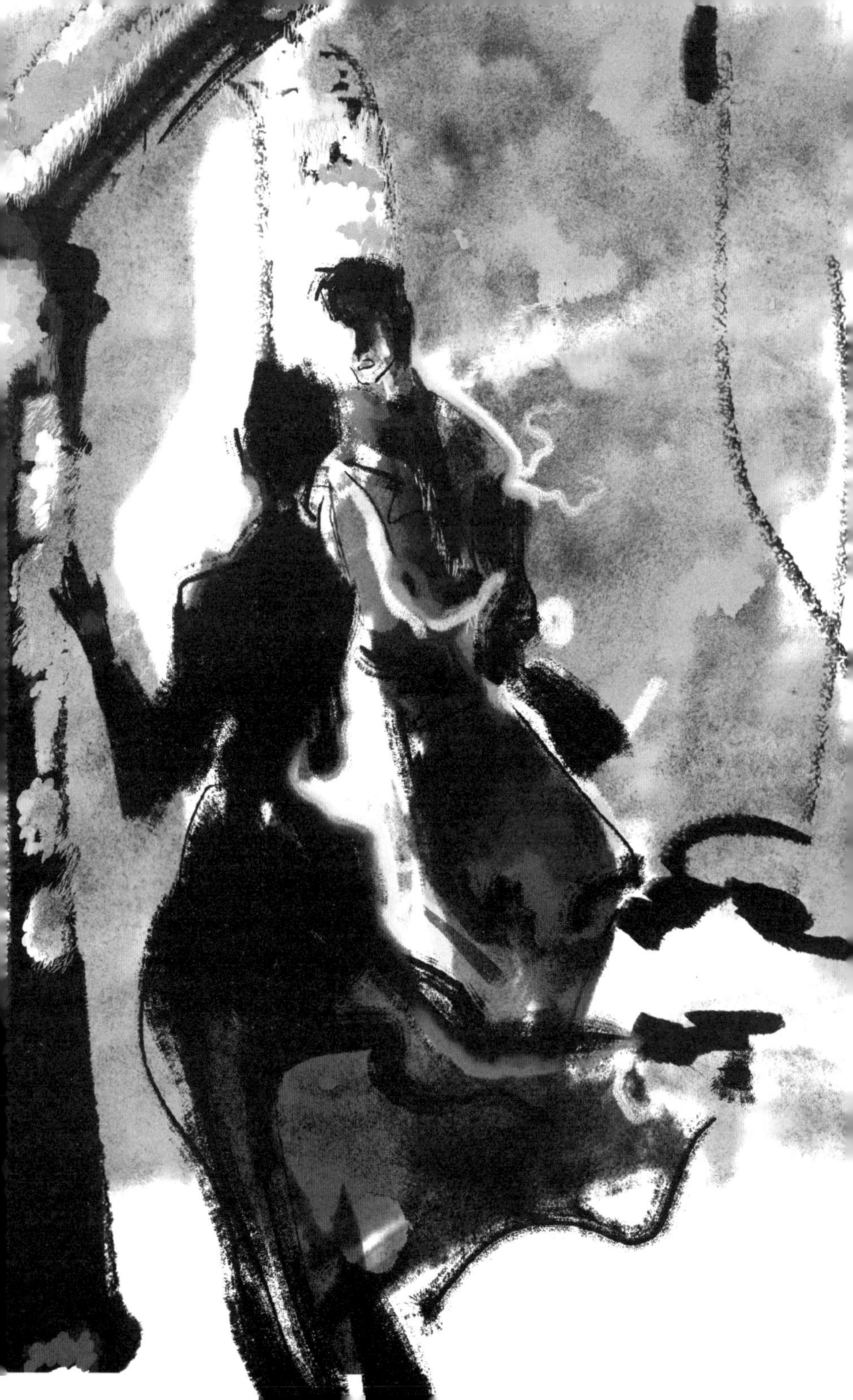

己的肩膀上往后瞅了几眼，看看有没有人抽烟。没有人抽。他们吃了面包汤后，就躺到自己的垫草上了。缝纫机推销员不可能天天都很慷慨。这种不能抽烟的痛苦，不到五分钟就过去了。安杰洛数了数冒出炊烟的烟囱：共有七个。一个镇上，只有七家冒烟，可在霍乱暴发之前，每天下午四点来钟，可能有八百多家点火做饭。他观看士兵在院子里驯马。他看见一个士兵在擦马鞍架灯的玻璃。他猜想他们在准备夜间巡逻。过了一会儿，他的想法得到了证实，有人下了命令，他听到了只言片语。他问自己，如果自己是骑兵队长会如何行动。他不时换腿休息，时而右腿，时而左腿。他寻找这地方哪里有路。他发现了两条路，渺无人迹，通往山里。他眼前的城堡的这个部分，不允许人抱任何希望。塔楼垂直而下，直达士兵所在的院子，没有一个凹进去和凸出来的地方。在另一头，有一堵十五米左右的高墙，越过墙，可见一条巡查道，从民房的屋顶离得很远这点看，巡查道本身比镇子至少高出二十米。他脑袋里东想西想。他心里异常平静。他想到了那些修女。他思量她们肯定惧怕声音和鲜血。他知道深更半夜，当一支手枪突然朝你鼻子下射出子弹，你会怎么样。对士兵，则是另一回事。但他们并不振奋。逮捕有产者使他们感到厌倦。即使一场战役开始，也要适应五六天，才能对付齐射，甚至是零星的子弹。只有在小说里，才会把它们当成胡蜂。战斗一旦打响，他知道得速战速决，造成最大的伤亡。最重要的是杀死头四个人，如果齐射之后立即开始砍杀的话。"我给他足够的时间重新发动攻击。"他一面想着他的小马刀和年轻女人，一面思忖道。

他看着她。看样子她不大舒服。他不安地问她是不是不舒服。

"没什么，"她说，"我只是不得不去上这肮脏的厕所了。"

"不要去，"他说，"跟我来。"

他拿上行李包，又把马刀夹在腋下。他们走下隐没在黑暗中的大楼梯，向栅栏门走去。安杰洛在楼梯小平台上停下来。

"您想去找鞍囊吗？"他说。"它们在下面的角落里，第一个楼梯段底下。我在这里等您。"

他去触摸与平台相通的几扇门。其中一扇固若金汤，与门框严丝合缝。另一扇门有缝隙。木头不大结实，与门框合得不严。安杰洛将马刀的刀身插进门缝里。那门没有锁上。在锁横头的地方，马刀自由通过，可是，往上和往下却被门闩挡住。他试图把门闩拨开，但没成功。

"这大概是一种有把手的门闩，"他想，"在一个插孔上往下拉，门闩就插上，必须往上提才能打开。"

他计算了一下门闩的长度和这个把手的大概位置。他试图用刀尖在门上戳个洞。木头不是很硬。

"您在干什么？"年轻女人问。

"我试着在这地方戳个洞，消磨时间罢了。"

他果然捅了个洞，足足有一厘米厚。木头密度大，裂成一根根刺。那是白蜡木板，厚七八厘米，由于年代已久，变薄了一些。

"把火药壶给我。将鞍囊铺在地上，您躺在上面。如果有人上下楼梯，我就说您病了，我干脆说是干霍乱，他们就让我们清静了。看着楼梯，提前告诉我。"

他把火药倒进他挖的洞里，点着火。红火立即熄灭了，但一点儿蓝色火光仍挂在洞里面，在木刺中散开，啃噬着木头，最后留下了火炭，安杰洛在上面吹气。

他动了许多脑子，捣鼓了相当长的时间，最后，并不是靠运气地终于把两个门闩推开，于是，他们走进了一个昏暗的大房间里。

他们随手关上门，重新把门闩插上，在一块黑披巾上撕下几块来堵住窟窿，每个窟窿都有两个金币大。

"这会使人产生相当大的错觉，直到明天上午，也许更久。"安杰洛说，"我了解他们，他们首先会到动物愿跑去死亡的角落里去寻找。

他们万万想不到我们会如此胆大包天。"

门合上后，就很难看清楚他们所在的地方了。一扇高大的尖拱窗子堵满了石头，从石头缝里透进一点儿亮光。

当眼睛适应黑暗后，他们依稀看见周围是一间极其宽敞极其空荡的大厅。地面软软的，像是由踩结实的土做成，天长日久，加之无人进来，又成了粉末状的细土。在里首的墙上，有一团黑乎乎的东西，像是一扇门。的确是扇门，没有细木护板，没有铰链，简简单单，开在两米多厚的墙上，有如一条隧道，通向一个狭窄的螺旋楼梯，那里面似乎停滞着一种灰蒙蒙的亮光……

他们一步一步向微光走去。安杰洛心花怒放，霍乱病离他非常遥远了。他们拾级而下，向一个亮光走去，走得越近，那亮光变得越红。最后他们来到一条长廊上，长廊几乎贴近拱顶伸展出去，大厅又大又深，被一些长长的窗洞和一个有黄玻璃的圆花窗照亮。这里也只有石头，没有家具，没有细木护壁，地面也是普通的土，就像在田野里一样。虽然有彩绘玻璃和圆花窗，但这里从没做过教堂；看不出什么地方有安放过祭坛的痕迹。

他们绕长廊走了一圈。他们经过一扇彩绘玻璃窗，有几块玻璃的包铅已经剥落。他们可以看见窗外，在他们身下，是一个贫瘠的花园，种满了灰色的百里香，两条便道互相交叉，穿过其中。

安杰洛笑吟吟地看了看年轻女人。她也在微笑。他想起来问她感觉是不是好些了。比方说，在这里，她是不是不感到弥漫性疼痛了？他用食指尖指了指她的上腹窝。

她说她好极了，并说很抱歉。

"没什么好抱歉的。"他说，"如果说什么东西开始在您身上腐烂，并要把您毁灭，您是没有责任的。我不相信苍蝇。尽管有人说它们只有一点点大，但我觉得呼吸时感觉到它们。我认为，肚子或肠子的某个地方会突然开始腐烂。"

他说了自己如何给小法国人擦揉了整整一夜，但是白费力气，因为着手太晚。不能等到像巡逻队的那位中尉那样对自己感到吃惊时才开始治疗。一感到胁部钻心般疼痛，就得高喊救命。活着是值得的。

"如果在我刚才指的地方，您真有什么不舒服，您得赶快给我露出肚子。如果及时治疗，我给您擦擦身子，就有百分之九十九的希望免于一死。"

在长廊尽头，他们发现了一个又窄又暗的小通道，仿佛开在厚墙中间，他们拖着行李走在里面煞是费力。这条通道暖烘烘的，散发出死气沉沉的石头的气味。他们拐了个直角弯，便见前面有一道苍白的光线，从一条窄缝里射进来。通过窄缝，可见对面巨塔楼的主体和隔离所的窗子，风吹得那些窗子发出雷鸣般的响声。

"我们可能到了士兵院子的另一边了，除非那些窗子不是我们刚才俯下身子的窗子。"从窄缝中，不可能看到下面，勉强能看见隔离所的一排窗子、雉堞的齿冠和天空；碧蓝的天空，布满了酷似雏菊的小云朵，被非常西斜的夕阳照亮。

再往前走，通道变得更窄，安杰洛不得不放下背包。他们得跨过一个个倒塌的石头堆，当通道一半堵住时，甚至得弯下腰才能过去。

又有一道苍白的光线穿破他们面前的黑暗。这个缝隙和前面的一样，像是一个警戒孔，不过这次面向旷野。他们又看见了蔚蓝的天空，布满了玫瑰色的云朵，他们远远望见山峦沐浴在夕照中。

越往前走，通道倾塌得越厉害。他们只好拖着大衣、箱子和行李包匍匐前进。他们摸着黑，穿过一个名副其实的颓垣，慢慢地向前走。最后，安杰洛在前面摸到一块切成尖脊状的石头，他感到一阵凉风从下面吹来。他们发现有一个通道，通向什么地方。他打着打火机，接着又吹着了火绒芯，借着打火机和火绒芯的亮光，安杰洛发现，他们刚才走到了一个螺旋形的楼梯上，与通道一样狭窄，但完好无损。他们向下拐了几道弯，便看见了日光。他们小心翼翼，终于走到了一个门口,那扇门通往长满百里香的花园,就是从长廊的破彩绘玻璃窗里看见的那个花园。

秋日的黄昏开始降落。他们仍然躲着没出去。花园里好像常有人去。可能是从其他更方便的门去那里的。此外,安杰洛和年轻女人所在的地方似乎是个工具室,里面放着两把铲子、一个耙子和一顶像是收庄稼人戴的粗制滥造的大草帽。

花园里只有百里香和乱石。园子显然是个平台,可能俯视一条巡查道,一条街道,一道斜坡。安杰洛心里捉摸园子下面是什么,落差有多大。可去那里看个究竟又太失谨慎。必须等到夜幕降临。从那些工具判断,这肯定是修女喜欢去的地方;那些工具用来耕种一个像盐一样白、一样干旱的土平台,实在令人感动。

雨燕和燕子开始飞到门洞前面。根据鸟儿们新养成的习惯,它们一看见安杰洛和年轻女人一动不动的身影,便飞过来,甚至一直飞到拱门下,朝着他们叽叽喳喳,猛烈拍动翅膀。

"这会暴露我们的。"安杰洛说,"向上退几级,得躲起来。"

他们刚躲到黑暗中,就听见花园里响起了脚步声。是一个修女。不是那个有着红脸蛋、粗胳膊的嬷嬷。这个嬷嬷又高又瘦,像个开店的老板娘,宽大的黑裙迫使她周围显得庄严肃穆。她摘下圆锥形帽子,露出一个小小的脑袋、一副令人不快的面孔,一双小小的黑眼睛在脸上滴溜溜转动。她过来拿了耙子,开始将两条相交的便道耙平。然后,她在裙子下面摸索,从口袋里掏出一把角质刀,蹲下来,用它专心致志地给百里香丛除草。她以一种狂热投入这无用的工作。

天终于黑下来了。修女走后,安杰洛便一直跑到围墙边,探出身子张望,然后回来。

"只有三四米高,"他说,"而且墙上还有一个野月桂树的残干。"

他们将行李并成一个包。

"我拿着这个包。"安杰洛说,"我们只好放弃我们的马了。除非您同意打一场架。我承认，这会使我心里得到安慰，我相信，您也会从中呼吸一口新鲜空气。但这是不明智的。不过，为了能听到您说话，就像今天上午您同带您来这里的士兵们所做的那样，我会愿意做许多事，尤其是想上一堂剑术课。那时，我每时每刻都感到，只要听到一句比平时稍为平庸一点儿的话，您就会脱兔而逃，让那些士兵惊得目瞪口呆。如果您没有完全明白我们其实没有让步，我就在士兵院子里为您打一场小小的仗，把我们要对他们说的话说清楚。否则，只好把行李从墙上扔下去，我们从四米高的地方跳下去，还可利用那棵月桂树的残干。园子外边是一个长满草的斜坡，斜坡下面是农田。我们日夜兼程，明天就离这里很远了。我还有三百多法郎。我们买两匹矮马。您想去加普附近的那个小村吗？您对我说过，您的大嫂在那里。"

"这正是我应该做的。您想过没有？即使您与士兵干一仗，也没多大意思，因为他们肯定都得霍乱病了，而您没有。我想，这有碍于挥动马刀。"

"您是说这有碍于我？"安杰洛傻乎乎地说，"的确有可能。我们还有点儿紧张，再说，用从墙上溜下去的方式离开这里，是不大漂亮。总之，从四米高的地方跳下去是微不足道。而且还有月桂树残干相助。我很想给关在上面的绵羊们出出主意，可那样显得太殷勤。"

不管怎样，在离开隐蔽处之前，安杰洛仍跑过去看了看另一道通往花园的门是不是关着。

他想："假如我是一个人，一切该多么不同啊！（那样，我就不会左思右想，顾虑重重。那该多么快乐！）"

五分钟后，他们已到了缓坡上。年轻女人跳下去时利利落落，她甚至非常灵巧地利用了月桂树的残干。一切都很顺利。为此，安杰洛颇感扫兴。他观察着暗处，初升的月亮正使那里的黑暗渐渐消失。那些地方异常平静。他本想有场战斗什么的。他希望墙脚下至少能遇到一个士兵，一个哨兵，他可以解除他们的武装。他看见自己在同他的对手战斗，把他打翻在地。

几只青蛙在水池内歌唱。那些池子想必只有一半水，因为回声很响。

"这很好玩。"年轻女人说，"这使我回想起有天晚上我跳窗去里安广场跳舞的事。我父亲并不禁止我出门，恰恰相反，可是，所有偷偷摸摸的行为都其乐无穷！再说，这是从窗口跳下去！"

安杰洛心想："女人是不完整的人。"

他寻思，她下午是那样沮丧，怎么突然变得如此敏捷。"我也一样，当我手脚并用，从墙上滑下去时，我感到非常快乐，但我看到事情的严肃性。想象墙脚下有个哨兵，这没什么可奇怪的；如果我曾听到其说话声音的那位队长尽职的话，那里本该有个哨兵的。"

最后，安杰洛背起包袱，走下平缓的长满草的斜坡，到了薰衣草的田里，四周都是薰衣草田，甚至发出淡淡的香味。

他们在田野里大约走了一个小时，最后找到了一条路，通往安杰洛要去的方向，而且立刻便是上坡道。月亮已渐渐升到了最高空，发出明亮的光芒，照亮了一座山峦那高低不平的山坡。山上没有树木，遍布着银光闪闪的小岩石。

夜确实非常温和。蟋蟀和蝼蛄被这好似夏日的温暖振奋了精神，现在又发出金属般的嚓嚓声，连空气也似乎心醉神迷了。风速减弱了，吐出阵阵热气。

安杰洛和年轻女人奔驰在这条大约通向北方的道路上。在山的另一边，午夜时分，他们遇到了一条相当宽畅的公路，两旁有参天杨树，月光在长长的树枝中间尽情嬉戏，令人心旷神怡。一切都很安静，令人放心。他们甚至听见较远处有辆车子在滚动，有匹马在小跑，马儿似乎同温和的黑夜无拘无束。

他们躲在高大的染料灌木丛后面，最后看见一辆篷式双轮马车从他们身旁驶过，车篷折在后面，车上有一男一女，正在平静地聊天。

马车驶来的那条大路利用一个谷底，向东走去。杨树虽然没有了叶子，但洒上了一层银光，有它们作伴，让人意驰神荡。从刚过去的那两个人来判断，那边可能有一个可爱的地方。

"我们需要有一辆这样的马车。"安杰洛说，自从看见那辆车身悬挂的马车滚动在疾驰的马后面，他便觉得自己背上的包袱十分可笑。"它抵得上我们坐骑的十倍。不管怎样，它使我们看起来很富有，让士兵望而生畏。那对男女谈笑风生，不像是被追逼得走投无路的人。看见他们，人们绝不会想到在沃梅尔有一个隔离所，然而，沃梅尔与这条大路相距不到二十公里。我们去看看那边有什么。因为与我们至今所去的方向相比，那里更是我们要去的方向。我们不要再去想同日于塞普会合的事了。他是大人，能独自找到路的。对于我们，最重要的是尽快到达加普附近您嫂子所在的村庄。"

"您叫什么名字？"年轻女人说，"昨天在隔离所，尽管我在您身边，我好几次需要喊您。总不能老叫您'先生'吧。再说，在微妙的处境下，'先生'这个词是起不到名字的作用的。我嘛，我叫波利娜。"

"我叫安杰洛。"他说，"我姓巴尔迪。这既不是我母亲的姓，当然也不是我父亲的姓。它只是我母亲在都灵附近拥有的一座大森林的名称，为此我感到非常自豪。"

"您的名字很漂亮。现在的路挺好走的，能不能让我自己拿行李？"

"别客气。我步子迈得大，不觉得重。大衣背在肩上很软。您的小箱子和我们的背囊包得很服帖。您不得不穿靴子走路，这对您已经够受的了。这不很方便。骑马的人失去了乘骑，总有点儿可笑，但是我对我们遇见的那辆马车感到不放心，尽管我承认它看上去悠然自得、从容不迫。唯一使我放心的，是几个小时以来，我们离那隔离所越来越远了。在那里，您曾有五分钟丧失了勇气。您累不累？"

"我的靴子质地精良，我总穿着它们在树林里散步。一走就是很长时间。我丈夫在靴子和手枪方面很内行。是他教会我装双子弹的。他还精心替我定做了像手套一样柔软的皮靴。我们住的地方都是丛林和山丘,要走很多路才能摆脱大自然的这些景物。"

"我进军校前,我们在格朗塔也这样生活。我来法国之前,每当我回到故乡,每天我都骑马散步,没完没了,甚至必须牵着马行军,才能从森林中分辨出美丽的夕阳、美丽的晨曦,或者仅仅是自由自在的天空,这些都是我母亲所钟爱的。"

公路渐渐爬上了山坡,在圣栎树林之间穿行。一半已沉入西方的月亮,发出一种黄灿灿的奇特光辉,构成了扣人心弦的现实。它所倾斜的天边仿佛爆裂成银色的尘埃,其间飘动着山峦朦胧的幽灵。夜色既黑暗,又辉煌,树木在月光下显出黑黝黝的影子,但在黑暗中却闪烁着银光。风儿不知吹向哪边;它像一棵温暖的棕榈树左右摇曳。

安杰洛和年轻女人走了快六个小时了。他们不再惧怕被人跟踪和追上了。这些树林与沃梅尔的树林大相径庭,这个月光,也与想象中可能有普通巡逻队的月光相差甚远。

在离公路二十步处,他们发现圣栎树下有一丛高大的染料灌木丛,正好围成了一个软软暖暖小小的土房间。安杰洛放下包袱。他嘴上说不累,其实已疲惫不堪;尽管月光美丽,但走到最后,他内心的情绪已很恶劣了。

"我不喜欢背着包。"他心里说。

他把大衣摊开,做成一张舒适的床。

"您躺下吧,"他对年轻女人说,"如果说我要给您个劝告的话,那就是脱掉您的长裤。这样休息得更好。我们不知道等待我们的是什么,但据我们已看到的,那将会很艰难。我们得设法应付情况。如果我们遇到一个城市,十有八九它已经腐烂,而且到处是士兵。我们没有马了。我们得艰难地迈动双腿。现在我想,那两个悠然自得乘车疾行的人,一定是疯子。步行跟骑马不是一回事。如果您擦破了皮,您的伤口不胜其烦地折磨您,您就走不了路了。如果因为没有照顾好您的大腿而愚蠢地就地死去,那未免太可笑了。"

他就像在同一个士兵说话。她实在太累,只答了句:"您说得对。"她赶紧照他说的去做。况且他说的不无道理。她沉沉地睡了二十分钟,醒来后说:

"您没盖东西!您把我的大衣垫在我底下,把您的盖在我身上了!"

"我很好。"安杰洛说,"我在严寒的天气里曾经只穿军装,不盖被子,在硬地上睡过觉。没关系的。我穿着丝绒袄。不会有问题的。不过,既然您醒了,那就等等再睡吧。"

他让她吃了点红糖,喝了一大口白酒。

"我们肚子都饿了。我们在窗洞里喝的茶和吃的一小把玉米粉早已消化完了。睡觉不总能使人忘却饥饿,尤其像我们刚走了这么多路。本该生火煮一点儿玉米糊糊的,但我承认我累了。无论如何,这些东西能使我们坚持一两个小时。"

安杰洛没有立刻睡着。他的肩膀疼痛难忍。他从没背过包,他累得筋疲力尽。

他心里思忖,他们所走的这条路是不是通往一个城市,该抱希望,还是该害怕。是不是到处都有驻军和隔离所?那辆马车上的两位旅客看上去无忧无愁。他们想必是大主教的子孙,带着受人尊敬的通行证。他想起了干霍乱在偏僻的村子里突然袭击那位骑兵上尉,使他落马而死。不管怎样,多少是平等的。他对事物抱着悲观的态度。

他算了算,他漫无目的地奔走已有六天了。他没有确切的理由可以认为,加普附近的那个村子就在他们此刻所在地方的西北边。他对自己说,自由的事业与加普附近的这个村子毫无关联。他深深地知道,他现在不可能去日于塞普确定的同他会合的地点了,但他想象自己正骑着一匹马,抑或什么也不再想。步行,尤其是背包,使他变得心情沮丧。他也不能肯定自己是不是真的逃离了沃梅尔的隔离所。在一扇门的木框里燃着一点儿火药,这不足以使人对事情、对自己有把握。他也想起了迪皮伊,此人忽略了从行李中拿走手枪,甚至留下了小马刀:这一切,只为了六法郎,也许什么也不为,而是并不在乎。那些士兵甚至没有搜他的身。

"人人都将变成公务员,"他想,"我看不到我在这一切中能做什么。"

然而,此刻月亮几乎完全坠落,一半隐没在天边的浓雾中,将长长的玫瑰色光辉射进圣栎树枝下。年轻女人睡得很踏实,发出轻微而悦耳的呼吸声。

安杰洛想起了他的小雪茄。他抽了一支,感到痛快淋漓,于是在第一支的火上点燃了第二支。

如果日于塞普在这里,他当场就会向他指出自己并不像人们认为的那样傻。沃梅尔的隔离所无人看守。人们被抓来,关在四堵墙内。他们挨墙待着。没有必要去管他们。他们自己看守自己。最狡猾的人在里面做买卖。

"我失算了,"安杰洛想,"只要下到铁栅栏门前,说一声:'给我开门,我要出去。'人们就会回答我:'您让我们措手不及,不过,您的确不是这里的人。'然而,有人就因为缺少这一简单的主动性而可能死亡。我不死,但我比应该做的多做了三倍。如果日于塞普在这里,我会对他说:'我非常清楚我会发生什么:你们将利用法律把我的马偷走,你们将让我自己背背包。'他会大光其火,回答我说:'你不傻,可为了人民,我们能做什么?'因为他不认为自己是人民的一分子。这正是他所自豪的。他们干革命,是为了成为公爵。我也是,但他们将会偷走我的马。唯有霍乱货真价实。"

自从他们走小路以来,没看见多少死人,除了在路上遇见的那个目空一切的上尉,他戴着肩章和套着马刺蹲在地上,就像孩子蹲在母亲的怀里。但是,安杰洛想起了马诺斯克,想起了他在屋顶上的疑惧:

只要一闭眼，便顿觉满身都是鸟儿，它们知道自己想要什么。他也想起了难以忍受的酷热、焚尸的火堆，以及嗡嗡叫的苍蝇。

尽管凌晨凉爽清新（黎明即将来临），在广袤的土地上，森林沉睡，万籁俱寂，他依然清楚地看到，临终和死亡可能继续在蹂躏有人居住的地方。

第十二章

年轻女人醒来时,茶已烧好,旺火上正煮着玉米糊糊。

"躺着别动,"安杰洛说,"您仍然很累。"

他把滚烫的甜茶端给她。

"我也进行了一次小小的巡逻。"他说,"离此地五十米,有一个十字路口,那里竖了块路牌。从路牌上看,我们在圣迪齐埃以东五法里。您记不记得您曾跟我谈起在一次旅行中途经那里?不过我们走的路好像是对的。"

"不,我不记得有圣迪齐埃。不过,让我起来吧,我来帮您。"

"您这样子躺着就是帮我。您起来好了,五分钟后,您又会可笑地再躺下。我还没给您讲完呢。过了十字路口,道路立即向下通往一个山谷。就在山坡上,离我们这里最多一百米,有一个可能见到的最漂亮的村庄,村里有四户人家。不同寻常的是,村里的人行为很正常。刚才,一个妇女在喂鸡。一个男人开始耙地,现在他还在那块地里。要是没有山谷的凸边和这些树木,您会听到他在同他的马说话。如果说刚才有孩子在打谷场上玩耍,我是不会惊讶的。不管怎样,我没有露面,但是,一个老太太在门口的太阳底下放了张椅子,坐了下来,现在正在打毛衣。另外,至少还有三个相当年纪的男子站在那里,手插在兜里,一面抽着烟斗,一面聊天。"

"真不可思议!"

"我特别看了看那些鸡。"安杰洛说,"待会儿,等我允许您试试您的膝盖时,您会看到那个地方的。不过,请相信我,您现在得躺着,不要着凉。我们需要用我们的腿。我们在一个山丘上,有世界上最好的视点。我要同您讲我为什么特别看了看那些鸡。现在您已喝了茶,安静地待着。我给您说说我要做什么。这是您的枪,把它们放在您的枕边,不过,方圆几里,没有什么令人不安的东西。我去买只鸡来,再买些蔬菜。我还要借只锅。我们炖鸡吃。这能让我们恢复力气。我们已饥肠辘辘:不管怎样,我可饿坏了。"

村民非常好客。他们请安杰洛喝咖啡,他有顾虑,坦率地同他们谈了霍乱,对他们说,让外人进入他们家里有失谨慎。

那女人听了回答说:"进我家里、用我的碗喝咖啡的,您又不是第一个。近来,我们看见路上的行人少了,因为有士兵,可过了一段时间又有大群的人来了。我们从来都是该怎样就怎样,可没有人因此而死去。别把您的太太留在树林里,带她过来。如果您坚持要待在外面,就住到我们的打谷场上来。我也可以更好地监视我借给您的锅子。它比我卖给您的这只鸡更值钱。"

安杰洛带着这些好消息回到圣栎树下的宿营地。年轻女人已经起床,并已收拾停当。她少许打扮了一下,解开髻,将头发编成了辫子。这种发式使她看上去像个小女孩。她的脸像这样被黑发环绕,现在更具矛头的形状了。

安杰洛和年轻女人在这个村里待了两天,他们睡在打谷场上,吃着鸡和灰焖土豆。前些日子,他们吃了许多粗红糖和蔗糖,现在,没有比粗盐更美味的东西了。人们给他们自制的面包,价钱不贵,可安杰洛拒绝了,他也拒绝了葡萄酒,因为是从桶里倒出来的,令人不放心。

"好好煮一煮,"他对年轻女人说,"我们只吃亲眼看见煮开的食物。问题是得知道我们绕了那么多路,是想从中受益,还是听从这块面包的摆布,尽管我承认,我自己也垂涎欲滴。我和您一样,听到过人们千百次重复,霍乱以及瘟疫据说是不待在面包里的。不过,我们经历了那么多事,尤其是,我们步行了六个小时,不是为了愚蠢地听从嘴巴摆布的。"

这地方浩大而壮丽。这是一个缓缓起伏的高地(这个被安杰洛称之为山谷、坐落着四所房屋的地方,不过是一个像巴掌那样不大起眼的背斜谷)。淡黄和淡绿的土地无限伸展,波涛起伏,到处是七扭八歪的树木,灌木丛似浪花般轻薄而透明。值此秋老虎的季节,天气十分炎热。秋风无精打采地吹着,但在这畅通无阻的空间,即使是它最细微的呜咽,也似大海的波涛声。在四周的天际,矗立着一圈山峦,恰似一个巨型竞技场,被轻盈的阳光染成了金黄色。

安杰洛只是指出,这里绝对听不到鸟儿啼鸣,然而,平时,在这小阳春天气①,斑鸫歌唱,山雀惊慌,在太阳下溅出蓝色的污水。而这里毫无相似之处;秋风将它宁静的拍岸浪在房屋的瓦片和树木的秃枝上轻轻摩擦。有时,某个干燥的荒原上尘土飞扬,尘柱飘飘荡荡,给原野注入了活力。

住在最靠近大路的那座房子里的男人前来坐到打谷场上。这是个八十多岁的老头。他说,他的一切生活必需都自给自足。

"您,您也相信有霍乱?"那人又说。

经年的双下巴犹如一条围巾,垂挂在他干瘪的脖子周围。他的脸硬似核桃。他嚼着烟,黑黑的嘴唇一动一动。

他看看大衣。

"您这是上等呢料,是不是,先生?是苏格兰花呢,还是什么别的?除非是海军呢?我熟悉土伦,我。我曾是兵工厂的木匠。这种呢料是哪里制造的?我们,冬天来了。有人说会死很多人。他们怎么会这样想?他们不是今天才有这个想法。现在他们害怕了。您也在逃跑

---

① 小阳春天气,指十一月十一日前后出现的好天气。

吗？您？您这些背包里有什么？这皮真好，我一直说有这样好的皮。从这条公路上过了多少人！一个接一个。他们都去哪里了？我大概有二十年没去圣迪齐埃了。您认识圣迪齐埃吗？"

"没去过，"安杰洛说，"我们正在想，它大不大，是不是在去加普的路上。"

"加普，那是什么？"

"我们要去的一个地方。"

"肯定不在。圣迪齐埃不在公路上。有去那里的路，也有从那里出来的路：如此罢了，这就够了。这不是去土伦的路。我是从那里去的，瞧那棵弯弯扭扭的杏树。那时候，它才有我手指头这般大。它是从一个老树根上长出来的。我是早晨四点经过那里的，那是夏天。我心想：'这个可怜虫，它在这里干什么？'它长大了。那时我很年轻。出色的木匠；锯木板的工人。人们漂泊不定。您有没有三个苏？"

他在草地上移动屁股，挨近大衣，用铁一般的手指头抚摸呢子。

"真是很难弄到一点儿烟。他们把嚼烟卖得贵极了。坏习惯，太费钱！呵！再说，唉！我们大家都是一样的结果！这甚至肯定无疑。每年三月有个胖子来买小山羊，瞧他胖乎乎的脸蛋，您会说他能活到一百岁。他稀里糊涂地死了，和其他人一样。应该三月份来这里看看，可有看头哩。有时，我们有二十只羊羔。为了一个苏，他大费口舌。他已经翘辫子了，这是必然的。您还想怎么样？他不还是同样的结果。"

安杰洛给了他一支小雪茄。他把雪茄掐成两段，赶紧把其中半支塞进嘴里。

"您抽这个，一定很有钱，您。"他说，"一支就要一个苏。"

他坚持要知道背包里放的是什么。他也朝小箱子那边斜去眼睛，同时不停地摸弄大衣。最后，他变得非常粗鲁，安杰洛正想请他离开，一个男人从小栗树后的屋子里走出来，喊老头回去，那老头赶紧服从。安杰洛和年轻女人想，这个男人大概窥视已久，一直在监视这一幕。甚至也可能是他策划的……

"我觉得这地方好奇怪。"年轻女人多次说，"相信我，我们的处境不安全。"

"他们坚持说，士兵从不经过这里，我们的确完全有理由相信。"

"这是另一回事。"她说，"他们在观察我们。当我背朝屋子时，我感到不知什么东西在触我的肩膀。刚才在这里拿鞭子打大戟的小男孩，做得很不自然。我和大家一样，也鞭打过大戟。我知道该怎么打。他鬼鬼祟祟，眼睛老往我们身上瞧，这与他做的事不相一致。他在监视我们。"

"这完全是因为我们是外乡人。再说，我们经历了这几天的凄风苦雨，我们的样子想必怪怪的，与圣迪齐埃的人，甚至与任何地方的人都不一样。我从没见过像您这样大的眼睛。"

"那么，我应该给您讲一讲今天早晨我发生的事。我去灌木丛了。回来时，我碰到了卖给您鸡的那个女人。她好像是专门在等我的，不像是假装的。她对我说：'让我看看您指头上的戒指。'我向您保证，这不像是开玩笑。我给她看了。她对我说：'把它给我好吗？'我斩钉截铁地说了声'不'。去灌木丛是不会带着手枪的，但我一点儿也不怕她。现在是老头子，还有适时喊他回去的那个男人。小男孩。刚才我又看到了一张面孔，躲在谷仓的柱子后面窥视我们——别朝那边看——在右边，又缩回去了。"

"我没注意到这只戒指。这几天您没戴吧？"

"没有，昨天早晨，您去巡逻时，我在这棵圣栎树下把它戴到指头上的。"

"躲在谷仓柱子后面的人，我当然看见了，他的确在监视我们的一举一动。是今天早晨从井里汲水的小伙子。这小村里究竟有多少人？"

"我数过，九个人：四女五男，包括老头和小男孩。女人们个个结实健壮。"

"真要吵起来,她们也需要有勇气。我很想朝人群里开枪,而且不是朝腿上。我们不会进攻,但要有预防措施。得把行李整理好。您不害怕吗?"

"我会砸烂比您早注意到我戒指的那个女人的脑袋。"年轻女人说,"相信我,我百发百中,这不是吹牛。传说有强盗,我们遇到其中一伙了。"

"不,"安杰洛说,"我们遇到了一伙不再怕警察的正直人。这更糟糕。他们会用一根耳挖子割掉您的脑袋,哪怕要割一百次。"

他们收拾行李。安杰洛用眼角注视房屋的动静。这种只担心会开枪的小小的战争气氛,使他乐不可支。他想:"如果这一切后面果真隐藏着什么,那我们现在收拾行李,就会原形毕露了。"

果然,一扇门打开,一个男人迅速朝打谷场走了几步。他手里拿着一支步枪。其他几扇门也打开了,男男女女走了出来,那老头也不例外。但他们只有一支步枪,还没来得及抵上肩,安杰洛已与他们面对面,把两支手枪瞄准了他们。那些人停了下来。

只听见风声犹如激浪拍岸。

安杰洛的气势比手枪(年轻女人也握着手枪,但人们不怎么看她)更使人惊慌害怕。这些农民清楚地看到,他极其亢奋。他不是在防守,而是在进攻,以一种罕见的旺盛斗志。他腋下夹着那把小马刀。

"到我后面来。"他大声对年轻女人说。

接着,他向那群农民跨了两步:

"他们稍为动一下,您就朝我右边两个拿棍子的人开枪,打碎他们的脑壳。我负责对付我前面的人。把枪扔下,你;你们两个扔掉棍子。退到墙根前去。"

他继续向他们走去,他们步步后退。但他们既不扔掉枪,也不扔掉棍子。蓦然,年轻女人的手枪砰地响了。枪声震耳欲聋,那些人的武器立刻扔到地上，大家都靠在墙上，排成一行，除了倒在地上的那位。他爬起来，奔过去和大家排在一起了。他的右手被大粒霰弹撕裂，很可能打掉了一根指头。他的血流到草丛中。

"把您的枪重新装上子弹，"安杰洛冷静地说，"他们都在我掌控之中了。"

果然，他没看一眼受伤的人，没说一句话，就把他们慑服了。

"得让他们相信……"他想道。

"装好了。"年轻女人急匆匆地说。"那天上午耕地的马是谁的？"

"是骡子。"曾拿着枪的那个男人说。

"把它装上驮子，牵出来。"安杰洛说，"波利娜，您去监视他的行动。只要我们没有离开，你们就得照我们的意思做，谁都不能碰这只手。这家伙血流如注，得快点。"

那人很快把上了驮子的骡子牵来了，年轻女人把行李放在上面。安杰洛狂喜不已。他无时无刻不在想着霍乱，它是那样神秘，现在，他终于能不去想它了。这里，农民们不过像被当场抓住的顽童。他们现在肯定还想干坏事：从他们阴险的眼神和脸色可以看出来。他们没有料到会跟他们要骡子，这件事会使他们振作起来。安杰洛满怀信心地紧握手枪。

他想道："这是个药方，我用起来得心应手。"

他发表了一个小小的演说。

"我不偷不抢，我。"他说，"可是，谁阻止得了我呢？我们曾相处得很好。我给你们付了鸡钱、蔬菜钱，甚至盐钱。我给了你们的间谍一支小雪茄。刚才发生的一切，得由你们负责。如果说我不仅不付钱便牵走你们的骡子，而且还开枪把你们打死，这是轻而易举的事，而且，我完全有这个权利。我们可以开四枪，正如你们看到的，夫人会使用她的武器。还有，你们好好看看我腋下夹的是什么。这东西可以把你们切成碎块，你们稍一动弹，我就会动手。这骡子，我付给你们三十法郎；这个价钱合情合理。况且，你们别无选择，只有接受。此外，我还要对你们说，我是你们省长的表亲，如果我对你们不满意，我就叫他给你们派兵来。这就是我为什么如此随心所欲，你们对我无可奈何。我再加十法郎，把这支步枪也带走，以免给我们带来危险。这样刚好两个金路易，我们一到大路上，我就扔给你们。我的手枪完全能射十五步远。我事先告诉你们了。"

年轻女人拿起骡子的缰绳，这支小队伍威武地撤退了，对一切都不掉以轻心。安杰洛倒退着走路，眼睛紧盯着农民。安杰洛的演说给他们留下了深刻的印象。从没有人像这样看着他们的眼睛，同他们讲这么长时间的话。不管怎样，论据和理由都站得住脚。他们也期待着能看到两个金路易。其实，对于可让他们不再需要恶狠狠地扑向别人，他们还是感兴趣的。他们心里嘀咕，这个瘦瘦的、目光炯炯的人，肯定会把金币扔进草丛里，是不是容易找得到。

安杰洛当然很狡猾，他把金币扔到离大路很远的地方。同时，他让他的小队伍快跑了一会儿，跑到了田野里。

"我们还是走大路吧。"他说，"您看，它穿过山丘，两旁树木稀少。他们想跟踪我们也是白费力气，我们老远就看得见他们过来。再说，他们的步枪在我们手中。我们去圣迪齐埃，看来，那是个镇子，他们对这个镇子不信任，因为那里有士兵，至少，有他们害怕的人：公证人、法庭执行员、大商人。在这些人面前，他们不敢冒险杀人，这点请放心。不管怎样，我们有了半辆车。有头牲畜给我们驮行李，走起来就轻松多了。如果您累了，可以坐到骡子的屁股上。"

下午三点，天气依然晴朗。他们急行军走了一法里后，便放慢了速度。山丘上除了他们，没有别人。

"我们还有一小时白天，两小时黄昏。不急不忙，也来得及走到圣迪齐埃一带。到了那里，我们再来看做什么或者逃跑，我相信是这样；或者小心翼翼，进去试探一下。不管怎样，我觉得这里霍乱闹得不大厉害。"

"我不知道，"年轻女人说，"我不相信。那些农民如此胆大包天，这似乎提供了反证。"

"为刚才的事祝贺您。您重装子弹的速度快得让人吃惊。"

"就是为了让人吃惊的：我根本没有装子弹。就是要让人相信我们很厉害。这往往比装子弹更管用。谁会想到我在骗人？"

"连我都没想到。"安杰洛说，"不过，这并不使我太感惊讶，只是要事先同我说一声，这样更谨慎一些。打仗时，我自己也喜欢作假。"

他们仍然走得太快，难以进行连贯的谈话。

安杰洛指责自己说话可能不够热情。

"互知名字果然能使谈话变得热烈。"过了一会儿，他说。但他缺少真诚。

太阳落山了。薄暮降临。温暖、金色、宁静，太阳的一切辉煌，还残留着淡淡的痕迹，尽管天色昏暗。公路在山丘上漫步。一直隐蔽在阳光中的淡紫色的山峦，从四面八方升起来。风儿稍为吹动一下，远处山谷的深处便发出轰隆隆的声音。

骡子很听话，也很健壮。

他们远远看到前方有个人在行走，他们渐渐追上了他。这是一个装备齐全的步行者，有一副护腿套、一个背囊、一根拐杖。此外，他还戴着一顶非常漂亮的草帽，就像收割庄稼的人戴的那种帽子。从近处看，他胡子花白，眼睛碧蓝，样子很讨人喜欢。他大概有六十岁，但步履矫健，就像是永世流浪的犹太人。

"你们是去圣迪齐埃吗？"那人向他们问好后，对他们说。"我之所以冒昧问你们，因为我们似乎看法一致，人们同我说了那里的许多坏话。"

据他说，这个有两三千居民的小镇，横遭霍乱践踏，死亡惨重。它好像坐落在一个不卫生的凹地，旁边有一条小河，就跟许多类似的小河一样，夏季干得底朝天。圣迪齐埃可饮用的水勉强能维持日常需要，在正常时候，到处是垃圾堆。厕所的墙上布满了象形文字，用鼻子很容易辨认。人们争先恐后地死去。据说现在只剩下四分之一的居民，一个个浑浑噩噩，不过，根据他的理解，他们应付得很好，又像从前那样，日复一日，傻乎乎地过日子。

"这似乎很惨。有人劝我别去那里。我看见一位太太，我就冒昧招呼你们，告诉你们这一切。"

他表达得流畅自然。而且，他非常谨慎地待在路边。安杰洛认为他挺勇敢，属于那种愤世嫉俗、有洞察力的人。

"我们刚才也有预感了。"安杰洛对他说。他向他叙述了在小村的惊险经历。

"这我不奇怪，"那人说，"要不是你们沉着，有手枪，你们肯定把命撂在那里了。我和你们一样：我知道正直人是用什么做成的。听说，在正常时候，这里的人待客非常热情。要知道这是可能的。只是要弄清楚，所谓正常的东西，是不是我们现在看到的东西。我见过一只猴子，经过训练，它养成了抽烟的习惯。用鞭子抽打，会使人无所不能，甚至能使正直的人变得没有还击的能力。"

"我可能有点儿冒失，"安杰洛说，"但我想问，您从很远的地方来吗？"

"没什么冒失的。"那人说，"你们和我，我们在大路上干什么？这用不着问，明摆着的：我们在逃跑。在这种情况下，人们肯定来自很远的地方。我两个多月前就上路了。我从马赛来。"

这是一次远征。他八月底离开马赛，正值霍乱病最疯狂地燃烧这个城市。每天要比正常时候多死八九百人。食品昂贵，变成了秘密交易。到处都一样，在监牢里招募运尸的、掘墓的，甚至护士。除了霍乱，还有各种致死的可能。抢劫的人要挨枪毙。沦为抢劫者是很容易的事。身强力壮的人每天杀死七八个在水中投毒的人。可以看到一些有产者正在把绿粉撒在房屋门口,甚至撒在货架上。买他们的东西要立即付钱,不得拖延。在贝尔森斯河上出卖色相的坏女人和死去的人一样多。那是一群脸上扑满香粉的乌合之众,尽管不合情理,你仍然会不可抗拒地渴望她们。说声"走吧,再见"非常容易。总之,城市,尤其是马赛,不是为教堂的侍童而存在的,由于这场霍乱,出卖色相的人增多了,也变得更漂亮了。幸存者除了完成自己的任务,还得承担起被死者遗弃的卑劣的工作。

此人是马赛歌剧院的单簧管独奏者。他讲了他怎样因一些微不足道的理由,胆战心惊哆哆嗦嗦地过了两个月。他和大家一样,什么都经历过。得知道生活在街头是什么滋味,周围都是房屋,各层楼上都有人在死亡。人们寻找耗子洞钻进去。人们惊讶地发现自己就像只蚂蚱,正在发动腿部肌肉,因为人们渴望从街上往上蹦,蹦向那块小小的自由天空。的确如此,您看,人们心里渴望着,人们有着各种各样的欲望。况且,那时候,有着最宁静的天气,宁静得叫人不堪忍受,极其豪华,极其壮丽,在大海最细微的波浪上,铺着金床单、天青石、红宝石。

当然,歌剧院关门了;每个人身上都有一部更为奇特的歌剧。这位吹单簧管的人寻思自己继续待下去还能干什么(在这连根腐烂的城市里走了许多弯路后)。最后,他突然肚子疼痛(人们称之为肠绞痛),这使他下了决心。他躺在床上,惊慌失措,哭喊着,呻吟着,尖叫着。他房间的窗子朝向院子,院子另一端,也有人在哭叫。他最后发现,由于拼命喊叫,他不再觉得肚子疼了。相反,院子对面的人继续在喊叫,甚至发出嘶哑的呼唤,像是小狮子在吼叫,这是霍乱患者临终时发出的吼声。这把他的病治好了。他恢复了健康,力气比从前增加了十倍。他终于明白,霍乱是可以臆造出来的;他现在正是这样;最好到路上去寻找能使人臆造出不像霍乱那样可怕的东西。一个独身者有许多权利。

他并不为健康证书问题伤脑筋。他从没想到要去市政府久久等候,就像那些官方逃亡者,他们大多没等拿到证明,就呜呼哀哉了。他从工人居住的市郊走,那里人们大批死亡,因而畅通无阻。

"请注意,"他说,"您刚才同我讲了有人想谋杀你们;太平的地方才有谋杀。要躲避谋杀,没有比刚发生过谋杀的房间更安全的地方了。受害者的尸体越是温暖,你就越无惊险。应该寻找受害者,躲到他们身旁去。"

他经过圣亨利-雷-埃加拉得,穿过树林往前走,没有遇到宪兵和暗哨。在狭窄的小巷里,在住宅和花园之间,他必须跨过尸体。在塞普泰姆的骡马店里也有许多人死亡。人们经过那里,就像一封信经过邮局那样轻而易举;这可从各种意义上理解。没有检查。没有人;只有自由的人。你想死就死;你想走就走。到了埃克斯才遇到了困难,只好从右边的帕莱特迂回过去,一直走到圣维多利亚的山脚下。但夏天的路秀色可餐。迈开双脚,四通八达。在干燥的群山峻岭里,尸体不发出臭味;甚至没有任何气味;有时有百里香和风轮菜的香味,他们躺在风轮菜中间,姿势总是非常庄重,因为他们死在庄严的自然风景面前。天际自由自在,通常为雪青色,这景象使得肌肉具有流动性,死后便松弛了。他注意到,在松树林中,太阳加上树脂的气味,组成了一种火炉的气氛,他所遇到的尸体(其中一个是猎场的看守)尤其具有时代的通病:一种漫不经心的风度和郁郁寡欢的态度,一副厌倦的神态,一种对有教养者的鄙视。走近圣维多利亚的石质山嘴,只见帕莱特上面的树林俯视着绵延起伏的山峦,以及鳞次栉比的小平原、山谷、树丛、空地和最具古罗马风格的引水渠。这不禁使人想起卡皮托利山丘[①]的神鹅,想起裹在北欧浓雾中的辛布里人[②],犹如裹在茧子中鱼贯而行的毛毛虫。一个垂死病人,尤其是霍乱病患者,被放电般

---

① 卡皮托利山丘,意大利罗马七座山丘之一。朱庇特神殿所在地。
② 辛布里人,古代日耳曼民族的一支。

的疼痛扰得心绪不宁，几分钟内，他不再看见现在，用放大镜看过去和未来。因此，根据各人的性格，或出现咧嘴强笑，或出现微笑。

他边走边说，兴致盎然。他已有两个月没有伙伴了，或者说，只有微不足道的伙伴，同他们绝不能推心置腹。死亡不是一切；他在瞬间意识到了这点。他十分高兴，他终于看到两个风度翩翩的年轻人，刚刚战胜了一个小村庄。他可以同他们谈天说地，只要不使他们感到厌烦。

安杰洛见他这样说提出了异议。"我喜欢这种说话方式。"他心里想，"所有这些话都是信口雌黄。这是我家乡的说话方式；管它是真是假！意大利，艺术的母亲，你缺少的就是自由！他长得很像费利斯·奥西尼；费利斯和我年龄相仿，却蓄着胡子，看上去很老。"

"因为有夫人在场，所以我才道歉，"那人说，"女士们喜欢人把不愉快的事说得天花乱坠。我不过是个利己主义者；这是我唯一会做的事。其实，我与其说不舒服，不如说害怕，否则我不会开玩笑。"

"不用为我受拘束。"年轻女人说，"我比您更自私。我在用我自己的惊险经历来写大部法国史，甚至当我在一张椅子上睡觉时。这就是说，我在专心听您讲呢。"

白天极其晴朗，以致暮色降临得很慢。朱红色的反光卧在高原粗硬的草丛中，极不情愿地爬起来，迟迟不愿消失。只见它们慢慢吞吞，缓缓准备蹦向天空。它们把自己拉得很长很长，直至活像有些蜘蛛放在风中的金丝，在消失之前，最后一次卷到光秃秃的树枝上，依然灼热的阴影小心翼翼、一根一根地把它们从树枝上拉走。西边发出遗憾的叹息。

此人看样子是路上的常客。他把一个泥制的小烟斗装满烟丝，边抽边走，速度依旧。他朝远处的景物张望，仿佛要充分利用一切。

安杰洛问他知不知道去加普该怎么走。

"我有比知道更好的东西，"他说，"我有一张地图。"

他们停下两分钟看地图。天色不再明亮,看不清路线。不管怎样,必须从圣迪齐埃经过,然后是洛尔,最后是萨武农;这之后,根据剩下的距离看,只需打听加普就行了。

"况且,"那人说,"那时候你们已在山里了。"

据说,过了某一高度,传播霍乱的苍蝇就飞不上去了。只要可能,人们便躲到高山上去。他自己也正在这样做。他不去加普,近处也有高山。他竭力想找到一个尽可能小的村庄:顶多两三户人家。他将在那里等到一切过去后才下山。他靠牛奶便可生活。他还有几个子儿。他能做到不抽烟也不大会发脾气。再说,山里人不怎么注意别人脾气好不好;甚至,在他们看来,脾气不好,表明精力旺盛。他得竭尽全力避免死亡。

他同士兵也有过麻烦。

不是很多。让人检查总不是什么开心的事。人家问你要各种各样的证件。起初,他总是想如何摆脱困境。当然,他从来都没有必要的证件。久而久之,他习惯了,便设法溜走。不过,他被囚在上瓦尔的一个隔离所里一个星期,因为,他绕过圣维多利亚后,迎面遇到了上瓦尔。他想,这个地方,顾名思义,一定荒无人烟;他可以高枕无忧地走在那里:实际情况恰恰相反。人们遇到暴卒的危险时,总喜欢到荒凉的地方去,于是这些地方便变得人口稠密了。大家和他的想法一样,苍蝇和大家的想法一样。他来到了那些布满死人的大路上。不到一法里,他便数到七个人横在大路上。他走羊肠小道,穿过山丘和田野。他迷了路。他来到一个小城附近,被士兵抓住了。

士兵和其他人是一样的人。其实,他们厌恶死亡。这最自然不过了!可他们穿着军装。

接着,他说了几句使安杰洛脸红的话。"要不是他说话漫不经心(一面却走得很快),我就要回敬他几句了。"安杰洛想道,"可他说的话,一半是不经思考的。其实,他从没停止过害怕。因此他说话充满了讥讽。尽管他胆战心惊,他仍步行了将近一百法里,在这种肮脏的地方长途跋涉,而我至今一直是骑着马穿过那些地方的。"(他非常大度地忘记了马诺斯克的屋顶和嬷嬷。)

因此,他被关进了里安的隔离所。

"什么时候?"年轻女人问。

"九月初。"

"是从沃弗纳格的公路到里安的吗?"

"我到过沃弗纳格,但不是从公路去的。在一个叫克拉普斯的小地方,有三户人家,一棵橡树底下有一个公共水池,我看到了一幅惨不忍睹的景象。那里有四五具尸体(我没有数),他们的姿势真让人恶心。天气炎热,他们大概至少沉睡两天了,既不担心太阳,也不担心狐狸,他们早被狐狸光顾过了。我是从那里开始走树林的。"

"克拉普斯我很熟。"她说,"您走的是加迪奥尔树林吧。"

"我没在意树林叫什么。我只想尽快离开。树林很美。是松林。我用口哨轻轻吹一支小曲,我心甘情愿地迷失方向:重要的是,眼前的景物能给我排解忧愁。"

"您没遇到什么人对您说过附近有个瓦莱特城堡吗?"

"我没遇到任何人,这正是我所希望的。我的确看到过一个城堡。豪华住宅的门关着。稍远处,有一幢大建筑物,好像有人居住,雄鸡在周围歌唱。我没走过去看。我只能说一件事:连只猫都没有;只有雄鸡罢了。可通常,雄鸡唱歌,是因为有活人。"

"有时也因为有死人。"安杰洛想。可他已记不清楚在他初次遇到霍乱的那个死得不剩一人的村子里,雄鸡是不是也唱歌了。

"我是七月离开那里的。"年轻女人说,"是我关上了城堡的窗子。一个女用人吃了甜瓜后突然死了。您是从南边看见瓦莱特城堡的;北边有一个小村庄,不比克拉普斯大多少。第二天,那里死了三个人。我孤身一人。我去马诺斯克我的叔婆家里避难。我和先生是从马诺斯克来的。"

"你们走是对的。"那人说,"从哪里走都一样。若要做得更好,不管从哪里都得走。这就难了。因此,现在我在路上走着,但一面走,一面抽着烟斗。"

他讲到里安隔离所中的几件可怕的事。他回忆说,太阳给隔离所涂上了一层令人不堪忍受的橙黄色。

人们习惯把太阳同快乐和健康联系起来。当我们看见太阳其实就像一种酸,腐蚀和我们相同的(因而是神圣的)肉体,只因为那些肉体已经死亡,看到太阳的这种表现,我们顿时对死亡有了一种正确而非常令人不愉快的看法。于是对太阳,对太阳赐给一切的赏心悦目的金色,也有了新的看法。蓝色的天空,是碧蓝碧蓝的。一张蓝色的脸,我向你们保证,会产生奇怪的效果。然而,这是同样的蓝色,相差无几。不管怎样,和沉睡于海底的蓝色极其相仿。为了设法躲避一场暴风雨,我到过一个有沙子的地方,那是个采石场,我在里面搜索,发现了几具干尸,一点儿也没腐烂;从头到脚都是金黄色。丑陋之至。

他发现了一种非常奇特的自私自利的做法。人人都会变成自私自利的人,甚至变成一个贪婪的人。我承认,我就是这样;人人都这样。现在,自私自利的人都去荒无人烟的地方。就像圣人一样。可是,当他一个人时,他就发现了自己。他变得对自己很贪婪。那么将会发生什么呢?他会放纵自己,干一些难以启齿的卑鄙勾当。

他们默默地走了一段时间。渐渐地黑夜降临了。黑咕隆咚,几乎没有星星。他们看见前面飞舞着淡红的微光。公路开始下坡。在一个山谷里,两堆大火像是在苹果绿的地毯上燃烧,那地毯可能是一块牧场。火光就近照亮了一座小城的城墙。

"那就是圣迪齐埃。"那人说,"有人对我说过,他们在进行亲密的讨论,不要去管他们的闲事。但我认为,那是在同苍蝇进行了一些更亲密的讨论之后。"

"我熟悉这种火堆。"安杰洛说,"如果说他们还在焚烧尸体,那就说明我们离开马诺斯克后,没有前进一步。在马诺斯克,那种脂肪烧焦的味道,已使我一辈子都会厌恶排骨了。"

果然,一种轻微的焦肉味渐渐取代了高原上的石头和干树木的浓烈香味。

年轻女人已把双手蒙住眼睛。

"他们在烧腐烂的基督教徒。"那人说,"我承认,如果知道了这地方的人由于过分害怕,竟卑鄙无耻到了何等程度,那就会觉得眼前的景象还是挺让人开心的。应该相信,他们很有天赋。谁会想到,这个山区小镇竟然是索多玛和蛾摩拉①。除了苍蝇,谁会想到?我感到它们大概在冷嘲热讽了。夫人,如果您不敢正面看这景象,我以为最好还是把眼睛戳瞎。这样您就可免受手放额头之累了。霍乱结束后,还要面对镜子哩。"

安杰洛尽管热爱自由,但差点儿要发火了。可他到底是和那些到处看到腐烂的人站在一边的。

年轻女人把手放了下来。只有借助远处大火的反光才勉强能看见她;那是一种柔和的令人愉快的粉红色反光。在这无疑充满着假象,不管怎样都朦朦胧胧的微光中,她显得狼狈不堪,忧惧不安,仿佛干了坏事被当场抓住。

他们过去,看见黑暗中矗立着城市的身影。可能是个县城:城墙挺胸凸肚,只有重镇才有这样的城墙。尽管城市比黑夜还要黑,但仍可辨出其屋顶上方有两个巨大的钟楼,仿如阉割过的小牛的两只角。

根据公路的去向,应该穿过城市。安杰洛不同意。他说:"我们离开已不再焚烧尸体的马诺斯克,不是为了落到一个仍然在焚烧尸体的地方。"

---

① 索多玛和蛾摩拉,死海东南方两个古城。据《圣经》记载,这两个城市的居民因作恶和淫乱,被神毁灭。

"我没有明确的目的地，"那人说，"而且我采取了必要的措施，对我来说，这是最简单的事。但我预料我们得穿过一些菜地。如果要跨栅栏，步行很容易跨过去，不过你们有骡子，那就麻烦了。可是，据说，在这里，霍乱是马车的最末一个轮子，微不足道。死人已经死了，人们把尸体烧掉，人们满不在乎。人们消除了害怕（巨大的害怕），认识到疾病是个买卖，首先，它可以帮他们不费力地赚到钱，其次，他们有权尽情享乐。因此，他们需要顾客。当有人竭力避开他们时，他们认为这些人在抢他们嘴里的面包。上帝知道这会不会使人变坏！你们想知道我的想法吗？我们应该从焚尸火堆那边过去：那边也许没有人监视。如果有埋伏，那也是在隐蔽的黑暗中。他们心想，大家都本能地远离这个的确不怎么香的厨房。我们把鼻子堵住，从那里过去。死人，尤其是烤过之后，不会对任何人使坏了。然而活人却有各种念头，尤其是把男人和女人放在两个不同的隔离所里。"

安杰洛停下一分钟，亲自给年轻女人的手枪装上子弹。她没阻拦。他一句话也没说，把手枪还给她。他想做到尽善尽美，但这是很难的。

那步行者看来是对的。他们走近焚尸火堆，它们好像在独自燃烧，既没有一个人，也没有别的东西，只有在红火照耀下变得更绿的牧场。他们甚至发现了一条土路，骡子走在上面轻松自如，一面向在草地上翻滚的浓烟竖起耳朵。

安杰洛已拿出了小马刀，但他自己也觉得荒唐可笑。"不过，"他想道，"一把出鞘的刀，可以立即出击，这比一支手枪更能给予他们为敌的有产者留下印象。因为，扣扳机是很容易的事，这点他们知道，这样一个小小的战绩，他们自己也能做到，一扣扳机，就使敌人倒下，无需勇气。现在我自己感到浑身不自在。所以，我觉得自己拿着这把菜刀显得傻乎乎的。可是当危险来临，它就成了把军刀了，我知道，我手里拿着这样一把刀，可能会很吓人。"

这样，他就不大注意焚尸火堆难闻的臭味了。他常常能以同样的方式，不知不觉地使自己避免比这更常见的恶心。

他们游荡在纵横交错、时而凹陷的道路上。那些路通达郊区各个相异的田园里；走了一段时间，最后来到了一条坚硬的小路上，沿着城市另一边的山坡往上爬。

他们很快进入一个稀稀疏疏的冷杉林，那森林发出猫叫般的呼噜声。月亮渐渐升起，天空模糊不清。

"再走半小时，月亮就会钻出云层，会和白天一样看得清清楚楚。我们走过这微妙的地方正是时候。我承认，您的小马刀给我带来了快乐。当我们走在焚尸柴堆的火光下时，我看着您，还以为在观看一幕温情脉脉的歌剧哩。我每时每刻都觉得您将把这高雅的气派推到极致，我一点儿也不害怕。您看，我对您很信任，认为您可能要用上您这个工具的。不过，危险终于过去了；每当危险来临，我总是说不出话来，因此，危险过后，我总爱开开玩笑。这样我会备感轻松。此外，我要同你们分手了。我不去加普。你们这条路使我从此改变了道路。"

安杰洛和年轻女人同他道别时可以说比较冷淡。他从树林里穿过去。他好像兴致很高。

"我认为今天我们走得够多的了。"安杰洛说，"没想到您这么厉害。不过，别太过分了。明天还要走同样多路呢。我越来越不喜欢这个地方了。我想尽快离开。您走路像步兵。但不要多久，指挥您的就不再是您的脑袋，而是您的膝盖、您的踝骨、您的臀部；同这些东西是有理说不清的。绳子拉得过紧，您会突然像布袋子那样倒下，再也迈不开脚步。而且，我们得承认，如果遇到焚烧尸体的人，我们还得加快步伐……"

他还说了几句，甚至加进了几分温柔。他想："如果我不客气一些，她肯定固执己见，最后会寸步难行，我就会愚蠢地被束缚在这个我不顾一切要保护的女人身边。这可不是件有趣的事。"

"我的确累了，"她说，"从走上坡路以来，我一直拖着脚步。您装做什么都没看见，这很好，不过，五分钟后，我就不得不对您说，有些情况，我不是完全能应付的。"

"谁都不可能超越自己的体力。这没什么好难为情的。我自己也很累。"

"没有比这更能使我感到宽慰的话了。刚才，当我看到我们的同伴精神抖擞地朝他的方向走去，好像刚刚起床似的，我顿时感到自己像泄了气的皮球。他走的路和我们一样多。"

"他没走远。"安杰洛说，"我敢打赌，他只是下到山谷里去睡觉了。我知道这些人的做法，尤其是长了胡子的人。这说明他们绝不会放弃面前的任何事。他们不过是孤家寡人。他没有继续赶路。他在找一个地方睡觉。"

南边升起小球状的云彩，月亮不时地从那些云彩中露出脸来。于是，乳白色的月光使犹如舞台一般的山毛榉树林蒙上了一层薄薄的水雾。

他们离开大路，进入林下灌木丛。地上铺着树叶，非常柔软，踩在上面咔嚓咔嚓响。他们在山谷边上选了一棵大山毛榉树，在它下面扎起营来。与他们脸相齐的高度，有一大块凝乳般的天空；每朵云彩的边缘，闪耀着白盐般的光辉；天边是黑黢黢的山峦，低处几颗星星闪闪烁烁，朦朦胧胧，在互诉衷肠；他们脚下是树木茂盛的幽谷，凝结着月光的高高的枝叶从幽谷里浮现出来，犹如淹没的森林突然从干涸的湖泊里显露出来。空气温暖，静止不动。唯有云彩在空中冉冉升起，给黑夜注入了活力，树林上仿佛有一把黑暗和光明的扇子在翕动。

安杰洛在那棵山毛榉树脚下安好营。枯叶又厚又暖。他用绊索将骡子的腿拴住，骡子立即站着睡觉了，后来，它确信人们待在身旁，便非常自然非常安静地躺下了。

"设法睡一觉吧。"安杰洛说。

他又一次十分自然地让她脱掉皮裤。

月光转动，森林时而黑咕隆咚、神秘莫测，时而在白色的树枝中展开了优美的景色，掉光叶子的树木变得千娇百媚。圣迪齐埃被山肩遮蔽，有时向空中发出淡红的微光。

"您注意到了吗？"年轻女人说，"刚才离开我们的那个人，同我们走了一路，但从没靠近过我们，总是小心翼翼地走在路边上。"

"我认为这很自然。"安杰洛说，"现在，比较好的做法是互相离得远一些。我担心死亡就在我遇见的行人的上衣里。而他担心死亡就在我的上衣里。如果他和我们过于亲密，我会大声说出我的想法，让他回到他该待的位置上去。"

"可是，我和您，我们已一起待了六天了，"年轻女人说，"我从没见您讨厌接近我。而且，我睡在您的大衣里。"

"这很自然。有什么好怕的？"

"害怕死亡可能在我的裙子里呀，就像您怕死亡在那位路人的上衣里一样。"

安杰洛没作回答。年轻女人问他是不是睡着了。

"是的，"他回答，"我正要睡着。"

"在我身边，踏实吗？"

"当然。"

"不害怕我会和别人一样给您带来死亡？"

"不，不一样。对不起，"他接着又补充说，"刚才我是睡着了回答您的。那不是我想说的话。我想说我们是同伴，我们彼此不必害怕，因为恰恰相反，我们在互相保护。我们一起赶路。我们尽量不染上病，不过，假如您染上了，您认为我会逃跑吗？"

她没有回答，几乎立即发出了沉睡的呼气声。

夜静谧无声，静止不动，唯有天空中的云彩在无声地移动。但是，就连这有力、缓慢、规则的运动，也使寂静变得更加安详。骡子的鼻孔发出扑扑的声音；田鼠奔来跑去，弄得枯叶瑟瑟响；粗树枝不时伸展四肢，发出叹息。一种轻微的轰隆声占据了整个空间，就像是从深井中冒出来的。

幽谷里，一只灰林鸮开始歌唱。继而，它唱出了一句冗长的复合句。这不是灰林鸮，而是一支单簧管在平静地吹奏一种情意绵绵、悲悲切切的音乐。

"他没走远。"安杰洛想道，"他同我们说了许多话，可他真正想说的实质性的话，却什么也没说。和我们大家一样。他等待着独自一人。"

单簧管有点儿可笑的咕咕声激荡在夸张的回声中，布景是白色的森林，月光下，山毛榉树以高贵的动作，悠然地、不停地装点着序幕仪式。

"这是莫扎特的德国舞曲。"年轻女人说。

"我以为您睡着了。"

"我没睡着，我在闭目养神。"

晨曦从黑乎乎脏兮兮的天空中升起。

"得赶快离开这里，"安杰洛说，"找个藏身之处。快下雨了。"

他们用山毛榉树的枯叶把火烧旺，很快煮沸了茶。他们吃了玉米面，但不是很有胃口。

"我很想喝凉水。"年轻女人说，"这即将下雨的天气倒使我平静了。"

"疲劳和受凉的身体尤其会生病。下着雨走路是很困难的，我们就快到高山了，那里，阴天很凉，衣服淋湿了，会着凉的。我怕遇到房屋，但我也怕下雨，也许，为了您，我最怕下雨。得做选择。得马上走。也许我们能在这条林间小道上遇到一间小木屋，或是一个岩洞，这样更好。我自己也很想喝冷水。我多么渴望不卫生的饮料，一闭上眼，我就听到水池里的水在哗啦啦地流。但是，我们得想着活下去。"

他们穿过高低不平的树林，天空越来越阴暗，暴风雨即将来临。

和煦的阵风夹带着雨的气息。雨像耗子那样在叶丛上小跑。从一个小丘顶上,他们看到了他们正在穿越的大森林的上部。那森林像羊皮般浓密。它覆盖着一个起伏不平的深蓝色的不大有希望的山区。树木只考虑自己,为即将下雨欣喜若狂。这广袤的森林过着一种秩序井然的生活,只要不符合它们的直接利益,它们一概不闻不问,它们和霍乱一样令人可怕。

这里连乌鸦都没有。他们看见一只隼,它不在寻找尸体,而是别的东西。

幸亏路很好走。虽然不能通车辆,但可走骡子。更可喜的是,路上可见保养的痕迹。这条路肯定有其存在的理由,通往有人居住的地方。不过,无论如何离得很远。安杰洛和年轻女人加快步伐,走了一上午,除了矮林和乔林,没见到其他东西。乌云终于化作毛毛细雨,几乎下不到冷杉树林里,但整个地区响起了沉睡的大海的声音。所有这一切是那样无足轻重,安杰洛觉得远处响起的雷声变得悦耳动听了。他宁愿直接遭受暴雨的袭击。最后,当他们经过一个人字形的山脊时,他们看到了乌云密布的天空,同时,他们看到前方差不多四分之一法里的地方,有一块淡红色的林间空地和一座大房子。

秋天的暴风雨有气无力,但下得突然,在邻近的山谷里狠狠地敲打了两三下。稠密的雨幕落在周围的树林里。骡子听到雨滴声,竖起了耳朵,脚步踩得更有力。年轻女人紧紧拽住驮鞍的皮带。他们跑步向前。瓢泼大雨对他们紧追不放。不过,他们在躲到那座房子的挡雨披檐下之前,还来得及看清楚他们正在穿过一个大花园。

"快把头发弄干。"安杰洛说,"头不要着凉了。我们到得正是时候。"

天空闪过无精打采的电光,一声响雷抖动着所有的回声,就像在弹奏蹩脚的乐器,接着,雨开始倾盆而下了。这座巨大的房屋里阒无一人,仅仅给大雨当鼓敲,使人更感孤独。

"真是个怪地方。"安杰洛说,"黄杨都修剪过,树木栽成一行行,这些槭树种在林荫道两旁,树干很粗,可以推断已有一百多岁了。这个兵营似的大房子在这树林里干什么用的?您没闻到一股硫黄的味道吗?"

"当然。如果您有意吓唬我,那您可失算了。我想不是魔鬼。我想起了臭鸡蛋的味道。我第一次走过这地区时,车门关着,这味道把我给臭醒了。据我丈夫说,这一带有四五个村庄,有含硫的矿泉,人们在里面洗浴。这座大房子可能就是个客栈,供夏天洗矿泉浴用。"

"我只是隐隐约约想到了魔鬼,"安杰洛说,"而且,仅仅是因为魔鬼总比其他好。照您看,我们的方向是正确的,既然您已闻到了去加普的这个气味。"

"假如我们现在是在其中的一个村庄附近,再走十至十二法里就可到达加普了,再过去三法里就是泰于。而且,我记得那时我们的确穿过了树林。可那是在夜里。我坐在车上,没操这份心。我根本没想到,有一天我会步行在这些森林里,要我辨别道路。"

为了问心无愧,安杰洛在他们躲雨的大门上敲了几下。敲门声在空荡荡的走廊里回响。雨不停地下着。浓浓的乌云使黄昏提前了。

安杰洛说:"我们应该能进到里面去,给壁炉生上火,在里面过夜。您待着别动。我去沿墙转一圈。肯定有扇门会比这大门容易打开。"

他果然找到了一扇门,通向一个工具室,他们在那里给骡子卸了驮鞍。这是个鞍具房;后面便是马厩;可以自由进出。他们在食槽里刮出一些燕麦和干草,足够用来喂他们的牲口。

"这看上去太好了,我们不得不试着到里面去看看,您意下如何?"

"条件是得拿着我们的手枪。"安杰洛说。

听着空屋里响起的各种可疑的声音,安杰洛感到乐不可支,他夸大了它们的奇特性。

迈过三级踏步,他们来到一条走廊上。走廊很长,尽头是一扇充满幻景的玻璃门。走廊连接几间外屋和一间大厨房；厨房像个拷问室，里面有烤肉的铁扦子、送菜用的升降机的轮子、面盆、烧焦的肉油味。室外某个地方，雨下得哗啦啦响，使得楼梯间里发出了回响。

玻璃门仅仅用碰锁关上。门那边是一间宽敞而相当豪华的前厅。从百叶窗的接缝处透进亮光，勉强能看见墙上有一些微光，可能是壁板上的色彩和镀金，想必画着打猎的场面。安杰洛摸索着向前，触到了一张弹子台的边缘，那弹子台位于前厅的中央。

"我发现了很有意思的东西。"年轻女人说。

"是什么？"

"一个大烛台和几支蜡烛。"

他们费了些时间才打着一个旧点火器。每次打火机亮起火光，前厅及其颜色犹如一朵花儿，在黑暗中绽放。果然，在烛光照耀下，他们看见自己置身于一个大厅里，四壁镀金，显得庸俗无聊。沿墙排着几张扶手椅，墙上画着波莫那①、维纳斯、陈列的水果和猎获物，比实体大许多。

"您手里又拿着烛台了，"安杰洛说，"我第一次在马诺斯克见到您时就是这个样子。不过，那天晚上，您穿的是长裙。"

"是的，一个人。我做了打扮。我甚至涂了口红，擦了粉。这是给自己壮胆的一种方式。可是，当我下决心逃跑时（后来遇见了您，现在我们又到了这里），那时我只带了骑马穿的短裙和两支手枪。人们最终知道如何对付霍乱了。"

"您那时使我很震惊。"

"那是因为我害怕。在这种情况下，我也会让我丈夫感到震惊的。"

前厅通向一个具有帝国式优美轮廓的圆楼梯间，那里，能听到哗啦啦的落雨声。

---

① 波莫那，罗马神话中的果树女神。

上楼时，安杰洛叮嘱要小心。

他说："霍乱对于我是一个楼梯，我踮着足尖上上下下，走到一个微微开着的门口，我推开门，我必须跨过一个只剩下头发的女人、一具戴着睡帽的尸体，或一些不堪入目的内衣。跟在我后面。"

没有尸体。在所有的房间里，卧具都仔细地卷了起来，拍打过，折叠好，放了樟脑。地板干干净净，椅子和扶手椅套着罩子。窗间墙上的高镜子反射着微弱的烛光和两张忧愁的面孔。

"我们可以在床上睡觉。"

在走廊尽头，他们更为果断地走进一间用作客厅的大屋子，比起前厅来镀金饰物少一些，但装饰着相当多的爱情叶饰。

"只要在这个壁炉里生上火在里面待着就可以了。"

甚至，他们还找到了一个汽油灯，里面还有一半汽油，另外还有三个烛台，插着没用过的蜡烛。

安杰洛想起在厨房旁曾见有许多劈柴。他们下去拿了一些。那堆木柴被人有意靠放在一扇门上，他们把门口的木柴搬开。拳头敲上去，那门发出中空的声音。门上了锁，但锁得不牢，安杰洛用刀尖拨了拨，锁舌便后退了。

"这很有意思。"安杰洛说。

他刚刚发现了一个通往地窖的楼梯。

"过来。"

他们下了五六个梯级，果然来到了一个软沙地面上，拱顶布满了蜘蛛网，面前是一些古色古香的瓶架，放着空酒瓶。但在一个角落里，地面好像被一群鼹鼠拱得鼓了起来。他们扒开沙土，发现了满满一层装满了酒、仔细地封了口的酒瓶。是红葡萄酒和白葡萄酒，甚至还有一种烧酒，非常透明，非常流动，肯定不是葡萄渣酿成的，可能是樱桃酒。不管怎样，那里有五十多瓶葡萄酒。

"这可能是我们唯一一次喝凉的而没有危险的机会。"他说。"如果相信标签上的日期,这些酒已有五年多没被苍蝇叮过了;为什么不呢?那时候没有霍乱。您说呢?"

"我比您更渴。"年轻女人说,"我一想起每天吃玉米粉就害怕。看看有没有淡红葡萄酒。"

"有。但喝之前先得吃点儿东西。我们肚里只装了些茶走了一路。有玉米粉吃该满足啦。再说,待会儿我用白葡萄酒做玉米糊糊。这能消除疲劳。"

厨房桌子的抽屉里有一把非常漂亮的开塞钻,架子上有一些杯子。但安杰洛是非常固执的。他在客厅的壁炉里生起火,将杯子放进水锅里煮开,然后开始用酒搅拌玉米糊糊。

"您和街道一样老,"年轻女人说,"比我的丈夫还要老。"

他确信自己是严格按照应该的那样做的;他看不出有什么地方可以指责。他天真地回答:

"我很惊讶。我才二十六岁。"

"他六十八岁,"她说,"但他做事比您更冒险。"

"让您空腹喝酒,我没什么险可冒。"安杰洛说,"而是您自己冒险。满不在乎的人就很容易冒险。"

白葡萄酒玉米糊甜丝丝,像浓汤一样稠,使人很想狼吞虎咽。另外,它像红铅那样消化慢,不易饿。

"你自以为比我的一个轻骑兵还要强壮。"他想道,"他们在突发的暴乱中,就吃葡萄酒玉米糊。他们就是靠吃这些简单的食物来培养自己毅力的。"

他把一瓶淡红葡萄酒打开,推给年轻女人。他接连喝了四五杯浓葡萄酒,很厉害,黑得就像浓雾,但味道更好。她也很快把那瓶酒喝光了。他们早就不想喝茶,想喝些别的东西了。

"我丈夫不是不在乎。"她说。

"那他在哪里?死了?"

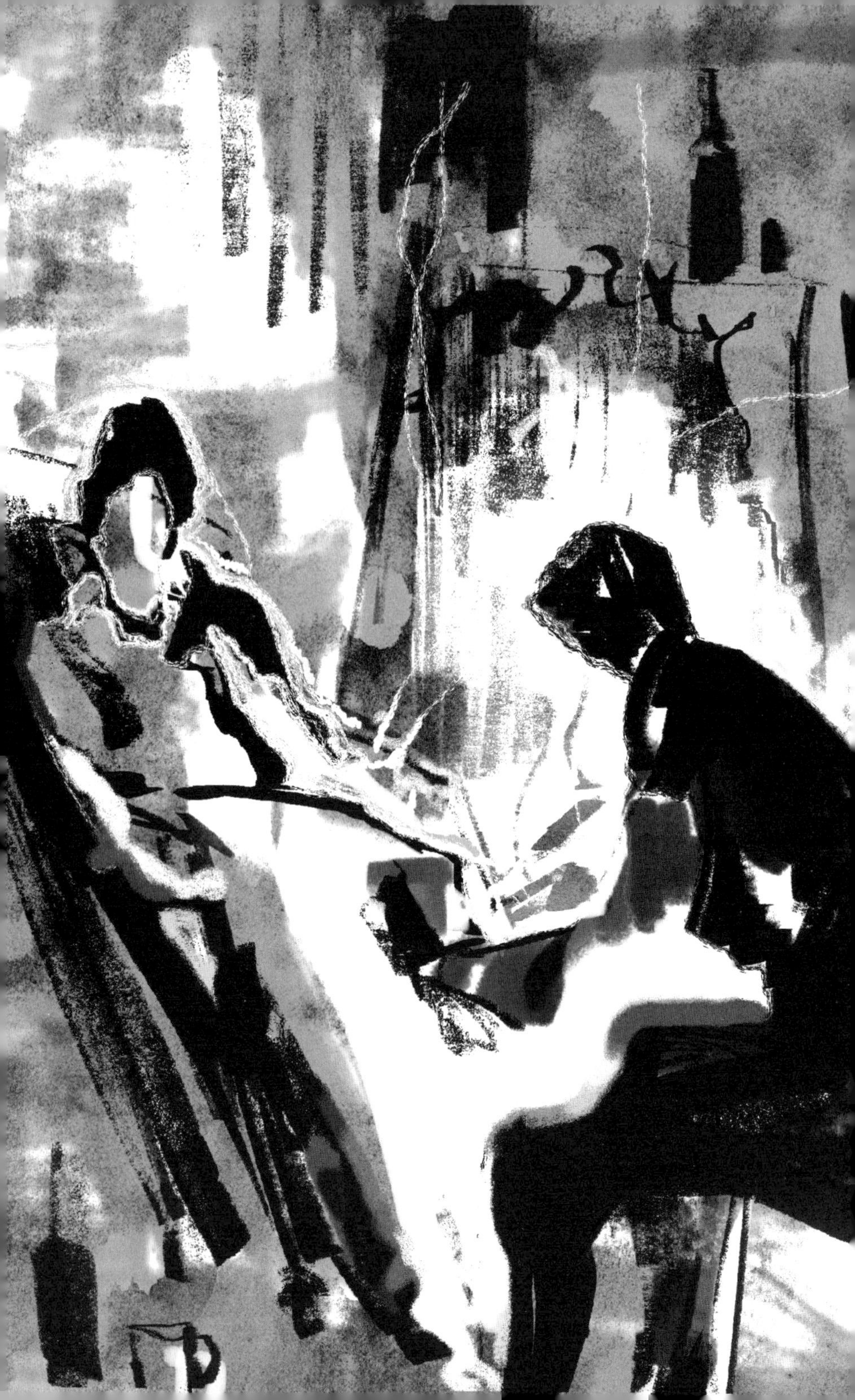

"没有。假如他死了，我就不会在这里了。"

"那您会在哪里？"

"肯定死了。"

"您倒是直截了当。"

"您什么也不明白。我会照顾他，也就会传染上病而死掉；假如得向您解释一切的话。"

"这就更不肯定了。我照顾过二十多个霍乱病人，我洗过的尸体要多少有多少。我现在仍然双脚站在地上。因此，即使您丈夫已带着他那种地位的人应有的一切荣誉死去，您也会双脚立地，也会在这里的。"

"别争了。我可能死了。或者，至少我非常想死。谈点儿别的吧。"

"谈什么？"

"不知道。到目前为止，我们一直找到了谈话的内容。"

"是的，不是手枪马刀，就是马刀手枪。"

"这是个谈之不竭的话题，充满了教诲。当然，作为保镖，您是一流的，这点我承认。一旦需要怒发冲冠，我不知道谁能与您匹敌。"

"这是我的职业。"

"在遇到您之前，我没想到男人还有这样一个职业。"

"我不是非得和大家一样。"

"请放心，不是非得。以至于人们不知如何对待您。"

"我不想让人如何对待我。恰恰相反。"

"这使您感到快乐？"

"非常。"

"您不是法国人？"

"我是皮埃蒙特人。我同您说过了，而且，这看得出来。"

"看得出来的，是四五个姓罢了，都很漂亮。是皮埃蒙特，还是您的性格？"

"我不明白您所谓的漂亮是指什么。我做我应该做的事。我小时候很幸福。我想继续这样。"

"您小时候孤独吗？"

"不。我母亲只比我大十六岁。我还有我的奶兄弟日于塞普和他的母亲，她是我的奶妈，叫泰雷莎。如果泰雷莎知道我为女士们搅玉米糊，她会非常惊讶的。"

"她认为您该为女士们做什么？"

"大事；为女士们，为全世界。"

"她能知道是什么吗？"

"非常知道。她时刻都在做。"

"这大概很令人厌烦吧？"

"不。家族要求这样，且历时已久。"

"您是谁？您同我说过您的名字：安杰洛，也许是您的姓……"

"我姓巴尔迪。"

"……我仍然清楚不到哪里去，除了必要时用它来称呼您更方便……"

"我知道您叫波利娜。"

"我结婚后，叫波利娜·德·泰于。我娘家姓科莱。我父亲是里安的医生。"

"我不认识我父亲。"

"我不认识我母亲。她生我时死了。"

"可我不知道他是不是死了。谁都不知道；谁都不关心。我们不需要他来给我们做事。"

"给我讲讲您的母亲。"

"她不会使您满意的。"

"所有的母亲都适合我。据说，我的母亲很漂亮，很温柔，身体很不好，她很想生下我。我有足够的时间爱一个影子。向我父亲微笑从来没使我得到过满足。即使在摇篮里，如果根据我现在所剩下的难以满足的欲望来判断的话。然而，我父亲是一个非常有爱心的人，他一生凑凑合合，只满足于一点东西，也就是我。可是，里安一个穷医生的家！一个白色的大村庄，散布在岩石中，在几个破烂山谷的交叉处，那些山谷像手一样光秃秃，风呼呼地吹，只有风，没完没了。被风刮烂了的大村庄；所有墙角，都像一根骨头，被冬天这只狐狸啃咬。比我们经过的地方荒凉得多，我不知道还有比那里的太阳更凄凉的东西了。

"我大部分时间是一个人，或者和驼背阿娜伊斯在一起，那是个有金子般心肠的女人。人人都有金子般心肠。我父亲也有金子般心肠。人们从不虐待我，恰恰相反。我被爱抚、疼爱团团包围，被手，被嘴唇，被胡子摸烂亲坏，正如这个神经质的令人惶惑不安的地方被风吹烂刮坏一样。我惶惑不安，喜欢我的小毡鞋，因为它们能使我走路不发出声音，我挺直腰，一步一步，慢慢走近隆隆作响的窗子、低声呻吟的房门，从跟前听它们发出声音。这是为了心里踏实：这比害怕重要得多。对什么？对一切。

"在马诺斯克的那座房子里，我一个人待在霍乱流行病中，当我听见您沉闷的脚步声，我就拿了一个烛台，去看看是什么。我总是需要跑去看看。我不知道逃跑。哪里都没有我的庇护所，除非在对我有威胁的地方。我多么害怕！胆量是我天然的怀抱。

"我想我有点儿醉了。"

"别担心。喝吧。我们早就需要酒了。但得喝这黑酒。它像我们家乡的一种酒，含有丹宁。长途跋涉需要这种酒。"

"您懂的东西真多。"

"我什么也不懂。当我第一次必须指挥别人时（而且我有种种优势，特别是我的钢盔上有养雉场，衣袖上有金线，巴尔迪宫的宫墙和我一起坐在我的马上），我向自己提出了一个问题：'我有什么权利？'我面前有五十个胡子，可以一把抓住，还有日于塞普，我的奶兄弟，立正站在队伍里。头天我们还打过架，就像两条狗，用马刀。但现在我是最强的。我们孩提时候，他母亲要他叫我大人。泰雷莎想做什么，尤其涉及我的事，总是不遗余力。他高声喊我大人，又嘀嘀咕咕说了几句应该说的。我们常常打架，可要是别人碰我一下，他就和别人打架。我们拥抱着睡在同一张床上。他是我的兄弟。他坐在马上像根木桩，一动不动。我在想：'假如有一天你命令他冲锋，他就会陷阵。'头天，我在他前臂的一端砍了一刀，我们一起哭了半夜。我做指挥只有三天，过了这三天，我们又可以互相跳到对方的身上了。他是我的勤务兵。我把指挥权交给了骑兵上尉，我叫上日于塞普，一起到树林里去兜了一圈。"

"我从没认为您是军官。"

"我是上校，还有花钱买来的证书。"

"那您在法国做什么？穿着这身农民服？"

"我在避难，更确切地说，我曾经在避难。现在我回家乡去。"

"想复仇想得不能自已了？"

"我不想复仇。今晚上我倒是醉得不能自已，和您一样，如此而已。是别人想找我报仇。"

"忠实的日于塞普跟着您？……"

"忠实的日于塞普跟着我；他把我打发走，并且在圣科隆布等我不到后，现在大概也正在路上闲逛，在树林里穿行。"

"……还有拉维尼娅。"

"被煨焖的姑娘。"

"为什么是被煨焖的姑娘？"

"是我母亲给她起的绰号。她说：'可以说，这个姑娘，是我像母鸡那样把她孵出来的。'拉维尼娅来巴尔迪宫时，只有三个苹果高，而且，正因为她只有三个苹果高，才来巴尔迪宫。其余的就很难说清楚了。"

"对谁很难说清楚?"

"对大家。"

"您不敢说您母亲为什么雇用拉维尼娅?为什么她给这姑娘起绰号叫'被煨焖的姑娘'?为什么她必须只有三个苹果高?"

"您太冒昧了。"安杰洛说,"您不了解我。假定我是强盗。我们那里有的强盗举止文雅,甚至非常勇敢。他们也都是共和党人。可他们总有想着自己的时候。那就当心出事吧。不过,我喝了酒,您给我提供了一个发怒的借口。您怎么能认为我不敢呢?那是孩子气的行为,如此而已。我母亲站着,让拉维尼娅钻到她的裙子里头。小姑娘得把手伸到我母亲的紧身上衣里,把衬衣拉平。这就是为什么她被煨焖,像被一只母鸡孵出来的。这事并不很可怕,拉维尼娅跟日于塞普私奔之前,仍在给我母亲拉衬衣。就她跟日于塞普私奔这件事,也有许多话可说。她跟他走不是因为爱。我们那里的女人喜欢爱情,这是事实,可她们夜里会起床,兴高采烈地去参加某个秘密而英勇的行动,尤其是,当她们得到证实做这件事仅仅出于冒险,或是可以快乐地触摸和抚摸布鲁图①式的心情阴郁、渴望建功立业的男人,听他们说话,侍候他们。在我们这个国家里,人们喜欢同在广场上被枪决的人曾有过亲密的关系。枪决政治犯是大家奔去观看的晨景,因为人人心里都有一小块地方对这样的仪式感兴趣。

"我母亲不做任何没有心肠的事。她是春神。她总是把手指头放到我鼻子底下,迫使我昂起头,向上看。"

"您说得对:我不喜欢您的母亲。"

"因为她不在这里。"

"可能吧;但尤其是因为您在这里。"

---

① 布鲁图(前85—前42),公元前44年3月刺死罗马独裁者尤利乌斯·恺撒的密谋集团领袖。

"假如她不把手指头放到我鼻子底下的话,事情很容易变成另一个样子了。在赞成眼睛向下的人看来,我有面包和刀,确实如此。日于塞普常常指责我。但我不认为革命是谋杀,否则我就退出革命了。这点人们是知道的。故而我两面遭到攻击。我杀了一个人。一个密探。当我说一个密探是和其他人一样的人时,是不是我存在着幻想呢?图方便的理由从来都不是好理由。认为有两个砝码、两种标准,便是一个不好的理由。我可以躲在一个街角上同他算账,这不费吹灰之力。熄灭路灯,把他抓获。只消从口袋里拿出手来。花两个金路易,我就可以雇到次等杀手,都灵有多少男女,就有多少杀手。照他们的说法,我只需鼓动杀手就行了;剩下来,我就舒舒服服地躺在床上,甚至睡睡懒觉,等别人去完成这件事。这就是他们所谓的自卫。可碰巧我和他们还有个小小的不同。我只在同我自己说话时才是个优秀的演说家。如果说要仿效杰出的榜样,如果说人民的自由和幸福要以这个代价来换取,那么,我会为自己不是第一个对此坚信不疑的人而蔑视自己。人们可以杀人,但不可能通过中间人来塑造灵魂。"

"因此,您可能是那种躲在阿尔卑斯山的这一边,却仍让人说长道短、议论纷纷的人?可您为什么谈到布鲁图?大家都或多或少杀过人。如果说谦虚有魅力的话,这是它最有魅力的地方。如果我对您说,有人曾用一具被乌鸦和狐狸吃过的尸体来讨好我,您会相信吗?我对您说过我丈夫六十八岁了吧?别人听说后习惯瞪大眼睛。可您连眉毛都没动一下。因为我对您无足轻重,可……"

"对我而言,您根本不是无足轻重。十天来,我给您生火,做玉米糊,我没有干我自己的事,反而陪您去加普的方向……"

"我去那里,是希望能和我丈夫团聚。因为我爱他。看来您对这也无动于衷。"

"这很自然,因为您嫁给他了。"

"在您的话里,常能发现某种温存。的确,尽管他姓氏高贵,家财万贯,如果我不爱他,我是不会嫁给他的。谢谢您。无论如何,他差不多比我大四十五岁。这仍不使您感到惊讶吗?"

"不。我所惊讶的,是您反复强调他的年龄。"

"这是我的一个弱点。您会喜欢一个阿玛宗人①吗?再说,在那种情况下,我可能就是这样一个人。我强调的不是他的年龄,而是他可能有的美。像我这样的婚姻,总有肮脏的利益之嫌。不惜一切代价想为自己辩白,这难道真是个弱点吗?"

"为使您放心,这样说吧,这是您对我的一种侮辱。我知道,我的一切忧虑都有些夸张,使我看上去极其愚蠢。但不要相信这个。我一眼就看得出人的价值。我从没想过您会做出庸俗的事。"

"我和您在一起常常感到很狼狈。"年轻女人说,"但这绝不是令人不快的事。我突然忘记刚才我想对您说什么了;如果您答应我不作回答的话,我想马上同您说些别的。"

"行。"

"人人都只有盲目的希望。请不要太天真。现在,我先给您讲一讲我首先想对您说的。我是里安一个穷苦医生家的孤苦伶仃的小女孩,一天我到了十六岁。我周围的世界已越来越大。有时我去参加椴树下的舞会。我看见姑娘们出嫁了,甚至怀孕了。当地有钱的后生们向我献殷勤,也就是说,他们在我身边转来转去,就像李子干在滚水中转圈一样。

"我同您说过,我家乡气候严酷,没有春天。我父亲从没有过马车。我们没穷到买不起车子,但在山里的小路上,车子对他无用武之地。他骑马巡诊。他给我买了匹牝马,好让我陪他去。因此,我尝到了在高原上小跑,甚至疾驰的幸福。高原一望无际,人们很容易认为自己在逃跑,甚至是在溜走。

---

① 阿玛宗人,希腊神话中的一族女战士,骁勇,善骑马射箭。她们境内禁止男人居住。

"一天晚上，下过一场大暴雨后，我们又下山谷了，在那条暴涨的湍流的一个拐弯处，我们发现一个落马的受了伤的男人。河水淹没了他的一半身子。他已失去知觉，拥抱着河泥，使人感到即使死亡也不能阻止他战斗。尤其是他胸部被手枪击中。当然，我们把他带走了。我经历过多少可怕的事，更有甚者，几年来，我曾有过多少欲望，现在我已变得麻木了。这个应该拯救的失去知觉因而任人抬任人抱的身躯，这张无动于衷却又不舒展愁眉的脸孔，使我深受感动，今后不可能再有什么能让我如此感动了。到了我们家里，我父亲让受伤者平躺在我们厨房的桌子上。他烧开了水，脱下紧腰中大衣，卷起衬衣的袖管。这人醒来后的第一个动作，便是一个威胁的手势。但他立即恢复了知觉；他马上明白我父亲手中闪闪发光的小刀是干什么用的，他非常迷人地笑了笑，连忙道歉，他表现得非常勇敢和洒脱。

"子弹取出来后，一看是马枪的子弹。我告诉您这个，既不想让您惊讶，尤其不想激起您的愤慨。据我父亲对我说，甚至是标准宪兵马枪。这人的衣服，尽管满是污泥和鲜血，但一看便知是上等呢料，剪裁得体。这对我们这样的农民是很醒目的。他的绸衬衣干干净净，衬衣下面，有一枚绘制着纹章的十字架，用一根金链子挂在脖子上，那金链子那样柔软，编制得那样精细，我起先以为是用女人的头发丝做成的。

"长话短说，我们把他安置在二楼的一个房间里，他一直关在里头。我一个人侍候他。他很快恢复了健康。我父亲惊讶不已。'这人至少有六十岁了，'他说，'可他恢复起来像个年轻人。'那时，我想起了我曾见他胸口长满了浓密的灰汗毛，为了给他包扎，不得不用剪刀把他的汗毛剪掉。

"他在我们家里住了差不多一个月了，却没有人知道。这种处境，我喜欢得发狂。开始时，他炯炯有神的眼睛监视着我的父亲。他的目光冷酷，甚至是残酷。我知道，尽管他胸口包扎着，他仍然很不谨慎地忍受着巨大的痛苦挣扎着爬起来,他的长枕头下面有一支装了子弹的手枪。但他对我从没有不信任。我白天黑夜无论什么时候都可进入他的房间;他从不吓得一跳。因此,他听得出我的脚步声,哪怕我走得很轻很轻。他对我很信任。我把这许多细节当作我的幸福。两星期后,他终于简单地对我父亲说他再次向他表示道歉。'诚心诚意的。'他补充说。他有将简短的话说得非常动听的本事。

"一天晚上,我在散步场所的椴树林下纳凉,我看见一个陌生人,靠在一棵树上,瞪着眼睛在瞧我。他穿着节日服装,显得很不自然。我急忙回去。我看见那人跟踪而来,走近我们家。我三步并作两步奔上楼,进到我们客人的房间里。

"'不必担心,'他听完我对那人的描绘,说道,'叫他进来,把他带到这里。他正是我等的人。'

"果然,那人马上便换上了仆人的举止。天黑后,他到藏马的地方找马,带来一个鞍囊,有几件凉爽的衣服。他走了,肯定带着命令。两星期后,他又回来了,公开地,穿着仆人的制服。他带来了一匹极其漂亮的骏马,按英国人的方式装的马鞍。

"他第一次是怎样通知他的仆人的,这永远是个谜。他连我都隐瞒了,如果说我现在对这件事有所猜测,那也仅仅是猜测。那时候,我们也被里安的一些传闻弄得莫名其妙。据传,德·泰于先生是我们多年的老朋友,如果说他光临并小住我们家,纯粹是出于友谊。

"但是,没有人谈起那颗宪兵马枪的子弹,我则把它放在我身上,装在一个小香囊里,挂在我的脖子上。

"德·泰于先生很快便能站立了,甚至能在我们的餐桌上吃饭。他把我当作贵妇,关怀备至。我欣喜若狂,期待着更好的。他没让我失望。

"我父亲嘱咐他出去散散步,他骑马散步时,便恳求我做伴。我们只散过一次步。我们回到了我发现他的地方。但他诱使我往丛林深处走一走。我们在一条小土路上足足走了四分之一法里。

"他对我说:'我只是在暴风雨和闪电中见过这地方,但我在寻找一棵大圣栎树,我想就是前面那棵。'这些地方非常荒凉,从来不是天堂,可那天却是乐园。他扶我下了马。他拨开那棵圣栎树周围的铁线莲荆棘丛。

"'过来看看。'他对我说。我走过去。他用胳膊搂住我的腰。我一眼便看见一支马枪,旁边是撕破的军服碎片。那里有具腐烂的尸体,好像是一个有红领饰的士兵。最后,他指给我看那人的颅骨:他的额头炸开了。

"'是我的手枪打的。'他说,'当我瞄准他时,我被大雨和闪电弄得眼花目眩,而且我胸口已挨了一枪。您要我对您说这是个宪兵,还是您自己已看出来了?'他接着又说:'我不想让您认为人家不费力气不冒风险就可把我打倒。'他说这话时声音非常温柔,像是在喁喁私语。

"当我们在激流的烂泥里发现这个受伤的人时,我没有把这事同一星期前在圣马克西曼到埃克斯的路上发生的事联系起来。德·泰于先生亲切地引导我这样做。他同我讲了运输部的那辆邮车,它在普里埃尔的坡道上遭到袭击,尽管有一队宪兵护送,车上运给国库的银钱被抢劫一空。"

安杰洛说:"袭击邮车,尤其是袭击运输贵国政府银箱的事,似乎是这地区的特殊产业。我记得,去年我在埃克斯时,半年时间,这种事就发生了三次,一次在您讲的那条公路上,另一次在阿维尼翁的公路上,还有一次在阿尔卑斯山的公路上。"

"那您在埃克斯住过?"

"我在那里待了两年。"

"那我们靠得很近。"年轻女人说,"我婚后住在瓦莱特,那是我们的府邸,在埃克斯以东差不多三法里,圣维多利亚的一个地区。每当日落，那里变成一片玫瑰色。我们可能遇见过。我常去埃克斯，有时是去参加相当上流的社交活动。"

"我从没参加过社交活动。我可以说过着野人的生活。我只和击剑老师来往，只认识（不熟悉，只是为了参加击剑比赛）驻军军官。但我骑着马在树林里散步，正是傍晚山峦变成玫瑰色的那一边。说不定我曾走过你们家的领地。昨天，您同我们的单簧管师谈到瓦莱特城堡时，我就这样想了。我记得，穿过松树林时，我依稀看见了一幢大住宅，我觉得它很有活力。"

"如果说它有活力，那也是我们的活力。别以为这是大言不惭。假如您只是说它很漂亮，我倒不那么确定了。埃克斯乡下的所有大宅子都很漂亮，但活力则要求更高一些，我认为我们有必需的活力。如果您见过瓦莱特城堡远近闻名的样貌，那种使我的感觉变得坚定自信的高贵气质，您就会铭刻在心，永不忘怀。"

"我的确心里想过，那些能够生活在这些地方的富有热情的人，长的是什么模样？"

"您面前就有一个。您看够了吗？在埃克斯您住在哪里？"

"反正不在我家里；不用多讲了。一个流亡者，一个因故逃亡他乡的人，应该习惯于除了自己，不拥有任何有价值的东西。不管怎样，我没有逃跑，这是我自豪的地方。多少次我庆幸自己幸亏神经错乱，离开了我的家乡！杀死了一个人，即使是正当防卫——确实如此——仍会使我在任何环境下心不安宁。我杀死的那个人把共和党人出卖给奥地利政府，被他陷害的人正在监牢里死去。但卑劣行为从来没有正当理由；恰恰因为他卑鄙，我就绝不应该也卑鄙。我和他决斗，把他杀死了。他有意外获胜的可能。有人责怪我拿自己的生命去冒险。人民的捍卫者似乎无权采取高尚的做法。结果，我认为大家都非常高兴；我只能在监牢和逃跑之间做选择。蹲牢房意味着死亡，而且一般死于肠绞痛，这不大体面；逃跑则是缩起肩膀，变成耗子。因为我尤其让我的朋友感到不安。我穿着军服,骑着马慢慢悠悠地离开了家乡。当我在爬切察那地区的高山时,我听见后面响起了疾驰的马蹄声。于是,我下马采了一小束水仙花,牧场上遍地皆是。我头戴有羽饰和金饰的钢盔,底色要多蓝有多蓝。宪兵按规定向我敬礼。于是我明白我朋友的忧虑是多余的。归根结底,我们的人民喜爱水仙花。

"这样,我终于到了埃克斯,住在一个老太太家里,我想她是本堂神甫的女管家。那房屋有两道门,如果把通花园的门算上,就有三道。但我宁愿利用这个驻防的城市来使我的手腕保持灵活。我母亲定期通过马赛给我寄钱来。我给自己买了装备。我请了个击剑老师,我经常出没击剑教练厅。

"我猜想,您身上还珍藏着您那颗马枪子弹,放在丝绸香囊里;因此,如果我对您说在我的钱包里,有一个旧信封,里面放着很像茶叶的干草残片,您是不会嘲笑我的:那是我在切察那采摘的一小束水仙花。我喜欢这个。"

"那您和上流社会不常来往吗?"

"我常去一个杰出的社交圈,尤其是亚历山大·珀蒂社交圈,绰号叫'小亚历山大'。那里有一个身材细长、蛮横无理的人叫这个名字,舞起军刀来像个神。我们从彼此间学到了许多东西。"

"那杰出的社交圈想必也教会了您一些非常有趣非常有用的东西吧,尤其是将有自由主义思想的男人掐死的戈尔迪之结①。将这个难题交给年轻人手中更为有利;他们解决问题比马刀更快。埃克斯有非常漂亮的女人。"

"我在她们面前进行过几次击剑比赛。"

"想必是她们的宠儿吧?……"

"她们靠墙站着,确实像张漂亮的挂毯。我喜欢挂毯。我常常幻

---

① 戈尔迪之结,希腊神话中弗利基亚国王戈尔迪打的难解的结。戈尔迪之结转义为难题或复杂的问题。

想被一个专制君主面对面地处以死刑，在一个礼堂里，墙上张挂着比如说描绘阿里奥斯托叙事诗的壁毯。凶手就在门后头，我向他们走去，边走边看十字刺绣挂毯上安杰丽嘉①的温柔的微笑，或布拉达曼泰②温柔的眼睛。但重要的是被判处死刑。"

"我们喝得太多了。"年轻女人说，"再过五分钟，我们就会不顾一切，像肠虫那样胡乱做诗了——唉！如果我可以冒昧地用这个吓人的双关语的话③。我们能不能睡觉了？"

他们选了两个门对门的卧室。安杰洛借着醉意，在他的房间里做了一张方床，就像在兵营里那样。

半夜里他醒来。下着倾盆大雨，只听见彩绘大玻璃窗轰轰作响，树林里蜩螗沸羹。远处雷声隆隆。他突然想起了年轻女人。

"我们不费吹灰之力便进了这座房子，"他想道，"别人也能这样。不只是我们在路上。天下雨，人们到处寻找躲雨的地方。他们可能会寻到这里来。假如她看见有人进她的房间，尤其是穿得像那位吹单簧管的人，她会害怕的。"

他把他的方床拆掉，悄没声儿地将床垫拖到走廊上，睡在年轻女人的房门口。他这样细心地横在房门口后，便放心地入睡了。

---

① 安杰丽嘉，阿里奥斯托的诗作《疯狂的罗兰》中的女主人公，罗兰的恋人。
② 布拉达曼泰，《疯狂的罗兰》中的另一个女主人公，是另一个青年鲁杰罗的情人。
③ 法语中肠虫（ver）和诗（vers）读音相同。

第十三章

安杰洛头脑很清醒，一大早就把铺盖撤走了。当年轻女人来到昨晚上他们待过的房间时，他已煮好了茶，烧好了玉米糊，这次是咸的。

他们在马厩里找到了骡子。很好。雨已停了，天气仍是风雨欲来的样子，决意要随心所欲一番。总有乌云急匆匆地从南边冲过来。树林落掉了许多叶子，几乎和冬天一样透明。天气相当寒冷。

"我们走吧，"安杰洛说，"不过有话在先，您暂时得服从我。穿上我的大衣，骑上骡子。过一小时，您下来走一会儿，依此类推。热汗一凉，马上就得霍乱。请相信我。您得量力而行。"

年轻女人似乎忧心忡忡，好像有点儿局促不安。她没有作难，立即穿起大衣，爬上骡子，安杰洛牵起缰绳。

路爬着一个个相当陡峭的斜坡，最后到了树林边。那是一个阴沉沉的宽广高原，乌云几乎与它擦肩而过。这里下着冰冷的蒙蒙细雨，刮着一阵阵狂风。雨水被狂风吹得在丛林里奔跑，唯有它们给这荒凉的高原带来了生机。

安杰洛把天鹅绒上衣的领子竖起来。他的衣服很厚，穿在身上很暖和。

"日于塞普和拉维尼娅万岁！"他想道，"他们把一切都预见到了。这是真正的爱。"

对于一颗像他这样钟爱自由的心，这种没有人烟的荒凉具有一种魅力。无论如何他也知道，这种蒙蒙细雨会使他漂亮的褐发像老鼠籀属植物的叶子那样沉沉地倒下来。

"多少性格冷漠的人处在我的位置上会心满意足,"他接着又想道,"但我生性狂热,我能怎样呢?我需要阿里奥斯托。是的,我只有那样才自由自在。"

他们走了三个多小时,穿过一个个黄杨林、刺柏林,以及形形色色由于长期遭受狂风袭击而卷缩的植物群,终于走完了那条布满石子的山路。天边被低垂的天空遮住,除了连续不断滚滚袭来的乌云,其他什么也看不见。他们遇到好几场阵雨,虽然下的时间不长,但雨点密集,仿佛钉下了一颗颗小冰块。年轻女人将脑袋躲在大风帽里头,顺从地跟着往前行,一句话也不说。

路下到一个小山谷,涉过一条被雨水灌满了的小溪,绕过一个陡峭的灰岩石,突然进入一个有十来户人家的小村,灰色的小房屋隐蔽在无数灰色云雾中。尽管炉灶发出扑鼻的香味,烟囱冒着宁静的青烟,窗子暖暖的惹人喜爱,但安杰洛仍催促骡子快点儿走。然而,显而易见这里的人健康无恙。

"得尽量往前多走些。"安杰洛说,"您是个明白人,乖乖地让骡子驮着您。您待着,我来。快走。在这些高山上,说不定什么时候会下雪。我们得赶快穿过这里。"

路带着他们爬上一个背斜谷,穿过一块块小土豆地,土豆几乎没有开花,但受到精心的管理。然后,进入一片片英国橡树林,那些橡树林高大挺拔,健壮茂盛,依然覆盖着金色的叶子,大风和骤雨打在上面哗哗响。细谷渐渐开阔,路缓缓地从细谷的一侧进入另一侧,又来到黄杨林区,来到了荒凉的丛林区,冰冷的蒙蒙细雨在这荒凉的高原上奔跑。

天气越来越令人担忧。乌云冒着寒冷贴着矮树林闲逛。响雷在左边怒吼了几声。骡子显得心烦意乱。年轻女人提出要下地。

"待着别动。"安杰洛说,"这牲畜会继续前进的,如果需要,我甚至可以让它跑起来。"

他运用了山炮手的方法：他用军人的无拘无束，抚摸骡子的一只耳朵，骡子便即刻停止了躁动。

现在，骤雨、急雨、沉甸甸的阵雨接踵而来，没完没了。整个天空布满了乌云。最后，天空闪过一道颤颤悠悠的电光，雷声尚未响起，滂沱大雨便下了起来。

安杰洛一面催促骡子，一面拼命奔跑。他想找一个躲雨的地方，不管什么，哪怕是雨幕下的一棵大树。当他跑得上气不接下气时，发现路开始上坡了。他从几所倒塌的房屋前面经过，但没发觉，等他走过后，才意识到刚才透过雨幕好像看见了一个拱门。他牵着骡子往回走，同它一起冲到了一个拱孔下面。他已进入一个坍塌的盖有拱顶的地窖或谷仓。外面，洪水淹没了一个古村的废墟。

尽管穿着肥肥的大衣不方便，年轻女人仍轻盈地跳下了地。

"您淋湿了，"她说，"您一直担心我会受凉生病，现在是您会受凉生病了。"

"我马上生火。"安杰洛说。

这个小地窖里没有木柴，况且，现在雨下得很急，雨水已从拱门里渗进来了。

他们在这里待了好久了，被猛烈的暴风雨弄得狼狈不堪，突然他们听见一个奇怪的声音：那是大雨打在一把蓝色大伞上发出的声音。

那把颜色和尺寸都令人吃惊的雨具，仿佛独自在搏击狂风暴雨，因为雨伞把撑伞人完全遮住了。那是个乐观开朗的胖男人，穿着一件古里古怪的紧腰中大衣。

"我向你们做手势都有五分钟了，我敲我的玻璃窗喊你们。"那人乐哈哈地对他们说，"你们看上去活像两只发现了一把刀的母鸡。来我家里吧，在对面。这可不是犯傻的时候。来吧。"

尽管雨幕很厚，乌云在这高原上奔跑，仍能看出这个村子完全是个废墟,只剩下一些断垣残壁。穿紧腰中大衣的人带他们穿过一个像是广场的地方,那里长满了灌木和高草;他像水手那样,灵活地操作着那把巨伞。他打开一个牲畜棚的门,将骡子推进去。

"待会儿再来管它,"他说,"进来。"

安杰洛和年轻女人首先感到惊讶的,是发现了几架子的书,周围却狼藉不堪地堆着其他东西。屋里很热,安杰洛却冷得打颤。

"小姐去仔细看看那幅版画吧,画的是莫斯科,"那人说,"数数有多少个圆屋顶和桥孔,这是很有教益的;年轻人请脱光了衣服到火跟前去,浑身擦一擦。我讨厌肺炎。二十年前我说过:'丝绒做的衣服最傻不过了,至少在这里。'一旦被雨淋湿,就会发出狗身上的味道,而且干起来很慢。使劲儿擦。把这给我。"

安杰洛正在用毛巾擦身子,那人从他手中拿过毛巾,开始用力帮他擦。此人魁梧果断。他用一种非同寻常的力气擦着安杰洛,擦得安杰洛喘不过气,不一会儿便全身通红。

"用这被子裹起来,坐下,不是坐到火边,而是火上。我要看见您烘烤。把这喝了,是朗姆酒,不是从食品杂货铺里买来的。一口气喝完。这姑娘的衣服和盐一样干!那么,小姐,您数了吗?好一个殷勤的骑士。有多少圆屋顶和桥孔?"

"三十二个。"年轻女人说。

"您太让我吃惊了!"他说,"正确无误。她真的数了!三十二个。最有趣的是,有三十三个。请看这小东西。当我无聊时,我就数它。搞不清楚这是圆屋顶还是桥孔,是猪肥膘还是猪肉,但有三十三个,无聊心烦的时候能发现新的东西,你会非常高兴的。"

壁炉的熊熊大火照亮了屋子。面朝废墟的那扇窗户尽管高大,却进不来多少亮光;它的小玻璃,外面被擦地而过的乌云笼罩,里面被厚厚的灰尘覆盖。炉膛里的大块木柴有力地吐出火焰,因此可见一大堆家具,非常贵重,但保养不佳,上面堆满了厚书和纸张,在这些书和纸上，歪歪斜斜地放着形形色色、大小不一的酒壶、水罐、碗盏、脸盆、酒瓶、锅勺、烟斗，甚至还有一些放满炊具的抽屉。沿墙一圈，依次摆着堆满书的书架，倾斜着，犹如被风吹弯腰的麦穗。那些被废纸的重量压得台面东倒西歪的圆桌、方桌或椭圆形桌子及独脚小圆桌，还有五斗橱、写字台、凳子，这些家具随意乱放，中间穿行着一条羊肠小道，但在壁炉前，却有一个相当大的自由空间，面对面地放着两张扶手椅，还有一张非常美观的牌桌，精美得像个漂亮的小女孩。牌桌上有一盏汽油灯和一本打开的书。除了这张桌子、这盏灯、这本书和其中一张椅子，其余的都蒙上了一层白色的灰尘。壁炉里堵满了一堆堆灰烬，致使木柴堆得比柴架的顶部还要高。

看不出是不是正在做饭。但能闻到炖野味或烤肉的香味，不管怎样，正在用酒炖着什么。

这香味使安杰洛怦然心动。他思忖："这就够了。一切都变了。"他设想，在现实中，如果有一点儿炖肉，就可征服阿里奥斯托的所有男女主人公。"而且，人们大部分时间都生活在现实中。"他又傻乎乎地想道。他也为自己赤条条地裹着被子蹲在火炉旁而感到丢脸：如果想活着，必须这样。可他得为自由而活着，还要把这个年轻女人送到加普。他谈起了霍乱。

"这很好笑。"穿紧腰中大衣的胖男人说，"我们得了一种可怕的瘟疫。现在，如果我把一种黄袖章叫作霍乱，让一千个人戴上，这一千个人在十五天内都会一命呜呼。"

安杰洛对光着身子和裹着被子颇感不习惯（尽管蹲在他旁边烤手的年轻女人和正在装烟斗的穿紧腰中大衣的男人，都有着无可指摘的神态），于是他就郑重其事地开始大侃氯和氯化物，他说各个城市都缺少这些东西。最后，他全面地表达了自己的想法："我现在这种姿势、这条被子、这两只露出来的光脚，我觉得太让我丢人现眼了。我很想在我的背上披一件衣服。"

"城市不只是缺少氯化物，"那人点燃烟斗说，"它们什么都缺；不管怎样，它们缺少抵抗一只苍蝇所需要的一切，尤其是当这只苍蝇并不存在，就像现在这种情况。您看，年轻的朋友，我是一个金银匠。"他舒适地坐在紧挨着小牌桌的那张扶手椅上，补充了一句，"我行了四十多年的医。我清楚地知道，霍乱不完全是纯想象的产物。但它之所以那么容易传染开来，具有我们所说的'流行的猛劲儿'，那是因为随着死人的不断出现，它使每个人与生俱来的臭名昭著的个人主义得到了膨胀。人们完完全全死于个人主义。请您记住这点，这是无数次临场观察的结果，如果我们把这个字眼延伸到大街上和田野里，延伸到走在那里的所谓健康的身体：我去大街上和田野里的次数要比上床的次数多得多。谈起瘟疫或霍乱，年轻人，好人是不会死的！我知道您要说什么。您会和许多人一样，对我说您见过一些好人死了。我要回答您：'那是因为他们不够好。'"

安杰洛谈起了那位小法国人。

"相对的免疫性总会使人产生自满。"那人说，"这是历来被神利用的弱点，臭名昭著的苍蝇也利用了。亲爱的先生，谁认为自己无罪，谁就死亡：这是神说的。这句话是对的。人们总有充分的理由认为自己有洞察力，因为他们成功地抓住了公牛的角。这是不够的。您可以给我举一个乡村医生的例子，或我的例子，或普通动物的例子：这一切都会死亡，当然……"

安杰洛那样坐着，需要谈谈尸体，他叙述小法国人如何慷慨，如何忠诚，他对他如何赞赏不已。

"我们不妨承认，"那人说，"那时候，他是好得过分了。一切都得有分寸。您不妨给我举一个忘我的人。这是我想找的词；给我举一个不想着自己，因而不像您刚才对我说的小医生那样，为了获得救人的快乐而到死人堆中寻找垂死者的人。给我举一个忘记自己的肝、自己的脾、自己的胃的人。这样的人是不会死的。至少不会死于霍乱。

老死则另当别论；但死于霍乱，是不可能的。"

他还说，这里是火山区，因此不存在有害的疫气；方圆七八法里（他必须把这看法扩展开来，使之对这个荒凉的地区都有价值），从霍乱流行至今，没有一个人死于这种疾病。

"我们这里，下面是火山熔岩，从里面喷出含硫黄的热气。总之，我们生活所费无几。"为此，他很乐意承认，安杰洛的氯化物不算愚蠢，在城里，化学完全可以代替哲学和伦理学。

他曾在里昂、格勒诺布尔，甚至在巴黎行过医。这是他抑郁的由来，他如是说，说话时，极为和蔼可亲的微笑使他的嘴唇光辉灿烂。抑郁，但不愤世嫉俗，正如大家清楚地看到的。此外，他用莫斯科的圆屋顶来医治抑郁。这是一个极为积极的做法，简单方便，其作用不啻在一个缺铁的器官里加进可吸收的铁。"您知道这是个极为重要的发现吗？至今还没有医治抑郁的灵丹妙药。医学只好缴械投降。然而，抑郁尽管不如霍乱富于戏剧性，却比霍乱造成的受害者更多（其虚伪性使其毒性增加十倍）。我们来谈谈抑郁杀人的事，这是人尽皆知的事实，它杀人之多是难以知道的，因为它的受害者不是将发绿的肚子展示在街头，而是非常端庄体面地死在隐蔽的角落里，被认为（也许理所当然）是自然死亡。但除了这些根本性结论外，抑郁使某个社会变成一群活死人，一个地上公墓，如果可以这样说的话；它使人丧失胃口和味觉，将绳子缚住人的手脚，使灯光甚至阳光熄灭，此外，使人产生一种所谓无用的谵妄，而这种谵妄症是与上面提到的所有缺乏症完全相协调的，虽不直接传染，但从我们不自觉地给予这个词的定义上看，会驱使患抑郁症的人变得过分地虚无，会使整整一个国家散发臭气，无所事事，从而走向毁灭。别忘了多血质类的抑郁症患者最终几乎都要致力的伟大事业，即把全体民众拖入比瘟疫或霍乱的杀戮更令人倒胃口的大屠杀中。"他的莫斯科圆屋顶的小噱头并不坏，如果人们愿意投入注意力的话。他正在使之臻于完美。可您知道在这期间,他致力于什么了吗?很简单,维克多·雨果。

他用手掌拍了拍身边灯旁那本打开的书。

接着,他自然地把视线斜向那扇窗子,窗上乌云笼罩,雨滴流淌,狂风吹来,索索抖动。他说这天气非同寻常。

安杰洛的靴子、衬衣和外衣都干了。他到一个黑暗的角落里去穿衣服。

"叫廉耻心见鬼去吧,"那人对他说,"待在火旁边。您的身材很好,有什么好怕的?您以为小姐被创造出来,来到世上,是为了研究数学的吗?所有的年轻人都是北极,都是斯维登堡、克伦威尔[①]!那么宴会上的交际热情呢!您把它变成什么了?做个希腊人吧,年轻的朋友!给我看看这张脸,这双眼睛。这是希腊,我的母亲,这里的天空多么迷人。"

按理安杰洛该作尖锐的回答,但令他瞠目结舌的是,他却满嘴都是咸咸的口水,他忙着把它们咽下去。穿紧腰中大衣的人讲话时,已蹲到了年轻女人身旁;他把炉膛里的灰烬拨开,便露出了一只正在炖东西的铸铁锅,他把锅盖掀开。对于一星期内只以玉米糊和茶维持生命的人来说,是难以抵抗葡萄酒炖野味的那种无与伦比香味的诱惑的。

"亲爱的朋友,负起家里女孩子的责任吧。在那只篮子里——就在我们这位年轻的若阿基姆[②]正在穿短裤的那个角落对面——有一条干净的餐巾,几个盘子,餐具一应俱全。请把餐桌摆好。我们要来光顾这只野兔了,多亏我祖传的谋略,我才猎获到的。我只要有客,就想给自己来一次伯沙撒[③]的筵席,这在一个人的生活中,在一个冷酷、孤独、必须承认正在衰老的单身汉的生活中具有划时代的重要性。

---

① 斯维登堡(1688—1772),瑞典科学家、神秘主义者、哲学家和神学家。克伦威尔(1599—1658),英国资产阶级革命中资产阶级一个新贵族集团的代表人物。
② 若阿基姆,《圣经》中圣母马利亚的父亲。这里影射安杰洛。
③ 伯沙撒,《圣经》中巴比伦伽勒底国的最后一个国王。一日他宴请群臣,饮酒时,发现有人的手指显现出来,在粉墙上写字,说是巴比伦国的末日已到。后伯沙撒被杀。

呵!让不幸降临那权贵身上!
他金迷纸醉,嘲笑被他剥削的伤心人,
还有那些先知!
伯沙撒不知灾难就要降临,
看不见喧闹大厅的墙壁上,
一只火红的手正在用火红的字母
在花结中书写着几个字!"

安杰洛又穿上了绷得紧紧的丝绒上衣,感到万分惬意。

他想道:"脚穿自己的长统靴,这可能蕴含着强大的意思。"但佳肴美味胜过一切。他甚至不再顾得上问自己,那位年轻女人在一个陌生人家里吃饭是不是谨慎,而且吃的是香辛作料显然放得太多的炖野味。他受到不可抗拒的诱惑。"管他呢!"他幸福地想道。长统靴不再那么管用了。

他去看骡子。他用草团擦它。他正处在骑兵队的马粪味使他感到十分快意的时刻。他不胜遗憾地想起了他那身漂亮的军服。他真想发号施令。

风狂雨暴,雷声不绝,回声四起,安杰洛被吸引到马厩门口。这是他前所未见的滂沱大雨。年轻女人也来了。两人都非常惊愕,心情阴郁,他们互相对视,双眸充满了忧愁。

"可我多么喜欢玉米糊糊,"她说,"您做得多么好啊!"

她甚至还加了一句:"带着多少爱意啊!"

"当然,"安杰洛说,"它帮了我们不少忙,可是……"

"现在走不了了。"她说。

"不要冒犯这个人,他的确很好客。"安杰洛说。

他们吃得津津有味,毫不挑剔,不管是对面包——为谨慎起见,他们很久没有碰了——还是对朗姆酒,穿紧腰中大衣的人慷慨地拿出来招待他们，可味道却很一般。

安杰洛注意到年轻女人狼吞虎咽，甚至情不自禁地发出几声轻微的惬意的呻吟。而且她还闭上眼睛。

总之，这对他们二人是一顿非常忧愁的晚餐，但对主人却不然，他不停地援引维克多·雨果的话。

安杰洛高兴地拿出了他的小雪茄，它们在香烟盒里，一点儿也没淋湿。

"我还有二十五支，在一个包着手帕的香烟盒里，想必不会被雨淋湿的。"他突然乐不可支地想道，"这可不是小小的快乐。"

可是，现在他已不再感到饥饿，便又认为不该吃这顿饭了。他责怪年轻女人和他一样狼吞虎咽这些美味佳肴。他忘不了年轻女人解馋后本能地发出的惬意的呻吟。他把一切都看得很悲观。他把心里想的都说了出来。

"这家伙与众不同，"那人说，"他一心想让人对他的霍乱感兴趣。我可以同您随意①谈谈霍乱和瘟疫。但请相信我，最好还是看看这位迷人的姑娘，她是五月的鲜花。"

"这个姑娘只有不死于霍乱才会迷人。"安杰洛生硬地说。

"您看问题的方法很特别，年轻人，这我不否认。但它的真正价值却值得研究，允许一个老医生给您指出来。根据我的经验，我可以说，在将要发生的错综复杂的事情中，我们不可能分辨出什么是好，什么是坏。我见过有些胸部急性炎症，被可怕的恶心的癌样痈治愈了。

"主啊！您把黑色奥秘撒向四面八方。

"一旦涉及感觉，便能做出基本的鲜明而完美的分辨，从来不会

---

① 原文为拉丁文。

出错。然而感觉具有现时性。因此,我很谦卑。如果在一种未来的外交中,一个猪妈妈可能找不到它的崽子,这位小姐本来挺迷人,却要知道她将来会不会迷人,那么,您这个未来的外交有什么用呢?总之,您到底要从我这里得到什么?"

"很简单。"安杰洛说,"您是大夫,您应该知道一些药。甚至,您的一个衣橱里可能放着一些药吧?我们餐风宿露,长途跋涉,除了想活下去的良好愿望,我们什么办法也没有。我担心,像现在这样的天气,光有良好的愿望是不够的。我想,氯化亚汞,或者复方樟脑酊……"

"微不足道!氯化亚汞,复方樟脑酊!什么是……"

"可是,"年轻女人说,"在这错综复杂的,如果我听明白的话,似乎同我有关的,你们中肯地强调其模糊性的事情中,如果我有权发表意见的话,就是和大家一样,为了求得活到一百岁。"

"大错特错,大错特错,"那人说,"……不过,您打断了我的话,倒是救了我一把,刚才我正要说出两三句粗话呢。在这里是不能说的,孩子们!

> 我周围的人低垂着天真而美丽的脑袋,
> 张着嘴巴,露着白牙,不停地问:为什么?

让我们醒一醒吧,用这个朗姆酒,我向你们保证,它可同世界上所有的氯化亚汞相媲美。"

"是的,"安杰洛极其认真地说,"烧酒很好。"

"一切都很好。"那人说,"假如我费神同您谈霍乱,您将会感到惊讶的。您已看见它在本地区蔓延,这使您有许多东西要掩盖(您很容易做到,因为您年轻),可是,看见霍乱侵入一个人体:这景象就会使人坦率直言了。但是,要对这奢华的雅典娜女神节有所了解,哪怕是大致的了解，首先得知道这个节日是在什么样的状况下进行的。刚才我简单地提到了肝、脾和胃。它们是什么？尤其是在放到尸体解剖台上之前，它们是什么？放到了解剖台上，它们就不再有大用处了；它们是小花束，是闲话；用来制造舆论，用来满足礼节。可现在，比如说对于您和我，对于这许许多多（请注意）确实活着，而且将继续活下去的男男女女，它们是什么？我丝毫不想对您夸夸其谈；这根本不是解剖。这是到制造激情、错误、崇高和恐惧的地方去。一副成年人的肝脏，垂直地健康地放进一个女士或男士的躯体里，这是多么美好的事！这里不需要克洛德·贝尔纳①。他对我们说，肝脏制造糖。当我们知道大海制造盐时，是不是对大海就更了解了呢？如果我们想对人类的冒险有点儿概念，那就不需要克洛德·贝尔纳，而是拉佩鲁兹②、迪蒙·迪尔维尔③，尤其是那几个真正的大傻瓜：克里斯托夫·哥伦布、麦哲伦、马可·波罗。我用我那些小刀切过不知多少人的肝脏。我把眼镜固定在我的鼻子上，我说'让我们看看'，和大家做的一样。我看到了什么？有时候，它已肿大或腐烂，充血或堵塞，有时粘连在横膈膜上。这于我一无好处！"

他在这里，他，竟声称肝脏如同一个非凡的、探测器永远触不到底的、通向马拉巴尔和美洲的大海洋，如同在蓝蓝的天和蓝蓝的海之间进行的奢华的航行。他毫不矫饰地让人把他当作一个非科学工作者，甚至是一头被临床医生加了驮的驴子，那些医生和大家一样，认为他们发怒、气愤，皆出自他们的肝脏，他们也不用些时间想一想，即使这种缺乏逻辑是由糖引起的，但不管怎样，那也是一种难以让咖啡变甜的糖。

当然，鉴于实验科学坚定不移地想走客观的道路，他建议大家在

---

① 克洛德·贝尔纳（1813—1878），法国生理学家。
② 拉佩鲁兹（1741—1788），法国航海家。
③ 迪蒙·迪尔维尔（1790—1842），法国航海家。

谈肝脏的时候，不要像在谈妖怪、复活节岛、暴风雨、凉风、抑郁、印度的茅屋、叶子花、肉桂、黄金、雷电、海鸥，一句话，不要像在谈改变天空和梦想所需要的一切。除非像他那样决定忍受冷嘲热讽，任凭战船漂泊，或羊儿撒尿。

"因为，给我一副肝脏和一个躯体，男女均可，悉听尊便。我把肝脏塞到躯体里面去，就可以进行人类思维活动或社会生活的一切把戏，或成功或失败。我杀死菲阿尔代和保尔-路易·库里埃。我贩卖黑人，我解放他们，我把他们做成肉糜或旗子，送给咨询会议。我创造和缔造耶稣会，我让它运转，我爱，我恨，我爱抚，我杀人，还不算我的姐妹将手放进确保传宗接代的朱阿夫兵①的裤裆里。"

他把注意力引到下面的事上：他举的例子不是信手拈来的。他想说我们有一个并非是生产粗野行为，而是制造一切组合和装饰的发生器：手摇风琴用来盖住受害者的喊叫声，奸妇身上充满了黑夜的森林、枪声和遗嘱的序篇，总而言之，整整一场喜剧，包括正在演出的，不是在额头上，而是在所有的门楣上，正如他非常荣幸地能把这一点指明的那样。

接下来，他只需把几米肠子卷在这肝脏旁边，没忘记安放给予空间和激情的肛门，以及肾、脾和几个不定的内脏，他可以把乐谱中的降号和升号放进整套的激情中，杰出的两脚动物——出色的撒谎者——需要放多少便放多少。用得着说明他**丝毫没给撒谎者一词以贬义**吗？他善于客观论述，就像父母在这种场合所做的那样。

插入句。他想着重谈谈自己看法的根据。霍乱是一种基础很深的疾病，不是通过传染，而是通过劝人改宗的热忱蔓延的。在深入探讨之前，首先得思考一个十分重要的问题。这儿，有个男人（或女人）从头到脚已剖开，有如肉案子上的牛；那儿，医生拿着所有器具向他

---

① 朱阿夫兵，1830年创建的法国轻步兵团中的士兵。该轻步兵团原由阿尔及利亚人组成，1841年起全部由法国人组成。

俯下身子。医生可以搞清楚那男人（或女人）死于什么病。但"为什么"死于这个病，则是另一回事。要搞清楚"为什么"，就必须了解这个男人（或这个女人）过去是"怎样"生活的。而这个男人（或这个女人）爱过，恨过，撒过谎，受过苦，享有过其他人的爱、恨和谎言。可是，剖开肚子后，什么痕迹都没有。这个男人（或这个女人）爱过，我却一无所知。他恨过（我亦一无所知），以什么方式，我不知道。他享有过，痛苦过：看不见！谁能向我们保证，在充满肠子的绿胆汁和爱情之间，没有相近或相远的关系（当这爱情是真实的，刻骨铭心的，正如应该的那样，而且持续了十年，二十年，即使出于不同的理由，我向您承认）？谁能向我证明，仇恨和嫉妒与我在分泌黏液的肠滤泡中发现的紫红和青灰的斑点——这些腔内的炭疽——没有一点儿关系？谁能肯定，这充满着野孔雀、略带蓝色的享乐的雷电，曾千万次袭击过这个器官却没留下丝毫痕迹？那不正是我看到的痕迹吗？插入句结束。

不，小姐，我没讲心：那是女人的事。那是我们绣在衬衣上的狮子。在我这个破屋里没有类似的东西。在您指给我看的地方，我发现一个吸气和呼气的唧筒正在忙于工作，当它不再干了，人们就会发觉。让圣文生·德·保禄①及其一伙安静些吧。它来自别处。它来自紫色的海洋。它从海底升起，它有克洛德·贝尔纳钟爱的奇特的糖，因而闪闪发光。这是"维纳斯献身于她被缚的猎物"之翻版。我给您制造了奥古斯都②的宽容，以至于不再知道用胃液来做什么了，唐璜只求我一秒钟不要注意我用的剂量。自由仲裁者是一本化学书。

他等着他们骄傲地惊跳起来。他们真的不会惊跳吗？请注意，您所谓的谦卑不过是消化缓慢的缘故，在旺火边，刚吃过饭，天气异乎寻常（如果我没弄错的话，这天气还要继续下去，只会越来越恶劣）。

---

① 圣文生·德·保禄（1581—1660），法国天主教遣使会的创建人。
② 奥古斯都（前63—14），罗马帝国皇帝。

他也承认，并且对谁都不隐瞒，人们总是很乐意聆听他对这个问题的高见。但是，您内心肯定认为与这些化学组合毫无共同之处。您偷偷抚摸绣在您衬衣上的狮子。而且，那下面便是您的乳头，对于两种性别的人来说，乳头是很敏感的。

唉！他不想被他们忽视更久：霍乱不是一种疾病，而是骄傲的惊跳。一种与他刚才讲的深度和广度相适应的骄傲的惊跳；广度和深度可能有多大，惊跳就有多大：是一种肥大的装饰（如能这样表达的话），一种与过分的化学相适应的手摇风琴；是那头压在您乳头上的绣花狮子，它突然成形了，具有了太古时代的匀称比例。而所有这一切都终止于不可抗拒的化学中。多么漂亮的焰火！

关于解剖台，您知道有更好的吗？这是一张地图，一张标有真实的东印度爱情国的地图。巴黎中午时分，锡兰[①]正是早晨五点，塔希提正是中午，利马正是晚上六点。正当一只骆驼在喀喇昆仑山的尘土中奄奄一息时，一只灰莺正在酣饮掺了英国咖啡的香槟酒，一群鳄鱼正沿着亚马孙河而下，一群象正在穿过厄瓜多尔，一只载苏打硼酸盐的小羊驼正在安第斯山的一条小径上向赶驼人的脸上吐唾沫，一头鲸正在北角和罗弗敦岛之间漂游，而玻利维亚正在过圣母节。地球在转动，人们在孤独和黑暗中不知所以、不知所措。

再插入一段；说话不必连贯。我们左右都看一看。您仔细看过这个称作太阳的焰火了吗？那是什么？不过是纸板、火药、木头辐条、铁丝。二十年，一百年，一千年都要过它的纸板生活。多么凄惨，这纸板生活！它蓝也好，黄也好，红也好，绿也好（颜色无所谓，我一概承认），或者灰也好，纸板的生活一文不值！然而，商博良[②]在埃及发现了一种纸板，它这样生活了三千年（现在还要在一个供陈列用的玻璃柜里继续这种生活）。纸板的爱情和欢乐，纸板的痛苦和辛劳：

[①] 锡兰，今斯里兰卡。
[②] 商博良（1790—1832），法国埃及学家、语言学家。

您能想象一下吗？请您在村子的广场上点着药筒。多漂亮的太阳！人人高喊："啊！啊！"

骄傲的惊跳。这时候，再没有比惊跳和骄傲更重要的了；一切都破裂：家庭和祖国。特里斯坦抑制了欲火，可他欲火中烧，朱丽叶也一样，安东尼和克娄巴特拉也一样，如此等等，不一而足。人人为己。我爱你，你爱我；这很好，可谁能给我说说为什么要固守这种妥协，这种权宜之计，这种半死不活呢？既然从我肝脏的深渊里，升起了变化的最好理由。

玩笑暂停！前面人们问了他，我认为，关于霍乱的事，现在他准备回答。

请你们，让我们进入到这五六立方英尺的将要暴发霍乱的肉体里，这个被这一纯理性癌症的前驱症状折磨的肉体，这个受大脑指使不断拐弯因而疲惫不堪的肉体，突然依靠自身的神秘进行说理，加速前进。

初期是什么情况？谁也不能给我们说清楚。无疑，这之后，是一个高达十五至二十米，长达七八十万米的孤浪，以每秒钟两节的速度奔腾而来，穿越平似手掌的海洋。在这前后，海面上依然是鲜花盛开的四月。在这宽不见边、深不见底的平静如镜的海洋上，没有声音，没有泡沫，没有浪花，没有胆汁。只有水在水中移动，不为意识所发现。

直到此时，一切已开始，一切尚未改变。阿道夫、玛丽，或弗朗索瓦仍在你的身边，爱着你（或恨着你）。这是三秒钟的事。

人的意识是如何感到自己被剥夺了一切快乐的，他说，他想对此进行描绘，哪怕是不大准确的描绘，唉！如果我不能做得更好的话。记忆中快乐已经消失。他把这些快乐比做鸟儿。首先是候鸟，按照季节，享有各种不同的地方，尤其是赫赫有名的野孔雀。飞得很高很高的孔雀，能够迅速地投射出它们逃跑的三角形，其速度胜过鹧鸪、非洲野鸽、山鹬、雄鸭和斑鸫。

天空中到处是这些鸟儿，满得都要溢出来，它们不是逃向天边，而是逃向天顶。有这么多的鸟儿，以致天空被堵塞，天顶被堵塞，天空痛苦不堪。

这时，霍乱患者的脸上出现了所谓有特征的惊愕。他的快乐已疲惫不堪，如今吓得惊惶失措，不是被快乐本身的弱点，而是被其他东西；被快乐所竭力逃避的不知什么东西，一直逃到正北方以外，最后消失得无影无踪。呵！上帝，阿道夫，或玛丽，或弗朗索瓦，你怎么啦？他在死去，说得客气些，他在骄傲地死去。从此，他对肉体，对自己肉体这个肉体漠不关心。他顺着自己的思路往下说。

但有时候，一只手仍然抓住一个男友或一个女友的一条围裙，一件衣服的翻领。可那些定居的鸟儿，如鸣禽、麻雀、山雀、夜莺（想一想，夜莺！多少人为之陶醉，尤其是五月的夜晚），所有以垃圾、残渣、小蚯蚓、小昆虫（只要跳几下，总能在现场找到）为食的鸟儿，所有常驻的快乐全部逃之夭夭。它们一下子学会了如何组织起来，排成三角形的队列远走高飞。恐惧给它们装上了翅膀和头脑。天色变黑。惊愕已不够了；应该跟跟跄跄，突然摔倒在原地：桌子上，大街上，爱中，恨中，关心一些更加私密的事，个人的和激情的。

他认为，安杰洛是最专注、最可爱的骑士，几乎是完美的样板。就从您与您的裤子闹矛盾这件事上（这不是人人都能做到的），您就已成功地使我对您产生兴趣了，甚至我敢说，使我受到了诱惑。至于小姐，他向来听凭这些长着长矛般尖脸的女人的摆布。但所有这一切有什么明确的目的呢？充满血液的心包，布满静脉网、充满黑血液的蜂窝组织，胀气（请注意这个词）的下腹部，黑色的胆汁，白色的肺，起泡沫的赭红色的支气管，它们一下子教会大脑的东西，比一千年的哲学教给的还要多。然而，恰恰是在这种状态下，我们将看到鸟儿已从他们身上全部飞走的阿道夫、玛丽和弗朗索瓦的身体内部。或看到您自己身体的内部,如果心对您这样说的话。

如果一切都还在,真实就可能人人皆知,听凭奇迹的摆布,但是,当火药点着了火,不可能只点亮一半太阳。

第三段插入语:他们见过火山爆发吗?他自己也没见过。但不难想象,当散发恶臭的灰烟、烟雾、气雾遮住了太阳,从火山口升起新的亮光时会是怎样的景象。

这新太阳的曙光将渐渐照亮事物的另一面。霍乱病人再也不能将目光从那里挪开。就连耶稣、马利亚、约瑟也丝毫不愿将目光离去。

这一点得稍为细谈一下。他们对人的肉体有没有哪怕是基本的概念呢?这并不奇怪。大部分人都没有。尤其是大家都不断消耗自己的肉体,却不知道肉体是什么,这就更不可思议了。谁不曾见过因为一只手不再触摸您的手,或因为嘴唇给予您亲吻,而世界发生了变化,或变得漆黑一团,或变得繁花似锦?但人们的想法和您一样,人们做得诚心诚意。且不谈人们自己的肉体,日复一日,动不动便随心所欲地消耗。

这实在少得可怜,可以说微不足道。他只消回忆一下在地窖的破拱门下发现他们时他们俩在暴风雨中的气恼神态,就相信他们彼此已准备为对方牺牲自己了。得了,这是一目了然的,他们不必做出嘲笑的样子,尤其是小姐。您得承认您为他担惊受怕。这种事,很遗憾,人们是从不坦率承认的,可这是习惯的妥协,是中间色调,是半音,是降号和升号。但这不妨碍他们为了一点儿盐和水而准备牺牲自己;为了铅管工、管道和电铃绳子的整个工作而做出牺牲。

这里,他也不会做没完没了的阐述。已说得够多了。人和事物的空虚是路人皆知的。然而,当人们看到正在发作的霍乱病人对围在自己身边的亲人不感兴趣,而且对他们常常展现的忠诚和勇气无动于衷时,仍然惊讶不已。对于大部分疾病来说,病人对照顾他的人是很关心的。我们看见,有些病人临终时,为心爱的人痛哭流涕,或询问欧拉丽婶婶的情况。霍乱病患者不是耐心的病人，而是不耐心的病人。他刚明白了太多基本的东西。他急于想知道更多的东西。唯有这使他感兴趣；假如你们俩都是霍乱病人，你们互相间就会不再有什么关系。你们可能发现了更好的。

这一点，我必须遗憾地给你们指出来，尽管显而易见你们互相深爱着。这里，必须提出心怀嫉妒的照顾。心爱的人正在离开您，去寻找新的迷恋，而您知道那是最终的迷恋。况且，即使他还在您的怀抱里，那也是索索发抖，浑身抽搐，心神不宁；这是肉搏发出的呻吟，您却被赶出其外。

这就是为什么刚才我对您说，您的小法国人好得并不彻底，或者说好得太过分。我本来还想说，他无论如何缺少洒脱的风度。他没能逆来顺受。他紧抓不放。抓住所有的人。为了什么？为了最终能模仿别人。

但这是性格问题，从来都这样。现在再来谈管道、电铃绳以及其他一些小问题。

如果这一切没有任何感觉，那就是值得庆幸的了。就不会有好奇，因此，也不会有骄傲；我们就可能真正永存了。可是，现在巨大的火球从火山口沉沉地漫溢出来，炽热的浓云取代了天空。您的霍乱病人深感兴趣。从此，他唯一的目的，便是想知道得更多。

他感觉到了什么？极其平常：他的脚发冷。他的手冰冷。在他被称为端部的地方筋骨瑟缩。他的血在后退。他的血在奔向演戏的地方。丝毫也不想错过。

嗨！没什么了不起！原则上没什么事好做。在木头腿上敷些泥剂，当然，敷泥剂有的是，形形色色，各种各样。氯化亚汞便是其中的一种。不，我没有。您要我拿它干什么？加橙花香料的树胶糖浆是另一种。可以在肛门上放蚂蟥和放血之间做选择，在这种情况下，不是非得大学问家才会想到这个方法。人们从灌肠到用儿茶，从用拉塔尼亚[①]到用金鸡纳提取物，用薄荷、甘菊茶剂、椴树、蜜蜂花。波兰是给一格令[②]颠茄；伦敦是给二格令次硝酸铋。人们在上腹部拔火罐，在肚子上敷芥子泥。人们给病人服用（这词很漂亮）苏打氯化物或醋酸铅。

最受欢迎的药，便是最好的药。不过，你们也看见了，没什么东西可用来作为交换，用来取代这新的激情。换句话说，人们按照有学问人的处方，正在寻找一种能够中和毒素的特效药，而它必须更受人喜爱，它所给予的，必须比这骄傲的惊跳给予的要更多：总之，要比死亡更强大、更漂亮、更有诱惑力。

他要向他们吐露一个秘密，不，更确切地说，吐露秘密到此结束。对这个问题，他不会再多说一句话。恳求也罢，给脸色看也罢，表示友好也罢，全都是徒劳。如果你们能更深地了解我，你们就会知道，只要我决定不说，即使想说话，我也绝不会让步半分。

可他们曾要求他描绘霍乱。他也同意了；他就给他们描绘一下。请不要把耳朵捂住。刚才，这个年轻人好像准备把我生吞活剥掉，假如我不服从他的要求的话。他把他的心上人硬塞到我的鼻子底下；他把您塞到了我的鼻子底下，借口不惜一切代价要救您。为什么要这样？这个问题，他甚至没有想过。尤其是，为什么我或其他人非得同意他的意见？救什么？我给他重复一遍这个问题！

他丝毫没被对方的装腔作势吓得手足无措："请坐下，再喝一点朗姆酒，这样更明智。"他是个老人。他早已失去热情了。马刀、手枪、格斗，正如您恳切地以一种可发一噱的狂热建议我做的，这些有什么用？难道是我创造了世界？

如果说我把到嘴边的知心话又咽了回去，恰恰是因为我认为我面前的人是通情达理的，考虑到他们令人好感的面容，虽然这尚未成熟

[①] 拉塔尼亚，原产南美，蒺藜目刺球果科植物，常被用于控制出血，治疗喉咙痛和腹泻。
[②] 格令，法国旧时重量单位，1格令约合64毫克。

的年龄很容易让人走向极端。请为青春祝福，它使人可以毫不怀疑、毫无恐惧地走近死亡。

霍乱病人不再有面孔：他有一种面容，一种霍乱病人特有的面容。眼睛深陷眼眶中，仿佛萎缩了似的，周围一圈发青，眼的一半被上眼睑遮住。这说明他内心极度不安，或万念俱灰。巩膜清晰可见，满是瘀斑；瞳孔已放大，再也不会收缩。这双眼睛再也不会流泪。眼睫毛、眼睑充满了一种干兮兮、灰乎乎的物质。这双眼睛在雨滴般落下的灰烬中圆睁着，瞧着晕轮、大黄茧和闪光。

双颊消瘦，嘴巴半张半合，嘴唇贴在牙齿上。呼吸从靠拢的牙弓中挤出来，发出可怕的声音。这是一个孩子在模仿可怕的开水壶发出的叫声。舌头大大的，软软的，有点儿发红，覆盖着厚厚一层黄黄的舌苔。

先是脚、膝和手变冷，渐渐蔓延到全身。鼻子、脸颊、耳朵冰冰凉。呼出的气是冷的，脉搏缓慢，极其微弱，走向生命的衰竭。

然而，在这种状况下，如果问霍乱病人，他会做出清醒的回答。他嗓门嘶哑，但不胡言乱语。他能看得见，两边都看得清清楚楚。如果他做出选择，那是心甘情愿的。

他说，所有这一切，叙述的时间要比完成的时间长。真是快如闪电，人们只来得及大喊一声，扑过去，把雅克，或皮埃尔，或保尔搂在怀里，问一声："怎么办？他不行了！"

据他说，而他事先也声明过，他从没观看过火山爆发；但他能想象得出当时的情景，在这痉挛抽搐的景象中，会有一个极端悲惨的无疑具有催眠意义的时刻：那时，欢快的火从地底下冲出来，狂叫着向生命猛扑过去。关于这个问题，他只读过《埃特纳火山诗篇》以及有关独眼巨人的叙述，因而很容易想到会有巨大的声音，会有炽热的、灰色的、恶臭的、很可能带电的物质猛烈喷出。人们顿时惊得目瞪口呆，明显地感到自己无能为力，以至于克洛德·贝尔纳先生的所有的盐，很可能是所有的糖，都在变成塑像。

我的一些同行，他们并非都是瞎子，曾谈起过"霍乱窒息"。他们还说："空气总会来到血里，但血却不会来到空气中。"这话非常动听，非常正确；有一阵子，我甚至认为，他们既然能说出这话，那他们懂得的和说出的，可能比科学给他们提示的要多一些。继这个（我重复一遍）极其聪明的看法之后，我很想听到他们说出卡珊德拉①的名字，紧接那句话之后，为了表明他们已经懂了。

我前面讲到过劝人改宗的热忱；那是因为人们喜欢宣告未来，即宣告真理，萌芽中的真理，这是他们不可抗拒的需要。

我常想，霍乱病人可能有痛苦的一刻，可能痛苦得难以忍受，不是像平时那样在骄傲中痛苦（这把他推向另一边），而是在爱中痛苦，这可以把他留在我们这边。

我还要插入一段。请放心，很快就结束的，不过有必要说一说。值得注意的是，正如你们知道的，霍乱袭击所有的人，不加区别，说干就干。我们做了许多决定，意志坚定，世人的习惯引导我们做出这些决定，可突然我们又决定患上霍乱病。最意想不到的人能够立即染上：不论是母亲，还是情人、家庭主妇、有产者、士兵、房屋油漆工和战场画师。平庸阻止不了你得；幸福促使你得（应该如此）。插入语结束，请你们记住这段话。我们比自己认为的更现实。

因此，有人说霍乱病人痛苦不堪。他们说，任何痛苦都不可与这些活死人受的痛苦相提并论，他们想象着自己的处境极其可怕。显然，正如你们所明白的，这一切是在无法说清楚程度和持续时间的状态下发生的。让我们把这可怕的状态说得明确些：这如同置身于火堆中、火花巨浪中、熔岩章鱼中、扇形光线中。他们的身体是聋子、瞎子、哑巴，麻木不仁。换句话说，他们不再有手，不再有脚，不再有嘴，

---

① 卡珊德拉，希腊神话中的特洛伊公主，由于得到太阳神阿波罗的帮助，能够预卜凶吉。

不再有指甲，不再有汗毛和羽毛。可他们非常清醒。他们继续听得见和看得见：周围的人、街上的声音、炉子上的锅、衣服的窸窣声、人的呻吟声、一条裙子的红颜色、一根胡子的黑颜色、苍蝇的嗡嗡声。

如果有痛苦的话，那就在这里。我说如果，因为我们拿什么来证明这个痛苦呢？痉挛？抽搐？打嗝？嘶叫？咬牙？难道我们能绝对肯定，我们对快乐真正的外在表现了解得很清楚吗？

但是，瞬间即逝的痛苦，真正的痛苦，令人恐怖的痛苦，我认为是有的，如果可能有的话，那它就在这里。我说如果，因为我想和大家一样，试着保持客观，不要武断，留有余地。这转瞬即逝的痛苦发生的时候，正是霍乱病人在雨滴般落下的灰烬中思索这一切是不是值得，是不是最好不要想查理大帝，而是吃他自己的蔬菜浓汤的时候。

病人极其烦躁不安。他想摆脱盖在身上的东西，抱怨燥热难受、口渴难忍；他顾不得廉耻，冲下病床，或狂躁地暴露自己的阴部。然而，他的皮肤已冰凉，冷汗淋漓，很快变得黏黏乎乎，用手摸上去，会以为是冷血动物，给人极不愉快的感觉。

脉搏越来越弱，但仍然跳得很快。端部肤色发蓝。鼻子、耳朵、指头发绀；全身出现同样性质的紫斑。

我们在病人脸上看到的消瘦已扩展到全身。失去弹性的皮肤，一捏就皱起来，印记不会再消失。

声音微弱，病人不再能说话，只能发出叹息般的声音。呼出的气臭不可闻，难以名状，但只要闻到了，便终生难忘。

病人终于平静了。死亡就在眼前。

我看见有些病人从昏迷中醒来，倏地坐起来，寻找空气，这样持续几秒钟；他们把手放到喉咙上，用既痛苦又富于表现力的动作，向我表明了一种被扼死的痛苦感觉。

眼睛往上翻，已失去光泽，角膜变厚。嘴巴半张半合，可见覆盖着煤炭的厚厚的舌头。胸部不再起伏。叹息般地吐出几口气。完了。他知道如何看待自己的外在表现是何等不得体。

第十四章

安杰洛和年轻女人在火边的安乐椅上过了一夜。早晨，天空晴朗。"这里离加普有十法里，"穿紧腰中大衣的人对他们说，"你们不会走错路的。从这里下去，将遇到七八所房舍，叫小圣马丁村，村子中央，有一个十字路口，你们昨天走的路在这里并入一条中等交通干道。不会遇到麻烦的。你们向右拐，沿着这条交通干道，在一个和我的眼珠一样健康的地区走五法里，就会到达一个高原边上。从高原边缘向下看，一百米处是通往加普的大路。你们下去，坐在大路边等候，两天前还有驿车经过那里。哪里都没有路障。要不，如果你们有几个钱，就去栗树林里的那个小村，路上看得见那个村子。有个驿站长住在那里。"

他让他们带走一小瓶朗姆酒和一把咖啡豆。

情况和他说的一样。小村的人忙着干自己的事。一个席地而坐，在磨镰刀；另一个在观察天气，他对安杰洛说，未来三天都会有太阳。

天气温暖。这是一个像春天一样和煦的秋日。有硬叶的植物卧在高原上，因为刚下过雨，像大海一样一闪一烁。刺柏树和黄杨树脚下散发出馥郁的蘑菇香味。凉飕飕的微风给空气带来无与伦比的活力和生机。连骡子也喜不自胜。

年轻女人步履轻快，她和安杰洛一样，每时每刻都为天空的纯净和高原的美景心醉神迷，茶花色的高原隐没在晨雾中；他们向高原走去。

他们又看到了战战兢兢的乌鸦，遇到了一个步行者，那人带着一袋面包回小圣马丁村。在寂寥中行走真叫人心旷神怡。

甚至，当走过好几法里路后，尽管一切生命的迹象全部消失，而且正在穿过一个生长不良的小松树林，但由于阳光、空气和大地的芬芳，两位旅客依然兴致勃勃，兴高采烈。他们第一次品尝到旅行的快乐。

"我们就快到了。"年轻女人说。

"我至少还得两天才能翻过这些色彩绚丽的高山，到达另一边。"安杰洛说。

"您得在泰于多待两天。我要感谢您对我的帮助，除了在马诺斯克的那天晚上外，您还从没看见我穿长裙的样子；可那天晚上，我梳妆打扮不是为了您。"

"我买到马就走，"安杰洛说，"别把这看作礼貌不周，或对您想为某人穿长裙的俏模样无动于衷。这不涉及我一个人。我的确要为自由而战斗。"

快乐的心情唤醒了他旧有的爱好，他说他要把生命献给人类的幸福。

"这是崇高的事业。"她说。

他头脑很清醒，能看出她说这话是不是带有讥笑。她很严肃，甚至有些太严肃。

她开始讲她的嫂子，她的嫂子似乎很古怪，但很善良，一个老太太，曾被一个极有魅力的丈夫折磨得死去活来。泰于城堡尽管乡里乡气，但充满了魅力，质朴的平台俯瞰迪朗斯河最湍急的水流，背景是具有奇峰巉岩的山峦。他可以在附近的勒莫隆小地方找到合适的马。他会挑花眼的。

安杰洛表示歉意。只要可能，他肯定会第一个向德·泰于夫人借宿的。

"这也是我的名字。"她说。

嘿！好吧，他会向两位德·泰于夫人借宿，作为感谢，他会请求年轻的那位穿着长裙，盛装出现在他面前。

他心里在想："我得精心挑选我的马。我是不是一进入加普境内，就得在这方面有大的动作？这事儿不是很快能做好的。"

中午他们歇了歇脚。阳光明媚，荒野沉寂。他们煮了茶，休息了将近一小时。他们坐在一棵松树下的一堆松软温暖的松叶上面，前面是洒满阳光的高原，景色优美，秀色可餐，那阳光灿烂的高原仿佛被薄雾弥漫的群山包围，有如金晃晃的液体卧在一只蓝碗底上。年轻女人闭上眼，昏昏欲睡。她睡着了，当安杰洛唤醒她时，甚至听见她用鼻吸气的声音，好不令人感动。

"对不起，"安杰洛说，"可我们必须赶在天黑前到达那条赫赫有名的大路。我们去驿站长家里，您就可以睡在一张床上了。走吧，这是最后要做的努力了。"

他建议她还是骑骡子。她坚持不干，开始几步，她依然睡眼惺忪，但脸上露出迷人的微笑。

天黑前不久，他们到了高原边上。一切都如穿紧腰中大衣的人所说的。大路在他们身下大约一百米处经过。

"那里是杨树林，"安杰洛说，"林中有几所房屋。还有驿站长。"

但她目光迟钝地看着他。她似乎还有一丝依然迷人的微笑，她的腿慢慢弯曲，头慢慢低下，胳膊慢慢垂下，最后跌倒在地上。安杰洛赶紧喊："怎么啦，波利娜？"

当他奔到她跟前时，她睁开眼，显然挣扎着想说话，却吐出一股白白稠稠的东西，就像是浓浓的大米粥。

安杰洛从骡子上拽下驮鞍，把他的大衣铺在草上，将年轻女人弯曲着身子放在大衣上。他竭力想让她喝点儿朗姆酒。她的脖子已硬如木头，但在颤抖，犹如她的五脏六腑受到一下下沉重的敲击。

安杰洛听着这些奇怪的、年轻女人全身响应的召唤。他脑袋空空，六神无主。他只觉得夜晚降临，他孤独无助。他最后想起了小法国人，但仿佛是在想一件微不足道的小事。于是，他把年轻女人拖走，拖到离大路更远的地方，更深入灌木丛。这地区，霍乱尚未造成死亡，只要出现一例，人们的个人主义就会膨胀。他想起了这天早晨就在这条路上遇见的带着一袋面包的男人……

他给年轻女人脱去靴子。她的腿已经僵硬。腿肚颤抖。紧张的肌肉从身体里突出来。从仍然粘满大米样呕吐物的嘴里，吐出尖尖细细的呻吟。他注意到，嘴唇翻起，露出牙齿，年轻女人有着可怕的，甚至是残忍的笑容。脸颊凹陷，一下下抽动。他竭尽全力，开始按摩她那双冰凉的脚。

他回想起在佩吕伊谷仓的门口治疗过的那个妇女。那时，他需要那位老先生的熟练技巧给她脱衣服。必须把波利娜的衣服脱掉。还得生上火，把大石头烤热。他不敢停止按摩那双依然冰凉的脚。

最后，他想："如果我想这想那，那我就完了。该做什么，就得做什么。"他刚才突然绝望了。他站起来，把凡是能给予一点儿热量的厚衣服都从驮鞍里拿出来。他捡到了足够的小木柴，甚至还有一个大松树根。他点着火，烤热石头，将几件衣服当作垫子，放到那已面目全非、沉得令他吃惊的脑袋后面。头发落到他的手上，那头发很粗糙，仿佛被沙漠的酷热折磨过。

安杰洛已把许多大卵石放进了火里。当那些卵石烧得滚烫时，他便用内衣把它们裹起来，放到年轻女人的肚子旁。可她的脚已经发紫。他又开始擦揉。他感到寒气从他的手指缝里溜走，向腿上跑去。他撩开裙子。一只冰冷的手骤然抓住他的手。

"我宁愿死。"波利娜说。

安杰洛不知道回答了什么。这个声音，尽管已认不出来了，使他又气愤，又爱怜。他猛力摆脱那只手，解开将裙子系在身上的带子。

他像给兔子剥皮似的给年轻女人脱去衣服,脱掉了几条衬裙和一条饰有花边的小衬裤。他立即按摩大腿,但他感到大腿挺温暖,挺柔软,于是他就像从炭火中那样把手从大腿间抽出来,又回到已经冰冷发青的小腿和膝盖上。脚白得像雪。他让肚子露出来,仔细看了看。他用双手触摸肚子,在肚子上摸了个遍。那肚子柔软、温暖,但颤抖着,痉挛着。他看见上面有一些发青的东西,它们在游动,前来敲击皮肤的表层。

现在,由于痉挛,年轻女人发出相当大的呻吟。呻吟声连续不断,并不表明极度痛苦,而是在为一种模棱两可的深奥的工作伴奏,好像在等待着,甚至希望着有一次达到极点时的野蛮而近乎谵妄的嚎叫。这震颤全身的痉挛隔一会儿来一次,每一次痉挛,波利娜的肚子和大腿都拉得紧紧的,发出爆裂的声音,过后便在安杰洛的手中变得筋疲力尽。

他不停地按摩。他已把上衣脱掉了。她每叫一声,安杰洛便觉得她更冷一分,冷气沿着腿向上升。他赶紧按摩已有眼状蓝斑的大腿。他更换肚子周围的一圈烫石头。

他蓦然发现天黑了,骡子走了。"只剩下我孤身一人了。"他想。尽管他担心人们自私自利,但他还是喊了。他的声音小得像昆虫叫。有一会儿,他听见下面的大路上有辆双轮马车在滚动,一匹马在嘶叫。他看见在他下面一两百米处有人提着灯经过。

他用尽全力按摩,按摩了很久很久,累得筋疲力尽,浑身疼痛,但他在火中添了些柴后,又回到了这大腿和肚子旁。波利娜下身开始排脏物了。他仔细擦拭干净,并从小行李包里拿出绣花内衣,做成垫子,垫在她的屁股底下。

"得强迫她喝朗姆酒。"他想道。她的嘴上满是新呕的牛奶大米粥,他用手指尖把脏物清除干净。他用力扳开牙齿。他成功了。嘴巴张开。"气味并不恶心,"他想,"不,这并不难闻。"他慢慢地灌进朗姆酒。

酒并没有马上咽下去，过了一会儿，就像水渗进沙地那样消失了。

他下意识地将瓶口放到自己的嘴里，喝了几口。他突然想起他刚把瓶口塞进过波利娜的嘴里，可转念又想："那又怎样？"

青紫到了大腿根部似乎停滞不前了。安杰洛用力擦揉腹股沟。腹泻已然停止。年轻女人微弱地呼吸着，她打着嗝儿，接着便是深深地吸气，仿佛刚刚搏斗过，累得喘不过气来。她的肚子仍在战栗，仿佛心有余悸。呻吟已停止。

她继续吐出白白黏黏的东西。安杰洛闻到一股可怕的臭味。他寻思这臭味来自何方。

几小时来，他时刻都在思考一个问题："我有什么药？我该怎么办？"他只有一只装满女人内衣的小旅行袋、他自己的鞍囊、他的马刀、他的手枪。有一会儿，他想用火药。他不知道用来干什么。但他感到那里面有一种力量，不管是什么力量，可用来增加他自己的力量。他想把这火药同烧酒和在一起，让波利娜喝下去。他思忖："我不是第一次治疗霍乱病人。为了救小法国人，我连付出自己的生命都舍得。这是毫无疑问的。可现在，我却缩手缩脚……"

他只知道一个劲儿地按摩。他的手疼痛难忍。他用酒精擦揉。他不停更换烫石头。他小心翼翼地把年轻女人尽量拖近火堆。

夜已变得漆黑一团，寂静无声。

"这不是第一次，"安杰洛想，"可他们全都死在我手上了。"

他看不到希望，这比绝望更使他难过，尤其是，他身体极其疲倦，因此，他现在越来越把目光转向黑夜。他不是在寻找帮助，而是安宁。

波利娜似乎在慢慢离去。他不敢问她什么。穿紧腰中大衣的人说的话他记忆犹新。他想起那人说，病人头脑清醒，他害怕还在吐白色东西的嘴巴也是清醒的。

夜空旷虚无，这使他感到惊讶，甚至有点儿恐惧。他问自己，他直到现在怎么能做到不害怕的,尤其是不害怕如此危险的东西。但他依然一刻不停地用手温暖腹股沟,大理石般的冰冷和颜色仍停留在腹股沟周围,没有前移。

最后,他脑海里闪过一系列微不足道的色彩缤纷的念头,闪烁着强烈光辉的想法,其中有几个荒诞可笑;他累极了,便把面颊贴到这肚子上,那肚子的颤抖已变得非常微弱。他睡着了。

眼睛一阵疼痛,他醒了;他看见一片红光,便睁开眼睛。已是白天了。

他的脑袋枕在又软又暖的东西上,他不知道是什么。他看见自己盖着那件大衣,衣摆一直盖到下巴上。他用力呼吸。一只清凉的手触摸他的脸蛋。

"是我给你盖的,"一个声音说,"你刚才冷了。"

他立刻站了起来。这声音并不完全陌生。波利娜看着他,她的眼睛已接近人的眼睛了。

"我睡觉了!"他自言自语,可声音很大,声调哀怨。

"你累坏了。"她说。

他极其荒诞地提了几个问题,徒劳无益地在驮鞍和波利娜枕边来回走了三四次,不知道想要什么和该干什么。走着走着,他忽然想到要给病人号脉。脉搏跳动相当清晰,一下接一下,速度虽快,但令人放心了。

"您刚才病了。"他用力说道,仿佛要为某事找个借口,"现在您还病着;不要动;我很高兴。"

他看见了裸露的肚子和大腿。他唰地面红耳赤。

"快盖好。"他说。

他去把鞍囊里的东西都拿来,给年轻女人做了一张床,周围放满了滚烫的石头。他在脚头放了几块,沿着小腿,差不多一直放到膝盖旁,这是他敢接近的地方。而后,他强迫自己用手背轻轻触了触似乎有点儿恢复正常颜色的肉体。

这天早晨和头天早晨一样充满了快乐。

安杰洛想起小时候泰雷莎让他喝的玉米汤,这汤好像能治百病,尤其是痢疾。自从投身于拯救人类的战斗,他再也没想起过玉米汤。这天早晨,一切都在谈这玉米汤:空气、阳光和火。他想着这稠稠淡淡的,但非常清凉解热的汤剂。

他马上烧开水,非常认真地做着汤剂,心里只想着正在做的事。年轻女人贪婪地吃了好几口。将近中午,痉挛明显消失了。

"我不过是累坏了,"她说,"可你……"

"我很好。"安杰洛说,"我只要看见这粉红的颜色犹豫不决地开始出现在您的脸颊上,我就放心了。这地方发红,就绝对不会发烧。还有,让我给您号号脉。"

她的脉搏跳得比两小时前更明显,更有规律。整个下午,安杰洛反复进行治疗和护理,焦虑不安很快烟消云散。天气温和,安杰洛一点儿也不困,恰恰相反。他用空空的脑袋,接受着世界五彩缤纷的图像,一点儿小事都会使他兴奋不已。

他不停地更换烫石头。

最后,年轻女人说她现在觉得身上暖和了,不僵硬了,就像鸡蛋里的小鸡一样。

黄昏降临。安杰洛用穿紧腰中大衣的人给他的一把咖啡豆煮了咖啡。

"你消毒了吗?"年轻女人突然问。

"当然,"安杰洛回答,"别担心。"

他喝了咖啡和满满一杯朗姆酒。他裹着上衣,在火边躺下。

"把手给我。"波利娜说。他伸出手,年轻女人将自己的手放在上面。他很快就要睡着了。睡眠对他是个安全宁静的庇护所。

"烫石头不再需要了。"他想。

"你把我的衣服撕破了。"早晨,波利娜说,"你扯断了衬裙的带子,你看你把这条漂亮的衬裤弄成什么样子了。我怎么穿衣服呢?我感觉很好。"

"不是这个问题。"安杰洛说,"我到十步以外的小路上去,看看有没有人经过,让他给驿站长捎个口信。我们的骡子跑了。我要您躺着别动。会有车来把我们送走的。今晚我们就可到泰于了。"

"我是为你担忧。"她说道,"我得了霍乱,这是毫无疑问的。不是我衬裙的带子和衬裤把我的肚子弄成这样的。我想必可怕极了!可你呢,你没做不谨慎的事吧?"

"当然做了。不过,假如要传染,马上就表现出来了。我比死神抢先了一夜,"安杰洛说,"他追不上我。"

他在路边不到五分钟,就见圣马丁方向来了一辆运草的空车。他迎上去。驾车的是个农民,一看就有点儿傻乎乎,车上有长叉和粗麻布,还坐着一个穿红衬裙的老妇。

安杰洛开门见山,对他们说,那边灌木丛中有个生病的妇女,现在病刚好,他求他们帮个忙,把她送到驿站长的家里。他还说他付钱。但这并没有引起那呆子和老妇的兴趣。

他们停下车,不紧不慢地跟安杰洛来到了矮树林。

"是侯爵夫人!"老妇说。

她一冬天都在泰于打短工。她现在住在傻瓜女婿家。她自豪地下了命令。于是,将近下午三点,波利娜已躺在驿站长家松软的大床上,周围放满汤壶睡觉了。

"这里的人都不害怕。"安杰洛想道。他一到,就给了两枚金币,因此人们同他讲话毕恭毕敬。人们称呼他"侯爵",他不得不做各种必要的提醒,以免再次发生这个令人不快的,每次都使他面红耳赤的误会。他未能完全让人们相信他所说的身份。人们见他不时离开咖啡厅上楼去。他去把房门打开个缝,看着波利娜睡觉,甚至去摸摸她的脉搏，其实她的脉搏一直很正常。嗨！床总归是床，况且床上还躺着一个年轻女人，看上去病得不是很重。如果在平原和海边，病人最后出现这样的神态，就会无端谣言四起。再说，在场有几位运货马车夫已有定论，说这根本不是传染病，这位有如此漂亮的头发、对谁都笑容可掬的女人是生病了，但不过是头晕病。照他们看，一个侯爵夫人（圣马丁的那位老妇到处宣传，以致人人都已知道波利娜是侯爵夫人）容易患头晕病。至于侯爵，他们说，他很年轻。他会与其他侯爵夫人来往。"他最后会和大家一样，平静地喝他的潘趣酒，如果那些小混蛋们不把他吃掉的话。"

"你陪我去泰于吗？"年轻女人问。

"在这之前，我肯定不会离开您半步。"安杰洛说，"我租了一辆双轮敞篷轻便马车，这是我在这里能够找到的最惬意、最舒适、最快捷的马车了，我预订并付了钱，甚至，不瞒您说，我还雇了个男孩看着，他十五岁，但和任何人一样非常倔强，他对我忠诚至死，更确切地说，忠诚至钱包，自从我把我的钱包给他看过之后。那马车归我们了，它在等我们。我把您一直送到泰于。您扶着我的胳膊上楼，如果有楼梯的话。我待两天。"他又说，因为见她脸上有了血色，非常高兴。"别忘了穿长裙。"

"我是怕你正在买马。"她说，"我听见你在马厩里说了很长时间的话。尽管隔了几道墙，我听得出你说话的声音。"

最后，人们给衬裙和裙子缝上了新带子，甚至绣花衬裤上也缝了带子。此外，还得粗粗缝上被安杰洛的指甲撕破，甚至撕成窟窿的细布；因为在旅途中没有剪刀，安杰洛的指甲已长得很长了。

他让一个霍乱病人躺在客店的床上，心里有点儿顾虑，他含糊其词地把他的顾虑同驿站长说了；那驿站长长着一副充血的大面孔，宛若三月的月亮。

"我正在体验各种滋味。"那人温和地说。

安杰洛想:"这倒也是,她虽是霍乱病人,却已痊愈了。"

很难想象,对于这些住在大路边松树林中的朴实单纯、脸膛通红、目光迟钝的男女老少,霍乱袭击他们能有多少胜算。

两天后,傍晚时分,他们到了泰于。村子居高临下,俯瞰深谷。住在那里的人更纯朴,更温和,脸色更红。城堡俯瞰村子。有许多楼梯,连接一个平台,那些平台乡土气十足,毫不造作,总之,显得朴实无华,安杰洛非常喜欢。他没有食言。他让年轻女人挽住他的胳膊。侯爵不在家。没有他的任何消息。

"他肯定不会记挂我的,"老泰于夫人说,"他大概正在什么地方花天酒地呢。有人说,山下的生活很特别。"

人们给了安杰洛一个房间,房间很舒适,有一张带支柱的床;他去房里脱衣服,听到有人敲门。

是老侯爵夫人。她矮矮胖胖的,尽管上了年岁,依然脸色通红,和村里的农妇没有两样;她的眼睛浅蓝色,有这种颜色眼睛的人,一般心地温柔,但没有多余的怜悯。她不过是来看看她的客人住得是不是舒适,但她周到地在一张安乐椅上坐了下来。

安杰洛终于到了一座城堡里,和拉布朗塔的城堡很相似。他在走廊里已闻到了老房子和大房子的特有的气味。他同老侯爵夫人谈了很久,就好像在同自己的母亲谈话,谈的全是人民和自由。

老太太离开他时已过半夜了,她祝他过个好夜,睡个好觉。

勒莫隆的一个马贩子来到平台下,牵来了四五匹马,其中有一匹马气势凛然,安杰洛欣喜若狂,买下了这匹马。

这匹马让他着实狂喜了三天。他心里老想着它。他已看见自己骑着它奔跑了。

每天晚上,波利娜都穿一条长裙。她的小尖脸因生病变得更尖了,尖得像矛头,光滑细腻,扑着白粉,搽着胭脂,微微发出蓝色光泽。

"你觉得我怎么样?"她说。

"很美。"

每天,他都亲自给马喂燕麦;出发的那天早晨,安杰洛立即纵马驰骋。他对这样驰骋可能非常得意。他在疾驰中,看见玫瑰色的群山向他走来,它们近在咫尺,他分辨得出顺坡而上的落叶松和冷杉。

"意大利就在山后面。"安杰洛想。

他幸福极了。

马诺斯克,1951 年 4 月 25 日

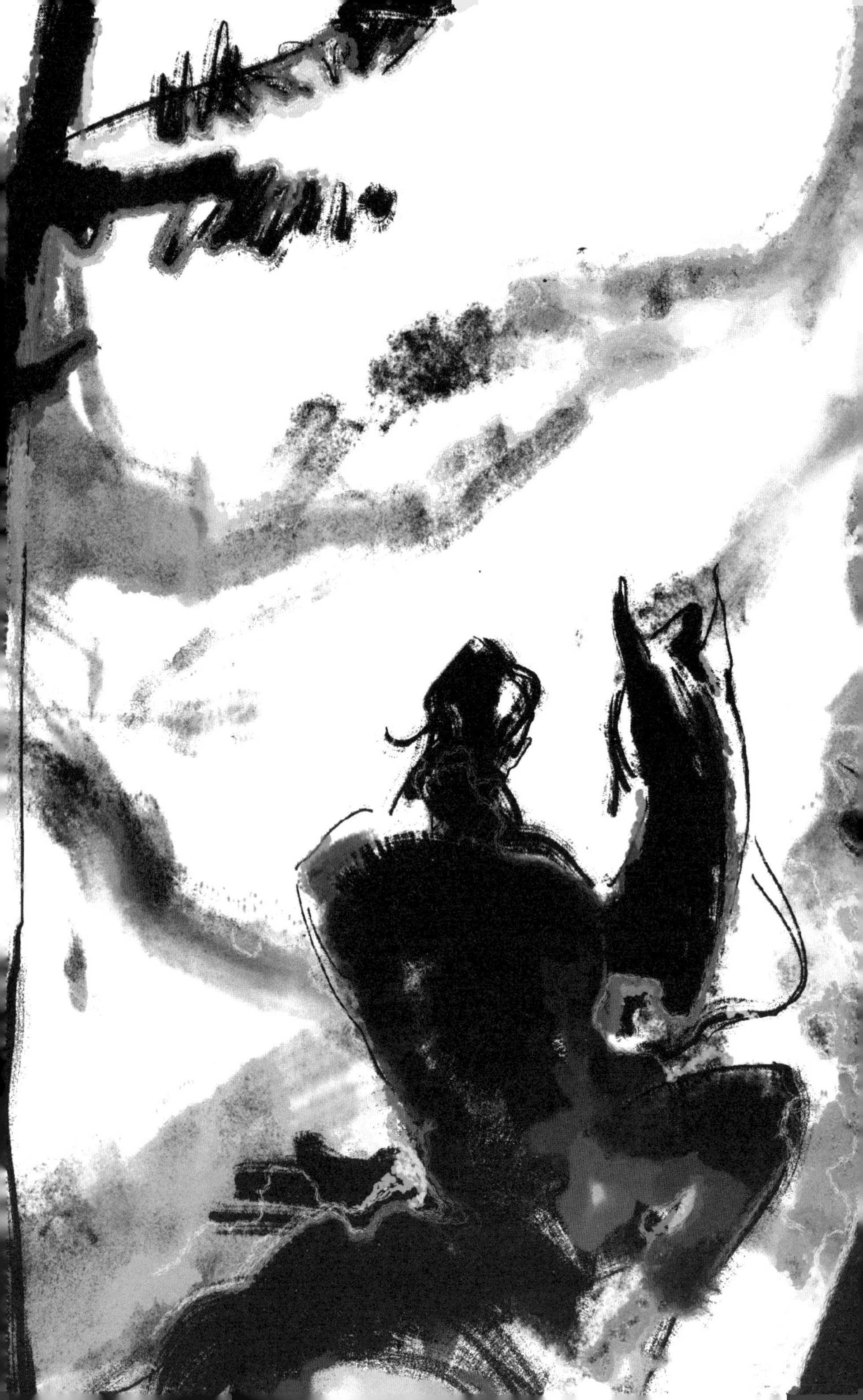